W0004234

Scheunenfest

Irmi Mangold und Kathi Reindl ermitteln

Band 4: Mordsviecher
Band 5: Platzhirsch
Band 6: Scheunenfest

Nicola Förg, geb. 1962 im Oberallgäu, ist als Reise-, Berg-, Ski- und Pferdejournalistin tätig. Mit ihrer Familie sowie mehreren Ponys, Katzen und Kaninchen lebt sie auf einem Anwesen im südwestlichen Eck Oberbayerns, wo die Natur opulent ist und ein ganz besonderer Menschenschlag wohnt.

Nicola Förg

Scheunenfest

Ein Alpen-Krimi

Weltbild

Besuchen Sie uns im Internet:
www.weltbild.de

Genehmigte Lizenzausgabe für die Weltbild GmbH & Co. KG,
Werner-von-Siemens-Str. 1, 86159 Augsburg
Copyright der Originalausgabe © 2014 by Piper Verlag GmbH, München/Berlin,
erschienen im Verlagsprogramm Pendo
Umschlaggestaltung: Alexandra Dohse - www.grafikkiosk.de, München
Umschlagmotiv: Bildmontage unter Verwendung von Bildern von Alexandra Dohse
und Shutterstock (© MaximSob)
Satz: Datagroup int. SRL, Timisoara
Druck und Bindung: CPI Moravia Books s.r.o., Pohorelice
Printed in the EU
ISBN 978-3-95973-668-8

2020 2019 2018 2017
Die letzte Jahreszahl gibt die aktuelle Lizenzausgabe an.

Für die beiden netten Annetten –
die aus Münchens Norden und
die aus Osterreinen am Forggensee

Tippehøne satt på gjerdet,
Tippehøne falt ned.
Ingen doktor kunne hjelpe,
for tippehøne var død.
Tippehøne kom til himmelen,
Tippehøne fikk det godt.
Tippehøne blei engel
i himmelens slott.
Norwegischer Kinderreim

Hühnchen saß auf dem Zaun ganz munter.
Hühnchen fiel hinunter.
Kein Arzt konnt helfen in der Not,
denn Hühnchen war schon tot.
Hühnchen kam in den Himmel droben,
Hühnchen konnt es dort nur loben.
Hühnchen wurd ein Engel schnell
in des Himmels Schloss so hell.

1

Ein sauberes Dekolleté, aus dem die Brüste appetitlich hervorquollen. Bierkrüge, die zusammenkrachten. Als er mit dem Tandemradl an den Schleierfällen vorbeifuhr, riefen ein paar Kinder: »Du musst immer einen Helm anziehen, Helm anziehen, Helm anziehen …« Die Frau mit dem Dekolleté lachte mit sehr roten Lippen. Ein alter Schulfreund, der zweite Mann auf dem Tandemrad, legte ihm die Hand auf die Schulter und grölte. Dann begann er zu wackeln und zu ruckeln. Sie würden umfallen, der Weg war doch so steinig …

Es war zwei Uhr achtundvierzig, als Herbert Springer aus dem Tiefschlaf fuhr. Für den Bruchteil einer Sekunde konnte er sich noch erinnern, was er geträumt hatte. Einen ziemlichen Schmarrn, denn den Schulfreund hatte er seit Jahrzehnten nicht mehr gesehen, der war nach Kanada ausgewandert, und natürlich konnte man an den Schleierfällen nicht radeln, man konnte dort ja kaum gehen, wenn man schlecht zu Fuß war.

Herbert sprang aus dem Bett. Der Traum war weggewischt, die Zeitspanne zwischen Schlaf und Wachen war so kurz gewesen wie ein Wimpernschlag. Hätte er die Augen noch geschlossen gehalten, hätte er den Traum vielleicht noch eine Weile festhalten können, aber in seinen Körper war schon so viel Adrenalin geströmt, dass sein Herz raste. Es war der nervige Piepser, der ihn geweckt hatte. Er las die Nachricht auf dem Display: eine Adresse, es waren Personen in Gefahr, die Einsatzart war ein B5. Als erster Kommandant wusste er, dass dies der feuerwehrinterne Code für einen Großbrand war.

Zwei Sekunden später schallten die Sirenen durch das Dorf, und schon drei Minuten nach der Alarmierung saß Herbert im ersten Fahrzeug. Er konnte fast in einem Rutsch in Hose und Stiefel springen. Als er mit dem Jeep durchs Dorf raste, war es zwei Uhr zweiundfünfzig. Der LF 20, das erste Angriffsfahrzeug, so hieß das nun mal, war ihm auf den Fersen. Zum Glück wohnten viele seiner Leute unweit des Feuerwehrhauses.

Ein schwarzer Himmel wölbte sich über die Schneeflächen, und das fahle Mondlicht verschwand immer wieder hinter faserigen Wolken. Das Kreischen der Sirenen schallte auch durch die Nachbardörfer, und man hätte schon einen sehr guten Schlaf haben müssen, um nicht vom Geräusch aufzuschrecken. Fenster klappten, Köpfe reckten sich hinaus. Gestalten in Morgenmänteln, Pantoffeln oder eilig übergestülpten Stiefeln hasteten durch die verschneiten Bauerngärten. Wo brennt es? Hoffentlich nicht bei uns! Viele sahen am nachtschwarzen Himmel den Feuerschein, der hinaufzüngelte wie ein Feuer speiender Drache.

Es brannte beim Schmid, und das war gar nicht gut, schließlich lag der Hof mitten im Dorf. Die Tenne hatte bereits zur Hälfte Feuer gefangen, und zwar in der rechten Hälfte, die direkt ans Wohnhaus angrenzte. Immerhin gab es eine gute Brandschutzmauer dazwischen. Herbert wusste, dass dennoch immer alles passieren konnte, aber er hatte Routine und Nerven wie Drahtseile, zumindest solange das Adrenalin ihn begleitete, und das würde heute wohl noch eine Weile der Fall sein.

Die Wehren aus Oberammergau und Altenau heulten nun auch heran, und für einen Sekundenbruchteil fragte sich Herbert, ob die Saulgruber mal wieder in die falsche Richtung gefahren waren. Dann lächelte er, heute war kein Nebel, da würden die Nachbarn es ja wohl schaffen. Rotes Kreuz und Polizei lichtorgelten ebenfalls heran. Herbert wies die Kollegen von den anderen Wehren ein. Eigentlich hätte der Kreisbrandinspektor aus Ogau – so lautete die saloppe Abkürzung für Oberammergau – übernehmen sollen, doch der war im Urlaub.

Inzwischen hatte Herbert seinen Atemschutztrupp ins Wohnhaus geschickt, der Sicherungstrupp stand bereit, und auf die Tenne lief bereits voller Angriff. Bei einem Brand dieser Größe würde das Hydrantennetz in jedem Fall zusammenbrechen. Deshalb waren die anderen Wehren – Saulgrub und Ettal waren mittlerweile auch eingetroffen – damit beschäftigt, die Ansaugstellen an der Ammer zu besetzen.

Als die Kollegen Burgi Schmid auf einer Trage durch den Bauerngarten bugsierten, war es drei Uhr zehn. Ihr Mann Xaver humpelte, auf zwei Feuerwehrler gestützt, hinterher und brüllte irgendwas Unverständliches. Der Notarzt hastete den beiden Alten entgegen. Zu allem Überfluss hatte sich ein Ettaler Feuerwehrmann, ein Zuagroaster mit großer Klappe und Sendungsbewusstsein, den Knöchel gebrochen, als er vom Einsatzfahrzeug gesprungen war – wie ein Keltenkrieger, der sich in die Schlacht stürzen will. Dadurch wurden unnötig Sanitäter abgezogen, die den übereifrigen Kollegen mit einem Krankenwagen abtransportieren mussten.

Einige Kollegen aus Altenau hielten dicke Decken hoch, um damit die heranbrandende Flut von Dorfbewohnern abzuhalten. Der Atemschutztrupp hatte abgeklärt, dass nun niemand mehr im Wohnhaus war. Zwei benachbarte Bauern waren in den Stall des Schmid-Hofs gelaufen, der einen kleinen Teil der brennenden Tenne bildete, und hatten die Tiere herausgetrieben. Es waren zum Glück nicht mehr viele: sechs Kühe, ein Geißbock, sieben Schafe. Eine Frau, die über dem Nachthemd eine Daunenjacke trug und deren nackte Beine in den viel zu großen Latschen ihres Mannes steckten, versuchte die flatternden und gackernden Hühner zusammenzuhalten. Bei Katastrophen taten Menschen oft instinktiv das Richtige, das wusste Herbert.

Irgendwo war ein Schrei zu hören: »Da kommt nix!« Wie so oft hatte jemand im Durcheinander die Schläuche an den falschen Verteiler angeschlossen, Schlauchordnung war eben nicht jedermanns Sache. Die Nachbarhäuser standen unter Wasserbeschuss, und Herbert befürchtete nun kein Übergreifen der Flammen mehr aufs Wohnhaus.

Es war drei Uhr zwanzig, als plötzlich alle in eine Richtung starrten: Im linken Teil der Tenne brannte es auf einmal taghell. Das Licht schmerzte in den Augen wie bei einer Explosion. Herbert, der erste Kommandant, vermutete Metallbrand, womöglich auch Kunstdünger oder Ammoniak, irgendetwas in der Art, und das war schlecht, sehr schlecht sogar. Dennoch gelang es der Feuerwehr, den Brand unter Kontrolle zu bringen. Herberts Adrenalinspiegel war weiterhin auf Spitzenniveau.

Drei Stunden später hatten sie schließlich jeden Balken abgelöscht, und die Wärmebildkamera zeigte keine Brandnester mehr an. Zwei Journalisten vom Garmischer Tagblatt waren inzwischen aufgelaufen, hatten fotografiert und waren im Weg herumgestanden. Herbert hasste ihre hartnäckigen Fragen, ob man zu diesem Zeitpunkt schon etwas über die Brandursache sagen könne. Die vordringlichste Aufgabe der Feuerwehr war es schließlich, Menschenleben zu retten und die Flammen zu löschen, und in dieser Hinsicht war heute ja einiges geboten gewesen.

Bevor die Brandermittler aus Garmisch eintreffen würden, wollte Herbert eine erste Inspektion in dem abgebrannten Gebäude machen. Doch plötzlich fragte ihn ein Kollege: »Wo is eigentlich die Pflegerin? Du woaßt scho, des Madel. Wo is die?«

Das Adrenalin, das eine kurze Pause eingelegt hatte, schoss wieder ein. Aus Herberts Magen stieg Säure auf.

»Such den Franz«, antwortete er. Franz Schmid, einen der Söhne der beiden Alten, hatte er vorhin noch irgendwo im Getümmel gesehen.

Der erste Kommandant stieg über die vor sich hin dampfenden Balken. Wo der blendend helle Schein ins Schwarz der Nacht herausgefahren war, hielt Herbert inne. Es war offensichtlich, dass hier etwas mit gewaltiger Wut und Hitze gebrannt hatte. Die genauen Umstände zu untersuchen würde Aufgabe der Brandermittler sein, aber Herbert war sich sicher, dass hier etwas den Brand in Gang gesetzt und beschleunigt hatte.

Der Schmid hatte noch ein altes Holzhochsilo in seiner Tenne gehabt, auch das war fast vollständig heruntergebrannt. Draußen gab es noch ein neueres Fahrsilo, aber der alte Xaver hatte immer noch das unpraktische Holzmonstrum mit Silage vollgepackt. Von dem einst fünf Meter hohen Turm war nur noch ein Ring von etwa einem Meter fünfzig übrig geblieben, und lediglich die untere der beiden Entnahmeluken war erhalten. Herbert spähte über den Rand, und sein ganzer Körper war auf einmal stocksteif. Die Magensäure schwappte ihm bis in die Kehle, sein Herz raste.

»Alle zruck!«, rief er. »Zruck!«

Im Silo lagen zwei verkohlte verbogene Gestalten, die gerade noch als Menschen zu erkennen waren. Das war nun Sache der Kriminaler. Herbert informierte die Polizisten, und schon war ein zweites Feuer entfacht: ein Lauffeuer, das von den Kollegen sofort auf die Neugierigen übergriff. Zwei Tote im Silo! Wer? Warum? Was war passiert? Das Lauffeuer eilte durch das Dorf.

Es war halb acht, als Kathi Reindl und ihre Kollegin Andrea in Unterammergau eintrafen. Zehn Minuten später spähten sie über den Rand des Silos.

»Scheiße!«, entfuhr es Kathi. »Irgendeine Idee, wer das sein kann? Wird jemand vermisst?«

»Es gibt eine rumänische Pflegekraft, über deren Aufenthaltsort momentan nichts bekannt ist«, meinte Herbert langsam.

»Und die andere Leiche?«

»Liabs Madel, wir haben hier die ganze Nacht einen Brand gelöscht, der aufs gesamte Dorf hätte übergreifen können. Und mit Bränden hat Ugau in seiner Geschichte ja durchaus schlechte Erfahrungen gemacht«, sagte Herbert nun etwas schärfer.

Kathi drehte sich um und beäugte ihre Kollegin mit einer

Mischung aus Verachtung und Bedauern. Andrea war blass wie der Schnee und sah aus, als müsse sie gleich kotzen. Kathi hatte sich vorgenommen, netter zu ihr zu sein. Vor allem jetzt, wo Irmi nicht da war. Deshalb schickte sie Andrea zu den Spurensicherern, weg vom Fundort der Leichen.

Auch Kathi fühlte sich irgendwie zittrig, wenn sie ehrlich war. Zwei verbrannte Menschen in einem Silo in Unterammergau. Was für ein Wahnsinn. Und was für ein Wintermorgen, der doch still hätte sein müssen. Stad wie die ganze stade Zeit, wo die Tage kurz waren und weniger forderten als der aufdringliche Sommer, der einem den Schlaf raubte, weil man bis nachts um halb elf draußen saß und am nächsten Morgen das Licht schon so früh ins Zimmer fiel. Irmi sagte immer, dass sie den Sommer hasste. Sie mochte diese frühe Dunkelheit, darum war sie wohl auch dorthin gereist, wo es noch dunkler war. Sie fehlte hier.

Schließlich gaben die Spurensicherer das Startzeichen, die Leichen aus der Ruine zu holen. Herbert wusste, was das hieß. Dafür waren nun wieder sie zuständig. Sie, die Männer fürs Grobe. Zusammen mit seinen Kollegen Sepp, Willi und Hans verrichtete er diesen gruseligen Dienst. Sie schoben die Brandopfer in zwei Leichensäcke. Es war leicht, die Toten wogen fast nichts.

»Der Leib hebt lang gut zamm«, sagte Willi.

Herbert schwieg, jeder hatte seine eigene Art, mit solcher Pein umzugehen. Zusammen mit Sepp trug er den ersten Sack und lud ihn ins Auto der Gerichtsmedizin.

Willi stand derweil in der Tenne. Was do no alls rumflackt, dachte er und kickte das dunkle Gebilde, das er neben dem ausgebrannten Silo entdeckt hatte, mit dem Stiefel aus dem Gebäude. Sein Kollege Hans hatte davon gar nichts mitbekommen.

Allmählich wurde es ruhiger. Die Nachbarwehren waren davongefahren. Kathi war im Gespräch mit den Brandermittlern, die Herberts Ansicht teilten und den Brandherd jetzt schon lokalisieren konnten. Sie wollten noch jemanden aus München hinzuziehen und versprachen, rasch zu arbeiten. Die Gerichtsmedizin stand in den Startlöchern. Kathi hatte Franz Schmid zu ihrem Wagen gebeten.

»Ich habe gehört, die Pflegerin Ihrer Eltern wird vermisst. Sie war nicht im Haus, wo sie ja wohl eigentlich hätte sein müssen.«

Franz Schmid, der um die fünfzig sein musste, hatte wirres, graubeigeblondes Haar, das vermutlich selten einen Schnitt bekam. Kathi blickte auf die geplatzten Äderchen, die wie ein feines Gespinst seine Wangen überzogen. Sein linkes Augenlid hing leicht nach unten, ein schöner Mann war das nicht. Wahrscheinlich war er das nicht einmal in jungen Jahren gewesen, bevor er viel zu viel gesoffen hatte.

»Ja, sie war dann wohl nicht da«, sagte der Mann mürrisch.

Kathi riss die Augen auf. »Das ist alles, was Sie mir zu sagen haben? In der Tenne Ihrer Eltern lagen zwei Tote! Ist Ihnen vielleicht schon mal die Idee gekommen, dass Ihre Pflegerin die eine davon sein könnte?«

»Die Idee scho.«

Selbst wenn man dem Mann eine gewisse Verwirrung

nach so einer Nacht zubilligen wollte, erzeugte so viel Einsilbigkeit bei Kathi starke Aggressionen.

»Schmid!«, brüllte sie. »Zwei Tote! Und die Pflegerin fehlt. Hat sie einen Freund? Wo könnte das Madel stecken? Verstehen Sie mich?«

Er schwieg, von Kathis Ausbruch wenig beeindruckt. An diesem Mann schien alles abzutropfen.

»Das weiß man bei solchen doch nicht«, sagte er schließlich.

»Solchen was?«

»Na ja, Ostweibern halt. Sind doch alle nur auf Männer aus, die sie heiraten und rausholen aus den Karpaten.«

Kathi sah wieder Irmi vor sich, die in solchen Momenten ganz leise wurde und Eiseskälte in ihre Stimme zu legen vermochte. Sie war nahe dran, dem Schmid Franzl eine zu scheuern.

»Ich frag Sie nun zum letzten Mal: Haben Sie eine Idee, wo das Madel sein könnte?«

»Nein, normal müsst sie da sein. Dafür wird sie ja bezahlt, die Trutschn.« Franz Schmid war so kooperativ und gesprächig wie ein zermergelter Hackstock.

Kathi atmete tief durch. Dann zählte sie innerlich bis fünf. Irmi hatte ihr mal geraten, bis zehn zu zählen, aber so weit kam sie nicht, ehe es aus ihr herausschrie: »Und wenn sie doch im Silo lag? Was hat sie da gemacht?«

»Sich vor dem Brand versteckt? Was woaß denn i?«, murmelte er und schaute grimmig.

So dumm war doch wohl keiner, sich bei Feuer in ein Silo zu flüchten? Andererseits: Wussten alle Menschen, welche Gefahr von Silogasen ausging?

»Wo war das Zimmer der Pflegerin? Hat die vielleicht auch einen Namen?«

»Ionella. Ionella Adami.«

»Und das Zimmer?«

»Oben. Aber da können Sie jetzt ned eini!«

»Sie glauben gar nicht, was ich alles kann!«

Kathi stampfte davon und auf Herbert zu, der angesichts der herannahenden Rachegöttin unwillkürlich einen Schritt zur Seite machte.

»Ich muss ins Wohnhaus. Es gibt die berechtigte Sorge, dass eine der Leichen die Pflegerin ist.«

Herbert sah Kathi in die Augen, und obwohl Kathi alles andere als der sensible Typ war, spürte sie in diesem Blick eine schwere Last. Der Mann machte sich Vorwürfe, und sie hatte auf einmal das Gefühl, ihn trösten zu müssen.

»Sie konnten nichts tun. Sie haben doch Wärmebildkameras. Die haben ja auch nichts mehr angezeigt. Sie haben das Haus und das Dorf gerettet.«

»Von mir aus können Sie reingehen. Gefahr besteht jedenfalls keine.« Er zögerte. »Wo ist eigentlich Frau Mangold?«

»Im Urlaub. Kennen Sie Irmi?«

»Eher ihren Bruder, den Bernhard. Der ist bei der Wehr in Eschenlohe. Man kennt sich oiwei.«

Ein kleiner Plausch über Bekannte, wie man das im ländlichen Raum eben so machte. Hätte da nicht die schwarze Ruine gestanden, hätte nicht der Brandgeruch in den Lungen gebissen und wären da nicht zwei Tote gewesen.

»Wenn wir mal annehmen, die eine Leiche ist die Pflegerin. Wer ist dann die zweite?«, fragte Kathi.

»Ich bin kein Hellseher.«

»Aber Feuerwehrkommandant in Ugau. Nicht in New York oder Mexiko City. Sie kennen doch jeden hier. Hatte diese Ionella einen Freund?«

»Klar san s' der brutal nachg'stiegen. Schlange san s' g'standen. Aber es wird ja wohl kaum einer ein Schäferstündchen im Silo ausmachen!«

Kathi schwieg. »Ich geh dann mal rein«, sagte sie schließlich.

»Ich komm mit, falls was wär'«, meinte Herbert.

Kathi widersprach nicht, sondern winkte Andrea heran. Zu dritt gingen sie durch den Bauerngarten und betraten das Wohnhaus. Der Gestank war überall, er würde auch noch eine Weile bleiben und penetrant an den Brand erinnern.

Im Gänsemarsch stiegen Kathi, Andrea und der Feuerwehrler die kleine Treppe hinauf, die vom Gang aus in den ersten Stock führte. Gleich vorn gab es rechts und links je einen Raum, von denen der eine ein altes Kinderzimmer war. An einem Schrank pappten noch Mainzelmännchen-Sammelaufkleber und Fußballerbilder aus Zeiten, in denen Beckenbauer noch ein Bürscherl gewesen war und Breitner noch nicht gewusst hatte, dass er mal Pädagogik studieren würde. Im anderen Zimmer standen ein altes, mit Bauernmalerei verziertes Doppelbett und ein Bauernschrank, offenbar das Schlafzimmer der beiden Alten. Weiter hinten am Gang befanden sich zwei weitere Räume: ein kleines Duschbad, das neu eingebaut zu sein schien, und ein Zimmer, das ebenfalls mit Jugendmöbeln aus den Siebzigern ausgestattet war. An der Wand hing ein offenbar mehrfach umgeklebtes Pferdeposter von einem Haflinger. Es war zerknittert und hatte abgeschnittene Ecken. Die Einrichtung war spartanisch: Schrank, Bett, ein Schreibtischchen, ein Holzstuhl, ein Regal. Über der Stuhllehne hing ein BH, im Regal lagen ein paar Bücher mit dramatisch anmutenden Umschlägen. Es schien sich um einige rumänische und mehrere deutsche Liebesromane zu handeln. Auch eine Möglichkeit, Deutsch zu lernen, dachte Kathi. Neben den Büchern standen zwei gerahmte Bilder, ein Familienfoto und das Porträt eines Mannes, das mit »Franz Davidis« betitelt war. Darunter stand ein Spruch: *Die vom Geist Gottes Erleuchteten dürfen nicht aufhören zu reden, noch dürfen sie die Wahrheit unterdrücken. So ist die Kraft des Geistes, dass der menschliche Verstand, jede falsche List beiseitelassend, allein bestrebt ist, die Ehre Gottes zu vergrößern, sollte auch die ganze Welt toben und sich widersetzen.*

Kathi runzelte die Stirn.

»War wohl religiös, diese Pflegerin«, sagte Andrea.

»Und wer ist Franz Davidis?«, fragte Kathi.

Andrea zuckte mit den Schultern.

Im Regal lagen außerdem die Tablettenboxen des Ehepaars Schmid. Zumindest nahm Kathi an, dass sich darin deren Medikamente befanden. Wahrscheinlich hatte die Pflegerin sichergehen wollen, dass die beiden Alten nicht versehentlich die falschen Tabletten in einer falschen Dosierung einnahmen. Der Schrank war mit Kleidung nur spärlich bestückt, auf dem säuberlich gemachten Bett saß ein Plüschhase, der sehr abgegriffen aussah.

Als die drei wieder das Zimmer verlassen hatten, blickte Kathi auf eine Tür am Ende des Gangs.

»Da tät ich nicht rausgehen. Da ist ja … also … da ist ja nix mehr«, sagte Herbert.

Kathi stutzte. Klar, an das Haus schloss sich der kleine Stall an, der von der mehrstöckig gebauten Tenne quasi umschlossen war. Und die Tenne war ja nun komplett abgebrannt. Da war wirklich nichts mehr …

Aus dem kleinen Bad, das kaum mehr als ein paar Schminkutensilien, ein Duschgel, einen Deoroller und ein billiges Parfüm enthielt, holte Kathi die Zahn- und Haarbürste von Ionella und packte sie in Plastikbeutel – für den DNA-Abgleich. Eine Weile standen sie alle unschlüssig im Gang.

Andrea warf noch einen Blick in das Zimmer und auf den Hasen. »Ist das traurig«, sagte sie leise.

Kathi war schlecht, und sie hatte Hunger.

Momentan war wenig zu tun. Sie mussten auf eine schnelle Identifizierung der Leichen hoffen. Als Nächstes würden sie mit den beiden Alten reden und mit der übrigen Familie. Aber für den Moment lag eine gespenstische Stille über dem Haus, das noch vor wenigen Stunden von den Sirenen umjault gewesen und vom Feuerschein hell beleuchtet gewesen war.

Herbert ging langsam zu seinem Jeep. Vorbei an dem Jägerzaun, vorbei an den flackernden Lichtern der Polizei, die immer noch den Himmel durchzuckten. Dann spie er. Auf seine Schuhspitzen, auf die Feuerwehrstiefel. Haix, »Schuhe für Helden«, trug man bei den Wehren – doch wie ein Held fühlte er sich in diesem Moment nicht gerade.

2

»In my darkest hour«, sang eine einschmeichelnde Frauenstimme. Ein paar Kerzen brannten in der morgendlich leeren Bibliothek, die auch ein Restaurant beherbergte. Hier, im Sortland Hotell, hatte der Schriftsteller Lars Saabye Christensen sein letztes Buch geschrieben. Viele seiner Werke wuchsen die Wände hinauf, in einer Glasvitrine ruhte ein Originalmanuskript, der Widerschein der Kerzen tanzte auf den Scheiben.

Irmi war in den letzten Wochen öfter hier gewesen. Immer wenn es größere Einkäufe zu tätigen gab, fuhr man in die Stadt. Wobei Stadt ein bisschen übertrieben war, Sortland war eher ein Städtchen. Irmi nippte an ihrem Kaffee, während draußen ein bläuliches Licht Schlieren in den Himmel zu ziehen begann. Es war neun Uhr morgens, erst gegen zehn würden sich Rosa und Lila ins Blau mischen. Um zwei würde der Farbkasten Gelb und Orange hinzufügen, die schwarzen Fjordberge würden scharfe Konturen zeichnen, und dann würde das Licht wieder davongleiten – langsam, sanft, sphärisch.

Die ersten Tage war Irmi geneigt gewesen hinauszustürmen, um das Licht schnell aufs Foto zu bannen. Doch der Himmel hier war viel gnädiger zu den Fotografen als der in den Alpen mit seinen schnellen Sonnenauf- und -untergängen. Sie hatte schon bald gelernt, dass sie sich hier auf 68 Grad und 42 Minuten nördlicher Breite befand. In der Polarnacht kam die Sonne nicht mehr über den Horizont, dennoch war Licht, magisches Licht, vier bis fünf Stunden lang. Genug Zeit für Hunderte, ja Tausende von Fotos. Genug Zeit für einen weiteren Kaffee, den die Norweger ja literweise tranken.

Es war ein klarer Tag, es würde heute heller werden als an den Tagen zuvor. Irmi beschloss, zum Hafen zu schlendern, durch die Stadt, die immer blauer wurde, und zwar nicht nur wegen des Himmelsspektakels. Zur Jahrtausendwende hatte der Künstler Bjørn Elvenes nämlich ein Projekt entwickelt, mit dem aus Sortland, dem »schwarzen Land«, eine »blaue Stadt« werden sollte, Blåbyen. Er entwarf eine Farbpalette und begann die Häuser Sortlands in verschiedenen Blautönen zu streichen. Sortland war zu diesem Zeitpunkt nicht gerade ein Vorzeigestädtchen, und der Künstler wollte mit seiner Aktion die depressive Stimmung wegmalen. Die Stadtväter hatten sich für besonders clever gehalten und dafür Industriefarbe zur Verfügung gestellt, die billiger war. Der Künstler klagte wegen der mangelnden Qualität, es gab ein langes Hin und Her – nun wurde schließlich weitergemalt, in diversen Blautönen. Letztlich herrschten auch hier am Weltenende, an der Kante des Universums, Bauernschläue und die Macht des Geldes.

Am Hafen lag die »Arctic Whale«, eine Gruppe von Touristen hatte aufgeregt das Deck gestürmt. Winter Whale Watching Tours waren etwas ganz Neues, ebenso die Wintergäste, die Pauschalreisen hierher buchten. Denn wer fuhr schon freiwillig im Winter nach Nordnorwegen?

Irmi hatte es gewagt, sie war an einem windigen Tag Anfang Januar nach Kopenhagen, von da aus nach Oslo und weiter nach Narvik geflogen. Das Weihnachtsfest hatte sie knapp überstanden, aber auch nur, weil Bernhard so gar keine Antennen für seine Schwester hatte oder haben wollte.

Am 6. Januar hatte sie die Krippe weggepackt, die alte Krippe mit den versehrten Figuren, wie es sie in vielen Familien gab. Den Hirten waren die Arme schon vor vielen Jahren abgebrochen. Der eine von ihnen trug eigentlich ein Holzbündel auf der Schulter, aber ohne Arm ging das schlecht. Irmi hatte ihn immer wieder angeklebt, doch sobald sie das Holzbündel hineingeschoben hatte, löste sich der Arm wieder. Nun hatte der arme armlose Hirte keinen Job mehr. Einer der Heiligen Drei Könige hat sein Bein verloren. Wie wanderte man als Einbeiniger aus dem Morgenland heran? Der Esel war ein Dreibein, und einer der Engel hatte sich seiner Laute entledigt. Da war das Frohlocken auch nicht mehr das, was es mal gewesen war. Versehrt und arbeitslos waren sie, diese Figuren. Die lange Wartezeit im Sommer setzte ihnen zu, denn irgendwann räumte man die Kiste im Speicher eben doch um, stellte eine andere darüber – und schon gab es neue Versehrte.

Als Irmi dieses Jahr ihr Krippenvölkchen wegpackte, begann sie zu weinen, sie konnte gar nicht mehr damit aufhören. Warum war das Leben so ungerecht? Es gab immer neue Verletzungen, es ging mit großen Schritten dem Alter entgegen, das einem die Mutter nahm, den Vater, die Freunde. Es war düster in Irmis Seele.

Zwei Tage lang spürte sie gar nichts, dann regte sich in ihr ein Fluchtreflex. Wieder einmal besuchte sie Adele, berichtete ihr von einer Freundin, die sie besuchen wolle. Ausgerechnet hinter dem Polarkreis. Doch letztlich hatte Adele ihr zugeraten.

Adele war ihre Therapeutin. Niemals hätte Irmi gedacht, dass sie mal zu so einer Seelenklempnerin gehen würde. Sie musste lächeln, während sie da im Sortland Hotell saß und an Adele dachte. Das Klempnerhandwerk passte so gar nicht zu Adele Renner mit ihrer leicht entrückten Weltfremdheit. Dafür war sie mit ihrer sanften und liebevollen Art gar nicht handfest genug. Als Irmi sich irgendwann eingestanden hatte, dass ihre Schlafstörungen, ihre für sie selbst unfassbare Bedrücktheit mitten an bunten Sonnentagen das Maß des Erträglichen überstiegen hatten, war es fast schon zu spät gewesen. Sie hatte ihr sprachloses Entsetzen selber nicht verstanden, sie hatte die Bilder gesehen, die immer wieder in ihrem Inneren auftauchten, aber sie hatte mit niemandem darüber reden können. Ein gemeinsames Wochenende mit Jens, bei dem sie ihn nur noch angepflaumt und jeden seiner Blicke und Gesten falsch gedeutet hatte, war die Initialzündung gewesen. Sie konnte sich selbst zerstören, aber doch nicht die Menschen, die sie liebten. Man durfte den Besten nicht immer die schlechtesten Seiten zumuten. Aber genau das hatte sie getan.

Und so war sie an die zierliche und alterslose Adele gelangt. Weit weg von Garmisch, im Allgäu draußen, weil man sie dort nicht kannte. Adele hatte sie nicht belabert, hatte keine Gemeinplätze von sich gegeben, keine Plattitüden, aber auch nicht die ganze Zeit geschwiegen. Stattdessen hatte Adele ihr eine EMDR-Therapie angeboten, das sogenannte Eye Movement Desensitization and Reprocessing, zu Deutsch »Augenbewegungsdesensibilisierung und Wiederaufarbeitung«. So lautete die etwas sperrige Bezeichnung für eine Methode, bei der eine traumatisierte Person eine besonders belastende Phase ihres traumatischen Erlebnisses gedanklich einfrieren soll, während der Therapeut den Klienten mit langsamen Fingerbewegungen zu rhythmischen Augenbewegungen anhält. Irmi kam das alles zwar etwas merkwürdig vor, aber sie akzeptierte zum ersten Mal, dass sie an einer posttraumatischen Belastungsstörung litt. Sie begriff, dass das Eingesperrtsein mit einem Rentierschädel in einem dunklen Bunker, dass diese Todesangst, die sie dort empfunden hatte, eben doch tiefe Schäden in ihr hinterlassen hatte. Und weil die Methode des EMDR nach dem Tsunami im Indischen Ozean 2004 bei den Überlebenden so gut funktioniert hatte, vertraute Irmi dieser kleinen Frau. Vielleicht auch, weil diese selbst so unperfekt wirkte.

Adele hatte sich Irmis Reisepläne angehört und sie letztlich gutgeheißen, trotz des merkwürdigen Ziels. Kathi hingegen hatte Irmi angesehen, als sei sie geistesgestört, als sie ihr erzählte, dass sie mitten im Winter nach Nordnorwegen fahren wollte. »Was willst du denn auf einer windgepeitschten Insel am verschissensten Arsch der Welt? Da wird ja selbst ein Bauerntrampel wie du depressiv«, hatte sie gesagt. Von Irmis Therapie wusste sie ja nichts. Irmi hatte nur gutmütig gelacht. Eigentlich sollte die Reise ihre Schwermut ja eher vertreiben. Kathi hatte ihr zu Ayurveda in Sri Lanka oder zumindest zu »so einem Wellness-Chichi auf Malle« geraten.

Doch Irmi war nordwärts geflogen.

Wieder trank sie einen Schluck von ihrem Kaffee und winkte einem Mann auf dem Schiff zu. Sie selbst hatte kürzlich auch so eine winterliche Whale Watching Tour mitgemacht, mit Ssemjon, der seinen Namen den Eltern zu verdanken hatte, die glühende Tolstoi-Anhänger waren. Ssemjon war Deutscher und hatte ein Guesthouse an einer windigen Inselspitze. Er war extrem wetterfest und voller Euphorie. Auch Irmi hatte sich nach einiger Zeit den Norwegern angepasst und trug nun über ihren ohnehin schon warmen Klamotten einen dieser typischen Overalls. Schmeichelhaft für die Figur waren sie nicht gerade, denn sie machten einen zum Michelinmännchen oder Öltank. Aber nicht umsonst hatte das halbe Land sie – sie waren wattiert, wasserfest, winddicht.

Mit dem Schiff waren sie bis in den engen Trollfjord eingefahren, dessen Ende zugefroren war. Irmi war es fast unglaublich erschienen, dass die Schiffe der Hurtigruten hier wenden konnten. Seeadler hatten über dem Boot gekreist, das Licht hatte Feuersbrunst am Himmel gespielt. Sortland war Anlegestation, und immer wenn eines der stolzen weißen Schiffe der Hurtigruten kam, blieben Autos auf der Brücke stehen, und es wurde fotografiert. »Man hat schon ein Halteverbot auf der Brücke diskutiert«, hatte Ssemjon erklärt. »Doch der Antrag wurde abgeschmettert: Die Hurtigruten ist ein Teil der nationalen Identität, so viel Zeit muss eben sein!«

Und Zeit hatte Irmi genug in dieser anderen Welt, die sich aus Eis und Wind, aus Licht und so viel Dunkelheit jeden Tag neu erschuf. Ihre Finger waren bei der Whale Watching Tour an Deck des Schiffes zusehends zu Eiskrallen geworden, aber sie hatte den Auslöser der Kamera, die Kathi ihr mitgegeben hatte, nicht loslassen können. Ein Lob auf die Michelinmännchenbekleidung. Nur Ssemjon hatte ohne Mütze im Wind gestanden und gelächelt, weil er fand, dass seine Wahlheimat der schönste Platz der Welt war, gerade jetzt, wo die Fjordberge immer schwärzer wurden. Und es schon um drei Uhr nachmittags Nacht wurde. Irmi verstand ihn gut. Erst nach einiger Zeit hatte sie den Rhythmus hier begriffen, die Welt war langsamer geworden, nichts zählte mehr, nur das Licht, das zauberhafte, betörende Licht.

Nachdem Irmi ihre Einkäufe erledigt hatte, fuhr sie zurück nach Bø, an jenem Berg vorbei, der wie ein Spaten aussah. Es war stockdunkel, als sie nach gut einer Stunde Fahrt über kurvige Sträßchen im Guesthouse in Ringstad ankam, ihrem Zuhause auf Zeit. Vom offenen Meer blies ein scharfer Wind in den Vesterålsfjord herein, und es riss ihr fast die Tür aus der Hand, als sie die Tüten ins Haus schleppte. Kaum hatte sie alles eingeräumt, da klingelte das Schnurlostelefon, das auf der Theke lag. Sie hob ab und verstand erst gar nichts.

Es war Kathi. Wie war sie an ihre Telefonnummer gekommen? Es rauschte, fast wie der Wind draußen. Immer wieder brach Kathis Stimme ab. Nur eines war ganz klar zu verstehen: »Du musst zurückkommen.« Irmi begab sich mit dem Mobilteil näher zur Ladestation, und das Rauschen wurde zu einem Rascheln.

»Erzähl das bitte noch mal. Ich kann dich nur ganz schlecht verstehen«, sagte Irmi und starrte auf ein grandioses Foto an der Wand, das ihr Domizil am Wasser zeigte. Darüber war das Nordlicht zu sehen, Aurora borealis genannt – ein Spektakel, das süchtig machte. Das Foto war nur eines von vielen, die Ian aus seiner schwarzen Kamera zaubern konnte. Seine Bilder konnten einen zu Tränen rühren, so schön waren sie.

Irmi hatte Carina und Ian vor einigen Jahren in Garmisch kennengelernt, wo sie Urlaub gemacht hatten – voller Sehnsucht nach unberührter Natur, von der sie im Ruhrgebiet, wo sie damals wohnten, nicht genug finden konnten. Inzwischen hatten die beiden eine alte Handelsstation in der Inselwelt der Vesterålen gepachtet, in der sie Zimmer vermieteten, und sie hatten Irmi per E-Mail herzlich dorthin eingeladen. Ian veranstaltete nicht nur Schneeschuhwanderungen, Touren mit dem Winterkajak und Adlersafaris, sondern auch großartige Fotokurse, die irgendwo im Nirgendwo einer Bucht hinter den Schären stattfanden. Er hatte Irmi ein paar Privatstunden gegeben und ihr dabei erklärt, dass es nur einen hassenswerten Buchstaben im Alphabet gebe: P wie Programmautomatik. Ian war ein Magier der Blende und gab sein Wissen gern weiter. Selbst Irmi hatte am Ende spektakuläre Fotos gemacht. Die würden ihr bleiben, auch wenn sie wieder in Deutschland wäre.

Doch was wollte Kathi von ihr?

Der Bericht ihrer Kollegin war schnörkellos. Es ging um einen Tennenbrand in Unterammergau. Um zwei Tote im Silo und zwei Alte, die nicht zu Schaden gekommen waren. Kathis Rede wurde immer wieder unterbrochen von einem kaum vernehmbaren Schlucken.

»Der Chef und die Staatsanwaltschaft wollen jemanden von außen holen, weil du nicht da bist. Jemanden aus München.« Wieder eine kurze Pause. »Wir brauchen hier niemanden aus München. Ich hab gesagt, dass du zurückkommst. Ich, ach ... Ich war mir sicher, dass du zurückkommst.«

Es blieb still am anderen Ende der Leitung. In der Küche

klapperte irgendwer mit Geschirr. »Aber jetzt nicht mehr?«, fragte Irmi. »Jetzt bist du dir nicht mehr sicher?«

»Nein, ich hätte dich nicht stören dürfen. Es ist absurd, ich ...«

Es kam Irmi vor, als sei Kathi überraschend stark aus der Bahn geworfen. Sie war fast schon beklemmend leise und zurückgenommen. War das »ihre« Kathi, die sagte: »Ich hätte dich nicht stören dürfen«? Kathi, das Sturmtief? Kathi, Taifun und Tornado in Personalunion? Das Mobilteil des Telefons begann zu piepsen, schrill und nervtötend.

»Kathi, ich ruf sofort zurück. Ich glaube, der Akku gibt gerade auf.« Klack.

Irmi ging die steile Treppe hinauf in ihr Zimmer, das ihr in den letzten drei Wochen zum Zuhause geworden war. Es dauerte eine Weile, bis sie ihr Handy gefunden hatte, es steckte oben im Koffer, in der Deckeltasche, in die sie gebrauchte Wäsche zu stecken pflegte. Sie schaltete es ein, und mit dem Aufflackern des Bildschirms, mit diesem Startton, den sie nun schon so lange nicht mehr gehört hatte, passierte etwas in ihr. Es war wie ein Ruck, und ein Lächeln huschte über ihr Gesicht. Da war sie wieder: Irmi Mangold, Hauptkommissarin aus Schwaigen in Oberbayern.

Sie ging ins Bad und schaute in den Spiegel, der zu hoch hing – dabei war sie wahrlich nicht klein. Sie reckte sich ihrem Spiegelbild entgegen und lächelte wieder. Auf einmal war es so mühelos. Als wäre es das Einfachste der Welt. Der Weg lag klar vor ihr, ein Weg, den sie schon verloren geglaubt hatte.

Sie ging hinaus auf die steile Außentreppe, denn drinnen unter dem Dach war kein Empfang. Sie wählte eine Nummer und hatte im nächsten Moment ihren Chef am Apparat. Sie redeten ein paar Minuten. »Wir brauchen niemanden aus München«, lautete Irmis letzter Satz.

Dann rief sie Kathi zurück. »Ihr müsst mit Hochdruck an der Identifizierung arbeiten. Es wird ein klein wenig dauern, bis ich zu Hause bin. Der Weg vom Polarkreis zurück in die Welt zieht sich.« Irmi lachte.

Die Tränen traten ihr in die Augen, sie war so dankbar, so demütig. Wie oft hatte sie diesen Moment herbeigesehnt, den Moment, an dem sie sich wieder spüren würde, eine Irmi mit klaren Gedanken und klarem Blick. Sie hatte versucht, die Normalität herbeizukämpfen. Dann war sie wieder in ein tiefes Loch gefallen und hatte darüber nachgedacht, was eine berufsunfähige Polizistin wohl tun könnte. An der Supermarktkasse arbeiten? Oder putzen gehen? Dabei hasste sie Putzen!

Und nun war es auf einmal so leicht, ohne Vorwarnung, ohne Kampf. Was Kathi erzählt hatte, war grausam und gruselig. Aber Irmi freute sich, denn das war es doch, was ihr Leben ausmachte. Sie musste forschen und wühlen in den Exkrementen menschlicher Leben, und diesmal freute sie sich darauf. Nicht auf die Exkremente, aber darauf, das zu tun, was sie konnte: genau hinsehen, genau hinhören.

»Du kommst?« Kathi klang ungläubig.

»Was für eine Frage! Wir reden von Unterammergau. Das ist ein Dorf voller Gallier. Da brauchen wir keine Münchner.«

Wir – es jubelte in ihr. Wir, wir, wir.

»Puh, da bin ich aber froh. He, du alter Bauerntrampel,

du hast mir gefehlt«, sagte Kathi leise, und es klang ein wenig so, als schniefte sie.

Natürlich war der Abschied am nächsten Tag etwas wehmütig. Ein letztes Mal war Irmi mit Carina in Straume im Supermarkt, bevor sie am Abend fliegen würde. Sie waren in der kleinen Kunstgalerie, bei der Tankstelle und auf der Post gewesen. Dann waren sie weiter nach Bø in einen Haushaltswarenladen gefahren, und während Carina wieder irgendwas suchte, hatte Irmi eine Abschiedstour zu ihrem Lieblingsplatz gemacht, einer eindrucksvollen Skulptur mit dem Titel »Der Mann vom Meer«.

Auf dem Weg dorthin kam sie an den voll behängten Gestellen mit Stockfisch vorbei, der insgesamt sicher zwei Millionen Euro wert war, wenn es sich um Fisch der besten Qualität handelte. Sie legte einen Abstecher in das kleine Museum ein, das vor allem Regine Norman gewidmet war, einer mutigen Frau, deren bösartiger Mann ihr das Schreiben hatte verbieten wollen. Deshalb hatte sie heimlich in einer Höhle geschrieben, bevor sie schließlich vor ihm geflohen war. 1913 war sie die erste Norwegerin gewesen, die sich scheiden ließ. Im Museum war auch ein Christbaum aufgestellt, wie ihn die Menschen hier oben früher selbst angefertigt hatten. Da es auf den Inseln keine üppigen Wälder mit Nadelbäumen wie in Irmis Heimat gab, hatten die armen Fischer Löcher in einen Birkenstamm gebohrt und Wacholderzweige hineingesteckt.

Schließlich erreichte sie den »Mann vom Meer«, eines von dreiunddreißig Land-Art-Kunstwerken im Nordland. Die gusseiserne Skulptur blickte über Inseln, die einst bewohnt gewesen waren, deren Menschen aber 1950 umgesiedelt wurden, weil der Staat nicht wegen ein paar Insulanern Wasser und Strom dorthin legen lassen wollte. Der über vier Meter lange Mann stand fest verankert da. Sein starkes Rückgrat war dem Wasser abgewandt. In die Rückseite der Skulptur war eine kleine Frauenfigur aus Gold eingelassen. Irmi blickte in den Himmel, der inzwischen dunkelrot geworden war, und nickte der goldenen Frau zu. Frauen stärkten Männern den Rücken.

Sie dachte an Jens, den sie über ihre Auszeit informiert hatte. Ja, es war ein formelles Informieren gewesen, eine Art Abwesenheitsnotiz für Geschäftsfreunde. So redete man nicht mit dem Mann, den man liebte. Jens wusste zwar als Einziger, dass Irmi sich Hilfe geholt hatte, aber Genaueres wusste er nicht. Er hatte ihr Glück gewünscht und sie gebeten, sich zu melden, wenn es an der Zeit sei. Er werde auf sie warten, ein ganzes Leben. Sie beschloss, ihn von zu Hause aus anzurufen.

Später traf sie sich mit Carina in einem Café. Die beiden Freunde würden ihr fehlen. Ian, der Engländer aus Cornwall, der einst in Deutschland beim Militär gewesen war und da schon alles und jeden fotografiert hatte. Als Lastkraftwagenfahrer war er eine Weile im Ruhrgebiet gefangen gewesen, wo er Carina getroffen hatte, die norwegische Fremdsprachensekretärin, auch sie Kind einer vom Wind gepeitschten Insel am Polarkreis.

Dass schon heute Abend ein Platz in einem Flug von Narvik nach München mit nur einem Umstieg in Oslo frei gewesen war, kam Irmi wie ein Wink des Schicksals vor. Das würde keine lange Flugexpedition werden wie auf dem Hinweg, als sie mehrmals hatte umsteigen müssen, mit Verspätungen und langen Aufenthalten in irgendwelchen Wartehallen.

Ganz so reibungslos ging es dann aber doch nicht vonstatten. Das Flugzeug bekam zunächst keine Starterlaubnis, und die Passagiere lungerten eine ganze Weile auf dem Vorfeld herum. Als sie endlich abgehoben und die Flughöhe erreicht hatten, leuchtete der Himmel. Die Fluggäste hingen alle auf einer Kabinenseite, staunten, stießen spitze Schreie aus, versuchten durch die kleinen Fenster zu fotografieren. Und doch gab das Nordlicht einzig für Irmi ein letztes furioses Spiel. Bis der schwarze Vorhang der Nacht fiel. Sie würde in jedem Fall wiederkommen an dieses Ende der Welt, allein wegen der Aurora borealis. Sie hatte das Nordlicht gesehen und war süchtig geworden.

Schon am ersten Tag ihrer Anwesenheit hatte Ian Irmi entführt. Mit der Stirnlampe auf dem Kopf waren sie hinausgegangen, dorthin, wo es knackte und knarzte. Ebbe und Flut arbeiteten im Eis der zugefrorenen Buchten. Ian hatte Schneekristalle aufgehoben, schweigsam und andächtig. Immer wieder hatte er zum Himmel geblickt. Ob es kommen würde? Es verging eine weitere Stunde. War das eine Wolke dort oben? Nein, es war eine gräuliche Schliere, die ganz plötzlich am Himmel erschien. »Das kann der Beginn des Nordlichts sein, sie kann aber auch wieder verschwinden«, hatte Ian gesagt. Irmi hatte den Kopf in den Nacken gelegt und gespürt, wie sie Gänsehaut bekam. Sie wollte es zwingen, wollte das Nordlicht herbeihypnotisieren. Doch die Natur kann man nicht zwingen, wenn der Mensch das nur begreifen würde. Sie hatte tief durchgeatmet und die Schultern entspannt. Langsam waren sie zum Guesthouse zurückgegangen. Auf einmal hatte es begonnen. Die Aurora borealis färbte den Himmel, waberte, formierte sich neu, verlief wieder. Changierte in allen sphärischen Abstufungen von Grün. Verwirrende Schönheit! Der Mensch war so klein dagegen, ein Wicht – und Irmi war so dankbar gewesen. Vom ersten Tag an.

Sie war eingetaucht in das norwegische Leben, von Anfang an. Carina hatte eine Weihnachtsfeier nach der anderen zu organisieren gehabt, einige davon hatten erst nach Weihnachten stattgefunden, weil vorher immer so viel los gewesen war. Die Gäste hatten Irmi zugeprostet, sie wusste nur selten, mit dem wievielten Aquavit. In der Küche des Guesthouse hatte der tschechische Koch Lutefisk zubereitet, jene gewöhnungsbedürftige Weihnachtsspezialität, für die der Trockenfisch abwechselnd in Natronlauge und Wasser eingelegt wird. Auch das Essen war mit Aquavit besser zu überstehen, dem alle üppig zusprachen. Man gab Kinderreime zum Besten, zum Beispiel den vom Hühnchen, das einfach tot vom Zaun fiel. Ganz schön makaber für einen Kinderreim, fand Irmi, auch wenn das Hühnchen am Ende zum Engel wurde. Was sollten die Kinder daraus lernen? Die heitere Runde nötigte Irmi, das Gesicht so ins Deutsche zu übersetzen, dass es sich reimte. Irmi gab alles und dichtete:

Hühnchen saß auf dem Zaun ganz munter.
Hühnchen fiel hinunter.
Kein Arzt konnt helfen in der Not,
denn Hühnchen war schon tot.
Hühnchen kam in den Himmel droben,
Hühnchen konnt es dort nur loben.
Hühnchen wurd ein Engel schnell
in des Himmels Schloss so hell.

Die Zuhörer johlten, und Ian heftete Irmi den Vesterålen-Dichterpreis an – in Form einer zerbrochenen Muschel. Diese lag nun im Bauch des Flugzeugs, sicher eingehüllt in eine Stinkesocke in Irmis Koffer. In jenen feuchtfröhlichen Nächten hatte man auch ein Weihnachtslied gesungen, das die Melodie von »Meine Oma fährt im Hühnerstall Motorrad« hatte. Irmi summte es leise im Flugzeug vor sich hin und sah dabei noch einmal in die Nacht hinaus. Bestimmt würde sie wiederkommen, aber jetzt hatte sie erst einmal in Bayern zu tun. Daheim! Daheim, endlich!

Sie kamen noch später als geplant in München an, weil es zunächst keine Landeerlaubnis gegeben hatte. Zu viel Schnee, hatte es geheißen. Wurde es nicht eigentlich jedes Jahr Winter? Launig hatte der Kapitän damit gedroht, dass er wegen des Nachtflugverbots in München dann wohl in Linz landen müsse. Nachts um elf im Schneesturm in Linz, na, das waren Aussichten! Irgendwie war es ihm dann aber doch noch gelungen, kurz vor knapp in München niederzugehen.

Es war nach elf, als Irmi ihr Gepäck hatte, den Ankunftsbereich verließ und gegen eine Wand von Menschen lief. Es war doch immer höchst merkwürdig, wenn man in all die erwartungsfrohen Gesichter sah, in die suchenden Blicke, wenn man die Enttäuschung spürte, dass die eigenen Lieben noch nicht dabei waren.

Kathi trug eine kurze grasgrüne Daunenjacke und passende grüne Stiefel und belebte damit das Einerlei an dunklen Wintermänteln. Sie stand etwas abseits und hob die Hand zu einer Art Winken, als sie Irmi entdeckte. Betrachter dachten vermutlich, dass hier eine sehr schlanke Tochter ihre nicht so schlanke Mutter abholte. Die Schlemmerei in Norwegen war nicht gerade ein Diättrip gewesen.

»Hei«, sagte Irmi und blieb stehen. Es wäre ihr unpassend vorgekommen, Kathi zu umarmen.

»Hei«, sagte Kathi. »Ich dachte schon, ihr kommt gar nicht mehr.«

Während sie über den verzögerten Start und das Nordlicht plauderten, erreichten sie das Auto und wenig später den Autobahnzubringer. Er schneite wirklich wie verrückt, und Kathi fluchte über die »Erzdeppen, die besser daheimbleiben sollten«, und über die »bleden Münchner, die ihren Ring nicht räumen und eh nicht Auto fahren können«. Auf der Garmischer Autobahn lag eine geschlossene Schneedecke, und sie hatten schon die Starnberger Ausfahrt erreicht, als Irmi sich erkundigte: »Weiß man schon was?«

Kathi schüttelte den Kopf. »Wenig. Die eine Frau könnte Ionella Adami sein, eine junge Rumänin.«

»Rumänin?«

»Ja, sie hat bei der Familie, wo die Tenne abgebrannt ist, als Pflegekraft gearbeitet. Du weißt schon, diese Frauen aus Rumänien oder Polen, die ein paar Wochen bleiben, bevor die Nächste kommt. Und so weiter.«

Auch wenn schon ein langer Tag hinter ihr lag, war Irmi nun hellwach. Eine junge Rumänin starb in einem Silo in Unterammergau? Und mit ihr eine weitere Person?

Weil Irmi gar nichts sagte, fuhr Kathi fort: »Ich hab schon mal kurz mit Andrea und Sailer darüber diskutiert, und die haben gemeint, das sei inzwischen gang und gäbe. Ich war etwas überrascht, weil ich immer gedacht hab, auf den Bauernhöfen funktioniert das noch besser mit dem Generationenvertrag. Ich meine ...«

Ach Kathi, dachte Irmi. Auf der Alm, da gibt's koa Sünd, und am Hof, da gibt's koane Probleme ... Da sitzen die Alten im Austragshäusl inmitten von Streuobstwiesen, und die Omama pflegt noch ein wenig den Bauerngarten, und der Opapa fährt noch mit dem alten Dieselross das Wasserfass auf die Weiden. Am Ende schläft die Omama vor einer Kochsendung im BR zum letzten Mal friedlich ein, und der Opapa beendet sein Leben am Hausbankerl.

Aber so war es eben nicht mehr! Viele aus der jüngeren Generation waren Nebenerwerbsbauern, hasteten nach der frühen Stallarbeit auf die Baustelle oder in eine Fabrik, und kaum waren sie daheim, war der Stall wieder dran. Ihre Frauen hatten längst Jobs, die schicke Kleidung und Pumps erforderten. Und selbst auf den Höfen, wo der Jungbauer wirtschaftete und die Eltern nebenan lebten, war wenig Raum für Pflege. Meist machte es der Sohn dem Vater nicht recht, und die Alten konnten nicht loslassen.

»Wie ist denn die Situation in dieser Familie?«, fragte Irmi möglichst neutral, obwohl es in ihrem Inneren toste. Ihr war jetzt schon klar, dass in diesem Fall jede Menge Sprengstoff lag.

»Die Frau ist schwerst dement, der Mann noch recht fit, aber sie sind halt sehr alt, oder! Beide weit über neunzig. Es gibt zwei Söhne, Frauen, Enkel ... Ich hab mal eine Art Stammbaum der Familie Schmid erstellt.«

»Super, den schau ich mir morgen mal an. Habt ihr schon alle befragt?«

»Noch nicht alle. Natürlich sind die total durch den

Wind wegen des Brandes. Die Tenne ist komplett hin. Und keiner weiß, wo Ionella abgeblieben ist. Die Aussagen hab ich zusammengestellt, bisher ist alles noch sehr dünn, und wir warten auf die Identifizierung der Leichen.«

»Ist diese Ionella denn als vermisst gemeldet?«

»Nein, das nicht. Franz Schmid, der eine Sohn des Alten, und der Enkel Thomas – beides granatenmäßige Ekelpakete – waren der Meinung, die Ionella sei abgehauen, weil das *solche* ja gerne tun.«

Irmi grinste. Ja, sie war schlagartig angekommen in Kathis Sprachwelt. »Solche?«

»Na ja, die Herren halten wenig von den ›Weibern aus den Karpaten‹. Originalton. Die Familie hat wohl schon einige Mädels verschlissen. So einfach war das offenbar nicht.«

Kathi hatte eine so begnadete Art, Kompliziertes in wenigen treffenden Worten zusammenzufassen, dachte Irmi.

»Klar ist das nicht einfach«, sagte sie. »Da kommt so ein Mädchen vielleicht wirklich irgendwo aus den Karpaten und soll vierundzwanzig Stunden am Tag präsent sein. Ob sie überhaupt alles versteht ...«

»Sicher ned, wenn die so richtig ugauerisch redn«, meinte Kathi grinsend.

»Eben. Daran scheitern doch schon die Preißn, und die sind immerhin deutsche Muttersprachler«, konterte Irmi. »Und davon mal abgesehen: Die Alten sind sicher nicht immer lieb und pflegeleicht, und nicht jede dieser jungen Frauen weiß vorher, worauf sie sich da einlässt. Manche werden ihren Vorteil suchen, andere werden viel zu jung und sensibel sein. Da prallt so viel aufeinander!«

Irmi war sich bewusst, dass auch die finanzielle Lage in

vielen Familien katastrophal war. Bauernrenten waren weniger als Almosen, die Kosten für ein Pflegeheim waren meist nicht aufzubringen. Da war diese Nebenwelt der Pflege oft die einzige Chance, auch wenn die Kinder ein schlechtes Gewissen hatten, weil sie selbst nicht genug anpackten. Denn tief drinnen wusste die jüngere Generation natürlich, dass die Alten auch deshalb so wenig abgesichert waren, weil sie nie etwas von ihrem Besitz verkauft, sondern immer nur »das Sacherl beieinandgehalten« hatten. Weil sie neue Laufställe für die Kühe zu einem Preis gebaut hatten, für den andere sich eine Villa mit Meerblick auf Malle gekauft hätten. Weil die Kredite wie ein Albdruck über den mit Solarpanels bedeckten Dächern dieser Ställe lagen. Vorsorge war ein Unwort gewesen, und auf einmal war die Quittung da. Diese Ostmädels waren die einzige Chance. Irmi wusste das, sie kannte das aus einigen Familien, wo sich Rumäninnen und Polinnen die Klinken in die Hand gaben.

Ihre eigenen Eltern waren zu Hause gestorben, sie und Bernhard hatten letztlich Glück gehabt. Vater und Mutter waren ohne lange Leidenszeit gegangen. Ihre Mutter fehlte ihr plötzlich so sehr. Die Trauer war wie ein böser Stich, der sie in unregelmäßigen Abständen quälte. Es tat noch immer sehr weh, und das würde wohl ewig so bleiben.

»Wurde denn sonst noch etwas Verwertbares gefunden?«, fragte Irmi und versuchte sich wieder auf den Fall zu konzentrieren.

»Beide Leichen sind Frauen. Das weiß die Gerichtsmedizin ganz sicher«, sagte Kathi zögerlich.

»Ach!«

»Ehrlich gesagt, hatte ich angenommen, es würde um ein

Verhältnis oder so gehen. Ein Lover und seine Geliebte vielleicht.«

»Ein Schäferstündchen im Silo? Das ist aber kein guter Platz.«

»Und ein Schäferstündchen zwischen zwei Frauen im Silo macht es noch komplizierter«, sagte Kathi. »Und das in Ugau.«

Irmi starrte hinaus ins Dunkel. »Sonst noch was?«

»Eine der Frauen hatte ein Handy dabei, das ist aber völlig zusammengeschmolzen. Man konnte keine Anrufe oder irgendwelche anderen Daten retten. Es war ein Smartphone von Samsung, immerhin das weiß die KTU. Das war's aber auch schon. Bis jetzt sind keine Vermisstenmeldungen eingegangen. Aber jetzt komm du doch erst mal richtig an, oder!«

Als Kathi Irmi in Schwaigen absetzte, war es nach eins. Der Schnee fiel unermüdlich weiter. Irmi bedankte sich und schloss die Haustür auf. Sie stutzte kurz, als sie den Gang betrat. Erst kürzlich hatte er einen neuen Linoleumboden bekommen, der wie Holzdielen aussah, und sie hatte sich noch nicht an den Anblick gewöhnt. Der alte karierte, bei dem an manchen Stellen schon das Jutegewebe herausgekommen war, hatte seinen Dienst ja wirklich getan, aber irgendwie hatte Irmi ihn in Gedanken noch abgespeichert.

Sie machte Licht und ging in die Küche. Auf dem Tisch stand ein Schokonikolaus, und daneben lag ein Zettel: »Wellcom, Schwester!« Irmi lächelte, während sie auf einen Stuhl glitt. Das Englische war nicht gerade eine Stärke ihres Bruders. Aber sie war gerührt.

Von einem Kissen erhob sich etwas Schwarzes. Katzenbuckel! Der kleine Kater, der schon längst nicht mehr klein war, sondern ein Mordsbrackl geworden war. Er sprang auf den Tisch, gab Irmi einen gewaltigen Nasenstüber, gähnte und begann zu schnurren. Irmi kraulte ihn unterm Kinn. »He, Süßer. Du stinkst ganz schön aus dem Hals!«

Sie war daheim. Vom Gang kam ein merkwürdig kratzendes Geräusch. Der alte Kater hatte Irmis Koffer, den sie dort abgestellt hatte, umgeworfen und herzhaft draufgepinkelt. Nun kratzte er ein wenig halbscharig auf diesem neuen Katzenklo herum und bedachte Irmi mit einem vernichtenden Blick. Dann zeigte er ihr das Hinterteil und wackelte in seinem Djangogang davon. Der alte Kater war schwer beleidigt und nicht gerade auf Willkommenskomitee eingestellt. Irmi wischte das Malheur weg. Prima, die erste Amtshandlung daheim war das Eliminieren von Katzenpisse. Einfach großartig!

3

Als Irmi erwachte, war da Licht. So viel Licht. Sie sah auf die Uhr, es war gerade mal sieben, draußen lag Schnee, und über dem Schnee war es noch viel heller. Fast vermisste sie das polare Heraufblauen des Morgens, das sich den ganzen Vormittag Zeit nahm. Hier war es viel früher hell, und das Licht forderte einen heraus. Sie zog sich an und schlenderte in die Küche, wo wenig später auch Bernhard auftauchte.

»Danke für den Willkommensgruß«, sagte Irmi und umarmte ihn kurz. Ihr Bruder war steif wie ein Brett. So viel Nähe war nicht sein Ding.

»Passt scho«, sagte er und goss sich Kaffee ein. »Die Kathi hatte angerufen und wollte deine Nummer wissen. Ich war mir nicht sicher, ob ich …«

»Passt scho«, sagte nun Irmi. Weil sie wusste, dass Bernhard nie von sich aus »Wie war's?« oder etwas ähnlich Intimes gefragt hätte, begann sie von sich aus zu erzählen. Nur knapp schilderte sie das Licht und das Fehlen von Licht, ehe sie den aktuellen Fall thematisierte. »Das mit dem Brand ist eine scheußliche Sache. Wart ihr auch da?«

»Nein, aber die Ogauer, Saulgrub, Ettal und Altenau.«

»Gehört hast du aber davon?«

»Sicher, es verbrennen ja ned täglich zwoa Leit.«

Sie tranken schweigend ihren Kaffee, bis Bernhard eine fahrige Bewegung machte und sich der Inhalt seiner Tasse über Irmi ergoss. Beide sprangen auf, um ein Geschirrhandtuch zu holen. Es hatte gewisse Gebrauchsspuren, stellte

Irmi fest. In ihrer Abwesenheit hatte Bernhard das gute Stück sicher nicht gewaschen.

»Passt scho«, sagte sie wieder und zog sich um. Als sie erneut in der Küche saß, mit einer frischen Jeans und einem neuen Fleecepulli, auf dem »Norge« stand, schmierte sie sich erst mal ein Marmeladenbrot und fragte dann:

»Und was meinst du zu der ganzen Sache?«

»Dass ich den Kaffee ausgekippt hab?«

»Nein, zum Brand!«

»Mei, wenn ma ned woaß, wie schnell des im Silo mit dene Gase geht ... Wie damals beim Brandl.« Bernhard zuckte mit den Schultern.

Der Brandl, ein entfernter Nachbar, war ins Hochsilo gestiegen, um irgendwas an der Treppe zu reparieren. Dabei hatte er die Gefahr komplett verkannt, obwohl er natürlich davon gewusst hatte. Der Kohlenstoffdioxidanteil in den Gärgasen war besonders hoch, und das geruchlose Zeug hatte sich wie ein See am Boden des Silos gesammelt. Wahrscheinlich hatte der Brandl unterschätzt, wie hoch das Gas schon gestiegen war. Jedenfalls war er bewusstlos geworden, von der Leiter gefallen und dann weiter nach unten ins Silo gestürzt. Als sie ihn gefunden hatten, war er bereits tot gewesen.

»Aber wozu steigt jemand in ein Silo?«, fragte Irmi.

»Um die Katz zu retten«, brummte Bernhard. »Du wärst doch auch so dämlich, wenn's um deine bleden Kater ginge.«

»Wie? Was für eine Katz?«

»Im Silo waren die zwoa Toten und a tote Katz«, sagte Bernhard.

»Wie bitte? Woher weißt du das denn?«

»Vom Herbert. Ich hab ihn bei der Sitzung von den Waldbauern getroffen.«

Irmi sah ihren Bruder entgeistert an. »Und warum hat Kathi davon nix gesagt?«

»Des, liabe Schwester, woaß i ned. Aber des muass bled g'laffa sei. Als die Feuerwehrler die zwei Leichen nausbracht ham – solche Drecksarbeit derfen ja mir machen –, is oaner von die Feuerwehrleut wohl no auf die Überreste einer toten Katz g'stiegen und hot sie nausg'haut. Die Katz ham am andern Tag dann die Brandermittler g'funden. Was woaß denn i, wie des genau war. I muss jetzt auf Garmisch. Pfiat di.« Er ging zur Tür und drehte sich nochmals um. »Schön, dass du wieder da bist. Habe die Ehre!«

Das klang zwar ein wenig linkisch, aber Irmi war gerührt. Das war für ihren Bruder sehr viel gewesen, ein emotionales Aufbäumen quasi!

»Ich freu mich auch. Sehr!«, antwortete sie.

Eine tote Katze. Wieso hatte ihr das niemand gesagt? Wussten die Kollegen das am Ende noch gar nicht? Es konnte tatsächlich sein, dass die beiden Frauen die Katze hatten retten wollen. Andererseits: Zwei Leute stürzten einer Katze hinterher? In einem hatte Bernhard in jedem Fall recht gehabt: Sie selbst hätte wahrscheinlich auch zu spät nachgedacht und in erster Linie ihre Kater bergen wollen.

Als Irmi ihr Büro betrat, waren die anderen schon alle da. Wie die Orgelpfeifen waren sie aufgereiht. Sepp, der fast einen Meter neunzig maß. Sailer mit seinen kompakteren eins fünfundsiebzig. Andrea, die noch etwas kleiner war, und Kathi, die immer großen Wert darauf legte, »oans zwoarasechzig« zu sein und keinen Zentimeter kleiner.

Andrea löste sich aus der Gruppe und fiel Irmi um den Hals. Dann sprang sie sofort zurück.

»'tschuldigung, ich freu mich nur so!« Sie war ganz rot geworden.

Irmi lachte. »Ich freu mich auch. Bis auf die von Kathi, die mich gestern netterweise abgeholt hat, hätte ich auf die anderen Begrüßungen allerdings auch verzichten können. Mein Kater hat mir auf den Koffer gepinkelt, und mein Bruder hat heißen Kaffee über mich geschüttet.«

Alle lachten. Irmi blickte in die Runde. Da waren sie, ihre Leute. Sie war gerade mal vier Wochen weg gewesen, und doch war es ihr viel länger vorgekommen. Über dem Polarkreis herrschte eben eine andere Zeit. Sie war wie ein Gummiband, mal ganz straff, dann so dehnbar. Und auf einmal war Carina weit weg, dabei hatte ihre Freundin sie gestern noch zum Flugplatz gefahren.

»Aha, da war's Eahna dann doch zu koid in so einem Samizelt, oder, Frau Mangold? Und des Rentier schmeckt doch aa ned«, sagte Sailer und lächelte gutmütig.

Potzdonner, dachte Irmi, den Sailer durfte man nicht unterschätzen. Sprach von Samizelten und Rentieren. Der kannte sich aus.

»Der Elch schmeckt ja aa recht hantig«, schickte Sepp hinterher.

Irmi lächelte. Richtig kosmopolitisch waren sie, ihre Werdenfelser Manderleit.

»Danke«, sagte sie dann. »Ich freu mich sehr, wieder bei euch zu sein. Und ich freu mich auch darauf, mit euch an dem Fall zu arbeiten.« Sie stockte kurz. »Außerdem wollte ich mich entschuldigen. Ich war vor meiner Abreise manchmal ungerecht ... Ich ...«

»Passt scho, Frau Mangold, die Kathi is des oiwei, und die fahrt ned bis zu den Eisbären zur Läuterung«, meinte Sailer und grinste verschmitzt.

Sepp begann polternd zu lachen, Andrea gluckste, und Kathi zeigte Sailer den Stinkefinger. Irmi war wieder angekommen. Endgültig.

Ihr Blick fiel auf das Flipchart.

»Ist das die Familie?«

»Ja«, sagte Kathi. »Schau mal, Schmid Xaver und Notburga, genannt Burgi, sind die beiden Alten. Franz Schmid, Sohn Nummer eins, ist mit Rita verheiratet. Beide sind um die fünfzig und wohnen in bad Paranoien. Er arbeitet in Peißenberg bei der Agfa, seine Frau jobbt Teilzeit im Tourismusbüro, auch in bad Paranoien.«

Imri grinste. Seit Kathi mal schlimme Erfahrungen in Bad Bayersoien gesammelt hatte, nannte sie den Ort nur noch bad Paranoien, wobei sie den ersten Teil wie das englische »bad« aussprach. Sie hatte einen Freund in dem Ort gehabt, doch das Ergebnis der Liaison war katastrophal gewesen. Der »Laff« sei ein »echtes Arschgeigerl« gewesen, hatte sie hinterher erzählt. Nun stand bad Paranoien unter Generalverdacht.

»Hier hast du Veronika, die Tochter von Franz und Rita. Sie ist Mitte zwanzig, ledig und Kindergärtnerin in Ogau. Ihr Bruder Thomas arbeitet auf dem Bau. Beide wohnen noch daheim. Der zweite Sohn der beiden Alten heißt Markus. Er betreibt einen Biobauernhof in Scherenau.

Seine Frau Renate ist ebenfalls Landwirtin und macht den Hofladen. Deren Tochter Anna Maria arbeitet in Kohlgrub in einem Hotel. Alle helfen dann und wann mit, die wenigen verbliebenen Kühe, Schafe, Ziegen und Hühner der beiden Alten zu versorgen und Heu zu machen.«

»Und keine der Familien hätte die beiden aufnehmen können?«, fragte Irmi.

»Das haben wir auch gefragt. Den alten Xaver kriegt man nur tot aus dem Haus, hat es geheißen, und er hat auch verboten, dass seine Frau in ein Pflegeheim geht.«

»Wäre das finanziell denn drin?«

»An der Sache bin ich schon dran«, sagte Andrea. »Wenn's brennt, kann es ja sein, dass da jemand warm saniert hat.«

Irmi lächelte. »Ihr habt das ja perfekt im Griff, ihr braucht mich gar nicht.«

»Oh doch!«, rief Andrea.

»Ganz g'wiss«, meinte auch Sepp.

Kathi nickte. »Keine fragt so bled wie du, keine hat so komische Ideen, was das Motiv betrifft. Wir sind verloren ohne Eure Herrlichkeit, Frau Chefin!«

Vor zwei Monaten hätte Irmi das als Affront und Frechheit empfunden, heute lachte sie.

»Blede Fragen wollt ihr? Also gut: War es Brandstiftung? Wenn ja, wer hätte ein Motiv? Wie hoch ist die Versicherungssumme? Wollte einer der Söhne die Eltern dazu zwingen, doch endlich in ein Heim zu gehen? Um den Hof zu verkaufen oder das Haus abzureißen? Oder zu vermieten? Was wollten die beiden Frauen in der Tenne? Wie sind sie in das Silo gekommen? Sind sie reingefallen? War es ein Unfall?

Oder war der Brand nur dazu da, den Mord an zwei Menschen zu vertuschen?«

Es war kurz still. »Diese Fragen haben wir uns zum Teil auch schon gestellt«, meinte Kathi dann.

Irmi atmete kurz durch. »Also, mir fällt noch was Bleders ein: Was ist mit der Katze?«

»Welche Katze?«, fragte Kathi.

»Bernhard hat vom Herbert erfahren, dass neben den Frauen auch noch eine tote Katze im Silo war. Ein oberschlauer Feuerwehrler hat sie wohl bei der Leichenbergung rausgeworfen. Das ist später den Brandermittlern aufgefallen. Sagt Bernhard.«

»Wieso wissen wir davon nichts?«, rief Kathi.

»Steht aa nix in den Akten«, meinte Sailer.

Irmi sah vom einen zum anderen. »Dann ruf den Herbert an, Kathi, und frag nach, wo die Katz jetzt ist!«

Kathi nickte und verschwand aus dem Zimmer.

»Die verbrannte Katz?« Sepp blickte staunend seine Chefin an.

»Genau die! Und so lange, bis wir in dem Punkt Klarheit haben, stelle ich weitere blede Fragen: Was ist mit dieser zweiten Person? Wird wirklich niemand vermisst? Ist heute früh vielleicht was reingekommen?«

»Bis dato ned«, meinte Sailer.

Bis dato. Seit wann hatte der Sailer denn so was in seinem Sprachschatz? Wahrscheinlich hatte sich seine Frau, die süchtig nach Silbenrätseln war, ein neues Rätselbuch gekauft.

»Und was meint ihr? Die beiden Frauen müssen sich doch gekannt haben! Man liegt ja nicht einfach so gemeinsam im

Silo, also ...« Irmi brach ab und fand sich ziemlich unsensibel.

»An der Sache bin ich auch dran«, sagte Andrea. »Die Ionella hatte eine Freundin, auch eine Rumänin, die in Ugau beschäftigt war. Die ist aber ... ähm ... zur Begleitung ihrer Herrschaft angeblich in die Augenklinik nach München. Das hat die Nachbarin gesagt. Aber genau wusste sie das auch nicht. Wir erreichen da keinen. Vielleicht ist das ja ... ähm ... die zweite Tote. Oder aber die lebt noch und weiß mehr über Ionellas Leben ...«

Ihre Herrschaft, so hatte das die junge Kollegin formuliert. Und so altmodisch der Begriff auch klingen mochte, so hatte Andrea doch den Kern getroffen. Diese Mädchen wurden nicht wie in einem geregelten Arbeitsverhältnis behandelt, dachte Irmi, sondern so, als handele es sich um eine Art Leibeigenschaft.

»Irgendwie hatten wir gar nicht das Gefühl, dass da was nicht stimmen könnte in der Familie Schmid«, fuhr Andrea leise fort. »Ich meine ... also ... zwei Tote sind natürlich nicht normal, aber dass da eine Pflegerin aus Rumänien war und dass die jungen Leut nicht ...«

Irmi wusste, was Andrea meinte. Es war normal, dass eine Großelterngeneration wegstarb, dass eine Generation von Landwirten starb, die ein karges Auskommen gehabt, die ihre Tiere noch mit Namen gekannt hatten. Es war normal, dass mit dieser Generation auch die kleinen Höfe starben, die dann von Großstädtern gekauft wurden, welche sich den Traum vom Landleben erfüllen wollten. Es war normal, dass diese unrentablen alten Gehöfte für die Nachkommen nur noch eine Belastung waren – genau wie die Eltern, weil sie immer noch dazwischenschnabelten. Dabei stiegen der Unmut und die emotionale Überforderung immer weiter, denn die Kinder wurden trotz allem vom schlechten Gewissen geplagt, weil sie die Eltern nicht selbst pflegten, sondern sie in die Hände von Fremden gaben. Alles ganz normal eben.

Kathi kam wieder ins Zimmer. Sie kochte. »Diese depperten Feuerwehrler! Da war wirklich eine Katz, die verbrannt ist! Und das sagt mir der Volldepp von Oberfeuerwehrkommandant nicht. Hat er vergessen, der Hirsch!«

»Na ja, ich kann mir vorstellen, dass zwei verkohlte Leichen auch g'standene Feuerwehrleute aus der Bahn werfen«, meinte Irmi. »Der Herbert ist kein Depp. Ich denke, der wollte sich vor seine Leute stellen. Er hat die Sache mit der Katz ja nicht selbst verbaselt. Lass mal gut sein, Kathi. Aber wo ist das Tier jetzt hingekommen?«

»Der Herr Kommandant sagt, sie hätten den Kadaver am Gartenzaun vom Bauerngarten abgelegt. Und in der Hektik leider vergessen!«

Sailer stand der Mund offen, und Andrea war anzusehen, dass sie sich gerade einen verkohlten Katzenkörper auf weißem Schnee vorstellte. Ein Bild, das auch Irmi schwer verdrängen konnte.

»Na gut, Leute. Ich fahr mit Kathi sowieso gleich hin. Dann schauen wir mal ...«

»... wo die Katz rumgammelt«, ergänzte Kathi so unsensibel wie eh und je.

Ja, es war alles wie immer, dachte Irmi. Nur in ihr hatte sich etwas verändert. Die Erkenntnis, dass man Menschen nicht ändern konnte, war ihr nicht neu. Sie wusste schon lange, dass es nur selten etwas nutzte, sich gegen den Lauf der Dinge zu wehren. Es war vergeudete Energie, um sich zu schlagen. Man konnte nur seine Einstellung zu den Dingen und den Menschen verändern. Doch diese Erkenntnis vermochte sie nur allzu selten umzusetzen. Momentan allerdings war Irmi in der Lage, die Dinge und die Menschen so zu nehmen, wie sie eben waren. Auch Kathi, das hübsche Trampeltier, diese Gewitterfront in Gestalt einer Elfe.

In diesem Moment klopfte es an der Tür. Ein Kollege von ihnen trat ein und brachte eine Dame mit, die hektische Blicke zwischen den Anwesenden hin und her sandte. Die Frau wolle eine Vermisstenanzeige aufgeben, erklärte der Kollege, bevor er den Raum verließ. Irmi bat die Unbekannte, sie doch in ihr Büro zu begleiten. Fast unmerklich nickte sie Kathi zu, die den beiden daraufhin folgte.

Die Dame stellte sich als Dr. Uschi Strissel vor. Sie war jener scheinbar alterslose Frauentyp zwischen fünfunddreißig und fünfundfünfzig und pflegte einen lässig-eleganten Kleidungsstil mit teuer aussehenden Jeans und Wollblazer. Irmi nahm an, dass die Tasche von Louis Vuitton stammte und ganz sicher keine Fälschung war. Auch das Hermès-Tuch war bestimmt echt. Ein so dezentes, aber perfektes Make-up erforderte viel Erfahrung in der Gesichtsmalerei, dachte Irmi. Sich so zu schminken, dass man ungeschminkt aussah, war eine Kunstform.

Frau Dr. Strissel war Volkskundlerin an der Uni München. Sie war sicher gut situiert – und sie vermisste ihr Aupair-Mädchen Runa Dalby aus Norwegen. Kurz zuckte Irmi innerlich zusammen. Gerade hatte sie das Land verlassen, und nun wurde eine Norwegerin vermisst? Runa studierte laut Frau Dr. Strissel in Tromsø Kunstgeschichte und hatte jetzt ein Auslandssemester in München eingelegt.

»Wir benötigen eigentlich kein Au-pair, die Kinder sind schon zwölf und fünfzehn«, sagte Uschi Strissel. »Aber eine liebe Bekannte, eine Dozentin von Runa, hat mich gebeten, sie bei uns unterzubringen. Die derzeitige Wohnsituation in München übersteigt ja doch die finanziellen Möglichkeiten einer jungen Frau aus dem Ausland. Runa kam, sah und siegte, möchte ich sagen. Ein reizendes, sehr intelligentes Mädchen. Wenn ich sie als Au-pair bezeichne, trifft es das nicht so ganz. Runa ist ein Parttime-Gast. Drei Tage pro Woche verbringt sie in München an der Uni, und einen Tag jobbt sie in einem Museum in Schwangau. Wenn sie bei uns ist, bringt sie meinem Sohn Norwegisch bei, und er verbessert ihr Deutsch, das ohnehin schon sehr gut ist. Sie geht mit den Hunden Gassi und hilft, wo es eben was anzupacken gibt. Wirklich ein patentes Mädchen!«

»Und jetzt ist sie verschwunden?«, fragte Irmi vorsichtig.

»Das weiß ich nicht. Runa wollte in München bei einer Kommilitonin bleiben und von dort direkt nach Schwangau fahren. Dort ist sie aber nicht angekommen. Das Museum hat mich angerufen. An ihr Handy geht Runa auch nicht. Sie ist sehr zuverlässig und hat mich eigentlich immer darüber informiert, was sie tut. Verstehen Sie mich?«

Irmi nickte. »Was ist das für ein Museum?«

»Verzeihen Sie, dass ich ein bisschen konfus bin. Runa arbeitet im Museum der Bayerischen Könige in Schwangau.«

Na, da kenne ich weit konfusere Menschen, dachte Irmi und bot Frau Strissel erst mal einen Kaffee an.

»Runa jobbt am Ticketcounter und auch im Museumsshop. Ihr Englisch ist nahezu perfekt, sie darf auch Führungen machen, und das ist für sie als angehende Kunsthistorikerin natürlich hochinteressant.«

»Und Sie sagen, Runa hat ihren Dienst dort nicht angetreten?«

»Nein, und ich kann sie nicht erreichen. Ich meine, sie ist erwachsen, kein Kind mehr. Aber junge Frauen ... Verzeihen Sie, ich versuche positiv zu denken ...«

Irmi lächelte sie mitfühlend an. »Haben Sie ein Foto dabei?«

Frau Strissel fördert eines zutage, das zwei Jungen zeigte, vermutlich ihre beiden Söhne, und ein hübsches Mädchen, eine Skandinavierin wie aus dem Bilderbuch. Blonder Pferdeschwanz, blaue Augen, attraktive Kurven und ein Lächeln, das einen sofort einnahm. Sogar aus dem Bild heraus strahlte sie.

»Was für ein Handy hat Runa denn?«, erkundigte sich Irmi. »Ist es ein Smartphone?«

Frau Dr. Strissels Auge zuckte kurz. »Sie haben einen Verdacht? Sie wissen etwas?«

»Bitte beantworten Sie meine Frage, Frau Dr. Strissel.« Irmis Stimme klang ganz sanft.

»Ja, es ist ein Smartphone. Welches Modell, weiß ich nicht, da müssten Sie meinen Sohn fragen. Was wissen Sie? Bitte sagen Sie es mir.«

Irmi wechselte einen kurzen Blick mit Kathi. In solchen Fällen waren sich die beiden Kolleginnen auch ohne Worte einig.

»Könnten Sie uns einen Kamm, eine Bürste oder eine Zahnbürste von Runa Dalby zur Verfügung stellen?«, wandte sich Irmi dann wieder an Frau Strissel.

»Sie wollen DNA abgleichen? Warum?«

Es hätte keinen Sinn gehabt, um den heißen Brei herumzureden. Und Irmi war es ein Anliegen, die Menschen in ihren Ängsten und Bedürfnissen ernst zu nehmen. »Wir haben zwei Brandopfer, die noch nicht identifiziert sind«, sagte sie leise.

Frau Strissel schlug die eine Hand vor den Mund. Dabei stellte Irmi fest, dass auch ihre Ringe nicht so aussahen, als stammten sie aus einem Modeschmuckladen in der Münchner Fußgängerzone, sondern eher wie Unikate vom Goldschmied.

»Hatte Runa vielleicht Kontakt zu einer jungen Rumänin, die hier als Pflegekraft gearbeitet hat?«, fuhr Irmi fort.

»Ja, Ionella hieß die. Runa hat sie ein paarmal mitgebracht. Hatte kaum Zeit, das arme Ding. Sie hatte ja nie frei. Moderne Sklaventreiber sind das, diese Bauersleute! Aber warum wollen Sie das wissen?«

»Es wurden zwei Tote weiblichen Geschlechts gefunden, die bis zur Unkenntlichkeit verbrannt sind.« Irmi schluckte.

Wieder zuckte das Auge, und die attraktive Lady sah nun doch so aus, als sei sie eher in Irmis Alter. »In der Zeitung war die Rede von einem Brand in Unterammergau. Da stand aber nichts von irgendwelchen Toten. Und die eine ist Ionella?«

»Das können wir noch nicht mit Sicherheit sagen. Bisher haben wir die Information auch zurückgehalten, aus ermittlungstechnischen Gründen«, sagte Kathi, die seit einiger Zeit, als Spätfolge eines unschönen Kriminalfalls in Krün, eng mit Tina Bruckmann vom Tagblatt befreundet war. Tina stand bereits in den Startlöchern, auch die TV-Sender mit den schönen Moderatorinnen in Markenkleidung und den brisanten, exklusiven Beiträgen würden sicher kommen, sobald sie von zwei Toten im Silo in einer abgebrannten Tenne erfuhren. Doch solange nur wenig nach außen drang, hatten die Ermittler einen Vorsprung.

»Die eine ist also Ionella?«, beharrte Frau Dr. Strissel.

»Das steht, wie gesagt, noch nicht fest«, antwortete nun Irmi. »Noch haben wir keine sicheren Erkenntnisse. Ionella war auch mit einer anderen Rumänin befreundet, über deren Verbleib wir ebenfalls nichts wissen.«

Irmi ersparte ihr Sätze wie: »Regen Sie sich nicht auf« oder ähnliche Plattitüden. Natürlich hatte diese Sache Frau Dr. Strissel aus den Bahnen ihres ruhigen, geregelten, wahrscheinlich recht sorgenfreien Lebens gerissen.

»Und wann wissen Sie Genaueres?«, fragte sie nach, und die Kaffeetasse zitterte in ihrer Hand.

»Bald. Es tut mir leid«, sagte Irmi.

Nachdem sie sich ihre Kontaktdaten notiert hatte, erinnerte sie sie noch mal daran, das DNA-Vergleichsmaterial von Runa Dalby herauszusuchen, und brachte Frau Dr. Strissel dann nach draußen.

Kaum stand Irmi wieder in ihrem Büro, kam von Kathi ein herzhaftes: »Eine Scheiße ist das alles!« Sie überlegte kurz. »Was, wenn das zweite tote Mädel die Norwegerin ist? Warum liegen bei uns im Ammertal eine Rumänin und eine Norwegerin in einem Silo? Und verbrennen auch noch darin?

Waren sie eigentlich schon vorher tot, ich meine, bevor die Tenne abgebrannt ist?«

»Kathi, wir wissen ja noch nichts. Warten wir erst mal die Ergebnisse des DNA-Abgleichs ab. Dann werden wir ja wissen, ob es sich bei den Toten wirklich um Ionella und Runa handelt.«

»Wer soll es denn sonst sein? Es fehlt ja keiner in Ugau. Skitourentouristen werden auch nicht vermisst. Momentan gibt es keine Lawinen.«

»Wir fahren nachher in jedem Fall nach Ugau. Ich hab nur noch ein paar Telefonate zu erledigen und geb dir Bescheid, wenn's losgeht.«

Kathi trollte sich und murmelte noch irgendwas. Irmi telefonierte mit dem Chef und dem Staatsanwalt, der gleich düstere Szenarien von Drogen, Schmuggel, Mafia, Mädchenhandel und anderen weltumspannenden Verbrechen malte. Es war schon merkwürdig: Kaum waren Ausländer involviert, galoppierte die Phantasie unaufhaltsam davon. Was, wenn zwei Mädchen von der einheimischen Musikkapelle verbrannt wären? Woran hätte man dann gedacht? Der Fall begann jetzt schon an Irmis Energieüberschuss zu zehren, aber sie war noch nicht bereit, etwas von ihrer neu erworbenen Souveränität einzubüßen.

Gerade als Irmi zu Kathi hinübergehen wollte, kam Kollege Hase herein, der dürre Spurensicherer, der immer so aussah, als wären ihm die Antidepressiva ausgegangen.

»Frau Mangold, Sie sind wieder im Lande!«, stellte er fest.

Ob das gut oder schlecht war, konnte man dem Hasen nicht anhören. Aber Irmi wusste sehr wohl, dass ihre Anwesenheit für ihn nur Arbeit bedeutete.

»Grüß Sie! Bestimmt haben Sie interessante Neuigkeiten für mich«, sagte Irmi betont fröhlich. Dieser Mann animierte einen immer dazu, Freude vorzuspielen oder Spaß zu verbreiten. Andernfalls drohte man selbst in Depressionen zu versinken. Irmi war selbst gerade erst wieder aus einer dunklen Nebenwelt aufgetaucht, und sie beschloss, ihn regelrecht anzustrahlen.

»Interessant ist ein neutrales Wort«, sagte der Hase.

»Für etwas weniger Neutrales?«

»Frau Mangold«, fuhr er tadelnd fort, »lassen Sie mich doch einfach mal beginnen.«

Irmi nickte. »Bitte.«

Und der Hase begann. Und litt. Denn er konnte ihr nur sagen, dass die Ursache immer noch nicht geklärt sei, dass er aber in Kürze mit Ergebnissen rechne.

»Ich hätte aber noch die Berichte der Gerichtsmedizin«, sagte der Hase. »Die sind nämlich bei mir gelandet.« Das implizierte einen Vorwurf. Die Berichte hätten direkt an Irmi gehen müssen.

»Schön, dass Sie diese Berichte haben!« Gespielte Fröhlichkeit konnte echt anstrengend werden.

Der Hase schwieg.

»Was steht denn drin?«, wollte Irmi wissen.

»Beide Frauen waren tot, bevor es angefangen hat zu brennen. Sie sind an den Gärgasen verstorben, das steht fest. Also nicht etwa am Rauchgas. Sie waren mausetot, als es losging.«

»Also sind sie ahnungslos ins Silo gestiegen oder hineingefallen oder auch hineingeworfen worden?«

»Eins davon, ja. Und eines der Opfer ist eindeutig Ionella Adami.«

Irmi riss die Augen auf. »Das ist sicher?«

Er sah sie wieder tadelnd an. »Todsicher. Wie alles, was ich mache.«

Irmi schluckte. »Und was wissen Sie von der toten Katze?«

»Auch nur, dass ein Feuerwehrler sie gefunden hat, dem Ganzen aber wenig Bedeutung beigemessen und das tote Vieh deshalb irgendwo abgelegt hat. Diese Minderbemittelten!«

Eigentlich hätte er nun theatralisch rufen müssen: Ich kann so nicht arbeiten! Tat er aber nicht.

»Wo genau wurde die Katze denn gefunden?«

»Tatsächlich auch in dem Silo. Zwei Tote mit Katze.«

Zwei Tote mit Katze, das klang wie ein schräger Buchtitel, dachte Irmi. Plötzlich fiel ihr wieder der norwegische Reim ein: Ingen doktor kunne hjelpe, for tippehøne var død. Zwei tote Hühnchen im Silo. Mit Katze. Sie riss sich zusammen.

»Wir reden also von einem Unfall? Die Annahme wäre dann, dass die Frauen tatsächlich die Katze aus dem Silo retten wollten.«

Der Hase sah Irmi zum ersten Mal in die Augen und brach mit seiner professionellen Distanz. »Mir kommt das merkwürdig vor. Zwei Tote in einem Silo. Eine davon eine junge Pflegerin. Und dann geht alles in Flammen auf. Seltsamer Unfall. Aber ich habe nichts gesagt. Mein Job ist es, die Fakten herauszufieseln.«

»Ja, und dafür danke ich Ihnen. Fürs Fieseln. Sehr sogar.«

Der Hase sah Irmi mit gerunzelter Stirn an und verschwand. Irmi sah ihm hinterher. Seltsamer Unfall. Eben.

Ehe sie mit Kathi das Büro verließ, brachte sie die Kollegen auf den neuesten Stand. Andrea bekam den Auftrag, die

Angehörigen in Rumänien zu verständigen – jetzt, da man wusste, wer die Tote war. Sie sollte außerdem bei Frau Dr. Strissel das Material für den DNA-Abgleich abholen und im Labor Druck machen, dass man die Identität der zweiten Toten möglichst bald entschlüsselte. Irgendwie wünschte sie sich, dass es nicht die Norwegerin sein möge. Weil das Mädchen so herrlich aus dem Foto herausgelacht hatte. So jung, so offen, so überbordend vor Lebensfreude. Aber dann wäre eine andere Frau das Opfer, und das wäre für deren Angehörige genauso schlimm. Jeder war irgendeines Menschen Sohn oder Tochter.

4

Immer wenn Irmi den Ettaler Berg hinauffuhr – und das hatte sie in ihrem Leben nun wahrlich oft genug getan –, wurde er länger. Die letzte Kurve hätte ihrem Empfinden nach deutlich früher kommen müssen. Doch irgendwann tauchte das Schild schließlich auf, das den Ettaler Sattel ankündigte. Auf über neunhundert Metern, wo es ein Mehr an Winter gab und ein Mehr an Schatten. Jedes Mal, wenn sie vorbeifuhr, schien das Kloster gewaltiger zu werden und die Berge ihm näher zu rücken.

Wollte man der Legende Glauben schenken, dann sollte ein Pferd am Bau dieses Klosters schuld gewesen sein. Als Kaiser Ludwig von Bayern 1330 aus Rom zurückkam und schließlich vom Loisachtal herauf den beschwerlichen Weg über den Kienberg genommen hatte, kniete sein Pferd angeblich dreimal nieder, woraufhin der gute Ludwig wusste, dass er hier ein Kloster stiften wollte. Wahrscheinlich hatte der Gaul einfach nur Hunger gehabt, der Sattel hatte gedrückt, oder er hatte sich hinlegen wollen – was für eine alberne Idee, deshalb eine solche Anlage mitten zwischen die Berge zu klatschen!

Am Kolben liefen die Skilifte, und wie am Steckenberg in Unterammergau bliesen auch hier die Schneekanonen. Es hatte unter null Grad, die Saison konnte noch lange dauern, doch der Winter hatte sich in den letzten Jahren als wankelmütig erwiesen und Frau Holle nicht gerade als Tourismusbeauftragte. Die sparte zu Weihnachten an Schnee und streute ihn dafür zu Ostern üppig aus, wenn man ihn wirklich nicht mehr gebrauchen konnte.

Als sie nach Ugau abbogen und langsam durch die Dorfstraße tuckerten, musste Irmi zugeben, dass der Ort wirklich so anmutig und schön war, dass man ihn in jeden Bildband über Bayern hätte aufnehmen können. Zwei große Dorfbrände hatten den Ort im 17. und 18. Jahrhundert zerstört, doch man hatte ihn wiederaufgebaut und so ein einheitliches Gebäudeensemble geschaffen. Am Hof der Schmids zuckte Irmi unwillkürlich zusammen. Brandruinen waren nichts für Bildbände, in ihrer schwarzen Endgültigkeit wirkten sie bedrohlich. Noch immer lag der Brandgeruch in der Luft, das dunkle Skelett reckte sich in den blauen Himmel, schwarzbrauner Matsch war auf der Nordseite zu einem See gefroren. Ein apokalyptisches Bild.

Daneben lag das alte Bauernhaus, das nicht eben klein war. Unterammergau war weiland ein sehr reiches Dorf gewesen, manche sagten sogar, das reichste Dorf Oberbayerns. Das hatte man der Wetzsteinindustrie zu verdanken. Irmi hatte mal gelesen, die Ugauer hätten schon hundert Jahre vor Einführung der Schulpflicht in Bayern ihre Kinder das Lesen und Schreiben gelehrt. Wahrscheinlich hatte man aber nur die Buben mit Bildung erfreut, denn wer Wetzsteine bis nach Budapest flößte und verkaufte, der musste eben auch rechnen können. Die Mädels blieben daheim, und ohnehin hatte bei Frauen damals nicht Klugheit gezählt, sondern Tugendhaftigkeit, Fruchtbarkeit und ein Haus mit vielen Fenstern, das eine große Mitgift versprach. Glück hatte, wer in eine der angesehenen Familien einheiraten konnte. Und wenn die Leiter der Wetzsteingenossenschaft von ihren Reisen zurückkamen, hatten sie häufig neue Ideen im Gepäck. Nein, Ugau war kein verschlafenes Bauernkaff unterm Pürschling. Ihre Bewohner waren immer schon ein spezielles Völkchen gewesen. Nicht umsonst hatte Irmi sie »Gallier« genannt.

In diesem Moment trat eine Frau mit einem Kübel Küchenabfällen aus dem Wohnhaus. Als sie das Auto der beiden Kommissarinnen sah, blieb sie abwartend stehen.

»Das ist Rita Schmid, die eine Schwiegertochter«, sagte Kathi leise zu Irmi, bevor sie ausstieg und auf die Frau zuging.

»Frau Schmid, grüß Gott«, sagte sie. »Wir kennen uns ja bereits. Das ist meine Kollegin Irmi Mangold.«

Die Frau mochte in Irmis Alter sein. Sie hatte ein Vollmondgesicht, wirkte ansonsten aber sehr dünn. Dennoch umgab ihre Hüften ein wabbliger Rettungsring. Das war das Perfide am Altern: Selbst bei eiserner Disziplin setzte das Fett irgendwo an, wo der Körper die Problemzone ausgerufen hatte.

»Dürfen wir kurz reinkommen?«, fragte Kathi.

Frau Schmid nickte. Irmi erhaschte einen kurzen Blick auf die Stube, wo ein sehr alter Mann in einem Lehnstuhl am Kachelofen schlief. Fast auf Zehenspitzen gingen sie in die Küche, wo die Frau die Tür hinter ihnen zuzog. Irmi musste in sich hineinlächeln: Auch hier lag das Linoleum, das sie früher gehabt hatten, und wie bei ihnen trat schon das Jutegewebe hervor. Die Einrichtung war ebenfalls in die Jahre gekommen. Irmi kannte kaum einen Bauernhof, in dem die Küche wie in diesen Landstylemagazinen aussah, die wie Pilze aus dem Boden schossen und »Landluft« oder

»Geliebtes Land« hießen. In den meisten Küchen herrschte eher Landfrust als Einrichtungslust.

Rita Schmid bereitete ihnen Kaffee in einer modernen Pad-Maschine zu, die sich in dem übrigen Ambiente eher fremd ausnahm.

»Gibt es was Neues?«, fragte Frau Schmid in patzigem Ton, als sie am Tisch saßen.

»In der Tat. Wir müssen Ihnen leider mitteilen, dass die eine Tote mittlerweile als Ihre Pflegerin Ionella Adami identifiziert wurde. Wir bräuchten die Kontaktdaten der Angehörigen in Rumänien«, sagte Irmi und warf Kathi einen Blick zu. Sie waren sich einig gewesen, ihren Verdacht, was die Norwegerin betraf, lieber nicht zu erwähnen.

Rita Schmid schwieg und sank auf einen Stuhl.

»Geht es Ihnen gut? Soll ich ein Glas Wasser ...?«, fragte Irmi.

»Das ganze Dorf red scho. Dass des die Ionella war. Und jetzt is sie's echt?«

»Ja, echt«, erwiderte Kathi in scharfem Ton. Bei Frau Schmid schien der Dorfklatsch das Wichtigste im Leben zu sein.

»Und warum sie da drin war, des wissts aa?«

»Nein, das wissen wir nicht. Aber Sie vielleicht?«

»Naa, woher denn? Anständige Leit sind nachts im Bett. Im eigenen. Alloa.« Sie stutzte kurz. »Schämen muass ma sich. Oiwei die Polizei am Hof!«

Einen besonderen Schmerz schien Frau Schmid ja nicht zu empfinden. Irmi ärgerte sich, versuchte aber möglichst neutral zu klingen. »Im Zusammenhang mit den beiden Todesfällen sind wir auf der Suche nach einer Katze.«

»Woas?«

»Nach dem Brand soll auch eine Katze gefunden worden sein«, meinte Irmi.

»Das Mohrle, ja. Das war die Schwester vom Peterle. Und das Peterle flackt da oben.« Sie stand auf und deutete auf ein Regal neben der Tür, in dem ein Korb stand. Darin lag eine kleine schwarze Katze, ein Katzenkringel im Tiefschlaf, die sich die eine Pfote über den Kopf gelegt hatte. »Scheiß Viecher. Die g'hören nach draußen, ned in d' Kuchl. Aber der Papa lässt sie halt.«

Irmi nahm den Blick von der Katze. »Und wo ist die verbrannte Katze jetzt?«

Frau Schmid war anzusehen, dass sie Irmi für völlig behämmert hielt. »Wo soll die Katz scho sein? Mein Schwager, der Markus, hat sie beerdigt. Unsre Tochter wollt das unbedingt. Halt wegen der Pietät. So a hirnrissiger Schmarrn. Wegen oaner Katz so an Aufzug!«, stieß sie aus.

So wenig nachvollziehbar fand Irmi das gar nicht. »Es wäre hilfreich gewesen, wenn wir früher davon erfahren hätten«, sagte sie. »Diese Katze ist ein wichtiges ... ähm ... Beweisstück.« Bei ihr selbst wäre das Mohrle mehr gewesen als nur ein Beweisstück, davon war Irmi überzeugt.

»In der Hektik? Als man die Toten g'funden hat? Glauben Sie, da hat oaner Zeit, über a Katz nachzumdenken? De Katz is irgendwann am Zaun geflackt, a Feuerwehrler muass sie dort hing'legt ham. Unsre Tochter war wie narrisch. Hysterisch war sie. Sogar der Arzt is kemma. So a Schand.« Der Ton der Frau war noch unfreundlicher geworden.

Irmi konnte vor allem die Tochter gut verstehen. Bestimmt war mit dieser toten Katze die gesamte Anspannung der Brandnacht aus ihr herausgebrochen. Ein Ventil, der berühmte Tropfen, der das sprichwörtliche Fass zum Überlaufen gebracht hatte.

»Hat Ionella denn die Katzen gemocht?«, fragte Irmi plötzlich.

»Ja, sehr. Die hat ja Viecher lieber g'habt als Menschen. Ja, so ist das gewesen mit der rumänischen Dame.« Rita Schmids Tonfall war bissig, und sie bemühte sich beim Sprechen nun um ein seltsam gestelztes Hochdeutsch. Dabei hatte sie den Kopf merkwürdig zur Seite gelegt und sah Irmi provozierend an.

»Auch lieber als Ihre Schwiegereltern?«

Rita Schmid hantierte schweigend an der Spüle herum.

»Wäre es denn möglich, dass Ihre Pflegerin versucht hat, die Katze aus dem Silo zu retten?«, fragte Kathi in einem Ton, der erkennen ließ, dass sie keine Lust auf Schmusekurs hatte.

Rita Schmid hatte sich wieder zu den beiden Kommissarinnen umgedreht. »Na, das wäre ja eine Erklärung, warum sie ins Silo gefallen ist«, sagte sie. Anscheinend hatte in der Familie Schmid noch keiner so weit gedacht. Sie wirkte beinahe erleichtert. »Das kann doch gut sein«, fuhr sie fort. »Sie war ja ganz narrisch mit den Katzenviechern. Die haben eher ihr Futter bekommen als die Schwiegerleit ihr Essen.«

»Sie waren von Ionella also nicht so ganz überzeugt?«, hakte Irmi nach.

»Mei.«

»Was mei?«

»Da hatten wir schon noch andere! Schlimmere.«

»Und das heißt?«, fragte Kathi nun schärfer.

»Die Polinnen am Anfang.«

»Ja?«

Rita Schmid stöhnte und legte den Kopf noch etwas weiter zur Seite, als würde das Neigen des Kopfes das Sprachzentrum beeinflussen, vielleicht lief das Wasser so auf die richtige Seite, dachte Irmi und rügte sich schon im nächsten Moment innerlich.

»Erst hatten wir Polinnen. Von so einer Agentur. Eine hat so viel Waschmittel auf unsere Kosten gekauft, dass jetzt wohl ganz Polen damit wäscht. Die Nächste konnte angeblich gut Deutsch. Was sie in Wahrheit konnte, war: ›Bin gute Frau‹ und auf Englisch: ›I like mountains!‹. Die hat hier Urlaub machen wollen, aber der hab ich's gegeben mit ihren Mountains!«

»Aha«, sagte Irmi und betrachtete das verkniffene Gesicht der Frau, die hängenden Augenlider, die Hautlappen an den Mundwinkeln. Was für eine verbitterte dürre Truthenne!

»Sie haben also erst die Polinnen verschlissen, und dann gab's Rumäninnen?«, fasste Kathi zusammen.

Ihr Zynismus entging Frau Schmid zum Glück. Die brachte ihren Kopf wieder in Mittelposition. »Die Karpatenschlampen konnten besser Deutsch.«

»Und war diese Ionella nun brauchbar oder nicht?«, hakte Kathi nach.

Der Kopf von Frau Schmid neigte sich. Es war ihr anzusehen, dass sie nachdachte. »Sie hat das halt nicht gelernt mit der Pflege«, wiegelte sie auf einmal ab.

»Nein, denn sie war eigentlich gelernte Apothekerin, wie wir gehört haben, oder?«

»Na ja, das war scho recht praktisch. Wegen dene Medikamente, die wo die Schwiegerleit nehmen. Die Mama hat das alles verwechselt. Die Pflegerin davor, die Wilhelmine, war Lehrerin, außerdem hatten mir eine Buchhalterin und eine Fremdsprachenkorrespondentin.«

»Aber die Wilhelmine war Ihnen am liebsten?«, fragte Irmi, denn die hatte aus Frau Schmids Sicht immerhin eine Namensnennung verdient, im Gegensatz zu den anderen.

Frau Schmid nickte. »Des war a g'standene Person von Ende fuffzig, ned so a jungs G'mias.« Längst war sie wieder in ihren Dialekt verfallen.

»Die blieb aber nicht lange?«

»Die bleiben alle nur zwischen sechs Wochen und drei Monat. Wollen das Geld, und hoam geht's in die Karpaten. Des is a Gfrett!«

»Wie viel gibt es denn an Geld?«

»Dreihundert Euro in der Woch. Zuzüglich Fahrtgeld!«

Rita Schmid klang, als sei diese Summe fast schon sittenwidrig. Dabei waren zwölfhundert Euro für einen Vierundzwanzigstundenjob doch höchstens ein Schmerzensgeld.

»Ham da unten nix zum Beißen und mandeln sich hier auf!«

»Inwiefern?«

Der Kopf wackelte von links nach rechts und zurück, dann kam sie wieder richtig in Fahrt. »I bitt Sie recht schee! Die hot den Boiler immer ganz leer laff'n lassen. Weil mir ja so reich san. Und in die Kirch wollt sie gehn. Die is bei die Unitarier, hat's g'sagt. Was soll des sein? Des is doch Blasphemie. Do is sie dann immer zu die Evangelischen. Und einmal die Woch wollt sie den halben Tag frei. Und sie wollt einen Schlüssel, um ihr Zimmer abzumsperrn. Ja, wo san mir denn do? In den Karpaten gibt's sicher aa koan Schlüssel.«

»Was ist denn hier los?« Franz Schmid kam hereingepoltert. Die beiden waren wirklich ein Traumpaar: Hängeauge und Truthenne.

Sie informierten ihn über das Ergebnis der Gerichtsmedizin, und auch er vermittelte den Eindruck, als nerve ihn vor allem »das ganze Gfrett«, das jetzt auf ihn zukam. Die Tote rührte ihn offenbar weniger.

Irmi unterdrückte alles, was sie in diesem Moment am liebsten herausgespien hätte, und fragte nur: »Könnte ich mal mit Ihren Eltern sprechen?«

»Jetzt red ich erst mal mit dem Vater«, erwiderte Franz Schmid. »Das braucht's jetzt ned, dass Sie da so unsensibel reinplatzen.«

Irmi trat Kathi auf den Fuß. Natürlich hatte der hochsensible Sohn da Vortritt. Er entschwand, und Rita stellte sich in den Rahmen der Küchentür. Ein Cerberus ante Portas!

»Da werden Sie wenig Freud ham«, meinte Franz Schmid, als er wenig später in die Küche zurückkam, und warf sich auf einen Stuhl. Rita gab die Tür frei und ging in die Wohnstube, Irmi und Kathi folgten ihr.

Sie baute sich vor dem alten Ohrensessel auf, in dem ihr Schwiegervater saß. Er schien gerade erst aufgewacht zu sein und blickte von Irmi zu Kathi, zu seiner Schwiegertochter, dann wieder zu den Kommissarinnen. Sein Haar war schlohweiß, und er wirkte wie eine Mischung aus Karajan, Rühmann und Heesters. Dass er ein Sakko trug, fand Irmi beachtlich. Seine blauen Augen lagen tief in ihren Höhlen, das Gesicht war von Falten durchfurcht, aber der Alte strahlte noch immer von innen. Früher war er sicher ein schneidiger Bursche gewesen.

»Hoher Besuch«, sagte er. »Und auch noch von jungen Damen, das freut mich aber!«

»Danke fürs Kompliment, Herr Schmid.« Irmi lächelte ihn an.

»Trinken Sie ein Weinchen mit mir? Rita, würdest du eben?« Er wedelte mit der Hand, die voller Blutergüsse war. Sicher nahm er irgendwelche Blutgerinnungshemmer.

Rita ging tatsächlich hinaus. Der Alte zwinkerte Irmi zu. »Der Bua hätt was Bessers verdient als den Stecken. Du g'fallsch mir besser. Bist du noch zu haben?«

Irmi blieb kurz die Spucke weg. »Für Sie oder Ihren Sohn?«, konterte sie dann.

Er lachte. »Für den Sohn, ich mach bald Peterchens Mondfahrt. Wird auch Zeit. Aber meine Burgi kann ich nicht alleinlassen.«

»Ihre Frau?«

»Ja, es tickt nicht mehr richtig im Oberstübchen von der Burgi.«

Rita kam mit schweren Kristallgläsern voller Rotwein zurück. Der Alte prostete den Frauen zu, die in diesem Fall natürlich nicht ablehnten. Irmi hätte einen süßen Kopfwehwein erwartet, der Wein war aber gar nicht mal übel. Zweifellos war Xaver Schmid ein Bonvivant gewesen oder war es sogar noch. Und mit Sicherheit war er ein Schwerenöter gewesen, der nichts hatte anbrennen lassen. Ohne Genaueres zu wissen, tat ihr die gute Burgi ein wenig leid.

»Gutes Tröpfchen, Herr Schmid«, sagte Kathi. »Sie wissen, dass die Ionella tot ist?«

Die Augen des alten Mannes flackerten und wurden feucht. Plötzlich wirkte er fahrig, und etwas Wein schwappte auf die Decke, die auf seinen Knien lag. »Das versteh ich alles nicht. Der Franz hat's mir schon erzählt, aber sie kann doch nicht tot sein. So ein junges Ding.«

»War sie denn lieb zu Ihnen, die Ionella?«, fragte Irmi.

»Ja, sehr. Ein ganz ein liebes Mädchen.«

»Ha, lieb!«, rief Rita. »Euer Essen hat sie vergessen, weil sie dauernd eing'schlafen is. Deine Windeln hot sie oiwei z' spät g'wechselt. Du hast der doch bloß auf die dick'n Duddeln g'starrt. Geklaut hat sie aa! Und jetzt ham mir des Gfrett am Hals.«

»Gfrett« schien ein Lieblingswort zu sein. Irmi betrachtete die Frau. Ionella trug durch ihr Ableben jetzt auch noch die Schuld daran, dass die Schwiegertochter zusätzliche Arbeit hatte.

»Frau Schmid, ich wäre Ihnen sehr verbunden, wenn Sie uns in Ruhe mit Ihrem Schwiegervater reden ließen. In Ruhe!«

Frau Schmid rauschte hinaus und knallte die Küchentür hinter sich zu. Man hörte sie mit ihrem Mann schimpfen.

»Zwiderwurzn«, sagte der Alte und nahm einen weiteren kräftigen Schluck. »Die, die …«

»Die Ionella?«

»Ja, die war ein liebes Madel.«

»Und die anderen auch?«

»Die anderen?«

»Sie hatten doch vorher auch andere Pflegerinnen, oder?«

»Ja, wenn Sie das sagen.«

»Die Wilhelmine?«

»Richtig, stimmt. Aber die war zu alt«, brummte er und trank seinen Wein aus. Wenig später fielen ihm die Augen zu. Irmi nahm ihm vorsichtig das Glas aus der Hand. Sie empfand eine tiefe Wehmut.

In der Küche empfing Rita Schmid sie mit bösen Blicken. Ihr Mann hatte es nicht für nötig erachtet, auf sie und Kathi zu warten, sondern war wieder verschwunden.

»Wo ist Ihre Schwiegermutter?«

»In Ogau in der Kurzzeitpflege. Die Sanitäter ham die Schwiegerleit neulich mitg'nommen nach dem Brand, aber der Xaver musst ja partout wieder hoam. Der sture oide Knochen, der! Dabei wär der in Ogau gut verräumt g'wesen.«

Verräumt. Ja, diese Alten gehörten weggeräumt. Irmi beherrschte sich mühsam, und auch Kathi blieb verhältnismäßig ruhig. Sie sagte nur mit schneidender Stimme: »Frau Schmid, könnten Sie bitte veranlassen, dass morgen die ganze Familie anwesend ist?«

»Wie stellen Sie sich das denn vor? Mir arbeiten!« Zum Beweis wedelte sie mit ihrem Geschirrtuch, öffnete das Backrohr und stellte ein dampfendes Brot auf den Tisch.

»Dann halt abends. Sonst kann ich Sie gerne auch alle vorladen lassen!«, maulte Kathi.

Rita Schmid sah sie giftig an. »Warum eigentlich so a Theaterstückerl wegen einem Unfall? Tragisch, aber so is es eben. Ich hab immer g'sagt, des alte Silo soll weg. Sie sagen doch selber, sie is der Katz hinterherg'hupft.«

»Das hab ich nicht gesagt, Frau Schmid«, mischte sich Irmi ein. »Und dann wäre da ja noch das winzige Detail, dass eine weitere tote Frau in Ihrem Silo lag. Morgen Abend um halb acht sind wir hier. Auf Wiedersehen.«

Aus dem Augenwinkel nahm Irmi wahr, dass der Kater im Korb einen gewaltigen Buckel machte und zu einer erheblich größeren dreifarbigen Katze hinuntersprang. Das war wohl Minka. Sonnenstrahlen fielen in den Raum. Das Brot duftete – ein Bauernhofidyll. Doch plötzlich griff Rita Schmid nach einem Besen und jagte die völlig überraschten Katzen hinaus. »Raus jetzt, Viecher g'hören ned in d' Kuchl!«

»So eine Giftspritze!«, rief Kathi auf dem Weg zum Auto. »Und dann verreckt ihr auch noch ihre Rumänin im Silo, und sie muss ran. Was für ein Scheiß!«

»Kathi, bitte!«

»Stimmt doch!«

Irmi fand Rita Schmid auch ganz fürchterlich, dennoch versuchte sie Ruhe in die Situation zu bringen. »Kathi, so einfach ist das bestimmt nicht. Würdest du deine Mutter pflegen?«

»Sicher, warum denn nicht?«

»Kathi, denk mal länger darüber nach! Sie ist deine Mutter, keine Fremde. Du hast keine Distanz. Du kennst sie so, wie sie jetzt ist. Ruhig, souverän, immer für alle da, eine zupackende Frau. Und plötzlich hast du ein Bündel Mensch vor dir, das mal depressiv ist, mal aggressiv, das nur noch fordert und nichts mehr geben kann. Und du hast einen Beruf und eine Tochter und nicht nur gute Tage. So einfach ist das alles nicht.«

Irmi war mit jedem Wort leiser geworden. Bei ihrem letzten Mordfall hatte sie Kathis Mutter verdächtigt. Eine Frau, zu der sie eine solch tiefe Verbindung gespürt hatte und immer noch spürte. Ihr schlechtes Gewissen hatte ihr lange Zeit keine Ruhe gelassen, bis Adele sie sanft auf das gestoßen hatte, was sie so belastete. Außerdem war da noch das Eingesperrtsein im Verlies, ihre Gespräche mit dem Rentierschädel. Seit jenem Erlebnis hatte sie dieses plötzliche Herzklopfen, diese Flashbacks, die sie auch tagsüber ohne Vorwarnung ansprangen. Anfangs hatte sie die bizarren Bilder zu ignorieren versucht. Sie hatte sich ermahnt, sich nicht so anzustellen. Aber das hatte nicht funktioniert, immer wieder hatte das Rentier sie angestarrt, und immer wieder war vor ihrem inneren Auge das Gesicht des kalt agierenden Mörders aufgetaucht, den Irmi bis zuletzt nicht zum Kreis der Verdächtigen gezählt hatte. Er hatte sie kalt erwischt, und seitdem war die Leichtigkeit aus ihrem Leben verschwunden.

Doch das war nicht alles. Erst als Adele angefangen hatte, mit ihr zu arbeiten, wurde Irmi klar, dass ihr Problem viel komplexer war. Es ging nicht nur um das tatsächliche Gefängnis unter der Erde, es ging auch um Kathis Mutter. Es ging um das beständige Bohren in ihrem Herzen, weil sie dieser Frau einen Mord zugetraut hatte. Dabei hatte Irmi sie auf das spiegelglatte Eis ihrer verdrängten Vergangenheit geführt. Dabei hatte sie festgestellt, dass Irmis Abgründe tiefer gewesen waren, als sie es hatte zulassen wollen.

Adele hatte zu Irmi gesagt, sie verfüge über eine gute Resilienz. Ein schönes Wort für die Fähigkeit, traumatischen

Erlebnissen aus eigener Kraft etwas entgegenzusetzen. Adele hatte ihr zu der Reise nach Norwegen geraten, und nun war Irmi wieder da. Der Aufenthalt im Norden hatte ihr gutgetan und sie gestärkt, aber sie musste mit Kathis Mutter reden, das war sie sich und ihr schuldig. Und auch mit Kathi musste sie ins Reine kommen.

»Hör mal, Kathi, ich weiß, das passt gerade nicht so ganz, aber ich wollte dir sagen, dass ich damals mit deiner Mama ...«

»Passt schon!«, unterbrach Kathi sie etwas rüde. »Irmi, lass das mal ruhen. Jetzt machen wir erst mal hier weiter.«

»Aber ich möchte ...«

»Weiß ich«, schnitt ihr Kathi erneut das Wort ab. »Wenn mal Zeit ist, können wir drüber reden. Und wie der Sailer gesagt hat: Ich bin doch ständig z'wider, da hattest du eben auch mal einen Freischuss.«

Typisch Kathi. Sie kochte schnell über, aber ebenso blitzschnell war sie auch wieder abgekühlt. In keinem Fall war sie nachtragend.

»Okay«, sagte Irmi und suchte den Blick ihrer Kollegin, die gerade mit ihrem Handy beschäftigt war. »Wir müssen uns die ganze Familie Schmid anschauen. Ich würde mir gern mal ein Bild von der alten Frau machen. Wir könnten in Ogau im Pflegeheim vorbeifahren.«

»Genau, das machen wir, und vorher holen wir uns ein Eis im Paradiso«, schlug Kathi vor.

»Es ist Winter!«

»Eis geht immer. Und Espresso. Ich hab kein Mittagessen gehabt.«

Wenig später stellten sie sich an ein Stehtischchen gleich an der Theke des Paradiso. Kathi bestellte drei Kugeln und einen Espresso, in den sie so viel Zucker kippte, bis er Ähnlichkeit mit einem Kaffeesirup hatte. Irmi beließ es bei einem Cappuccino.

Draußen herrschte geschäftiges Treiben, Menschen mit Einkaufstüten eilten vorbei, eine Frau verhedderte sich in den Hundeleinen ihrer Vierbeiner, von denen sie vier dabeihatte. Einer ihrer Hunde sah aus wie Wally. Irmi versetzte es einen kurzen Stich. Wally, ihre geliebte Hündin, fehlte ihr so oft. Ihre Sanftmut, ihre Augen, ihre stille Präsenz. Die Kater waren natürlich auch präsent. Meist trugen sie irgendwelche Beutetiere herum, spielten wild oder lagen in todesähnlichem Schlaf herum. Bei Wally hingegen hatte Irmi immer den Eindruck gehabt, als habe sie über jeden ihrer Atemzüge gewacht, selbst wenn Wally geschlafen hatte. Und gerade aufgrund dieser Einzigartigkeit war Irmi nicht bereit für einen anderen Hund.

Kürzlich hatten sie einen Dackel namens Lohengrin zu Besuch gehabt. Der Hund hatte nach dem letzten Mordfall einen neuen Platz gebraucht, und Irmi hatte sich bereiterklärt, ihn für eine Weile zu beherbergen. Lohengrin hatte seinen Kopf immer in die Futterschüssel gesteckt und war dann durch den Gang gerannt, um scheppernd auf sein Hungerödem aufmerksam zu machen. Sie hatte viel gelacht über Lohengrin, aber geliebt hatte sie ihn nicht. Mittlerweile war er gut untergebracht.

Die Passantin strebte aufs Hundesporthotel Wolf zu. Bernhard hatte sich seinerzeit ans Hirn getippt, als sich das Ogauer Hotel vor vielen Jahren in ein Hundesporthotel verwandelt hatte. »So weit kommt's no«, hatte er gemeint und gar nicht glauben wollen, dass das Hotel über eigene Hundesporthallen verfügte, wo Hunde über sogenannte Agility-Parcours jagten. »Wos, Agielietie?«, hatte Bernhard gefragt. Tja, die Welt draußen galoppierte weiter, während in Schwaigen eine ruhigere Gangart herrschte.

Und heute, hinter der Glasscheibe des Paradiso, hatte auch Irmi das Gefühl, als rase die Welt an ihr vorbei. Ogau war ja wahrlich keine Großstadt, aber die gestressten Passanten und die vollen Geschäfte kamen ihr fast urban vor, im Gegensatz zum behäbigen Nachbarn Unterammergau, wo sich die schweren, unverrückbaren Bauernhäuser reihten, wo ein Bäckerladen schon der Gipfel des Shoppingglücks war. In Schwaigen gab es nicht mal den.

»Pack mer's?«, fragte Kathi, die das Eis in Hochgeschwindigkeit verdrückt hatte.

Irmi nickte, und Kathi zahlte für sie beide.

5

Das Altersheim lag ein bisschen oberhalb des Orts, wo es ruhiger war. In Irmi lösten Altersheime immer Beklemmungen aus, aber dieses war recht heimelig, ein ehemaliges Hotel, in dem es gottlob nicht nach Krankenhaus roch. Sie erkundigten sich nach Frau Schmid und verliefen sich fast in den vielen verschachtelten Gängen und Stockwerken. Schließlich standen sie vor dem richtigen Zimmer und klopften an. Als keine Reaktion kam, öffnete Irmi vorsichtig die Tür.

Burgi Schmid lag in ihrem Bett, dessen Kopfteil in Sitzposition hochgestellt war. Während die Falten das uralte Gesicht ihres Mannes lebendig und beinahe schön gemacht hatten, wirkte diese Frau einfach nur elend. Sie starrte mit leerem Blick an ihnen vorbei. Sie sah so winzig aus in dem Krankenhausbett, ihre Ärmchen waren so dürr.

Irmi schluckte. Ihre eigene Mutter war auch mit massivem Untergewicht verstorben. Sie hatten sie nicht mehr zum Essen gezwungen, lediglich eine Infusion war noch getropft. Es war dennoch pervers: Verhungern ließ man die Alten, verdursten nicht.

Burgi Schmid drehte langsam den Kopf herum, in ihrem Blick lagen so viel Verzweiflung und so viel Wut.

»Bisch du die Rita?«, fragte sie.

»Nein, die Irmi. Und das ist die Kathi. Wir wollten ...« Ja, was wollten sie eigentlich? Diese Frau war keine Zeugin. Höchstens dafür, dass das Altern eine einzige Pein war. Das

Altern in Würde war den wenigsten vergönnt. Die Gesellschaft versagte vor der zunehmenden Armee an dementen Alten, die dahinvegetierten, weil sie anscheinend mit Gott keinen Vertrag gemacht hatten, dass er sie rechtzeitig abrief. Er hatte sie vergessen.

»Das Essen ... das Essen schmeckt ned«, greinte sie. »I will heim. Du hast mich da einibracht.«

Sie war schwer zu verstehen, und schon diese wenigen Worte zerrten an Irmis Nerven. Sie bewunderte all jene Menschen, die in der Pflege tätig waren. Sie würde das keine Woche durchstehen, das wusste sie. Und sie schämte sich dafür.

»Ach, so schlecht ist das Essen doch gar nicht«, sagte Kathi und tat etwas für Irmi völlig Unerwartetes. Sie setzte sich zu der Frau ans Bett und nahm ihre Hand.

»Wer bisch du?«

»Die Kathi.«

»Von der Vroni a Freindin?«

»Ja, kann man so sagen«, meinte Kathi. Es war faszinierend zu sehen, wie bei Burgi Schmid offenbar gerade ein Schalter umgelegt wurde. Irgendeine Synapse im Hirn hatte wohl wieder auf Leben geschaltet.

»Dann sag der Vroni, dass i heimwill.«

»Ja, mach ich. Weißt du, dass es bei euch gebrannt hat?«

»Ja, aber des Vieh is nauskommen.«

Irmi hatte den Atem angehalten. Es kam ihr pietätlos vor, jetzt nach Ionella zu fragen. Ob Kathi das tun würde?

»Ja, aber in der Tenne war noch wer. Die Ionella, die euch gepflegt hat.«

»Die Ionella is nachts im Bett und ned unterwegs. Die

muss mit dem Xaver aufs Häusel gehen. Des gefallt ihm natürlich, dem alten Zausel.«

»Magst du die Ionella?«

»Naa.«

»Warum nicht?«

»Die nimmt immer a Messer und sticht mi. Und sie hat mir die Hand verbrannt, Tee drüberg'schüttet.«

Die Tür klappte, und eine Pflegerin kam mit dem Essen herein, das wirklich nicht schlecht aussah. Eine junge Frau folgte ihr ins Zimmer und blickte erstaunt von Irmi zu Kathi sah. »Wer sind Sie?«, fragte sie.

»Irmi Mangold und Kathi Reindl von der Polizei. Wir sind wegen des Brandes hier. Und Sie sind ...?«

»Die Enkelin. Veronika Schmid.«

Die Pflegerin baute sich im Raum auf. »Und wenn Sie dann jetzt alle wissen, wer Sie so sind, dann gehen S' bitt schön alle raus. Sonst isst die Frau Schmid nämlich gar nichts. Gell, Frau Schmid, mir zwei probieren des jetzt mal miteinand.« Sie klang resolut, aber nicht unfreundlich.

»Dahinten ist ein Aufenthaltsraum«, sagte die Enkelin und ging voraus. »Sie können mich ruhig Vroni nennen.«

»Dann sind Sie die Tochter von Rita? Die Erzieherin?«, fragte Irmi.

Die junge Frau nickte. Sie war weniger knochig als ihre Mutter und eher das, was man in Bayern als »fester« bezeichnete. Vom Vater schien sie die vollen dicken Haare geerbt zu haben, die sie zu einem Pferdeschwanz gebunden hatte. Auf ihrem dicken Rollkragenpullover klebte irgendwas.

»Wir bauen Kaschperlfiguren aus Pappmaschee«, sagte

Vroni erklärend. »Dieser ganze Leim überall! Ich weiß, ich seh furchtbar aus, aber ich bin halt ein Schweinderl.« Das klang entwaffnend und sympathisch.

»Vroni, wir ermitteln wegen der beiden toten Menschen im Silo.« Irmi musterte die junge Frau. Sie litt, das war offensichtlich.

»Es ist alles so furchtbar!«

»Ja, Vroni, und leider ist eine der beiden Toten Ionella.«

Der jungen Frau liefen die Tränen herunter und tropften auf den Pullover. Irmi reichte ihr ein Taschentuch. Vroni war das erste Familienmitglied, dem die ganze Sache wirklich ans Herz zu gehen schien.

»Vroni, haben Sie eine Idee, was Ionella in der Tenne gemacht haben könnte?«

»Nein!«

»Es lag auch eine Katze im Silo.«

Nun begann Vroni zu schluchzen und konnte gar nicht mehr aufhören. Irmi und Kathi warteten, bis sie sich ein wenig beruhigt hatte.

»Ich weiß, dass es blöd klingt. Da sterben zwei Menschen, und ich heul wegen dem Mohrle. Es ist nur so ... ach ...«

»Vroni, das ist nicht blöd«, versicherte Irmi. Sollte sie ihr was von Triggern erzählen und dass sie sie nur zu gut verstehen konnte? Sie wusste doch, wie es war, sich allzeit gut im Griff zu haben, bis auf einmal der Kontrollverlust über einen hereinbrach. Stattdessen lächelte sie ihr aufmunternd zu. »Könnte es sein, dass Ionella die Katze retten wollte? Im Silo? Sie mochte Katzen, oder?«

»Das könnte schon sein, ja. Das Mohrle war auch so eine Kamikazekatze. Hat sich immer in Schwierigkeiten gebracht. Ist hinter dem Odelfass her und hat den Strahl gejagt. Das Viech sah vielleicht aus! Und gestunken hat es! Einmal musste sogar die Feuerwehr kommen und das Mohrle vom Baum holen.« Sie schniefte wieder. »Wenn das Mohrle im Silo war, wär die Ionella vielleicht schon reingegangen. Sie hat nicht nur die Katzen geliebt, sie mochte alle Tiere und war, sooft es ging, im Stall. Ich glaub, sie hätte lieber als Dorfhelferin gearbeitet als in der Pflege ... Also, nicht dass ich ...«

»Vroni, Ihre Eltern waren nicht so begeistert von Ionella. Und Sie sagen ja auch ...«

»Ich sag gar nichts! Es ist sauschwer mit der Oma. Und mit meiner Mutter auch. Denen kann man nichts recht machen. Die Mädchen haben sich wirklich bemüht. Alle. Die Ionella war einfach eine besonders Lustige, sie war ziemlich lässig in manchen Dingen. Anders ist der Job ja auch nicht zu ertragen. Ich hab die Mädchen eigentlich bewundert.«

»Als Erzieherin haben Sie doch auch einen Sozialberuf. Haben Sie mal erwogen, die Großeltern selbst zu pflegen?« Irmi hoffte, dass sie Vroni mit dieser Frage nicht zu nahetrat.

»Das haben wir anfangs ja auch versucht. Wir haben uns abgewechselt, die Mama, die Renate, die Anna Maria und ich. Aber keiner von uns kann vierundzwanzig Stunden vor Ort sein. Und der Oma ging es immer schlechter. Einmal war sie so verwirrt, dass sie ins Wohnzimmer gekackt hat. Furchtbar, die Arme! Sie hat öfter mal Herdplatten angeschaltet und dann vergessen, was sie eigentlich wollte. Sie hat Rührschüsseln aus Plastik draufgestellt. Damals ist sogar die Feuerwehr gekommen, so hat das geraucht. Es ging nicht mehr anders.«

»Und ein Heim wäre keine Option gewesen? Hier ist es doch ganz nett?«

»Der Opa wollte das nicht. Der ist so ein Sturkopf, aber das hält ihn auch am Leben.« Zum ersten Mal lächelte Vroni.

»Woher kamen die Mädchen denn? Woher hattet ihr den Kontakt?«

»Auf dem Beck-Hof haben die schon länger rumänische Pflegekräfte. Hanne, die Tochter auf dem Hof, ist eine Schulfreundin von meinem Vater. Die hat den Kontakt hergestellt. Organisiert hat das alles dann die Wilhelmine. Die kommt selbst aus Rumänien und hat auch schon beim Beck gearbeitet und bei meinen Großeltern. Die Frauen stammen alle aus Siebenbürger Familien und sind irgendwie weitläufig miteinander verwandt. Und sie konnten alle hervorragend Deutsch. Die sprachen besser Hochdeutsch als wir hier im Ammertal. Also, die verwenden Wörter, die tät ich nie verwenden.«

»Und die bleiben dann wie lange?«

»Unterschiedlich. Zwischen sechs Wochen und drei Monaten, dann reisen sie heim und kommen wieder. Ionella war auch schon zum zweiten Mal da.«

Und zum letzten Mal, weil die lebenslustige junge Frau im Silo verbrannt war, dachte Irmi.

Sie stocherten hier in einer Nebenwelt herum, in der Pflege eine moderne Form von Leibeigenschaft war. Früher hatte man Afrika und Asien ausgebeutet, heute war der Osten ein Reservoir an billigen Arbeitskräften – auf dem

Bau und in den Haushalten. Früher waren die Frauen noch mit Touristenvisum aus Osteuropa eingereist, heute gab es eine semilegale Grauzone, an der die Politik auch besser nicht rüttelte. Sonst müsste Mitteleuropa nämlich nicht nur Krippenplätze zur Verfügung stellen, sondern auch ganze Batterien von Pflegeheimen bauen. Ohne das Kommen und Gehen der Ostfrauen wäre das System längst kollabiert, und Irmi traute sich kaum daran zu denken, was wohl passieren würde, wenn eines Tages die gesamte Babyboomergeneration der frühen Sechziger über achtzig sein würde.

»Sie waren ja in einem ähnlichen Alter wie Ionella – hatten Sie denn näheren Kontakt zu ihr?«

»Mei, na ja, zumindest einmal in der Woche. Wir sind freitags immer zusammen zum Einkaufen nach Ogau gefahren. In der Zeit war jemand von der Familie bei den Großeltern. Da hab ich mir immer viel Zeit gelassen, und wir waren mal ein Eis essen oder so. Die Mädchen kamen ja sonst nie raus.«

»Die arbeiten also wirklich vierundzwanzig Stunden am Tag, und das über mehrere Wochen? Ohne geregelte Arbeitszeiten?«, fragte Kathi staunend.

»Das geht doch nicht anders! Anna Maria und ich haben uns mal nach deutschen Pflegekräften erkundigt, aber da kriegst du niemanden! Höchstens welche für eine Achtunddreißigstundenwoche, aber keine, die nachts dableiben würde. Und das war doch das Wichtigste. Der Opa muss aufs Klo begleitet werden, damit er nicht stürzt, und die Oma hat Nächte, da weint sie nur.«

»Schlaf kriegen die Mädchen dann aber wenig, oder?«,

sagte Irmi und wollte eigentlich gar nicht, dass das wie ein Vorwurf klang.

»Sagen Sie mir eine Lösung! Haben Sie eine?« Vroni war lauter geworden, ihre Wangen hatten sich gerötet.

Natürlich hatte sie keine. Irmi fiel es schwer, etwas zu erwidern.

»Wenn Sie am Freitag unterwegs waren, hat Ionella denn dann auch mal andere Leute getroffen?«, ergriff Kathi das Wort.

»Wir haben oft die Tereza Benesch zum Einkaufen mitgenommen, sie arbeitet gerade als Pflegerin beim Beck. Und Ionella hat mal eine Norwegerin kennengelernt, eine Studentin. Sie dürfen sich das nicht so vorstellen, dass Ionella eine Gefangene war. Ich hab öfter auf die Großeltern aufgepasst, da konnte Ionella sonntags in die Kirche gehen oder abends mal rüber zu Tereza. Oder diese Norwegerin besuchen, komisch, jetzt fällt mir ihr Name gar nicht ein. Sie hat immer gesagt, dass sie das schon aushält, weil es ja nur für eine begrenzte Zeit ist. Und weil zwölfhundert Euro für sie wahnsinnig viel Geld ist. In Ionellas Familie sind alle ständig irgendwo beim Arbeiten, nur der Bruder, der noch zur Schule geht, ist immer daheim. Sogar ihre Mutter geht als Pflegerin zu einer Familie in Stuttgart. Der Vater und der große Bruder sind oft in Österreich auf dem Bau. Dann treffen die sich monatelang nicht. Das ist doch krass!«

Ja, das war krass. Wie beklemmend, dass dieses Europa es nicht schaffte, Menschen in ihren Heimatländern ein würdiges Leben zu ermöglichen. Derweil pflegten viele junge Leute hier im schönen Bayern die Kultur des Nesthockens, weil Mama so schön kochte und wusch und eine Lehrstelle in Schongau draußen schon fast eine Zumutung war. Früher war es der Hunger gewesen, der die Menschen hinausgetrieben hatte. Gute Zeiten machten fett und faul. Eigentlich war es frustrierend, dass ein weiter Horizont oft nur aus der Not geboren war, dachte Irmi.

Inzwischen war die Röte aus Vronis Gesicht gewichen. »Meinen Sie, die zweite Tote im Silo könnte die Tereza oder das andere Mädchen gewesen sein?«

»Das müssen wir herausfinden, Vroni. Und Sie würden mir sehr helfen, wenn Sie uns die Telefonnummer von Ionellas Eltern und einen Kontakt zu Tereza geben könnten«, sagte Irmi. »Hatte Ionella denn ein Handy und einen Laptop?«

»Handy schon, aber ein altes. Immerhin konnte sie bei Tereza ins Internet gehen, bei Oma und Opa gibt es kein WLAN. Da hängt ja noch ein Wählscheibentelefon an der Wand.« Sie lachte etwas gequält.

Vielleicht war diese Tereza ja ein Schlüssel zu Ionella. Irmi hoffte sehr, dass sie sich tatsächlich gerade in einer Münchner Augenklinik aufhielt und nicht im Silo gelegen hatte. Doch wer war dann die zweite Person? Runa, die strahlende Norwegerin?

»Vroni, Ihre Oma hat gesagt, Ionella hätte sie mit dem Messer bedroht und heißen Tee über sie geschüttet.«

Vroni spielte hektisch mit ihren Händen herum. »Das ist Quatsch. Die Oma hat sich so was ausgedacht. Und sie verweigert fast alles Essen und Trinken, den Tee hat sie Ionella aus der Hand geschlagen.«

»Waren Sie dabei?«

»Nein, aber ich glaube Ionella.« Und bevor Irmi noch was antworten konnte, brach wieder die kämpferische

Vroni hervor. »Und wenn Sie jetzt sagen, dass ich dann ja der Oma weniger glaube, dann ist das nicht so einfach, wie Sie denken. Natürlich haben wir anfangs der Oma geglaubt. Aber die Vorwürfe wurden immer komischer, unwahrscheinlicher. Die Mädchen wollten abreisen, eine ist auch Hals über Kopf geflüchtet. Wir haben gebettelt, dass sie bleiben. Und die Oma hat zwischendurch auch mal klare Momente, und da merkt man genau, wenn sie es ausnutzt, dass sie ja so arm und krank ist. Das sollte ich vielleicht nicht sagen, aber es ist so. Und dann wieder ist sie wirklich völlig weggetreten. Und du weißt nie, was sie noch bewusst tut und was nicht. Es ist ein Elend, für alle. Also, ich meine, wir halten das schon alle aus, jeder hat eben andere Wege, damit klarzukommen ...«

Irmi sah Vroni an, die mit gesenktem Kopf auf ihre Turnschuhe sah, auf denen ebenfalls Leim und Farbreste klebten. Oh ja, jeder hatte andere Mechanismen. Der Sohn ließ das Ganze nicht an sich heran. Rita war hart und hatte beschlossen, diese jungen Frauen zu hassen. Und Vroni hatte sich für den unbequemsten Weg entscheiden: hinzusehen und hinzufühlen, alle verstehen zu wollen, allen gerecht zu werden. Das laugte aus.

»Vielen Dank für Ihre Offenheit, Vroni. Wir haben Ihre Mutter gebeten, für heute Abend die Familie zusammenzutrommeln. Dann sehen wir uns ja wieder, oder?«

Vroni nickte und blieb sitzen, als die Kommissarinnen gingen. Irmi sah sich noch mal um. Die junge Frau hatte ein Twix aus ihrer Tasche gezogen und verputzte es rasend schnell. Dann holte sie noch ein zweites hervor.

»Was machen wir jetzt?«, fragte Kathi.

Irmi sah auf die Uhr. Es war knapp halb vier. »Wir fahren ins Büro. Vielleicht gibt es Neuigkeiten vor der KTU oder der Gerichtsmedizin.« Und wir bereiten uns für die Gespräche mit der Familie heute Abend vor, dachte Irmi bei sich.

Irmi war beinahe froh, ins Büro zu kommen. Hier war es viel lebendiger als bei der Familie Schmid. Andrea hatte in Rumänien die Familie Adami erreicht, es wollte auch jemand möglichst bald nach Bayern kommen. Sie hatte außerdem die Vergleichsproben weggebracht, die sie inzwischen bei Frau Strissel abgeholt hatte, und nun standen alle in der Küche, als der Hase kam. Er sah wieder aus wie das Leiden Christi, eigentlich schade, dass er kein Oberammergauer war – für die Passionsspiele wäre er eine Topbesetzung gewesen.

»Grüß Sie!«, schmetterte Irmi aufmunternd. »Und?«

»Soll ich jetzt hier ...? In der Küche?«

»Wir können auch gern in mein Büro gehen.«

Wortlos stiefelte der Hase davon, und Irmi folgte ihm, während Kathi Grimassen machte und Andrea sich an ihrem Kakao verschluckte.

Im Büro lehnte sich der Hase an einen Schrank und berichtete von der Arbeit der Spurensicherer, die in einem abgebrannten Holzgebäude, in dem es außerdem Heu, Stroh und Silage gegeben hatte, natürlich sehr unerfreulich war. Er erzählte, was die Experten der Feuerwehr und die Brandermittler herausgefunden hatten, die man extra aus Garmisch und München hinzugezogen hatte. Vor allem aber meldete er den Fund einer Phosphorbombe.

»Einer was?«

»Einer Phosphorbombe«, sagte der Hase, als sei das die normale Bestückung einer Ammergauer Tenne.

»Ähm, ja. Verzeihen Sie, aber da bräuchte ich nun doch ein bisschen genauere Informationen.«

Der Hase schnaubte durch seine lange dünne Nase. »Also, der Feuerwehr war schon klar gewesen, dass sich da etwas ganz Spezielles entzündet haben musste. Man hat an Dünger oder so gedacht. Es war aber Phosphor, und zwar weißer Phosphor, das ist die reaktivste Form. Er entzündet sich von selbst, und zwar allein durch den Kontakt mit dem Sauerstoff in der Luft. Anschließend brennt er mit einer dreizehnhundert Grad heißen Flamme, wobei es eine starke Entwicklung von weißem Rauch gibt. Die USA und Israel haben seinerzeit die Zusatzprotokolle zu den Genfer Abkommen nicht unterzeichnet, deshalb können sie diese Bomben bis heute einsetzen. Israel hat sie zum Beispiel 2009 im Gazastreifen verwendet. Sie firmieren als Brandwaffe, aber Kritiker sagen, dass es sich dabei zugleich um eine chemische Waffe handelt.«

Der Hase atmete tief durch. Irmi hätte ihm gern einige Fragen gestellt, aber sie wollte ihn auf keinen Fall unterbrechen, wenn er ausnahmsweise so viel redete und offenbar ganz fasziniert war von seiner exotischen Entdeckung.

Der Hase schien Irmis Schweigen zu goutieren, denn er fuhr fort: »Brandbomben wurden schon im Zweiten Weltkrieg verwendet – von den Deutschen, aber auch von den Engländern zur Bombardierung deutscher Städte. Im vorliegenden Fall reden wir übrigens von einer britischen Nebelbombe. Brandbomben bergen heute noch eine große Gefahr, da der Phosphor sich, wie gesagt, von selbst entzündet, allerdings nur an der Luft. Bei Fehlwürfen von Phosphorbomben ins Ostseewasser wurde der Phosphor damals zwar freigesetzt, entzündete sich aber unter Wasser nicht. Das passiert erst, wenn er an den Strand gespült wird. Eifrige Sammler halten den gelblichen Phosphor für Bernstein und erleiden böse Verletzungen, wenn sich der Stoff nach dem Abtrocknen entzündet und die Kleidung des stolzen Finders in Brand setzt.«

Irmi hatte das Gefühl, als rausche es in ihren Ohren, wie die Wellen auf den Vesterålen rauschte es.

»Und wie kommt so etwas in die Tenne?«

»Ein Blindgänger? Vielleicht wurde er aufbewahrt, ohne dass man von der Gefahr wusste, die von ihm ausging. Oder das Ding gehörte einem Waffennarren, der auch noch stolz darauf war.« Der Hase bewahrte sich seine Emotionslosigkeit.

»Und diese Bombe hat den Brand entfacht?«

»Sie hat ihn auf jeden Fall beschleunigt.«

»Aber ...«

»Falls Sie jetzt wissen wollen, ob es Brandstiftung war oder nicht, muss ich Sie leider enttäuschen. Vielleicht wurde der Phosphor zufällig freigelegt und hat sich entzündet, vielleicht aber hat jemand an der Bombe herummanipuliert. Oder aber jemand hat die Tenne an anderer Stelle angezündet, und die Bombe hat den Brand nur beschleunigt. Die beiden letzten Varianten wären dann Brandstiftung. Tja, Frau Mangold, Brandstiftung oder Unfall – das ist hier die Frage.«

Was für eine bizarre Geschichte! Eigentlich hatte Irmi gehofft, die Experten würden ihr endlich definitiv sagen, ob es

Brandstiftung gewesen war oder nicht. Und nun war sie so schlau wie vorher. Es war sekundenlang still, bis Irmi ein »Danke« ausstieß.

Kaum war der Hase draußen, da standen ihre Leute schon in ihrem Büro und erkundigten sich mit einem vielstimmigen: »Und?«

Während Irmi die Ausführungen des Hasen zusammenfasste, lauschten sie gebannt.

»I hob da wos im Fernsehen g'sehn, über den Phosphor auf Usedom. Des is a unguate Geschicht, wenn's in deiner Jacke puff macht«, meinte Sailer. »Da verbrennst di sauber. Bloß weil die Leit so gierig san. Solln die des Zeug doch rumliegen lassen. Und des Bernsteinzimmer soll auch bleiben, wo es is. Des hot g'wiss so a russischer Magnat im Keller.«

Irmi wunderte sich mal wieder, was der Mann so alles wusste und dachte.

»Eine Phosphorbombe! Ich glaub's ja nicht!«, rief Kathi.

»Stimmt, ist mal was anderes. Aber wir wissen immer noch nicht, ob das jetzt Brandstiftung war oder nicht«, sagte Irmi.

»Vielleicht führt uns die Identifizierung der zweiten Toten weiter«, sagte Andrea zögerlich. »Morgen früh haben wir das Ergebnis vom DNA-Abgleich, sagen die.«

»Danke, Andrea. Dann fahren Kathi und ich jetzt zu den Schmids. Mal sehen, wie der Rest der Familie ist. Bis auf die mit Vroni waren die Begegnungen ja bisher eher unerfreulich«, bemerkte Irmi.

Nun fuhren sie heute schon zum dritten Mal den Ettaler Berg hinauf. Es war sternklar, und als sie beim Haus der Schmids ausstiegen, schlug ihnen eine scharfe Kälte entgegen.

»Heut Nacht wird's zapfig«, meinte Kathi.

So zapfig war es auf den Vesterålen nicht gewesen, dachte Irmi. Es war dem Golfstrom zu verdanken, dass es am Meer so mild war. Allerdings war die Temperatur nur wenige Kilometer vom Wasser entfernt viel tiefer. Einmal waren sie über die Landzunge zum weißen Sandstrand bei Hovden gefahren, und auf einmal hatte die Temperaturanzeige eisige Minusgrade angezeigt. Am Meer herrschten dann wieder drei Grad plus, und es wehte ein steifer Wind. Trotz der Kälte hatte Irmi geglaubt, noch nie etwas Schöneres gesehen zu haben als den weißen Sand mit den kleinen gefrorenen Prielen. Zauberei aus Kristall. Aus dem Wasser ragten Berge wie Zuckerhüte auf. Ganz hinten am Horizont schwebten kleine Inseln. »Das ist ›Hildring‹, eine Fata Morgana«, hatte Carina erklärt. Wegen der Erdkrümmung schienen diese Eilande zu schweben.

Irmi schüttelte die Erinnerungen ab, jetzt war sie in Unterammergau. Wieder war es Rita, die wie ein Zerberus an der Türschwelle des Wohnhauses stand, als hätte sie schon auf die beiden gewartet. Drinnen war die Familie vollständig versammelt – bis auf den alten Xaver, der oben war und schlief, wie es hieß. Die übrigen Schmids saßen um den Küchentisch herum, die Männer hatten Bierkrüge vor sich stehen und die Frauen Mineralwasser. Hier war die Welt noch in Ordnung.

Irmi und Kathi bekamen ebenfalls Wasser angeboten. Die Atmosphäre war angespannt und erinnerte ein bisschen an die in einem Seminar, bei dem sich jeder vorstellen sollte und seine Wichtigkeit unter Beweis stellen wollte. »Meine Hobbys sind ... Besondere Fähigkeiten habe ich meiner

Tante in Wanne-Eickel zu verdanken ... Ich mache dieses Seminar, weil ...«

Nur Ritas eisiger Blick vermittelte die Botschaft: »Ich hab dieses Seminar gar nicht gebucht, sondern bin reingelost worden.« Sie war eine Frau, deren Mundwinkel wahrscheinlich selbst dann herabhingen, wenn sie zu lachen versuchte.

Die hagere Rita und den streitbaren Franz kannten sie ja schon. Markus sah seinem Bruder überhaupt nicht ähnlich. In dieser Familie war die Gunst offenbar sehr ungleich verteilt worden. Markus war blond, hatte einen Kurzhaarschnitt, und seine weichenden Geheimratsecken sah man kaum. Er war der Typ ewiger Lausbub, und das Blond würde wohl noch eine ganze Weile über das herannahende Grau siegen. Irgendwann würde er aussehen wie sein Vater, dessen Augen und Charisma er geerbt hatte. Irmi hoffte nur für Renate, dass er kein solcher Herzensbrecher war wie Xaver Schmid.

Renate, deren Locken ebenso echt waren wie das Karottenrot ihrer Haare, sah man ihr tatsächliches Lebensalter an: Sie wirkte wie eine schlanke Frau um die fünfzig, die viel gearbeitet hatte, und gerade das machte sie attraktiv. Lediglich eine kleine Narbe unter dem einen Auge störte ein wenig.

Vroni hatte sich umgezogen und trug jetzt einen Pulli, der auch die nächsthöhere Größe vertragen hätte. Ihr Bruder Thomas hatte eine gewisse Ähnlichkeit mit ihr. Allerdings wirkte er ziemlich ungehobelt, gab sich gelangweilt und schaute Irmi bei der Begrüßung kaum an. Seine Cousine Anna Maria hingegen war eine richtige Schönheit. Sie hatte die brünetten Haare hochgesteckt und trug ein Kostüm, an dessen Revers noch das Namensschildchen befestigt war. Vermutlich war sie direkt aus dem Hotel hergekommen. Mit ihrem natürlichen Lächeln machte sie auf Irmi den Eindruck, als wisse sie gar nicht, wie hübsch sie eigentlich war. Oder sie wusste es, und es war ihr egal.

Alles in allem waren die Schmids eine schrecklich normale Familie, deren Normalität nur jäh von zwei Brandleichen unterbrochen worden war.

Nun saßen sie alle miteinander da und blickten Irmi und Kathi erwartungsvoll an.

»Dass es sich bei der einen Toten um Ionella handelt, wissen Sie bereits. Aber wir wissen noch immer nicht, was sie in der Tenne gewollt hat. Haben Sie eine Idee?«, fragte Irmi.

»Sie haben die Antwort doch scho«, brummte Franz. »Die hat die Katz retten wollen.«

»So bled muss ma sein«, knurrte Thomas.

Kaum hatte er das ausgesprochen, brüllte Vroni: »Ach, bled war sie? Nachgestiegen bist du ihr. Da war sie dir nicht zu bled. Du bist doch bloß sauer, dass sie dich nicht rang'lassen hat.«

»Halt's Maul, und red ned über Sachen, wo d' nix von verstehst. Du fette Sau findst doch nia oan!«

»Jetzt lass doch die Vroni!«, rief Anna Maria. »Sie hat doch recht. Jede von den Frauen hast du angebaggert. Und wir wissen alle, dass mit der Aurika was gegangen ist. Drum musste die dann auch so schnell weg. Du Arschloch!«

»Jetzt gebts a Ruh!«, donnerte Franz dazwischen.

Während die Fetzen flogen, war Irmi ganz langsam aufgestanden. »So, so«, sagte sie mit eisiger Stimme und schaute in die Runde. »Da machen wir doch jetzt mal Folgendes: Sie gehen alle mal raus, und dann kommt einer nach dem anderen hier rein und beantwortet meine Fragen. So ein Geschrei brauch ich heute Abend nicht mehr. Und wenn das nicht klappen sollte, kommt jeder einzeln zu uns auf die Inspektion morgen früh.«

»So a Kaschperltheater«, maulte Thomas.

Irmi konterte: »Und das Oberkaschperle bleibt gleich als Erstes da.«

Thomas blieb trotzig, gab immerhin zu, dass die Aurika ihm mal »untergekommen« sei, aber bloß weil sie ihn abgefüllt habe mit irgend so einem rumänischen Fusel. Die sei halt auf ihn gestanden, die Ionella dagegen sei ihm am Arsch vorbeigegangen.

»Zum Vögeln hätt sie dir schon getaugt, zum Heiraten nimmst dir dann aber eine aus dem Ammertal, du Arschloch, oder?«, brüllte Kathi.

»Des muss ich mir nicht sagen lassen von dir, du, du ...«

»Ja? Ich was? Obacht, Burschi!«

Es gelang Irmi, ihre Kollegin mit einer beschwichtigenden Geste zu beruhigen, bevor sie noch ausfallender wurde.

Dieser Thomas war zweifellos ein Arschloch, aus ihm war aber nur herauszukriegen, dass seiner Meinung nach der Markus und die Renate die Großeltern hätten nehmen sollen, weil die am nächsten dran wohnen würden. Doch die wären sich ja zu fein. Und die rumänischen Weiber hätten eh alle geklaut.

»Woher wissen Sie das? Haben Sie eine beim Diebstahl erwischt?«, hakte Irmi nach.

Gefehlt habe halt ständig was, und die Ionella sei sowieso die Schlimmste gewesen. Sie habe sich beim Opa eingeschleimt, ihm die Haare geschnitten und dafür ein Mordstrinkgeld eingestrichen. Lauter solche Sachen. Und sie habe auch noch heimlich mit ihm Schnaps gesoffen.

»Puh! Was für ein selbstgefälliger Dummbatz!«, rief Kathi, als er draußen war.

»Stimmt, aber bitte mäßige dich etwas, Kathi«, sagte Irmi, denn sie wollte den fragilen Frieden auf keinen Fall gefährden.

Die Nächste, die ins Zimmer trat, war Renate. Als sie die Tür öffnete, waren aus dem Nebenraum Stimmen zu hören, zänkische, schrille, brummige, vor allem aber laute.

»Die Stimmung in Ihrer Familie ist ja schon ziemlich aufgeheizt«, sagte Irmi zu Renate und merkte zu spät, wie ungeschickt ihre Wortwahl gewesen war – angesichts der realen Brandmale, die der Hof davongetragen hatte.

Renate Schmid lächelte müde. »Seit Jahren herrscht schlechte Stimmung zwischen Franz und meinem Mann. Sie haben beide von ihrem Vater Grund bekommen. Während wir den Hof gebaut haben, hat sich Franz ein ziemlich großes Haus in Soien hingestellt und den Rest verkauft. Das Geld hat er dann irgendwie durchgebracht. Na ja, die Rita hat ja auch jahrelang gar nicht gearbeitet, abgesehen davon, dass sie die Kinder versorgt hat. Aber die sind ja längst erwachsen. Die paar Stunden im Fremdenverkehrsamt, mit denen sie das Familieneinkommen aufbessert, machen ihr überhaupt keinen Spaß. Eine Rita Speer ist halt nicht dazu geboren worden, um zu arbeiten.«

Irmi hatte die Stirn gerunzelt.

»Nicht, dass ich schlechtreden will«, fuhr Renate eilig fort, »ich bin aus Habach draußen, mich hat sie immer behandelt wie eine Aussätzige. Der Franz ist zwar brummig, aber nicht unrecht. Nur hat die Rita ihn jahrelang gegen mich aufgehetzt.«

»Und jetzt ist sie neidisch auf Sie?«

»Na ja, unser Hof läuft schon gut. Die Umstellung auf Bio war goldrichtig. Ziegenmilchprodukte, Eier von frei laufenden Hühnern, Mutterkuhhaltung. Der Hofladen wirft auch was ab, ich geh nach Schongau und Peiting auf den Markt, und man kann unsere Produkte inzwischen sogar im Internet bestellen. Aber auch wenn's gut läuft – geschenkt ist uns nichts worden.« Ihr Ton war etwas schriller geworden, fast als müsse sie sich rechtfertigen.

Aber wofür eigentlich? Ihre Schilderung klang nach einem ausgefüllten und erfüllenden Vierundzwanzigstundentag, der trotzdem immer zu kurz war. Wie bei Irmi selbst. Sie lächelte Renate Schmid aufmunternd an.

»Und die Schwiegereltern? Ich hatte den Eindruck, dass der Xaver früher wohl ein ziemlicher Schwerenöter war.«

»Der Xaver! Ja, der ist ein Spezialfall. Wissen Sie, dass er jahrzehntelang Besamungstechniker war?«

»Nein«, sagte Irmi überrascht. Xaver Schmid war als Rucksackstier unterwegs gewesen? Die Zeiten, als Kühe noch Besuch von einem feurigen Stier hatten, waren so gut wie vorbei. Der sogenannte Natursprung, bei dem der Bulle die Kuh voller Energie und Manneskraft direkt bespringt, ist heute eine Seltenheit. Als die Gefahr von Deckseuchen in den Fünfzigerjahren noch hoch war, suchte man in der Tierzucht nach Alternativen, um deren Übertragung zu verhindern. Xaver Schmid war sicher einer der ersten Vertreter seiner Zunft gewesen.

»Dann ist er ja ganz schön rumgekommen im Oberland«, bemerkte Irmi.

»Ja, er hat viele Höfe besucht. Und viele Bäuerinnen. Das sehen Sie ganz richtig – er war hinter jedem Rock her. Außerdem hat er zeitweise Versicherungen verkauft, er war ein ganz schönes Schlitzohr. Aber er ist eben auch ein sehr gewinnender Mensch. Noch heute erzählt er davon, wie die Bauern später bloß noch ihren Hofnamen aufs Band genuschelt haben und den Namens des Stiers, den sie wollten. Er hat die Nachrichten aber immer entschlüsselt und hat bis zu fünftausend Besamungen im Jahr gemacht. Bloß an den kirchlichen Feiertagen war a Ruh, hat er immer gesagt.« Sie lächelte wehmütig.

Irmi schwieg. Renate Schmid schien es gutzutun, einfach mal mit jemandem zu reden.

»Er konnte das so herrlich erzählen, wie sie ihm in der Ausbildung eine Gebärmutter vom Schlachthof auf den Tisch geknallt haben, um zu demonstrieren, was man da drinnen so fühlt. Er war auch gut in seinem Metier. Er hat immer gewusst, wenn eine Kuh rindrig ist. Besser als der Tierarzt.«

»Sie mögen ihn sehr, oder?«

»Ach, irgendwie hat er mich fasziniert. Diese Energie. Dieser Optimismus. Natürlich ist er vielen Leuten auf die Fuß getreten, aber mit Charme.«

»Und Burgi? Wie geht man als Ehefrau mit so einem ewigen Stenz um?«

»Ach, die Burgi! Sie hat mir immer so leidgetan. Nie hat sie aus ihrer Haut herausgekonnt. Stets korrekt. Stets mit Putzfimmel. Ständig diese Wenns und Abers und was man alles nicht dürfe wegen der Leut. Sie hatte anscheinend ganz gut Geld, als die beiden geheiratet haben, damals nach dem Krieg.«

»Also keine Liebesheirat?«

»Ich weiß nicht. Sie können den Menschen ja immer nur vor die Stirn schauen. Ich glaube, er hat seine Burgi geliebt. Und die letzten Jahre hat er für all seine Sünden gebüßt.«

»Inwiefern?«

»Na ja, er ist ungeheuer reizend zu ihr. Zumindest war er das, solange sie noch einigermaßen bei Verstand war. Wie ein Kavalier der alten Schule hat er sich verhalten. Hat zum Frühstück extra ein Sakko angezogen. Hat ihr den Stuhl hingestellt und ihr Kaffee eingeschenkt. Sie mit kleinen Gesten umsorgt. Ihr Küsse auf die Stirn gegeben. Eigentlich rührend.« Sie schluckte.

»Eigentlich?«

»Die Burgi konnte das nicht mehr zulassen. Es war, als würde sie sich mit ihrer Ablehnung für die Schmach der ganzen vergangenen Jahre rächen. Bestimmt hat er sie immer wieder betrogen, aber wenn man gemeinsam so alt wird, dann müsste man doch verzeihen können, oder, Frau Mangold? Manches passiert eben. Da muss man doch verzeihen! Manches passiert doch einfach!« Ihre Stimme klang auf einmal intensiv, beinahe flehentlich.

Das Verzeihen war in der Tat eine der schwersten Lebensaufgaben, dachte Irmi, behielt diesen Gedanken aber für sich.

»Das habe ich damit gemeint, dass er seine Sünden hundertfach büßt. Und er muss zuschauen, wie die Burgi langsam verfällt.«

»Wie lange geht es ihr denn schon so schlecht?«

»So eine Demenz kommt schleichend. Anfangs haben wir das nicht gemerkt. Plötzlich mochte sie keine Semmelknödel mehr und hat uns beschimpft, wie wir so was servieren könnten. Dabei hat sie Semmelknödel immer geliebt. Ihr Bett stand plötzlich falsch, es hatte angeblich ein Leben lang woanders gestanden. Wir haben uns halt gedacht, die Burgi wird allmählich etwas wunderlich. Irgendwann hat der Arzt dann Demenz diagnostiziert. Das war vor vier Jahren, und es geht rapide abwärts.«

»Und seit wann haben Sie die Pflegerinnen?«

»Seit etwa anderthalb Jahren. Davor haben wir versucht, die Pflege zusammen zu übernehmen. Markus und ich hätten die beiden auch zu uns genommen, aber der Xaver will auf seinem Hof sterben.«

»Ach, das ist ja interessant. Ihr Neffe hat gemeint, Sie hätten die Schwiegereltern nicht aufnehmen wollen!«

»Wissen Sie, der Thomas ist knapp dreißig, lebt zwischen Mamas Waschmaschine, Stammtischen und Stadelfesten. Der hat keinerlei Verantwortungsgefühl. Woher will der das überhaupt wissen!«

»Wie war es denn wirklich?«, mischte sich jetzt auch Kathi ein.

»Die Rita wollte nicht, dass wir die Schwiegereltern zu uns nehmen.«

»Warum denn nicht?«, fragte Irmi zweifelnd.

»Sie hat gedacht, wir würden dann als Dankeschön den alten Hof erben. So was Lächerliches. Es gibt doch eine Erbfolge, es gibt Pflichtteile. Das weiß jeder.«

»Das heißt, Rita war auf den alten Hof aus?«

»Natürlich. Denen steht das Wasser bis zum Hals. Wenn es nach ihr ginge, würden die Alten ins Heim gehen, der Hof würde möglichst bald verkauft, und sie würden ausgezahlt werden.«

Hatte Rita deshalb Feuer gelegt? Und zwei Frauen im Silo übersehen? Es war schon spät, aber Irmi war hellwach. Da passte doch irgendwas nicht.

»Ich würde gern noch mal auf die jungen Pflegerinnen zurückkommen. Wie sind die denn mit den Schwiegereltern zurechtgekommen?«

»Unterschiedlich. Wollen Sie das wirklich alles wissen?«

Irmi nickte.

»Unbedingt«, sagte Kathi, und das war in diesem Fall nicht ironisch gemeint.

»Als Erste kam Wilhelmine. Die ist eigentlich Deutschlehrerin. Eine Frau in meinem Alter, vielleicht sogar etwas älter. Die hatte die nötige Souveränität. Burgi mochte sie. Dann kam Marina, ein bildschönes Mädchen. Xaver war ganz hin und weg.«

»Burgi weniger, vermute ich?«, warf Irmi ein.

»Die Burgi war eifersüchtig! Ist das nicht furchtbar? Und das bei einem alten Mann, der es mit bewundernswerter Würde und Souveränität erträgt, dass junge Frauen seine Windeln wechseln. Burgi hatte selbst da noch Angst, dass er die Mädchen einmal zu viel anschaut und sonst was mit ihnen treibt. Ich bitte Sie! Selbst wenn er gewollt hätte, der Xaver kriegt doch keinen mehr hoch.« Sie sah Irmi entschuldigend an. »Stimmt doch!«

»Ach, bei den Männern hört das doch nie auf«, warf Kathi ein und grinste. »Zumindest im Hirn. Die Natur erschlafft natürlich. Und die Marina ist geblieben?«

Renate schmunzelte kurz und wurde dann wieder ernst. »Ja, aber es war sehr anstrengend für sie, weil Burgi überall verbreitet hat, sie würde stehlen und so.«

»Hat sie das denn getan?«

»Es hat mal eine Flasche Weichspüler gefehlt und mal ein Shampoo. Manchmal wurde etwas zu viel eingekauft. Die Burgi und der Xaver essen ja kaum mehr was. Direkt stehlen würd ich das aber nicht nennen.«

»Eher Mundraub?«

»Vielleicht, ja. Diese Frauen haben halt nicht verstanden, dass auch wir hart für unser Geld arbeiten. Wir kommen denen einfach wahnsinnig reich vor.«

Wohlhabend war die Familie Schmid ja durchaus, dachte Irmi. Zwei Höfe, ein großes Haus, jede Menge Grund. Mehrere Autos. Natürlich ließ man da mal ein Shampoo mitgehen, weil es doch keine Armen traf.

»Und was war mit dieser Aurika?«

»Na, die war ein echter Feger. Bevor sie bei uns war, hat sie bestimmt noch nie gekocht. Salat gab's nur mit Salz und Pfeffer, davon aber jede Menge. Natürlich hat Burgi nur genörgelt, in dem Fall sogar zu Recht. Aurika konnte nicht mal Fertiggerichte aufwärmen. Und wenn sie dann mal geputzt hat, stand alles unter Wasser, und das Haus hat fast einen Tag gebraucht, um zu trocknen. Wenn die Ammer Hochwasser führt, ist es auch nicht schlimmer!« Renate lachte gequält. »Wenn das nicht alles so traurig wär, könnt man fast drüber lachen.«

»Und hat die Aurika den Thomas tatsächlich verführt?«, erkundigte sich Kathi.

»Na ja, die zwei haben sich da nichts gegeben, denk ich. Aber als Aurika einen Monat vierhundert Euro Telefonkosten verursacht hat und im nächsten knapp sechshundert, musste sie gehen. Wilhelmine ist zum Glück wieder eingesprungen, und danach ist Ionella zum ersten Mal gekommen. Eine Apothekerin versteht sich auf Medikamente, haben wir uns gedacht. Das stimmt ja auch. Sie hat verstanden, dass die genaue Dosierung wichtig ist und dass man die Einnahmezeiten einhalten muss. Wir waren da eigentlich zum ersten Mal beruhigt. Die Aurika hatte es damit nämlich auch nicht so genau genommen. Vor dem Essen, nach dem Essen, das war ihr egal. Die kleinen Schachterl für die Tabletten fand sie eher witzig.«

»Ionella war aber trotz ihrer Kompetenz auch nicht nach Burgis Geschmack?«

»Na ja, sie hat einmal den Fehler gemacht, sich im Bikini in den Garten zu legen. Hat mal ein kurzes Nickerchen gemacht, das arme Ding, denn nachts konnte sie ja nie durchschlafen. Und Xaver war im Garten und hat sie sich angesehen. Burgi ist völlig durchgedreht. Sie hätte Ionella am liebsten umgebracht.« Im nächsten Moment schlug sich Renate Schmid mit der Hand auf den Mund. »Tut mir leid, wie kann ich so was nur sagen!«

»Schon gut«, meinte Irmi, denn mit Sicherheit hatte nicht die bettlägrige Burgi Ionella ins Silo gestoßen und dann die Tenne angesteckt.

»Wer hat Ihnen eigentlich die Rumäninnen vermittelt?«

»Auf dem Beck-Hof hatten die schon länger welche. Die Tochter Hanne ist eine Schulfreundin vom Markus. Die hat den Kontakt hergestellt. Organisiert hat das dann die Wilhelmine, die hat ja auch schon beim Beck gearbeitet.«

»Und was ist Ihrer Meinung nach in der Brandnacht passiert? Hat Ionella die Katze aus der Tenne retten wollen?«

»Sie mochte Tiere, vor allem Katzen. Es wundert mich aber, dass sie nicht gewusst haben soll, wie gefährlich die Gärgase sind. Gibt es denn in Siebenbürgen keine Silos?«, fragte Renate Schmid und sah Irmi Hilfe suchend an.

Das wusste Irmi auch nicht aus dem Stegreif, aber sie verstand, was Renate Schmid damit gemeint hatte. Sie hielt Ionella für ein bodenständiges Landmädchen, das die Gefahren von Silos gekannt haben müsste.

»Haben Sie denn eine Ahnung, wer diese zweite Person gewesen sein könnte? Es gab offenbar noch eine Rumänin im Dorf, oder?«

»Ja, die Tereza. Auch so eine Hübsche. Ionella ist öfter mal zu ihr rübergegangen. Beim Beck geht es etwas liberaler zu als bei uns. Das Mädchen hat einen freien Tag und so weiter.« Sie seufzte. »Wissen Sie, Frau Mangold, ich hätte viel mehr eingreifen müssen. Mich vor die Mädchen stellen. Ich hab mich zu wenig gekümmert, das tut mir so leid. Klar, wir haben viel zu tun auf dem Hof, mit den Tieren und dem Laden – aber das darf doch alles keine Entschuldigung sein. Und jetzt ist sie tot ...« Sie begann zu weinen.

Als Renate Schmid sich wieder ein wenig beruhigt hatte, bat Irmi sie, ihren Mann hereinzuschicken.

»Irgendwas stimmt mit der nicht«, sagte Kathi, sobald Renate rausgegangen war. »Macht auf besorgt, dabei hat sie doch gar nix getan.«

Bevor Irmi antworten konnte, klopfte Markus Schmid höflich an und trat dann ein. Er setzte sich und sah freundlich interessiert von Irmi zu Kathi.

»Ich schäme mich etwas für meine Familie«, sagte er dann. »Zwei Tote – und die schreien hier rum.«

»Nun, das ist ja auch eine Ausnahmesituation«, meinte Irmi.

»Das halbe Leben ist eine Ausnahmesituation«, konterte er. Sein Bericht deckte sich mit dem seiner Frau, er hielt sich aber mit jeder Schuldzuweisung zurück. Der Bruder habe eben kein Händchen fürs Geld, und der Thomas sei ein Spätentwickler. Aus seinen Worten sprach eine große Liebe für seine Frau, die viel zu viel arbeite, die sich zu viel zumute und sich immer verantwortlich fühle. Für Mensch und Tier.

»Wir hatten mal eine Schweinezucht, doch das mussten wir aufgeben, weil wir ganze Nächte bei schwierigen Ferkelgeburten im Stall verbracht haben und diese Viecher so ins Herz geschlossen haben, dass jeder Schlachttermin eine halbe Trauerveranstaltung war. Schweine sind so menschlich. Und der Renate ist das alles noch viel nähergegangen als mir.«

Als Irmi erwähnte, dass sich seine Frau Vorwürfe wegen der jungen Mädchen gemacht habe, war er zum ersten Mal anderer Meinung als Renate.

»Ich kann nicht behaupten, dass es den Pflegerinnen schlecht gegangen wäre. Die haben sich schon ihre Freiräume geschaffen. Außerdem ist die Arbeit hier eine Möglichkeit für sie, schnell gutes Geld zu verdienen. Von dem, was sie hier kriegen, können die in ihrer Heimat eine ganze Weile leben. Schließlich sind das erwachsene Frauen, die sich bewusst dafür entschieden haben.«

Als Markus Schmid wieder draußen war, stieß Kathi aus: »Wenn ich nicht wüsste, dass der Bauer ist, würd ich sagen, der ist Coach für Lebensglück oder veranstaltet Engel-Aura-was-weiß-ich-Kurse.«

»Nicht jeder Landwirt ist eine Dumpfbacke«, konterte Irmi mit einer gewissen Schärfe.

»Aber der ist doch zu gut, um wahr zu sein. Trau niemals solchen Gutmenschen!«, rief Kathi. »Glaubst du wirklich, dass der nach all den Ehejahren treu ist wie ein Hunderl? Ob der nicht auch mal so einer Rumänin nachgestiegen ist?«

Irmi bezweifelte das. Vielleicht hatte Renate Schmid ja tatsächlich den Hauptgewinn in der Tombola gezogen – einen attraktiven Mann, der zu ihr stand. So war es nun mal bei Tombolas: Es gab nur einen einzigen Hauptgewinn, den großen Teddybären, während die anderen im besten Fall ein Plüschtierchen zogen, die meisten aber nur Schraubendreher, Kugelschreiber oder gleich Nieten. Wobei Irmi gedanklich einräumte, dass es auch nette, sympathische große Teddybären mit Schauspieltalent geben mochte.

Markus' Bruder Franz hingegen schauspielerte gar nicht. Er war der Meinung, dass der Streit um den elterlichen Hof ohnehin bald ein Ende haben werde, weil Xaver und Burgi den Weg alles Irdischen gehen würden. Er meinte das gar nicht böse, er sprach auch von einer Erlösung für die Mama und davon, dass beim Papa wirklich nicht mehr die Hebamme schuld wäre, würde er jetzt sterben. Die Rumäninnen seien halt anders als die Deutschen, ein anderer Menschenschlag. Franz Schmid wirkte weitaus sanftmütiger als noch am Mittag. Bestimmt hatte er inzwischen schon einiges gepichelt, und er war offenbar einer der Menschen, die unter Alkoholeinfluss eher gutmütiger werden.

Als Anna Maria, die Tochter von Renate und Markus, hereinkam, musste Irmi sich ermahnen, das Mädchen nicht anzustarren. Sie war so hübsch! Auf dem Rückflug nach München hatte Irmi in einem Magazin einen Artikel über die Schönheit gelesen. Darin hatte gestanden, dass Schönheit nur bedingt im Auge des Betrachters liege. Quer durch die unterschiedlichsten Kulturen würden bei Frauen hohe Wangenknochen und eine schmale untere Gesichtshälfte attraktiv wirken, bei Männern hingegen seien ein wuchtiges Kinn und eine markante Nase entscheidend. Das alles hänge mit einem erhöhten Östrogen- beziehungsweise Testosteronspiegel zusammen, denn diese Sexualhormone sorgten nicht nur für Fruchtbarkeit, sondern auch für lockende Ästhetik. Laut dem Magazin hatten amerikanische Wissenschaftler bei ihren Versuchspersonen jeweils die beiden Ohren, Hände und Füße miteinander verglichen und dabei entdeckt, dass die in dieser Hinsicht symmetrischsten Männer früher sexuell aktiv wurden als die asymmetrischen Kerle. Für Frauen mit beidseitig gleich proportionierten Brüsten galt dasselbe – körperliches Ebenmaß signalisierte offenbar tüchtige Gene. Wahrscheinlich war auch Anna Maria so eine Symmetrieprinzessin.

»Hatten Sie denn näheren Kontakt zu Ionella?«

»Ich hab sie zweimal in München am Busbahnhof abgeholt, das mach ich gern, wenn es reinpasst. Ich habe aber im Hotel sehr unregelmäßige Dienstzeiten. Den meisten Umgang mit Ionella müsste eigentlich Vroni gehabt haben, weil die ja immer die Einkaufstour gefahren ist. Manchmal sind die beiden danach noch ein bisschen in Ogau geblieben, oder sie haben einen Ausflug nach Garmisch gemacht.«

»Wir haben mehrfach gehört, die Pflegerinnen hätten geklaut. Was meinen Sie dazu?«

»Ach, Unsinn, das hätten die sich doch gar nicht getraut. Sie brauchten das Geld und hätten es nie im Leben riskiert, den Job aufs Spiel zu setzen.«

»Es hieß auch, Ionella hätte zusätzliches Trinkgeld eingestrichen?«

»Blödsinn! Der Opa hat den Wert von Banknoten halt nicht mehr im Blick. Diesen Euro hat er nie ganz verstanden. Er bietet allen immer mal wieder fünfzig Euro an – einfach so. Auch mir und der Vroni steckt er ab und an einen Schein zu. Wir nehmen das Geld an und legen es hinterher unauffällig in die Haushaltskasse. Ich hab den Mädchen gesagt, dass sie es auch so machen sollen. Er wollte doch unbedingt, dass sie es annehmen.«

»Und das hat immer geklappt?«

»Keine Ahnung. Aber kommen Sie, fünfzig Euro. Davon wird meine Familie nicht arm.«

»Das scheinen einige aber anders zu sehen. Ihr Onkel zum Beispiel steht finanziell offenbar nicht so gut da, oder?«

»So genau weiß ich das nicht. Onkel Franz ist kein Geschäftsmann. Aber so toll sieht es bei uns ja auch nicht aus.«

Irmi warf Kathi einen Seitenblick zu. Das hatte sich bei Renate aber anders angehört.

»Inwiefern?«

»Die Energiekosten und die Gebühren bei den Bioverbänden steigen ebenso wie die Anforderungen an die Produkte. Reich wird da keiner. Papa hat sich ein paar neue Maschinen gekauft, aber die gehören momentan natürlich vor allem der Bank. Also, Frau Mangold ...«

Irmi kannte das alles. Sie und ihr Bruder betrieben eine konventionelle Landwirtschaft, aber die Probleme waren die gleichen. Sie hatte auf einmal das Gefühl, dass Anna Maria ihr noch irgendetwas sagen wollte.

»Wenn Sie sonst etwas bedrückt, erzählen Sie es uns doch bitte«, ermutigte sie die junge Frau.

»Nein, also … es ist nur so …« Anna Maria atmete tief durch. »Ich weiß nicht, ob das wichtig ist, aber der Opa hat irgendwas an seinem Testament geändert«, sagte sie schließlich.

»Wie bitte? Woher wissen Sie das, Anna Maria?«

»Der Opa hat bestimmt zwanzig Brillen, er hat nämlich alle alten aufgehoben. Und natürlich hat er immer die falsche auf. Als ich neulich zu Besuch war, hat er mich gebeten, seine Lesebrille zu suchen. Ich hab sie dann auch gefunden und ihm gebracht. Der Opa saß gerade an seinem Sekretär im Schlafzimmer und hat etwas geschrieben. Ich konnte nur die oberste Zeile lesen. Da stand eindeutig das Wort ›Testament‹. Er hat mich dann relativ charmant rausgeworfen. Ich hab noch gefragt, ob ich ihm was helfen kann, aber er hat nur gesagt: ›Dir wird es an nichts fehlen, Mäuselchen.‹ Er sagt immer Mäuselchen zu mir. Und zur Vroni Moppelchen, was sie mehr kränkt, als sie zugibt. Gerade, weil es vom Opa kommt.«

»Und nun nehmen Sie an, er hat ein neues Testament geschrieben. Warum sollte er das getan haben?«

»Keine Ahnung. Ich weiß doch nicht mal, ob er vorher überhaupt schon mal eins geschrieben hat.«

»Wollte er vielleicht Ionella bedenken? Glauben Sie das?«, fragte Kathi.

»Ich weiß es echt nicht.« Anna Maria wirkte sehr angespannt.

»Haben Sie schon mit jemand anderem darüber gesprochen?«

»Ja, mit der Vroni, aber die hat nur gemeint, dass wir mal abwarten sollen, bis der Opa unter der Erde ist. Und dass natürlich sein Wille zähle, dafür habe er ja lange genug gearbeitet.«

»Wo bewahrt er das Testament denn auf?«

»Keine Ahnung. Rita behauptet zwar, dass er irgendwo einen Safe hat, aber wo der sein soll, weiß ich wirklich nicht.«

»Hat sonst noch jemand was von diesem Testament mitbekommen?«

»Keine Ahnung. Den besten Draht hat der Opa zu mir und zur Vroni. Die ist nur ab und zu beleidigt, wenn er ihr sagt, sie sei zu moppelig und solle weniger Schokolade essen. Sie hat es eh nicht leicht. Schon als Kind wurde sie ständig von ihrem Bruder gehänselt. Und ihr Job ist auch kein Zuckerschlecken. Die Kinder sind ja heute kleine Tyrannen, auch in Ogau. Sie glauben gar nicht, mit was für Eltern sich die Vroni rumschlagen muss. Die stehen nur hinter ihren Bälgern. Da gibt's zum Beispiel einen Buben namens Justin. Die Mutter ist Alkoholikerin und kriegt Hartz IV, und wenn Justin anderen Kindern den Pullover zerschneidet, und zwar so richtig, dann nennt Vronis Chef das ›verhaltensoriginell‹. Die Mutter findet das völlig normal. ›Der muss sich doch wehren, der Bua‹, sagt sie. Und dann wäre da noch eine gewisse Mary Jane Baumgärtner. Die Mutter hat ein Tattoostudio und zwingt Vroni dazu, die Tochter

M. J. zu nennen. Abends ist die Vroni oft völlig fertig mit der Welt, und dann isst sie Süßes. Sie ist halt so eine Frustesserin.«

Bei einer Cousine mit Modelmaßen und One-Million-Dollar-Lächeln war man als dickliches Entlein bestimmt nicht auf der Gewinnerseite, dachte Irmi.

»Und wenn dann der Opa sagt«, fuhr Anna Maria fort, »dass man im Dirndl besser ausschaut als in zu engen Jeans, tut ihr das natürlich weh. Er ist da halt ehrlich bis schonungslos. Wie ein kleines Kind. Plappert alles raus, der Opa.«

»Aber er ist klar im Kopf?«

»Das schon. Sein Langzeitgedächtnis ist exzellent. Nur das Kurzzeitgedächtnis lässt nach. Er ist halt sehr alt, wird schnell müde ... Und wissen Sie was? Ich glaub, er mag manchmal auch nicht. Da taucht er einfach ab. Und lacht über uns. Innerlich, mein ich.«

»Und die Oma?«

»Das tut schon weh, da zusehen zu müssen, wie sie abbaut. Sie war früher so eine Rätselliesl und hat jedes Kreuzworträtsel in Windeseile gelöst. Mit ihren Landfrauen hat sie Rummy Cup und andere Kartenspiele gespielt, und sie war richtig gut, hat immer gewonnen. Und jetzt kann sie kaum einen ordentlichen Satz formulieren. Sie ist so depressiv. So traurig. So anklagend. Ach ...«

»Das ist ganz schön schwer für Sie, oder?«

»Ich weiß, dass sie krank ist, aber manchmal ist sie so gemein, dass ich mir nicht vorstellen kann, das kommt nur von der Krankheit. Ich glaube, manchmal weiß sie ganz genau, wo sie zustechen kann. Und dann dreht sie auch noch das Messer in der Wunde ... Ich weiß, so etwas sollte ich wahrscheinlich gar nicht sagen, aber ...«

Wie ihre Cousine hatte auch Anna Maria nicht den leichten Weg gewählt. Sie wollte verständnisvoll und gerecht sein, auch wenn das schwer war. Vielleicht hätte sie ihr das sagen sollen, dachte Irmi, aber sie musste professionelle Distanz wahren. Und so bedankte sie sich bei der schönen Anna Maria und bat sie, die restliche Familie zu holen.

Wenig später saßen sie wieder alle am Küchentisch. Franz war inzwischen so betankt, dass er beinahe weggetreten wirkte. Rita schaute so schlecht gelaunt drein wie immer. Renate hatte dunkle Augenringe, während Markus sein Zahnpastalächeln zur Schau stellte. Anna Maria wirkte ähnlich erschöpft wie ihre Mutter. Thomas hingegen sah sich provozierend um, und Vroni starrte auf die Tischplatte und drehte gedankenverloren eine Haarsträhne.

Dann ließ Irmi die Bombe platzen – im wahrsten Sinne des Wortes. Allen stand die Ungläubigkeit ins Gesicht geschrieben, als sie berichtete, dass die Brandursache ohne jeden Zweifel eine Phosphorbombe sei. Thomas war anzusehen, wie sein Spatzenhirnchen mühsam die Botschaft verarbeitete. Dann brach ein Tumult los, alle redeten durcheinander. Keiner aus der Familie hatte je eine Phosphorbombe in der Tenne gesehen. Was Irmi nicht so ganz glaubte, aber so bauernschlau waren sie alle, um zu wissen, dass sich das Vorhandensein einer Bombe aus dem Zweiten Weltkrieg nicht gerade günstig auf die Brandversicherung auswirken würde. Wer von ihnen hatte von der Bombe gewusst und sich sein Wissen eventuell zunutze gemacht?

»Ich würde gerne mit Ihrem Vater sprechen«, wandte Irmi sich an Markus.

»Sie können da nicht hochgehen, der schläft jetzt!«, rief Rita.

»Sie werden uns nicht davon abhalten. Notfalls hol ich mir einen Beschluss vom Staatsanwalt«, maulte Kathi retour, und auch wenn das so nicht ganz korrekt war, stoppte die Drohung immerhin Ritas Protest.

»Wenn Sie meinen«, sagte Markus, stand auf und ging zur Tür.

»Wir reden allein mit ihm!«, erklärte Irmi.

Markus Schmid blieb stumm an der Treppe stehen. Selbst er hatte in dieser Situation keinen passenden Satz in petto.

Irmi und Kathi stiegen die Treppe hinauf. Die Tür zum Elternschlafzimmer war angelehnt, und Xaver Schmid saß in einem Lehnstuhl, der aussah wie der in der Wohnstube unten. Er trug eine Strickjacke über seinem Pyjama. Vermutlich hatte ihn jemand ins Bett gebracht, doch er war wieder aufgestanden.

»Jetzt braucht auch keiner mehr zu kommen, damit ich aufs Klo kann«, sagte er. »Jetzt war ich schon selber, obwohl ich ja angeblich immer umfall!«

»Wir wären Ihnen gerne zur Hand gegangen«, sagte Kathi in einem ironischen Ton, der der Situation nicht gerade angemessen war.

Aber Xaver Schmid lachte. »Madel, des glaub ich ned. Was ist los da unten? Was schreien die alle so rum? Wegen euch zwei Grazien?«

»Wir mussten die Familie wegen des Brandes und wegen Ihrer toten Pflegerin befragen«, sagte Irmi vorsichtig und beäugte dabei den alten Mann, der aber keine Reaktion zeigte. »Herr Schmid, waren Sie im Krieg?«, fuhr sie fort.

»Klar, jeder war doch im Krieg. Lieb Vaterland. Das war halt so damals.« Eine leichte Schärfe lag in seiner Stimme.

»Hatten Sie da auch mit Phosphorbomben zu tun?«, fragte Kathi.

»Oder haben Sie mal einen Blindgänger gefunden?«, ergänzte Irmi.

Er blinzelte, sagte aber nichts.

»Herr Schmid, in Ihrer Tenne befand sich eine Phosphorbombe. Wie kann die denn da hingekommen sein?«

Er blinzelte wieder. »Woaß ned.«

»Das glaube ich Ihnen nicht. Ich glaube vielmehr, dass Sie in der Lage sind, eine solche Bombe zu erkennen, und sehr wohl wissen, dass Phosphorbomben extrem gefährlich sind, selbst wenn der Sprengkopf sicher hin war. Sagen Sie mal, Herr Schmid, wozu haben Sie so was denn aufgehoben?«

»Weiß ich nicht. Und wenn, dann is des lang her«, sagte er seufzend und schloss die Augen.

Irmi musste an Anna Marias Behauptung denken, dass der Opa sich einfach ausklinke und innerlich über den Rest der Welt lache. Irmi war klar, dass sie hier und heute nichts mehr erfahren würden. Womöglich musste sie sich wirklich um einen Durchsuchungsbeschluss bemühen, um dieses rätselhafte Testament zu finden. Ob die Staatsanwaltschaft bei so viel Spekulation mitziehen würde?

Irmi und Kathi verabschiedeten sich von der Familie Schmid und gingen zum Auto.

»Es ist doch zum Kotzen!«, stieß Kathi aus. »Diese Männer, die alles abwiegeln und überhaupt nichts damit zu tun haben wollen. Und diese Frauen, die immer nur rumzicken. Diese ganze Familie kotzt mich an. Auch diese perfekte Anna Maria. So perfekt kann doch niemand sein.«

»Perfekt will sie auch gar nicht sein«, sagte Irmi. »Vielmehr glaube ich, dass es unterschiedliche Wege gibt, mit Leid umzugehen. Die einen reden sich alles schön, die anderen verdrängen es, und manche versuchen halt, es allen recht zu machen und für jeden Verständnis zu haben. Und das ist gar nicht so leicht, wenn du in so einer Familie lebst und auch noch den Zwängen in einem kleinen Dorf unterliegst.«

Kathi schwieg eine Weile und schien nachzudenken. »Sag mal, Irmi«, sagte sie dann. »Kennst du die Schilder, die die Lkw-Fahrer im Führerhaus haben?«

Irmi nickte etwas irritiert.

»Früher stand da Karl-Heinz oder Günni, dann Ali oder Enzo und heute liest man Wladimir und Piotr, oder? Und wir sind längst auf Arbeitskräfte aus dem Osten angewiesen, und dann muss man sich so einen Schmarrn anhören wie bei der Familie Schmid – dass die Ausländer nichts taugen, nur klauen, kein Deutsch können. Und jemand wie die Renate wird schon gleich gar nicht ernst genommen ...«

Jetzt verstand Irmi, was Kathi da etwas ungelenk formuliert hatte. Diese ganze angeblich zusammenrückende globalisierte Welt war doch nichts als Humbug. Schon eine Renate Schmid hatte einen nie wiedergutzumachenden Makel: Sie kam nicht aus Unterammergau. Echten Wert hatten nur die Familien, die aus dem Dorf stammten und auch innerhalb des Dorfs heirateten. Wo man die Gene bewahrte und kreiseln ließ und mit der Weisheit von fünfhundert Jahren Inzucht seine Stammtischparolen ausstieß.

Dabei war Ugau im Vergleich zu anderen Orten vermutlich noch weltoffen zu nennen. Irmi hätte da jede Menge andere Beispiele gewusst, hier und in den Nachbarlandkreisen, vor allem dort, wo es kaum Tourismus gab. In Bayern bedeutete Migrationshintergrund bereits die Migration aus dem Nachbardorf.

»Angeheiratet« war immer schon ein Billett für die zweite Klasse, und komplett »zuagroast« bedeutete Güterwaggon, wenn überhaupt. Da kauften diese Großstädter Höfe und Häuser und wollten ein Stück vom Landleben abhaben? Eingekauft hatten die sich – und auch wenn keiner der Einheimischen die Bude hätte haben wollen, so ging es doch ums Prinzip. Man wollte nicht ausverkauft werden, da ließ man lieber die Höfe verrotten und schlug jene in die Flucht, die solche Kulturzeugnisse erhalten wollten. Da gab es viele schöne Beispiele von heimischen Handwerkern, die doch so überbeschäftigt waren und sich dann bitterlich beschwerten, wenn ein Arbeiter von außerhalb genommen wurde. Von Stammtischen, an denen die Alteingesessenen verstummten und starrten, wenn die Neubürger das Wirtshaus betraten, um etwas zu essen. Von Anliegerstraßen und Sperrschildern, die nie für die Einheimischen galten, sondern nur für die Zuagroasten. Und bei Hochwasser oder Brand wurde erst mal bei den Ureinwohnern geholfen, so betrachtet, hatten die Schmids ja Glück gehabt.

O ja, Irmi wusste sehr wohl, was Kathi meinte. Doch das alles war nicht neu und würde sich wohl nicht so schnell ändern. Auch das war ein Nachteil am Altern: Man hatte alles schon mal erlebt, tausendmal hatte es einen berührt und nie zu Besserung geführt. Die Desillusion war ein ständiger

Wegbegleiter von Irmi, blöd nur, dass sie trotzdem noch zu schocken war und Enttäuschung empfand. Zumindest hätte sie erwartet, im Alter eine gewisse Abgestumpftheit zu entwickeln. Das war aber nicht so.

»Tja, Kathi, der Mensch lernt halt nichts dazu. Und der Brotneid ist eine Kernkompetenz. Die Schmids – eine schrecklich normale Familie.«

»Und jetzt?«, fragte Kathi, als sie in Garmisch waren.

»Gehen wir schlafen. Es ist nach zwölf. Und wir hocken jetzt nicht noch im Büro rum. Wir schlafen, und morgen bekommen wir hoffentlich neue Ergebnisse, die uns weiterhelfen.«

Nachdem Irmi eine halb verdaute Maus entsorgt hatte, die einer der Kater vor ihrer Schlafstatt abgelegt hatte, lag sie in ihrem Bett und starrte die Zimmerdecke an, über die eine Spinne wanderte. Spinnen bedeuteten Wohngesundheit, hatte sie mal gelesen. Trotzdem hoffte Irmi, dass sich das Viech heute Nacht nicht auf sie abseilen würde. Sie litt zwar nicht unter Arachnophobie, aber über die Nase laufen musste das Ding einem ja auch nicht. Kurz erwog sie, bei Jens anzurufen, aber sie war zu müde und zu erschöpft. Stattdessen schickte sie eine SMS: »Bin wieder zu Hause. Meld dich doch mal. Alles Liebe.« Sie hoffte auf eine Antwort, die kam aber nicht.

Am nächsten Morgen war die Spinne verschwunden, und noch immer war keine SMS gekommen.

6

Gerade als Irmi sich einen Kaffee machte, brachte Andrea erste Neuigkeiten. Inzwischen hatte sie die Tochter vom Beck in Stuttgart erreicht. Die Dame hieß inzwischen Lorenzi mit Nachnamen und war bei Mercedes-Benz in der PR-Abteilung beschäftigt. Andrea hatte in Erfahrung bringen können, dass Tereza tatsächlich Frau Lorenzis alte Mutter nach München in die Augenklinik begleitet hatte und heute zurückerwartet wurde.

Indes war Kathi hereingekommen. »Dann war die zweite Tote im Silo also nicht die Tereza«, bemerkte sie nüchtern.

Doch wenn Tereza lebte, was war mit Runa? War sie etwa in den Flammen verbrannt?

Die traurige Bestätigung traf eine Stunde später ein. Anhand des DNA-Abgleichs hatte man in der Gerichtsmedizin festgestellt, dass es sich bei der Toten um die Norwegerin handelte, die bei Frau Dr. Strissel gelebt hatte. Diese Nachricht versetzte Irmi solch einen Stich ins Herz, als hätte sie das Mädchen gekannt, das so strahlend vom Foto gelächelt hatte. Sie stand auf, ging herum und blieb schließlich vor dem Flipchart stehen, auf dem die Angehörigen der ganz normalen Familie Schmid aufgelistet waren und die Irmi mit Anmerkungen versehen hatte.

»Und wer von denen hat nun Ionella und Runa ermordet?«, fragte Kathi, die leise hinter Irmi getreten war. Diese fuhr erschrocken herum.

»Puh! Spätestens jetzt bin ich wach! Bisher haben wir keinen Anhaltspunkt für einen Mord«, sagte Irmi.

Gemeinsam brüteten sie vor dem Flipchart.

Markus Schmid: Biobauer, war in der Brandnacht daheim auf dem Hof (Zeugin: Ehefrau), Motiv? Ist ungewöhnlich »philosophisch«

Renate Schmid: Bäuerin, war in der Brandnacht daheim auf dem Hof (Zeuge: Ehemann), Motiv? Ist gut informiert über Erbschaftsrecht

Anna Maria Schmid (Tochter von Markus und Renate Schmid): Rezeptionistin, war in der Brandnacht in ihrer Wohnung in Kohlgrub (keine Zeugen), Motiv? Glaubt zu wissen, dass der Großvater sein Testament ändern wollte – zugunsten Ionellas?

Franz Schmid: Industriearbeiter, war in der Brandnacht bei sich daheim (Zeugin: Ehefrau), Motiv? Hat Geldsorgen, befürwortet den Verkauf von Xaver Schmids Anwesen, Alkoholproblem

Rita Schmid: Hausfrau, war in der Brandnacht bei sich daheim (Zeuge: Ehemann), Motiv? Ist sehr schlecht auf die Pflegekräfte zu sprechen

Thomas Schmid (Sohn von Franz und Rita Schmid): Maurer, derzeit arbeitslos, war am Sonntag angeblich den ganzen Tag daheim im Bett (Einliegerwohnung bei seinen Eltern), weil er am Samstag zu tief und lang ins Glas geschaut hat, Motiv? Hat die Pflegerinnen bedrängt, hatte mit einer von ihnen sexuellen Kontakt

Vroni Schmid (Tochter von Franz und Rita Schmid): Erzieherin, war in der Brandnacht bei sich daheim (Zeugen:

Eltern), Motiv? Hatte den meisten Kontakt zu den Pflegerinnen.

Xaver und Burgi Schmid: waren beide in der Brandnacht in ihrem Haus, beiden ist die Tat kräftemäßig nicht zuzutrauen, wo ist das Testament, das Anna Maria erwähnt und das Xaver eventuell verändert hat?

»Sieh an, der Philosoph! Der beschäftigt dich auch, oder!«, meinte Kathi grinsend. »Und was diesen Thomas betrifft, kannst du gleich dazuschreiben, dass er aktenkundig ist, dieser Arsch!«

»Ach?«

»Ja, wegen Körperverletzung. Er hat einem Kohlgruber bei einem Stadelfest in Saulgrub einen Maßkrug auf die Nase gehauen, dass der eine neue gebraucht hat und die Wangenknochen überall waren, bloß nicht da, wo sie eigentlich hingehören. Bei diesem legendären Abend hat er auch gleich den Stadel angezündet. Zum Glück waren noch ein paar andere da, deren Blutalkohol unter zwei Promille lag, die haben das Feuer gleich wieder gelöscht. Vor Gericht hat Thomas ausgesagt, dass ihm die Sicherungen durchgebrannt seien. Weiß man, ob dem nicht schon wieder irgendwelche Sicherungen durchgebrannt sind?«

»War er in Haft?«

»Er war damals erst siebzehn. Hat Sozialstunden und eine Geldstrafe aufgebrummt bekommen, man war wohl der Meinung, dass der andere, der jetzt die neue Nase hat, ihn zuerst angegriffen habe. Ein paar Spezl von ihm haben das bestätigt. Im Übrigen hatte er die Moserin als Anwältin. Die hat schon ganz andere Kaliber rausgehauen.«

Frau Dr. Undine Moser – niemand wusste, was die Eltern geritten haben mochte, einem Mädchen mit dem Nachnamen Moser einen solchen Vornamen zu verpassen – war eine sogenannte Staranwältin, bekannt als »Berufungsundine«. Sie war stets durch alle Instanzen gezogen, und viele Richter und Staatsanwälte hatten vor der Durchschlagskraft dieser Frau resigniert. Inzwischen war sie im Ruhestand.

»Wenn diese Ionella ihn nicht rangelassen hat, dreht so einer schnell hohl«, fuhr Kathi fort. »Dann hätte Thomas ein Motiv. Und wenn der wirklich befürchtet hat, es geht von seinem Erbe was flöten, trau ich dem auch noch ganz andere Ausraster zu.«

Nun ja, schwerwiegendere Ausraster als Mord fielen Irmi gerade keine ein.

»Aber dann müsste er von dem neuen Testament gewusst haben, vorausgesetzt, es gibt überhaupt eins«, gab Irmi zu bedenken.

»Woher will diese Anna Maria so sicher sein, dass nicht doch andere Familienmitglieder davon gewusst haben? Und dann wären da noch Franz und Rita, die ja beide den Hof verkaufen wollten.«

Irmi überlegte. »Aber das wären dann zwei verschiedene Hypothesen. Die eine wäre, dass Thomas Ionella aus gekränktem Stolz umgebracht und den Brand nur zur Verschleierung gelegt hat. Oder Franz und Rita haben den Brand gelegt, um die Eltern zum Verkauf des Grundstücks zu zwingen. Aber was haben Ionella und Runa dann im Silo gemacht?«

»Also, ich bin mir sicher, da hat einer gezündelt. Es kann doch kein Zufall sein, dass diese Bombe genau jetzt hochgeht.

Die hat doch bestimmt schon lange dort gelegen. Da muss einer dran rumgespielt haben. Thomas, weil er nicht zum Stich kam, oder dieser Alki mit seiner Zicke, weil sie Geld gebraucht haben.« Kathi war wirklich eine Meisterin der Prägnanz.

»Dann lass uns mal weiter über die zweite Theorie nachdenken«, meinte Irmi. »Angenommen, Ionella hat die Katze gesucht. Überall, auch in der Tenne. Vielleicht hat sie ein Maunzen gehört und ist ins Silo gestiegen und hineingestürzt. Runa, die vermutlich gerade bei Ionella zu Besuch war, wollte ihr helfen. Ein weiterer tragischer Silounfall. Vermutlich wären die beiden Frauen gar nicht so schnell gefunden worden, wenn die Tenne nicht abgebrannt wäre. Eben weil Franz oder Rita oder beide sie abgefackelt haben.«

»Das sind dann aber zwei Paar Stiefel. Unfall im Silo plus Brandstiftung, um die Eltern zum Verkauf zu zwingen – das ist noch lange kein Mord, oder?«

Kathi hatte sich in Rage geredet, und man hätte glatt sagen können, sie war Feuer und Flamme – wäre das nicht schon wieder eine in diesem Zusammenhang ziemlich unpassende Redewendung gewesen, dachte Irmi.

Auf einmal sah sie das Gesicht von Runa vor sich. »Warum nur glaube ich nicht an diese Theorie?«, fragte sie ganz leise.

»Weil du immer sagst, glauben tun wir in der Kirche, und wissen ist besser?«

Irmi verzog zweifelnd den Mund. »Ja, Kathi, und Gefühle sind auch trügerisch. Aber mein Gefühl sagt mir, dass da irgendwas nicht stimmt mit den beiden Frauenleichen. Dass das kein Unfall gewesen sein kann. Aber Gefühle reichen nun mal nicht. Genauso wenig, wie der Glaube reicht.« Sie trank einen Schluck kalten Kaffee aus der Tasse, an der sie sich schon die ganze Zeit festhielt. »Wir müssen Frau Dr. Strissel informieren. Anschließend fahren wir zur Arbeitsstelle dieser Runa nach Schwangau. Wir müssen mehr über die junge Frau erfahren. Vielleicht ist sie der Schlüssel zum Ganzen. Und dann reden wir mit Tereza, die ja auch bald wieder da sein sollte.«

Frau Dr. Strissel wohnte in einem gediegenen Haus im gehobenen Landhausstil. Der dazugehörige große Garten war in dieser Jahreszeit von Schnee überzuckert, aber auch so konnte Irmi sehen, dass hier im Sommer ein Profi Hand anlegte. In diesen Kreisen beschäftigte man Gartenbauunternehmen. Die Strissels verfügten bestimmt auch über so einen gespenstischen Roboterrasenmäher, der, wie von Zauberhand bewegt, durch den Garten schnurrte. Als Bernhard so was zum ersten Mal gesehen hatte, war ihm die Kinnlade heruntergefallen.

Frau Dr. Strissel erkannte sofort an Irmis Blick, dass ihre schlimmsten Befürchtungen wahr geworden waren. Sie beherrschte sich, offenbar war sie nicht der Typ, der in der Öffentlichkeit weinte oder gar die Dramaqueen gab. Irmi versprach, alles zu tun, um den Fall möglichst bald aufzuklären. Frau Dr. Strissel wollte probieren, die Eltern von Runa zu erreichen, die aber ihres Wissens wenig Kontakt zur Tochter gehabt hatten und ständig im Dienst der Wissenschaft unterwegs waren.

»Der Vater ist Biologe, glaube ich, und die Mutter Fotografin. Sie begleitet ihren Mann auf Schiffsreisen an entlegene Forschungsstationen im Nordmeer. Runa hat eher wenig über ihre Eltern gesprochen, ja, sie hat fast ein wenig unwillig gewirkt. Deshalb bin auch nicht weiter in sie gedrungen.«

Irmi nickte. Es war merkwürdig im Leben: Plötzlich wurde etwas zum Thema, was jahrelang keine Bedeutung gehabt hatte. Sie selbst kam gerade vom Nordmeer, und Runas Eltern forschten dort. Das Leben öffnete plötzlich eine Tür, eine Tapetentür zumeist, von deren Existenz man gar nichts gewusst hatte. War das Schicksal oder alles nur Zufall?

»Dürfen wir Runas Zimmer sehen?«, fragte Irmi.

Frau Dr. Strissel brachte die Kommissarinnen ins Souterrain und verschwand gleich wieder. Da das Haus an den Hang gebaut war, gab es unten einige Zimmer, die dem Garten zugewandt waren. Der Raum, in dem Runa untergebracht gewesen war, hatte eine Terrassentür, die man fast über die ganze Zimmerbreite aufschieben konnte. Von hier aus gelangte man in ein geschmackvolles Bad mit gemauerter Dusche und Badewanne. Teuer aussehende Wasserhähne im antiken Stil zierten die Keramik – »Schöner Wohnen« in Ogau.

Der Inhalt des Kleiderschranks war wenig bemerkenswert, lauter Dinge, die man als junge Frau im Winter eben so trug. Das Bett war nachlässig gemacht, auf dem Kopfkissen saß ein Elch, der eine gestrickte Mütze mit passendem Schal trug. Auf dem Nachttisch lagen ein paar Magazine und einige Geschichtsbücher herum, darunter eines über König Ludwig und eines, auf dessen Umschlag ein deutscher Wehrmachtler zu sehen war. »Norge under andre verdenskrig« stand darauf. Davor lehnte ein Foto in einem himmelblauen Rahmen. Runa und eine andere junge Frau lachten mit großen blauen Augen in die Kamera. Irmi steckte das Bild ein.

»Kein Laptop oder Netbook? Sie war doch Studentin«, sagte Kathi erstaunt.

Das war in der Tat merkwürdig. Man hatte zwar Runas ruiniertes Smartphone gefunden, das sie am Körper getragen hatte. Womöglich hatte sie ihren Laptop in einem Rucksack oder einer Tasche dabeigehabt. Dann wäre er ebenfalls in der Flammenhölle verbrannt. Doch hätte es noch irgendwelche Überreste davon gegeben, dann hätte der Hase sie bestimmt gefunden. Er arbeitete sehr gründlich.

Irmi und Kathi gingen wieder nach oben. Frau Dr. Strissel hatte geweint, sie bemühte sich aber weiterhin, stark zu wirken. Irmi zeigte ihr das Foto, doch auch Frau Strissel wusste nicht, wer das andere Mädchen war. Eine Freundin, eine Verwandte vielleicht?

»Besaß Runa gar keinen Laptop?«, erkundigte sich Irmi.

»Doch, natürlich. Diese Generation überlebt doch nicht ohne Smartphone und Netbook.« Frau Dr. Strissel stiegen erneut die Tränen in die Augen. »Sie hat es bestimmt dabeigehabt. Sie wollte doch in die Uni ...« Die Tränen flossen stärker.

»Können wir etwas für Sie tun? Sollen wir jemanden benachrichtigen? Brauchen Sie Hilfe?«, fragte Irmi.

Frau Dr. Strissel schnäuzte sich. »Mein Mann kommt gleich nach Hause. Ich habe ihn angerufen. Bevor die Jungen nach Hause kommen, müssen wir doch ...«

Ein Mann, der heimkam. Das war gut. In normalen Familien kamen in solchen Fällen Männer früher nach Hause. Bei ihr wäre in einem solchen Fall niemand gekommen. Bernhard wäre an einen Stammtisch geflüchtet, an dem man schweigen durfte. Ihre Meinung, alles allein zu können und mit sich selbst auszumachen, war ihr seinerzeit zur Falle geworden. Sie musste gut auf sich aufpassen, denn sie wollte Adele momentan nicht weiter in Anspruch nehmen müssen. Sie hatte bei ihr angerufen, und die Psychologin hatte sich sehr gefreut, dass Irmi sich wieder so gut fühlte. Allerdings hatte sie ihr dringend dazu geraten, die Therapie zu Ende zu machen. Aber dafür war jetzt wirklich keine Zeit.

»Finden Sie heraus, was passiert ist, bitte!«, sagte Frau Dr. Strissel zum Abschied.

Irmi nickte. »Wir tun unser Möglichstes.«

Kaum waren sie draußen, rief Kathi so laut: »Scheiße!«, dass sich eine Spaziergängerin mit Hund umdrehte und böse den Kopf schüttelte. Kathi zeigte ihr den Stinkefinger.

»Kathi!«

»Ist ja gut! Aber dieser Teil von unserem Job ist doch auch scheiße! Die arme Frau. Da nimmt sie so ein Mädchen bei sich auf, und dann kommt es ausgerechnet hier zu Tode.«

In diesem Fall waren zwei ganz unterschiedliche junge Frauen aus dem Ausland ums Leben gekommen. Ionella stammte aus einem Land, in dem man um jeden Cent kämpfen musste, um ein lebenswertes Leben und um Anerkennung. Denn bei vielen galten Rumänen immer noch als Menschenhändler, Mörder, Drogenschieber oder wenigstens Sinti und Roma. Runa hingegen kam aus einem Land, das durch sein Ölvorkommen reich geworden war und wo ein junges Mädchen alle Möglichkeiten hatte, die es sich nur wünschen konnte. Rumänien und Norwegen – zwei gegensätzliche Pole in Europa. Zwei junge Mädchen mit ganz unterschiedlichen Ausgangspositionen waren fröhlich und mit der Unverwundbarkeit der Jugend nach Bayern gekommen. Und nun waren sie beide tot. Verbrannt in einem Silo in Unterammergau. Scheiße, Kruzifix. Sacklzement! Irmi konnte Kathis Wut nur zu gut verstehen angesichts der Ohnmacht, die man in so einem Fall empfand.

Irmi rief im Museum an und kündigte ihr Kommen an. Man erklärte, dass die Direktorin da sei und ihren Besuch erwarte.

Sie redeten nicht viel auf dem Weg nach Schwangau. Es ging das Ammertal hinauf durch die Wildsteig, wo es wie in Ettal auch immer dieses Mehr an Winter gab. Aber die Wildsteig lag offen und weit vor den Bergen. Es ging weiter nach Steingaden und Halblech. Gefühlt war es eine halbe Weltreise. Für die meisten Oberbayern stellte das Allgäu eine ferne Galaxie dar, obwohl es geografisch so nahe lag. Stattdessen strebten sie dem Tegernsee zu, dem Chiemgau oder Garmisch.

Als sie einen Weiler namens Schlauch passierten und sich der Blick in die Berge auftat, musste Irmi zugeben, dass die Allgäuer ihre Landschaft gut hinbekommen hatten. Seen, Vorberge, weite Täler – hätte man in so einer Landschaft nicht unentwegt ein überglücklicher Mensch sein müssen?

Kurz vor Schwangau lag die berühmte Wallfahrtskirche St. Coloman, die Tausende von Bildbänden zierte, und dahinter Neuschwanstein – live und mitten im Schnee fand Irmi den Anblick einfach bezaubernd. Letztlich appellierte das kitschige Märchenschloss eben doch an die Kinderseele im Menschen. Prinzessin, Ritter, Turniergetümmel – das sprach doch fast alle an.

Die Fahrt stockte, weil ein Reisebus plötzlich angehalten hatte, die Straße blockierte und fotowütige Touristen in die Wiese entließ. Auch Irmi und Kathi stiegen aus, die Luft war klar, und es war winterlich kalt. Ein junger Hund tummelte sich im Schnee, und das zugehörige Herrchen kam angeschlendert.

»Mei, hier braucht's halt Geduld mit dene Fremde. Aber au wenn ma von hier stammt, isch es doch immer wieder schee anzumschaun, wie des Schloss so im Fels bäppt«, sagte der Mann und traf mit seinem Lächeln direkt in Irmis Herz. Sosehr sie immer in Gedanken an Tote verstrickt war, so viel Leben gab es um sie herum. So viel Lebenslust und einen so wunderbaren Dialekt. »Bäppen« war doch ein viel schöneres Wort als »kleben«. Die beiden plauderten ein wenig mit dem Mann, der höflich meinte, dass Garmisch »fei aber au schee« sei. Schließlich war die Busbesatzung wieder an Bord, und es ging weiter in den Schlund des Schlosstourismus.

Irmi fuhr in Schlangenlinien um die Chinesen oder Japaner herum. So genau konnte sie die Nationalität dieser Asiaten nicht bestimmen.

Doch Kathi klärte sie auf: »Die Japaner erkennst du am Mundschutz und den OP-Überzieherlis an den Füßen.«

Die hatten sie in der Tat angehabt. Pumps mit Schuhkondom im Schneematsch, dachte Irmi amüsiert.

»Die Koreaner wuseln so komisch, die Chinesen haben

ein Vollmondgesicht, und die Inder stinken, das liegt an dem Essen dort«, fuhr Kathi fort.

Gott erhalte uns unsere Vorurteile in einer vernetzten Welt, in der jeder alles wissen könnte und doch so gar nichts lernt, was Toleranz betrifft, dachte Irmi und erinnerte sich an Kathis Ärger über die intolerante Familie Schmid.

Sie fuhren an ein paar Pferdekutschen vorbei. In eine davon hievten sich gerade ein paar mächtige Menschen, deren Ärsche größer waren als die der Kaltblüter vor dem Gefährt.

»Die Amis fressen sich noch um den letzten Verstand«, kommentierte Kathi bissig.

Die Pferde waren um ihren Job ganz sicher nicht zu beneiden. Heute war es wenigstens kühl. Vor einigen Monaten waren zwei der Pferde durchgegangen, und die Kutsche war gegen eine Mauer geprallt. Die Insassen hatten sich zum Glück nur leicht verletzt. Womöglich war das die Rache von Generationen von Kutschpferden gewesen, dachte Irmi, die als Kuhbäuerin die Meinung vertrat, dass Pferde den Menschen gegenüber ohnehin viel zu höflich waren.

Im Schritttempo krochen sie weiter, bis sie den Parkplatz am Museum erreicht hatten. Der Parkplatzwächter mit Pferdeschwänzchen ließ sich von Irmis Dienstausweis nur wenig beeindrucken. Er bestand auf der Parkgebühr und erklärte den Kommissarinnen, dass sie doch bitt schön möglichst platzsparend parken mögen.

Das Museum der Bayerischen Könige befand sich im ehemaligen Grandhotel direkt an den Gestaden des Alpsees. Von hier aus hatte man einen grandiosen Blick auf Hohenschwangau. Irmi hatte natürlich Schulausflüge zu den unvermeidlichen Schlössern gemacht und sie ein paarmal mit Gästen besichtigt, dennoch war sie überraschend beeindruckt und berührt. Es war eine Landschaft voller Opulenz, die sich Übertreibungen gönnte. Ein grünlich türkiser See, der weiße Schnee, ein Himmel in Hellblau. Hier klotzte auch die Architektur, und das musste sie auch, um überhaupt gegen diese orchestrale Landschaft anzukommen.

An der Kasse in der riesigen Eingangshalle wusste man bereits von ihrem Kommen. Wenig später kam die Museumsdirektorin, eine schlanke, gepflegte, alterslose Frau. Sie bat Kathi und Irmi hinüber ins Restaurant in eine Art Lounge, deren Einrichtung von gediegener Noblesse geprägt war.

»Wir sind wegen Runa Dalby hier«, begann Irmi.

»Was für eine Tragödie«, sagte die Museumsdirektorin. »Ich habe schon mit Frau Dr. Strissel telefoniert, und sie sagte mir, dass Runa in einer Tenne verbrannt sei. Zusammen mit einem anderen Mädchen?«

»Das ist korrekt.« Irmi wollte die näheren Umstände nicht gleich zu Beginn des Gesprächs erläutern und ging deshalb weiter in die Offensive. »Wie kam denn der Kontakt mit Runa zustande?«

»Eigentlich über die Uni in Tromsø. Ich bekam eine Anfrage, ob ich eine junge Kunstgeschichtlerin, die in München ein Auslandssemester machen wollte, hier im Museum einstellen würde. Sie wollte neben ihrem Studium ein bisschen Geld verdienen und ihr Deutsch verbessern. Das war mir sympathisch. Sie hat am Ticketcounter und im Museumsshop gejobbt, und außerdem hat sie englische Führungen gemacht.«

»Und das klappte gut?«, fragte Kathi.

»Nicht immer natürlich. Jeder muss sich einarbeiten.« Sie lächelte. »Gleich in den ersten Arbeitstagen wurde der Alarm ausgelöst. Der Grund dafür waren nicht Diebe, sondern ein paar italienische Touristen, die ihre Kinder auf dem Tisch mit dem berühmten Tafelaufsatz laufen ließen. Und Runa hat die Kinder aufgefangen, wenn sie runterhüpften. Die Italiener haben eben ein sehr unverkrampftes Verhältnis zur Kultur. Und Runa hatte das auch.«

»Das ist aber nicht ganz Ihre Herangehensweise?«, fragte Irmi vorsichtig nach.

Die Museumsdirektorin, die auf Irmi etwas spröde und distanziert wirkte, lächelte wieder. »Ich bin Wissenschaftlerin, Runa stand ja noch am Anfang ihrer Laufbahn und war in dieser Hinsicht ganz unbefangen. Sie war ein Sonnenschein und nahm jeden für sich ein.« Die Museumsdirektorin machte eine kurze Pause. »Und ich konnte so mein Fernweh pflegen, die norwegische Sprache lebendig halten und den Trockenfisch und das Flatbrød aus ihrem Reiseproviant aufessen. Außerdem fand ich ihren Namen so inspirierend. Runa ist ein sehr seltener Name, eigentlich zu altmodisch für eine Ende der Achtziger oder Anfang der Neunziger geborene Norwegerin. Er stammt aus dem Altnordischen und bedeutet Geheimnis oder Zauber. Ihre Mutter hatte wohl ein Faible für alte nordische Namen. Ihr zweiter Name ist Hjördis, die Göttin mit dem Schwert.«

Irmi fand bemerkenswert, wie vorsichtig-verhalten die Museumsdirektorin war und gleichzeitig so begeisterungsfähig. »Sie sprachen vorhin von Fernweh?«, fragte sie nach.

»Ich war einige Jahre Leiterin des Nordkapmuseums in Honningsvåg.«

»Wow!«, sagte Kathi.

»Ist schon ein gewisser Unterschied zu hier, oder?«, meinte Irmi.

Die Museumsdirektorin nickte. »Ein gewaltiger. Waren Sie schon mal bei uns im Museum?«

Irmi schüttelte den Kopf und sah an Kathi geflissentlich vorbei, denn die hatte sicher keine Lust auf eine Museumsführung. Aber Irmi hatte den Eindruck, dass die Direktorin eine gewisse Zeit benötigte, um warm zu werden. Und so folgten sie ihr in den ersten Raum, den imposanten Saal der Könige. Das also war der weiß gedeckte Tisch mit dem Prunkgeschirr, wo die italienischen Kinder herumgetollt waren.

»Der Tafelaufsatz wurde zur Hochzeit des Kronprinzen Max mit Marie von Preußen in Auftrag gegeben. Leo von Klenze hat die feuervergoldeten Bronzefiguren geschaffen, die Motive stammen aus dem Nibelungenlied. Nach der Napoleonischen Zeit war dieser Text identitätsstiftend und ein wahres Sehnsuchtsepos der Deutschen. Dabei sind Themen wie Eifersucht, Hass und verschmähte Liebe ja eigentlich zeitlos.«

»Hmm«, machte Kathi, die erstaunlich interessiert wirkte.

»Wissen Sie, unser Museum ist das einzige dynastische Museum der Welt, und es hat seinen besonderen Reiz durch die Lage hier bei den berühmten Schlössern. Dabei muss man verstehen, welch große Bedeutung Schwangau für die Wittelsbacher hatte. Das wäre so, als gäbe es ein Hohenzollernmuseum in Sanssouci.«

Zu Irmis großer Überraschung ergänzte Kathi: »Ohne die Wittelsbacher und ihre Bautätigkeit wäre München nie zu einer Stadt geworden, oder!«

Irmi musste ihre Kollegin wohl wirklich angeglotzt haben wie ein Gnu, denn Kathi fügte erklärend hinzu: »Meine Tochter, das Soferl, soll ein Referat über den Kini und Schloss Linderhof halten.«

»Schicken Sie das Mädchen mal her! Junge Leute verstehen oft viel besser, dass der Kini ganz sicher nicht verrückt war. Er mag ein kreativer Sonderling gewesen sein, aber er war hochgebildet und las pro Nacht ein Buch. Und Leute, die nachts arbeiten und tags schlafen, sind ja nicht per se verrückt. So mancher Teenie kann das besser nachvollziehen als wir. Außerdem hat er mit seiner Technikbegeisterung die Ingenieure zu Höchstleistungen angespornt.«

»Wie bei der Venusgrotte in Linderhof?«

»Ja, da hat er um diesen blauen Farbton gerungen, der der Blauen Grotte auf Capri nachempfunden ist. Erzählen Sie Ihrer Tochter mal, dass dabei die blaue Farbe entstand, die später von dem fränkischen Schneider Levi Strauss für seine Jeanshosen verwendet wurde. Die Welthose gäbe es also nicht ohne diesen Franken und ohne einen Wittelsbacher.«

Irmi war beeindruckt von der Museumsdirektorin und auch ein klein wenig frustriert. Diese Frau wusste so viel und konnte spielend den Gang der Welt in Zusammenhänge stellen, dort, wo sie selbst nicht mal über Viertelwissen verfügte.

Sie gingen weiter durchs Museum und kamen an einem Bild des volksnahen Prinzregenten Luitpold vorbei, der immerhin einundneunzig Jahre alt geworden war. Dann sahen sie sich ein Porträt des Kurfürsten Karl Theodor an, dem München den Englischen Garten zu verdanken hatte und der Namensgeber des Münchner Karlsplatzes war. Wenn

Karl Theodor nicht so unbeliebt gewesen wäre, hätten die Münchner den Platz bestimmt bis heute Karlsplatz genannt und nicht Stachus nach dem Wirt Eustachius Föderl.

Schließlich blieben sie vor einigen Werbeplakaten stehen, die das Landleben um 1900 zeigten.

»Das war Runas Thema«, erklärte die Museumsdirektorin. »Sie wollte eine Arbeit schreiben und darin die Darstellung des Landlebens in Norwegen und Deutschland in den letzten hundert Jahren vergleichen. Natürlich auch im Hinblick auf die Wunden, die die beiden Weltkriege verursacht haben.«

Deshalb also die Bücher, dachte Irmi und studierte ein Plakat, auf dem eine Magd mit blütenweißer Schürze Milch in ein Gefäß kippte und ein Bursche dazu auf der Mundharmonika spielte. Was für ein klischeehaftes Bild vom heilen Landleben, zu einem Zeitpunkt, als die Verelendung, die aus der Industrialisierung resultiert war, auch Bayern längst erreicht hatte. Wenig hatte sich seitdem an den Klischees geändert, die vor allem in Büchern, Filmen und der Tourismusbranche weiterlebten. Aus den gesichtslosen Städten wollte man die Menschen aufs heile Land locken, wo alles besser war. So gut, dass rumänische Mädchen in Silos starben, dachte Irmi zynisch.

»Wenn sie nur so heil wäre wie auf dem Plakat, diese bäuerliche Welt«, sagte sie laut und näherte sich dann dem eigentlichen Grund ihres Besuchs. »Hat Runa Ihnen gegenüber eigentlich mal eine rumänische Freundin erwähnt?«

Die Museumsdirektorin dachte kurz nach. »Stimmt, sie hat mal von ihr erzählt, einer Pflegekraft, die in ihrer Heimat Pharmazie studiert hatte. Runa war fassungslos, dass in

Rumänien das ganze Jahr über Holzstöckchen gesammelt werden, um sie im Winter zu verheizen, während ihre norwegischen Kommilitonen nicht auf die Idee kommen, ihre Heizung, die mit Strom läuft, mal niedriger als fünfundzwanzig Grad zu stellen.«

Auch Irmi war aufgefallen, dass die Norweger ihre Natur liebten und so oft wie möglich mit Goretex, Fleece und Co. ausgerüstet hinauszogen, aber nur selten über Energiesparen nachdachten. Fast alle Heizungen liefen mit Strom, und in allen Häusern war drinnen T-Shirt-Time, während draußen die Schneestürme tobten.

»Sie hat mich gefragt, ob ich nicht das rumänische Mädchen anstellen könnte, damit sie von ihrem Sklavenjob wegkommt«, fuhr die Museumsdirektorin fort.

Irmi schluckte. »Das ging aber nicht?«

»Leider nein.« Die Museumsdirektorin stutzte kurz. »War die junge Rumänin das zweite Mädchen, das ums Leben gekommen ist?«

»Ja, die beiden kamen in der Tenne ihres ... äh ... Arbeitgebers ums Leben.« Jetzt hätte sie fast Sklaventreiber gesagt.

Schweigend gingen sie durch den Raum, der die NS-Zeit thematisierte, als die Wittelsbacher als Sippenhäftlinge von einem KZ ins nächste verlegt worden waren.

»Sagen Sie, so wie Sie Runa erlebt haben, könnte sie versucht haben, die Rumänin zu ... nennen wir es befreien?«, fragte Irmi. »Könnte sie in der Familie ihres Arbeitgebers Stimmung gemacht und sich für die Freundin eingesetzt haben?«

»Das kann ich mir sehr gut vorstellen. Sie war nicht unhöflich, aber ungestüm, eine Schwert schwingende Kämpferin für eine bessere Welt. Vielleicht hätte sie ihren zweiten Namen als Erstnamen bekommen sollen.«

Was, wenn alles ganz anders gewesen war, als sie bisher angenommen hatten? Was, wenn gar nicht Ionella das Ziel gewesen war, sondern die aufmüpfige Norwegerin, die sich eingemischt hatte?

Sie beendeten ihren Rundgang an einigen 3-D-Animationen von weiteren Bauplänen des Kinis. Der chinesische Palast am Tiroler Plansee sah gewaltig aus. Wenn es nach der Tourismusindustrie ginge, hätte er ruhig noch mehr bauen können, dachte Irmi.

»Hatte Runa denn hier Zugang zu Computern?«, fragte sie. »Hat sie hier Texte für die Uni oder E-Mails geschrieben?«

»Das weiß ich gar nicht. Sie hatte in jedem Fall einen Laptop. Den hatte sie auch häufig dabei. Warum?«

»Genau den vermissen wir. Der Laptop kann natürlich verbrannt sein. Wissen Sie, über Briefe und E-Mails, über ihre Texte und Bilder erfährt man oft das meiste über einen Menschen.«

Die Museumsdirektorin nickte. »Ich lass unseren Systemtechniker das mal untersuchen. Wenn er etwas findet, würde ich mich melden. Und wie geht es weiter?«

»Die deutsche Polizei versucht natürlich die Eltern zu informieren, und auch Frau Dr. Strissel sucht den Kontakt. Allerdings meint sie, die Eltern könnten auf einer Forschungsreise unterwegs sein. Telefonisch hat sie sie jedenfalls noch nicht erreicht. Sie hat ihnen jetzt eine E-Mail geschrieben. Außerdem werden wir wohl die norwegische Polizei hinzuziehen müssen. Hat Runa denn Ihnen gegenüber von ihrer Familie erzählt?«

»Nein, eigentlich nicht. Jetzt, wo Sie mich fragen, fällt mir auf, dass sie erstaunlich wenig erzählt hat. Es ging in unseren Gesprächen um die Uni in Tromsø und ihren Studiengang – ehrlich gesagt, habe ich auch gar nicht groß nachgefragt.«

Irmi hatte das Foto herausgeholt, das sie aus dem Zimmer der Norwegerin mitgenommen hatte. »Wissen Sie, wer das andere Mädchen sein könnte? Das Bild stand auf Runas Nachttisch.«

Die Museumsdirektorin schüttelte den Kopf. »Nein, aber die andere sieht auch norwegisch aus, finden Sie nicht? Vielleicht eine Schwester?«

Das würden sie wissen, wenn sie Runas Familie erreicht hatten. Sie würden erfahren, wer in Norwegen alles um sie trauerte. Jeder Tod riss so viele andere Menschen mit in den Abgrund.

Sie verabschiedeten sich und arbeiteten sich durch eine Schlange von Menschen, die wohl ein Bus ausgespuckt hatte. Der Reiseleiter trug eine rot-weiß-geringelte Mütze mit Ohrenklappen. Er ragte wie ein Leuchtturm aus der Menge, es fehlte nur noch das Blinklicht. Und er mahnte zur Eile, denn die Tickets fürs Schloss gaben eine genaue Einlasszeit vor. Schlosstourismus war harte Arbeit nach der Stechuhr.

Auf dem Rückweg trieb der Wind in der wilden Wildsteig Schnee über die Straße. An der kühnen Echelsbacher Brücke hatte der Landkreis Garmisch sie wieder. Die Berge standen heute so nahe, sie wirkten bedrohlich. Irmi musste an die polnische Pflegerin mit ihrem »I like mountains«-T-

Shirt denken. An Tagen wie diesen war sich Irmi nicht sicher, ob sie die Berge wirklich mögen sollte.

Der Beck-Hof lag ebenfalls in der Dorfmitte von Unterammergau, ein stolzes Anwesen. Vor dem Haus parkte ein silberner Mercedes der G-Klasse. Irmi wollte sich gar nicht vorstellen, wie lange eine alte Frau für so was stricken musste. Das klobige Fahrzeug mit seinem Stuttgarter Kennzeichen war hier ein merkwürdiger Fremdkörper.

Sie betätigten einen Türklopfer, der auf der alten Holztür schepperte, als riefe er zum Jüngsten Gericht. Die Tür wurde von einer Frau mit hohen Stiefeln und einem Wollkostüm geöffnet, die so aussah wie eine Großstädterin, die man eben gerade nach Ugau gebeamt hatte. Und so war es ja wohl auch. Sie stellte sich als Hanne Lorenzi vor. Das also war die Schulfreundin von Markus Schmid, die PR-Dame von Benz, mit der Andrea telefoniert hatte. Diese Ugauer zogen hinaus in die Welt und kehrten mit einer als Geländewagen getarnten Luxuslimousine zurück. Zumindest manche, die nicht so faul waren wie Thomas, der seinen Hintern sicher maximal zum Oktoberfest nach München bewegte oder mit dem Burschenverein zum Törggelen nach Kaltern, dachte Irmi.

Kurz erklärte sie ihr Anliegen, und Frau Lorenzi ließ die beiden herein.

In der Küche saß eine alte Frau mit einer sehr dunklen Brille. Hanne Lorenzi stellte sie als ihre Mutter Gerti vor und bot ihnen Kaffee an. Während sie am Chromvollautomaten herumhantierte, der sich in der dunkelbraunen traditionellen Küche etwas merkwürdig ausnahm, erklärte sie: »Ich bin heute früh aus Stuttgart hergefahren, nachdem ich mit Ihrer Kollegin telefoniert hatte. Das ist ja furchtbar! Zwei tote Mädchen? Auf dem Weg durchs Dorf haben mich allein drei Leute aufgehalten, um mir davon zu erzählen. Ist das wirklich alles wahr?«

»Klar ist es wahr«, kam von der alten Dame, die eine überraschend laute und jugendliche Stimme hatte. Sie drehte den Kopf in Irmis Richtung. »Ich seh fast nichts mehr und war drei Tage mit Tereza in München. Also hab ich ein Alibi und das Madel auch.« Dazu klopfte sie mit ihrem Gehstock auf den Boden wie ein Tambourmajor.

»Mama!«

»Ja, nix Mama! Ich bin bald blind wie ein Maulwurf, aber nicht blöd. So was fragen die im Fernsehen auch immer.« Und wieder wandte sie sich an die Kommissarinnen. »Früher hab ich gern Krimis geschaut. Und weil ich jetzt nix mehr sehe, hör ich stattdessen Hörbücher. Da geht es auch um Alibis.« Sie wies auf einen Stapel CDs mit Romanen von skandinavischen Kriminalschriftstellern, die nicht gerade für zimperliche Geschichten bekannt waren.

»Mama, ich glaube auch nicht, dass die Damen angenommen haben, dass du die Tenne beim Schmid angesteckt hättest.«

Irmi hatte das Gespräch zwischen Mutter und Tochter mit einem gewissen Amüsement verfolgt. Die Alte war in jedem Fall beeindruckend.

»Das weiß man nie so genau«, konterte die Dame mit Nachdruck.

»Bei der einen Toten handelt es sich um Ionella Adami, die Sie ja auch kennen und die unter anderem mit Tereza, Ihrer Pflegerin, befreundet war. Und deshalb sind wir hier. Wir müssen mit Tereza sprechen. Ist sie da?«

»Ja, aber ich hab sie genötigt, sich etwas hinzulegen«,

sagte Hanne. »Sie war völlig fertig und hat so stark geweint, dass ich fast versucht war, den Arzt zu holen, damit er ihr was zur Beruhigung gibt.«

»Armes Ding. Was für ein schlimmes Ende für einen jungen Menschen«, sagte die alte Dame und verlieh ihrer Rede erneut mit dem Stock Nachdruck.

»Die Ionella war öfter bei Ihnen herüben …«, sagte Irmi langsam, doch sie wurde sofort unterbrochen.

»Ich sehe wenig, aber ich bin nicht taubstumm. Sie können schon schneller reden, und schonen müssen Sie mich auch nicht. Ich hab die Flucht aus dem Egerland überlebt. Mir haben sie drei Brüder an der Hand meiner Eltern weggeschossen«, sagte die alte Dame.

Irmi war kurzzeitig sprachlos.

In die erdrückende Stille kam von Hanne Lorenzi ein erneutes: »Mama!«

»Also, die Damen«, fuhr die Alte fort, »Ionella kam öfter herüber, weil's beim Schmid ja nicht mal gelitten war, dass sie telefoniert oder ins Internet geht. Dabei haben sie beim Schmid so was auch gar nicht. Außerdem haben sie ihr immer das warme Wasser abgedreht, damit sie ja nicht zu oft duscht. Wir waren hier eine Art Asyl, die Tereza und ich. Außerdem ist die Burgi eine alte Hexe.«

»Mama!«

»Stimmt doch! Sie war schon früher eine humorfreie Bissgurke, und jetzt, wo es im Hirn ausbeißt, akzentuiert sich das. So nennt man das, Töchterchen. Ak-zen-tu-ieren! Die schlechten Eigenschaften werden im Alter mehr, drum werd ich immer noch g'schnappiger und peinlicher. Ich war meiner Tochter nämlich immer schon peinlich!«

Kathi lachte laut, und Irmi grinste. Dass Gerti zeitlebens eine Nonkonformistin gewesen sein musste und so ein Dorf ordentlich aufgemischt hatte, daran hatte Irmi gar keine Zweifel.

»Mama, du bist eine Heimsuchung! Du kannst doch nicht …«

»Und Sie haben den Kontakt zu den Rumäninnen hergestellt?«, wechselte Irmi das Thema.

»Ja, die Schmids hatten zuerst Polinnen über eine Agentur, wie es sie im Internet ja zuhauf gibt. Da waren einige Kaliber dabei. Am besten war die mit dem ›I like mountains‹-Shirt, die hat echt keinen Finger krumm gemacht«, meinte Frau Lorenzi.

Immerhin hatte diese Frau in Unterammergau einen gewissen Bekanntheitsgrad erreicht, dachte Irmi.

»Und außer dem Satz ›I want coffee‹ konnte die auch kein Englisch!«, rief Gerti. »Ich hab beim Amerikaner übersetzt, ich weiß, was Englisch ist.«

»Ja, Mama! Du weißt alles! Jedenfalls haben wir dann unsere Rumäninnen empfohlen. Das läuft anders als bei einer Agentur, weil die Mädchen alle weitläufig miteinander verwandt sind. Die Wilhelmine organisiert dann, wer wann kommt. Auch für die jungen Frauen ist es viel schöner, wenn es im Dorf noch eine Freundin gibt. Ein Zuckerschlecken ist der Job nämlich nicht«, bemerkte Hanne Lorenzi.

»Willst du damit sagen, *ich* bin kein Zuckerschlecken?«

»Na ja, du bist eher Chilipfeffer, Mama!«

Gerti tippte sich an den Kopf. »Gib deinem Vögelchen mal ein Wasser. Ich geh jetzt Tereza holen.« Bemerkenswert geschwind stand sie auf und tackerte mit ihrem Stock von dannen.

Ihre Tochter sah ihr kopfschüttelnd nach. »Sie ist eine richtige Urgewalt. Zwölf Brüder hatte sie, von denen vier tatsächlich auf der Flucht gestorben sind. Sie war das Nesthäkchen und das einzige Mädchen. Während der Besatzungszeit hat sie als Übersetzerin gearbeitet. Dann hat sie den Vater kennengelernt. Er war ein sanfter Mann und hat sie so geliebt. Und sie ihn auch – auf ihre etwas herbe Art. Als er vor zehn Jahren starb, hat man ihr nichts angemerkt. Sie hat sich nie in die Karten schauen lassen. Immer eiserne Disziplin gewahrt. Als Kind war das manchmal schwierig ... Ach, was rede ich da.«

Irmi warf einen vorsichtigen Seitenblick auf ihre Kollegin. Auch Kathi war so eine Urgewalt, als Mutter immer burschikos und kumpelhaft, aber nie eine Kuschelmama. Das Soferl hatte für die Streicheleinheiten die Oma, und die kleine Hanna hatte anscheinend einen sanften Vater als Ausgleich gehabt. Kinder taten sich immer schwer, wenn ihre Familie nicht dem Normbild entsprach. Wenn der Papa der Sanfte war und die Mama kein Blatt vor den Mund nahm. Die anderen Kinder im Dorf plapperten die bösartigen oder einfach nur unreflektierten Gemeinplätze ihrer Eltern nach: Der Hanne ihre Mama hat die Hosen an ... Die hat Haare auf den Zähnen ... Und der Papa ist ein Waschlappen ... Irmi konnte sich nur zu gut vorstellen, wie das damals gelaufen war.

»Sie sehen ja, meiner Mutter geht es eigentlich gut«, fuhr Hanne fort. »Aber ihre Augen werden immer schlechter. Wir haben die Pflegerinnen letztlich eher als Gesellschafterinnen. Und so hat meine Mutter quasi eine Enkelin, weil ich …«

»Weil meine Enkel immer schon Katzen und Hunde waren. Mein aktueller Lieblingsenkel ist ein Labrador!«, kam es von der Tür. Gerti war wieder da und hatte Tereza mitgebracht. Die hatte eine fast schon beängstigend perfekte Figur, Rehaugen, hohe Wangenknochen und lange brünette Haare mit einem Goldschimmer.

»So, Mama, die Damen wollen sicher mit Tereza allein reden, wir gehen so lange in die Stube.« Und tatsächlich folgte Frau Feldwebel ihrer Tochter, ohne zu widersprechen.

Irmi lächelte Tereza an. »Wie kommen Sie mit so einer resoluten Frau zurecht?«, fragte sie, nachdem sie sich und Kathi kurz vorgestellt hatte.

»Gut, sehr gut. Sie ist lustig. Wir lachen viel. Ich lerne viel besser Deutsch. Und Englisch. Wenn sie mit mich einmal schimpft, gehe ich weg. Dann ist sie brav wie ein … wie sagt man … Fohlen?«

»Lämmlein?«

»Richtig, Lamm. Schwere Sprache, ich mühe mich aber sehr.«

»Sie sprechen gut Deutsch, Tereza!«

»Ja, aber muss üben. Bei uns zu Hause sprechen nur noch die Großeltern Deutsch, wir andern alle Rumänisch. Ich will studieren in Berlin.«

»Und deshalb arbeiten Sie hier?«

»Ja, sicher. Waren Sie schon einmal in Rumänien?«

Irmi schüttelte den Kopf. Nein, sie war noch nie in Rumänien gewesen. Warum auch? Sie erinnerte sich an das Gespräch mit Kathi, dass sich die Welt durch die Globalisierung verändert hatte und doch irgendwo im Mittelalter hängen geblieben war, als sich die benachbarten Herzöge bekriegt und die Dorfbewohner sich gegenseitig gemeuchelt hatten. *The more things change, the more they stay the same.* Gab es da nicht einen Songtext von Bon Jovi?

Ihr wurde bewusst, dass sie kaum etwas wusste über die neuen europäischen Länder, abgesehen von dem, was ihre seltenen Ausflüge ins deutsche Fernsehprogramm und die unübersehbaren reißerischen Titel in der Boulevardpresse sie lehrten. Sinti und Roma kamen wie eine Flutwelle, um hier vom Kindergeld zu leben? Rumänische Banden klauten wie die Raben? Sie kannte solche Probleme außerdem aus Sicht der Polizei. Aber was wusste sie über all diese Ionellas und Terezas und deren Familien? Das waren Menschen, die sicher auch nur das wollten, was alle Menschen für sich erhofften: eine lebenswerte Zukunft.

»Wenn Sie sagen, dass Sie kommen aus Rumänien, die Leute halten ihre Handtaschen fest. Wir sind immer Diebe. Dabei sind wir nur geboren auf die falsche Seite von die Eiserne Vorhang«, sagte Tereza.

Was hätte Irmi darauf antworten sollen? Sie schwieg und lächelte Tereza aufmunternd an.

»Mit Frau Gerti ist es leicht«, fuhr die junge Frau fort. »Ionella hat schwerer. Muss zwei Personen zu pflegen. Die Frau Burgi immer so traurig. Weint. Depressiv. Alle, die dort gewesen sind, sagen, dass es immer schwerer wird. Sogar ich weiß, wie es vor einem Jahr mit die alte Frau Schmid noch besser war. Ging spazieren und mit andere Frauen Spiele spielen. Jetzt sitzt nur auf Couch und weint. Isst nicht.

Tochter Rita will, dass man sie zwingt. Aber man kann eine Mensch nicht zwingen.«

Irmi kannte das von ihrer eigenen Mutter, die am Ende auch kein Hunger- und Durstgefühl mehr gehabt hatte. Diese ganz banalen Dinge wie Essen, Trinken und Ausscheiden waren ab einem bestimmten Punkt die einzigen Dinge, über die man als pflegebedürftiger Mensch noch ein klein wenig selbst entscheiden konnte. Oder man verweigerte sich ganz, wenn man sonst so gar nichts mehr tun konnte.

Irmi nickte. »Haben Sie Runa mal kennengelernt?«

»Ja, sie war Freundin von Ionella. Wir haben auf meinem Zimmer, ge... ge... geratscht?«

»Geratscht, genau! Und wie war sie?«

»Nett. Klug. Studiert. Wütend, sehr wütend.«

»Warum?«

»Sie konnte nicht glauben, dass wir so arbeiten. Sie hat gesagt: Ihr müsst eine andere Job suchen. Aber wo? Wie? Es ist schon gut so«, sagte Tereza. Dabei sah sie Irmi fast ängstlich an. So als sollte die bloß nicht denken, sie möge ihren Job nicht.

Runa schien tatsächlich eine aufmüpfige junge Frau gewesen zu sein, dachte Irmi. In ihrer Welt war so eine Ungerechtigkeit nicht tolerabel. Norwegen war groß, liberal, voller Chancen. Osteuropa hatte zwar seine Ummauerung niedergerissen, aber was konnte es seinen Menschen bieten? Wie bei einer modernen Völkerwanderung zog ein Heer von jungen, klugen Leuten gen Westen. Ungarische Lehrerinnen arbeiteten als Servicekräfte und bulgarische Ingenieure als Spüler, denn sie bekamen in Österreich, der Schweiz oder Deutschland für Jobs, die hier kaum keiner machen wollte, ein Vielfaches der Gehälter in ihrer Heimat. Dort bekam ein Ingenieur vierhundert Euro im Monat, und das bei Lebenshaltungskosten, die beinahe so hoch waren wie in Deutschland. Kein Wunder, dass eine solche Schieflage die junge kühne Norwegerin wütend gemacht hatte!

Irmi sah Tereza mitfühlend an und fuhr fort: »Wir nehmen an, dass Ionella eine Katze retten wollte. Und dass sie dabei ins Silo gefallen ist. Haben Sie eine Idee, wieso auch Runa in der Tenne war?«

Terezas Augen schwammen in Tränen. »Ich war in München. Ich weiß gar nichts. Hat Runa vielleicht Ionella besucht? Ich weiß nicht.«

Das war noch immer die einzige plausible Erklärung. Eine Katze maunzt erbärmlich aus dem Silo. Die Retterin kommt – und stürzt. Die zweite Frau versucht zu helfen und verunglückt ebenfalls, weil Gärgase so heimtückisch und schnell sind. In Ermangelung weiterer Beweise würde die Staatsanwaltschaft die Sache genauso sehen. Als traurigen Unfall.

Aber kurz danach war eine Tenne abgebrannt, und der Brandbeschleuniger war ausgerechnet eine Phosphorbombe gewesen. Gab es wirklich solche Zufälle? Die Mordkommission war hier fehl am Platz, wenn Irmi und ihre Kollegen nicht bald auf etwas Greifbares stießen. Doch genau das wollte sie nicht einsehen.

»Wie ist Ionella denn mit den anderen Mitgliedern der Familie Schmid ausgekommen?«

»Rita ist ein Schrubber«, sagte Tereza.

»Ein was?«

»Ein Besen, meint sie!«, rief Kathi. »Ein ganz schlimmer Besen!«

Tereza lächelte vorsichtig. »Ja. Ein Besen. Franz immer zu viel Bier. Markus sehen wir fast nie. Renate ist immer schnell, hat nie Zeit. Anna Maria auch nicht. Vroni kommt jede Freitag zum Einkaufen. Vroni ist lieb.«

»Und Thomas?«

Sie zupfte an ihren Fingern und sah zu Boden.

»Was Sie uns sagen, Tereza, bleibt unter uns, versprochen. Was ist mit Thomas?«

»Ich wollte nicht zu Familie Schmid wegen Thomas. Geht nachts zu Mädchen ins Zimmer. Ionella hatte Spray. Hatte sie von Runa.«

Irmi suchte den Blick des Mädchens, das nervös mit einem Bleistift herumspielte. »Verstehe ich Sie richtig? Ionella hatte Pfefferspray, um Thomas abzuwehren?«

»Ja, weil hat vorher schon Mädchen belästigt. Er glaubt, weil wir von Osten sind, sind wir Nutten. Alle Mädchen aus Osten sind Nutten, glauben viele Männer hier. Oder dass wir sie wollen heiraten. Warum soll ich einen wie Thomas heiraten?«

»Na, sicher nicht!«, stieß Kathi aus. »Den will auch hier keine!«

Tereza lächelte ein wenig.

»Thomas soll ein Verhältnis mit Aurika gehabt haben«, sagte Irmi.

»Aurika kommt nie mehr für Pflege!«, rief Tereza und wirkte auf einmal wieder richtig aufgewühlt.

»Aber hatte sie denn etwas mit ihm?« Irmi tat das Mädchen leid, aber sie musste nun mal unangenehme Fragen stellen.

Tereza liefen die Tränen herunter.

»Tereza?«

»Er hat ihr, er hat ...« Sie schluchzte stärker. »Er hat, Sie wissen schon, er hat mit Gewalt ...«

»Er hat sie vergewaltigt?«, fragte Irmi ungläubig.

Tereza weinte noch herzzerreißender, was Antwort genug war. Es dauerte eine ganze Weile, bis sich die junge Frau wieder beruhigt hatte. Fast eine ganze Packung Tempos später fragte Irmi ganz leise: »Hat Ionella das Spray denn auch benutzt?«

»Ja, und er war so wütend. Er gesagt, dass er Ionella umbringt. Dass keine Schlampe von Karpaten so was macht mit ihm.«

Da war es, das Zipfelchen, das es zu ergreifen galt. Doch Irmi warf Kathi einen eindeutigen Blick zu: Sie wollte vor Tereza nicht weiter auf diesen Punkt eingehen und wechselte deshalb das Thema.

»Ionella ist von hier aus ins Internet gegangen. Was hat sie da gemacht? Mit wem hatte sie Kontakt?«

»Ich habe eine Netbook. Wir haben geschaut ...«

»Was denn?«

»Zalando und andere Modeseiten. Ist blöd, aber ...« Wieder sah sie Irmi ängstlich an, damit diese sie bloß nicht für eine Schmarotzerin hielte.

»Das ist doch klar!«, meinte Kathi. »Wo will man hier in Ugau denn an gescheite Kleidung rankommen – außer man steht auf Trachtenläden! Ich schau mir auch immer Klamotten und Schuhe auf Zalando an.«

Das bezweifelte Irmi zwar, denn Kathi schien keinen gesteigerten Wert auf ihre Kleidung zu legen, und an den Füßen hatte sie eigentlich fast immer irgendwelche bunten Turnschuhe in verschiedenen Stadien der Auflösung. Aber mit ihrer Bemerkung hatte sie Tereza immerhin wieder zum Lächeln gebracht.

»Hat sie E-Mails versendet?«

»Ja, an Familie. An ihre Bruder Radu.«

»Ich hätte eine Bitte an Sie, Tereza. Dürften wir uns vielleicht Ihr Netbook ausleihen? Wir würden uns gern Ionellas E-Mails ansehen, die vielleicht noch drauf sind. Sie müssen das nicht tun, aber es wäre eine große Hilfe.«

Tereza überlegte. »Habe nix zu verstecken«, meinte sie dann. »Sie können schon haben. Soll ich holen?«

»Das wäre sehr lieb«, sagte Irmi, und Tereza ging hinaus.

Nach einer Weile klopfte Hanne Lorenzi an die geöffnete Tür.

»Nur herein«, sagte Kathi. »Wo ist Ihre Mutter?«

»Eingeschlafen. So streitbar sie auch ist, blitzt ihr Alter doch manchmal durch. Sie ist schon zweiundneunzig, selbst wenn sie das nicht wahrhaben will.«

»Zweiundneunzig! Wow! Wenn Sie *die* Gene geerbt haben, dann werden Sie bestimmt über hundert!«, rief Kathi.

»Muss gar nicht sein. Aber Sie haben recht. Wenn man so wach und rege altern darf, ist das ein Geschenk. Burgi hingegen ... So ein Elend. Keine ermutigende Prognose. Es geht immer nur abwärts.«

»Ja, das ist bitter«, sagte Irmi. »Manchmal frage ich mich, ob Demenz und Alzheimer heute häufiger sind als früher? Oder gab es diese Erkrankungen immer schon?«

»Mein Mann ist Arzt, aber er meint, auch die Medizin kennt da nur Behelfskonstrukte. Es gibt ja den Mythos, dass

Menschen, die vorher geistig rege waren, seltener an Alzheimer erkranken, doch das würde ich verneinen. In meinem Bekanntenkreis hat es auch sehr kluge Menschen getroffen. Wissen Sie, ich habe eher die Theorie, dass so ein Gehirn eben auch nur ein Organ ist. Und wenn man ihm ein Leben lang zu viel zugemutet hat an Gedanken und Grübeleien, dann kollabiert es irgendwann. Mein Mann findet meine Hypothese natürlich unwissenschaftlich. Aber ich glaube daran. Vielleicht sind Menschen, die mit sich im Reinen sind, weniger gefährdet? Womöglich ist es sogar viel banaler: Die Leute werden heute einfach älter, zu alt für ein Affenhirn. Ich denke, früher hat man die Oma oder den Opa einfach als etwas wunderlich wahrgenommen und auf dem Hof mitlaufen lassen. Aber wie soll das heute noch gehen? Ich habe sogar mit meiner Mutter gesprochen, ob sie zu mir nach Stuttgart zieht.« Sie unterbrach sich und lachte. »Ich gebe zu, dass ich allein den Gedanken bedrohlich fand.«

»Und wie hat sie reagiert?«, fragte Irmi lächelnd.

»Sie hat sofort abgelehnt. Weil man einen alten Baum nicht verpflanzt. Weil sie mich nicht täglich aushalten würde. Und weil sie ihre Enkel auf die Dauer zu haarig findet. So kamen wir eben auf die Lösung mit den Pflegerinnen. Es ist ein Spiel auf Zeit ...«

Sie brach ab, und Irmi ahnte, dass auch eine Hanne Lorenzi sich insgeheim wünschte, dass ihre Mutter eines Tages einfach tot umfallen würde. Für sich selbst und alle anderen.

»Hatten Sie den Eindruck, dass man bei den Schmids die Pflege nicht doch hätte selber stemmen können?«, fragte Irmi.

»Mir steht da kein Urteil zu. Es gehört viel dazu, die eigenen Eltern oder Schwiegereltern zu pflegen. Es fehlt die Distanz. Es gibt diese ganzen über Jahre eingeschliffenen Bösartigkeiten, dieses gegenseitige Erkennen von wunden Punkten, von nicht verheilten Stellen, an denen sich genüsslich herumpulen lässt. Jemand von außen tut sich immer leichter.«

»Wir haben den Eindruck, dass sich bei den Schmids ziemlich viele einmischen und mitentscheiden wollen?«

»In dem Fall ist es schon besser, ein kinderloses Einzelkind zu sein! Man muss zwar viele Entscheidungen allein treffen, aber immer noch besser, als alles im Familienrat zu beschließen, wo jeder auf seinen eigenen Vorteil schaut. Für die Pflegerinnen ist es in einer solchen Familie ungleich schwerer. Wer ist ihnen gegenüber weisungsbefugt? Wie nett darf man zu wem sein? Was macht man mit den Familienmitgliedern, die eifersüchtig über alle Kontakte zu den Alten wachen?«

»Und was macht man mit einem wie Thomas, der die Mädchen belästigt?«, fiel Irmi ein.

Hanne runzelte die Stirn. »Davon weiß ich nichts.«

»Nun, die Mädchen wollten vor allem wegen Thomas nicht bei den Schmids arbeiten.«

»Ja? Ich kenne ihn kaum. Etwas ungeschlacht kommt er mir schon vor, auch nicht sonderlich schlau. So ein typischer Haurucktyp eben, der aus einer alteingesessenen Bauernfamilie stammt, ziemliche Narrenfreiheit hat und nie was auf die Reihe kriegt und es offenbar auch nicht muss. Wissen Sie, bei uns in der Familie war es ganz anders. Mein Vater ist mit den Steinbrüchen, den Schleifmühlen und der Wetzsteinindustrie aufgewachsen. Die Schleifmühle heute kommt vielen wie Folklore vor, da isst man halt im Gasthof und schaut sich hinterher die Relikte längst vergangener Zeiten an. Aber bei uns ist die Wetzsteinindustrie immer präsent geblieben. Noch heute können Sie mich mitten in der Nacht wecken und Zahlen abfragen: 1865 gab es in Unterammergau 52 Steinbrüche und 32 Schleifmühlen. 1913 wurden sensationelle 280 000 Wetzsteine hergestellt. Und so weiter. Die Wetzsteinmacher-Genossenschaft hatte ihren Sitz an der Stelle im Dorf, wo heute die Raiffeisenkasse liegt. Man hatte Niederlassungen in Wien, Regensburg und Nürnberg. Mein Uropa und mein Opa waren Leiter der Genossenschaft, mein Vater auch. Die waren beruflich bis nach Budapest unterwegs – verstehen Sie? Das war das Leben unserer Familie.«

Hanne Lorenzi machte eine kurze Pause und fuhr dann fort: »Mein Vater war wie gebrochen, als 1958 die letzten Wetzsteinmacher aufgaben. Aber er blieb bis zum Ende ein sehr geachteter Mann, das hat uns etwas Schutz geboten. Ich selbst tauge nicht zur Ammertalerin. Schließlich bin ich das Produkt einer Mischehe zwischen einem Ureinwohner und einer Flüchtlingsfrau. Ich hatte auch nie Freunde im Dorf. Ich war auf dem Gymnasium in Murnau und bin nach dem Abi weggegangen aus der Gegend. Mich dürfen Sie nach dem aktuellen Leben im Dorf nicht fragen. Mir kommt einer wie Thomas einfach nur dumpf vor.«

Von Stuttgart aus betrachtet, war Thomas Schmid sicher eine lächerliche Erscheinung. Aber hier in der Enge des Dorfs konnte so einer durchaus bedrohlich werden. Es gab zwar Fluchtmöglichkeiten aus dem Ammertal: nach Süden über den Ettaler Berg, nach Norden über die Echelsbacher Brücke, nach Osten auf der Straße nach Murnau. Aber in den Köpfen waren viele Menschen hier gefangen.

Tereza kam mit dem Netbook zurück. Wie sie es Irmi hinhielt, sah sie so jung und verletzlich aus, als wäre sie sechzehn und nicht fünfundzwanzig.

»Danke, Tereza. Sie bekommen es so schnell wie möglich zurück. Und noch etwas: Haben Sie schon mit Ionellas Familie gesprochen? Bei unserem kurzen Gespräch haben die Angehörigen nur gesagt, einer von ihnen würde so schnell wie möglich nach Ugau reisen.«

»Ich habe telefoniert. Ihre Vater und Bruder sind unterwegs. Sie kommen morgen schon. Vielleicht. Eben wie Bus fährt.« Tereza begann wieder zu weinen.

Von Andrea hatte Irmi zwar schon erfahren, dass jemand aus der Familie Adami mit dem Fernbus kommen wollte, allerdings hatte sie weder gewusst, wer von den Verwandten, noch die genaue Ankunftszeit.

Irmi und Kathi verabschiedeten sich. Frau Lorenzi wollte noch einige Tage in Unterammergau bleiben und gab den Kommissarinnen ihre Handynummer.

Draußen war es dämmrig geworden. Langsam rollten sie über die Dorfstraße. Kathi hatte sich lange zusammenreißen müssen, doch nun brach es aus ihr heraus: »Der hat eine Morddrohung ausgestoßen!«

»Ja, aber jemand wie Thomas Schmid sagt so was leicht mal. Außerdem würde er es bestimmt leugnen. Und Ionella als einzige Zeugin ist tot.«

»Ja, weil er sie in das Silo gestoßen hat!«

»Und was ist mit Runa?«

»Die kam dazu und hat alles gesehen und musste deshalb auch weg!«

Irmi atmete tief durch. »Wir dürfen nicht den Fehler machen, uns zu früh auf denjenigen zu versteifen, der unsympathisch ist.«

»Sympathieträger sind die ja alle nicht. Rita, der Besen. Franz, das Schnapsfassl! Ich möchte mit keinem von denen Säue hüten! Aber der Thomas ist der Erste mit einem konkreten Motiv, oder?«

»Ja, das stimmt. Aber was ist mit der Katze? Es ist doch offensichtlich, dass die beiden Mädchen die Katze retten wollten.«

»Eben, *zu* offensichtlich!«

Irmi überlegte, während Kathi sie auffordernd ansah. Dann seufzte sie tief. »Gut, dann lassen wir die Katze obduzieren.«

»Wow! Und wer soll das machen? Die Gerichtsmedizin? Die Spurensicherung? Hase obduziert Katze! Klasse!«

»Ich hatte eher an eine Bekannte gedacht, die Tierärztin ist.«

»Und wer gräbt sie aus? Ich nicht!«

»Wir können sowieso nicht einfach bei Schmids auf dem Grundstück eine Katze ausgraben«, sagte Irmi.

»Das wäre Leichenfledderei, genau!«

Irmi hielt an der Hauptstraße. »Also gut. Kathi, du gehst jetzt schon mal in diese Ugauer Highway-Bäckerei, bestellst Cappuccino und Butterbrezen oder sonst was, und ich telefoniere so lange.«

Als Irmi in die Bäckerei trat, hatte die Staatsanwaltschaft ihr einen Gerichtsbeschluss fürs Exhumieren der Katze zugesagt. Sie ersparte Kathi die Einwände, die sie sich hatte anhören müssen. Stattdessen setzte sie sich, aß ihre Butterbreze und wartete zusammen mit ihrer Kollegin auf Sailer und Sepp, die schon bald eintrafen.

Sailer nutzte die Gelegenheit, sich eine Feierabendtüte mit jeder Menge Semmeln zu kaufen – zum halben Preis, aber »no pfenningguat«. Irmi war schon nach der einen Breze unwohl, weshalb ihr die Aussicht auf einen ganzen Sack Semmeln wenig verlockend vorkam.

Als die vier Kollegen wenig später im Garten der Schmids standen, mussten sie Rita fast mit Gewalt davon abhalten, Sailer in den Spaten zu fahren. Er hatte den Auftrag, bei den Grabungsarbeiten besonders vorsichtig zu sein. Denn wenn er das Tier mit seinem Spaten spalten würde, dann hätte die ganze Aktion wenig Sinn gehabt. Aber Sailer und Sepp schienen mal einen VHS-Kurs für Hobbyarchäologen belegt zu haben, so feinfühlig gingen sie vor. Es fehlte nur noch ein Zahnbürstl, um das erdige Tier vom letzten Dreck zu befreien. Anschließend packten Sepp und Sailer die tote Katze in einen Karton und brachten diesen in Irmis Auto. Kathi und Irmi fuhren mit dieser Fracht nach Garmisch, wo die Tierärztin bereits auf sie wartete.

»Ich sag es euch gleich: Ich bin Tierärztin und keine Pathologin. Ich weiß wirklich nicht, wie die Lunge einer Katze aussieht, die in einem verbrannten Silo gelegen hat.«

»Das ist mir schon klar«, sagte Irmi. »Aber du machst das schon!«

»Und ihr wollt so lange warten?«

»Ja.«

Und so saßen sie im Wartezimmer und studierten Broschüren über Wurmkuren und Zeckenmittel. Irmi las ein Faltblatt, das auflistete, wie ein katzenfreundlicher Haushalt auszusehen hatte. Demnach war ihrer ausgesprochen katzenfreundlich.

Dann kam die Tierärztin wieder.

»Ja, was nun?«, empfing Kathi sie ungeduldig.

»Eure Katze ist erschlagen worden. Schädelfraktur. Ich nehme an, jemand hat sie tot ins Silo geworfen. Wirklich genau kann das aber nur ein Pathologe sagen. Ich könnte sie einem Kollegen in die Klinik nach München schicken. Der wird mich zwar für irre halten, aber sei's drum.«

»Mach das – vielen Dank!«

Dann standen Irmi und Kathi wieder draußen, wo eine Straßenlaterne fahles Licht auf den Bürgersteig warf.

»Ich hab's gewusst! Ich hab's gewusst!« Kathi hüpfte herum wie ein Derwisch.

»Jetzt beruhige dich mal. Unsere Annahme lautet also ab sofort: Jemand hat die Mädchen ermordet und die tote Katze hinterhergeworfen. Als Ablenkungsmanöver, damit alle glauben, sie hätten versucht, die Katze zu retten, richtig?«

»Klar! Thomas stößt Ionella ins Silo. Runa kommt dazu. Sie ist das Bauernopfer. Und dann fliegt die Katze hinterher. Weil jemand womöglich anhand der Leichen den Vorgang hätte rekonstruieren können, musste Thomas die ganze Sache vertuschen, indem er die Tenne ansteckt. Ganz sein Stil. That's it!«

That's it – manchmal war Kathi wirklich eine Komikerin. »Und die Brandbombe?«

»Entweder Thomas wusste davon und hat sie sich zunutze gemacht, oder sie ist einfach so mit hochgegangen!«

»Wenn das Leben so einfach wäre, Kathi! Wir wissen doch gar nicht, ob es wirklich Thomas war.«

»Wer sonst! Wir müssen Thomas nur zu einem Geständnis bewegen.«

»Nur! Na, prima, Kathi.«

»Laden wir ihn vor?«

»Ja sicher. Aber erst morgen. Es ist nach zehn, und mein Kopf brummt.«

»Meiner auch, aber er sagt mir, dass Thomas Arschgesicht unser Mann ist!«

Irmi schüttelte bloß noch den Kopf und fuhr heim. Kurz vor Schwaigen begann es sachte zu schneien. Die Kater kamen aus dem Nichts und beschwerten sich über das kalte katzenunfreundliche Wetter.

»Warum geht ihr nicht rein, ihr Trottel?«, fragte Irmi.

Beide blickten gelangweilt und schienen zu denken: Warum sollten wir durch den Hintereingang des alten Stalls gehen, wenn du uns die Fronttür aufsperren kannst?

Drinnen schlief Bernhard vor dem Fernseher, auf dem ein furchtbar hübscher blonder Mann im Anzug zu sehen war, der angeblich Menschen mental manipulieren konnte und mit einer ebenfalls furchtbar hübschen Brünetten zusammenarbeitete. So einen Mitarbeiter würde sie auch anfordern. Allein wegen der Optik. Es folgte Werbung: Ein Spot von Save the Children zeigte grauenvolle Bilder von unterernährten Kindern. Dann kamen Werbespots von C&A und McDonald's. Es war schon eine seltsame Welt.

Irmi schaltete den Fernseher aus, doch Bernhard schlief ungerührt weiter. Dabei sabberte er ein kleines bisschen aus dem Mundwinkel.

Sie lächelte und ging zu Bett.

7

Am nächsten Morgen wurde Irmi vom Vibrieren ihres Handys geweckt. Andrea war dran.

»Tut mir leid, dass ich so früh anruf, aber da war grad eine Mordsschlägerei in Ugau.«

Irmi wurde nur langsam wach. Eine Schlägerei? Was hatte sie damit zu tun? Und das um sieben in der Früh? Wo sie endlich einmal tief und traumlos geschlafen hatte ...

»Zwei Rumänen haben Markus Schmid aus dem Bett geholt und vermöbelt. Und dann ist Thomas noch dazugekommen.«

Auf einmal war Irmi hellwach.

»Die Kollegen haben die Rumänen verhaftet«, fuhr Andrea fort. »Der Schmid liegt im Klinikum in Garmisch. Seine Nase ist hin. Und der Thomas ist abgehauen. Ich hab den Kollegen gesagt, sie sollen die Rumänen gleich herbringen, weil das doch sicher mit unserem Fall zu tun hat. Aber wenn ich ...«

»Andrea, alles gut. Gib mir nur Zeit für einen Kaffee.« Irmi klemmte sich das Handy zwischen Ohr und Schulter und krabbelte aus dem Bett. Elegant war was anderes. »Diese Rumänen sind der Vater und der Bruder von Ionella, nehme ich an?«

»Ja, genau.«

»Warum bist du eigentlich schon im Büro?«

»Ich wollte schon mal das Netbook von Tereza checken. Bin auch recht weit gekommen. Ich hab E-Mails von Ionella gefunden und lass sie grad übersetzen.«

Andreas Bescheidenheit stand ihr immer im Weg. Etwas mehr Selbstvertrauen, und das Mädchen wäre längst steil die Karriereleiter hinaufgestiegen.

»Großartig, Andrea, vielen Dank. Du solltest aber auch mal schlafen!«

»Schlafen kann man, wenn man tot ist«, konterte Andrea.

»Na dann. Bis gleich!«

Während Irmi sich anzog und Kaffee kochte, dachte sie über diesen ganz besonderen Weckruf nach. Warum hatten die Rumänen Markus Schmid verprügelt und nicht Thomas? Hatte Kathi doch recht gehabt mit ihrem Misstrauen gegenüber dem philosophischen Biobauern? Vielleicht betrog Markus seine Frau doch mit hübschen jungen Rumäninnen? Irmi seufzte.

Bernhard kam in die Küche. »Was stöhnst denn so?«

»Ach, Brüderchen, diese Welt enttäuscht mich schon in so früher Stunde«, deklamierte sie und lächelte.

»Sonst geht's aber?«, brummte Bernhard und schlappte wieder hinaus.

Im Büro traf sie auf eine triumphierende Kathi. »Siehste, Irmi, ich hab's ja gleich gesagt, oder! Mit dem Markus stimmt was nicht. Bei Gutmenschen tickt immer irgendwas nicht richtig.«

Die beiden Männer, die im Vernehmungszimmer warteten, sahen schlecht aus. Der Ältere trug einen inzwischen getackerten Riss über der Augenbraue und der Jüngere ein Veilchen der Extraklasse, das seine volle Farbpalette noch entfalten würde. Beide wirkten müde und erschöpft. Kein Wunder, wahrscheinlich hatten sie die ganze Nacht im Bus verbracht und waren gleich morgens über Markus Schmid hergefallen.

»Kaffee?«, fragte Irmi. »Und Brezen?«

Die beiden nickten überrascht.

Irmi gab Sailer ein Zeichen, woraufhin dieser hinausschlich und wenig später mit zwei Bechern und vier Butterbrezen wiederkam. Dass Irmi ihn nun hinauskomplimentierte, würde er mit Sicherheit als Affront empfinden, ebenso wie die Tatsache, dass die Chefin die beiden Saubeitl auch noch mit einem Frühstück versorgte.

Irmi wartete, bis die beiden ihre erste Breze hastig verschlungen hatten, und sagte dann: »Wenn sich die Herren bitte mal vorstellen würden? Den Nachnamen wissen wir schon, aber ein Vorname wäre auch hilfreich.«

»Schmid hat meine Tochter getötet!«, rief der Ältere.

»Sie können mir gleich Ihre Ansichten mitteilen, im Moment will ich nur wissen, wie Sie heißen!«

»Ich heiße Razvan Adami, und das ist mein Sohn Radu. Schmid hat meine Tochter getötet, weil sie wollte aussteigen!«

Razvan Adami sprach fast akzentfrei Deutsch, sein Tempo war nur ein wenig langsam, weil er die Worte richtig setzen wollte. Irmi bewunderte ohnehin, wie man eine so komplizierte Sprache wie das Deutsche, das ja nur aus Ausnahmen bestand, überhaupt erlernen konnte. Sie war, was Fremdsprachen betraf, eher untalentiert. Ihr Englisch klang wie das des Altbundeskanzlers Kohl, und ihr Französisch war schon in der Schule an den Artikeln »le« und »la« gescheitert.

»Woraus wollte Ionella aussteigen?«

»Markus Schmid klaut Baumaschinen, versteckt sie, lackiert sie neu. Die gehen dann nach Rumänien und Bulgarien. Ionella hat gemacht die Korrespondenz mit Abnehmern und hat irgendwann gesagt, dass sie das nicht mehr will. Er hat sie getötet deswegen.«

»Sie wollen sagen, Markus Schmid verschiebt Baumaschinen in den Osten?«, fragte Kathi ungläubig.

»Ja.«

»Und woher wissen Sie das?«

»Hat Schwester mir gemailt«, erklärte Radu.

Irmi schätzte den jungen Mann auf höchstens zwanzig. Er hatte riesige braune Augen und war mit Sicherheit ein hübsches Kerlchen, wenn er nicht gerade so ramponiert war wie jetzt und etwas anderes trug als einen Jogginganzug.

»Sie sagen also, Ionella war in kriminelle Machenschaften verwickelt?«

Der junge Radu sprang auf. »Meine Schwester hat nicht gewusst, dass Maschinen gestohlen. Erst hat gedacht, ist alles ganz normale Exportgeschäft. Hat erst später gemerkt, dass die Maschinen geklaut. Dann hat sie nicht mehr gewollt. Aber der Mann hat Ionella getötet.«

»Beruhigen Sie sich, bitte! Und setzen Sie sich wieder!«

Der Vater zischte seinem Sohn irgendetwas zu, der daraufhin tatsächlich wieder Platz nahm. Radu sah die beiden Kommissarinnen an, und in seinem Blick lagen ein solcher Schmerz und eine solche Ungläubigkeit, dass Irmi am liebsten aus dem Raum geflüchtet wäre. Was konnte man auch einem jungen Mann sagen, der seine Schwester verloren hatte in einem Land, in das sie alle Hoffnung gesetzt hatte? Wo sie hatte studieren wollen? Wo sie für eine

Familie gearbeitet hatte, die sie nun auf dem Gewissen hatte?

Doch sie blieb sitzen und hörte Razvan Adami zu, der in seinem bedächtigen Deutsch erzählte und dabei Wörter wie »heuer« und »garstig«, »Schuft« und »Zwist« verwendete. Es war ihm anzusehen, wie sehr er sich dabei um Fassung bemühte. Schon als Ionella das erste Mal bei Xaver und Burgi Schmid als Pflegerin arbeitete, hatte Markus ihr offenbar erzählt, dass seine Biolandwirtschaft nicht genug abwerfe. Da könne man noch so gutes Fleisch und noch so gute Milch produzieren – die Bürokratie mit den vielen Richtlinien lege einem lauter Steine in den Weg, und die Vertriebswege seien kompliziert und teuer. Deshalb handele er als zweites Standbein mit gebrauchten Baumaschinen. Allerdings hatte er das winzige Detail unerwähnt gelassen, dass die Maschinen gestohlen waren.

Anscheinend hatte Markus Schmid Kontakte nach Rumänien, er beherrschte die Landessprache aber nicht, und sein Englisch war auch eher rudimentär. Deshalb hatte er Ionella gebeten, ihm bei der Korrespondenz zu helfen. Natürlich hatte er dem Mädchen dafür zusätzlich Geld gegeben. Da es bei den beiden Senioren ja kein Internet gab, hatte Ionella die E-Mails entweder auf Markus' Rechner geschrieben oder bei ihren Freundinnen. Markus hatte auch einige andere Mädchen beschäftigt, warum auch nicht? Zusätzliches Geld war immer willkommen. Außerdem war es aus seiner Sicht bestimmt sehr praktisch, gleich mehrere junge Frauen zu beschäftigen, weil die ja immer nur für begrenzte Zeit in Deutschland waren.

Doch dann hatte Aurika irgendwann begriffen, dass die

Maschinen gestohlen waren. Sie war Thomas gefolgt und hatte entdeckt, dass die Baumaschinen ganz schnell in einem Stadel verschwanden und wenig später ganz anders aussahen.

Ionella hatte das wohl erst nicht glauben wollen, hatte mit ihrem Bruder hin- und hergemailt und dann auf eigene Faust den Stadel erkundet. Radu hatte ihr geraten, sich aus der ganzen Sache rauszuhalten, um ihre Zukunftspläne nicht zu gefährden. Schließlich war es ihm selbst unheimlich geworden, und er hatte sich dem Vater offenbart. Aber da war es schon zu spät gewesen. Ionella war bereits tot.

Während Razvan Adami unter äußerster Beherrschung erzählte, brach sein Sohn völlig zusammen. »Ich schuld, dass sie tot«, wimmerte er. »Wenn ich nicht gesagt, dass Schluss sein muss, würde Ionella noch leben.«

Was sagte man darauf?

Kathi sagte das, was man eigentlich nicht sagt als Polizistin: »Wenn das alles stimmt, dann kriegen wir diese Arschlöcher!«

»Herr Adami, wissen Sie, ob Ihre Tochter sonst noch jemanden eingeweiht hat?«, fuhr Irmi fort. »Tereza Benesch zum Beispiel?«

Er schüttelte den Kopf.

»Oder eine Freundin aus Norwegen, die Runa heißt? Ist Ihnen darüber irgendetwas bekannt?«

»Mich hat Ionella gesagt, sie kennt Runa und wundert sie sehr, sehr, sehr … nein …« Radu zögerte.

»Sie meinen, sie hat Runa bewundert?«

»Ja, weil Runa ist so mutig und stark, hat Ionella gesagt.«

Es klopfte an der Tür, und Andrea streckte den Kopf herein. »Ich müsst mal ... ähm ... mit euch reden. Könnt ihr mal kurz ...?«

Irmi nickte. »Schick Sailer rein, der soll den Herren noch Wasser bringen. Oder wollen Sie noch einen Kaffee?«

»Wasser wäre gut«, sagte Adami.

Sailer war angesichts des neuen Auftrags noch säuerlicher als vorher. »Herren!«, grummelte er. »Zigeiner san des.«

Andrea hatte inzwischen Terezas Netbook durchforstet. Dabei hatte sie E-Mails von Ionella an ihren Bruder entdeckt und diese übersetzen lassen. Der Inhalt entsprach genau dem, was die beiden Männer erzählt hatten.

Die wichtigste Mail lautete: »Ich war in dem Stadel, wo sie die Maschinen umlackieren. Ich glaube, es läuft so: Thomas weiß, auf welcher Baustelle geeignete Maschinen stehen, die nachts nicht bewacht sind und wo wenig Licht ist. Sie fahren mit dem Tieflader hin, laden die Maschinen auf, verstecken sie, lackieren sie um, entfernen die Seriennummern. Dann nehmen sie Kontakt mit ihren rumänischen Abnehmern auf, und dann geht das Zeug über irgendwelche ungarischen Zwischenhändler weiter.«

In einer weiteren E-Mail hieß es: »Meine Freundin Runa aus Norwegen ist sehr besorgt. Sie sagt, die sind sehr kriminell und dass ich mich da nicht reinziehen lassen soll. Ich würde ja früher abreisen, aber ich brauche das Geld doch so dringend.«

Irmi sah von Andrea zu Kathi, die mit der Faust auf den Tisch hieb. »Wow! Der feine Herr Biobauer! Du hattest zwar recht, dass er seine Frau nicht betrügt, aber dafür verschiebt er Baumaschinen, oder! Starkes Stück! Das erklärt auch die akute Zunahme von solchen Diebstählen. Wir hatten doch erst kürzlich was auf dem Tisch, wo eine Baufirma eine Brücke im Staatsforst saniert hat. Über Nacht waren plötzlich zwei Bagger, ein Lkw und zwei Rüttelplatten verschwunden. Einfach so. Das musst du dir mal vorstellen. Da kommen die Arbeiter am nächsten Morgen auf die Baustelle, und nichts mehr ist da außer Steinen und Sand! Und dahinter stecken also die Schmid-Burschen!«

Ja, die Schmid-Burschen ... Eine schrecklich kriminelle Familie schien das zu sein. Irmi überlegte, was jetzt zu tun war. Sollte sie die beiden Rumänen gehen lassen? Allerdings hatten sie sich der Körperverletzung schuldig gemacht, indem sie Markus Schmid die Nase gebrochen hatten – da konnte der in noch so kriminelle Machenschaften verwickelt sein.

Sie ging zurück in den Vernehmungsraum.

»Wir wollten hier Zimmer mieten«, erklärte Razvan Adami. »Wir können unsere Pässe hierlassen. Wann können wir Ionella heimführen?« Die Tränen standen ihm in den Augen.

»Einen Moment bitte!«

Irmi ging hinaus, telefonierte mit der Staatsanwaltschaft und bat Andrea, sich um einen Anwalt, um eine Unterkunft für die Männer und um die Protokolle der Aussagen zu kümmern. Sie war davon überzeugt, dass die beiden nicht abhauen würden. Nicht ohne Ionellas sterbliche Überreste.

»Meine Kollegin wird Ihnen behilflich sein«, erklärte sie den beiden Rumänen. »Sie bleiben vor Ort, und sobald ich etwas Neues weiß, informiere ich Sie.« Der Zeitpunkt, wann die beiden mit der Brandleiche würden zurückreisen können, stand allerdings noch nicht fest.

»Du lässt sie gehen?«, fragte Kathi, als die beiden Männer in Andreas Büro umgezogen waren.

»Das ist so abgesprochen. Und jetzt brauche ich erst mal einen Kaffee.«

Sie hatte nur kurz daran genippt, als ein Anruf der Museumsdirektorin durchgestellt wurde. Sie hatte inzwischen ihren Systemtechniker herumtüfteln lassen. Dabei hatte er einige E-Mails rekonstruieren können, die Runa vom PC des Museums aus verschickt hatte.

»Könnten Sie die an uns weiterleiten?«, fragte Irmi.

»Natürlich, es sind aber nur vier Stück. Gibt es denn etwas Neues? Ich bin immer noch so erschüttert. Mit Frau Dr. Strissel stehe ich auch in Kontakt, sie hat Runas Eltern aber immer noch nicht erreicht. Sie etwa?«

Irmi verneinte. Sie erzählte der Museumsdirektorin nichts von den aktuellen Entwicklungen, versprach aber, sie auf dem Laufenden zu halten. Dann druckte sie die E-Mails aus, die inzwischen eingetroffen waren. Drei waren auf Norwegisch verfasst und eine auf Deutsch, die Runa an Ionella geschickt hatte. Die beiden jungen Frauen hatten offenbar auf Deutsch kommuniziert, das war sprachlich der beste gemeinsame Nenner gewesen.

»Liebe Ionella, Du darfst Dich nicht unsicher machen lassen. Was heißt das, Thomas hat Dir gedroht? Dass es Dir so geht wie Aurika, dass er aber noch ein paar Kumpels mitbringt, wie er mal hat gesagt? Du musst Markus Schmid sagen, dass Du da raus bist. Dass Du nicht planst, sie zu verraten. Dass er aber soll seinen Neffen zurückpfeifen. Ich gehe mit. Wir treffen uns mit Markus Schmid, Du machst Treffpunkt aus. Wir lassen uns nicht erpressen, das ist doch klar!«

Kathi und Irmi starrten auf den Text.

»Und der Treffpunkt war die Tenne der Schmids?«, fragte Kathi ungewöhnlich leise.

»Genau das werden wir Markus Schmid fragen. Der liegt ja recht unbeweglich im Klinikum.«

»Wir geben sofort eine Fahndung nach Thomas Schmid raus. Dem Arsch will ich in die Augen sehen. Droht einem Mädchen mit Gruppenvergewaltigung. Den pack ich an den Eiern!«, brüllte Kathi so laut, dass Sailer den Kopf hereinstreckte.

»Ganz genau, Sailer!«, rief Kathi. »An den Eiern!«

Der Kollege verzog sich kopfschüttelnd wieder.

»Also, Fahndung nach Thomas Schmid, und zwar flott!«, ordnete Irmi an. »Außerdem brauchen wir einen Durchsuchungsbeschluss für den Hof von Markus Schmid und die Wohnung von Thomas. Holt den Hasen, wir müssen den Computer des sauberen Herrn Biobauern herschaffen. Da muss ja noch was drauf sein von den Geschäftsmails. Außerdem will ich wissen, wo dieser Stadel ist, in dem sie die Maschinen umlackiert haben.«

»Da hätte ich eine Idee«, sagte Andrea, die inzwischen dazugestoßen war und auch die E-Mail von Runa überflogen hatte. »Die Schmids haben Grund im Wiesmahd, drüben bei der Kappelkirche. Da gibt es vielleicht auch einen Stadel.«

»Was haben die?«, fragte Kathi.

»Kathi, ich weiß ja, dass du nichts von uns Bauerntrampeln hältst«, sagte Irmi und versuchte, dabei witzig zu klingen.

»Aber zu deiner Fortbildung: Wiesmahd sind Bergwiesen, die nicht gedüngt sind und nur einmal jährlich gemäht werden, meist ab Mitte Juli. Ihre Mahd erfordert wegen der Hanglage viel Handarbeit, weshalb es diese Bewirtschaftungsform in der heutigen Hocheffizienzlandwirtschaft kaum noch gibt. In den Wiesmähdern überleben Pflanzen, die andernorts schon längst verschwunden sind. So was gibt es im Ammertal – vor allem an den Hängen unterm Hörndl und unterm Aufacker.«

»Aha, dann suchen wir den Stadel am besten mal in diesem Wiesdings, oder!«, meinte Kathi.

»Das machen Sailer und Sepp. Der Stadel fällt dann ja auch unter den Durchsuchungsbeschluss fürs Anwesen der Schmids. Andrea, ruf mal bitte die Kollegen an, die sich mit diesen Baumaschinendiebstählen beschäftigt haben. Wir fahren so lange ins Klinikum.« Sie überlegte kurz. »Ach ja, und wenn du noch Zeit hast, lass doch bitte auch die drei norwegischen Mails von Runa übersetzen. Und jetzt los, Kathi!«

Während sie den Gang entlangeilten, sagte Irmi leise, aber eindringlich: »Bitte mäßige dich ein ganz klein wenig, wenn wir Markus Schmid treffen.«

»Ja, aber wenn's doch wahr ist! Was sind das denn für Typen!«, entfuhr es Kathi.

Was das für Typen waren? Männer, die nie etwas anderes als Gewalttätigkeit gelernt hatten und deren Frauenbild dadurch charakterisiert war, dass die Frau dem Manne untertan zu sein hatte.

Die beiden Kommissarinnen sprangen ins Auto und waren wenig später am Klinikum. Irmi empfand das Klinikum wie immer als beklemmend. Wie eine Fabrik sah es aus. Die Berge standen so nah, und durch die ständigen An- und Umbauarbeiten fühlte sie sich bei der Suche nach dem Zimmer von Markus Schmid wie in einem Irrgarten. Schließlich hatten sie ihn gefunden. Er lag in einem Dreibettzimmer, in dem die anderen beiden Betten nicht belegt waren. Das war insofern verwunderlich, als gerade die Hauptzeit der Sportunfälle herrschte, bei denen sich Skifahrer und Snowboarder zuhauf die Knochen brachen, die Bänder rissen und die Schultern luxierten. Da war es gut, wenn sie immerhin Helme trugen statt Wollmützen, während sie ihre Schädel aneinanderschlugen. Orthopäde oder Chirurg war im Garmischer Winter sicher kein Traumjob.

Markus Schmid trug einige Pflaster über der Nase und war über dem Auge genäht. Ein Kopfverband vervollständigte das Gesamtbild, das Irmi an den Film »Die Mumie kehrt zurück« erinnerte. Markus Schmid blinzelte kurz, dann erkannte er die Kommissarinnen.

»Sie müssen diese irren Rumänen festnehmen!«, rief er und setzte sich schwer atmend auf.

Irmi schwieg, während Kathi das Bild an der Wand betrachtete, das die Alpspitze zeigte.

»Die sind mitten in der Nacht über mich hergefallen. Ohne Vorwarnung. Haben geläutet, ich bin zur Tür, und da hatte ich schon die Faust im Gesicht!«

»Interessante Perspektive der Alpspitze«, sagte Kathi.

»Ja, wirklich«, meinte Irmi. »Sie wirkt auf dem Bild weniger schroff als in Wirklichkeit. Fast lieblich.«

Schmid blinzelte erneut, was daran liegen mochte, dass der Verband ihm allmählich über das rechte Auge rutschte.

»Ich bin lebensgefährlich verletzt worden, und Sie schauen sich Bilder an?«

»Na ja, Lebensgefahr besteht ja nicht, oder! Die haben Ihnen das Hirn ein bisschen durchgewirbelt und die Nase neu platziert. Wer weiß, wofür das gut ist!«, kommentierte Kathi.

»Was soll das? Was wollen Sie hier? Sie sind doch wohl gekommen, um meine Aussage aufzunehmen. Zwei verrückt gewordene Rumänen haben mich halb umgebracht, völlig grundlos und aus dem Hinterhalt.«

»Bleiben Sie mal ganz ruhig, Herr Schmid«, sagte Irmi. »Auch mit einer leichten Gehirnerschütterung ist nicht zu spaßen. Leider haben Sie ganz vergessen, uns zu erzählen, dass Sie gestohlene Baumaschinen in den Osten verkaufen und für die Büroarbeiten leichtgläubige Mädchen missbrauchen, die Sie mit einem Sonderbonus ködern! Dabei haben wir doch so nett miteinander geplaudert.« Irmi lächelte.

»Das behaupten diese irren Rumänen vielleicht. Das ist aber eine Lüge! Die haben mich zusammengeschlagen. *Die* müssen Sie verhaften!«

Irmi setzte wie schon öfter in ihrem Berufsleben aufs Bluffen. Früher hatte sie noch gezögert und daran gezweifelt, dass so viel Frechheit siegen konnte, doch nach einigen diesbezüglichen Erfahrungen hatte sie festgestellt, wie einfach es war. Hauptsache, sie blieb ganz ruhig und eiskalt wie eine Hundeschnauze, dann brachen fast alle Befragten zusammen. Kartenhäuser stürzten ein. Lügengebilde zerbröselten wie Sandburgen, die in leichtem Größenwahn gebaut worden waren und die doch gegen Wind, Sonne und Wellen keine Chance hatten.

»Herr Schmid, da haben Sie so einen schönen Stadel im Wiesmahd. Mit der Kappel in Sichtweite, einer der ältesten Kirchen im Ammertal, deren Chor vom Wessobrunner Meister Johann Schmuzer gebaut wurde und deren Deckenfresken vom Erfinder unserer berühmten Lüftlmalerei, Franz Seraph Zwinck, stammen. Die Kappel ist eine der fünfzehn Stationen auf dem Meditationsweg – und wenige Meter entfernt lackieren Sie Baumaschinen um. Das grenzt ja fast an Blasphemie! Sie und Ihr Neffe haben da einen lukrativen Zweitverdienst gefunden, das wissen wir längst. Das ist illegal, und dazu werden die Kollegen Sie sicher auch noch befragen wollen. Aber eine junge Frau zu töten, nur weil sie aus diesen kriminellen Machenschaften aussteigen wollte, das ist unser Ressort. Und Mord wiegt ein klein wenig schwerer als Ihre Diebstähle und die Hehlerei!«

Jetzt kam es Irmi zupass, dass sie vor zwei Jahren mit Jens auf dem Wiesmahdweg gewandert war und Jens, das wandelnde Geschichtslexikon, ihr von der Kappelkirche erzählt hatte, die eigentlich Heilig Blut hieß. Es war ihr ein bisschen peinlich gewesen, dass sie als Werdenfelserin sich von einem Preiß die Geschichte der Lüftlmalerei hatte erklären lassen müssen.

Kathi starrte ihre Kollegin beeindruckt an, und auch Schmid wirkte konsterniert und blinzelte nervös.

»Ich habe doch Ionella nicht getötet!«, versicherte er. »Ich bin Pazifist.«

Kathi schnaubte, und Irmi stellte sich ans Fußende des Krankenbettes.

»Herr Schmid, Sie verschieben ganz pazifistisch Baumaschinen. Stimmt das?«

Er schwieg.

»Für den Schriftverkehr und die Telefonate nach Osteuropa haben Sie die rumänischen Mädchen missbraucht.«

Er schwieg weiter beharrlich.

»Und weil Ionella aussteigen wollte, musste sie sterben.«

»Ich hab das Madl doch nicht getötet! Uns abzurufen liegt allein in Gottes Macht.«

»Ja, ja, der Herrgott, wofür der alles zuständig ist, oder! War es Thomas? Hat der sie abgerufen? Kaltgemacht?« Kathi beherrschte sich nur mit Mühe.

»Das war doch alles Thomas' Idee!«

»Was alles?«, donnerte Kathi.

»Na, das mit den Maschinen. Er wusste, wo welche unbewacht herumstehen. Das hat er bei seinem ehemaligen Arbeitgeber und bei weiteren Baufirmen ausspioniert. Thomas fand, dass er mit ehrlicher Arbeit viel zu wenig verdient und dass ihm mehr zusteht.«

»Hätt er was Gescheits gelernt, der Trottel!«, giftete Kathi.

»Thomas geht immer den Weg ... ach ...« Schmid geriet zusehends aus der Fassung.

»Den Weg des geringsten Widerstands ja wohl kaum«, meinte Irmi. »Ganz im Gegenteil: Er rennt die Hindernisse nieder. Er brennt sie nieder. Er schlägt sie zusammen. Er vergewaltigt sie! Und am Ende tötet er. Waren Sie dabei?«

Schmid blinzelte immer hektischer. »Ich habe niemanden getötet! Das wäre doch niemals mein Weg.«

»Jetzt ersparen Sie uns doch endlich mal Ihr Gutmenschgequatsche!«, maulte Kathi.

Irmi sah Schmid scharf an. »Wir haben Beweise, dass Ionella sich kurz vor ihrem Tod mit Ihnen treffen wollte. Ihre norwegische Freundin Runa Dalby wollte mitkommen. Sie war mutiger als Ionella. Hat Runa Ihnen zugesetzt? Hat sie Ihnen mit der Polizei gedroht? Oder hat sie Sie erpresst? Sie haben einen Silounfall vorgetäuscht. Und dann haben Sie eine Katze erschlagen und hinterhergeworfen. Um das Ganze weiter zu verschleiern, haben Sie ein bisschen gezündelt, nicht wahr? Mit Verlaub, Herr Schmid, aber das war nicht clever. Ohne den Brand hätten Sie viel weniger Aufmerksamkeit erregt. Die Mädchen wären vielleicht erst Tage später gefunden worden. Die Unfallinszenierung wäre perfekt gewesen. Warum der Brand? War das Thomas, der Hitzkopf?«

Schmid begann ganz erbärmlich zu husten. Außerdem bekam er Nasenbluten. Irmi reichte ihm eine Packung Papiertaschentücher, die auf dem Nachttischchen lag.

»Jetzt passen Sie mal auf!« Kathi hatte sich über ihn gebeugt. »Ihr Gewäsch geht mir allmählich auf den Senkel! Hören Sie auf, sich hinter Ihren pastoralen Parolen zu verstecken. Sie stehen unter Mordverdacht!«

»Ich will einen Anwalt«, stieß er hervor.

»Den bekommen Sie – und außerdem einen Kollegen, der sich vor Ihr Zimmer setzt.« Irmi sah ihn eindringlich an. »Herr Schmid, überlegen Sie sich gut, was Sie tun. Sie verstricken sich doch immer weiter. Wusste Ihre Frau eigentlich Bescheid?«

Er zuckte zusammen. »Nein, natürlich nicht! Meine Frau ist ein Engel. Sie muss so viel arbeiten. Auch für sie wollte ich etwas zusätzliches Geld erwirtschaften.«

»Mir kommen die Tränen! Erwirtschaften! Schönes Wort für Diebstähle, die mit einem Mord enden!«, rief Kathi.

Schmid zuckte zusammen und blickte zum Bild von der Alpspitze, als käme von dort Hilfe.

»Wir warten auf Ihren Anwalt, aber ich kann Ihnen nur raten, rechtzeitig die Notbremse zu ziehen, Herr Schmid. Die Sache mit den Maschinen ist das eine, aber Mord?«

Irmi und Kathi gingen hinaus auf den Gang, wo gerade ein Essenswagen entlangschepperte.

»Der kann einen doch wahnsinnig machen, dieser Spruchbeutel, aus dem nur Plattitüden hervorblubbern!«, rief Kathi.

Bevor Irmi etwas erwidern konnte, klingelte ihr Handy. Die Krankenschwester hinter dem Essenswagen sah sie bitterböse an. Ja, ja, Handyverbot, ich weiß, dachte Irmi. Angeblich wegen irgendwelcher Interferenzen mit den medizinischen Geräten, aber in Wirklichkeit bestimmt nur, um die überteuerten Telefonkarten des Krankenhauses zu verkaufen.

Am anderen Ende der Leitung war Andrea. Sie war in der Zwischenzeit mit Sailer und Sepp und einem Durchsuchungsbeschluss losgezogen und hatte den Stadel entdeckt, eine perfekt ausgestattete Autowerkstatt. Außerdem hatten die Kollegen ein ganz besonderes Juwel gefunden: Thomas Schmid, der nun in Garmisch saß und auf Irmi und Kathi wartete.

»Na wunderbar, dann hören wir uns mal an, was der uns zu sagen hat. Bis gleich, Andrea!«

Irmi und Kathi verließen eilig das Klinikum – vorbei an Frotteebademänteln und aufgeschnittenen Jeanshosen über Gipsbeinen und zurück in die verschneite Stadt, die heute so ruhig und harmlos wirkte.

Thomas Schmid hockte auf einem Stuhl und hatte Handschellen an.

»Dieser Depp hot mi attackiert!«, schimpfte Sailer.

»Sie sind doch a g'standnes Mannsbild, Sailer!«, meinte Irmi lächelnd. »Sie werden doch so einem Würstl was entgegensetzen können.«

»Du blede Kachel!«, rief Thomas Schmid und versuchte aufzuspringen, wurde von Sailer aber zurück auf den Stuhl gedrückt.

Irmi ignorierte ihn. »Wir machen jetzt mal die Handschellen ab. Der Herr Schmid wird sich uns gegenüber bestimmt benehmen, gell, Herr Schmid? Er ist ja ein Kavalier der alten Schule. Frauen vergewaltigt er nur ab und zu.«

»Was reden S' da?« Nun sprang er doch auf.

»Setzen! Sofort!«, brüllte Kathi. »Sie halten jetzt die Fresse, und ich sag Ihnen, was passiert ist. Ionella wollte aussteigen aus eurem Baumaschinendeal und hat sich mit Ihrem feinen Onkel im Stadel verabredet. Dem war das unheimlich, deshalb hat er Sie dazugerufen. Womit Sie beide nicht gerechnet hatten, war, dass Ionella noch eine Zeugin mitbringt. Eine vorlaute Norwegerin. Beide Frauen waren unliebsame Zeuginnen und mussten weg. Rein ins Silo. Katze hinterher. Unfall. Alle tot, Klappe zu.«

Thomas Schmid schien schon an die Grenze seiner intellektuellen Kapazitäten zu stoßen, jedenfalls lauschte er Kathi mit offenem Mund. Auf seinem runden Schädel breiteten sich rote Flecken aus.

»Du Fotze!«, stieß er aus.

»Obacht!« Kathis Augen sprühten Gift.

»Ich sag gar nix mehr!«

»Na, außer diesem Schimpfwort haben wir von Ihnen bisher ja eher wenig gehört. Aber bitte, gerne. Ziehen Sie einen Anwalt zurate. Wir warten«, sagte Irmi.

Es blieb eine Weile still. Dann sagte Thomas Schmid: »Des war alles dem Onkel sei Idee. Weil der zu bled is, einen Hof zu führen.«

»Aha, das hat Ihr Onkel uns aber ganz anders erzählt. Er meint, die Baumaschinen seien Ihre Idee gewesen«, sagte Kathi leise, aber mit schneidender Schärfe. »Und wer hat die Frauen ins Silo geworfen? Sie beide miteinander? Oder haben Sie die Mädchen allein gepackt, Herr Schmid? Schade, dass Sie sie vorher nicht mehr so richtig hernehmen konnten, was?«

»Du verdammte Fotze! Du Bullensau!«

Irmi wandte sich an Sailer. »Der Herr Schmid wiederholt sich laufend. Er geht sich jetzt erst mal abkühlen. Und wenn er seinen Rechtsbeistand dabeihat, plaudern wir ganz gepflegt weiter. Von Bullenfotze zu Mädchenmörder.«

Sobald Thomas Schmid draußen war, ließ sich Kathi auf einen Stuhl sinken. »Brutal! Was für ein Arschloch!«

»Da kann ich dir nicht mal widersprechen«, sagte Irmi. »Wir können nur hoffen, dass wir die beiden gegeneinander ausspielen können und dass dann einer von ihnen umkippt und den anderen belastet. Ich würde mir den Stadel auch gerne mal ansehen. Außerdem sollten wir mit Renate Schmid sprechen. So ganz glaube ich nicht, dass sie nichts gewusst oder zumindest geahnt hat.«

Da Irmi so gar keine Lust auf den Ettaler Berg hatte, weil bestimmt wieder Lkw und Touristen im Schneckentempo hinaufzuckeln würden, beschloss sie, stattdessen über Grafenaschau zu fahren. Auf der Straße kam ihr irgendwann Bernhard mit dem Bulldog entgegen, er hatte die Seilwinde am Heck befestigt. Irmi ließ das Fenster herunter, und ihr Bruder öffnete die Tür.

»Griaß di, Schwester. Kathi, habe die Ehre!« Er grinste. Obwohl er überzeugter Junggeselle war und manchmal über die »gschnappige« Kathi schimpfte, hätte sie ihm rein optisch schon gefallen. Gottlob war der eher »festere« Bernhard weniger nach Kathis Geschmack. Und die junge Kollegin als Schwägerin – das wäre für Irmi ein Albtraum gewesen.

Man plauderte ein wenig, und Irmi versetzte es einen kleinen Stich, als sie die Motorsägen und den Fällheber sah und Bernhard erzählte, was er vorhatte. Sie wollte auch mal wieder ins Holz gehen. Nun ja, der Winter war lang, sie würde schon noch Gelegenheit dazu bekommen.

»Dein Bruder findet auch keine mehr«, sagte Kathi, als sie wieder losgefahren waren.

»Du willst ihn ja nicht.«

»Um Gottes willen. Der ist mir viel zu alt. Und zu g'wampert. Und du als Schwägerin, das wär ja der Horrortrip!«

Das war Kathi. Was Irmi sich kaum zu denken traute, sprudelte aus ihrer Kollegin munter heraus. Dass Kathi dabei sehr oft verletzend war, war ihr oft gar nicht bewusst. Sie vergaß auch schnell und war ehrlich bestürzt, wenn ihr nachtragendere Menschen noch Jahre später sagen konnten, wann sie ihnen das Kraut ausgeschüttet hatte.

»Und sonst ist keiner in Sicht? Mir hätte ja der Tiroler gefallen«, bemerkte Irmi.

»Wir treffen uns ab und zu. Zum Essen mit anschließendem Geschlechtsverkehr. Das kann er gut.«

Irmi tat der Mann leid. Er war richtig verschossen in Kathi, seit Jahren schon. Dass er sich auf so einen unverbindlichen Deal einließ, lag sicher nur daran, dass er hoffte, Kathi doch noch zu überzeugen. Andererseits war er auch bloß ein Mann. Besser den Sex in der Hand als die Ehefrau im Orbit.

»Was macht eigentlich Jens?«, erkundigte sich Kathi. »Weiß der überhaupt, dass du wieder in Deutschland bist?«

»Ich hab es ihm gesimst. Er ist irgendwo unterwegs. Es ändert sich ja nichts, ob ich nun in Norwegen oder hier bin.« Nein, es änderte sich nichts. Er blieb ein verheirateter Parttime-Lover. Und der Mensch, der immer in ihrem Herzen sein würde.

In Saulgrub bogen sie ab ins Ammertal, das sich hier weitete und einen schönen Blick auf Kofel und Pürschling freigab. Der Stadel lag tatsächlich unweit der Kappel. Es war ein großzügiger Neubau, wie man ihn eben hatte als Landwirt, und alles wäre wieder mal so schrecklich normal gewesen, hätten da nicht schon die Kollegen gestanden und auf sie gewartet. Man grüßte und redete ein paar Sätze. Ein Bauer tuckerte mit einem kleinen Allradbulldog vorbei und wäre vor lauter Halsrecken fast in eine Schneewechte gefahren. Heute Abend würde ganz Ugau wissen, dass die Bullerei beim Schmid gewesen war. Und wenn demnächst in der Zeitung zu lesen war, dass im Ammertal ein Baumaschinendiebstahl in größerem Ausmaß aufgedeckt worden sei, dann würde man im Dorf weitaus mehr wissen als das, was der Schreiberling zu Papier gebracht hatte. Wie immer würde das Wissen dann in konzentrischen Ringen nach außen hin abnehmen. Die einen würden noch wissen, wer dieser Schmid war, die Nächsten schon gespannt nach dem »Wer?« fragen müssen. Weiter draußen würde man die schaurigschöne Geschichte lesen, keinen kennen und sich wundern, dass es so was gab. Hier im beschaulichen Ammertal.

Unter dem unscheinbaren Holzmantel des Stadels befand sich tatsächlich eine Autowerkstatt mit Lackiererei. Der Hase sicherte Fingerabdrücke, die es natürlich zuhauf gab. Die würde man leicht den Schmid-Burschen zuordnen können, und weil der Hase schon wieder so leidend dreinblickte, flüchteten die Kommissarinnen den Hang hinunter und über die Bundesstraße, hinüber nach Scherenau.

Der Biobauernhof von Markus und Renate Schmid war unauffällig, ein kleines Holzschild verwies auf den Hofladen. Auch hier waren schon die Kollegen eingetroffen, um Beweismaterial zu sichern. Vor dem Wohnhaus standen ein paar neugierige Nachbarn und tuschelten miteinander. Irmi und Kathi gingen durch die offene Haustür und über den langen Gang in die Küche, wo Renate Schmid saß. Sie hatte geweint.

Als die beiden Kommissarinnen hereinkamen, blickte Renate Schmid hoch. »Habe ich das Ihnen zu verdanken?«

»Eher Ihrem Mann!«, rief Kathi und setzte sich rittlings auf einen Stuhl. Irmi zog sich ebenfalls einen heran.

»Frau Schmid, wussten Sie, dass Ihr Mann und Ihr Neffe Baumaschinen stehlen, umlackieren und in den Osten verschieben?«, fragte Irmi.

Renate Schmid wischte sich ein paar Tränen ab und sagte

mit gesenktem Blick: »Das glaube ich nicht. Das muss ein Irrtum sein!«

»Irrtum ausgeschlossen! Wussten Sie, dass die rumänischen Mädchen die Buchhaltung und die Übersetzerdienste übernommen haben?«

Die Bäuerin schwieg.

»Frau Schmid, die Mädchen waren bei Ihnen im Haus am PC! Das müssen Sie doch bemerkt haben!«

»Ja, aber die haben doch nur ein paar Briefe übersetzt, die Markus an rumänische Biobauern geschrieben hat. Er ist Mitglied in einem europäischen Bionetzwerk und wollte einfach mehr über die Produktionsbedingungen in solchen Ländern erfahren, nicht zuletzt um dort vielleicht Boden zu kaufen.«

Irmi war Landwirtstochter genug, um zu wissen, dass das gar nicht so abwegig war. Rumänien war ein fruchtbares Land und die Bodenpreise niedrig. Der Biomarkt boomte, und deutsche Bauern waren gar nicht mehr in der Lage, die große Nachfrage zu erfüllen. Rumänien exportierte längst in andere EU-Länder, auch weil die Preise für Bioprodukte für die Rumänen selbst viel zu hoch waren. So schlecht war die Idee also gar nicht. Vielleicht hatte Markus Schmid seiner Frau nicht nur eine hübsche Geschichte erzählt, um sie ruhig zu halten, sondern wirklich vorgehabt, in Rumänien Grund und Boden zu kaufen. Das Spielgeld dafür hatte er mit seinem Baumaschinenbetrug verdient.

Kathi schien weniger überzeugt. »Was für eine schöne Märchengeschichte, oder!«

»Das ist die Wahrheit!«

Irmi nickte Kathi unmerklich zu. Es war sinnlos, Renate Schmid zu attackieren. Sie würde doch nur zumachen.

»Frau Schmid, es mag ja durchaus sein, dass Ihr Mann da Kontakte knüpfen wollte«, lenkte Irmi ein. »Aber er hat sich trotzdem was dazuverdient, und zwar auf kriminellem Wege. Ich frage Sie jetzt noch mal: Wussten Sie davon?«

»Nein.« Renate Schmid begann laut zu schluchzen, und Irmi wusste nicht zu sagen, ob das Show war oder echte Verzweiflung. Sie hatte kein Gespür dafür, ob sie Renate Schmid glauben konnte oder nicht. Sie spürte rein gar nichts. Diese Frau entglitt ihr einfach.

»Ich weiß nicht, ob Ihnen klar ist, dass wir hier nicht von einem Kavaliersdelikt reden. Es geht um einige Hunderttausend Euro. Und um Mord!«

»Warum Mord?« Renate Schmid sah erschrocken aus.

»Finden Sie es nicht merkwürdig, dass Ionella aus der ganzen Sache aussteigen wollte und kurz darauf stirbt?«

»Aber mein Mann ist doch kein Mörder. Und wenn er wirklich Maschinen gestohlen hat, dann hat ihn Thomas dazu gezwungen. Bestimmt war es so. Mein Mann kann keiner Fliege was zuleide tun.«

Ach ja, die viel zitierte Fliege. Irmis Blick fiel auf einen dieser ekligen gelben Klebestreifen, der wohl noch vom Sommer übrig geblieben war. Hier tat man durchaus einer Fliege was zuleide. Frau Schmid würde sich auf eine längere Abwesenheit ihres Mannes einstellen müssen.

»Gleich kommt ein Kollege, der Ihren Computer mitnimmt. Wäre schön, wenn das reibungslos vonstattenginge«, sagte Kathi. »Und wenn Sie behaupten, Thomas hätte Ihren pazifistischen Mann gezwungen – warum sollte der sich denn so etwas gefallen lassen? Hat Thomas etwas gegen ihn in der Hand? Hat er ihn erpresst oder so?«

»Nein, also …« Sie brach ab.
»Also was?«
»Markus hat mal Milch …«
»Was ist mit der Milch?«, donnerte Kathi.
»Wir hatten mal eine Weile zu wenige Kühe, und da hat Markus die Milch von seinem Vater mit unserer zusammen abgegeben.«
»Ihr Mann liefert an einen Bioabnehmer silagefreie Milch und hat dann einfach Milch von Kühen aus konventioneller Landwirtschaft dazugeschüttet?«, fragte Irmi erschüttert.
»Ja, aber das war nur ein paarmal. Wir haben dann ja neue Kühe gekauft. Und das war ganz wenig Milch vom Xaver. Das verdünnt sich ja.«
Klar, das verdünnte und verwässerte sich doch! Und der Käufer der guten Heumilchprodukte würde es schon verschmerzen … Hinter der scheinbar korrekten Fassade gab es ungeahnte kriminelle Energie, stellte Irmi fest, aber vielleicht sah sie das wieder mal zu kritisch. Das war doch gar kein Betrug, sondern nur Verdünnung. Sie beherrschte sich mühsam. »Und Thomas hat davon gewusst?«
»Ja, und der ist so eine fiese Sau, dass ich dem schon zutrau, Markus zu erpressen.«
Eine Frau versuchte ihren Mann zu retten, und da verwandte sogar die eher verhaltene Renate deftige Ausdrücke. Hier ging es um ihr Leben.
»Nun, Frau Schmid, wir werden das alles prüfen. Wir …«
In diesem Moment klingelte Irmis Handy.
»Moment!« Sie nickte Kathi zu, mit einem Blick, der besagte, Kathi möge Renate Schmid bitte nicht zerfleischen. Dann ging sie vor die Tür.

Es war Jens. »Hallo. Ich habe deine SMS gelesen. Du bist zu Hause? Seit wann?« Er klang besorgt.

»Seit ein paar Tagen erst. Hier gibt es einen Fall, der ...« Wie sollte sie das am besten formulieren? Einen Fall, der nicht ohne sie auskam, vielleicht? Sie spürte, wie Jens sich bemühte, jeden Vorwurf zu unterdrücken. Sie hatte sich bei ihm quasi auf unbestimmte Zeit abgemeldet. Natürlich hatte er sich gewünscht, dass sie sich zwischendurch melden würde. Was hätte sie im Gegenzug gedacht, wenn er sich eine Auszeit genommen und sie dann erfahren hätte, dass er längst wieder mitten im Leben stand. Sie wäre sauer gewesen, enttäuscht. »Jens, ich freu mich, deine Stimme zu hören. Ich stecke bloß mitten in einer Befragung. Kann ich dich zurückrufen?«

»Sicher. Ich bin nur nicht immer erreichbar.« Das klang zwar neutral, doch er signalisierte ihr damit, dass auch er nicht immer und überall parat stand.

»Wo bist du denn?«

»In Russland. Melde dich, wenn du Luft hast. Und ... äh ... schön, dass du wieder da bist und arbeitest.«

»Jens, ich erklär dir alles. Ich probier's einfach bei dir, ja? Jens?«

Ein seltsames Pfeifen erklang und dann eine Stimme in einer Sprache, die sie nicht verstand. Als sie erneut anrief, meldete sich nur die Mailbox. Verdammt!

»Was Wichtiges?«, fragte Kathi, als Irmi wieder in die Küche kam.

»Nein, nur ein privates Problem.«

Kathi runzelte die Stirn, aber sie schwieg.

Die nächsten beiden Tage verbrachten sie mit zwei Herren, die sich als zähe Brocken erwiesen. Die Befragungen von Thomas Schmid mussten immer wieder abgebrochen werden, weil er mehrfach versuchte, Kathi an die Gurgel zu fahren. Irmi hatte Gelegenheit, ihr Repertoire an bayerischen Kraftausdrücken aufzufüllen. Es war unglaublich, wie viele Worte Thomas Schmid kannte, um Frauen zu beleidigen. Er gab sogar zu, dass Ionella ihr Pfefferspray zum Einsatz gebracht hatte, dabei habe er ihr doch nur einen Tee bringen wollen. Die Attacke hatte er offenbar gut weggesteckt, und Ionella hatte sich angeblich entschuldigt. Irmi blieb die Spucke weg bei so viel Dreistigkeit. Der Mann log, ohne rot zu werden. Der Anwalt tat Irmi beinahe leid.

Auch Markus Schmid strapazierte ihre Nerven über die Maßen. Wie zu erwarten, belasteten sich die beiden Männer gegenseitig. Thomas Schmid behauptete, sein Onkel habe ihn angefleht, er möge doch eine Idee entwickeln, wie man zu Geld käme. Und Thomas habe als guter Neffe ja nur seinem verschuldeten Onkel helfen wollen. Markus Schmid war in die ganze Sache irgendwie hineingeschlittert. Sein Neffe habe den Stadel ursprünglich nur ab und zu mal nutzen wollen. Als er Thomas beim Umlackieren ertappt und zur Rede gestellt habe, da habe Thomas ihn an die Sache mit der Milch erinnert. Erpresst habe er ihn, mit dieser winzigen Verfehlung, die ja nur aus der Not geboren war. Weil er keinen Staub habe aufwirbeln wollen, habe er dann mitgemacht. Natürlich nur ungern!

Markus Schmid sagte aus, tatsächlich Grund in Rumänien kaufen zu wollen, was die Auswertung seiner E-Mails auch bestätigte. Außerdem hatte man die Empfänger der Baumaschinen ausfindig machen können. Darum würden sich nun andere kümmern, die Kollegen waren mit der Polizei in Ungarn und Rumänien in Kontakt. Es würde zu Festnahmen kommen, aber das war für Irmi eine Randnotiz. Sie wollte wissen, wer die beiden jungen Frauen getötet hatte. Markus, der Bauernphilosoph, oder Thomas, die wandelnde Drohgebärde?

Bei der Untersuchung des Rechners war man auch auf eine E-Mail von Ionella an Markus gestoßen, in der sie ihn um ein Gespräch gebeten hatte: »Markus, ich muss dir sprechen. Wegen Maschienen. Heute Abend um 10 in Tenne von Xaver. Es ist dringent.«

Markus Schmid konnte bei der Vernehmung diese Verabredung nicht leugnen. Allerdings sei er nicht allein in die Tenne gekommen. Als er Thomas von Ionellas E-Mail erzählt habe, da habe dieser mitkommen wollen, um der kleinen »Karpatenfotze« mal zu erklären, dass man ihm so nicht kommen könne. Diesen Punkt stritt Thomas lange ab und behauptete, gar nicht im Stadel gewesen zu sein. Am Ende aber gab er zu, dass der Onkel ihn um Hilfe gebeten habe. Für Markus, »die dumme Verrätersau«, hatte er auch noch andere unschöne Wörter gefunden …

Am Ende hatten Irmi und Kathi ein relativ klares Bild von der Situation. Ionella hatte Markus Schmid angemailt. Der hatte natürlich Lunte gerochen und geahnt, dass da irgendetwas unrund lief. Er hatte Thomas informiert, woraufhin beide um zehn in den Stadel gefahren waren. Renate habe da schon geschlafen und seine Abwesenheit nicht bemerkt, hatte Markus ausgesagt. Thomas hatte seine Honda Dax genommen, die weiter vorn an der Straße in einer Garage stand – insofern mochte es stimmen, dass kein anderes Familienmitglied etwas von der Abwesenheit der beiden Herren erfahren hatte. Im Stadel hatten sie Ionella mit einem weiteren Mädchen vorgefunden, das sie nicht kannten. Die andere war die Wortführerin gewesen und hatte gesagt, dass Ionella mit der ganzen Sache nichts mehr zu tun haben wolle und dass die beiden Männer ihre Freundin in Ruhe lassen sollten, sonst würden sie zur Polizei gehen. Dort könne sie als Zeugin aussagen und habe alle einschlägigen E-Mails auf ihr Netbook geladen.

So weit deckte sich die Geschichte der Männer.

Markus Schmid hatte behauptet, den beiden Mädchen je tausend Euro ausgehändigt zu haben, als Schweigegeld. Die beiden hätten das Geld angenommen, und Runa habe daraufhin unter seinen Augen die E-Mails auf ihrem Netbook gelöscht. Anschließend sei er gegangen. Dass er wegen »ein paar so Weibsen« so viel Geld eingebüßt hatte, das habe ihn schon sehr gefuchst. Was Thomas dann noch gemacht hatte, wusste er angeblich nicht.

Thomas Schmid bestätigte, dass »diese kleine norwegische Hure« die Mails gelöscht habe. Dann habe er den Onkel beiseitegenommen und gesagt, er sei doch ein Volldepp, weil er nun erpressbar sei. Diese kleinen Miststücke würden das sicher ausnutzen. Der Markus sei allerdings total verstockt gewesen und habe gemeint, das sei schon in Ordnung mit dem Geld. Dann sei er wütend hinausgestürmt und habe noch gerufen, Thomas solle in Zukunft »seinen Scheiß alleine machen«. Dann sei er selbst auch gegangen, sagte Thomas. Den Stadel bei der Kappel wollte er im Übrigen schließen, überhaupt wolle er mit Markus nicht mehr zusammenarbeiten.

Zwei Männer und eine schöne Geschichte, die sich lediglich in der Pointe unterschied. Einmal war der pastorale Markus der gute Mitläufer gewesen, einmal hatte der hoch aggressive Thomas seinem Onkelchen nur helfen wollen. In beiden Versionen war Thomas am Ende mit den Mädchen allein gewesen.

Von hier an gab es nach Irmis Einschätzung zwei Varianten: Entweder hatte Thomas den Onkel davonlaufen sehen und die ganze Sache in seine Hände genommen. Er hatte einfach mal aufgeräumt mit den Weibern – nachhaltig und endgültig. Mädels entsorgt, Katze hinterher, der Kas war bissn. Oder aber – und das war die zweite Variante – Markus war doch zurückgekommen und hatte eines der Mädchen ins Silo geworfen. Er hätte ja nur warten müssen, bis die andere zu Hilfe kam und starb. Dann die Katze hinterher, um das Ganze plausibler aussehen zu lassen ...

Aber wie war es zu dem Brand gekommen? Keiner von ihnen habe gezündelt, beteuerten sie. Und Irmi war fast versucht, zumindest diesen Teil der Geschichte zu glauben. Aber wer hatte dann so ein loderndes Scheunenfest aufgeführt?

Die beiden Männer saßen nun in U-Haft, und Irmi hoffte, einer von ihnen werde endlich reden. Doch sie wiederholten immer wieder, dass sie doch niemals jemanden ermorden würden.

Die restliche Familie war natürlich bass erstaunt angesichts der kriminellen Machenschaften, keiner hatte etwas gehört, gesehen, geahnt. Vroni war heulend zusammengebrochen und hatte gesagt, dass ihr Bruder zwar manchmal ein bisschen aggressiv rüberkomme, aber doch niemals ein Mörder sei. Irmi war überrascht, dass sie ihn so löwenhaft verteidigte. Aber am End war wohl auch hier Blut dicker als Wasser. »Er war das nicht. Er war das nicht«, hatte sie immer wieder gestammelt.

Anna Maria war völlig erschüttert gewesen, wozu ihr Vater fähig war. Aber sie beteuerte seine Unschuld mit so einer Inbrunst und Verzweiflung, dass Irmi sich ernsthafte Sorgen um das Mädchen machte.

Die Frauen der Familie waren alle völlig aus der Bahn geworfen – aus den Bahnen ihres geregelten Lebens. Tricksen, stehlen, betrügen, verdünnen – ja. Mit Vergewaltigung drohen, mit Bierkrügen um sich schmeißen – auch. Aber Mord – niemals! Irmi fand es beängstigend, wie viele moralische Grauzonen die Schmids zuließen. Zugleich schlossen sie natürlich vehement aus, dass ein Familienmitglied in der Aggressionsskala eine Stufe weitergegangen sein sollte.

Aus ihrer langen Berufserfahrung wusste Irmi nur zu gut: Wer so viel kriminelle Energie hatte, dem war letztlich auch Mord zuzutrauen. Die Schmids waren eine schrecklich normale Familie. Und eine so dehnbare Auffassung von Recht und Moral hatte so mancher hier im Werdenfels. Kavaliersdelikte reichten weit, nur Mord war unverzeihlich.

In solchen Momenten sehnte sich Irmi nach Norwegen zurück, wo die Luft klar war und das Licht wegdämmerte. Dabei wusste sie sehr wohl, dass sie die Inseln im Nordmeer idealisierte. Wäre sie dort tiefer in die Strukturen eingedrungen, hätte sie vermutlich feststellen müssen, dass die Norweger keinen Deut besser waren. Menschen waren so, überall: feige und rückgratlos – man konnte sich eben vieles schönreden unter dem Deckmantel der Toleranz.

Irmi versuchte, ihre negativen Gedanken zu unterdrücken, auch wenn es ihr schwerfiel. Außerdem merkte sie, wie die Sache mit Jens an ihr nagte – mehr, als sie sich eigentlich eingestehen wollte.

In dem ganzen Kuddelmuddel hatte letztlich Rita gewonnen: Der alte Xaver war nun auch im Altersheim in Oberammergau untergebracht. Als Irmi probierte, ihn noch mal wegen der Brandbombe zu befragen, verweigerte er jedes Gespräch. Er saß nur mit geschlossenen Augen da und atmete schwer. Irmi erzählte, dass sie Markus und Thomas verhaftet hatten, sie konfrontierte ihn mit den gestohlenen Baumaschinen. Immerhin sei es ja sein Stadel, den die Männer da missbraucht hatten.

»So einfach ist das alles nicht, Frau Oberamtskommissar«, sagte er irgendwann.

»Was ist nicht einfach? Herr Schmid, wenn Sie etwas wissen, was uns weiterhilft, müssen Sie mir das sagen, bitte.«

»Schöne Frau, ich muss gar nichts. Sterben muss ich bald. Jetzt sind andere dran.«

»Und die dürfen morden? Wollen Sie etwa tolerieren, dass Ihr Sohn oder Ihr Enkel ein Mörder ist?«

»Man bekommt selten das, was man will«, sagte er, und aus seinen geröteten Augen liefen ein paar Tränen. Dann begann er erbärmlich zu husten. Immer stärker. Irmi drückte auf den Notknopf, und eine Pflegerin stürmte herein, zog von irgendwo ein Spray hervor und schrie: »Raus hier!«

Betroffen trollte sich Irmi zum Parkplatz. Da war etwas. Der Alte wusste mehr, das spürte sie. Aber sie hatte es versemmelt. Seit Tagen machte sie ihre Arbeit nicht so gut wie sonst. Ihre Fragetechnik war einfallslos, sie hatte zu wenig Biss.

Irmi dachte an Jens. Sie konnte gar nicht zählen, wie oft sie inzwischen versucht hatte, ihn zurückzurufen. Mailbox, immer nur die Mailbox. War das das Ende?

8

Irmi saß bedrückt beim Abendessen. Wobei das großartiger klang, als es war. Es gab ein Käsebrot, ein paar Essiggurken und dazu ein Bier, mehr nicht. Die bettelnde Katertruppe war angewidert abgezogen. Käse hätten sie gefressen, aber der Gurkenessig hatte den guten Geschmack ruiniert.

Plötzlich ging die Tür auf, und Bernhard kam herein.

»Du hast Besuch.«

Er trat zur Seite und dirigierte mit einer linkischen Geste einen älteren Mann herein. Irmi meinte, ihn schon mal gesehen zu haben, wusste aber nicht so genau, wo sie ihn hinstecken sollte.

»Hochwürden, setzen S' Eahna doch«, sagte Bernhard.

»Danke, den Hochwürden lass mal weg. Ich bin Pfarrer a. D.«

Jetzt fiel es Irmi wieder ein: Das war ein ehemaliger Gemeindepfarrer aus dem Loisachtal. Ein guter Mann und ein echter Seelsorger. Einer, der auch Leute bestattet hatte, die aus der Kirche ausgetreten waren. Der sogar »Born to be wild« in der Kirche hatte spielen lassen, weil das der Lieblingssong des verstorbenen jungen Mannes gewesen war. Das hatte damals eine Mordsaufregung gegeben.

Sie erhob sich. »Grüß Gott.«

»Bleiben S' sitzen. Ich platz hier so rein.«

Irmi lächelte. »Kein Problem. Leider kann ich Ihnen außer einem Bier nichts anbieten.«

»Passt scho. Bier ist gut.«

Bernhard holte eins aus der Speis und suchte nach einem Glas.

»Das Flascherl reicht«, sagte der Pfarrer.

»Ja ... äh ... ich geh dann mal«, druckste Bernhard herum. »Sie wollen ja zu meiner Schwester. Hat mich gefreut.«

»Mich auch«, sagte der Pfarrer und lächelte. »Auch wenn du ein furchtbar schussliger Ministrant gewesen bist. Da kippt der mir die Hostien vor die Füß!«

Irmi gluckste. Bernhard lief rot an und stolperte hinaus.

Die beiden Bierflaschen klangen aneinander, und sie tranken schweigend. Irmi wartete.

»Sie wundern sich sicher, dass ich herkomme«, sagte er schließlich.

»Ein wenig schon. Ich glaub ja nicht, dass Sie hier sind, weil Sie so launige Erinnerungen an meinen Bruder haben. Und ich hab nie ministriert. Mädchen waren damals noch nicht so gefragt.«

»Etwas schlauer ist die Kirche zwar geworden, und doch vertreibt sie all ihre Schäfchen. Nun ist der bayerische Bene weg, aber ob der Argentinier die Kirche reformieren kann? Ich bezweifle das. Die Unseren schwängern weiter ihre Haushälterinnen oder missbrauchen Schutzbefohlene. Ein Sauhaufen ist das, was sich Abgesandte Gottes nennt. Aber es sind halt Menschen, nicht mehr und nicht weniger.«

Irmi betrachtete den Mann interessiert. Harte, klare Worte von einem Kirchenmann.

»Ja, Frau Mangold, es menschelt, aber ich bin nicht hergekommen, um philosophische Betrachtungen über das Wohl und Wehe der Kirche anzustellen. Auch nicht wegen Ihres Bruders, wobei er mir von den vielen Ministranten gut im Gedächtnis ist. Er hat sich kaum verändert. Immer noch dasselbe Lausbubengesicht.« Er lächelte. »Aber um auf den Punkt zu kommen, Frau Mangold ...«

»Irmi reicht.«

»Irmi, gut. Es geht um diese Sache in Unterammergau. Es ist, nun ja, ein wenig heikel. Drum komm ich auch so privat und nicht in Ihr Büro.«

Irmi schwieg. Die Erfahrung lehrte sie, dass Schweigen oftmals Gold war und Zungen lockerte. Es war offensichtlich, dass der alte Mann mit sich zu ringen hatte.

»Ich breche das Beichtgeheimnis. Gott hat mir leider kein Zeichen gegeben, ob das, was ich hier tue, richtig ist.«

»Haben Sie ihn denn gefragt?«

Er lächelte. Und auf einmal leuchtete er von innen heraus. Es gab solche Menschen. Leider nur wenige.

»Ja, das hab ich. Und gerade ich müsste wissen, dass Gottes Zeichen manchmal sehr schwer zu erkennen sind. Aber sei es drum.«

Er atmete tief durch und begann zu erzählen. Davon, dass eines schönen Tages vor etwa sieben Jahren Xaver Schmid zu ihm gekommen war. Zwar gehörte Unterammergau nicht zu seinem Sprengel, aber er hatte eben den Ruf gehabt, ein renitenter, unkonventioneller Pfarrer zu sein. Schmid hatte gefragt, ob er denn auch bei ihm beichten könne. Was ihm natürlich erlaubt gewesen war, denn Gott sei nicht an Gemeindegrenzen gebunden, meinte der Pfarrer. Xaver Schmid hatte von einer Zeit erzählt, die nicht die beste in seinem Leben gewesen war. Oder vielleicht doch. Von einer Zeit des Ausnahmezustands, von einer Zeit falscher Parolen und richtiger Gefühle. Er hatte im Krieg ein Mädchen gefunden.

Obwohl er doch zur Besatzungsmacht gehört hatte. Ein Mädchen, das er geliebt hatte. Das ihn verzaubert hatte. Das schwanger geworden war. Im Winter 1944/45 sahen sich die Deutschen zum Rückzug gezwungen. Schmid musste gehen, das Mädchen blieb zurück. Und mit ihr das ungeborene Kind. Auf die Kriegswirren folgten die Nachkriegswirren. Anfangs hatte er noch gehofft, seine große Liebe zu sich holen zu können. Aber wie das Leben so spielt, kamen Hunger und Existenzangst der Nachkriegszeit dazwischen, danach der Wiederaufbau. Im täglichen Kampf werden bunte Bilder blasser und blasser. Und irgendwann hatte er sich nicht mehr getraut. Das bunte Bild war längst schwarz-weiß geworden, aber er trug es noch im Herzen. Und wie es so ist im Leben, verpasste er viele richtige Zeitpunkte, und er verpasste jene, die schon nicht mehr richtig gewesen wären, aber noch möglich. Und zu irgendeinem Zeitpunkt war es unmöglich und zu spät.

Irmi hatte gebannt zugehört, weil der Pfarrer einen großartigen Erzählstil hatte, weil er mitfühlte und doch kein falsches Pathos bemühte.

»Irmi, sehen Sie, ich habe von der Tragödie gehört. Es hat etwas gedauert, bis die ganze Geschichte die hohe Schwelle vom Ammertal hier herunter geschafft hatte. Natürlich war es ein Leichtes zu erfragen, um wen es ging. Ich habe auch in der Zeitung gelesen, dass es da eine böse Betrugsgeschichte mit Baumaschinen gab. Und ich weiß, dass Markus und Thomas Schmid in Untersuchungshaft sitzen. Natürlich habe ich auch erfahren, dass beim Schmid eine junge Rumänin und eine junge Norwegerin gestorben sind.«

»Und Sie sehen da einen Zusammenhang zum Senior?«

»Xaver Schmid war während des Zweiten Weltkriegs in Norwegen stationiert. Dort hatte er eine norwegische Freundin, die er am Ende der Besatzungszeit im Stich lassen musste. Er hat sein Kind nie kennengelernt, aber was, wenn er auch eine Enkelin hatte?«

Irmi lief es plötzlich eiskalt den Rücken hinunter. Eine junge Norwegerin kommt ausgerechnet auf dem Hof jenes Mannes ums Leben, dessen Dasein so tragisch mit ihrem Heimatland verknüpft ist. Wirklich nur Zufall?

»Wo in Norwegen war er denn?«, fragte Irmi, weil sie ihr Gedankenwirrwarr mit einer konkreten Frage kanalisieren wollte.

»In der Finnmark. Er gehörte zu einer U-Boot-Besatzung. Wissen Sie, Irmi, er war wie so viele im Porsangerfjord zum Warten verdammt. Die Soldaten waren oft junge Männer, die endlich einen Einsatz erleben wollten. Viele von ihnen haben sich dort regelrecht gelangweilt und sich voller Tatendrang wegbeworben an die Ostfront. Xaver Schmid hat das nicht getan, weil er dieses Mädchen kennengelernt hatte und in seinem Leben viel wichtigere Dinge passiert sind, als Straßen- und Küstenbefestigungen zu bauen. Er liebte. Und er spielte mit seiner Militärkapelle in Honningsvåg zum 1. Mai und unterhielt die Bevölkerung. Wissen Sie, Frau Mangold, ach, Irmi, wissen Sie, Krieg ist ja nichts Abstraktes. Der Krieg ist die Summe von Millionen Einzelschicksalen.«

Irmi betrachtete den braun gebrannten Mann, dessen Gesicht von vielen Linien durchzogen war, dessen Augen aber so jung wirkten. »Herr Pfarrer, nehmen Sie an, die tote junge Frau könnte wirklich Xaver Schmids Enkelin gewesen sein?«

»Drängt sich der Verdacht nicht auf?«, entgegnete der Pfarrer fast verzweifelt.

»Haben Sie irgendeinen Anhaltspunkt? Ist Schmid noch mal zu Ihnen gekommen?«

Der Geistliche schüttelte den Kopf. »Vielleicht hätte ich besser nicht ...«

»Nein, um Gottes willen ...« Irmi stutzte. Wie oft verwendete man diese Redewendung. Wenn dieser Gott bloß mal offenbaren würde, was sein Wille war. »Es ist gut, dass Sie gekommen sind. Wirklich! Ich bin nur etwas irritiert, weil wir bisher immer davon ausgegangen sind, dass die junge Rumänin ermordet wurde und Runa, die Norwegerin, sozusagen in die Schusslinie gekommen ist. Wir glauben, die beiden jungen Frauen wurden umgebracht, weil Ionella aus dem miesen Betrugsgeschäft mit diesen Baumaschinen aussteigen wollte. Sie hatte im Auftrag der Herren Schmid die Korrespondenz mit den rumänischen Kunden übernommen. Die junge Norwegerin hatte sie aber davon überzeugt, die Mitarbeit zu beenden. Es ist sogar Schweigegeld geflossen.« Irmi hielt inne. »Ihr Beichtgeheimnis gilt immer noch, oder?«

»Natürlich bleibt das unter uns. Ich trage das nirgendwohin. Das würde dann ja bedeuten, dass die beiden Schmids nicht nur Baumaschinen gestohlen haben, sondern Mörder sind?«

»Ja, das ist der aktuelle Stand, die beiden Männer leugnen aber.«

»Und dann komme ich mit so einer seltsamen Geschichte aus der Vergangenheit. Ich muss mich entschuldigen.«

»Nein, ganz im Gegenteil. Alles, was ich erfahre, kann wie

ein Puzzleteilchen das Gesamtbild vervollständigen. Und das hier könnte sogar ein Eckstück sein.«

Er nickte.

»Kannten Sie den alten Schmid denn näher? Oder die übrige Familie?«, fuhr Irmi fort. »Ich habe das Gefühl, immer nur an der Oberfläche zu kratzen. Xaver Schmid muss früher mal ein ziemlicher Hallodri gewesen sein, oder?«

Der Pfarrer lächelte wieder. »Xaver kommt aus ganz kleinen Verhältnissen. Kennen Sie die Geschichte Unterammergaus?«

»Ein wenig.«

»Dann wissen Sie sicher, dass man sich in den Bergen irgendwann auf die Suche nach Edelmetallen machte und dabei eine Plattenschicht entdeckte, die Kieselerde enthielt und sich zum Schärfen von Metallklingen eignete. Damit war die Grundlage für die Wetzsteinindustrie gelegt. In den goldenen Zeiten des 19. Jahrhunderts war man auf den Messen in Leipzig vertreten und lieferte Wetzsteine bis nach Budapest. Man kehrte mit viel Geld in der Tasche zurück und baute großzügig. Trotz zweier Dorfbrände gibt es heute noch rund fünfunddreißig Gebäude in Unterammergau, die unter Denkmalschutz stehen. Es ist ein schöner Ort mit stolzen Bewohnern. Xaver Schmid jedoch stammt aus einer bitterarmen Kleinhäuslerfamilie, die nicht vom Wetzsteinboom profitierte. Der Vater starb früh an einer Lungenentzündung, und die Mutter musste sich und die vier Buben irgendwie durchbringen. Xaver war sicher intelligent, aber bis dahin ohne Chance. Ihm kam der Krieg im Grunde gelegen. Ja, das muss ich so sagen. Er konnte weggehen, ins Abenteuer reiten. Warum er als Ammertaler ausgerechnet bei der Marine landete, weiß ich auch nicht. Aber er hatte sicher eine Menge Improvisationstalent und Überlebenswillen im Gepäck. Ich weiß nur, dass er irgendein Patent erfunden hat, das ihm der Amerikaner angeblich Ende der Vierzigerjahre abgekauft und das ihm noch lange danach lukrative Erträge gebracht hat.«

»Er war also begütert? Oder ist es noch?«

»Zumindest wird er nicht durch seine Landwirtschaft zwei Höfe und mehrere Bauplätze in Bad Bayersoien erwirtschaftet haben. Einige Jahre nach seiner Rückkehr aus dem Krieg hat er jedenfalls anderen Bauern Grund abgekauft. Eigentlich das ganze Wiesmahd auf der Kappeler Seite bis Wurmansau. Auf der anderen Talseite hat er sehr viel Wald erworben, droben am Köpfel. Das war ziemlich klug, früher war Wald nichts wert. Heute schon.«

»Das gehört alles Xaver Schmid?«

»Ich schätze mal, fünfzig Hektar Wiesen und weitere hundert Hektar Wald.«

Irmi pfiff durch die Zähne. »Das Wiesmahd ist wenig wert, aber der Wald!«

»Teile vom unteren Wiesmahd wurden dann in den Fünfzigern bebaut, dabei hat er Geld gemacht, viel Geld, keine Frage.«

»Dann hat er die Burgi ja gar nicht geheiratet, weil sie wohlhabend war! Das wurde uns nämlich erzählt. Dabei hatte er das doch gar nicht nötig, oder?«

»Nein, ich glaube, er hat das getan, weil sie aus einer der alten Wetzsteinmacherdynastien stammt. Er wollte den Makel seiner Kindheit ausmerzen.«

»Die Burgi wurde mir als eher zwider beschrieben. Haben Sie sie kennengelernt?«

»Sie war immer schon eine eher spröde Frau. Nicht unrecht, aber mit Sicherheit die völlig falsche Partnerin für Xaver. Die beiden hätten sich trennen sollen. Nicht als die Kinder klein waren, aber später.«

»Eine unorthodoxe Ansicht für einen Geistlichen, der doch eine Ehe schließt, die halten soll, bis dass der Tod sie scheidet«, sagte Irmi und hoffte, sie war damit nicht zu weit vorgeprescht. Sie kam auch noch aus einer Generation und aus einer Lebenswelt, in der man Respekt vor dem Lehrer und dem Pfarrer gelernt hatte.

»Wie gesagt, ich bin im Ruhestand, Frau Mangold. Ich bin Jahrgang 1943 und würde lügen, wenn ich sage, ich hätte vom Krieg noch viel mitbekommen. Aber ich habe eine Erinnerung an die späten Vierzigerjahre und die frühen Fünfziger. Da zählten andere Werte als Selbstverwirklichung. Da war keine Zeit für Lebensreflexion. Da musste man was zu essen organisieren, Heere von Flüchtlingen unterbringen, Häuser wieder aufbauen. Damals wurden viele Ehen nicht im Himmel geschlossen. Manche hat diese Zeit auch zusammengeschweißt, andere nicht.«

»Aber was für ein Typ war Xaver denn nun?«

»Das ist sehr schwer zu beschreiben. Er war ein Charmeur. Hallodri würde ich gar nicht sagen. Er war so eine Art Gottvater persönlich.« Er lachte. »Das dürfte ich auch nicht sagen, aber er breitete seinen Mantel aus. Er nahm Menschen unter seine Fittiche, er war immer sehr großzügig, wenn jemand Hilfe brauchte, und im Wirtshaus schmiss er auch gern mal eine Lokalrunde. Zu beurteilen, ob er das aus

Berechnung tat, steht mir nicht zu. Vielleicht hat er sich damit auch Freundschaften erkauft, aber er war halt ein Rattenfänger, ein Menschensammler. Er konnte begeistern. Und viele Frauen erlagen seinem Charme. Ich weiß, Polygamie ist nicht gerade das Credo meiner Kirche, aber Xaver Schmid war ein Mann, der wirklich glaubte, mehrere Frauen glücklich machen zu müssen. Und zwar müssen, nicht bloß können. Er hätte auch gut damit leben können, mit zwei oder drei Geliebten unter einem Dach zu wohnen. Was Burgi natürlich nie erlaubt hätte. Sie war introvertiert, mochte keine Menschenaufläufe und riesigen Feste, wie Xaver sie zu geben pflegte. Das setzte ihr zu, sie konnte sich da nicht entspannt bewegen. Im Einzelgespräch war sie hingegen sehr herzlich und klug. Xaver hat sie einfach überrollt.«

»Und betrogen?«

»Ja, immer wieder, und das Komplizierte an seiner verschrobenen Denkweise war, dass er diese anderen Frauen nicht wie Geliebte zum Zeitvertrieb hielt, sondern auch denen als Ernährer und Gönner gerecht werden wollte. Er kreiste als Zentrum in seinem eigenen Universum, das für ihn selbst ganz schlüssig war. Nur war das für die Welt rundum nicht eben leicht zu verstehen.«

»Aber seine Söhne litten doch sicher darunter, oder?«

»Ich kenne die beiden nicht sehr gut. Aber ich glaube, Markus hat den Gegenentwurf gewählt und will eine perfekte Einehe führen. Und Franz trinkt, der hat immer schon getrunken. Wissen Sie, ich bin Pfarrer, kein Psychologe.«

Vielleicht aber ein besserer Therapeut, als die meisten ausgebildeten Psychologen es waren, dachte Irmi und sagte:

»Lassen Sie mich mal ein wenig laienhaft herumpsychologisieren: Hat er das alles getan, um seine erste große Liebe zu vergessen? Oder wollte er etwas wiedergutmachen, indem er andere Frauen beglückte? Vorausgesetzt, man folgt seiner kruden Logik.«

»Möglich, Irmi, gut möglich. Wir blicken den Menschen ja nur ins Gesicht, man kann immer mogeln. Wir sehen ja nicht in die Herzen. Auch ich bin kein Hellseher.«

Sie schwiegen eine Weile und tranken Bier.

»Ich werde mit Xaver Schmid reden müssen«, sagte Irmi nach einer Weile zögerlich.

»Sie meinen, Sie müssen ihm sagen, dass ich ihn denunziert habe?«

»Eventuell ...«

»Wenn das Gottes Wille ist. Irmgard, Sie sind eine kluge, besonnene Frau. Sie machen das schon richtig. Ich bin ein alter Mann. Und Xaver Schmid ist ein uralter Mann, und er kam zu mir, weil er dachte, dass er bald sterben würde. Es ist nicht immer gut, Wahrheiten tief in sich zu verschließen. Auch Xaver Schmid konnte es letztlich nicht. Vielleicht habe ich ihn nun verraten. Vielleicht aber habe ich ihm am Ende geholfen. Das entscheiden Sie, Irmi.«

»Danke für die Blumen, Herr Pfarrer. Ich habe gerade kurz nachgerechnet. Wenn das Kind 1945 geboren worden wäre, dann war Runa als Enkelin aber viel zu jung. Sie war bei ihrem Tod dreiundzwanzig. Mal angenommen, ihre Mutter war Xaver Schmids Tochter, dann müsste sie Runa ja mit weit über vierzig bekommen haben? Oder aber Xaver hat in Norwegen einen Sohn gezeugt ...«

Der Pfarrer überlegte eine Weile. »Sie haben recht. Anfang der Neunziger, als diese Runa geboren wurde, war es noch unüblich, so spät Kinder zu bekommen, höchstens als Nachzügler. Heutzutage kommt es häufiger vor, dass Frauen sich selbst verwirklichen und erst kurz vor den Wechseljahren ein Kind bekommen, oder? In diesen modernen Zeiten sind Frauen mit vierzig doch so strukturiert, wie meine Mutter es mit fünfundzwanzig war. Wenigstens hat es den Anschein oder soll zumindest den Anschein haben.« Den letzten Satz betonte er so, dass man sich seinen Teil dazudenken konnte. Konnte, nicht musste.

Irmi unterdrückte ein Lächeln. »Herr Pfarrer, wissen Sie irgendetwas von einem Testament? Eine der Enkelinnen befürchtet, Xaver Schmid habe darin vielleicht eine der Pflegekräfte bedenken wollen. Aber was, wenn er nun eher seine norwegische Enkelin oder Urenkelin eingesetzt hat?«

Der Pfarrer schüttelte den Kopf. »Davon weiß ich nichts. Wenn ich genauer darüber nachdenke, kommt mir das alles nun doch recht abwegig vor. Es müsste dann ja wirklich eher die Urenkelin sein. Ich hätte Sie wirklich nicht aufsuchen dürfen. Ich glaube nur nicht, dass Markus Schmid zu einem Mord fähig ist.«

»Und Thomas?«

»Auch nicht. Sie kennen doch diese Pappenheimer, Irmgard. Ganz große Klappe. Im Burschenverein immer vorne dran. Auch beim Saufen. Aber Mord? Nein.« Er stand auf. »Ich möchte Ihnen Ihre Zeit nicht weiter stehlen, meine Liebe. Natürlich stehe ich gern zur Verfügung, wenn ich Ihnen schon so einen nächtlichen Floh ins Ohr gesetzt habe. Gott sei mit Ihnen.«

Irmi erhob sich ebenfalls. Ihr war auf einmal so feierlich

zumute. Den Segenswunsch sagte dieser Pfarrer nicht einfach so dahin, und was seine Überlegungen zum aktuellen Fall betraf, so war das kein Floh, sondern etwas viel Größeres.

Als der Pfarrer wieder gegangen war, kam Bernhard hereingeschlichen und blieb einfach stehen, als wollte er wissen, worum es in ihrem Gespräch gegangen war. Doch Irmi wollte und konnte ihm nichts davon erzählen.

»Immer noch ganz schön fit, der Herr Pfarrer«, sagte sie fast zu burschikos, wünschte ihrem Bruder eine gute Nacht und ging in ihr Zimmer. Der Abend hatte sie berührt, weil sie nur selten auf Menschen traf, mit denen Gespräche beglückend waren.

Aber sie war auch alarmiert. Ein Verdacht, der sich im Verlauf der Ermittlungen schon ab und zu angeschlichen und leise geklopft hatte, pochte nun heftiger. Was, wenn es gar nicht um die Rumänin und die gestohlenen Baumaschinen ging? Was, wenn Ionella das Bauernopfer geworden war und der Anschlag eigentlich Runa Dalby gegolten hatte?

Ihr Handy rutschte vibrierend über den Nachttisch. Es war nach elf. Irmi sah aufs Display. Als sie sah, dass es Jens war, erschrak sie kurz und war nahe dran, es einfach weitervibrieren zu lassen. Sie war innerlich gar nicht auf ein Gespräch eingestellt, sooft sie auch versucht hatte, ihn zu erreichen. Dann ging sie doch ran.

»Hallo, Jens, ich freu mich so. Ich hatte es schon mehrmals versucht, aber ...«

»Ich bin öfter mal dort, wo das Netz versagt. Entschuldige ... Wir haben beim letzten Mal ja nur kurz ... Du bist wieder in Deutschland, Irmi. Warum?«

»Wäre ich dir in Norwegen lieber?«, fragte sie und fand diese Äußerung schon im nächsten Moment völlig daneben.

Er seufzte. »Irmi, du wärst mir am liebsten hier, wobei ich dir das nicht zumuten möchte. Murmansk lässt es etwas an Romantik vermissen. Aber es wäre eindeutig näher nach Norwegen. Ich habe mit dem Gedanken gespielt, dich dort zu besuchen. Aber ich wusste ja nicht ... Egal! Wie geht es dir? Störe ich dich?«

»Natürlich störst du nicht. Du musst doch wissen, wo ich bin.«

»Zu Hause, das habe ich verstanden. Aber du wolltest doch ...«

»Ich *musste* zurück«, fiel Irmi ihm ins Wort. »Nein, ich wollte. Wirklich. Ich habe mich als geheilt entlassen.«

»War das nicht zu früh? Du steckst doch schon wieder mitten in einem Fall, oder? Bist du deshalb zurückgekommen? Kann Kathi das nicht mal alleine?«

»Doch, bestimmt. Aber ich *wollte.*« Das klang etwas zu scharf. Aber es war eben so schwierig, all diese Dinge am Telefon zu besprechen. Sie hätte mindestens ein ganzes Abendessen unter vier Augen benötigt, um ihm ihre Gefühle zu erklären. Ihm von dieser neuen Sicherheit zu erzählen, die sie jetzt empfand, da sie wieder in ihr Leben zurückgekehrt war, das sie doch liebte, so, wie es war. Von diesem Wissen, dass es immer eine Tür gab, dass man nur lernen musste, sie auch zu öffnen.

Er ruderte zurück. »Na ja, es geht mich ja auch nichts an.«

Natürlich ging es ihn etwas an. Wohin lief das Gespräch nur? Sie hatte sich nach ihm gesehnt, warum verbockte sie es schon wieder?

»Jens, ich bin hier, und das ist gut so. Ehrlich. Magst du etwas über den Fall wissen?«

»Darfst du denn darüber sprechen?«

»Das sind doch keine Staatsgeheimnisse. Ich hoffe nur, die Russen oder die USA hören dich nicht ab. Das ist ja recht beliebt geworden. Was machst du überhaupt in Murmansk?«

»Die Software der staatlichen Fischereiflottenakademie modifizieren.«

»Dann bist ja du der Geheimnisträger, Jens Bond! Ich frag besser nicht weiter. Oder doch? KGB?«

Es war gut, dass sie das Ruder hatte herumreißen können, um in ein offenes Fahrwasser hinauszusteuern.

»Es ist halb so spannend. Fischfangquoten. Werftarbeiten. Klimamodelle zum Golfstrom, der Murmansk momentan noch einen eisfreien Hafen beschert. Nichts Geheimes. Aber erzähl doch, soweit du eben darfst.«

Und sie erzählte. Es wurde ein langes Gespräch zwischen Schwaigen und Murmansk. Was für eine skurrile Welt, dachte Irmi. Da plauderte sie mit einem Mann in Russland über eine tote Rumänin und eine tote Norwegerin und saß währenddessen auf ihrem Bett in Schwaigen bei Eschenlohe. Zwei urbayerische Kater schnurrten derweil sonor und sandten Wellen kätzischen Wohlbefindens über die Telefonleitung nach Murmansk.

Irmi berichtete von Ionella, die Teil eines verbrecherischen Systems geworden war, und deren voranpreschender norwegischer Freundin. Und erklärte ihm ihre derzeitige Annahme, dass die beiden Frauen zu einem massiven Störfaktor in jenem System geworden waren, das eben noch so gut funktioniert hatte, und deshalb aus dem Weg geräumt werden mussten.

»Doch diese Hypothese überzeugt dich nicht?«

»Die Tatverdächtigen geben zwar zu, vor Ort gewesen zu sein und sich auch mit den Mädchen getroffen zu haben, aber den Mord leugnen sie. Und dann ist vorhin, als ich beim Abendessen über den Fall nachgegrübelt habe, auf einmal der Pfarrer vorbeigekommen.«

»Der Pfarrer?«

Irmi erzählte, dass Xaver Schmid ein uneheliches Kind in Norwegen gezeugt habe. Und dass erst der Pfarrer sie auf die Idee gebracht hatte, dass es einen Zusammenhang geben könnte.

»Die eine Tote ist die Enkelin, meinst du?«

»Das hat jedenfalls der Pfarrer vermutet. Dabei sind wir nicht mal sicher, ob das dann eine Enkelin oder eine Urenkelin wäre. Ach, aber das ist wahrscheinlich auch alles Unsinn!«

»Hör mal, Irmi, was zählt, ist dein Gefühl.«

»Das ist es ja. Ich bin mir da so unsicher und schwanke hin und her wie eine Betrunkene.«

»Also, Irmi, zumindest solange ich dich kenne, hast du nie so viel getrunken, dass du geschwankt wärest. Und du hattest immer den richtigen Riecher. Angenommen, diese Runa ist nicht irgendeine Norwegerin, sondern ebendiese Enkelin oder Urenkelin, dann hätte sie sich doch irgendjemandem zu erkennen geben müssen. Oder jemand in der Familie hätte ihre wahre Identität aufgedeckt?«

»Völlig richtig. Das muss ich noch herausfinden. Ich weiß nur nicht, wie ich das überhaupt angehen soll. Als der Pfarrer vor mir saß, war mir Xaver Schmid so nahe. Ich habe ihn vor mir gesehen in Nordnorwegen. Aber mit etwas Abstand ist das einfach eine Geschichte, die nichts mit dem Hier und Jetzt zu tun hat.«

»Wenn die letzten Zeitzeugen gestorben sind, dann ist es Geschichte. Bis dahin ist es ein Leben«, sagte Jens leise.

»Du meinst also, ich soll in diese Richtung weiterdenken und weiterrecherchieren? Allerdings frage ich mich schon, wie viele junge Norwegerinnen es allein in Bayern geben mag. Sollte Runa wirklich die Enkelin oder Urenkelin eines Ammertalers sein, der in Norwegen gedient hat? Wir wissen ja nicht mal, ob es eine Enkelin gibt.«

»Genau das wirst du herausfinden. Weil du es musst. Es lässt dir eh keine Ruhe. Ich kenne dich, und du kennst dich auch, Irmi.«

»Du bist dir so sicher!«

»Natürlich bin ich mir sicher. Du tust schon das Richtige, und es schadet doch nicht, wenn du noch in eine andere Richtung denkst.«

Aber genau darum ging es. Sie würde alte Wunden aufreißen, den Schorf aufkratzen und nacktes Fleisch zutage fördern. Wollte sie das wirklich?

»Du machst dir Sorgen wegen des alten Herrn?«, hakte Jens nach.

»Natürlich. Er ist uralt und gebrechlich. Weißt du, was ich da vielleicht freilege?«

»Nein, das weiß keiner. Aber was ich weiß, ist, dass niemand auf der Welt den geeigneten Ton besser finden würde als du.«

»Ach, Jens! Mein Ton ist leider auch nicht immer der grandioseste. Ich ... du ... also du und ich ...«

Jens lachte. »Gut, dafür bekommst du jetzt keinen Pulitzerpreis. Aber ich versteh dich so gut, Irmi. Es ist schwer, immer so auf die Distanz. Für mich doch auch. Es liegt immer so viel Leben zwischen uns. Weißt du, ich habe mir Sorgen gemacht, als du plötzlich wieder zu Hause warst, weil ich Angst hatte, du bist noch nicht so weit. Ich weiß schon, du bist ein großes Mädchen, das alles alleine kann. Du kannst sogar Bäume fällen, aber ich mach mir eben trotzdem Sorgen.«

Irmi fiel es schwer, darauf etwas zu erwidern. Genau das war die Krux ihres Liebeslebens: Sie war zu groß und zu stark. Sie konnte Nägel in Wände schlagen, mit Bohrern umgehen, Bäume fällen, Kühen die Klauen schneiden, Traktor fahren. Sie hatte die Männerdomänen okkupiert, da gab es nur wenig, worin der Held im Mann vor ihr hätte brillieren können. Sie sah genau hin, sie hörte Botschaften zwischen den Zeilen, sie bohrte Finger in Wunden. Sie war schlecht zu manipulieren und schwer zu beeindrucken. Mein Haus, mein Auto, meine Jacht, mein Rennpferd, mein Chalet in St. Moritz – all das zog bei ihr nicht.

Jens hingegen beeindruckte sie sehr wohl, weil er klug war, witzig, aufrichtig und zugewandt. Aber wahrscheinlich zeigte sie ihm das viel zu selten. All ihre Männer hatten sich anfangs von ihrer Stärke angezogen gefühlt. Schwache, wenig selbstbewusste Bürscherl waren es letztlich gewesen, die früher oder später zu einer Frau übergelaufen waren, die weniger raumfüllend war. Zu anschmiegsamen Hasis oder bösartigen Zimtzicken, die den Helden anhimmelten oder die Dramaqueen gaben.

Irmi wunderte sich immer wieder: Frauen, die zickten

und tobten und ihren Kerl bevormundeten, blieben trotzdem im Spiel. Weil der Mann sich letztlich auserwählt und geliebt fühlte. Vielleicht dachte er: Wenn eine meinetwegen solche Stückerl aufführt, was muss ich doch ein toller Hecht sein! Irmi war da anders. Sie setzte auf die Selbstbestimmung des Einzelnen und wollte beim Heldenspiel nicht mitmischen. Dabei machte sie es Jens aber ganz sicher nicht leicht.

»Es ist schön, dass du dich um mich sorgst. Aber sei versichert, ich bin wieder am Boden angekommen. Es freut mich, dass du so viel von meinen Fähigkeiten hältst. Und du hast natürlich recht. Ich muss weiterbohren, auch wenn sich das Ganze als Einbahnstraße herausstellen sollte.«

»Wo war der alte Herr denn stationiert?«

»Der Pfarrer sprach von Honningsvåg, vom Porsangerfjord. Du bist doch mein wandelndes Geschichtslexikon. Kennst du zufällig die Geschichte von Xaver Schmid, der von Unterammergau auszog Richtung Nordkap?« Irmi lachte.

»Natürlich bin ich brillant«, alberte er zurück. »Aber ihn kenne ich ausnahmsweise nicht. Was ich weiß, ist, dass sich der Einmarsch der Deutschen in Norwegen im April 2010 zum siebzigsten Mal gejährt hat. In den norwegischen Medien gab es jede Menge Berichte dazu, und das Thema wurde auch in zahlreichen Büchern aufgearbeitet – in Dokumentationen, persönlichen Erinnerungen und Romanen. Das zentrale Motiv dabei ist stets das Volk, das geschlossen Widerstand gegen die Besatzungsherrschaft leistet. Ich denke, genau darauf baut das kollektive Selbstverständnis der Norweger auf. Der Spielfilm ›Max Manus‹, der 2010 auch in den deutschen Kinos lief, handelt von einer Gruppe norwegischer Saboteure und glorifiziert den Widerstand. In der Finnmark, die ja ganz schön weitab ist vom Schuss, ist die deutschen Besatzung der zentrale Bezugspunkt der nationalen Gedenkkultur.«

»Aber wie konnte es dann überhaupt sein, dass sich ein norwegisches Mädchen in einen Deutschen verliebte?«

»Liebe hält sich eben nicht an Politik oder Vernunft oder Völkergrenzen. Die offizielle Glorifizierung findet sich nicht unbedingt in den Einzelschicksalen wieder. Der Einmarsch in die Finnmark war anfangs ja auch gar nicht geplant. Oslo ja, Südnorwegen ja, aber Generaloberst von Falkenhorst hatte gar kein Interesse an der dünn besiedelten Finnmark. Durch die große Entfernung zu England war eine Landung der Alliierten in diesem Gebiet eher unwahrscheinlich. Warte mal, ich habe parallel ein bisschen herumgesurft und auf meinem Laptop gerade eine ganz gute Website zum Thema gefunden. Hier steht, dass dann Joseph Terboven im Juni zu einer Inspektionsreise nach Kirkenes geschickt wurde. Und am 15. August gab Hitler die Order, ganz Nordnorwegen zu besetzen. Die waren zackig: Bereits einen Tag später erhielt Hammerfest ein deutsches Ortskommando, und am 9. September stand die ganze Finnmark unter deutscher Verwaltung. Hier steht auch, dass Norwegen 1943 knapp drei Millionen Einwohner hatte, und es waren 380 000 deutsche Soldaten stationiert. Da musste es zwangsläufig zu Kontakten kommen.«

»Und da oben war es den Soldaten wirklich langweilig? Das kann ich kaum glauben.«

»Die Propagandamaschinerie lief ja auf Hochtouren. Die

Soldaten verreckten zu Zehntausenden an der Ostfront, aber die Propaganda hielt die Mär vom Endsieg aufrecht. Natürlich wollten die Jungs in Norwegen was tun fürs Vaterland. In der wenig erschlossenen Finnmark wurde vor allem Infrastruktur geschaffen wie Flugplätze, Geschützstellungen und befahrbare Straßen. Zu diesen Arbeiten wurden aber auch Kriegsgefangene herangezogen, vor allem aus Russland. Diese Männer waren unter elenden Bedingungen in Baracken und Erdhütten untergebracht und starben an Misshandlung, Krankheiten, an der Kälte, am häufigsten aber am Hunger. Die norwegischen Arbeiter wurden zum Glück ein bisschen besser behandelt.«

»Außerdem waren die Norweger ja Arier und passten damit prima ins Weltbild der Nazis, oder?«

»Klar, und stell dir vor, da kommen lauter zwanzigjährige Burschen an den Polarkreis und treffen auf blonde Mädchen. Propaganda hin oder her – es gab ja nun keinen Grund, sich nicht mit einer blonden blauäugigen Norwegerin zusammenzutun.«

»Xaver Schmid hat bis heute eine ungeheure Ausstrahlung. Als junger Mann war er sicher ein sehr hübscher und charmanter Bursche«, meinte Irmi.

»Und er kam aus der Landwirtschaft, oder?«

»Von einem sehr ärmlichen Hof.«

»Das waren die Jungs, die richtig mitanpacken konnten, die bodenständig waren und klar im Kopf. Die wurden von ihren Befehlshabern sicher auch nicht mit Samthandschuhen angefasst. Die niederen Dienstgrade wurden durchaus schikaniert und mussten hungern, insofern haben sie sich den Besetzten unter Umständen näher gefühlt als den Besatzern.

Es gibt Geschichtsbücher, es gibt Filme, es gibt kollektives Erleben, aber es gibt immer auch den Einzelnen!«, sagte Jens mit Nachdruck.

Irmi atmete tief durch. »Ich werde Xaver Schmid mal zu dieser Zeit befragen, auch wenn ich mir nur wenig davon verspreche. Und ich muss die Direktorin des Museums in Schwangau noch mal aktivieren. Vielleicht hat Runa ja doch mal etwas erwähnt, was auf eine irgendwie geartete Verwandtschaft nach Bayern hindeutet. Nach so etwas haben wir bisher ja auch noch nie gefragt. Warum auch! Die Direktorin ist übrigens eine sehr kluge Frau, neben der komme ich mir vor wie eine bildungsferne Idiotin. Wie neben dir ja auch.«

»Irmi, bloß wenn manche Menschen das lesen, was andere schon geschrieben haben, es durchquirlen und mehr Fußnoten hinzufügen, als sie an neuem Text schreiben, sind sie noch lange nicht klug.«

Irmi lachte. »Tolle Definition von Wissenschaft! Aber du bist tatsächlich klug, belesen und gebildet – ich bewundere das sehr.«

»Und ich bewundere, dass du dich einfühlen kannst.« Er machte eine kurze Pause. »Und deinen Arsch find ich auch sehr hübsch.«

»Jens!«

»Stimmt aber. Magst du nicht lieber vor Ort in Norwegen recherchieren? Von Murmansk nach Kirkenes ist es nur ein Katzensprung. Vielleicht könnte der belesene Schöngeist dann mal deinen Hintern kneten.«

»Ich hoffe wirklich sehr, dass du nicht abgehört wirst! Du bleibst also noch länger auf der Halbinsel Kola?«

»Wer redet hier von bildungsfern? Halbinsel Kola! Was du wieder alles weißt, du Streberin!«

»Das weiß ich doch nur, weil das in einem Kreuzworträtsel beim Arzt vorkam und ich die Lösung nachschlagen musste. Hauptschulniveau, Trash-TV – das ist meine Welt.«

»Soweit ich weiß, hast du Abitur und studiert. Und wenn du mal fernsiehst, dann doch höchstens Tierdokus. Weil dir die Krimis immer zu dumm sind.«

»Hast ja recht. Du, Jens?«

»Ja?«

»Ich würde nichts lieber tun, als dich in Nordnorwegen zu treffen. Ich glaube, es gibt nichts Schöneres, als wenn das blaue Licht davondämmert und der Himmel seine Laserstrahlen herabschickt.«

»Doch!«

»Was?«

»Dich unter dem Nordlicht zu küssen.«

Irmi lächelte und fühlte sich so viel besser.

Morgen würde sie Xaver Schmid besuchen. Sie hatte nichts zu verlieren, und so emotional instabil war Schmid sicher auch nicht, dass er ein Gespräch mit ihr nicht vertragen hätte. Anna Maria hatte angedeutet, dass er andere Leute durchaus manipulierte. Er war eben immer noch ein Schlitzohr.

9

Irmi registrierte, dass sie schon wieder in ihre alten Fehler verfiel. Es war früh am Tag, und sie war allein unterwegs. Eigentlich hätte sie Kathi anrufen und mitnehmen müssen. Aber sie fuhr ohne Kathi nach Oberammergau, und im Büro hatte sie sich auch nicht abgemeldet. Die beiden Gespräche am Vorabend waren so aufwühlend gewesen, und sie konnte die vielen Gedankenschnipsel noch nicht in klaren Sätzen formulieren. Sie wollte ihren Leuten aber mehr bieten als reine Spekulation und versprach sich von Xaver Schmid weitere Informationen.

Kathi hatte ihr mal vorgeworfen, sie benehme sich wie ein Mann. Sie lasse niemanden an ihrem Lösungsweg teilhaben, sondern präsentiere einfach die Endergebnisse. Sie hätte einfach zu viel Testosteron, hatte die Kollegin gemeint. Ob das stimmte, vermochte Irmi nicht zu sagen, aber ihr war einfach nicht danach, lange Lösungswege offenzulegen und auf Zwischenfragen einzugehen.

Das Altersheim in Ogau lag noch im Schatten. Irmi fragte sich zu Xaver Schmid durch. Er war in der Kurzzeitpflege untergekommen und lag in seinem Bett, als sie ins Zimmer trat. Auf dem Nachttisch stand das Frühstück, das er anscheinend gar nicht angerührt hatte.

»Keinen Hunger?«, fragte Irmi.

»Ich hab dir Backfisch doch grad schon gesagt, dass ich nichts ess«, schimpfte er.

»Danke für den Backfisch, aber ich fürchte, Sie verwechseln mich mit Ihrer Frühstücksmamsell.«

Er sah Irmi an, und es war ihm anzusehen, dass er sie nicht recht einordnen konnte. Dann huschte ein Lächeln über sein Gesicht. »Die Frau Polizeirat. Du bist aus meiner Sicht auch noch ein Backfisch.«

»Sagen Sie ruhig Irmi. Wie geht's Ihnen hier?«

»Ich wurde hergezwungen. Von dieser boanigen bösen Rita. Ich bleib nur, bis es daheim nicht mehr so sehr brandelt. Ich sterb in meinem Haus. Sonst nirgendwo.«

»Ach, Herr Schmid, für Sie ist es doch noch gar nicht an der Zeit. Der Himmelpapa hat sicher noch was mit Ihnen vor. Wollten Sie nicht vorher zum Beispiel noch Ihre Enkeltochter kennenlernen?«

Er blinzelte. »Wen? Das Annerl oder die Vroni? Die kenn ich genug.«

»Nein, Ihre Enkelin aus Norwegen.«

Er schwieg.

»Herr Schmid, der Herr Pfarrer war bei mir. Er hat mir erzählt, dass Sie im Krieg in Norwegen waren.«

»So, hat er das?«

»Hat er. Sie waren bei der Marine?«

Er lächelte. »Ja, unter anderem als Funker. Wir waren auf der Bäreninsel. Wenn es einen verreckten Ort auf der Welt gibt, dann den. Nebel, nichts als Nebel. Nebel drückt vom Meer herein. Nebel drückt aus den Felsenbergen heraus. Ein verreckter Ort für verreckte Burschen.«

»War da überhaupt jemand außer Ihnen?«

»Der Engländer halt.«

Irmi wartete.

»Drei Burschen in unserem Alter. Wir mit Gewehren auf die zu. Die mit Gewehren auf uns zu. Überall Nebel. Ohne Gewehr konntest du nie hinaus, auch wegen der Eisbären. Die Tommys waren nette Burschen. Warum hätten wir uns gegenseitig abknallen sollen? Stattdessen haben wir einen Nichtangriffspakt für die Insel geschlossen und gemeinsam das Wetter gefunkt. Es war immer nur Nebel. So viel Nebel.«

»Sie waren aber auch auf dem Festland, oder?«

»Ja, nachdem das Schiff in der Mitte durchgebrochen war.«

»Wo waren Sie denn dann?«

»Honningsvåg. Alta. Wollen Sie wissen, wie es wirklich war, Frau Polizeirat?«

»Gern.«

»Es war die Vorhölle. Alle hatten Filzläuse, Sie wollen gar nicht wissen, wo genau. Man glaubt gar nicht, mit wie wenig Waschen man auskommt. Aber am schlimmsten waren die U-Boot-Besatzungen dran. Das war dann die Hölle.«

Irmi wartete. Ihr Herz klopfte, und sie fühlte sich auf einmal schuldig. Schuldig, weil sie ihren Vater nie nach seinen Kriegserlebnissen gefragt hatte. Schuldig, weil sie vom Geschichtsunterricht in der Schule so genervt gewesen war, dass sie dichtgemacht hatte. Die NS-Zeit war Schulstoff geblieben und damit völlig abstrakt. Erst seit sie über die Lebensmitte hinausgereist war, spürte sie die bohrenden Fragen. Was hatte ihr Vater erlebt? Was ihre Mutter? Wie hatte es sie geprägt?

Und sie fühlte sich schuldig, weil auch sie als junge Frau diese »Wie konntet ihr da mitmachen?«-Parole geschmettert hatte. Heute kannte sie die Antwort: Menschen waren leicht aufzuhetzen, sie rannten mit der Masse, weil sie ihnen

Schutz bot. Selbst heute, wo die Welt transparent war wie das Spiegeleis auf dem Staffelsee und man weit in die Tiefe blicken konnte, selbst heute, wo alle Informationen via Internet, Facebook und Twitter fast jedem zugänglich waren, ließen sich Menschen so leicht ködern für scheinbare Ideale.

Auch ihre Mutter hatte wenig erzählt, nur dass sie BDM-Führerin gewesen war und man dann halt in der Jugendgruppe, bevor man mit Singen und Stricken loslegte, dem Konterfei an der Wand kurz einen lässigen Hitlergruß zugeworfen hatte. Die Socken hatte man eben für die Soldaten an der Front gestrickt. Irmi konnte sich nicht erinnern, dass ihre Mutter jemals behauptet hätte, sie habe von den KZs nichts gewusst. Nie hatte sie einen wertenden Satz über Juden gesagt, und Irmi hatte nicht gefragt.

Sie hatte sich schuldig gemacht am Vergessen, denn die Zeitzeugen waren gestorben, ohne dass die Nächstgeborenen gefragt hatten. In ihrer Familie wie in so vielen anderen auch. Wenn die Generation von Xaver Schmid starb, dann war – wie Jens es so treffend ausgedrückt hatte – das alles Geschichte. Irmi wusste natürlich, dass die Angehörigen jener Generation einen ganz einfachen Grund gehabt hatten, nichts zu erzählen. Sie waren es über die Jahre leid geworden, sich wieder und wieder entschuldigen zu müssen.

Noch nie in ihrem Leben hatte Irmi diese Beschämung so körperlich gespürt wie jetzt, da ihr die Magensäure in den Hals hochstieg: Eine ganze Generation hatte diese Kultur des Hinunterschluckens perfektioniert. Sie hatten den Irrsinn und so viel mehr noch in ihren Seelen verschlossen. Was das in ihnen angerichtet hatte, das wagte Irmi sich kaum vorzustellen.

Bäreninsel, zerbrochene Schiffe, Filzläuse, Todesgefahr – wie lapidar hatte Xaver Schmid das hingeworfen. Irmi wusste, dass einer, der so zu schweigen gelernt hatte, jetzt nicht mehr anfangen würde zu reden.

»Wie haben die Norweger die Besatzung denn aufgenommen?«, fragte sie etwas abrupt. Was für eine dumme Frage, dachte sie schon im nächsten Moment.

»Wir waren keine Unmenschen. Die auch nicht. Ich habe länger auf einem Hof gewohnt. Die hatten nichts. Wie wir damals auch.«

»Und Sie haben sich verliebt?«

»Die Norwegerinnen sind schöne Frauen. Große Busen, dicke Zöpfe. Nibelungen.«

»Eine Norwegerin hatte es Ihnen besonders angetan. Sie wurde schwanger. Das haben Sie dem Pfarrer erzählt, Herr Schmid.«

Er blinzelte wieder.

»Herr Schmid, Sie sind vielleicht alt, aber Sie sind völlig klar im Kopf. Haben Sie nie darüber nachgedacht, was aus Ihrem Kind geworden ist? Ob Sie vielleicht weitere Enkel haben?«

»Gib deim Vögelchen mal a Wasser, Frau Polizeirat«, entgegnete er.

Hatte es so nicht auch die resolute Gerti formuliert? Wie merkwürdig das klang in den heutigen Zeiten, aber jede Generation hatte eben ihre eigenen saloppen Sprüche, dachte Irmi.

»Die Ionella, die bei Ihnen war, hatte eine Freundin. Sie hieß Runa und war eine Studentin aus Tromsø. Die haben Sie sicher mal gesehen? War das Mädchen bei Ihnen im Haus?«

»Kann sein.«

»Herr Schmid, was, wenn das Ihre Enkelin oder auch Urenkelin war? Was, wenn Ihre Familie das wusste und das Erbe nicht teilen wollte? Was steht eigentlich in Ihrem Testament?«

Er schwieg hartnäckig.

»Herr Schmid, wollen Sie wirklich abtreten, ohne das geklärt zu haben? Sie sind doch ein Kerl. Wie hieß Ihre Freundin damals?«

»Es war so viel Nebel«, sagte er, und aus seinen Augen, die anscheinend immer leicht entzündet waren, rannen ein paar Tränen.

Irmi stand in ihrer ganz persönlichen Vorhölle. Ihr war klar: Er würde nicht reden.

»Wir können uns einen Durchsuchungsbeschluss holen und Ihren Safe aufbrechen lassen. Sie haben doch einen. Liegt da das Testament? Wo ist der Safe?«

»Dein Gehirn muss zum TÜV, Frau Polizeirat«, sagte er und wischte mit einem Tempo die Tränen weg.

Das Gespräch, das eine einzige Salve an Fragen gewesen war, war beendet. Fast.

»Wenn ihr was sucht, im Haus ist nichts«, sagte er leise.

»Und diese Brandbombe? Wo kam die her?«, fragte Irmi.

»Aus dem Nebel.«

»Wusste jemand, dass Sie so ein Ding in Ihrer Tenne hatten?«

Der Alte sah aus dem Fenster und schwieg. Irmi verabschiedete sich, zog die Tür hinter sich zu und ging den Gang hinunter, wo eine Frau mit Rollator entlangging. In das Netz ihres Gehwagens hatte sie einen ganzen Zoo von Plüschtieren gepackt. Sie brabbelte Unverständliches und schrie plötzlich laut auf. Von irgendwoher kam eine Pflegerin gelaufen.

»Frau Jörg, jetzt plärren S' doch ned so. Des weckt ja

Tote auf. Gehn S' besser frühstücken. Für den Tony«, sie wies auf ein abgewetztes Äffchen, »gibt's a Banane.«

Die alte Frau schlurfte weiter.

»Die Frau Jörg hatte eine Landwirtschaft. Dass die Viecher weg sind, das versteht sie nicht«, sagte die Pflegerin zu Irmi und verschwand in einem Zimmer.

Als Irmi wieder im Auto saß, setzte leichter Schneeregen ein. Nebel zog auf, ja, es gab viel Nebel in dieser Welt. Sie blieb eine Weile sitzen und zog das Foto von Runa heraus. Forschte in deren Gesicht nach einer Ähnlichkeit zu Xaver Schmid. Er hatte blaue Augen – sie auch, aber das hieß gar nichts.

Auf dem Weg in die Polizeiinspektion fuhr sie bei Frau Dr. Strissel vorbei. Niemand öffnete. Irmi starrte lange das Haus an, als könnte es eine Geschichte erzählen. Dann kurvte sie wie in Trance den Ettaler Berg hinunter. Sie hätte gar nicht sagen können, ob er diesmal kurz oder lang gewesen war.

Im Büro angekommen, bat sie Kathi zu sich und begann zu erzählen. Vom Gespräch mit dem Pfarrer, vom Besuch bei Xaver Schmid – und davon, dass sie im Prinzip noch immer nicht wusste, was hinter dem Mord an den beiden jungen Frauen stand.

Kathi hatte zugehört, ohne Irmi zu unterbrechen. Sie hatte lediglich ein wenig gelächelt, als irgendwann der Name Jens fiel.

»Und was meint Jens dazu?«

»Jens?«

»Ja, Jens. Du weißt schon, der Typ, der ziemlich cool ist für sein Alter und gar nicht so schiach. Mit dem du von Zeit zu Zeit in die Kiste steigst. *Der* Jens. Was meint der?«

»Dass ich tun muss, was ich eben tun muss. Oder so ähnlich.«

»Siehst du. Dem schließe ich mich an. Wir fahren noch mal ins Museum zur schlauen Frau Direktor. Und wir suchen ein Testament. Einen Durchsuchungsbeschluss für das Haus haben wir ja schon, wir haben ihn bloß noch nicht genutzt, weil wir bei Markus Schmid mehr als fündig geworden sind.«

Irmi betrachtete Kathi. Sie war unglaublich zahm und hatte nicht mal wegen ihres Alleingangs gemault.

»Bist du auf Drogen? Hast du Baldriantee getrunken?«, fragte Irmi grinsend.

»Nein, ich bin über dreißig. Allmählich stellen sich Weisheit und Milde des Alters ein.«

Sailer hatte kurz den Kopf hereingestreckt. »Bevor Sie weise werden oder mild, werd i vorher Bundeskanzler oder Astronaut, Fräulein Kathi«, bemerkte er.

»Ich vergess die Milde gleich, wenn Sie noch ein einziges Mal Fräulein zu mir sagen!« Aber selbst das klang versöhnlich.

Als Sailer draußen war, sagte Irmi: »Jetzt hab ich's: Du hattest besänftigenden Sex.«

Kathi grinste. »Die Dame schweigt und genießt.«

Es war seltsam. Auf einmal lag eine Leichtigkeit in der Luft, obwohl der Tag so schwer begonnen hatte.

Während Irmi und Kathi durchs Außerfern und Reutte nach Schwangau fuhren, hing der Nebel weiterhin über dem weiten Tal. Aus dem Museum kam gerade eine größere Gruppe von Asiaten mit Mundschutz und dicken Wollmützen. Dafür waren die Schühchen filigran.

Die Museumsdirektorin ging gerade durch die Eingangshalle. Als sie die Kommissarinnen erspähte, schien sie ehrlich erfreut zu sein.

»Wie ist das Referat Ihrer Tochter gelaufen?«, erkundigte sie sich bei Kathi.

»Hervorragend. Ich glaub, das war die erste Geschichtseins in ihrer Karriere. Und sie hat Blut geleckt. Im Moment liest sie die Jugenderinnerungen der Irmingard von Bayern und ist erstaunt, dass es doch gar nicht so einfach war, Prinzessin zu sein. Sie war sehr betroffen von den Geschichten aus den KZs und will jetzt noch mehr Bücher über die Familie lesen.«

Es war merkwürdig, dachte Irmi. Plötzlich nahm Geschichte so viel Raum ein. Forderte Gedankenräume. Sogar beim Soferl.

»Das freut mich. Die Jugend hat weit mehr Gespür, als wir ihr manchmal zutrauen. Aber deshalb sind Sie nicht da, oder?«

»Nein«, sagte Irmi, »dürften wir Sie noch mal kurz in Beschlag nehmen?«

»Sicher.« Sie ging voran, hinüber in das Restaurant Alpenrose, wo es Kaffee und Wasser gab.

»Ich möchte unbedingt helfen, den Tod des Mädchens oder, besser gesagt, der Mädchen aufzuklären. Frau Dr. Strissel hat mir schon gesagt, es hätte eine Verhaftung gegeben?«

»Ja, völlig richtig. Das ist aber eher ein ... wir nennen es mal Nebenkriegsschauplatz. Wir sind noch immer auf der Suche nach dem Verantwortlichen für Ionellas und Runas Tod. Deshalb möchte ich Sie bitten, genau nachzudenken. Hat Runa mehr aus ihrem Leben erzählt? Von ihrer Heimat? Von ihrer Familie? Hatten Sie den Eindruck, hinter ihrer Bewerbung bei Ihnen stecke mehr als nur der Wunsch nach einem Praktikumsplatz?«

Die Museumsdirektorin überlegte eine ganze Weile, doch am Ende ergab sich nur ein lückenhaftes Bild von Runa: Studium in Tromsø. Ein Auslandssemester in Deutschland. Die Eltern Forscher, die oft wochenlang auf Forschungsstationen im Polarmeer unterwegs waren.

»Ich hatte den Eindruck, das Verhältnis zu den Eltern sei nicht gut. Ich erinnere mich, dass sie in irgendeinem Zusammenhang die Formulierung wählte: ›seit meine Eltern tot sind‹. Sie hat sich sofort verbessert und gesagt: ›seit meine Eltern für mich wie tot sind‹.«

Irmi runzelte die Stirn. »Aber Geschwister oder so hat sie nicht erwähnt?«

»Nein, gar nicht. Sie hat von der Uni erzählt. Vom Studentenwohnheim. Richtig, da ist mal der Name Marit gefallen. Wohl eine Kommilitonin.«

»Könnte das nicht das andere Mädchen auf dem Bild gewesen sein?«, fragte Irmi und zog das Bild erneut aus ihrer Tasche.

»Das könnte natürlich sein. Im Hintergrund sieht man die Uni von Tromsø.«

»Warten Sie mal«, sagte Irmi plötzlich. Sie drehte den Rahmen um, öffnete ihn und zog das Foto heraus. Auf der Rückseite des Bildes stand: »Marit og Runa midt i Tromsø«.

»Marit und Runa mitten in Tromsø«, übersetzte die Direktorin leise.

Sie alle starrten das Bild an. Zwei strahlend hübsche junge Frauen. Von denen die eine nun tot war.

»Ich habe selber schon alles in Gedanken hin und her geschichtet, das können Sie mir glauben«, sagte die Museumsdirektorin. »Und ich mache mir Vorwürfe, dass ich nicht nachgefragt habe.«

Aber was hätte sie Runa fragen sollen? Das Mädchen war eine Praktikantin gewesen. Ein kleines Rädchen im Getriebe, und außerdem war nicht jeder Angestellte erfreut über inquisitorische Fragen, dachte Irmi. Und meist starben die Angestellten ja auch nicht auf so rätselhafte Weise.

»Da fällt mir noch was ein: Roger, ein Student, der hier aushilft, hatte mehr Kontakt zu Runa. Er hat sie ziemlich angeschmachtet, und die beiden haben öfter mal zusammen die Mittagspause verbracht. Soll ich ihn mal holen?«

»Bitte!«

Wenig später kam die Museumsdirektorin mit einem jungen Mann im Schlepptau zurück und entschuldigte sich dann, weil sie noch einiges zu tun habe. Rogers langer schräger Pony fiel ihm über die Augen, das enge graue Feinrippshirt steckte in einer viel zu weiten Jeans, und seinen Arm zierte ein grinsender Drache.

»Guten Tag, Mesdames«, sagte er mit einem Zungenschlag, den Irmi nicht genau einordnen konnte, aber reizend fand. Überhaupt war der ganze Junge auf eine androgyne Weise hübsch.

»Sie kannten Runa Dalby besser?«

»Besser nicht. Wir waren ab und zu beim Lunch. Ich war nicht ihr Typ«, sagte er bedauernd.

Irmi lächelte. »Trotzdem hat sie Ihnen vielleicht mal was von ihrer Familie erzählt oder so?«

Er schüttelte den Kopf.

»Von einem Bauernhof in Unterammerau vielleicht?«

Er überlegte. »Nicht direkt«, sagte er dann.

»Das heißt?«

»Sie hat von hier aus öfter nach Norwegen telefoniert,

weil ihr Handy immer leer war. Ich hab ihr gesagt, dass sie ihre Gespräche nicht so ausdehnen darf. Wegen der Telefonkosten. Dauernd Norwegen fällt ja auf.« Der junge Mann sah richtig unglücklich aus.

»Und da haben Sie irgendetwas mitbekommen?«

»Ich lausche doch nicht!«

»Darum geht's momentan nicht! Wir stecken in einer Mordermittlung, und es wäre schön, wenn sich in Ihrem Schädel festsetzen könnte, dass *alles* wichtig ist. Da interessiert es mich einen Scheißdreck, ob Sie gelauscht haben oder nicht!«, fuhr Kathi ihn an. Ihr Typ schien er auch nicht zu sein.

Immerhin hatte Kathis Donnerstimme die Wirkung eines Weckrufs. Roger zuckte zusammen und stammelte: »Einmal hab ich nebenan kopiert. Und da hab ich Gesprächsfetzen gehört. Wenn ich es richtig verstanden habe, ging es um einen Hof, einen Bauernhof. Ich habe mal ein Semester in Oslo studiert, insofern verstehe ich die Sprache so einigermaßen. Und es ging um einen alten Mann und dass jemand sich beeilen müsse. Die Frau werde bestimmt bald sterben und der Alte dann auch. Runa hat gesagt, dass die jungen Leute ganz in Ordnung seien. Zwischendurch war es lange Zeit still. Ich hatte den Eindruck, am anderen Ende der Leitung wurde viel geredet. Am Schluss hat Runa dieser Person noch gesagt, sie müsse bald herkommen. Mehr habe ich wirklich nicht verstanden, und wie gesagt: So perfekt ist mein Norwegisch wirklich nicht.«

»Danke«, sagte Irmi und betrachtete den jungen Mann, der schon so weit herumgekommen war. Viele junge Menschen schienen heutzutage sehr flexibel zu sein, ganz anders als beispielsweise ein Thomas Schmid. »Sonst noch was?«

»Nein!« Er klang so erschrocken, als wäre Irmi die böse Hexe und er Hänsel.

»Gut. Wenn Ihnen doch noch etwas einfällt, rufen Sie bitte an.«

Er nickte und verließ fluchtartig den Raum.

Kathi sah ihm nach. »Puh, was für eine Lusche. Das ist doch kein Mann! Hoffentlich sucht sich das Soferl nicht mal so einen aus!«

Irmi enthielt sich jeden Kommentars. Töchter entschieden sich bekanntlich nur selten für Männer, die ihrer eigenen Mutter gefallen hätten. Und selbst wenn die Tochter einen kernigen Sportsmann geheiratet hatte, zeugte der vielleicht einen Sprössling, der Balletttänzer werden wollte. Männer in Strumpfhosen. So tückisch war das Leben!

»Mit wem hat Runa wohl telefoniert? Wer sollte kommen?«, fragte Irmi.

»Ihre Mutter vielleicht? Oder ihr Vater? Stell dir vor, Xaver Schmids Enkelin entdeckt durch einen Zufall, wo ihre Wurzeln liegen. Ihre Eltern stellen sich stur, wiegeln ab. Und die Enkelin fliegt auf eigene Faust nach Deutschland. Die Legende mit dem Auslandsstudium ist ja auch gut. Runa findet schließlich ihren Opa und will, dass die Mutter kommt. Oder der Vater halt. Das wäre doch logisch.«

»Ja, durchaus. Ich bin bloß immer noch über die lange Zeitspanne irritiert. Runa könnte ja auch die Urenkelin sein. Aber das ist momentan egal. Wir fahren jetzt erst mal ins Büro. Im Museum waren doch auch noch Mails auf Norwegisch aufgetaucht. Vielleicht gingen die ja an die Eltern. Los!«

Sie bedankten sich bei der Museumsdirektorin.

»Hat Roger Ihnen helfen können?«, erkundigte sie sich.

»Das kann durchaus sein«, sagte Irmi und wusste, dass ihr Gegenüber klug genug war, nicht nachzufragen.

Der Rückweg zog sich wie Gummi. Ein Lkw nach dem anderen kroch durch das Außerfern, als hätten sich alle gegen Irmi verschworen.

Währenddessen brodelte es in ihrem Inneren. Wenn Runa Dalby wirklich die Enkelin oder Urenkelin von Schmid gewesen war, dann hätten sie einen komplett neuen Fall.

Die beiden Kommissarinnen stürmten regelrecht ins Büro der Polizeiinspektion.

»Andrea, wo haben wir diese norwegischen Mails?«, rief Irmi.

»Ähm, die hab ich in die Akte getan. Du wolltest sie dir ansehen. Sie gingen an eine Freundin in Norwegen, das glaub ich zumindest. Ich hätt … ich wollt …«

»Andrea, alles gut! Nicht deine Schuld. *Wir* haben das verpennt«, sagte Irmi und schlug die Akte auf. Mit einer Büroklammer waren jeweils das norwegische Original und die Übersetzung zusammengeheftet.

»Hallo, ich bin jetzt mehrmals vorbeigelaufen. Es ist ein altes Bauernhaus, und es gehen verschiedene Leute ein und aus. Eine junge Frau stützt eine alte Frau mit Rollator. Sie scheint sehr krank zu sein. Einen alten Mann habe ich auch gesehen. Er hat einen Korb Brennholz geholt. Er ist wirklich sehr alt, wirkt aber nicht so gebrechlich wie die Frau. Was soll ich tun? Fühl Dich gedrückt!«

»Hallo, ich habe Deinen Rat befolgt. Die junge Frau ist wirklich eine Pflegerin. Sie geht jeden Freitagnachmittag einkaufen. Ich muss zusehen, dass ich mit ihr ins Gespräch komme. Das klappt schon, Du darfst nicht so viele Bedenken haben! Was soll denn passieren? Und wenn was sein sollte, verstehe ich eben kein Deutsch mehr. Ich umarme Dich fest.«

»Hallo, endlich habe ich die junge Frau in Oberammergau ansprechen können. An der Eisdiele. Ich habe ihr Cappuccino über die Hose geschüttet. So sind wir ins Gespräch gekommen. Sie heißt Ionella und ist aus Rumänien. Sie ist sehr nett. Sehr schüchtern. Ich darf da nicht zu schnell sein. Du kennst mich ja. Küsschen!«

Alle drei Mails waren an die norwegische Adresse einer Marit Aarestad gegangen. Die Antworten der Freundin hatten sie nicht. Es war offensichtlich, dass Runa nur ab und zu vom Museum aus gemailt hatte. Sicher war der Löwenanteil der Konversation über ihren verschwundenen Laptop gelaufen. Vielleicht hatte Runa während der Arbeitszeit ihren privaten Rechner nicht benutzen dürfen. Die Museumsrechner hingegen waren sicher den ganzen Tag an, da konnte man bestimmt schnell mal eine E-Mail abrufen und beantworten.

»Marit Aarestad, das ist das Madel auf dem Bild, oder! Das muss eine Freundin von ihr gewesen sein!«, rief Kathi.

»Ja, und aus den Mails geht klar hervor, dass sich Runa ganz bewusst an Ionella herangemacht und gezielt deren Freundschaft gesucht hat«, sagte Irmi.

»Puh!«, machte Kathi. »Wenn wir hier wirklich von Xaver Schmids Enkelin reden, dann würde das heißen, dass es nie um Ionella gegangen ist! Das wäre ja der Wahnsinn!«

»Dann lügen die fabelhaften Schmid Boys womöglich gar nicht. Sie hätten zwar die Maschinen vertickt und junge Rumäninnen ausgenutzt, aber nicht ermordet.«

»Na, na, na! Da wäre ich mal nicht so voreilig. Thomas, dieses Granatenarschloch, ist gewalttätig. Er hat ein Mädchen vergewaltigt und hat es sicher nicht auf sich beruhen lassen, dass Ionella Pfefferspray gegen ihn einsetzte. Ich denke, er war der Täter, nur der Grund für den Mord ist ein anderer. Er hat herausgefunden, dass Runa seine Cousine ist. Oder Großcousine. Oder was auch immer. Dann hat er zwei Fliegen mit einer Klappe geschlagen. Weg mit der Mitwisserin – und weg mit einer Miterbin. Beide elegant entsorgt, oder!«

Irmi musste zugeben, dass das gar nicht so abwegig klang. Dennoch sagte sie: »Wir dürfen uns aber nicht von unserer Antipathie gegen Thomas Schmid leiten lassen.«

»Antipathie ist ein Hilfsausdruck!«

»Kathi, wir müssen beweisen, dass einer gewusst hat, um wen es sich bei Runa handelt. Und noch schöner wäre es, wenn wir ein Testament finden würden.«

Andrea, die die ganze Zeit mehr oder minder fassungslos von der einen zur anderen gestarrt hatte, zuckte zusammen, als Irmi sagte: »Andrea! Wir müssen auf Hochdruck die Eltern von Runa finden. Und versuch bitte, diese Marit Aarestad aufzutreiben. Wir müssen in Norwegen um Amtshilfe ersuchen. Machst du das?«

Andrea nickte und eilte aus dem Büro.

»So, Kathi, und wir fahren nach Ugau. Mal wieder!«

Inzwischen hatte Irmi das Gefühl, als kenne sie jeden Baum und jeden Felsen an dieser Straße.

»Xaver Schmid hat gesagt, wir werden im Haus nichts finden. Was, wenn das Testament mit der Tenne abgebrannt ist?«

»Wir suchen einfach. Wir haben damals auch den Laptop von Regina von Braun gefunden.« Kathi stockte.

Ihr letzter großer Fall war auch eine bittere Familiengeschichte gewesen. Wie viele Familiengeschichten hinter den Fassaden mit den Bauernmalereien und den verzierten Holzloggien. Das war der Fall gewesen, bei dem Irmi Kathis Mutter des Mordes verdächtigt hatte. Der Fall, der sie zu Adele geführt hatte und letztlich bis nach Vesterålen.

»Kathi, ich möchte unbedingt mit Elli reden!«, brach es aus Irmi heraus.

»Das darfst du jederzeit, wenn du willst. Aber du musst nicht. Wenn alles so bleibt, wie es ist, dann ist es auch gut. Mama ist dir nicht böse, ganz im Gegenteil: Es hat ihr geholfen. Uns geholfen. Wir waren am Grab meiner Schwester in Weißenbach. Ich versteh meine Mutter jetzt viel besser. Ich bin halt immer ein bisschen schnell und laut, du kennst mich ja. Ich mein das meistens gar nicht so krass. Es blubbert einfach aus mir raus. Und wäre ich damals nicht so ekelhaft gewesen, wärst du nicht allein in die Falle gerannt. Echt, Irmi, ich hab mir auch Vorwürfe gemacht. Ich kann das nur nicht so gut sagen oder zeigen.«

Irmi war sprachlos. Ihr standen Tränen in den Augen. Sie brachte nur ein »Danke« heraus.

Doch Kathi konnte wie immer ganz schnell wieder umschalten. »So, Chefin, und jetzt finden wir das Testament, und darin steht, dass der Xare alles *mir* vererbt hat.« Sie lachte.

Die Haustür war von den Kollegen versiegelt worden. Eine neugierige Nachbarin schaute hinter der Gardine hervor, als Irmi aufschloss.

Unter den tiefen Decken roch es immer noch brandlig. Sie hoben Bilder an, sie verrückten Regale, doch es kam nirgendwo ein Safe zum Vorschein. Vergeblich suchten sie im alten Sekretär nach dem Testament, es gab darin auch kein Geheimfach. Dann durchforsteten sie das Bücherregal, zogen mehrere Bände heraus und schüttelten die Seiten auseinander. Einmal fiel ein vierblättriges Kleeblatt heraus, das sofort zerbröselte. Das Regal enthielt Ausgaben von Simmel und Konsalik, einige Bände der Romanreihe »Angélique« und ein paar Reader's-Digest-Auswahlbücher. Irmi entdeckte Bildbände über Bayern und sogar einen über Norwegen, doch auch darin fand sie kein Testament.

Auf einmal wurde ihr bewusst, wie anachronistisch dieses Wohnambiente war. In vielen modernen Haushalten gab es keine Bücherregale mehr, und auch Wohnzeitschriften bildeten lieber Anbauwände und Wohnlandschaften ab. Kürzlich war sie in einem großen Möbelhaus gewesen, in dem es gar keine Bücherregale mehr gegeben hatte. Stattdessen hatte zur Dekoration ein E-Book-Reader auf dem »Couchtisch aus Wildholz« gelegen. Zu ihren Studienzeiten waren Bücherregale noch Visitenkarten gewesen, frei nach dem Motto: »Ich sehe, was du liest, und ich sag dir, wer du bist.« Ihre Eltern hatten die gleichen Bücher wie die Schmids gehabt, doch sie hatte nach deren Tod die meisten davon einfach achtlos verschenkt. Wieder spürte sie den Verrat an der Kriegsgeneration. Sie war eine Henkerin der Erinnerung.

»Ich hatte so gehofft, wir würden das Testament finden«, sagte Irmi mutlos.

»Schauen wir noch auf dem Dachboden?«, schlug Kathi vor.

Sie kletterten hinauf. Oben waren Wäscheleinen gespannt, und im Lichtkegel des kreisrunden Giebelfensters tanzten die Staubpartikel Ringelreihen. Es gab ein paar alte

Bauernschränke, in denen alte Kindersachen, Anoraks und Wintermäntel aufbewahrt wurden. Alte Skier standen herum, Holzrodel und Schlittschuhe staubten vor sich hin. In einem alten Koffer befanden sich fein säuberlich zusammengelegte Stoffreste. In einem anderen waren Wollreste sorgsam zu kleinen Knäueln zusammengerollt.

In einer Ecke stand eine alte Truhe, die mit einem Schloss gesichert war. Kathi sah Irmi fragend an. Als die mit den Schultern zuckte, griff Kathi nach einem Skistock und hebelte das Schloss auf.

In der Truhe lagen zehn Fotoalben. Die beiden blätterten sich durch die Familiengeschichte. In einem der etwas modrig riechenden Alben klebten Fotoecken mit vergilbten Bildern, die Xaver Schmid als jungen Soldaten zeigten. Er war schon ein schneidiger Bursche gewesen, ausgesprochen attraktiv.

»Schad, dass ich den nicht früher kennengelernt hab«, meinte Kathi.

Die Fotos hatten einen gezackten Rand und zeigten Schiffe, Häfen und Landschaften, häufig mit Xaver Schmid im Vordergrund. Auf dem schwarzen Papier stand mit silbernem Stift in feiner Schrift: Svinemünde, Honningsvåg, Lakselv. Auf einer Doppelseite klebten Bilder eines jungen Mädchens, das Zöpfe trug. Vier Fotoecken waren leer, offenbar war eines der Fotos herausgenommen worden.

»Die sieht aus wie Runa«, flüsterte Kathi.

»Ich denke, das ist ihre Oma«, wisperte Irmi zurück. »Oder Uroma.«

Runa war schmaler gewesen als die Frau vom Foto, ansonsten aber war sie ihr wie aus dem Gesicht geschnitten.

Der Lichtstrahl war weitergewandert und hatte fast die

Truhe erreicht. Irmi saß im Staub des Dachbodens und starrte in die Holzkiste. Es war, als zöge eine ferne Zeit sie dort hinein, und sie hätte einiges drum gegeben, wie in einem Fantasyfilm durch die Truhe in eine andere Welt reisen zu können. Und diese Frau kennenzulernen.

Kathi begann, die Fotoalben zu stapeln. Der erhabene Moment war vorbei.

»Die nehmen wir besser mit, oder?«, meinte Kathi, noch immer im Flüsterton. Irmi nickte.

Sie trugen die Alben nach unten und legten sie auf den Küchentisch.

»Und jetzt?«, flüsterte Kathi.

»Warum flüstern wir eigentlich?«, sagte Irmi in normaler Lautstärke, die in ihren Ohren richtig dröhnte.

»Um die Toten nicht zu wecken?«

Sie durchblätterten die Alben, doch nirgendwo war ein Testament eingelegt.

»Und nun?«

»Wir waren noch nicht im Stall.«

Der Stall war klein, und die Tiere hatte man auf den Hof von Markus Schmid gebracht. Leere Ställe hatten immer etwas Trauriges, fand Irmi. Nach oben klaffte ein Loch, denn auch der Teil der Tenne, der darübergelegen hatte, war abgebrannt und mit ihm die Luke, aus der man Heu hatte abwerfen können.

Es war kalt wie in einer Gruft. Irmi fröstelte, und ihre Finger waren eisig. Neben dem Eingang gab es eine kleine Milchkammer mit einem alten Schreibtisch. Irmi zog die Schublade auf und stieß auf eine Mappe mit alten Protokollen der Milchmesserin. Wieder kein Testament.

Sie sah sich um. Zwei Milchkannen standen herum, und

an einem Kleiderhaken hing eine Latzhose, die so vor Schmutz starrte, dass man sie einfach in den Raum hätte stellen können. Am Haken daneben eine Milchschürze mit Gilb und zwei Ostfriesennerze. Ein speckiger Hut. Irmi schob die vernachlässigten Kleidungsstücke zur Seite.

Dahinter befand sich der Safe.

»Na, der hat Nerven!«, rief Kathi.

Irmi informierte den Hasen und bat ihn, umgehend jemanden zu schicken, der das Ding öffnen konnte.

Obwohl sie schon anderthalb Stunden nach dem Anruf vor dem geöffneten Safe standen, war Irmi die Zeit schier endlos vorgekommen.

Im Safe befanden sich ein Kästchen mit altem Goldschmuck, der wertvoll aussah, und eine Mappe mit Dokumenten. Obenauf lag ein sogenannter Ariernachweis: »Firnhaber's kleiner Ahnenpaß. Beglaubigter Nachweis der Abstammung aus deutschem und artverwandtem Blut bis einschließlich der vier Großeltern. Übersichtlich auf einem Blatt in Tafelform.«

»Hast du so was schon mal gesehen?«, fragte Kathi staunend. »Ich nicht.«

»Ich auch nicht«, sagte Irmi und nahm das Blatt genauer in Augenschein. Das war also Schmids arische Identität, die er gebraucht hatte, um überhaupt zum Militär zu gehen und einen Reisepass zu erhalten.

Mehr noch berührten sie seine Entlassungspapiere vom Military Government of Germany, die auf den 30.7.1945 datiert waren. Auf einem bräunlichen kleinen Zettel war verzeichnet, mit wie viel Feinseife, Rasierseife, Seifenpulver, Rauchwaren,

Wehrsold und Marschverpflegung man den Fähnrich Xaver Schmid versorgt hatte – säuberlich mit der Schreibmaschine getippt, unterschrieben von einem Feldwebel.

Darunter lag das Soldbuch, dem zu entnehmen war, dass dem Soldaten Schmid 1940 das Schutzwallehrenzeichen und 1943 das Kriegsverdienstkreuz mit Schwertern verliehen worden waren. Zwei beklemmende Zeugnisse aus der Zeit der Vorhölle.

Es folgten alte Geburts- und Heiratsurkunden, dann ein paar neuere Unterlagen: Rechnungen von Bulldogs und anderen Landmaschinen, ein Merkblatt für Schöffen. Xaver Schmid war sehr ordentlich gewesen.

Schließlich stießen sie auf ein handgeschriebenes Blatt mit einem Datum, das erst wenige Wochen zurücklag. Die Schrift war dieselbe wie in den Fotoalben. Xaver Schmid vermachte darin seinen Söhnen zu gleichen Teilen das Haus und den hofnahen Grund, das Wiesmahd sowie die Maschinen. Für die drei Enkel gab es je zwanzigtausend Euro.

»Nicht grad ein armes Bäuerlein!«, kommentierte Kathi.

Irmi war sprachlos. Das Haus der Schmids war wahrlich nicht pompös zu nennen, aber das war typisch für die sparsame Kriegsgeneration, die hatte lernen müssen, dass immer auch andere Zeiten kommen konnten, und zwar sehr plötzlich. Irmi kannte einige Millionenbauern in Murnau und Garmisch, die durch den Verkauf von Baugrund reich geworden waren und sich ein Leben in Saus und Braus hätten leisten können, die aber dennoch in ihrem Bauernhäusl ohne Zentralheizung und mit verkalktem Wasserboiler geblieben waren.

Das Auto der Schmids und fünftausend Euro sollten an Ionella gehen, »als Dank für ihre liebevolle Betreuung und als Beitrag für ihr Studium«. Ein Sparguthaben von fünfzigtausend Euro und hundert Hektar Forstgebiet mit Umgriff – sogar die genauen Flurnummern waren angegeben – gingen an Åse Luhkkár, wohnhaft im Nordkappveien in Honningsvåg, Norwegen.

Irmi und Kathi waren sprachlos. Immer wieder lasen sie die letzten Zeilen des Testaments. Da stand es blau auf weiß, unterschrieben von Xaver Schmid, »im Vollbesitz seiner geistigen Fähigkeiten«. Er hatte tatsächlich fünfzigtausend Euro und den gesamten Forstbesitz, diesen gewaltigen Wald unterm Köpfel, seiner Tochter oder Enkelin vermacht.

»Hammerhart!«, rief Kathi schließlich. »Aber dann muss Schmid doch mit Runa gesprochen und gewusst haben, wer sie ist, oder!«

»Nicht unbedingt, Kathi. Er hat das alles einer Åse Luhkkár vermacht. Nicht Åse Dalby.«

»Wie lautet denn der Mädchenname von Runas Mutter? Oder Oma? Verdammt, ist das verwirrend! Das kann doch alles kein Zufall sein!«

Irmi dachte nach. »Wir müssen noch mal zu Schmid ins Altersheim«, sagte sie dann. »Wenn er bloß mal den Mund aufmachen würde! Wir müssen in Erfahrung bringen, wer aus der Familie Schmid von dem Testament wusste. Wenn überhaupt jemand davon wusste.«

»Aber diese Anna Maria hat doch gesagt, dass sie gesehen hat, wie ihr Opa das Testament neu geschrieben hat«, sagte Kathi.

»Ja, und sie hatte den Verdacht, dass er darin auch Ionella bedenken könnte. Hat er ja auch. Aber angesichts dessen, was er generell zu vermachen hatte, wäre ja Ionellas Erbschaft eher aus der Portokasse gewesen.«

»Aber was, wenn die Schmids Angst hatten, Teile des Erbes an eine Karpatenschlampe zu verlieren, und sich auf die Suche nach dem Testament gemacht haben? Angenommen, sie haben es gefunden und weit Dramatischeres erfahren? Was dann?«

»Dann hätten sie recherchiert, wer diese Åse ist. Und sie wären eventuell auf Runa gestoßen, die gerade in Ogau lebte. Sie hätten eins und eins zusammengezählt, hätten Runa aus dem Weg geräumt und Ionella gleich mit. Nicht wegen der albernen Baumaschinen. Hier ging es um etwas viel Größeres.«

»Auf zu Schmid! Wir halten ihm das Testament vor die Nase!«, rief Kathi.

Als sie wenig später im Ogauer Altersheim ankamen, versperrte ihnen plötzlich die fuchsteufelswilde Heimleitung den Weg. Xaver Schmid war nach Irmis Besuch zusammengeklappt, erfuhren sie, und ein »leichtes Schlagerl« könne nicht ausgeschlossen werden. Schmid lag nun in der Murnauer Unfallklinik. Ohne »irgendeinen Schrieb« wollte man Irmi und Kathi auch nicht zu Burgi vorlassen. Völlig konsterniert rief Irmi im UKM an. Xaver Schmid lag auf der Intensivstation, Besuche waren ausgeschlossen.

»Scheiße«, sagte Kathi. »Und jetzt?«

»Wir fahren zurück. Wir müssen mit den Kollegen in Norwegen sprechen. Andrea hat ja sicher schon ... Stell dir vor, wenn Schmid jetzt meinetwegen ...«

»Irmi, das war nicht abzusehen, oder! So instabil hat der auf mich nicht gewirkt. Mach dir keinen Kopf!«

Ach, wenn das so einfach wäre, sich keinen Kopf zu machen. Wie leichtfüßig würde sie durchs Leben tänzeln, dachte Irmi.

Mit zwei Tassen Kaffee bewaffnet, liefen sie bei Andrea auf. Die hatte Neuigkeiten.

»Ich habe mehrfach mit Norwegen telefoniert und gemailt. Sind alle sehr nett da oben. Also, was diese Marit Aarestad betrifft: Sie wohnt ... ähm ... in einem Studentenapartment in Tromsø, ist im Moment aber verreist. Im selben Haus wohnt auch Runa. Keiner weiß, wohin Marit ist. Die Kollegen haben auch keine Verwandten gefunden, sie ist ... ähm ... eine Vollwaise. Jetzt versuchen sie, über Kommilitonen was über Marit rauszufinden. Irgendwo muss sie ja stecken ... na ja ... sie hat ja mit Runa gemailt.«

Das stimmte zwar – doch das konnte man nun mal überall auf der Welt.

»Und jetzt zu Runas Eltern, Åse und Henrik Dalby. Er ist tatsächlich Meeresbiologe, sie ist Fotografin und dokumentiert seine Forschungsreisen. Die Uni in Tromsø nimmt Kontakt zu ihnen auf, im Moment erforschen sie den Zug der Wale. Warst du nicht auch auf so einer Tour, als du ... ähm ... auf den Inseln da oben warst?«

Irmi lächelte. »Ja, das war wirklich faszinierend. Da war auch ein Biologe dabei, der hieß aber anders. Diese Fahrten dienen in erster Linie der Meeresforschung. Gäste nehmen die eher aus finanziellen Gründen mit, das Ganze ist also keins dieser typischen Touristenspektakel.«

»In der Kälte im Nordmeer herumschippern? Nein danke, ich werd schon auf dem Staffelsee seekrank«, sagte Andrea schaudernd.

»Ach, der Biologe hat mir Tabletten gegen Seekrankheit

in die Hand gedrückt, weil wir Alpenbewohner ja nicht ans Wasser angepasst wären, hat er gesagt! Und er bat, im Fall der Fälle den Mageninhalt bitte draußen abzugeben und nicht in den Toiletten. Wegen der anderen Gäste.«

Andrea musste lachen.

»Kluger Mann«, kommentierte Kathi grinsend.

»Jedenfalls habe ich gelernt, dass das Zugverhalten des Atlantic Herring, auf Norwegisch Sild, extrem schwer vorherzusehen ist. Die Wale folgen im Winter den Heringsschwärmen, also ist es auch nicht einfach, Wale zu entdecken. 2001 gab es gar keine Wale mehr in Vesterålen, aber inzwischen sind sie zurückgekehrt, vor allem die Schwertwale. Ihr Verhalten ist wirklich spektakulär: Sie zeigen den Heringsschwärmen ihre weißen Bäuche, woraufhin diese erschrecken und in panischer Flucht zur Wasseroberfläche schwimmen. Es sieht aus, als würde das Meer überkochen. Dort oben werden sie zur leichten Beute. Ich habe in Norwegen einen Film darüber gesehen. Die Wale arbeiten in Gruppen zusammen, und was für den Biologen an Bord noch spektakulärer war: Schwertwale und Buckelwale agieren auch zusammen. Die Buckelwale schwimmen pro Jahr bis zu zehntausend Kilometer und wären im Winter eigentlich in der Karibik. Seit einigen Jahren bleiben sie allerdings im Nordmeer. Ihre Wintergesänge sind höchst ungewöhnlich, hat der Biologe gesagt. Wenn die Dalbys da dran sind, ist das eine ungeheuer spannende Sache. Ich weiß auf jeden Fall, dass es da noch viel Forschungsbedarf gibt.«

»Ja, so was machen sie wohl«, sagte Andrea. »Die Kollegen rufen jedenfalls zurück, sobald sie mehr wissen.«

»Und wo wohnen die beiden, wenn sie nicht gerade unterwegs sind?«

»In Alta. Moreneveien«, las Andrea von einem Zettel ab.

»Moment!«, rief Irmi. »Die Adresse dieser Åse im Testament lag doch in Honningsvåg. Nordkappveien war das. Wieso jetzt Alta?«

»Vielleicht ist sie umgezogen. Egal!«, rief Kathi. »Weiter, Andrea!«

»Ähm ... ja. Jetzt wird es komisch. Die Polizei in Alta hat im Moreneveien angerufen, und es ist auch jemand ans Telefon gegangen. Eine junge Frauenstimme. Sobald sich die Kollegen gemeldet haben, wurde aufgelegt.«

»Na ja, nicht jeder mag die Polizei, oder!«, rief Kathi.

»Ja, schon, aber die sind dann hingefahren. Zu dieser Adresse. Keiner hat aufgemacht, aber eine Nachbarin hat gesagt, sie habe Runa noch vor zwei Tagen dort gesehen.«

»Bitte?«

»Ja, eben!«

»Hat Runa eine Schwester?«

»Nein.«

»Runas Eltern könnten ja auch jemanden zum Haushüten abgestellt haben. Vielleicht haben sie Haustiere, um die sich einer kümmern muss«, mutmaßte Kathi. »War sich die Nachbarin sicher, dass das Runa war?«

»Irgendwann nicht mehr. Sie hat halt eine junge blonde Frau gesehen, sagt sie.«

»Runa kann es ja auch nicht sein«, meinte Kathi. »Die liegt in München im Kühlschrank.«

»Kathi!«, rief Irmi in mahnendem Ton.

»Ist doch so. Und jetzt?«

»Die Kollegen bleiben dran und fahren Streife vor dem Haus. Es muss ja mal jemand rauskommen. Ich mein, die können das Haus ja nicht stürmen mit der GSG 9 ... ähm ... oder was die in Norwegen halt Vergleichbares haben«, sagte Andrea unsicher. »Vielleicht hätt ich mehr Druck ... ähm ...«

Irmi sah die Inseln von Vesterålen vor sich. Das betörende Licht. Das tintenblaue Wasser. Und es brach einfach so aus ihr heraus: »Ich flieg da hoch!«

Sie setzte sich an den Rechner und begann, nach Flügen zu suchen. In den nächsten Tagen waren auf der Strecke von München nach Alta keine Plätze mehr frei. Es gab nur eine Alternative: Sie würde bei Jens anrufen und ihn bitten, sie in Lakselv abzuholen.

Doch vorher brauchte sie die Einwilligung ihres Chefs und der Staatsanwaltschaft. Es brauchte einiges an Überredungskunst, bis sie ihr schließlich die Dienstreise genehmigten. Sie schärften ihr ein, sich sofort bei den Kollegen vor Ort zu melden. »Keine Alleingänge«, hieß es.

»Mach bitte keinen Scheiß!«, sagte auch Kathi.

»Keine Sorge, ich werde Jens bitten, mich abzuholen. Der passt gut auf mich auf.«

»Wo steckt der denn? Etwa da oben am Polarkreis?«

»Er ist gerade in Murmansk.«

»Na, dann viel Spaß.« Kathi grinste, ehe sie sich in den Feierabend verabschiedete.

Irmi blieb noch im Büro und wählte die Nummer von Jens. Sie hoffte inständig, er würde rangehen.

Tatsächlich meldete er sich nach mehrmaligem Klingeln.

»Jens, sag mal, du bist doch noch in Murmansk, oder?«

»Willst du mich besuchen?«

»Fast.«

»Fast besuchen ist aber nicht wirklich besuchen.«

»Nein, aber könntest du mich in Lakselv abholen?« Wie das klang. Sie hatte erst mal auf Google Maps nachsehen müssen, wo das überhaupt lag. Und jetzt kam es ihr so vor, als hätte sie gefragt: Könntest du mich schnell in Murnau am Bahnhof abholen?

»Klar, wann denn?«

»Morgen Abend, genauer um halb sechs. Ich weiß, es ist nicht der nächste Weg von Murmansk aus, aber ich hab keinen Flug mehr nach Alta bekommen …«

»Das mache ich gern, meine liebe Liebste. Eines sage ich dir aber: Wir fahren abends nicht mehr nach Alta. Das ist zu weit. Außerdem gibt es hier Schneeverwehungen. Ich reserviere uns eine Hütte bei meinem alten Kumpel Sven. Wir übernachten da und fahren am nächsten Morgen nach Alta weiter.«

Jens war grandios. Er hatte überall auf der Welt Freunde. Seine Welt war klein und durchzogen von Flugrouten. An einem Ort zu bleiben war für ihn ungleich schwerer, als zu reisen. Jetzt würde er eben mal schnell vierhundert Kilometer Auto fahren, um sie in Lakselv abzuholen. Einfach so.

10

Irmi flog um kurz nach acht in München ab. Als sie in Oslo-Gardermoen umstieg, lösten das »Ankomst«-Schild und die mit Holz vertäfelten Gänge heimatliche Gefühle in ihr aus. Es war noch gar nicht lange her, dass sie hier in der Abflughalle gestanden hatte. Diesmal würde sie von Oslo aus mit dem nächsten Flug weiter nach Tromsø fliegen.

Als Irmi dort in die kleine Maschine nach Lakselv umstieg, hatte sie ihre Zweifel. Auch das Geschaukel und die Abstürze in Luftlöcher waren nicht dazu angetan, Vertrauen zu bilden. Eine fröhliche Stewardess meinte, es sei heute etwas »rough«.

Unten sah Irmi Wasser. Viel Wasser. Der kleine Flieger nahm eine elegante Kurve und sank. Noch immer Wasser, bis schließlich doch eine Landebahn zu sehen war. Das Rollfeld lag beinahe im Wasser des zauberhaften Porsangerfjords. Womöglich hatte Xaver Schmid den Flughafen damals mitgebaut?

Der Miniairport verfügte über ein putziges Gepäckband, das Irmis Köfferchen ausspuckte. Als Irmi ins Freie trat, entdeckte sie gleich Jens, der an einem Volvo lehnte und eine Rose zwischen den Zähnen hatte. Er strahlte.

»Du Depp!« Irmi lachte und nahm ihm die Rose aus dem Mund.

Er zog sie an sich und küsste sie herzhaft. »Ihr Taxi wäre da, Madame!«

»Danke, du bist mein Retter. Ist ja etwas mühsam zu erreichen, dieses Weltenende.«

»Dafür ist es hier umso großartiger.«

»Ich hab dich gar nicht gefragt, ob du eigentlich einfach so wegkonntest von deiner Arbeit«, sagte Irmi, als sie im Auto saßen. »Ich bin wirklich unsensibel! Da bestell ich mir einfach ein Taxi nach Lakselv! Ach, Jens, ich ...«

»Irmi, ich bin schon groß. Wenn ich keine Zeit gehabt hätte, dann hätte ich dir das auch gesagt. Ich wäre morgen sowieso abgereist und habe die Reiseroute jetzt einfach etwas modifiziert. Passt scho – so sagt man doch bei dir, oder?«

Sie fuhren auf einer langen geraden Straße durch eine stille Welt, durch endlose lichte Wälder aus Birken und Büschen. Währenddessen erkundigte sich Jens, wie es Kathi und Bernhard ging, ob Sailer wohl auch im Winter kurze Lederhosen trug und ob der kleine Kater immer noch so einen schwachen Magen habe und Irmi alle Beutetiere vor die Füße kotze. Draußen war es noch nicht ganz dunkel, und ein schimmernder Rest von Licht lag sphärisch über den Bäumen.

»Seit wann kommt die Sonne denn wieder?«, fragte Irmi.

»Ich glaube, Ende Januar gilt hier als Ende der Polarnacht. Jetzt im Februar geht es rapide bergauf. Heute Abend gibt es bei Sven übrigens eine Welcome-back-Sun-Party. Er hat ein paar Schweden zu Gast, ein bescheidenes Hüttchen für uns gibt es aber auch noch.«

»Wer ist eigentlich Sven?«

»Ein Verrückter. Ein Aussteiger, wenn du so willst, aber einer mit Plan. Er züchtet Huskys und nimmt an Hunderennen teil, und zwar an den ganz harten: Yukon Quest, Iditarod und Finnmarksløpet, das sind die tausend Kilometer von Alta an der Küste ins Hinterland. Und er hat eine Ferienanlage, die dir bestimmt gefallen wird.«

Sven Engholm begrüßte Jens mit einem Handschlag und Schulterklopfen. Er war kein überschwänglicher Typ, aber er schien Jens wirklich zu mögen, das war seinem Blick zu entnehmen. Ein junges Mädchen zeigte ihnen ihr Blockhaus.

Der Schnee knirschte, draußen waren sicher fünfzehn Grad minus, und die Luft war so rein, dass man sie beim Atmen schmecken konnte. Die Sterne leuchteten hell, obwohl es hier einige künstliche Lichtquellen gab. Das Blockhaus war weit mehr als eine bescheidene Hütte – es war individuell und liebevoll möbliert, und der Kamin war schon angeheizt.

»Fast das ganze Interieur stellt Sven im Winter selbst her: Lampenschirme aus Elchgeweih, Tischplatten aus Altaschiefer, Sofabezüge aus Fellen. Sogar die Löffel schnitzt er selbst.« Er machte eine kurze Pause und fuhr dann fort: »Ich weiß nicht, wie es dir geht, aber ich hatte wenig Lust auf eine Gruppe von trinkenden Schweden. Deshalb hab ich uns das Essen in die Hütte bestellt. Und einen Wein dazu, war das okay?«

»Wenn es dich nicht schon gäbe, müsste man dich erfinden«, meinte Irmi lächelnd. »Danke.«

»So ein Auslaufmodell wie mich will und würde keiner erfinden. Heutige Erfindungen sind schnell, spektakulär und haben keine Plauze.«

»Dieses Minibäuchlein ist doch keine Plauze! Wenn überhaupt, dann habe *ich* eine Plauze.«

»Na, da hättest du mal die Ingenieurin Natalia Worobjow sehen sollen, mit der ich die letzten zwei Wochen das Vergnügen hatte! Die hatte eine Plauze, dass sich der Himmel verdunkelte, wenn sie den Raum betrat! Und wenn man dann weiß, dass der Name Natalia eigentlich Spatz bedeutet ...« Er lachte.

Es klopfte an der Tür, und das junge Mädchen von vorhin brachte ein Tablett mit Nudeln und Gemüsesoße, Schokokuchen, eine Karaffe Wasser und Rotwein. Dann wünschte sie eine gute Nacht und verschwand. Die Holzschälchen mit dem leckeren Essen sahen selbst gedrechselt aus, im Kamin knisterte es heimelig, und die ganze Szenerie erinnerte an einen romantischen Film. Doch Irmi war angespannt und hatte das Gefühl, als würde Runas Gesicht in den Flammen flackern.

Sie aßen, tranken Wein und plauderten, bis Jens schließlich fragte: »Bist du müde?«

»Ja, ziemlich. Es war eine weite Reise, und mir liegt der Fall auf der Seele. Zwei so junge Mädchen!«

Jens nickte. »Ich lass dir den Vortritt ins Bad. Dusch mal ordentlich heiß, das hilft meistens.« Er trat ans Fenster. Heute trug er eine Trekkinghose, und im Gegensatz zu ihr hatte er wirklich einen netten Arsch. Sie ging lächelnd ins Bad und duschte eine halbe Ewigkeit.

Als sie zurückkam, lag Jens auf der Couch und schlief. Sie deckte ihn mit einer bunten Wolldecke zu und krabbelte ins Bett. Sie war froh, dass er schon eingeschlafen war, auch wenn es ihr bescheuert vorkam. Da traf sie alle Jubeltage ihren gut aussehenden, achtsamen und unendlich klugen Liebhaber, der ihr zudem das komplette Romantikpaket geboten hatte – und sie war erleichtert, dass der Sex ausfiel? Jede andere hätte ihn nun geweckt und verführt, doch sie freute sich an der Stille, an seiner Anwesenheit, an seinen

Atemzügen. Es war immer das Gleiche: Sie musste sich an ihn gewöhnen, und es fiel ihr unendlich schwer, von null auf hundert zu beschleunigen.

Als Irmi aufwachte, war Jens weg, doch bis sie sich angezogen hatte, war er mit Kaffee, Brot, Käse und Joghurt wiedergekommen. Er wirkte zerknirscht. »Da schlaf ich einfach ein! Entschuldige. Warum hast du mich nicht geweckt?«

Jetzt nichts Falsches sagen, Irmi, ermahnte sie sich und rettete sich mit dem filmreifen Satz: »Du hast so schön geschlafen.« Dann schickte sie hinterher: »Du warst doch sicher wahnsinnig müde, oder?«

»Ja, ich war knapp fünfzig Stunden wach, aber da hätten zwei weitere auch nicht geschadet.«

Sie war ein Monster und hatte weder gefragt, wie er eigentlich nach Lakselv gekommen war, noch, woher das Auto stammte. Weil sie mal wieder nur in ihrem egoistischen mörderischen Orbit kreiste. Sie küsste ihn auf die Wange und schenkte ihm Kaffee ein.

Nach dem Frühstück packten sie zusammen. Sven war bereits mit den Schweden aufgebrochen und hatte ein paar seiner Hunde mitgenommen. Das junge Mädchen striegelte zwei wuschlige isländische Pferdchen, während einige Hunde oben auf ihren Hütten saßen und mit ihren seltsamen Huskyaugen in eine schneeweiße Welt blickten.

»Wir sollten kurz ins Städtchen und runter an den Fluss fahren, die Zeit haben wir noch«, schlug Jens vor. »Komm, Irmi!«

Nach wenigen Kilometern gelangten sie in eine Kleinstadt, die zwischen den Häusern viel Raum bot, die puristisch war, nordisch, arktisch. Es fehlte nur noch ein Elch, der wie in der Kultserie »Ausgerechnet Alaska« über die Straßen lief. Jens parkte hinter einer Stahlbrücke, sie stiegen aus und gingen einen schmalen Pfad hinunter an einen trägen Fluss, in dem sich Eisschollen übereinandergeschoben hatten. Das flache Licht malte Blautöne in das Eis. Der Sandstrand war von Schnee überzuckert und schimmerte in einem goldenen Ocker wie aus einem Wasserfarbkasten.

»Ist das schön. Fast wie in der Karibik. Fehlen nur noch die Palmen«, flüsterte Irmi.

»Der Norden hat eine andere Kraft. Die Karibik ist bunt, laut und flüchtig, doch hier gibt es eine Ruhe, die einen Wurzeln schlagen lässt. Wir müssen mal im Sommer herkommen und zu dem kleinen See in der Nähe von Svens Ferienanlage wandern. Wir sammeln Holz, kochen Wasser im verbeulten Kessel und rösten Speck und Brot. Und wir haben Sex. Ich schlaf dann auch nicht ein, versprochen. Wir lieben uns mitten im großen stillen unendlichen Nichts. Oder besser doch nicht – wegen der Mücken.« Er lachte. »Was mich hier besonders fasziniert, sind diese riesigen Sanddünen. Sie sind bewachsen, und man muss gut aufpassen, dass man nicht in ein Loch fällt.«

»Was denn für ein Loch?«

»Bis heute sind die Fanggruben erhalten, die den Sami vor knapp tausend Jahren zur Rentierjagd dienten. Heute sind die Sami eine Minderheit. Immerhin haben sie seit einigen Jahrzehnten in Karasjok ein eigenes Parlament, das Sámediggi. Es fasst Beschlüsse, die dann als Empfehlung ans norwegische Parlament in Oslo gehen und durchaus umgesetzt werden.«

Mittlerweile waren sie wieder ins Auto gestiegen. »Es wäre schön, das alles mal unter der Mitternachtssonne zu sehen«, sagte Irmi. »Du bist öfter hier gewesen, oder?«

»Ja, früher.«

»Wann ist früher?«, fragte Irmi, obwohl sie wusste, dass es klüger gewesen wäre, genau das nicht zu fragen.

»Früher eben.«

Irmis Magen meldete sich mit Sodbrennen. »Du warst mit deiner Frau bei Sven, oder?«, hakte sie nach.

»Ja, und?«

Ja, und? Da schleppte er sie in eine romantische Hütte hinterm Polarkreis, und dann stellte sich heraus, dass er mit seiner Frau dort gewesen war. »Schleppst du alle deine Weiber dahin?«

»Erstens mal habe ich keine ›Weiber‹, und zweitens hast auch du ein Vorleben.«

»Ich bin mit dir aber nirgendwohin gefahren, wo ich mit meinem Exmann Urlaub gemacht hab!«

Jens schwieg. Er fuhr konzentriert und sah strikt geradeaus. In Irmis Innerem rumorte es. Natürlich hatte sie ein Vorleben, und der zauberhafte Ort konnte ja nichts dafür, dass Jens hier schon mal mit seiner Frau gewesen war. Und eigentlich verlor er dadurch auch nichts. Dennoch empfand sie ihn auf einmal als entzaubert. Jens hatte hier schon geliebt – eine andere, mit der er bis heute verheiratet war und zusammenlebte. Auch wenn er nur seiner Töchter wegen blieb und aus Fairness gegenüber seiner Frau, die mit ihren schweren Depressionen immer wieder längere Phasen in irgendwelchen Kliniken verbrachte. Aber bei ihrer gemeinsamen Reise damals war sie bestimmt gesund gewesen.

Warum störte sie das nur so? Gab es einen Exklusivitätsanspruch auf Orte? War es geschmacklos, romantische Orte mit verschiedenen Partnern zu besuchen? Und würde Jens das überhaupt so sehen?

Er schwieg ebenso beharrlich wie Irmi. Eine gleichmäßige Landschaft flog vorbei, eine riesige Rentierherde warf ein Zerrbild, Jens fuhr viel zu schnell. Immerhin war Irmi klug genug, jetzt nicht zu maulen: »Ras nicht so!« Ihr war schlecht. Eine beständige Übelkeit, die nicht von dem viel zu starken Kaffee herrührte.

Fast eine Stunde war vergangen, als Jens sagte: »Ich wusste nicht, dass es dich so trifft. Tut mir leid. Ich wollte dir etwas zeigen, was mir sehr viel bedeutet. Im Übrigen war ich hier vor allem mit einem alten Kumpel, der im Ölbusiness gearbeitet hat. Er ist vor ein paar Jahren gestorben. Mit Margret war ich nur einmal hier. Sie fand es furchtbar am Arsch der Welt.«

Irmi schluckte. »Es tut mir auch leid. Es war nur ... es ist ... ach!«

»Schon okay.«

Wenig später bogen sie auf die 93 ab, wo ihnen ab und zu Autos entgegenkamen. Vorher war da nichts gewesen außer zugefrorenen Seen, Dünen und Birkenwäldern. Und die Stille der Finnmark.

»Wie viele Leute leben denn hier?«, fragte Irmi. »Du weißt doch immer alles.«

»Mag sein. Bloß nicht, wie man Frauen behandelt. Das lern ich auch nicht mehr.«

Er klang unglücklich. Sie war wirklich eine Idiotin, dachte Irmi. Da fuhr Jens sie in der Finnmark spazieren, schenkte ihr seine bedingungslose Fürsorge – und sie zickte rum. »Jens, es tut mir wirklich leid! Sehr sogar! Verrätst du mir trotzdem noch was über die Finnmark?«

»Die Finnmark ist der nördlichste und größte Regierungsbezirk Norwegens. Ich glaube, sie ist ungefähr so groß wie Niedersachsen und hat fast fünfundsiebzigtausend Einwohner. Hier leben die Sami, die Kvener, das sind Einwanderer aus Finnland, und natürlich Norweger.«

»Wie war das wohl, als Xaver Schmid hier ankam?«

»Jedenfalls nicht leer. Honningsvåg hatte wegen seiner geschützten Lage schon seit mehreren Hundert Jahren einen bedeutenden Hafen. Die Stadt war Zollstelle und ein wichtiger Stützpunkt für den Schiffsverkehr zwischen Ost und West. Sie wurde ein Zentrum der Fischindustrie, und als die Deutschen einmarschierten, dürfte der Ort etwa zweitausend Bewohner gehabt haben. Honningsvåg wurde zum Marinestützpunkt und ab 1941 zu einem entscheidenden Umschlagplatz für den Nachschub an die deutsch-russische Front.«

»Nicht zu fassen, was du alles weißt. Wie merkst du dir das eigentlich alles? Übrigens habe ich das neulich ernst gemeint, als ich gesagt habe, dass ich dich bewundere.« Irmi zögerte. »Und liebe. Sehr.«

»Auch wenn ich alle meine Weiber an den Polarkreis schleppe?«

»Komm, ich hab mich entschuldigt. Ich bin blöd. Saublöd.«

»Nein, ich bin blöd. Aber weiter im Text des Dozenten: Der Porsangerfjord und der Flughafen von Lakselv waren strategisch extrem wichtig für die Deutschen. Bis heute sieht man Reste von aufwendig errichteten Stellungen, Bunkern, Materiallagern und Baracken der Kriegsgefangenen. Rund sechzehntausend deutsche Soldaten waren allein in der Kommune Porsanger stationiert.«

»Und einer davon war der junge Xaver«, sagte Irmi leise.

»Die Russen rückten im Herbst 1944 von Murmansk aus vor und eroberten Kirkenes. Hitler gab daraufhin den Befehl zur Zwangsevakuierung der Bevölkerung und zur Verwüstung der Finnmark. Schon im Sommer waren viele Bewohner geflüchtet, als es Luftangriffe auf Kirkenes, Vadsø und Vardø gab. Sie wurden zu Flüchtlingen im eigenen Land. Beachtlich ist, dass etwa fünfundzwanzigtausend Bewohner trotz angedrohter Todesstrafe der Evakuierung trotzten. Sie blieben einfach, hausten in Hütten, Höhlen, umgedrehten Booten und Erdlöchern.«

»Puh, da muss man sich ja nicht wundern, dass manche Norweger die Deutschen bis heute hassen!«

»Danach musst du deine Kollegen in Alta fragen, aber ich habe eigentlich nie Ressentiments gegenüber Deutschen gespürt. In der damaligen Zeit war es natürlich Wahnsinn, ein Mädchen aus der Finnmark zu lieben und umgekehrt. Ich weiß nicht ganz genau, ob die Zahlen stimmen, aber ich glaube, es gibt in Norwegen rund zwölftausend Kinder aus Verbindungen mit deutschen Soldaten, von denen schätzungsweise achttausend im Rahmen des norwegischen Lebensborn-Programms gezeugt wurden. Die Kinder wurden nach dem Krieg beschimpft, diskriminiert und zum Teil sogar zwangsadoptiert. Für die Mütter prägte man das Schimpfwort ›Deutschenflittchen‹. Das ist ein Thema, das in Norwegen bis heute tabuisiert wird.«

»Aber dann hätte das Mädchen doch besser daran getan, Xaver nach Deutschland zu folgen?«

»Das ist der Blickwinkel der Moderne! Wie hätte sie denn von hier wegkommen sollen? Und wie hätte sie ihren Xaver wiederfinden sollen? Er war doch nach dem Krieg in englischer Gefangenschaft, hast du erzählt. Damals war die ganze Welt aus den Fugen geraten.«

Irmi schluckte und sah hinaus in die lilafarbene Dämmerung. Sie hatten Alta erreicht. Der Polizeiposten lag im Zentrum der Stadt, die mit ihren Klötzchenbauten nun wahrlich nicht hübsch zu nennen war. Es roch nach Meer, als sie das Fenster herunterkurbelte, weil die Scheibe angelaufen war.

»Die Stadt sieht nicht gerade einladend aus«, meinte Irmi.

»Tja, romantisch ist Alta wirklich nicht. Da sind wieder wir Deutschen schuld. In Honningsvåg zum Beispiel lag im Dezember 1944 mit Ausnahme der Kirche alles in Schutt und Asche. Hier in Alta sind wenigstens ein paar Steine aufeinandergeblieben.«

»Mir geht das alles auf einmal so nahe«, sagte Irmi nachdenklich.

»Zeit war immer schon relativ und subjektiv. Wie viele Wunden heilt die Zeit? Und wie viele bleiben offen?« Er lächelte. »Ich warte drüben im Café auf dich und esse so lange ein fettes Stück Schokokuchen. Für die Plauze.«

Im Polizeigebäude wurde Irmi von einem großen Wikinger begrüßt, der genauso aussah, wie sie sich einen Norweger vorstellte. Lächelnd sagte er: »Hei og velkommen«, und stellte sich als Aksel vor. Dann bat er sie herein und brachte ihr erst mal einen Kaffee. Irmi war davon überzeugt, dass ein Norweger sicher auf der Stelle sterben würde, müsste er auf Kaffee und Kartoffeln verzichten.

»Du kommst gerade aus Lakselv?«

»Ja, ein Bekannter hat mich hergefahren.«

»Das ist gut«, sagte er in beinahe akzentfreiem Deutsch.

»Dein Deutsch ist perfekt«, lobte Irmi.

»Ich war mal ein Jahr in Hamburg.«

Sie zögerte, und auf einmal war es ihr ein Anliegen zu erzählen, dass sie und Jens sich auf der Fahrt hierher über die Besatzungszeit unterhalten hatten. »Das war wirklich kein Ruhmesblatt der deutschen Geschichte«, sagte sie. »Mein Volk ...«

»Lass gut sein«, unterbrach er sie. »Krieg ist nie ein Ruhmesblatt, bei keinem Volk dieser Welt. Aber keine Sorge, wir haben nichts gegen deutsche Gäste. Sie sind uns wirklich willkommen, solange sie nicht mit Zündhölzchen spielen.« Sein Lachen war ansteckend und nahm viel Schwere aus dem Tag, der so sanft begonnen hatte und dann so kompliziert geworden war.

»Aber jetzt erzähl mal. Bei diesem Fall geht ja um eine Kriegsgeschichte, wenn ich das richtig verstanden habe.«

»Ja, im weitesten Sinne.« Und Irmi schilderte ihren Fall, der mit einem gewaltigen Brand begonnen und sie erst zu den Baumaschinenschiebereien geführt hatte. Sie erzählte von der Situation der osteuropäischen Pflegekräfte, berichtete von Ionellas Vater und Bruder und deren Verzweiflung. Dann kam sie auf ihre beiden Verdächtigen zu sprechen, die immer noch beteuerten, niemanden ermordet zu haben. Und schließlich erzählte sie die Geschichte zwischen Xaver Schmid und einer Norwegerin, die Irmi letztlich nach Alta geführt hatte.

»Du glaubst also, Runa Dalby ist die Enkelin dieses Xaver Schmid?«

»Ja, oder seine Urenkelin. Vieles spricht dafür, zumal Runa den Kontakt zu Ionella Adami bewusst herbeigeführt hat, um die Familie Schmid unter die Lupe zu nehmen. Warum sonst hätte sie das tun sollen?«

Er nickte bedächtig und schenkte sich Kaffee nach. »Wir waren mehrmals beim Haus der Dalbys und haben geklingelt und angerufen. Es hat aber nie jemand geöffnet, und nur einmal ist eine weibliche Person ans Telefon gegangen, die gleich wieder aufgelegt hat.«

»Meine Kollegin hat eine Nachbarin erwähnt, die Runa gesehen haben will.«

»Nun, die alte Matilde Larsson sieht so einiges. Darauf würde ich nicht allzu viel geben. Sie ist eine ... wie sagt man? Tratschtante?«

Irmi lächelte. »Ja, solche Zeugen kennen wir auch. Mitteilsam bis zur Inhaltslosigkeit.«

»Muss ich mir merken«, sagte Aksel und lachte. »Ich stehe außerdem mit Tromsø in Kontakt. Die beiden Dalbys wurden von einem Forschungsschiff auf Nordaustlandet abgesetzt und heute von einem anderen Schiff wieder an Bord genommen, das auf dem Weg nach Tromsø ist. Die beiden müssten morgen hier sein. Wir haben ihnen am Telefon noch keine Details gesagt, nur, dass sie unbedingt zurückkommen müssen, weil ihrer Tochter etwas zugestoßen ist.«

»Das wird nicht schön. Wenn du so eine kryptische Nachricht bekommst, muss die Rückreise ja unerträglich sein. Furchtbar!«

»Ja, aber ich wollte auch nicht am Telefon vom Tod der einzigen Tochter sprechen.«

»Sicher.«

»Gut, dann lass uns noch mal zum Haus der Dalbys fahren. Sag mal, wo ist denn dein Bekannter?«

»Er wartet in einem Café in der Nähe auf mich.«

»Ich habe euch ein Zimmer im Thon Hotel Vica gebucht. Vielleicht mag er da schon einmal hinfahren. Ein Doppelzimmer ist doch in Ordnung, oder?«

War ein Doppelzimmer in Ordnung? »Natürlich«, sagte Irmi und informierte Jens per Handy. Im Hintergrund hörte sie eine Frau lachen.

»Stell dir vor, das Mädchen, das hier arbeitet, ist Russin. Aus Murmansk«, erzählte Jens begeistert. »Und sie kennt einen der Herren, mit denen ich zu tun hatte. Und der Spatz ist ihre Tante! Unglaublich, oder? Wir plaudern auf Russisch.«

»Schön«, sagte Irmi lahm.

Jens konnte überall auf der Welt Kontakte knüpfen und elastisch zwischen Sprachen hin und her springen wie ein Kind beim Gummitwist. Was wollte er eigentlich von ihr? Von einer Frau mit zu viel Substanz, die so mit ihrem Boden verwurzelt war. Die nur leidlich Englisch sprach und am liebsten stumme Zwiesprache mit Kühen und Katzen hielt und übers Murnauer Moor blickte. Was wollte er von ihr? Sex? Den hätte er woanders leichter bekommen und vielleicht auch besser? Womöglich bekam er ihn auch?

Irmi versuchte sich zu bremsen. Was war bloß mit ihr los? Sie und Jens hatten sich diese Beziehung doch gemeinsam so zurechtgelegt, dass sie für beide funktionierte. Ein Verhältnis, das so locker war und doch so tief. Wurde sie etwa altersmelancholisch und zweiflerisch?

»Alles in Ordnung?«, fragte Aksel.

»Ja, schon, ich finde die ganze Sache nur ziemlich verwirrend.«

»Drum bringen wir jetzt Licht ins polare Dunkel. Ihr Mitteleuropäer glaubt doch, wir sitzen das halbe Jahr depressiv und saufend in der Dunkelheit, oder?«, bemerkte er grinsend.

»Ich nicht. Ich war vor Kurzem noch in Ringstad in Vesterålen.«

»Wirklich? Aber nicht bei Carina, oder?«

»Doch.«

»Ich kenne sie. Carina stammt ursprünglich von der Insel Sorøya, und meine Frau war mit ihr in der Schule.«

»Was für eine kleine Welt.«

Sie stiegen draußen in ein Polizeiauto und fuhren durch das verschneite Alta. Überall strahlten die Lichter aus den Häusern.

»Um diese Jahreszeit ist die Stadt richtig hübsch, sonst nicht so sehr. Ich mag Alta aber trotzdem. Seine Geschichte ist aus genau dem Grund so präsent, weil man nichts davon sieht. Hier oben war ja fast alles zerstört, aber die Flüchtlinge haben sich an ihren provisorischen Wohnorten in Süd- und Mittelnorwegen schlecht aufgenommen gefühlt. Es gibt einen schönen Spruch: ›Heller branntomtene i Finnmark enn opphold hos hyggelige landsmenn.‹ Auf Deutsch: Lieber die niedergebrannten Grundstücke in der Finnmark als ein Aufenthalt bei netten Landsleuten. So sind wir bis heute, Oslo ist weit weg. Damals schon hat man sich gegen die

Vorstellungen der norwegischen Behörden gewehrt, die den Rückstrom in den Norden steuern wollten. Die Häfen waren ja noch vermint, die Versorgung nicht gesichert, und es gab keine Verwaltung. Die hatten Angst vor Anarchie. Aber die Kinder des Nordens kannst du nicht stoppen. In Honningsvåg hat die Kirche den Zurückgekehrten ein festes Dach über dem Kopf geboten. In der Sakristei wurde eine Bäckerei eingerichtet, im Kirchenschiff eine Feldküche installiert, Schlafplätze wurden abgeteilt. Und im Nachhinein hatten die Deutschen ja sogar was Gutes: Man hat einfach deutsche Militärbaracken aus Südnorwegen hierhergeschafft, um darin die Leute unterzubringen.«

Aksel lachte. Er hatte wirklich einen entwaffnenden Humor. Und wieder mal spürte Irmi, dass es gut war, ab und zu die Heimat zu verlassen, weil es überall auf der Welt Orte und Menschen gab, die einen sanft umfingen.

»Wir sind gleich da«, sagte Aksel. »Was du hier draußen siehst, entspricht dem Geist der Zeit, in der es errichtet wurde. Nach dem Krieg wollte man die Region zukunftsweisend aufbauen, moderne Wohnungen schaffen und die Wirtschaft ankurbeln. Die alten niedergebrannten Fischersiedlungen am Meer sollten aufgegeben und stattdessen neue Städte an den großen Fjorden errichtet werden. Die norwegische Exilregierung in London hatte das alles schon minutiös geplant und ausgearbeitet. Der Vorteil war, dass mit der modernen Bauweise die Klassenunterschiede der Vorkriegsgesellschaft abgeschwächt wurden: Die neuen Gebäude waren in erster Linie modern und funktional – unabhängig von der Bevölkerungsschicht.«

»Du wärst ein guter Fremdenführer«, meinte Irmi.

»Ich möchte eben, dass ihr Deutschen uns versteht. Ich höre von Besuchern oft abfällige Bemerkungen über Alta, das sie so hässlich finden. Die hätten alle lieber romantische rote Holzhäuschen ohne fließend Wasser.«

»Weißt du, Aksel, diese Anforderung wird auch an meine Heimat gestellt. Am besten sollten wir alle in uralten Katen hausen, in denen der Kachelofen vor sich hin bullert und wo es draußen ein Klohäuschen mit Herzerl gibt. Das Heu sollten wir ganz ohne Maschinen aufladen und unsere Kühe natürlich auch von Hand melken. An unserem Hof führt ein Wanderweg vorbei, da kann man den Gesprächen lauschen. Die Touristen beschweren sich über die hässlichen Solaranlagen auf den Dächern, sie wollen für die schönste Zeit des Jahres eine Traumkulisse. Aber in diesen Kulissen leben Menschen!«

»Völlig richtig. Meine Schwiegermutter war Architektin und hat mir erzählt, dass die Frauen im Allgemeinen wesentlich weniger Widerstand gegen die Modernisierungsprozesse zeigten als ihre Männer. Frauen zogen nämlich direkten Nutzen aus modernen Küchen mit fließendem Wasser, aus Badezimmern und Toiletten im Haus. Dass das alles für den heutigen Geschmack nicht gerade hübsch ist, stimmt natürlich. Aber es sind seitdem ja auch über sechzig Jahre vergangen. So, da sind wir.«

Aksel parkte vor einem schlicht aussehenden Haus.

»Das hier ist ein typisches Finnmarkhaus mit fast quadratischem Grundriss, anderthalb oder zwei Stockwerken, einem Satteldach und einer Wohnfläche von neunzig Quadratmetern. Später wurde hier ein Vorhaus angebaut. Hinten gibt es eine Veranda, das haben wir neulich festgestellt, als wir hier waren, um herauszufinden, ob sich jemand im Haus aufhält.«

Drinnen brannte Licht.

»Na, dann versuchen wir mal unser Glück. Es gibt eine Tür, die auf die Veranda hinausführt. Könntest du die bitte sichern, falls sich jemand davonmachen will? Ich läute so lange vorn«, sagte Aksel.

Irmi nickte und ging auf die Rückseite des Hauses. Sie hörte, wie Aksel mehrfach klingelte, anklopfte und dann irgendwas rief. Das Licht erlosch. Aksel trommelte weiter.

Plötzlich wurde Irmi bewusst, dass sie ohne Waffe dastand. Was, wenn gleich ein gewaltbereiter Bewohner hinausstürmte? Kathi würde angesichts solcher Unvorsichtigkeit ganz schön meckern.

Aber nichts passierte, und Irmi begann allmählich zu frösteln. Nach einer halben Ewigkeit ging das Licht wieder an. Sie hörte Schritte. Leise Stimmen. Dann Aksel, der rief: »Irmi, komm bitte zur Haustür!«

Irmi ging eilig nach vorn. Vor dem Haus stand Aksel, im Türrahmen eine junge Frau. Blonde lange Haare. Blaue Augen. Sie trug Jeans und einen Pullover mit einem gewaltigen Rollkragen. Irmi kannte sie. Es war das zweite Mädchen auf dem Foto. Marit Aarestad.

»Können wir reinkommen?«, fragte Aksel die junge Frau.

Die nickte, ging vor bis in die Küche und machte Licht an. Mit einer fahrigen Handbewegung deutete sie zu ein paar weißen Stühlen vor einem abgewetzten Tisch. Eine nordische Küche. Viel Weiß, blaue Stoffe. Ein Stil, der Irmi sehr gefiel.

»Was ist hier eigentlich los?«, donnerte Aksel, nachdem

sie sich gesetzt hatten. »Wir waren mehrmals hier, haben geklingelt und angerufen. Warst du das, die gleich wieder aufgelegt hat? Wer bist du überhaupt? Was tust du im Haus der Dalbys?«

Die junge Frau sah von Aksel zu Irmi, zupfte nervös an ihren Haaren und wirkte völlig verstört.

»Bist du taub? Was tust du hier?«, kam es erneut von Aksel.

»Du bist doch Marit, oder? Marit Aarestad?«, fragte Irmi.

Das Entsetzen im Gesicht der jungen Frau war grenzenlos. Dann begann sie zu weinen und stammelte etwas auf Norwegisch. Sie zitterte am ganzen Körper.

Aksel stellte ein paar schnelle Fragen, auf die sie leise antwortete.

»Was sagt sie?«

»Sie sagt immer nur, dass sie Marit schon seit Tagen nicht mehr erreicht. Sie geht nicht mehr ans Handy und antwortet nicht mehr auf E-Mails.«

»Warum Marit?« Irmi starrte Aksel an und dann das Mädchen. »Who are you?«, fragte Irmi auf Englisch.

»Runa. Runa Dalby.«

Es war still. So still. Irmi suchte mit dem Blick die Augen des Mädchens, die in Tränen schwammen. Aksel war völlig konsterniert. Dann schleuderte er der jungen Frau wieder eine Salve von Fragen entgegen, die sie schluchzend beantwortete. Irmi saß derweil auf den sprichwörtlichen heißen Kohlen, denn sie verstand nur wenige Brocken Norwegisch. Es fielen die Namen Marit und auch Schmid. Und immer wieder Marit.

Plötzlich brach das Mädchen zusammen. Sackte einfach

zur Seite. Aksel war sofort bei ihr und brachte sie in die stabile Seitenlage. Fast gleichzeitig brüllte er in sein Handy nach einer »Ambulanse«. Das Mädchen war bewusstlos und atmete flach.

»Das ist Runa Dalby, forbannet! Irmi, ich verstehe gar nichts mehr. Ich hoffe, der Notarzt kommt schnell.«

Schon Minuten später war der Krankenwagen da. Mit schnellen Handgriffen luden die Männer das Mädchen ins Auto. Sie bekam Sauerstoff und eine Spritze, und schon fuhr der Wagen Richtung Krankenhaus.

Irgendwann hatte sich das ganze Getümmel gelegt. Irmi und Aksel sanken an den Küchentisch.

»Was hat sie gesagt, um Himmels willen?«

»Es ist tatsächlich Runa Dalby! Sie sagt, dass ihre Freundin Marit Aarested nach Bayern gefahren sei. Runa hat wohl die ganze Zeit versucht, sie zu erreichen. Sie sei schon ganz krank vor Sorge gewesen, meint sie. Fast hätte sie die Polizei gerufen, dann habe sie sich aber nicht getraut. Sie sprach davon, dass der ganze Plan ein Wahnsinn gewesen sei. Als ich gesagt habe, dass in Bayern eine Norwegerin ums Leben gekommen sei, ist sie zusammengebrochen.«

In Irmis Kopf drehte sich alles. Bilder liefen durch wie im Daumenkino. Das Skelett des verbrannten Hauses. Frau Dr. Strissel. Der Kini. Die Kappel. Thomas Schmid. Tereza. Xaver Schmid. Das Foto der beiden Mädchen.

Sie zog es aus der Tasche und legte es vor Aksel auf den Tisch. »Das sind die beiden. Aber warum war Marit in Bayern und hat sich überall als Runa ausgegeben? Bei der Frau, die sie untergebracht hat, bei Ionella und gegenüber ihrer Arbeitgeberin im Museum? Mein Gott, dann muss es sich ja bei der toten Norwegerin um Marit handeln und nicht um Runa! Warum das alles?«

»Keine Ahnung. Das würde ja heißen, dass die beiden Mädchen die Identität getauscht haben, oder?«

»Das wäre die einzige Erklärung. Aber warum?«

»Jetzt fahren wir erst mal ins Krankenhaus und befragen Runa Dalby.«

Auf dem Weg zum Krankenhaus tanzten die Lichter noch immer über der Stadt. Schon bald waren sie da. Aksel sprach kurz mit einer Krankenschwester und eilte einen Gang entlang. Dort wandte er sich an einen Arzt und wechselte ein paar Sätze.

»Meine Frau arbeitet hier. Sie ist Ärztin«, erklärte Aksel seiner deutschen Kollegin, die ihm gefolgt war. »Deshalb kenne ich hier einen Haufen Leute. Runa ist wieder bei Bewusstsein. Wir müssen aber noch warten, bis wir mit ihr sprechen dürfen. Ich hole uns so lange einen Kaffee.«

Irmi wäre ein großes Bier zwar weitaus lieber gewesen, aber sie trank das angebotene schwarze Gebräu, das ihren Magen noch saurer machte, und wartete.

Nach anderthalb Stunden tauchte eine Ärztin auf. »Hei«, sagte sie in Irmis Richtung. Auch sie schien Aksel gut zu kennen, die beiden redeten kurz, bevor sie sich mit einem freundlichen »Bye« verabschiedete.

»Berit sagt, wir können reingehen. Das Mädchen hat wohl tagelang nichts gegessen und kaum getrunken. Sie war völlig dehydriert und hängt nun am Tropf. Sie haben ihr auch was zur Beruhigung gegeben. Jetzt ist sie zwar wach, wir sollen sie aber auf keinen Fall aufregen.«

»Ist inzwischen erwiesen, dass es sich um Runa Dalby handelt?«

»Sie haben mit Runas Zahnarzt telefoniert und das Zahnschema abgeglichen. Es ist eindeutig Runa Dalby.«

Das Mädchen wirkte so klein und verloren unter den blinkenden Maschinen des Krankenhausbetts. Das weiße Krankenhaushemd ließ sie zerbrechlich und leichenblass aussehen.

»Runa, können wir Englisch reden, damit meine deutsche Kollegin uns auch versteht?«, fragte Aksel.

Sie nickte.

»Das ist Irmi Mangold aus Bayern. Leider wurden dort zwei junge Mädchen tot aufgefunden, und nun will sie mehr über die Hintergründe herausfinden. Eine der beiden war eine Rumänin, die als Pflegerin bei alten Leuten gearbeitet hat. Die andere war eine junge Norwegerin, die sich als Runa Dalby ausgegeben hat. Weißt du, wer das gewesen sein könnte?«

Das Mädchen nickte und begann leise zu erzählen. Runa Dalby und Marit Aarestad waren Kommilitoninnen gewesen und hatten sich an der Uni in Tromsø kennengelernt. Marit war Vollwaise und hatte bereits eine Drogenkarriere mit Heimaufenthalten, Pflegeeltern und Jugendstrafen hinter sich. Doch sie hatte die Kurve noch bekommen, einen hervorragenden Schulabschluss gemacht und galt sogar als hochbegabt. Runa war angezogen gewesen von der Kühnheit, ja Frechheit, mit der Marit durchs Studentenleben geschwebt war. Wie sie Professoren überrannt, junge Männer um den Verstand gebracht und ihnen das Herz gebrochen hatte.

»Marit war dabei aber immer bezaubernd. Sie war eine Elfe, eine Fee, aber vielleicht nicht unbedingt eine gute«, sagte Runa.

Die beiden wurden zu einem unzertrennlichen Paar: die eine wie eine entfesselte Mittsommernacht, die andere kühl und ruhig wie ein Polartag. Sie hatten sich gegenseitig korrigiert, die eine wirkte beflügelnd, die andere hatte auch mal die Notbremse gezogen.

Doch dann war etwas passiert, was Runas Leben verändern sollte. Ihre Eltern hatten vor einiger Zeit das Haus ein wenig umgebaut, doch weil sie ständig unterwegs waren, getrieben vom Forschergeist und der Jagd nach dem perfekten Foto, brachten sie den Umbau nie zu einem Ende. Überall standen Kisten herum, die eigentlich auf den Sperrmüll hätten wandern sollen.

»Meine Eltern sind lebensuntauglich«, drückte Runa es aus. »Sie sind nur dort ganz Mensch, wo andere kapitulieren – auf einsamen Inseln, in Wüsten, in Mondlandschaften, wo das Leben vollkommen reduziert ist. Wenn es darum geht, Rechnungen zu bezahlen oder auch nur sinnvoll einzukaufen, versagen sie komplett.«

Runa hatte in Abwesenheit der Eltern begonnen, in einer alten Truhe zu stöbern. Dort hatte sie Briefe von einem Deutschen an ihre Urgroßmutter Magga gefunden. Sie hatte das alles nicht so ganz begriffen. Deshalb hatte sie gegoogelt und schließlich Marit zurate gezogen. Am Ende hatten die Mädchen die Puzzlestücke zusammengefügt: Magga hatte 1945 ein Mädchen geboren und auf den Namen Åse Live taufen lassen. Es war nicht nur ein uneheliches Kind, sondern der Vater war auch noch Deutscher. Åse selbst bekam mit zwanzig ein Kind, das ebenfalls Åse getauft wurde – Runas Mutter. Die Oma war in Runas Kindheit zur Hauptbezugsperson geworden. Die Enkelin hatte dort mehr Zeit verbracht als bei ihren Eltern. Die Oma hatte ziemlich zurückgezogen in Honningsvåg gelebt. Dort hatte sie ein kleines Café am Nordkappveien betrieben, in dem viele Touristen verkehrten. Runa konnte sich noch gut an die Autos mit den seltsamen Kennzeichen erinnern. Sie wusste auch noch, dass fremde Menschen Fotos von ihr, der bildhübschen kleinen Norwegerin, gemacht hatten. Später hatte Runa ein Internat besucht und die Sommerferien bei der Oma verbracht. Seit sie studierte, wohnte sie in einem Zimmerchen in Tromsø und hütete ab und zu das Haus ihrer Eltern, deren Leben eine einzige Durchreise war und das nur aus Kofferumpacken bestand.

»Lebt deine Oma denn noch?«, wollte Irmi wissen.

»Ja, und sie hat über die Jahre Freundschaft mit einer Dame aus Deutschland geschlossen, die ein Haus in Trysil in Ostnorwegen besitzt. Oma hat das Café verkauft und ist nach Trysil gezogen. Lore, so heißt die Frau, hat ein riesiges Haus, in dem die beiden eine Alte-Weiber-WG gegründet haben. So nennen sie das jedenfalls. Oma liebt Trysil, es gibt dort auch ein Skigebiet, und sie fährt trotz ihres Alters immer noch sehr gut. Ich habe Oma zugeraten. Schließlich kann ich sie ja auch in Trysil besuchen. Mama kommt sowieso nie.«

Was für eine Geschichte, dachte Irmi. Wie hatte der Pfarrer gesagt? Krieg ist nichts Abstraktes, sondern die Summe aus Millionen Einzelschicksalen. Und Millionen Mal streckte die Vergangenheit ihre langen hässlichen Finger noch weit hinein in die Angelegenheiten der nachfolgenden Generationen.

Die beiden Mädchen hatten also Runas Familiengeschichte rekonstruiert: Die Oma war ein Deutschenkind gewesen, was in der Familie nie thematisiert worden war, Runas Mutter kam nie zur Ruhe, und sie selbst war die Urenkelin eines Deutschen! Marit war ganz Feuer und Flamme gewesen und hatte mehr wissen wollen. Die beiden jungen Frauen hatten sich zum ersten Mal ganz konkret mit der Geschichte ihres Landes befasst, die sie in der Schule gelernt hatten. Nun war das auf einmal Runas Geschichte geworden.

»Wir haben viel gelesen. Über den Krieg. Über die Besatzung. Über die Nachkriegszeit. Über die Finnmark, von wo die Menschen geflüchtet waren und wohin sie dennoch zurückgekehrt sind – ins Nichts. Komisch, oder? Wäre es in Oslo oder Lillehammer nicht viel einfacher gewesen? Und ich glaube, ich habe begriffen, warum die Oma so einsam war. Sie hatte eigentlich kaum Kontakte in Honningsvåg. Mit Ausnahme der Cafégäste. Sie hat auch eine kleine Ferienwohnung vermietet. Die Stammgäste haben sie geliebt. Es waren viele Deutsche darunter. Meine Mutter hat immer nur abfällig von den Deutschen gesprochen, die mit ihren VW-Bussen und Wohnmobilen die immer gleiche Rennstrecke Alta, Skaidi, Honningsvåg befahren. Die unbedingt ans Nordkap wollen.«

Das war alles eine Frage des Blickwinkels, dachte Irmi. Sie fand es auch komisch, dass die Japaner unbedingt einmal auf die Zugspitze wollten und einen viel zu hohen Preis dafür berappten. Sie fand es merkwürdig, dass sich die Reisegruppen durch Ogau schoben, das zweifellos hübsch war, aber für Irmi eben nicht mehr als ein Dorf unter vielen. Das Nordkap dagegen war etwas anderes. Es war der Rand der Welt, ein Sehnsuchtsziel. Irmi verstand gut, dass deutsche Touristen unbedingt dort hinwollten, und auch, dass sie sich als Erinnerung eine bunte Mütze kauften, so wie sich Australienbesucher eben einen Bumerang mitbrachten. Die kleine Runa war sicher oft am Nordkap gewesen, für sie war das Normalität. Aber eben nicht für den Rest der Welt.

Irmi spürte, wie gut es der Eisprinzessin Runa tat, dass sie über etwas anderes sprechen konnte als über Marit. Sie taute endlich ein wenig auf. Irmi unterdrückte die drängenden Fragen.

»Manche nennen das Nordkap auch die Endstation der Welt«, fuhr Runa fort. »Es ist auch ein Kraftort, aber nicht, wenn da Hunderte von Menschen herumlaufen. Im Winter hat das Nordkap ganz eigene Schwingungen. Ich war mit meiner Oma öfter oben, mit dem Schneemobil. Sie war dann immer sehr melancholisch. Ich dachte, das liege an der Landschaft, aber vielleicht hat sie sich an ihre Mutter erinnert. Und an die Briefe. Der Deutsche hat so schöne Briefe geschrieben.« Sie begann wieder leise zu weinen.

»Hast du diese Briefe noch?«, fragte Irmi. »Wie waren sie unterschrieben?«

»Mit Xari. Auf den Umschlägen stand der volle Name: Xaver Schmid. Ich kann nur ein bisschen Deutsch, aus der Schule, aber Marit war darin sehr gut. Wir haben die Briefe zusammen übersetzt. Sogar Marit musste weinen.«

»Und dann?«

»Und dann haben wir recherchiert und herausgefunden, dass es diesen Xaver Schmid noch gibt. Und wo er wohnt und all das. Marit hat gemeint, ich müsse mit meiner Mutter reden.«

»Und?«

»Meine Mutter ist böse geworden. Sie gesagt, das hätte nichts mit ihr zu tun. Und sie hat mir verboten, weiter darüber zu sprechen. Eigentlich wollte sie auch die Briefe haben, aber die hatte ich schon nach Tromsø mitgenommen. Sie hat getobt. Dann musste sie wieder weg – wie immer. Diesmal wollte sie irgendwo Eisbären fotografieren. Als sie abgereist war, fühlte es sich an, als ob sich ein Sturm gelegt hätte. Plötzlich war es so still im Haus. Ich habe sie nicht verstanden. Sie hat einen Opa in Bayern, aber das interessiert sie nicht. Ich glaube, es liegt daran, dass meine Mutter keine Bindungen aufbauen kann. Sie liebt auch meinen Vater nicht. Die beiden sind ein gutes Arbeitsteam, aber kein Liebespaar.« Sie zögerte. »Mich hat sie auch nie geliebt. Sie war nie wie eine Mutter. Eher wie eine große Schwester. Keine besonders nette Schwester.«

Es war erstaunlich, wie klar Runa das alles analysierte. Bestimmt war sie früher als andere Gleichaltrige erwachsen geworden. Kein Wunder, wenn die Eltern weit Abenteuerlicheres zu tun gehabt hatten, als ein Kind zu erziehen. Sie liebten ihre Freiheit und die Exotik, wie wäre da Platz für ein Kind in der Enge von Alta gewesen? Runa tat Irmi unendlich leid. Nun hatte sie auch noch ihre einzige wirkliche Freundin verloren. Wenigstens war ihr die Großmutter geblieben.

»Sag mal, Runa, habt ihr deine Oma denn auch mit euren Entdeckungen konfrontiert?«

»Nein, ich wollte das auf keinen Fall am Telefon tun. Und ich wollte auch erst die Reaktion meiner Mutter abwarten. Sie hat mich nicht nur beschimpft, sondern mir auch verboten, Oma etwas davon zu sagen.«

»Das heißt aber, deine Mutter wusste, dass ihre eigene Mutter das Kind eines Besatzungssoldaten war?«

»Davon bin ich überzeugt. Sie hatte ja über all die Jahre diese Briefe bei sich gehortet. Aber meine Mutter glaubt eben, dass man einen Deckel nur schließen und den Schlüssel kräftig genug umdrehen muss. Dann werden schon keine Geister mehr herausschlüpfen.«

Runa war beängstigend blass. Einen Moment schwiegen alle, bis die junge Frau leise weitersprach.

»Marit hat vermutet, dass meine Mutter diese Briefe irgendwann bei Oma gefunden und dann bei sich versteckt hat. Auch Marit hat befürchtet, dass das Ganze ein ganz großer Schock für die Oma sein könne, weil sie es doch sicher längst ad acta gelegt hätte. Marit hielt meine Mutter für eine herzlose Kuh. Stimmt ja auch. Marit weiß, wie es ist, wenn man keine Familie hat. Wenn man nicht weiß, wo man herkommt und wo man hingehört. Mir geht es ja so ähnlich. Manchmal habe ich auch das Gefühl, keine richtige Familie zu haben. Marit war davon überzeugt, dass es mir guttun würde, nach Bayern zu reisen und die Wurzeln meiner Familie zu finden.«

Runa weinte wieder stärker, und Aksel holte ihr ein Glas Wasser. Es verging viel Zeit, bis sie sich beruhigt hatte.

»Doch dann ist Marit gefahren. Warum?«, fragte Irmi vorsichtig.

»Ich habe zu ihr gesagt, dass ich das nicht packe. Hätte

ja auch sein können, dass das ganz böse Menschen sind, da in Bayern. Ich hätte das nie geschafft, inkognito zu reisen. Nie! Und irgendwann einmal hatte Marit die Idee, dass dann eben sie fährt. Mal vorsondiert, was das für Leute sind. Ob der Uropa überhaupt noch mit mir reden kann.«

»Und ihr habt wirklich die Identität getauscht?«, fragte Irmi immer noch fassungslos.

»Ja, Marit hat meinen Lebenslauf auswendig gelernt und meinen Pass mitgenommen. Wir haben sogar die E-Mail-Accounts getauscht. Alles sollte perfekt sein. Ich meine, wir sehen uns ja ziemlich ähnlich, und so genau schaut am Flughafen keiner hin. Und dann kann Marit auch viel besser Deutsch als ich.«

»Aber warum ist sie denn nicht als Marit gefahren?«, fragte Aksel. »Das wäre doch viel unauffälliger gewesen?«

Runa hantierte mit ihrem Taschentuch herum und flüsterte: »Jetzt im Nachhinein kommt mir das auch dumm vor. Aber Marit dachte, sie könnte die Leute in Bayern so eher aus der Reserve locken. Wenn sie als Marit umständlich hätte erklären müssen, dass sie eine Freundin hat, die einen Großvater ... Verstehst du? Es war ihre Idee. Marit ging immer solche Wege. Ist sie wirklich tot?«

Sie wurde von einem neuen Weinkrampf geschüttelt, bis die Ärztin, mit der Aksel vorhin gesprochen hatte, hereingerannt kam und die Kommissare aus dem Zimmer jagte.

Draußen sanken Irmi und Aksel auf zwei Plastikstühle. Erschöpft. Leer.

»Das ist ein Wahnsinn. Ich hab das Gefühl, als würde ich mitten in einem schlechten Film stehen«, sagte Aksel schließlich, nachdem er einen weiteren Kaffee getrunken hatte.

Es war in der Tat surreal. Es war absurd. Marit war tot. Marit, die Vollwaise. »Seit meine Eltern tot sind«, hatte sie im Museum gesagt und sich dann schnell korrigiert. Niemandem war etwas aufgefallen.

»Was tun wir jetzt?«, fragte Aksel. Der große Wikinger schien völlig aus der Bahn geworfen zu sein.

»Ein Bier trinken? Das wäre die bayerische Lösung«, schlug Irmi vor. »Noch mehr Kaffee überlebt meine Magenschleimhaut nicht.«

»Fahren wir ins Hotel zu deinem Bekannten. Dort sollte es Bier geben.«

Im Hotel machten sich Aksel und Jens miteinander bekannt. Sie bestellten sich drei Gläser Bier zu einem Preis, für den man in Bayern ein halbes Fass bekommen hätte. Irmi trank in wenigen schnellen Schlucken ihr Mack. Auf dem Glas war ein Eisbär abgebildet, und darüber stand in roter Schrift: »Arctic Beer«.

»Die nennen sich die nördlichste Brauerei der Welt«, erklärte Aksel. »Der Gründer war ein Bäcker aus Braunschweig.« Zwischen den beiden Männern entspann sich eine Diskussion über Biersorten und Brauereien, der Irmi weder folgen konnte noch wollte. Sie entschuldigte sich, ging aufs Zimmer und rief Kathi an. Sie erzählte ihr von Runa und davon, dass Marit die tote Norwegerin gewesen war. Die kühne Marit, nicht die kühle Runa.

»Aber dann haben die Schmids die Falsche erwischt, oder!«, meinte Kathi.

»Der Gedanke liegt nahe, wenn es wirklich um diese Erbschaft geht. Wenn das unser Motiv ist«, sagte Irmi zögerlich.

»Na, hör mal! Du wolltest doch immer an die Unschuld der fabelhaften Schmid Boys glauben! Du findest diesen Labersack Markus doch so unschuldig wie ein Lämmlein, und Arschgesicht Thomas war es deiner Meinung nach auch nicht. Und nun ziehst du den Schwanz ein?«

»Kann ich gar nicht«, sagte Irmi und musste lächeln. Der Wirbelwind Kathi fehlte ihr.

»Okay, wir haben zwei Ansätze. Falls es um den Baumaschinendeal ging, wäre Ionella das Ziel gewesen. Falls es aber um den halben Berg ging, den irgendeine dahergelaufene Norwegerin erben sollte, hätte Runa weggemusst. Welches Schweinderl hätten wir denn nun gerne? Und was hast du jetzt vor?«

»Morgen kommen die Eltern von Runa hier an. Ich werde mit ihnen reden und dann alles Weitere entscheiden.«

»Soll ich die Schmids noch in die Mangel nehmen und auf das Testament ansprechen?«

»Lass das Testament vorerst aus dem Spiel, bitte.«

»Geht klar. Meld dich, ja?«

»Sicher.«

»Na, dein Sicher kenn ich. Gute Nacht!« Kathi klang dennoch versöhnlich.

Irmi ging wieder in die Hotelbar, wo Aksel und Jens sich lachend zuprosteten. Sie fühlte sich plötzlich ausgeschlossen.

Aksel entdeckte sie als Erster. »Irmi, stell dir vor, Jens kennt einen Schulfreund von mir, der Ingenieur geworden ist. Er hat ihn in Murmansk getroffen.«

»Jens kennt in jeder Ecke der Welt irgendjemanden.« Das klang bissiger als beabsichtigt, und sie bemühte sich um einen milderen Ton. »Aksel, wann genau erwartest du Runas Eltern morgen?«

»Bis spätestens Mittag, denke ich. Habt ihr vorher noch Lust auf einen Ausflug?«

Jens nickte.

»Gerne«, sagte Irmi ohne Überzeugung.

»Ich hole euch ab.« Aksel leerte sein Bier, stand auf und verabschiedete sich. Mit großen Schritten eilte er hinaus.

Irmi sah ihm nach, dann sagte sie: »Ich wollte deinen neuen Freund nicht vertreiben.«

Jens schwieg und bestellte sich noch ein Bier.

»Ich geh dann ins Bett«, sagte Irmi. »War ein langer Tag.«

Jens nickte nur und sah müde aus.

Während Irmi hinausging, tobte in ihrem Inneren ein Kampf. Sollte sie umkehren und sich entschuldigen? Jens in den Arm nehmen? Sie tat nichts von beidem.

11

Irmi schlief bald ein und bekam auch nicht mehr mit, dass Jens kam. Sie sah ihn erst, als sie am nächsten Morgen aufwachte. Er schlief in Seitenlage, hatte das Kopfkissen unter das Gesicht geknüllt. Er sah jung aus.

Irmi war zum Heulen zumute. Sie ging ins Bad und ließ sich eine Wanne einlaufen. Es war kurz vor acht, als Jens hereinkam.

»Guten Morgen. Es wird ein schöner Tag heute. Polare Klarheit«, sagte er und begann sich die Zähne zu putzen.

Sie hätte immer noch sagen können, dass ihr die Äußerung gestern Abend leidtat. Aber sie schwieg.

Beim Frühstück redeten sie über die norwegische Küche, die generell gewöhnungsbedürftig war. Es gab diverse Sorten Milch und Joghurt und natürlich die unvermeidlichen Fischcremes in Tuben, wovon einem schon schlecht wurde, wenn man sie nur aufschraubte. Es gab den typisch norwegischen Karamellkäse, den man entweder liebte oder hasste. Es verhielt sich mit ihm wie mit vielen italienischen oder spanischen Landweinen: Im Land genossen, waren sie herrlich, nahm man sie mit nach Hause, schmeckten sie schal.

Kurz nach neun kam Aksel. Er wirkte frisch und ausgeruht. »Runas Eltern werden gegen zwölf da sein. Davor könnten wir ins Alta-Museum fahren, wenn ihr Lust habt?«

»Gerne«, sagte Irmi und bemühte sich, euphorisch zu klingen.

Aksel hatte sie mit dem Privatwagen abgeholt, einem uralten Volvo, der die Federung einer Hollywoodschaukel hatte. Das Licht war sphärisch, die Sonne würde gleich über die Fjordkante kommen. Der Himmel zauberte. Aksel umfuhr Buchten, deren Wasser heute Morgen fast schwarz wirkte. Silberkronen tanzten auf den Wellen, und der Sand an den Stränden färbte sich langsam golden. Sie befanden sich auf dem neunundsechzigsten nördlichen Breitengrad, es waren drei Grad minus, und dennoch hatte sie den Eindruck, an karibischen Gestaden zu sein. Nur der Puderzuckerschnee störte.

Schließlich erreichten sie Hjemmeluft, wo das Freilichtmuseum lag.

»Die Felszeichnungen von Alta wurden ab 1960 entdeckt«, erzählte Aksel, »und zwar bislang an fünfundvierzig verschiedenen Orten. Ich würde euch empfehlen, erst die Ausstellung zu besuchen und dann hinauszugehen. Ich möchte euch gar nicht mit meinen Reden stören, das erklärt sich alles von selbst.«

Die Ausstellung im Museum informierte über die Kunst der Felszeichnungen, die seit 1985 UNESCO-Weltkulturerbe waren und vor bis zu siebentausend Jahren in den Fels geritzt worden waren. Jäger- und Fischerfamilien hatten ihre Lebenswirklichkeit in den Fels gebannt, aber auch ihre Mythen und ihre Rituale. Irmi überflog die Erklärungen zum Leben der Sami, in deren Religion die Natur eine Seele hat. Dann ging sie hinaus an die kühle klare Luft und schlenderte an Zeichnungen von Fischern mit Booten und ganzen Rentierherden vorbei, die in einem Gehege gefangen waren. Schon vor Tausenden von Jahren hatten hier Menschen gelebt, gejagt, Kinder gezeugt, geliebt ... Diese Bilder waren von einer solchen Einfachheit und Schönheit, dass sie sich tief in Irmis Herz eingruben. Natürlich hatte die Natur eine Seele.

Jens war neben sie getreten. »Wir sind Dummköpfe, wenn wir glauben, dass wir wichtig sind. Wir sind nur einen Wimpernschlag lang Gast auf dieser Welt. Wir sollten etwas draus machen.«

»Jens, es tut mir leid. Ich bin momentan einfach unerträglich.«

»Nein, du bist immer so, wenn es um einen Fall geht, der kurz vor der Aufklärung steht. Du musst dich darauf konzentrieren. Da hast du keinen Platz für etwas anderes. Nimm dir den Raum dafür. Ich kann warten.«

Irmi war eine Weile sprachlos. Dann flüsterte sie: »Ach, Jens, was täte ich ohne dich?«

»Dasselbe wie jetzt, bloß ohne diese Nervensäge, die überall und nirgendwo zu Hause ist. Schau dir diese Zeichnungen an. Die Menschen hatten klare Ziele. Ihr Leben verlief mit den Jahreszeiten und entlang geregelter Bahnen. Sie lasen in den Sternen, sie verehrten Naturgötter. Sie lebten in Zelten, in denen bestimmte Ecken einem guten oder auch einem fordernden Geist zugeordnet waren. Sie nutzten alle Teile ihrer Beute. Sie lebten von und mit den Rentieren. Sie waren achtsam, und ich denke, wir sollten das auch wieder sein.«

Irmi nahm seine Hand. Dann küsste sie ihn. Er hatte sie unterm Nordlicht küssen wollen, doch auch der blaue Morgen war eine gute Tageszeit für Küsse. Irmi fühlte sich so klein, so demütig. Sie hatte diesen großartigen Mann gar nicht verdient. Hand in Hand gingen sie zurück.

Als sie wieder im Museumsgebäude ankamen, waren anderthalb Stunden vergangen. Aksel trank Kaffee und plauderte mit einer Frau, die er als seine Cousine vorstellte. Es gab für alle einen Kaffee und einen Schokoriegel. Dann brachen sie auf in Richtung Krankenhaus. Runas Eltern waren soeben angekommen.

Wieder eilten sie den Gang entlang, und wieder warf sich ihnen die resolute Ärztin in den Weg und forderte, die Eltern erst mal mit Runa allein zu lassen. Das verstand sogar Irmi.

»Entschuldige«, sagte sie in Irmis Richtung und in fast akzentfreiem Deutsch. »Aksel kennt kein Maß, weder beim Kaffee noch bei seinen Ermittlungen. Ich hab mich gestern übrigens gar nicht vorgestellt. Berit, Aksels Frau.« Sie lachte, und Aksel schnitt eine Grimasse.

»Könnte meine gestrenge Frau uns einen Raum zur Verfügung stellen, in dem wir später mit den Dalbys reden dürfen?«, fragte er.

»Mein Büro. Das kennst du ja. Ich muss weiter.« Sie lächelte Irmi an und sauste davon.

»Von wegen, ich kenne kein Maß«, murmelte Aksel, aber so wie er seiner Frau nachsah, lagen darin die Liebe und die Vertrautheit vieler Jahre. »Sie ist leitende Oberärztin. Mehr muss ich wohl nicht sagen.«

Als sie in Runas Zimmer traten, saß diese mit ihrem Vater, der ihre Hand hielt, auf dem Bett. Henrik sah aus wie ein typischer Naturwissenschaftler: bärtig, braun gebrannt, ein schmaler, sehniger Typ, dessen kleine runde Brille sicher viele Jahre und Modeströmungen überdauert hatte.

Manche Menschen sahen eben genau so aus, wie man sie sich vorstellte. Am Fußende des Betts stand Runas Mutter. Insgeheim hatte Irmi eine kleine, zähe Frau mit Kurzhaarschnitt erwartet, doch Åse war eine hübsche, eher kräftige Frau. Ihr langes blondes Haar, das sie als Zopf trug, war von grauen Strähnen durchzogen. Sie hatte jene Fältchen im Gesicht, die Menschen bekommen, die bei Wind und Wetter, bei Sonne und Kälte viel draußen sind. Menschen, die nicht darauf achten, stets die richtige Schutzcreme parat zu halten.

Aksel stellte sich und Irmi vor. Dann bat er Runas Eltern, ihnen ins Büro seiner Frau zu folgen. Es war klein und funktional, bar jeden Statussymbols. An der Wand hing ein Foto von den Felsmalereien. Sie setzte sich an einen kleinen Tisch, der mit weißen Plastikstühlen umstellt war.

»Eure Tochter hat euch erzählt, was passiert ist?«, fragte Aksel auf Deutsch, blieb aber dennoch beim Du. Offensichtlich beherrschten auch Runas Eltern die Sprache Goethes. Irmi schämte sich mal wieder ihres schlechten Englisch. Alle auf der Welt schienen problemlos durch verschiedene Sprachen zu reisen. Nur sie nicht – wie auch viele andere in ihrer bayerischen Heimat. Immerhin konnten sie Boarisch und leidlich Hochdeutsch. Auch eine Form der Zweisprachigkeit.

Der Vater nickte. Irmi berichtete, was sie hierhergeführt hatte.

»Was haben die Mädchen da nur getan?« Henriks Stimme zitterte. »Wir kennen Marit. Sie war so fröhlich ... so lebendig. Und was, wenn Runa gefahren wäre? Ich mag mir das gar nicht vorstellen ...«

»It's damn stupid«, sagte Åse mit einer Härte, die Irmi innerlich zusammenzucken ließ.

»Runa hat herausgefunden, dass ihre Oma die Tochter eines deutschen Besatzungssoldaten ist. Sie hat in dieser Vergangenheit herumgestochert, aber was ist daran dumm? Das ist menschlich. Und Sie haben ihr nicht geholfen, diese Geschichte zu verstehen. Nein, Sie haben ihr sogar verboten, ihre Oma anzusprechen. Was hätte sie denn tun sollen?«

»Was ich gesagt habe. Die Vergangenheit einfach ruhen lassen.« Die Härte wich nicht aus Åses Stimme.

»Das hat sie aber nicht getan. Niemand hätte das getan. Denn in dieser Geschichte liegt eine große Verführung. Jeder hätte recherchiert, warum haben Sie sie nicht dabei unterstützt? Dann hätte Marit nicht diese Reise nach Bayern angetreten.«

Aksels Blick war erschrocken, natürlich hätte Irmi diesen letzten Satz nicht sagen dürfen. Aber diese Frau machte sie wütend, so wütend.

»Und dann wäre Marit nicht in eurem verdammten Deutschland gestorben? Wollen Sie das sagen? Dass es meine Schuld ist, dass ihr selbstgefälligen Deutschen gerne mordet? Vor siebzig Jahren genau wie heute?«

»Ich glaube, wir sollten uns etwas beruhigen«, sagte Aksel, aber Runas Mutter war schon aufgesprungen. »Das muss ich mir nicht bieten lassen!« Sie stürmte hinaus und knallte die Tür hinter sich zu.

Sekundenlang war es still.

»Es tut mir leid«, sagte Henrik schließlich.

»Mir tut es leid. Ich habe Ihre Frau provoziert.«

»Aber Sie haben ja recht.« Henrik war den Tränen nahe. »Ich habe die Augen verschlossen und weggehört beim Streit der beiden. Mir war nicht klar, dass Runa diese Sache so wichtig war.«

Weil du in Gedanken längst bei deiner nächsten Expedition warst, dachte Irmi.

Es war, als hätte der Knall Henrik Dalby aus seiner Zurückhaltung gerissen. Er begann zu sprechen. Leise und eindringlich. Åse und er hatten sich Anfang der Achtzigerjahre an der Uni in Oslo kennengelernt. Sie waren beide politisch engagiert gewesen. Åse war eine Kämpferin gewesen, die nie die Folgen ihres Handelns bedacht hatte. Er hatte sie bewundert, weil er selbst zu oft zögerte. Von ihm also hatte Runa ihre Ruhe und Zurückhaltung geerbt, dachte Irmi.

Sie waren ein Paar geworden, das sich immer wieder getrennt hatte. Die wilde Åse hatte andere Männer gehabt und war doch immer wieder zu ihm in das wohltuende stille Hafenwasser zurückgekehrt. Irgendwann wurde sie schwanger, ungewollt natürlich, und 1988 war Runa zur Welt gekommen. Damals hatte Åse gerade einen Preis für Nachwuchsfotografen gewonnen, und einige renommierte Zeitschriften fragten bei der jungen Wilden an. Das Kind wurde zur Oma und später ins Internat gegeben. Erst in dieser Zeit hatte Henrik seine Schwiegermutter richtig kennengelernt, die er als herzliche und bescheidene Frau beschrieb. Da er und Åse nie geheiratet hatten, war sie eigentlich gar keine echte Schwiegermutter. Dass Åse trotzdem seinen Namen führte, lag vor allem daran, dass er weniger sperrig war als ihr eigener Nachname, Luhkkár.

Henrik hatte nach und nach mehr aus dem Leben der Oma erfahren. Wenn er Runa zu ihr brachte und wieder abholte, hatten sie häufig noch ein wenig auf der Veranda gesessen, übers Meer geblickt und geredet. Åse hatte lange geglaubt, dass die Umgebung, die Schulfreunde und Lehrer sie deshalb ablehnten, weil samisches Blut in ihren Adern floss. Doch irgendwann hatte sie begriffen, dass sie außerdem das Kind einer Vaterlandsverräterin war.

Magga starb früh – »an gebrochenem Herzen«, wie Henrik sagte –, und Åse erbte ein Häuschen, in dem sie später ihr Café eröffnete. Davon abgesehen, bestand das Vermächtnis der Mutter aus Kuchenrezepten und Xavers Briefen. Und die lieferten Åse den Beweis: Sie hatte nicht nur samisches Blut in ihren Adern, sondern auch deutsches.

»Meine Schwiegermutter ist zu einem Viertel Sami und zur Hälfte Deutsche. Für die damalige Zeit war das eine ungeheuerliche Mischung«, sagte Henrik leise.

Irmi hatte ihm die ganze Zeit gebannt zugehört. Nun unterbrach sie ihn. »Das heißt also, Xaver Schmid liebte ein Mädchen, das zur Hälfte Sami war?«

Henrik nickte. »Ja, und das war aus Sicht der deutschen Rassenhygiene noch viel brisanter.« Wieder wurde es still im Raum.

»Und dann?«, fragte Aksel schließlich.

Henrik wusste nicht zu sagen, ob seine Schwiegermutter jemals Kontakt zu ihrem Vater aufgenommen hatte. Irmi vermutete, dass sie das auch nie getan hatte. Die Luhkkár-Frauen hatten wohl einen Pakt mit dieser Truhe geschlossen. Einen Pakt, sie niemals mehr zu öffnen. Erst Runa hat den Pakt gebrochen.

Die kleine Åse, Henriks streitbare Fotografin, war 1965 zur Welt gekommen. Ihre Mutter war nur wenige Jahre verheiratet gewesen, erzählte Henrik, sie habe mit achtzehn einen jungen Norweger geheiratet, der dann aber nach Kanada gegangen war. Auch darüber wurde nie gesprochen. Ein Meer aus Schweigen.

Åse, die junge Wilde, kannte ihre Familiengeschichte auch nur aus dem wenigen, was ihre Mutter ihr erzählt hatte. Und offenbar wollte sie genau diesen Makel ausmerzen. Sie wollte nicht mehr das schwache Mädchen einer verlassenen Oma und einer verlassenen Mutter sein. Sie kämpfte für ihren beruflichen Erfolg, notfalls auch mit scharfen Schwertern, und machte sich unabhängig von irgendwelchen Männern. Nur Henrik gelang es, zu ihr durchzudringen. Er schien ein Rezept für ihre Behandlung gefunden zu haben: Duldsamkeit.

»Åse kommt immer sehr hart rüber, leider war sie Runa auch keine liebevolle Mutter. Aber ich war ja auch kein guter Vater. Ich war gar kein Vater.« Nun traten ihm doch Tränen in die Augen. »Aber Åse ist nicht so hart. Wenn sie unbeobachtet ist, weint sie. Ich habe sie zusammenbrechen sehen, vor geschlachteten Seehundbabys. Da hat sie mich geschlagen und getreten und gesagt, dass ich weggehen soll. Sie will nicht, dass jemand diese Seite von ihr sieht. Ich liebe meine Frau, und auf ihre Weise liebt sie mich auch. Wir gehören zusammen. Das hat Runa nie verstehen wollen.«

Vielleicht auch nicht verstehen können, dachte Irmi. Runas Kindheit war jenseits normaler Familienverhältnisse abgelaufen, jenseits klarer Werte und Ankerpunkte. Was für ein Bild von der Liebe hätte sie denn bekommen können?

»Der alte Herr in Bayern hat sehr viel wertvolles Land an Ihre Schwiegermutter vererbt«, sagte Irmi. »Wusste Ihre Frau davon? Oder Sie?«

Henrik schüttelte den Kopf.

»Und was ist mit Åse senior? Kann sie davon gewusst haben?«, schaltete sich Aksel ein.

»Das glaube ich nicht«, meinte Henrik tonlos.

»Wir werden nach Trysil fahren müssen, um mit deiner Schwiegermutter zu sprechen«, sagte Aksel. »Verkraftet sie das?«

»Sie ist gesund und fit, wenn du das meinst«, sagte Henrik.

»Es wäre gut, wenn Ihre Frau mitkäme«, ergänzte Irmi.

»Ich rede mit ihr, aber ich habe wenig Hoffnung. Sie lässt sich nicht fremdbestimmen. Runa wird mitkommen wollen, aber sie ist doch so schwach.«

»Meine Frau hat ihr Okay zu der Reise gegeben, sofern wir aufpassen, dass sie genug isst und trinkt«, sagte Aksel.

Henrik nickte. Es war ihm anzusehen, wie froh er war, dass ihm jemand die Entscheidung abnahm.

»Möchtest du noch mal mit Runa reden?«, fragte Aksel.

»Nein, ich mache mich jetzt auf die Suche nach meiner Frau«, sagte er und sah auf seine Hände. »Ich bringe Runa aber später noch ein paar Sachen für die Reise vorbei.«

»Danke, Henrik, wir bleiben in Kontakt. Wenn dir noch was einfällt, melde dich. Und versuch deine Frau zu überzeugen.«

Henrik nickte und eilte mit gesenktem Kopf hinaus. Aksel sah ihm nach. Dann hieb er mit seiner Pranke auf den Tisch, dass die Kaffeetassen hüpften. »Shit! Bullshit! Auf dieser Welt gibt es für alles und jedes Lizenzen – fürs Autofahren, fürs Jagen, für alles. Aber Kinder kriegen kann jeder. Hast du Kinder?«

»Nein.«

»Wir auch nicht. Wir wollten keine, weil wir beruflich so eingespannt sind. Wir haben uns dagegen entschieden. Das hätten die Dalbys besser auch getan.«

Irmi nickte. Dabei war die Kinderbetreuung in Norwegen ja vergleichsweise großartig. In Deutschland standen viele Frauen noch immer vor der Entscheidung: Kind oder Karriere.

Als sie erneut Runas Zimmertür öffneten, hockte die junge Frau auf dem Bett.

»Wo sind meine Eltern? Weg? Meine Mutter ist ausgerastet, und Papa ist hinterher?«, fragte Runa mit einer solchen Abgeklärtheit, dass es Irmi schmerzte.

Als niemand auf ihre Fragen antwortete, meinte Runa: »Das ist eben so. War immer so. Wird so bleiben. Deine Frau hat gesagt, wir fahren zu meiner Oma?«

»Ja, aber nur, wenn du ordentlich isst und trinkst«, sagte Aksel und versuchte streng zu klingen.

Runa lächelte. Sie war so hübsch. Wie eine Elfe. »Ja, schon gut. Soll ich meine Oma anrufen?«

»Ja, bitte. Du musst heute Nacht aber noch im Krankenhaus bleiben – zur Beobachtung. Wir holen dich morgen früh ab. Gegen Mittag werden wir bei deiner Oma sein, sag ihr das, aber bitte reg sie nicht auf!«

»Ich rege nie jemanden auf. Ich bin immer rücksichtsvoll und leise.« Wieder lag so viel Lakonie in ihren Worten. Worte, die ein so junger Mensch gar nicht aussprechen sollte, dachte Irmi.

Noch am selben Abend flog Jens nach Oslo und dann weiter nach Frankfurt. Sie hatten noch ein paar Minuten auf dem Bett gelegen, und Irmi hatte sich an seine Schulter gekuschelt. Als sie ihn zum Flughafen brachte, waren sie schon spät dran. Die Verabschiedung von Jens fiel kurz und hektisch aus. Ein schneller Kuss, eine Umarmung, ein »Danke für alles« und »Ich ruf dich an«.

Als Jens durch die Sicherheitsschleuse verschwand, fühlte Irmi sich elend. Sie vermisste ihn jetzt schon. Immer wenn er weg war, vermisste sie ihn und sah mit aller Klarheit, was für ein grandioser Typ er war. Warum machte sie nie etwas daraus, wenn sie zusammen waren?

Sie gab den Leihwagen zurück und nahm einen Bus nach Alta. Dort trank sie ein Bier an der Hotelbar, die nun so einsam war. Sie telefonierte mit Kathi, die ihrerseits auch nur zu berichten wusste, dass die Schmid-Burschen weiterhin bei ihrer Geschichte blieben. Die Staatsanwaltschaft erhielt die U-Haft noch aufrecht und wollte dringend wissen, ob Frau Mangold gedenke, demnächst mit Ergebnissen aus Norwegen zurückzukommen.

»Morgen fahre ich nach Trysil«, sagte Irmi. »Danach weiß ich hoffentlich mehr.«

12

In dieser Nacht schlief Irmi schlecht. Am nächsten Morgen musste sie sich schon wieder zum Flughafen aufmachen. Zusammen mit Aksel und Runa checkte sie für den Flug nach Oslo ein. Auch ihr Kollege war heute wortkarg, und so war es ihr nur recht, dass sie im Flieger keine zusammenhängenden Plätze mehr bekommen hatten.

Während des Flugs schaute Irmi die Briefe von Xaver Schmid durch, die Runa ihr in die Hand gedrückt hatte. Sie stammten aus der Zeit von 1945 bis 1952, dann hatte er wohl aufgegeben, oder aber seine späteren Briefe waren verloren gegangen auf dem Seegrund des Vergessens.

In Oslo stand ein Auto bereit, das sie nach Trysil bringen sollte. Sie saßen schweigend im Wagen, der durch eine gleichmäßige Landschaft glitt. In Everum tankte der Fahrer, und Irmi kaufte sich eine Cola. Ganz feiner, leichter Schnee überwirbelte die Straße, die sich durch endlose Wälder zog. Ab und zu säumten rot gestrichene Häuser den Weg. Irmi fragte sich irritiert, wo hier eigentlich ein Skigebiet sein sollte, denn es waren keine Berge zu sehen. Plötzlich ragte ohne Vorwarnung ein weißer Glatzkopf aus dem Wald, und Schilder wiesen verschiedene Wege zum Trysilfjellet. Runa erklärte dem Fahrer, wo er hinmusste.

»An den Berg geschmiegt liegen die Ferienhäuser und ein paar große Hotels«, erklärte sie ihren Mitfahrern. »Meine Oma wohnt aber im Zentrum von Trysil.«

Sie überquerten den Fluss, kamen an einer Kirche vorbei

und standen bald schon vor dem Haus, in dem Runas Großmutter inzwischen wohnte. Es war gelb gestrichen, hatte weiße Fensterrahmen und sah so skandinavisch aus wie die Landschaft. Kaum rollte der Wagen aus, trat eine Frau aus dem Haus – in dunklem Wollrock, dicker roter Strumpfhose und einem langen Pulli mit Norwegermuster. Sie hatte ihre grauen Haare hochgesteckt. So würde Åses Tochter wohl in zwanzig Jahren aussehen, dachte Irmi, und das waren keine schlechten Aussichten, denn die Frau wirkte auf den ersten Blick sympathisch.

Runa sprang aus dem Wagen und rannte auf die Oma zu, die sie in den Arm nahm. Runa weinte und weinte, Åse strich ihr unentwegt übers Haar. Eine zweite Frau kam heraus und stellte sich als Lore vor. Sie führte Aksel und Irmi in die urgemütliche himmelblaue Küche, wo es Kaffee gab und Kekse, Flatbrød und Käse.

»Greift zu«, sagte Lore. »Ich hoffe, es stört euch nicht, wenn ich beim Du bleibe. Ich bin schon so lange in Norwegen, dass ich mich an das formale deutsche Sie nicht mehr gewöhnen kann.«

Sie schenkte Kaffee in große Keramikbecher und reichte Irmi den Keksteller. Eine rote Katze kam auf dicken Bärentatzen hereingeschritten, warf einen huldvollen Blick in die Runde und sprang auf die Bank. Mit der Noblesse seiner Art angelte sich das Tier einen Keks vom Teller und verspeiste ihn umgehend.

»Lord Nelson!«, rief Lore. »Deine Manieren lassen zu wünschen übrig.«

Irmi lachte. »Ich habe auch zwei so unmanierliche Kater, gar kein Problem.«

Runa und Åse waren noch immer nicht hereingekommen. Es vergingen einige Minuten des Schweigens, die Irmi aber nicht als unangenehm empfand.

»Ich wusste, dass dieser Tag irgendwann kommen würde«, sagte Lore schließlich und schickte einen besorgten Blick in Richtung Tür.

»Das heißt, Sie wussten von Åses Abstammung?«

Lore nickte. »Åse hat ihr Wissen lange verdrängt. Was hätte es ihr auch genutzt? Ein deutscher Vater, der sie im Stich gelassen hatte. Warum hätte sie ihn suchen sollen?«

»Aber er hat ihrer Mutter glühende Briefe geschrieben!«, rief Irmi, als müsste sie Xaver Schmid verteidigen.

»Briefe sind federleicht. Gedanken sind frei. Sie werden zu Sätzen, und die fliegen über Kontinente. Die Realität aber wiegt schwerer, sie macht keine Höhenflüge«, erwiderte Lore.

Irmi sah sie überrascht an. Solche nachdenklichen Worte hatte sie von ihr nicht erwartet. Lore wirkte so handfest.

»Das mag schon sein. Aber die Realität ist auch, dass ihr bayerischer Vater ihr fünfzigtausend Euro und ein riesiges, wertvolles Waldstück vermachen will. Das geht aus seinem Testament hervor, und er kannte auch ihre Adresse in Honningsvåg«, sagte Irmi.

»Oh!« Lore überlegte. »Und nun nimmst du an, dass die junge Frau, die sich als Runa ausgegeben hat, Ziel eines Mordkomplotts wurde. Weil die Menschen da unten nicht bereit sind, das Erbe zu teilen?«

»Ja, so in etwa. Es gibt noch viele Ungereimtheiten. Wir wissen nicht, ob und wer aus der Familie von dem Testament wusste. Wir wissen auch nicht, wie die Familie die Zusammenhänge zwischen Runa Dalby und Åse Luhkkár hergestellt haben könnte. Aber das werde ich herausfinden. Das muss ich«, sagte Irmi.

»Nun, wenn dieser Mann Åse als Erbin eingesetzt hat und ihre frühere Adresse kannte, dann muss er seinerseits nachgeforscht haben.«

»Ja, eben!«

Åse streckte plötzlich den Kopf herein. »Ich will nicht unhöflich sein, aber diese ganzen Dinge haben lange geruht. Sie werden auch noch ein wenig mehr Zeit vertragen. Ich muss mich jetzt um Runa kümmern. Wir fahren auf den Berg. Das wird ihr helfen.«

Lore lächelte. »Und dir auch, oder?«

»Wir treffen uns im Hotel«, sagte Åse und zog die Tür wieder zu. Es lag so viel Zuneigung in ihrem Blick, und Irmi begriff, dass die beiden Damen mehr waren als nur alte Freundinnen.

Dennoch war sie etwas irritiert. Was dachten die sich eigentlich? Sie steckte mitten in den Ermittlungen zu einem Doppelmord, und nun machte sich diejenige, die Aufklärung bringen sollte, einfach aus dem Staub?

Lore schien Irmis Ungehaltenheit zu spüren. »Åse und Runa teilen eine Passion: Sie fahren Ski«, erklärte sie. »Vor allem, wenn es ihnen schlecht geht, hilft es ihnen. Åse fährt wie eine Schneegöttin. Auch mit knapp siebzig. Die Luft, die Geschwindigkeit, der Rhythmus, der Tanz auf Schnee – sie braucht das, um wieder denken zu können. Und Runa geht es genauso.«

»Du willst sagen, die beiden sind Ski fahren gegangen?«, fragte Aksel ungläubig nach und begann dann zu lachen.

Irmi starrte die beiden an, und dann lachte sie mit. Minutenlang. Ihr ganzer Körper lachte, und ihre angestrengte schlappe Hülle füllte sich wieder mit Leben. Als sie sich wieder beruhigt hatten, erfuhren sie von Lore, dass die beiden sicher nur zwei Stunden fahren und sich dann im Park Inn auf der Hochgebirgsseite treffen würden. Sie würden mit dem Auto hinauffahren, weil Irmi und Aksel da sowieso ein Zimmer hätten. Und dass Gordon ja auch dabei wäre.

»Wer ist Gordon?«, fragte Irmi.

»Gordon ist unser Pfarrer. Er stammt ursprünglich aus Norddeutschland und war mal Elektriker. Dann hat er das Abitur nachgeholt und hat mit siebenundzwanzig sein Theologiestudium begonnen. Trysil ist seine zweite Stelle. In seinen Gottesdiensten erzählt er opulente Geschichten, lässt Bilder auferstehen, veranstaltet Krippenspiele. Das kannten die Leute hier nicht so.«

»Und Gordon fährt mit Gottes Segen Ski?«

»Du ahnst gar nicht, wie richtig du damit liegst«, meinte Lore lachend. »Das ist in seinem Fall auch notwendig, so wie er zu Tale brettert. Man kann seinen Stil getrost als eigenwillig bezeichnen, Hauptsache, schnell! Übrigens haben wir einen weiteren Pfarrer auf Skiern. Der macht sogar Trauungen auf der Piste.« Dann wurde sie wieder ernst. »Als Runa gestern Abend anrief, war Åse sehr erschüttert. Ich habe Gordon informiert, und er ist sofort vorbeigekommen. Das Gespräch mit ihm hat ihr gutgetan. Wir sind hier eine kleine Gemeinde, die zusammenhält.«

»Und was hat Gordon ihr geraten?«

»Dass sie sich dem Ganzen stellen muss. Dass zu viel in Bewegung geraten ist, als dass man es jetzt noch aufhalten könnte. Sie will sich auch damit auseinandersetzen. Gönnt ihr aber vorher diese beiden Stunden Schnee. Schnee ist Klarheit. Schnee deckt alles zu, was böse ist«, sagte Lore eindringlich.

Irmi ließ ihren Blick durch den Raum gleiten. Auch hier gab es noch ein Bücherregal, und zwar ein gewaltiges. Die Bände der Brockhaus-Enzyklopädie füllten ein ganzes Fach. Es war eine Schande: Der Brockhaus starb aus wie manche Haustierarten, die man in den Zeiten der hocheffizienten Landwirtschaft nicht mehr gebrauchen konnte. Wikipedia verdrängte den Brockhaus wie die Holsteiner Schwarzbunten die Murnau-Werdenfelser Kuh, dachte Irmi. Für einen Moment huschten vor ihrem inneren Auge Bilder von ihren Kühen und von den beiden Katern vorbei.

Aksel stand auf und nahm ein Buch heraus. Dann sah er Lore verblüfft an. »Lore Tippehøne – bist du das?«

»Lore, das Hühnchen, ja. Mein Pseudonym hat in Norwegen eher für Belustigung gesorgt, ist in anderen Ländern aber sehr gut angekommen.«

»Meine Frau verschlingt deine Bücher! Sie sagt, du schreibst die besten Romane der Welt!«

Lore lachte. »Na, das sehen die Kritiker leider anders. Sie halten mich für eine Blenderin des Wortes und bemängeln, dass ich keine Literatin bin.«

»Aber sicher bist du das! In deinen Büchern stehen mehr kluge Sätze, als diese Literaten jemals von sich gegeben haben. Meine Frau liest sie mir immer vor. Es sind liebevolle Sätze, finde ich.«

»Danke schön. Wenn du das so empfindest, habe ich etwas richtig gemacht«, sagte sie, und das war bestimmt kein Kokettieren. Sie war wirklich bescheiden.

»Lore schreibt Bestseller. Ich glaub es nicht!«, rief Aksel in Irmis Richtung.

Irmi kannte das Hühnchen nicht. »Sind Ihre Bücher auch auf Deutsch erschienen?«, fragte sie.

»Nein, sie sind nur in die anderen skandinavischen Sprachen, ins Englische, Italienische und ein paar osteuropäische Sprachen übersetzt worden.«

»Wahnsinn!«, sagte Aksel, der immer noch ganz aus dem Häuschen war. »Das müssen ja Tausende von Büchern sein.«

»Ein paar Millionen sind es schon«, sagte sie schlicht.

Irmi lächelte. Es gab diese Momente, die sie mit Dankbarkeit erfüllten, weil sie solchen Menschen begegnen durfte. Es waren Momente voller Fülle und Wärme, und man erlebte sie vor allem, wenn man den heimischen Grund verließ.

»Lasst uns fahren«, sagte Lore. »Dann könnt ihr schon mal im Hotel einchecken, bis Åse und Runa zurück sind.«

Lores Auto war ein alter, verorgelter BMW. Obwohl diese Frau sicher begütert war, schienen ihr Statussymbole komplett unwichtig zu sein. Sie kurvten aus dem kleinen Ort hinaus und bogen auf die Schnellstraße. Dann fuhren sie gleich wieder links auf eine Mautstraße, die sich den Berg hinaufschraubte.

Aksel war wieder bei Kräften und gab wieder den Fremdenführer. »Wenn die Norweger von ihrem Fjell, ihrem Gebirge, reden, meinen sie keine schroffe Felsenwelt mit Drei- und Viertausendern, die an den Wolken kratzen, sondern bewaldete Hügel, die sanft dahinwogen und aus denen nur ab und an baumfreies Gelände hervorspitzt. Die Baumgrenze liegt hier wegen der nördlichen Lage viel tiefer. Häufig haben wir ein stabiles Inlandsklima mit kräftigem Frost. Das bedeutet für die Skifahrer zumeist griffigen Pulverschnee. Da taut nichts auf und friert wieder zu Eisplatten zusammen. Eis gibt es bei uns also nur in den Drinks.« Er lachte. »Aber was rede ich: In Garmisch gibt es natürlich viel höhere Berge und längere Pisten.«

»Ich muss dich enttäuschen. Ich kann gar nicht Ski fahren. Für mich ist das eine höchst bedrohliche Sportart. Viel zu schnell.«

Lore lachte. »Ich versteh dich. Ich gehe maximal langlaufen und mache mir vor jeder steileren Abfahrt ins Hemd vor Angst. So, da sind wir.«

Sie hielten vor einem modernen, neu gebauten Hotel. Die Pisten reichten quasi bis auf die Terrasse, und im Hintergrund lag der kahle Berg im skandinavischen Licht, das sanft war und lange Schatten warf. Weiße, filigrane Schneefahnen wehten über dem Gipfel, oben auf der Kuppe musste es ordentlich wehen. Von ihrem Balkon aus hatte Irmi eine wunderschöne Aussicht auf den Glatzkopf und die Pisten, die allmählich in den Schatten abtauchten. Es war schön hier, und sie wünschte sich, Jens wäre bei ihr.

Als sie in die Lobbybar kam, hatten Lore und Aksel schon ein Bier für sie mitbestellt. Åse, Runa und ein Mann, vermutlich der Pfarrer, kamen gerade herein. Sie trugen ihre Helme in der Hand, und Gordon legte seinen Rückenprotektor gerade ab. Er wollte sich wohl doch nicht allein auf Gottes schützende Hand verlassen.

Man stellte sich vor und plauderte über die Schneequalität. Runa sah viel besser aus als vorhin. Vielleicht sollte sie es auf ihre alten Tage doch noch mit Skifahren probieren, dachte Irmi. Wenn das so eine Wirkung zeigte ... Aber Runa war ja auch blutjung und hatte noch die Regenerationsfähigkeit der Jugend. Irmi würde durchs Skifahren wohl nicht mehr faltenfrei werden.

Auch Åse hatte von der Bewegung an der frischen Luft rote Backen. Man sah ihr das Alter nicht an, auch ihre Gestik wirkte jung und dynamisch.

»Ihr seid nicht wegen unseres Berges hergekommen, oder?«, sagte sie plötzlich zu Irmi und Aksel.

Lore runzelte die Stirn.

»Na, du sagst doch immer, man soll schnell zum Punkt kommen!«, meinte Åse.

»Dann kommen wir jetzt zum Punkt«, sagte Irmi und fasste wieder mal ihre Geschichte zusammen, die Europa überspannte – von den Karpaten bis zum Nordkap. »Haben Sie gewusst, dass Sie so viel erben werden?«, fragte sie am Ende.

»Nein, und ich möchte das auch gar nicht«, sagte Åse leise.

»Das sollten Sie besser mit Ihrem Vater besprechen. Und so ungern ich in eurem Leben herumstochern will – ich muss es tun, denn zwei junge Frauen sind tot, und ich muss wissen, warum. Sie haben auch Väter und Mütter.«

»Marit nicht«, flüsterte Runa.

»Aber sie hat euch, und sie lebt in euren Herzen weiter«, sagte Gordon und legte seine Hand auf Runas Arm.

Es würde für Runa ein langer Weg werden. Immerhin wusste Irmi jetzt, dass sie trotz ihrer harten Mutter und des immer abwesenden Vaters Freunde um sich hatte und sich im Notfall professionelle Hilfe holen konnte. Gordon nickte Irmi leicht zu und ging mit Runa hinaus.

»Wie soll sie das nur verarbeiten!«, sagte Åse verzweifelt.

»Das wird sie, weil sie keine Schuld trägt. Sie wird es begreifen. Nicht heute. Nicht morgen, aber irgendwann«, sagte Lore und winkte nach einer weiteren Runde Bier.

»Ich hätte diese verdammten Briefe wegwerfen sollen!«, rief Åse.

»Und warum haben Sie es nicht getan?«, fragte Irmi und fand sich schon wieder zu unsensibel.

»Aus Sentimentalität. Aus Feigheit, was weiß ich! Sie hätten weggehört!«

»Sie sagen etwas über deine Identität aus«, widersprach Lore und legte eine Hand auf Åses Arm. »Darüber, dass dein Vater deine Mutter sehr geliebt hat. Darüber, dass wir uns weiter bemühen müssen, toleranter zu werden.«

Irmi dachte an das Gespräch mit Kathi neulich und dass Toleranz manchmal nicht einmal zwischen zwei Dörfern möglich war.

»Und doch war diese Liebe chancenlos!«, rief Åse. »Die meisten Lieben sind doch chancenlos!«

»Das stimmt nicht«, sagte Aksel und klang dabei tapfer und entschlossen.

»Åse, Schätzchen, wir wollen jetzt nicht pauschalisieren. Wir reden von der Geschichte deiner Eltern, und die war in der Tat chancenlos!« Lore wandte sich an Irmi. »Wusstest du, dass 1940 ein SS-Arzt das Genmaterial in den ›rassemäßig zurückgefallenen süddeutschen Regionen‹ mithilfe von norwegischen Frauen aufwerten wollte?«

»Nein!« Irmi hätte einiges sagen können zum ganz besonderen Menschenschlag in Süddeutschland – verzichtete aber lieber darauf.

»Allerdings hat die Wehrmacht den deutschen Soldaten noch im selben Jahr verboten, Ehen mit ausländischen Frauen zu schließen, zumindest solange der Krieg andauerte«, fuhr Lore fort. »Nach dem Einmarsch der Deutschen in Dänemark, Norwegen, den Niederlanden und Belgien wurde das Gesetz dahin gehend abgeändert, dass deutsche Soldaten sogenannte rassemäßig verwandte Personen aus den germanischen Nachbarvölkern in den Niederlanden, Norwegen, Dänemark und Schweden ehelichen durften. Ab dem Frühjahr 1941 wurden in Norwegen insgesamt zehn Lebensborn-Heime eingerichtet. Hinter dem Ganzen stand ein knallhartes Zuchtprogramm, das natürlich nur für sogenannte rein arische Frauen galt. Magga, Åses Mutter, war eine halbe Sami. Eine Ehe zwischen deutschen Soldaten und samischen Frauen war kategorisch ausgeschlossen. Darum sind Kinder von samischen Müttern in den Lebensborn-Registern nicht zu finden.«

Lore wartete und sah Åse an, bis die rief: »Ja, ja, ich erzähle schon weiter. Ich hatte Glück, dass ich erst nach dem Krieg auf die Welt kam. Doch das war schlimm genug. Meine Mutter galt als ›Tyskertøs‹, als Deutschenflittchen, und viele hielten sie für eine Vaterlandsverräterin. Ich kenne einen Jungen mit ähnlichem Hintergrund wie ich, der nach dem Krieg in eine Institution für geistig Zurückgebliebene gesteckt wurde. In manchen Fällen wurde den Kindern sogar die norwegische Staatsbürgerschaft entzogen.« Åse atmete schwer. »Ich bin irgendwie durchgerutscht. Aber ich bekam immer zu spüren, dass ich diese gefürchteten deutschen Gene in mir trug. Man unterstellte mir, ich müsse geistesschwach sein, denn das norwegische Sozialministerium ging davon aus, dass nur geistig zurückgebliebene Frauen sich mit deutschen Männern eingelassen hatten.«

»Dieses Kapitel der norwegischen Geschichte ist wirklich beschämend«, sagte Aksel.

»Und ich war die Inkarnation des doppelten Makels. In meinen Adern fließt eine Mischung aus Samiblut und deutschem Blut«, erklärte Åse.

»Entschuldigt, wenn ich so dumm frage, aber was ist denn so schlimm an Samiblut?«, fragte Irmi nach.

»Das ist nicht dumm, die Sami sind nur weniger spannend als die Indianer, darum kennt sie kaum jemand. Es gibt eben keine Hollywoodfilme, in denen alte Samihäuptlinge ungeheuer kluge Sätze über die Welt sprechen. Die Sami sind eine Randnotiz der Geschichte, am Rande der Welt«, sagte Lore, und es gelang ihr, dabei nicht zynisch zu klingen. »Der Zweite Weltkrieg hat die samischen Siedlungsgebiete schwer beschädigt. Die meisten wurden niedergebrannt oder bombardiert. Der Wiederaufbau verlief nach zentralistischen Vorstellungen und Idealen. Man wollte die Wirtschaft im Norden auf das gleiche Niveau bringen wie im Süden. Altes samisches Wissen wurde dadurch abgewertet, die neuen Ideale waren die der Industrie- und Wohlstandsgesellschaft. Die samische Sprache wurde zurückgedrängt, und in den Samidörfern ging man nach dem Krieg dazu über, Norwegisch zu sprechen.«

»Wenn ich nicht ganz falschliege«, sagte Irmi, »dann wurden die Sami ja schon lange vor dem Krieg diskriminiert, oder?«

Lore nickte. »Schon Ende des neunzehnten Jahrhunderts gab es eine Schulverordnung, die festlegte, dass der komplette Unterricht auf Norwegisch abzuhalten sei. Anfang des zwanzigsten Jahrhunderts wurden samische Gottesdienste verboten, und 1930 durfte man nur dann Land zum Roden erwerben, wenn man Norwegisch konnte! Damals hatte noch die Hälfte der Bevölkerung im Norden von Tromsø entweder Samisch oder Finnisch als Muttersprache. Zwanzig Jahre später waren die Sprachen fast ausradiert.«

»Vor 1945 war die Schulbildung für Samikinder traumatisch, insofern hatte ich auch hier Glück«, erzählte Åse. »Aufgrund der großen Distanzen mussten die Kinder im Winter in Internate, wo es ihnen verboten war, Samisch zu sprechen. Das Personal verstand nur Norwegisch. Das samische Elternhaus wurde abgewertet, die Kinder hatten oft Todesangst, dazu kam physische Gewalt. Das waren richtige Internierungslager. Kein Wunder, dass die Kinder Lese- und Schreibstörungen hatten und auch als Erwachsene kaum Formulare ausfüllen oder mit Ämtern kommunizieren konnten. Man wollte sie vom öffentlichen Leben weitgehend ausschließen. Das moderne Norwegen täte gut daran, diesen Teil seiner Geschichte nicht zu vergessen. Bis heute gibt es unter den Sami einen höheren Anteil von Menschen mit sehr schlechter Schulbildung und mit Alkoholproblemen.«

»Aber durften Sie denn Samisch sprechen?«, wollte Irmi wissen.

»Erst ab dem Ende der Sechzigerjahre gab es wieder Erstklässlerunterricht mit der Hauptsprache Samisch, aber da war ich längst raus aus der Schule. Später erschienen zweisprachige ABC-Bücher, im Radio wurden Nachrichten auf Samisch gesendet, und Filmemacher und Schriftsteller zeigten Interesse für dieses Volk. In den Siebzigern waren es eher linksradikale Kräfte, die sich für unterdrückte Minderheiten einsetzten. So gerieten auch die Sami wieder ins Blickfeld.«

»Da war ein großer Teil ihrer Identität und Kultur bereits verloren gegangen«, sagte Aksel. Er sah aus wie ein großer trauriger Wikinger, der gerne alles richtig machen würde und doch wusste, wie unmöglich das war, solange die Menschen so waren, wie sie eben waren.

»Ihre Mutter Magga war aber nur eine halbe Sami, oder?«, warf Irmi ein.

»Ja, die Geschichte wiederholt sich. Norweger schwängert Samifrau, und eine Generation später: Deutscher schwängert Halbsami. Vielleicht hat meine Mutter sich gerade deshalb Xaver zugewandt, weil sie ein Mischling war und sich in dieser Zeit als Aussätzige fühlte. Ich denke mir, dass sie seine Briefe nicht beantwortet hat, weil sie nicht gut lesen und schreiben konnte. Aber ehrlich gesagt, weiß ich das gar nicht so genau.« In Åses Augen standen Tränen.

War es wirklich ein unumstößliches Naturgesetz, dass sich die Geschichte wiederholte? Dann blieb es die wichtigste, aber auch schwerste Aufgabe von allen, aus den Todesspiralen und Teufelskreisen der Vergangenheit auszubrechen.

Sie tranken Bier und redeten über Zeiten, die sie alle nur aus Büchern und Erzählungen kannten. Wenn der letzte Zeitzeuge stirbt, dann ist es Geschichte – das hatte sich in Irmis Herz eingegraben. Einer dieser Zeitzeugen lebte noch und hatte eine Tochter …

Es war spätabends, als Irmi Åse die Frage aller Fragen stellte: »Kommst du morgen mit nach Bayern?«

»Das wird sie«, sagte Runa, die inzwischen mit Gordon wiedergekommen war. »Lore hat uns schon die Flüge gebucht.«

Irmi schlief gut in dem schönen Hotel am Berg. Sie wachte kurz nach sechs auf, weil eine Pistenraupe piepsend unter ihrem Balkon kreiste. Sie warf ein Blick aus dem Fenster. Erste Skifahrer zogen bereits los und schoben sich im Schlittschuhschritt voran. Wer brach denn so früh im Dämmerlicht auf? Ach ja, Irmi erinnerte sich, dass Åse gestern noch vom Early Morning Skiing erzählt hatte. In einem abgesperrten Teil des Gebietes durfte sich eine Gruppe von fünfzig Verrückten auf frischen Pisten austoben, bevor ab neun die regulären Gäste kamen.

Diese Skiwelt war wirklich nichts für Irmi. Auch beim Frühstück wunderte sie sich über die Menschen, deren dicke Hosen bei jedem Gang zum Büfett geräuschvoll raschelten. Andere kamen einfach in der Skiunterwäsche, was vor allem ästhetisch wenig befriedigend war.

Aksel vernichtete wie immer Kaffee, als gäbe es kein Morgen, bevor ein Taxi kam und sie zum Expressbus nach Gardermoen brachte. Runa und Åse saßen bereits im Bus, als Irmi und Aksel eintrafen. Ihnen war anzusehen, dass sich die Situation geändert hatte. Gestern hatten sie in der Geschichte ihrer Familie und ihres Landes gerührt, hatten spekuliert und theoretisiert, doch heute stand die unverrückbare Realität vor ihnen.

Lore drückten ihnen Kekse und kleine Wasserflaschen in die Hand und winkte, bis der Bus um die Ecke bog. »Pass bitte auf sie auf«, hatte sie noch zu Irmi gesagt, bevor diese in den Bus gestiegen war.

Am Flughafen verabschiedete sie sich von Aksel, der zurück nach Alta fliegen würde. Irmi hasste diese Abschiede am Flughafen. Plötzlich fiel einem so vieles ein, was man noch hätte sagen wollen, doch blecherne Stimmen riefen drängend zu den Gates. Sie versprach, sich bei ihm zu melden und ihn auf dem Laufenden zu halten.

Im Flugzeug hörte Runa Musik über Kopfhörer, während Irmi und Åse ein wenig plauderten. Åse erzählte von ihrer Mutter, die so viel über Kräuter und Naturheilkunde gewusst hatte. Denn weit oben, fernab von allem, war solches Wissen lebensnotwendig gewesen. Die Geschlechter waren bei den Sami in Nordnorwegen traditionell gleichgestellt. Das zeigte sich zum Beispiel an der Namensgebung. Die Nachnamen kamen häufig von der väterlichen Seite, konnten aber auch der mütterlichen Seite entstammen, insbesondere dann, wenn diese Seite der Familie wohlhabender oder bekannter war.

»Meine Mutter war eigentlich stolz auf ihr samisches Erbe«, erzählte Åse, »doch die Außenwelt vermittelte ihr, dass sie minderwertig sei. Und plötzlich wurde sie aufrichtig geliebt. Von einem Deutschen, der selbst innerhalb der militärischen Hierarchie nicht viel zu sagen hatte. Seit Runas Anruf neulich, in dem sie erzählt hat, was passiert ist, und euren Besuch angekündigt hat, habe ich unendlich viel nachgedacht. Vielleicht musste ich so alt werden, um meine Eltern zu verstehen. Dabei ist es gar nicht so schwierig. Die erste junge Liebe ist immer unschuldig und richtig. Die Zweifel kommen von außen. Die Außenwelt schießt diese Giftpfeile ab.«

»Also bist du nun doch froh, Xaver zu treffen?«, fragte Irmi.

»Ja, und beschämt. Ich hätte viel früher etwas unternehmen müssen. Auch und vor allem für meine Tochter. Vielleicht wäre sie dann weniger hart geworden. Sie will das Leben mit der Brechstange zwingen und sich die Menschen in ihrer Umgebung zurechtbiegen.«

Wieder war es Kathi, die Irmi am Münchner Flughafen abholte. Und wieder kam Irmi aus Norwegen, doch diesmal hatte sie Åse dabei und Runa, von der sie alle so lange gedacht hatten, sie läge in der Gerichtsmedizin ... Die beiden Frauen saßen auf der Rückbank, während Irmi Kathi leise von ihrer Reise erzählte. Von den Sami, von Alta, von der Norwegisierungspolitik der Nachkriegszeit und davon, dass das Leben nur selten fair war und Gott einen schrägen Humor haben musste.

Gegen fünf kamen sie im Hotel Böld in Oberammergau an. Åse wollte sofort ins Altersheim weiterfahren, bevor der Mut sie womöglich verließ. Sie hatte mit Runa vereinbart, dass sie zunächst allein hingehen wolle, um mit ihrem Vater zu sprechen. Runa war blass, und man sah ihr an, dass sie von der Situation überfordert war. Sie versprach, sich etwas hinzulegen.

Irmi und Kathi brachten Åse zum Altersheim. Sie setzten sich in den leeren Speiseraum, um zu warten. Kathi war gerade nach draußen gegangen, weil das Soferl angerufen hatte, als eine Invasion einsetzte. Eine Schmid-Invasion. Innerhalb von zehn Minuten hatten sie das Gebäude gestürmt: Rita und Franz, Vroni, Anna Maria und am Ende Renate. Das Heim musste eine gute Informationspolitik haben. Wie ein Feuer hatte sich die Neuigkeit unter den Familienmitgliedern ausgebreitet. Wie ein Feuer? Ja, wie der Scheunenbrand, mit dem alles begonnen hatte.

Irmi beschloss, ihren Posten momentan nicht aufzugeben. Nach weiteren zehn Minuten stürmte Franz an ihr vorbei nach draußen, wenige Minuten später folgte die restliche Familie. Stimmengewirr war zu hören, mal schrill, mal weinerlich. Anna Maria warf Irmi im Vorbeigehen einen fast flehentlichen Blick zu. Aber was hätte sie tun sollen?

»Hatte ich eine Erscheinung?«, fragte Kathi, als sie zurückkam. »Da waren jede Menge Schmids unterwegs, oder?«

»Ja, sie haben die Bastion regelrecht gestürmt. Warten wir auf Åse.«

Eine Viertelstunde später tauchte sie auf. Sie sah erschöpft aus.

»Wie ist es gelaufen? Du musst uns nichts erzählen, wenn du nicht magst. Wenn das alles zu frisch ist«, betonte Irmi.

»Nein, ich möchte gerne. Ich habe schon kurz mit Lore telefoniert. Und mit Gordon. Ich bin euch allen so dankbar, dass ich diese Chance noch bekommen habe. Es gibt meinem Dasein eine Klammer, einen Beginn. So wird auch das Ende leichter sein. Ich bin jemand. Ich habe nun Eltern.« Sie lächelte.

»Aber du warst doch auch vorher jemand!«

»Natürlich, aber als kleines Mädchen wollte ich ja immer nur norwegisch sein. Eine gute, ganz normale Norwegerin. Das ist schwer zu erklären. Wer immer eine unverrückbare Identität gehabt hat, versteht das nur unzureichend.« Åse lächelte.

»Findest du dich denn in ihm wieder? Hast du Züge an ihm erkannt, die du auch trägst?«, fragte Kathi ganz sanft, was mehr als ungewöhnlich war für die stürmische junge Frau.

»Ja, es gibt tatsächlich Sekundenbruchteile, da spüre ich: So erzähle auch ich. Ich kann das schwer in Worte fassen ...«

»Habt ihr über deine Mutter gesprochen?«, fragte Irmi.

»Ja, er ist beeindruckend. Er hat so viel Würde. Er sagt, dass sie in einem Strudel waren, der immer schneller wurde. Dass sie sich an den Händen gehalten haben und er es sich bis heute nicht verzeiht, losgelassen zu haben ...«

»Aber er musste loslassen«, unterbrach Irmi.

»Ja, das weiß er auch. Aber er sagt, dass sie wie zwei Schiffbrüchige waren. Sie das Mädchen, das keine Norwegerin war. Er, der arme Bub, der immer Minderwertigkeitskomplexe gehabt hat. Er sagt, dass ihre Liebe ihn selbstbewusst gemacht hat und größer.«

Irmi schluckte.

»Und weißt du was? Sie hat seine Briefe eben doch beantwortet. Sie konnte viel besser Deutsch, als ich vermutet hätte. Ich habe ja sogar gedacht, sie könne nicht mal richtig schreiben. Aber Xaver hatte ihr Deutsch beigebracht. Ich habe nie darüber nachgedacht, woher meine Mutter das Geld für meine Kleidung hatte und für vieles andere. Einiges davon kam von Xaver. Doch irgendwann war sein Leben voll, er hatte neue Kinder, alles war fortgeschritten ... Meine Mutter hat nicht mehr alle Briefe beantwortet, und irgendwann ist der Kontakt dann abgerissen. Sieh mal, er hat mir ein Foto gegeben.«

Es zeigte ein Mädchen mit einem rundlichen Gesicht, einer Stupsnase und langen Zöpfen. Sie trug einen langen Rock und einen bestickten Poncho. Runa sah ihr ähnlich, auch sie hatte diese Nase und die ganz leicht mandelförmigen Augen.

»Deine Mutter?«, fragte Irmi fast ehrfürchtig.

»Ja, er hat das Foto all die Jahre aufbewahrt und immer bei sich getragen.«

Irmi schniefte leicht, und Kathi nestelte unauffällig nach einem Papiertaschentuch.

»Entschuldige, Åse, wir sind zwei sentimentale Weiber, wir ...«

Åse drückte Irmis Hand. »Ich danke euch!«

»Wie geht es jetzt weiter?«, fragte Kathi wieder im alten Tonfall.

»Na ja, ich hatte ja nun schon eine Art ungewolltes Treffen mit der Familie«, meinte Åse. »Die standen plötzlich alle da. Was soll ich sagen? Diese Rita hätte mich wohl am liebsten mit Blicken getötet, und ihr Mann hat gebrüllt: ›Das Testament fecht ich an!‹, und weg war er. Renate war kühl, aber immerhin nicht unfreundlich. Ich glaube, nur Vroni und Anna Maria konnten der Sache etwas abgewinnen. Anna Maria scheint mir die Souveränste von allen zu sein, auch die Cleverste. Thomas und Markus habe ich ja noch nicht kennengelernt ...«

Nun, die saßen ja auch noch in U-Haft. Irmi musste dringend ein Gespräch mit der Staatsanwaltschaft führen, wie man weiter verfahren sollte. Denn wenn die Baumaschinen nun nicht mehr das Mordmotiv waren, dann würden sie die gesamte Familie erneut durchleuchten müssen. Und Kathi war nach wie vor der Meinung, sie hätten die Richtigen, nur aus dem falschen Grund ...

»Nach einer gewissen Zeit hat Xaver dann alle rausgeworfen«, fuhr Åse fort. »Er hat plötzlich einen Joik ausgestoßen. Die waren alle wie vom Donner gerührt. Die Gesichter hättet ihr sehen sollen!«

»Er hat was?«, fragte Kathi nach.

»Ein Joik ist der traditionelle Gesang der Samen«, erklärte Åse. »Man kann ihn am ehesten mit einem Jodler vergleichen.«

Kathi sah von der einen zur anderen. »Der Ammertaler Xaver jodelt samisch? Na, merci! Kein Wunder, dass die Familie geflüchtet ist.«

»Ja, dann kam eine Pflegerin, die hat dann mich rausgeworfen, weil Xaver so husten musste. Aber ich werde morgen wiederkommen!«

So schloss sich der Kreis zwischen Jodeln und Joiken, dachte Irmi und lächelte Åse zu.

»Ich bring dich jetzt ins Hotel, Åse. Morgen früh rufe ich dich an. Ich möchte euch bitten, nichts ohne Absprache mit mir zu unternehmen«, sagte Irmi zögerlich.

»Warum?«

»Weil wir euch nicht in Gefahr bringen wollen. Die Situation ist für alle Beteiligten schwierig, und wir wollen niemanden dazu verleiten, etwas Unüberlegtes zu tun.« War das neutral genug formuliert? Kathi und Åse waren klug genug, ihre Gedanken zu erahnen. Aber niemand sprach sie aus.

Åse versprach, im Hotel zu bleiben, mit Runa etwas typisch Bayerisches zu essen und früh ins Bett zu gehen.

Als die beiden Kommissarinnen allein waren, brach es aus Kathi heraus: »Du glaubst also, einer aus der Familie Schmid will beenden, was er angefangen und beim ersten Mal versemmelt hat?«

»Zumindest sollten wir diese Möglichkeit nicht außer Acht lassen. Wie ist denn die aktuelle Lage bei den Schmid-Burschen?«

»Unverändert. Baumaschinen ja. Schmiergeld ja. Mord nein. Katzenmeuchelei nein. Ich habe dann doch noch wegen des Testaments nachgefragt. Davon wissen beide angeblich gar nichts. Markus gibt an, dass es ja schließlich eine gesetzliche Erbfolge gebe, er argumentiert also wie seine Frau. Und Thomas weiß angeblich nicht mal, dass der Opa Testamente schreibt.«

»Und wie ich dich kenne, hast du höchst diplomatisch auch mal nachgefragt, wer denn alles in der Milchkammer des Seniors zugange war?«

»Jawohl, das waren vor allem Renate und Anna Maria! Rita hasst Kühe, sie melkt nicht, und die Männer haben auch Besseres zu tun, behauptet Tommilein.«

»Wenn das stimmt, wüssten also am ehesten Markus' Damen von dem Safe?«

»So sieht es aus«, meinte Kathi.

13

Auf Irmis Hof bot sich das gewohnte Bild: Der kleine Kater freute sich wie ein Schnitzel, als sie kam, und der große markierte sein Revier – diesmal auf Irmis Jacke, die von der Stuhllehne gerutscht war.

»Du Unglücksvieh!«, schrie Irmi und ließ die Jacke sofort in die Waschmaschine wandern.

In dieser Nacht schlief sie tief und traumlos und wachte erst um acht Uhr morgens auf. Kein Wunder, hier kamen frühmorgens ja auch keine piepsenden Pistenraupen vorbei. Am Fußende ihres Betts lagen die beiden Kater und schliefen. Bernhard hatte Kaffee gekocht und sich schon mit dem Auto auf den Weg gemacht. Diesmal gab es keinen »Wellcom«-Zettel.

Irmi rief im Hotel an, doch die beiden Norwegerinnen waren nicht in ihrem Zimmer. Vielleicht beim Frühstück? Als Irmi es eine halbe Stunde später probierte, waren die beiden noch immer nicht in ihr Zimmer zurückgekehrt, aber die Dame in der Rezeption konnte sie auch im Frühstücksraum nicht entdecken. Unter Runas Mobilnummer meldete sich nicht mal die Mailbox. Auf dem Weg ins Büro probierte Irmi es mehrfach – vergeblich.

»Runa und ihre Oma sind verschwunden!«, verkündete Irmi, als sie die Polizeiinspektion betrat.

»Wie verschwunden?«, fragte Kathi.

»Sie sind nicht im Hotel, und ich erreiche sie auch nicht auf dem Handy. Runas Gerät ist ausgeschaltet.«

»Das muss gar nichts heißen. Vielleicht sind sie früh ins Altersheim. Sie haben mit Xaver sicher viel zu bereden.«

»Ja, aber ich bin beunruhigt.«

»Glaubst du wirklich, der Mörder probiert es noch mal?«

»Das fragst gerade du? Du hast die Schmids doch immer verdächtigt. Und wenn du von einem ›Mörder‹ sprichst, bliebe eigentlich nur noch Franz. Markus und Thomas sitzen ja in U-Haft. Aber was ist mit den Frauen der Familie Schmid? Die haben wir nie in Betracht gezogen«, sagte Irmi leise. »Eine Frau kann leicht jemanden in ein Silo schubsen.«

»Traust du denen zu, dass sie eine Katze erschlagen? Vroni war doch ganz narrisch wegen dem Viech. Die würde niemals eine Katze töten«, meinte Kathi.

»Was macht dich so sicher? Könnte eine Frau, die in der Lage wäre, einen Menschen zu ermorden, nicht auch eine Katze töten?«

»Ich weiß nicht. Jemanden ins Silo zu schubsen ist weniger hautnah, anonymer irgendwie. Einer Katze den Schädel einzuschlagen ist doch viel schwerer.«

Kathi hatte recht. Einen Menschen zu schubsen war weniger aggressiv, als ein Tier zu töten, das einen mit vertrauensvollen Augen ansah. »Dann fällt Vroni aus«, sagte Irmi.

»Der bösen Rita traue ich alles zu. Und was ist mit Anna Maria? Sie hat sogar erzählt, dass sie das Testament gesehen hat. Ist man automatisch unschuldig, bloß weil man schön ist und klug reden kann?« Kathi schnaubte. »Und dann wäre da noch Renate. Was ist mit ihr? Ich finde sie auch sehr merkwürdig.«

»Alles schön und gut, aber wir haben keinerlei Beweise. Wie willst du eine der Damen festnageln?«

Es klopfte an der Tür, und Irmis Nachbarin Lissi streckte den Kopf herein. »Hallo! Oh, störe ich? Arbeitet ihr gerade?«, fragte Lissi, die zwar im versprengten Schwaigen ein Stück von Irmi entfernt wohnte, aber doch die nächste Nachbarin war. »Ich war grad beim Arzt. Da dacht ich, ich schau mal rein.«

»Lissi, wir arbeiten eigentlich immer. Wobei wir im Moment ziemlich ratlos sind.«

»Ihr weiß schon, ihr dürft mir nix sagen. Krieg ich trotzdem einen Kaffee?«

»Klar. Ich hol dir einen.«

Als Irmi mit einer Tasse Kaffee zurückkam, sank Lissi stöhnend auf einen Stuhl. »Ich hab den ganzen Morgen Schnee geschaufelt. Mir reicht's mit Winter. Wie gut, dass der Brand bei den Schmids im Winter war. Im Sommer wäre das sicher schlimmer ausgegangen. Mitten im Dorf! Stell dir das mal vor!«

Und wiewohl Lissi ja gerade noch ihr Verständnis für Irmis und Kathis Arbeit und für die Schweigepflicht formuliert hatte, war Lissi eben Lissi. Klein, rund, gewitzt und überströmend vor Energie – und mit einer gewissen Geschwätzigkeit. »Zwei Tote! Wahnsinn. Man kann ja nur froh sein, dass die Tiere nicht auch verbrannt sind.«

»Na ja, der Stall war eigentlich nie gefährdet, das hatte die Feuerwehr gut im Griff«, sagte Kathi ziemlich scharf, die Lissi immer schon für eine Nervensäge und eine Ratschkathl gehalten hatte.

»Aber ich rede doch gar nicht von den Kühen im Stall! Ich meine die Schafe und die Goaß in der Tenne!«

Irmi horchte auf. »In der Tenne? Die Schafe und die Ziege waren doch auch im Stall.«

»Blödsinn! Bei den Schmids haben die Schafe und die Goaß im Winter einen Laufstall, der in der Tenne untergebracht ist. Nur die paar Kühe und Hühner stehen im Kuhstall.«

»Lissi, woher willst du das wissen?«

»Na, von den Schmids. Ich hab im letzten Winter mal einen Bock von denen gekauft. Im Stall ist doch gar kein Platz für die Schafe. Die müssten sich ja in eine winzige Box quetschen.«

»Aber in der Brandnacht waren sie definitiv da drin!« Kathi erinnerte sich an das Licht, den beißenden Geruch, die Menschen, die durch die Nacht geeilt waren, und vergaß völlig ihre Antipathie Lissi gegenüber. »Die Schafe wurden von einem Nachbarn aus dem Kuhstall geholt, und du hast recht: Die müssen in einer sehr kleinen Kälberbox gestanden haben. Sonst war ja kein Platz.«

»Sag ich doch!«, meinte Lissi.

Über Irmis Nacken krochen Ameisen. Sie fror. »Das heißt, jemand hat die Tiere in den Stall gebracht, weil dieser jemand wusste, dass die Tenne abbrennen würde?«

»Wow!« Kathi sprang auf. »Wer kümmert sich bei den Schmids um die Schafe?«

Lissi sah sie verwundert an. »Die Anna Maria. Alpine Steinschafe sind das. Obwohl sie im Hotel arbeitet, ist sie im Herzen ein Bauernmadel geblieben. Sie hatte es immer schon mit Schafen. Als kleines Madel hat sie jeden Jungzüchterwettbewerb gewonnen. Sogar auf dem Zentralen Landwirtschaftsfest in München. Ich müsste mal die alten Bilder raussuchen. Wir haben ja auch alpine Steinschafe, wie du weißt, Irmi«, sagte Lissi in einem tadelnden Tonfall, der andeutete, dass man sie ja mal früher dazu hätte befragen können.

»Lissi, ich glaube, wir müssen los. Und du hältst dein Zuckerschnäuzchen. Keine Anrufe bei auch nur einer einzigen deiner Landfrauen!«, rief Irmi.

»Was du wieder von mir denkst!« Lissi zog eine Schnute, aber Irmi und Kathi waren schon nach draußen gestürmt.

Das Auto schlingerte vom Hof. Kaum waren sie in Oberau, wurde eine Totalsperrung des Ettaler Berges angezeigt.

»Scheiße!«, rief Kathi und schoss nach Eschenlohe. Sie kam auf der eisglatten Strecke nach Grafenaschau mehrfach ins Schlingern.

»Kathi, bitte! Wenn wir im Graben landen, ist keinem geholfen!«

»Anna Maria hat die Mädchen getötet. Da hast du es: Schönheit schützt vor Morden nicht. Sie kannte das Testament. Sie wollte nicht teilen. Aber vorher hat sie ihre geliebten Schafe in Sicherheit gebracht. Das war ihr Fehler!«

»Sieht fast so aus«, sagte Irmi, der es immer noch nicht eingehen wollte, dass ein Mädchen wie Anna Maria einer Katze den Schädel einschlug.

Als sie im Hotel in Kohlgrub eintrafen, wo Anna Maria arbeitete, stand sie hinter der Rezeption. Irmi hätte gerne weniger Wallung gemacht, aber Kathi wollte sich eine fernsehreife Verhaftung nicht nehmen lassen. Das Wort »Mord« klang durch die Lobby, hinüber in die Lounge und an die Bar. Köpfe ruckten, Gäste tuschelten, und von irgendwoher kam der Direktor. Als der Streifenwagen vorfuhr, war Anna

Maria noch immer völlig konsterniert und ließ alles mit sich geschehen.

Irmi war in äußerster Anspannung, bis sie schließlich wieder die Polizeiinspektion in Garmisch erreicht hatten. In ihrem Kopf spielten die Wörter Domino und kippten immer wieder um. Es fehlten die Satzzeichen ...

Anna Maria trug ein Dirndl. Sie war so schön, dass es fast wehtat. Kaffee und Wasser lehnte sie ab und wollte zunächst auf ihren Anwalt warten. Nachdem sie sich mit ihm beraten hatte, wollte Anna Maria schließlich aussagen.

Sie sei am Abend vor der Brandnacht in der Dunkelheit von der Arbeit gekommen und habe ihre Schafe versorgt, die, wie immer im Winter, in einem großen Laufstall in der Tenne untergebracht waren. Anna Maria erzählte, dass sie ausgemistet und den Tieren Heu gegeben habe. Weil das recht knapp gewesen sei, habe sie etwas Silage zugefüttert. Die gab es nebenan in Opas altem Hochsilo. Es hatte zwei Einstiegsluken, eine in etwa anderthalb Metern Höhe, eine zweite weiter oben. Da der Inhalt über den Winter schon stark geschrumpft sei, habe Anna Maria die untere Luke geöffnet und dabei die beiden toten Mädchen sowie die tote Katze entdeckt. Sie habe geschrien und beinahe Alarm geschlagen, bis sie geahnt habe, was geschehen war, und einen Plan gefasst habe. Sie habe ihre Schafe hinüber in den Kuhstall getrieben und Feuer gelegt. Da sie viel Zeit in der Tenne verbracht hatte, habe sie auch von Opas Bombe gewusst. Sie stellte sich vor, dass sie gut als Brandbeschleuniger geeignet wäre. Was ja auch stimmte. Mit unterdrückter Nummer habe sie die 110 angerufen. Dann habe alles seinen Lauf genommen.

»Sie behaupten also, Sie hätten den Brand gelegt, die beiden Frauen seien aber schon tot gewesen?« Diese renitenten Wörter ohne Satzzeichen tanzten noch immer Rock 'n' Roll in Irmis Kopf.

»Ja.«

»Aber warum?«

»Ich wollte Aufmerksamkeit erregen. Wer weiß, wann die beiden sonst gefunden worden wären.«

»Bitte? Ich kann Ihrem Gedankengang leider nicht folgen!«

»Ich habe die Katze mit dem kaputten Köpfchen gesehen, und mir wurde sofort klar, dass man sie später hineingeworfen hatte.«

»Und da wollen Sie gefolgert haben, die Frauen seien ermordet und die Katze zur Tarnung hinterhergeschleudert worden? Respekt! Und das kapieren Sie alles innerhalb von Minuten? Wollen Sie meinen Job, Sie sind ja eine geniale Kriminalistin«, rief Kathi wütend.

Diese Geschichte war tatsächlich wenig überzeugend, dachte Irmi. Kein Mensch hätte sofort die Zusammenhänge erkannt. Es sei denn, er verschwieg eine Vorgeschichte.

Irmi nahm innerlich Habachtstellung an, sagte aber ganz beiläufig: »Warum hätten Sie die Toten nicht einfach finden können und dann Alarm schlagen? Das wäre doch normal gewesen?«

»Dann wäre der Plan doch bestimmt aufgegangen. Die Legende vom Silounfall hätte gegriffen. So aber kamen die Feuerwehr und die Polizei, und es gab Öffentlichkeit.«

»Und Sie wollen tatsächlich von Anfang an gewusst haben, dass ein so perfider Plan dahintersteckte? Anna Maria, Sie lügen!«, rief Irmi.

»Nein!«

»Doch! Sie waren es!«, mischte sich Kathi ein. »Und weil Sie dann doch Bedenken bekamen, haben Sie zusätzlich die Tenne abgefackelt. Sie hatten Ihr ganz persönliches Scheunenfest, um die Spuren zu verwischen. So war das!«

»Nein.«

»Sie bleiben also dabei, dass Sie die Mädchen nicht ermordet, sondern nur gefunden haben?«, fragte Irmi und suchte Anna Marias Blick.

»Ja, es war, wie ich sage.«

»Anna Maria, Sie stehen unter Mordanklage. Doppelmord. Wenn Ihnen noch etwas einfällt, reden Sie bitte!«

Selbst der Anwalt sah ganz verzweifelt aus. Er wirkte wie ein Musketier, der miterleben musste, dass die schöne Prinzessin aufs Schafott wanderte. Falls kein Wunder geschah. Wobei Wunder leider sehr unzuverlässig waren.

Anna Maria wurde abgeführt. Der Anwalt schüttelte nur noch den Kopf.

»Bitte reden Sie Ihrer Mandantin noch einmal gut zu, Herr Anwalt. Sie weiß mehr. Entweder sie war es selber, oder aber sie deckt jemanden«, sagte Irmi eindringlich.

Er nickte und eilte davon. An der Stelle, wo der Musketier sein Schwert gehabt hatte, klatschte die Aktentasche an seinen Oberschenkel.

»Na, da kommt ja Bewegung in die Sache!«, triumphierte Kathi. »Den Brand hat sie schon zugegeben, das Mordgeständnis wird nicht lange auf sich warten lassen. Diese Schmids geben sich in der U-Haft ja die Klinke in die Hand. Dann werden wir die beiden Herren wohl gehen lassen müssen. Schade, dass sie nun nur wegen Diebstahl und

Hehlerei dran sind. Aber da kann es ja auch ordentlich was auf die Mütze geben, oder!« Kathi war richtig aufgeräumt.

»Ingen doktor kunne hjelpe, for tippehøne var død«, sagte Irmi leise.

»Häh?«

»Kein Arzt konnt helfen in der Not, denn Hühnchen war schon tot.«

»Was erzählst du da eigentlich für einen Quatsch?«

»Mir ist nur gerade ein alberner Kinderreim eingefallen. Irgendwas stimmt da doch nicht! Anna Maria verschweigt uns wesentliche Infos. Ich glaube ihr, dass sie die beiden nur noch tot vorgefunden hat, aber ich glaube, sie hat gesehen, wer der Mörder war. Und sie hat auch beobachtet, wie die Katze erschlagen wurde. Nur so konnte sie schlussfolgern, was für ein Plan dahintersteckte. Und weil das mit Sicherheit jemand aus der Familie war, hat sie mit sich gerungen. Armes Ding. Sie wollte, dass etwas in Bewegung gerät. Aber sie wollte kein Familienmitglied verpfeifen. Eine fatale Zwickmühle.«

»Hast du heute ein Gutmensch-Sandwich gefrühstückt? Dieses ›arme Ding‹ hat fast halb Ugau abgefackelt, du bist ja lustig!«

Lustig war Irmi nicht zumute, ganz und gar nicht. Da waren's nur noch vier? Franz, Rita, Renate oder Vroni. Oder waren Thomas und Markus nun doch wieder im Spiel?

»Wir geben ihr etwas Zeit zum Nachdenken, damit sie sich darüber klar werden kann, dass das hier kein Spiel mehr ist. Sie wird reden. Anna Maria hat jemanden aus der Familie bei der Tat beobachtet, da bin ich mir sicher.«

»Ich tippe auf Rita«, meinte Kathi. »Die haben Geldprobleme, und sie ist eine böse Hexe. Die würde auch Katzen meucheln. Erinnerst du dich, wie sie die Katzen bei unserem Besuch rausgeworfen hat? Voller Hass.«

»Ja, aber bevor Anna Maria nicht redet, hat das Spekulieren eh keinen Sinn. Ich werde noch mal probieren, Runa zu erreichen.«

Doch deren Handy war immer noch aus. Irmi wählte die Nummer des Altenheims und erfuhr, dass die beiden am Vormittag bei Xaver Schmid gewesen waren, dass er dann aber einen Arzt benötigt hatte und die beiden gegangen waren. Wohin, wusste keiner.

»Xaver Schmid ist zusammengeklappt«, erzählte Irmi, als sie aufgelegt hatte. »Eine Tochter und eine Urenkelin auf einmal waren wohl zu viel für den Mann. Wo stecken die beiden wohl jetzt? Ich habe Runa gesagt, dass sie in jedem Fall Kontakt zu mir halten muss.« Irmis Stimme bebte.

»Kein Netz? Wir leben bekanntlich in einer Region, in der der Empfang so löchrig ist wie ein Emmentaler, oder! Jetzt entspann dich mal, Irmi. Die werden ja nicht entführt worden sein, und meiner Meinung nach sitzt die Mörderin sowieso schon hinter Gittern!«

»Genau das glaube ich nicht! Ich sprech jetzt mit der Staatsanwaltschaft das Vorgehen ab, und dann reden wir noch mal mit Anna Maria. Viele Menschen wachen bei der erkennungsdienstlichen Behandlung auf. Sie merken plötzlich, dass sie wie ein Verbrecher behandelt werden.«

»Ist sie ja auch, diese Schnecke!«, maulte Kathi.

Nachdem Irmi einige Telefonate geführt hatte, rief sie wieder im Hotel an. Doch da gab es nichts Neues. Dann wählte sie die Nummer des Heims, die sie mittlerweile auswendig kannte. Diesmal war eine andere Mitarbeiterin dran. Runa und Åse seien noch nicht wieder im Heim aufgetaucht, sagte sie, aber Herrn Schmid gehe es schon wieder besser, und die beiden Damen aus Norwegen seien bei Vroni ja in besten Händen.

»Bei Vroni?«, fragte Irmi.

»Na, Vroni Schmid hat die Damen doch abgeholt.«

»Wo sind sie hin?« Irmis Stimme überschlug sich.

»Das weiß ich doch nicht«, sagte die Dame am anderen Ende pampig.

Irmi versuchte sich zu beruhigen. »Bitte denken Sie genau nach. Haben Sie irgendwas mitbekommen?«

»Ich lausche doch nicht!«

»Meine Liebe, Sie telefonieren mit der Polizei, genauer gesagt mit der Mordkommission!«, rief Irmi. »Ich will das nicht aus Jux und Tollerei wissen, und ob Sie lauschen oder nicht, ist mir völlig egal. Verstanden?«

»Ja«, sagte die Frau am anderen Ende eingeschüchtert.

»Was ja?«, donnerte Irmi.

»Ich hab das verstanden. Von dem Gespräch hab ich nur mitbekommen, dass sie sich irgendeinen Wald ansehen wollten. Wieso schaut man sich im Winter einen Wald an? Haben die in Norwegen keinen Wald?«

»Doch, jede Menge«, sagte Irmi und legte auf.

Runa und Åse sahen sich einen Wald an? Wollte Vroni ihnen das Erbe zeigen? Den gewaltigen Forst, den Åse geerbt hatte? Auf den ersten Blick klang das nach Schulterschluss, als hätten die Schmids sich mit der Idee angefreundet, nun eben Verwandtschaft in Norwegen zu haben. Das war ja eigentlich eine charmante Wendung. Aber Irmi glaubte nicht, dass die Schmids diese Art von Charme liebten. Sie glaubte nur selten ans Gute im Menschen. Und sie wusste, dass die Zeit lief.

Über den Gang rief sie nach Kathi und ließ Anna Maria bringen. Die beharrte sofort darauf, ohne den Anwalt gar nichts zu sagen.

»Åse und Runa sind von Vroni abgeholt worden. Sie wollen angeblich einen Wald besichtigen! Was heißt das? Geht es um die Erbschaft? Wo liegt der Wald? Was ist wirklich passiert?«

Anna Maria schwieg. Sie war blass mit einem Stich ins Grünliche.

»Wo ist dieser verdammte Wald?«, schrie Irmi schließlich.

Jetzt bekamen sie endlich eine Wegbeschreibung. Dann übergab sich Anna Maria. Einfach so auf den Tisch.

»Sailer, unternimm mal was!«, rief Kathi. »Wir müssen los.«

»Was sollte Vroni denn tun? Die beiden erschießen? Von einer Klippe stoßen?«, fragte Kathi, als sie hinter dem Steuer Platz genommen hatte.

»Wenn sie schon mal zwei Frauen ins Silo befördert hat, dann ist sie zu allem fähig!«

»Aber das mit der Katze glaub ich nicht! Ich kann mir nicht vorstellen, dass sie das Viech erschlagen hat. Ihre Katzenliebe war doch nicht gespielt. Niemals!«

»Kathi, wenn das alles falscher Alarm ist – auch gut. Aber ich will jetzt Runa und Åse finden.« Und zwar lebend, dachte Irmi.

Sie stellten den Wagen an der Naturrodelbahn ab. Dort

hatte jemand ein Auto mit dem Kennzeichen GAP VS 114 geparkt. Sie hasteten bergwärts Richtung Köpfel. Irmi keuchte, Kathi auch. Auf dem eisigen Boden zog es Kathi zweimal fast die Füße weg. Wie immer trug sie Turnschuhe, deren Bodenhaftung eher mäßig war.

Es war eine leise Ahnung. Es war Irmis Gespür für Wald. Die Liebe zu Bäumen. Schon immer hatte Irmi an ihre Macht geglaubt. Im Altertum kannten fast alle Kulturen geweihte Bäume oder Haine. Die Weltesche Yggdrasil verband bei den Germanen die Oberwelt, die Erde und die Unterwelt. Griechen und Römer glaubten, dass Bäume von Nymphen bewohnt wurden. Vor der Christianisierung gab es unweit fast jeden Dorfes eine besondere Eiche, unter der Versammlungen abgehalten wurden. Vor Kriegen besuchte man den Baum, wand farbige Stoffstreifen an die Äste und die Waffen und bat die Eiche um Hilfe. Bei den Germanen und den Slawen galt auch die Linde als heiliger Baum. Die Dorflinde war das Zentrum, wo man sich traf, Dorfklatsch austauschte und tanzte. Auch das Dorfgericht fand unter Linden statt. Und was wäre ein bayerischer Biergarten ohne Kastanien?

Irmi liebte Bäume, und sie liebte es, in ihren Kronen zu lesen. Sie liebte den Wald.

Auf einmal notierte sie ein scharrendes Geräusch, das sie nicht einordnen konnte. Es folgte ein leises Ächzen. Ihr Blick ging nach oben. Die Baumwipfel schienen zu wanken. Dann blickte sie den Hang hinunter.

Weiter unten standen Runa, Åse und Vroni. Vroni redete auf Åse ein, Gesprächsfetzen wehten herauf. Die Schmid-Tochter hielt Åse sogar am Ärmel fest, als müsse sie ihrer Rede damit Nachdruck verleihen.

Plötzlich wurde die Bewegung in den Baumkronen größer, und Irmi schrie auf.

»Runaaaaa! Lauft nach rechts. Rennt! Rechts! Rechts!«

Die Köpfe ruckten. Selbst aus dieser Entfernung war das Entsetzen in Vronis Gesicht zu erkennen. Dann rannte sie los. In die Gegenrichtung.

»Er fällt! Der Baum fällt! Weg! Rennt!«

Als die gewaltige Fichte stürzte, war ein gewaltiges Knirschen und Krachen zu hören. Aber nur kurz. Dann lag der Baum still auf dem Boden, einige Äste bebten noch ein wenig. Kathi hatte reglos dagestanden. Es war alles so schnell gegangen. Nun kam Bewegung in die beiden Frauen. Sie rutschten halb stolpernd den Hang hinunter.

»Runa?« Es lag Verzweiflung in Irmis Stimme.

Alles blieb still.

»Runa! Åse!«

»Hier!« Die Köpfe von Åse und Runa tauchten zwischen ein paar Zweigen auf, beiden stand die Verwirrung ins Gesicht geschrieben. Sie schienen unverletzt zu sein. Irmi schlingerte um die ausladende Baumkrone herum, bis sie vor ihnen stand. »Alles okay?«

»Ich dachte, der Himmel stürzt ein. Sonst ist alles okay«, sagte Åse, die bemerkenswert unerschütterlich wirkte. »Was ist denn wirklich passiert?«

»Eine Fünfunddreißig-Meter-Fichte ist gerade umgefallen.«

»Umgefallen?«

»Oder gefallen worden«, sagte Irmi leise und beobachtete verwundert den weißen Wasserdampf, der beim Sprechen entstand, als würde sich eine Sprechblase blähen. Erst jetzt bemerkte sie, wie kalt es war und dass ihre Finger allmählich zu Klauen wurden.

»Wo ist Vroni?«, rief Runa auf einmal.

Irmi lief ein Stück zur Seite. Der Schnee war ein Spielverderber. Er machte Spuren sichtbar. Man sah drei Spuren kommen, man sah dort, wo die drei Frauen gestanden hatten, zertretenen Schnee, und man sah eine Spur wegführen. Schnee war ein ganz mieser Verräter.

»Vroni ist weg, befürchte ich«, sagte Irmi und zog ihr Handy heraus. Kein Netz. »Kathi, hast du Empfang?« Doch auch Kathis Handy verweigerte den Dienst. »Scheiße! Wir müssen sofort eine Fahndung rausgeben!«

Runa schaute immer noch völlig verwirrt drein, doch Åse schien allmählich zu verstehen. »Der Baum sollte auf uns fallen?«, flüsterte sie.

»Genau das glaube ich auch.« Irmi schluckte und fügte ein »leider« hinzu.

»Aber Vroni? Hat sie …? Ich meine, sie kann doch nicht … Ich meine …«

»Ich befürchte, sie hat euch in eine Falle gelockt, Runa. Es tut mir leid.«

»Aber ich habe keine Motorsäge gehört!«, mischte Kathi sich ein. »Wie kann denn so ein Mordsbaum einfach umfallen? Wir hätten doch eine Säge hören müssen!«

»Kommt mit«, sagte Irmi nur. Sie stapften bergauf bis zu der Stelle, wo der Stumpf des umgefallenen Baums stand. »Da! Seht ihr, wie merkwürdig ausgefranst er ist?«

»Ja, und?«

»So was nennt man Haltebandtechnik. Bei dieser speziellen Fälltechnik macht man einen Stechschnitt und lässt dabei ein Stück des Stamms als Halteband stehen. Wenn kein massiver Wind aufkommt, kann der Baum ewig so stehen bleiben. So etwas macht man gerne im schwierigen Gelände, damit der Baum nicht unkontrolliert fällt. Vielleicht hat gestern jemand das alles schon vorbereitet und heute früh nur noch das Halteband durchtrennt. Dem Schnittbild lässt sich entnehmen, dass der Schnitt mit einer Handsäge gemacht wurde. Die hört man kaum. Sicher hat man bewusst auf die Motorsäge verzichtet.«

»Man wollte uns töten«, flüsterte Åse.

»Aber da muss man sich doch auskennen!«, rief Kathi. »Vroni muss eine zweite Person im Wald dabeigehabt haben.«

»Ganz sicher«, meinte Irmi. »Vroni war der Lockvogel und sollte stehen bleiben, solange es ging. Eventuell hätte sie Åse oder Runa noch in die richtige Richtung geschubst.«

»Um den Baum so manipulieren zu können, muss ich aber ein Holzarbeiter sein, oder?«, hakte Kathi nach.

Irmi lächelte nachsichtig. »Ich habe auch einen Motorsägenschein. Gerne gebe ich dir bei Gelegenheit eine Einweisung in Fallkerb und Scharnier. Dabei kann ich dir gleich zeigen, wie man große Bäume niederlegt, wie man kleinere mit dem Fällheber umlegt, und natürlich könnte ich dir auch am Baum die Haltebandtechnik demonstrieren. So was kann auch eine Frau. Das hat mit Kraft wenig zu tun. Eher mit Technik und Wissen.«

»Vielleicht war's ja der Franz? Vater und Tochter. Warum nicht?«

»Oder Rita? Oder Renate?«, schlug Irmi vor.

»Rita mit der Motorsäge? Das passt doch nicht, oder? Renate kann vielleicht Gemüse ziehen und melken, aber keinen Baum fällen. Bei denen kümmert sich der Mann doch noch um die Männerarbeit. Markus lässt bestimmt keine Frau an die Motorsäge. Eine Frau im Forst darf maximal die Brotzeit bringen oder ein paar Dachsen einsammeln.«

»Franz und Rita waren uns gegenüber sehr ungehalten. Renate war eigentlich recht nett und Vroni auch«, sagte Åse leise.

Runa hatte die ganze Zeit geschwiegen. Doch nun schrie sie in den dunklen Wald hinaus: »Du wirst dieses Erbe annehmen, Oma! Jetzt erst recht! Die kriegen uns nicht klein. Die haben Marit getötet. Dafür werden sie zahlen. Und wenn es das Letzte ist, was ich tun kann. Ich hasse sie. Ich hasse sie!«

Åse sah ihre Enkelin erschüttert an, Irmi war eher verwundert. Die ruhige, stets beherrschte Runa! Irgendwann explodieren eben auch jene Vulkane, die ewig geschwiegen haben. Von denen man denkt, sie seien längst erkaltet. Aber irgendwo brodelt es doch.

Kathi ging auf Runa zu und drückte sie ganz kurz. »Du hast recht. Wir werden versuchen herauszufinden, was wirklich passiert ist. Diese verdammte Familie von Bauernschädeln!«

Kathi war mal wieder völlig unprofessionell, aber Irmi ließ sie gewähren. Ihre an sich unmögliche Art nahm der Situation die Schwere. Immerhin waren da zwei Frauen gerade einem Mordanschlag entgangen.

Es hatte leichter Schneefall eingesetzt. Vier Frauen standen neben einem gewaltigen Baum, der nun so harmlos auf dem Boden lag.

»Wir verschwinden jetzt. Åse, geht es bei dir?«

»Ich bin es von klein auf gewohnt, dass man mich nicht haben wollte, wie ich war. Umbringen wollte mich allerdings noch niemand«, sagte sie schlicht.

Irmi traten die Tränen in die Augen. Sie drehte sich kurz weg. Das waren keine Tränen des Schmerzes, eigentlich waren es Freudentränen, denn Åse hatte mit Lore einen Weg gefunden, der sie versöhnt hatte mit ihrem holprigen Lebensanfang. Ihre letzten Jahre würden gute Jahre sein, erfüllt von Liebe und Achtsamkeit. Auch Runa würde es packen, weil sie diese Oma hatte und vielleicht doch ein paar Gene von diesem sturen alten Mann aus dem Ammertal. Solche Sturheit schadete nicht, im Gegenteil!

Sie kletterten den Hang wieder hinauf, gingen den Weg entlang und dann dorthin, wo das Auto stand. Der Wagen mit dem Garmischer Kennzeichen GAP-VS war weg. Kathi gab eine Fahndung nach Vroni heraus. Sicher würde Vroni auf den Waldwegen noch weitere Spuren hinterlassen, ewig würde sie aber nicht untertauchen können.

Sie fuhren in die Inspektion. Åse und Runa redeten leise auf Norwegisch. Irmi ließ ihnen Kaffee bringen. Dann entschuldigte sie sich kurz. Sie musste umgehend mit der Staatsanwaltschaft telefonieren, um deren Zustimmung für ihr weiteres Vorgehen einzuholen.

14

»Jetzt muss uns Anna Maria endlich die Wahrheit sagen. Das kann sie doch nicht gewollt haben! Nicht noch einen inszenierten Unfall!«, sagte Irmi.

»Ein Silounfall, ein Unfall im Forst – ganz schön viele Unfälle. Damit wären die doch nie durchgekommen, oder!«

»Wer weiß? Wenn wir nicht durch Zufall erfahren hätten, dass die Schafe rausgetrieben worden sind, wären wir nicht auf Anna Maria verfallen. Dann wäre der zweite Unfall vielleicht auch ungesühnt geblieben.«

»Wahnsinn!«, rief Kathi.

Als Irmi Åse und Runa erklärte, was sie in Abstimmung mit der Staatsanwaltschaft vorhatte, waren sich beide einig, dass sie das durchstehen würden.

Wenig später betraten sie den Raum, in dem Anna Maria untergebracht war. Draußen war es dunkel geworden. Anna Maria versuchte trotzig zu wirken, aber es war nicht zu übersehen, dass sie geweint hatte.

»Darf ich vorstellen? Das hier ist Runa Dalby, Studentin der Kunstgeschichte, und zwar die echte Runa. Ihr habt Marit getötet – ein dummer Fehler! Die beiden Damen hier wären beinahe unter einen Baum geraten und hätten dort ein unrühmliches Ende gefunden. Eine gewisse Schicksalhaftigkeit, meinen Sie nicht, Anna Maria? Von einem Baum erschlagen in jenem Forst, den Åse erben soll. War das beabsichtigt? Wer hat das Bäumchen gefällt?«

Anna Marias Schultern bebten. Sie weinte und weinte.

Irmi atmete durch. Mit Sarkasmus kam sie hier auch nicht weiter.

»Sie waren nicht dabei. Das ist klar. Aber Vroni war dabei und noch jemand. Sie sind eine kluge junge Frau, Anna Maria. Und wenn die Geschichte mit dem Brand stimmt, die Sie ja so beharrlich erzählen, dann hätten Sie jetzt die letzte Chance auf die volle Wahrheit. Runa hat ein Recht darauf. Ihre beste Freundin ist in eurem Silo gestorben!« Irmi hoffte, dass Runa durchhalten und dass ihr Anblick Anna Maria endlich erweichen würde.

»Außer meiner Oma hatte ich nur Marit.« Runas Stimme machte einen kleinen Stolperer, aber sie fasste sich wieder. »Jetzt ist Marit tot. Meine Eltern sind eine Katastrophe. Du hast wenigstens eine Familie. Warum ist es so schlimm, wenn meine Oma diesen Wald bekommt? Und lumpige fünfzigtausend Euro. Lumpig, so sagt man doch auf Deutsch, oder? Warum habt ihr das getan? Was ist passiert? Anna Maria, du siehst nicht so aus, als wäre dir das egal. Vroni sieht auch nicht so aus. Bitte rede mit mir!«

Plötzlich war es so, als wären nur noch Anna Maria und Runa im Raum. Zwei Frauen, die fast gleichaltrig waren und noch so viel Leben vor sich hatten. Die eine vom kühlen Rand der Welt, die andere aus dem weiten Ammertal, in dem doch so viele Scheuklappen getragen wurden.

Anna Maria weinte immer lauter. Sie stammelte nur noch: »Es tut mir leid, Runa, es tut mir so leid. Ich wollte das nicht. Niemand wollte das.« Sie bekam einen Hustenanfall, ihr ganzer Körper bebte.

Kathi brachte Runa und Åse hinaus. Es dauerte lange, bis Anna Maria sich einigermaßen unter Kontrolle hatte. Irmi gab ihr Wasser und nötigte sie, in kleinen Schlucken zu trinken. Dann reichte sie ihr Papiertaschentücher. »Reden Sie jetzt mit mir?«

Anna Maria nickte und begann.

Der Opa hatte tatsächlich an seinem Testament geschrieben und es anschließend in ein Kuvert gesteckt. Anna Maria wusste zwar, dass er einen Safe besaß, allerdings nicht, wo dieser sich befand. Ihr kam zupass, dass der Opa mit dem Kuvert in der Hand einschlief. Es fiel zu Boden, und Anna Maria konnte ihre Neugier nicht bezähmen. Bei der Lektüre des Dokuments fiel sie aus allen Wolken. Sie notierte sich schnell Namen und Adresse der Begünstigten, tat alles wieder zurück und legte das Kuvert an die Stelle auf den Boden, wo es dem Opa aus der Hand gerutscht war. Später hatte sie ihren Großvater noch beobachtet, wie er den Umschlag aufhob und in den Stall ging.

»Ich kam mir so schäbig vor, aber ich wollte doch wissen, wer diese Frau ist, die so viel erben wird.«

Anna Maria hatte Vroni zurate gezogen, denn die beiden waren sehr vertraut.

»Vroni kommt immer zu mir, wenn sie Sorgen hat. Wegen Thomas, wegen Rita. Und ich frage in solchen Fällen immer Vroni. Wir haben denselben Hintergrund. Dieselbe Familie. Sie weiß, wovon ich rede, wenn ich meinen Vater wieder unerträglich selbstgerecht finde. Und ich weiß, was sie meint, wenn sie sich über Thomas' Rüpelhaftigkeit beklagt. Verstehen Sie?«

Irmi nickte. Blut, das dicker als Wasser war.

Anna Maria hatte Vroni von ihrer Entdeckung erzählt, und die beiden hatten nachgeforscht. Wieder so eine Duplizität des Lebens: Zwei Norwegerinnen hatten den Deckel einer Truhe geöffnet, in ihrer Geschichte gewühlt und eine Adresse in Bayern gesucht. Und in Norwegen forschten zwei Ammertalerinnen nach. Dann war Marit alias Runa aufgetaucht. Vroni hatte etwas Zeit gebraucht, um einen Zusammenhang herzustellen. Dann hatte sie genauer auf Zwischentöne geachtet, hatte jede scheinbar unverfängliche Frage auf die Goldwaage gelegt und die vermeintliche Runa als äußerst suspekt erachtet. Vroni und Anna Maria waren übereingekommen, Runa zur Rede zu stellen. Dann hatten sie sie in die Tenne bestellt.

Anna Maria war schon früher als die anderen zum Treffpunkt gekommen, um ihre Schafe zu füttern. Weil unten kein Heu mehr gewesen war, stieg sie im Heuboden mehrere Etagen nach oben. Gerade gabelte sie das Heu nach vorne, als sie unten Stimmen hörte. Stimmen von Thomas und ihrem Vater. Anna Maria war bis zur Kante der obersten Etage geschlichen und hatte mit Entsetzen gesehen, dass nicht nur Runa gekommen war, sondern auch Ionella und dass die Mädchen von Thomas und Markus Geld in Empfang nahmen. Wenig später waren die beiden Männer wieder hinausgestürmt – nacheinander. Erst Markus, dann Thomas, der vorher noch etwas herumgeflucht und mit dem Fuß eine Tonne umgetreten hatte, bevor er ebenfalls gegangen war. Anna Maria war wieder zu ihrem Heu zurückgekehrt, das sie eben noch schnell fertig haben wollte. Dann hatte sie erneut Stimmen gehört. Vroni war plötzlich da.

»Ich hatte Vroni eingebläut, dass wir das in Ruhe durchziehen. Dass wir ja zu zweit sind und nicht eher Ruhe geben, bis sie uns sagt, was sie wirklich hier will. Womit wir nicht gerechnet hatten, war, dass Ionella dabei sein würde. Und vor allem hatte ich nicht damit gerechnet, dass Vroni gleich so ausrastet. Es gab sofort Streit mit Runa, oder besser gesagt mit dem Mädchen, von dem wir dachten, es sei Runa. Ich habe nicht alles gehört, aber diese Runa muss die Leiter am Silo hochgeklettert sein und Vroni hinterher. Vroni hat gebrüllt, sie solle da runterkommen, und hat sie am Fuß gezogen. Die Norwegerin ist irgendwie ins Wackeln gekommen und gestürzt. Ich habe das von oben gesehen und habe geschrien.«

»Ja, aber Sie hätten doch noch etwas tun können!«

»Das habe ich versucht! Ich habe geschrien: ›Vroni, was tust du da? Hol sie da raus!‹ Aber ich war ganz oben in der Tenne. Beim Opa wird das Heu noch lose verwahrt, und ich musste erst mal zwei lange Leitern runter.« Ihre Tränen liefen wieder.

»Und dann?«

»Ionella hat reagiert. Sie hat versucht, Runa rauszuhelfen, und hat die untere Klappe geöffnet. Das Silo war ja so alt, alle wollten es längst abreißen. Nur Opa nicht. Die Klappe ist gebrochen, und Ionella ist gestürzt. Vroni war wie paralysiert. Völlig versteinert. Ich habe noch versucht, ein Seil reinzuwerfen, aber es war zu spät.« Sie weinte, sie bebte. »Es war so schrecklich.«

»Und dann?«, fragte Irmi.

»Dann kam meine Mutter herein, weil sie irgendwelche Telefongespräche meines Vaters belauscht hatte. Sie hatte das mit dem Treffen mitbekommen und wusste von den Baumaschinen. Wollte sich einmischen, meine Mutter mischt sich überall ein. Sie ist immer für alles und jeden zuständig. Sie meint es meist gut, aber …« Ihr Weinen schwoll wieder an.

»Und was hat Renate getan? Anna Maria, bitte, wir müssen das nun zu Ende bringen. Was ist dann passiert?«

»Vroni war immer noch völlig regungslos, wie abgeschaltet. Ich habe meiner Mutter versucht zu erklären, was passiert ist. Sie hat getobt. Was wir uns dächten. Dass wir den Rest unseres Lebens in den Knast wandern würden. Und dann hatte sie eine Idee. Die Idee, das Ganze als Unfall zu vertuschen.«

»Sie hat die Katze erschlagen?« Kathi war nur selten aus der Fassung zu bringen, das war einer dieser raren Momente.

»Ja, einfach so. Mit einer Eisenstange. Da wurde Vroni hysterisch. Alles ging drunter und drüber. Meine Mutter hat Vroni aus der Tenne rausgezogen, hat auf sie eingeschrien. Ich stand da und war auf einmal allein. Es war so still. Ich weiß nicht, wie lange ich da herumstand. Irgendwann begann ein Schaf zu blöken. Die hatten ja Hunger.«

»Und dann haben Sie die Schafe und die Geiß in den Stall gebracht?«

»Ja, und den Brand gelegt. Ich hatte überlegt, ob ich die Polizei rufen sollte. Ich hätte sagen können, ich hätte die beiden Toten gefunden. Aber ich hatte solche Angst. Ich konnte doch Vroni nicht anschwärzen. Und meine Mutter. Sie ist doch meine Mutter. Andererseits wollte ich doch, dass sie gefunden werden.«

»Und da zündeln Sie und riskieren, dass Ugau den dritten Dorfbrand in seiner Geschichte erlebt?«, provozierte Kathi.

»Unsere Feuerwehr ist sehr gut. Und sehr schnell«, sagte Anna Maria.

Das klang so naiv, so gutgläubig, dass Irmi die Spucke wegblieb.

Sie saßen eine Weile schweigend da, bis Kathi sagte: »Ich fasse es nicht, dass Renate die Katze erschlagen hat.«

»Meine Mutter hasst Katzen. Ihr hat als kleines Mädchen mal eine unters Auge gebissen. Sie hatte Glück, dass sie ihr Augenlicht nicht dabei verloren hat. Man sieht die Narbe heute noch. Bei uns am Hof gibt es keine Katzen. Es ist bei Todesstrafe verboten, eine zu halten … «

Anna Maria wurde abgeführt.

Irmi und Kathi saßen einige Minuten schweigend da, bis Kathi fragte: »Glaubst du, Runa, oder besser gesagt Marit ist wirklich nur gestolpert?«

»Ich würde es gerne glauben! Vielleicht hat Vroni sie geschubst. Ich glaube, Vroni hat ihr ganzes Leben lang darunter gelitten, dass sie immer das patente Pummelchen war. Immer der Kumpel, immer die Nette. Nie die attraktive Dramaqueen, nie eine der Dorfschlampen, die jeden haben konnten. Vroni hat unter den Hänseleien mehr gelitten, als ihre Umgebung es bemerkt hat. Vor allem die Tatsache, dass Opa sie als Moppelchen bezeichnet, hat sie sehr getroffen. Und dann kommt da noch so eine schöne nordische Elfe in die Familie, die nicht nur allen das Erbe streitig macht, sondern außerdem Zuneigung bekommt. Das war zu viel, glaube ich.«

Kathi schwieg. Sie wusste ja auch nicht, wie es war, das Pummelchen zu sein und der ewige Kumpel. Kathi hatte immer aufseiten der Begehrenswerten gestanden. Irmi hingegen war lange in den Niederungen der pummeligen Kumpelfraktion herumgedümpelt.

»Sie hat vor allem ihre eigene Mutter enttarnt! Puh, das ist hart«, sagte Kathi schließlich.

Ja, das war grausam.

Und es war auf einmal so still, so kalt.

Vroni würde nicht weit kommen. Renate würden sie später verhaften. Das weitere Vorgehen wurde von der Staatsanwaltschaft entschieden und von den Gerichten. Irmi und Kathi würden noch etliche Zeugenaussagen aufnehmen müssen, abgeschlossen war das alles noch lange nicht. Die Gerichte würden häufiger Fälle mit dem Namen Schmid zu behandeln haben. In Sachen Diebstahl, Hehlerei, Totschlag oder doch Mord, unterlassener Hilfeleistung, Brandstiftung ... Das beeindruckende kriminelle Fazit einer schrecklich normalen Familie im Ammertal.

Renate Schmid stand gerade in der Küche, als der Polizeiwagen vorfuhr, und schnitt Kräuter auf einem schweren Holzbrett. Schweigend folgte sie Sailer ins Auto.

Vroni stoppten sie an der Tankstelle Höhenrain, sie war kopflos Richtung München gefahren.

Åse und Runa wollten möglichst schnell abreisen, doch schon bald würde Åse mit Lore wiederkommen. Xaver Schmid war inzwischen in sein Haus zurückgekehrt. Tereza und ihre kernige Arbeitgeberin Gerti würden sich um ihn kümmern. Da war für Lebenslust gesorgt.

Die Staatsanwaltschaft hatte Anna Maria noch ein letztes Treffen mit Runa zugestanden, weil sie sich bei ihr entschuldigen wollte. Konnte man sich für den Tod entschuldigen?

Irmi brachte Runa und Åse an den Münchner Flugplatz. Sie checkten ihre Koffer ein, dann standen sie da und kämpften mit Tränen und Sprachlosigkeit. Bis Runa sagte: »Anna Maria will sich allem stellen. Sie hat mir gesagt, dass sie sich schon einen Job auf einem Kreuzfahrtschiff organisiert hat, auf der Linie Kiel, Bergen, Nordkap. Ein ehemaliger Kollege ist dort der Kreuzfahrtdirektor. Er nimmt sie in jedem Fall. Egal, wie lang das alles hier dauert.«

»Das ist gut.« Mehr konnte Irmi nicht sagen. Sie drückte Åse, sie umarmte Runa und hatte dabei Angst, das zierliche Mädchen zu zerbrechen. Dabei war sie gar nicht so zerbrechlich, wie sie aussah.

Der Kreis schloss sich. Anna Maria würde die Lebensstationen ihres Opas sehen. Sie würde ihre neuen Verwandten in Tromsø besuchen kommen. Ihrer aller Leben schritt fort, aber manche Hühnchen fielen eben viel zu früh vom Zaun ...

NACHWORT

»Wenn die letzten Zeitzeugen gestorben sind, dann ist es Geschichte. Bis dahin ist es ein Leben«, sagt Jens in diesem Buch. Irmi spürt, dass sie eine Mitschuld trägt am Vergessen, denn die Zeitzeugen sind längst gestorben, ohne dass die Nächstgeborenen gefragt hätten. In ihrer Familie wie in so vielen anderen auch.

Auch meine verstorbenen Eltern, die vergleichsweise alt waren – mein Vater war bei meiner Geburt schon neunundvierzig –, gehörten zur Kriegsgeneration, die die Kultur des Hinunterschluckens perfektioniert hat. Auch ich habe viel zu wenig gefragt.

Bücher sind Reisen durch die Zeiten, und auf dieser Reise danke ich vor allem und zuerst und ganz herzlich Dr. Luitgard Loew, ohne die dieses Buch nicht möglich gewesen wäre! Ein großes Dankeschön geht an Annette Schleich. Danke an die Jörg-Mädels. Ein besonders herzliches »Vergelt's Gott« an den großartigen Michi, Kenner der Dorfgeschichte(n) in Unterammergau. Danke an Julia für ihre Bemühungen ums »Hühnchen«. Und an Annika Krummacher.

Ich danke der echten Wilhelmine, die heute wieder eine Arbeit als Deutschlehrerin in Rumänien hat und nicht mehr als Pflegerin reisen muss, aber auch den vielen Ionellas, die in Deutschland arbeiten und oft Übermenschliches leisten. Vor allem aber danke ich meinen Freunden in Norwegen für ihre »Gastauftritte«. Würde ich nicht schon am schönsten Platz der Erde leben – Norwegen wäre die zweite Option.

Mordsviecher

Irmi Mangold und Kathi Reindl ermitteln

© Alessandro Emrich

Nicola Förg, geb. 1962 im Oberallgäu, ist als Reise-, Berg-, Ski- und Pferdejournalistin tätig. Mit ihrer Familie sowie mehreren Ponys, Katzen und Kaninchen lebt sie auf einem Anwesen im südwestlichen Eck Oberbayerns, wo die Natur opulent ist und ein ganz besonderer Menschenschlag wohnt.

Nicola Förg

Mordsviecher

Ein Alpen-Krimi

Weltbild

Besuchen Sie uns im Internet:
www.weltbild.de

Genehmigte Lizenzausgabe für die Weltbild GmbH & Co. KG,
Werner-von-Siemens-Str. 1, 86159 Augsburg
Copyright der Originalausgabe © 2012 by Piper Verlag GmbH, München/Berlin,
erschienen im Verlagsprogramm Pendo
Umschlaggestaltung: Alexandra Dohse - www.grafikkiosk.de, München
Umschlagmotiv: Bildmontage unter Verwendung von Bildern von Plainpicture
(© Yvonne Röder, Martin Benner) und Shutterstock (© Pavel Vakhrushev)
Satz: Datagroup int. SRL, Timisoara
Druck und Bindung: CPI Moravia Books s.r.o., Pohorelice
Printed in the EU
ISBN 978-3-95973-668-8

2020 2019 2018 2017
Die letzte Jahreszahl gibt die aktuelle Lizenzausgabe an.

You may be a king,
or just a common man.
Some high fashioned model
with a Hollywood tan.
It just don't matter
who you think you are.
You'll be a slave to love tonight.

You may wear a gun
and a badge for the FBI.
A Soho stripper,
or a Soviet spy.
You think you're the devil,
but with those angel eyes
you're just a slave to love tonight.

»Slave to Love«, aus Manœuvres, Greg Lake (1983)

PROLOG

Diese verdammten Köter. Unnützes kläffendes Gschwerl. Da bringt man ihnen was zu Fressen, und die Viecher beißen einem den halben Arm ab. Sein rechter Arm sah aus wie durch den Fleischwolf gedreht. Eiterte, schmerzte. Alles nur wegen der Köter. Da lobte er sich seine Lieblinge. Stumm und elegant. Vor ein paar Tagen waren neue gekommen. Nachts natürlich. Die deutschen Behörden waren so unflexibel ...

Ihre Gegenwart war ein Fest für ihn, das er regelrecht zelebrierte. Er sah sie an. Lange. Er würde umbauen müssen, ja, das würde er als Nächstes tun. Sie waren so schön.

Er nahm die rasche Bewegung kaum wahr. Sie kam aus dem Nichts. Wieder schmerzte sein Arm. Stärker. Anders diesmal. Er riss an dem Verband, der längst schon in Fetzen hing, doch sein linker Arm gehorchte ihm nicht, erlahmte auf einmal. Da ahnte er etwas, wollte loslaufen und sackte im nächsten Raum zusammen. Dachte dabei an einen Boxkampf von Klitschko gegen irgendwen, der – kaum hatte er begonnen – wieder zu Ende gewesen war.

Er mochte Boxen. Boxen war männlich. Kraftvoll und gewaltig. Und es ging ums Bluffen, um große Worte und große Gesten. Es ging darum, sich nicht in die Karten schauen zu lassen. Das hatte auch er immer vermieden. Er hatte die Karten in der Hand behalten, das Ass stets im Ärmel gehabt. Die Welt war so leicht zu manipulieren. Die

Menschen waren so gutgläubig. Sie bettelten doch fast darum, betrogen zu werden.

Nun aber war er bewegungslos. Das letzte Ass war ihm abhandengekommen. Er lag am Boden, wie festgenagelt. Aber sein Gehirn gab immer noch Botenstoffe ab. Es dachte. Es fühlte. Es lehnte sich auf. Angst und Panik fluteten ein. Er hätte schreien wollen, aber kein Laut kam aus seiner Kehle. Er starrte zu den Heizungsrohren an der Decke und hörte die Kläffer da drüben. Deutlich hörte er sie. Gefangen in seinem Körper.

Die Brust wurde ihm eng, ein gewaltiger Felsbrocken schien sich auf ihn zu wälzen. Dann sah er ein Augenpaar, und er wusste alles. So zu verlieren. Gegen so einen Gegner. Er wusste, dass es noch dauern würde. Nicht sehr lange, und doch eine grauenvolle Ewigkeit.

Bis das Ende kam.

Das gnädige Ende.

1

Andrea war nahe dran gewesen, das Foto wegzuwerfen. Kathi konnte aber auch ätzend sein. »Hanni und Andreanni!«, hatte sie gerufen. »Dick und Dalli und die Ponys!« Dabei hatte sie sie provozierend angesehen und offen gelassen, in welcher Rolle bei den »Mädels vom Immenhof« sie Andrea sah.

Diese hatte sich vorgenommen, Kathis Attacken zu ignorieren. War sie wirklich ein kindisches Ponymädel, bloß weil sie ein Bild ihres Pferdes auf dem Schreibtisch stehen hatte? Keinen Mann, keinen Lover, keine Kinder.

Natürlich hätte sie kontern können und sollen: »Besser ein netter Gaul als deine ständig wechselnden Lover. So schnell kannst du die Bilder ja gar nicht austauschen.« Das wäre gut gewesen, aber die guten Sachen fielen ihr nie ein, wenn die schlanke Kathi sich vor ihr aufbaute.

Sie hätte auch sagen können: »Wie praktisch, dass du ein Foto deiner Tochter aufgestellt hast, da siehst du sie wenigstens ab und zu mal. Die kennt ihre Mutter doch eh kaum, sondern bloß die Oma.« So eine Bemerkung hätte Kathi getroffen, denn das war ihre verwundbare Stelle: Sie hatte nie Zeit für ihre Tochter Sophia. Das wäre richtig fies gewesen, aber Andrea war nicht fies.

Letztlich hatte sie das Bild von Moritz, dem braunen süddeutschen Kaltblut, dann doch stehen lassen und empfand das als Sieg. Als Sieg über Kathis Ätzereien.

Während Andrea sinnierend vor dem Foto saß, kam ihr Kollege Sailer zur Tür herein.

»Andrea, mir müssen.«

»Was müssen wir?«

»Raus.«

»Raus wohin?«

»Die Frau Irmengard und die Kathi san ja auf Weilheim zu einer Besprechung. Und sonst is auch keiner verfügbar außer unsereinem.«

Zwei weitere Kollegen waren zu einem Nachbarschaftsstreit unterwegs, bei dem es seit Monaten um einen renitenten Gockel ging, zwei andere waren auf Fortbildung.

»Und wohin sollen wir, Sailer?«

»Zu dem Gebelle.«

»Hä?«

»Da, wo die Hund immer bellen wie verruckt.«

Sailer war der Meister kryptischer Reden, der Erfinder der Minimalkonversation. Das waren keine Würmer, die man ihm aus der Nase ziehen musste, sondern richtige Kaventsmänner, so dick wie Aale.

Diesmal wusste Andrea allerdings, worauf Sailer anspielte. Vor einigen Wochen hatten sie Beschwerden von Anwohnern und Spaziergängern bekommen, weil auf einem Anwesen in relativer Alleinlage in Krün anscheinend ein paar Hunde so schauerlich bellten und heulten wie der Spukhund von Baskerville. Offenbar stank es dort auch bestialisch. Es war sogar schon die eine oder andere Streife vorbeigefahren, im Anwesen hinter den hohen Hecken hatten sie aber niemanden angetroffen.

Andrea wusste: So etwas wurde eher halbherzig verfolgt, denn wen interessierte es wirklich, ob sich in Krün ein paar Hunde die Seele aus dem Leib bellten? Besonders stark besiedelt war die kleine Stichstraße am Waldrand nicht gerade, die Belästigung hielt sich also in Grenzen. Außerdem waren die Anrufe dann abgeflaut.

Allerdings war heute in der Früh ein anonymer Anruf eingegangen. Mit verstellter Stimme und unterdrückter Rufnummer hatte jemand gesagt, die Polizei solle besser mal dort hinfahren. Der Anrufer hatte sofort wieder aufgelegt.

»Und warum sollen wir da jetzt doch hin? Gerade heute, wo wir eh hier Stalldienst haben?«, wollte Andrea wissen.

»Weil aa no eine Nachbarin ang'rufen und g'sagt hat, dass da scho seit heut früh ein Jeep steht und die Hund noch irrer bellen als sonst.«

Dabei sprach er den Jeep wie »Chip« aus, und Andrea musste sich ein Grinsen verkneifen.

»Ich weiß zwar nicht, was das bringen soll, aber von mir aus«, meinte sie dann.

Draußen jagte ein scharfer Wind Regenschauer durch die Luft. Es war kalt, so kalt, dass der Niederschlag weiter oben sicher schon in Schneeregen überging. Andrea war wirklich eine wetterfeste Bauerstochter, aber vier Grad und Nässe von überallher wirkten selbst auf sie extrem lähmend. Es war ein typischer bayerischer Sommer. Hitze, die sich feucht und schwer aufbaute und sich fast jeden Abend in gewaltigen Gewittern entlud. Gewaltig und gewalttätig in ihrer dröhnenden Macht. Gerade wieder war so ein Gewitter mit einer Sturmfront durchgezogen, und es war schlagartig um gut zwanzig Grad kälter geworden.

Immerhin war der Wind abgeflaut und der Regen legte gerade eine Pause ein, als Andrea und Sailer in Krün am

Ende der besagten Stichstraße ankamen. Die Straße war stetig leicht angestiegen, vor ihnen lag nun ein kleiner Wendeplatz, der in der Mitte wie eine Verkehrsinsel gestaltet war, auf der ein elender Birkenstängel wuchs. Ein dürres, krankes Gewächs, das sich seiner Blätter entledigt hatte. Dahinter befand sich das Grundstück. Sie starrten auf ein offenes Tor. Rechts und links von dem geöffneten Stahltor erhoben sich hohe Mauern, die fast vollständig von Thujahecken überwuchert waren. Noch außerhalb des Tors lehnte sich ein kleiner alter Schuppen an die Mauer, dahinter begann Dickicht.

Eine Frau kam herangeeilt, die den Kragen ihrer Jacke so fest zuhielt, dass man meinen konnte, sie wollte sich selbst erwürgen. Sie stellte sich als Frau Sanktjohanser vor. Ihrer abgehackten Rede war zu entnehmen, dass der Geländewagen schon seit den frühen Morgenstunden da stehe. Dass jemand wie wild gehupt habe. Und dass es nun wirklich reiche!

Andrea sah sich um. In etwa fünfzig Metern Entfernung gab es eine zweite Mauer und ein zweites Tor aus Gitterstäben, das ebenfalls offen stand. Dazwischen parkte ein großer Wagen auf der gekiesten Zufahrt.

»Sind Sie reingegangen?«, erkundigte sich Andrea.

»Da geh ich doch nicht rein!«, entrüstete sich Frau Sanktjohanser. »Was weiß ich denn, was das für Bestien sind?« Es folgte eine lange Tirade über ständigen Lärm und nächtens vorfahrende Lastwagen. »Der letzte Transport ist erst vor drei Tagen gekommen. Vielleicht wird da mit Drogen oder Frauen gehandelt!«

»Die bellen aber ned«, brummte Sailer.

Andrea war ihm fast dankbar für diesen Satz, der sie ein wenig heiterer stimmte. Denn ihr war seit der Fahrt übel, was natürlich auch am Mittagessen liegen konnte, das aus Junkfood vom Drive-in bestanden hatte.

Währenddessen echauffierte sich die Frau weiter und erzählte, dass der Jeep schon öfter hier gewesen sei. Sonst würde er aber immer nur so reinhuschen. Im Übrigen stehe heute zum ersten Mal das Stahltor offen.

»Und da warn S' ned neugierig?«, fragte Sailer.

»Ich geh da nicht rein. Dafür ist die Polizei da!«

Sie verschwand nebenan in einer Einfahrt, vor der zwei Löwen mit bayerischem Wappen auf zwei Säulen hockten – Kitsch as Kitsch can.

Der Wind blies unvermindert, während sie auf den Geländewagen zugingen. Sailer pfiff durch die Zähne.

»A Hummer H zwoa«, sagte er.

Andrea hatte so ein Auto noch nie live gesehen, sondern nur im Fernsehen. In der Fernsehserie »CSI«, wo die Farben immer so bunt waren wie bei einem Musikvideo. Die Menschen alle leicht bekleidet und makellos schön. Wo immer Sommer war.

Anders als hier. Die Kälte kroch unerbittlich in ihre Jacke. Ihre Finger waren klamm.

»Koscht sicher siebzigtausend«, meinte Sailer ehrfürchtig.

Das monströse Fahrzeug war abgeschlossen, kein Mensch war zu sehen, was aber lauter wurde, war das Gebell. Andrea ließ den Blick schweifen. Rechts von der Einfahrt lagen drei Einzelgebäude mit Flachdächern, von dort schien auch das Bellen zu kommen. Der Weg wandte sich jenseits der Häuser in einer Linkskurve leicht bergan und schien zu einer Pferdekoppel zu führen.

Sailer rief gegen den Wind: »Hallo, is einer da?«

Doch niemand antwortete.

Sie ließen die Gebäude fürs Erste rechts liegen und näherten sich einem Gehege.

In dem Moment, als sie vor der Pferdekoppel standen, wusste Andrea, dass sie dieses Bild ihr Leben lang nicht mehr vergessen würde. Dass es sie anspringen würde, dass es ihr Leben vergiften würde und ihr den Schlaf rauben.

Sie vermochte nicht zu sagen, wie viele es waren. Die Tiere standen bis über die Fesseln in tiefem Matsch und Mist. Sie waren abgemagert bis auf die Knochen. Andrea sah nur noch Rippenbögen. Jemand hatte wohl vor gar nicht langer Zeit in dieses Matschloch Heu und Stroh geworfen, das zertrampelt war und kaum noch als Nahrung dienen konnte. Es hatte einfach zu viel geregnet. Der Schimmel, dessen Kopf über den Zaun hing, als würde er nur von einem Gummiband gehalten, hatte eine Wunde an der Flanke, aus der Maden krochen.

Andreas Tränen vermischten sich mit dem Regen, der wieder eingesetzt hatte. Trotzdem musste sie immer wieder hinsehen zu all den Kreaturen mit den leeren Augen. Bis ihr Blick in der Ecke dieses Foltergefängnisses hängen blieb. Dort wo ein windschiefer Unterstand fast einen Meter hoch mit Mist und Strohresten gefüllt war, lag ein Fohlen. Ein geschecktes Fohlen. Es lag im Matsch, das Köpfchen irgendwie noch herausgereckt. Als hätte es um sein Leben gekämpft. Als hätte es sagen wollen: »Aber ich will noch nicht sterben, ich bin doch noch kein halbes Jahr alt. Warum hilft mir denn keiner?« Sie hatten es zertrampelt in ihrer verzweifelten Suche nach Futter und Wasser.

Die Woge kam ohne Vorwarnung. Andrea spie den Burger aus, die Essiggurke schier unverdaut. Sie spie und spie und hoffte auf Gnade. Wie konnte jemand so respektlos sein, so mit Tieren umgehen?

Sie wusste nicht, wie viel Zeit vergangen war. Irgendwann reichte ihr Sailer ein Taschentuch, drehte sie um und schob sie behutsam den Weg hinunter. Bis zum Polizeiauto. Dort drückte er sie auf den Beifahrersitz. Orderte per Funk Verstärkung, Tierschutz, Veterinäramt. Schließlich rief er Irmi an. Andrea hörte ihn aus weiter Ferne, als hätte sie Watte in den Ohren.

»Frau Irmengard, tut mir leid, wenn i stör, aber Sie müssen kommen. Sofort, i schaff des ned, und so was schafft sowieso keiner allein. Bitte.« Er nannte die Adresse und erklärte, dass er schon alle alarmiert habe. »Einfach alle!«

Irmi starrte auf ihr Handy. Das war nicht der Sailer, den sie kannte. Was war mit seiner Stimme passiert? Sie drehte sich zu Kathi um.

»Das war Sailer. Total verstört!«

Kathi lachte. »Sailer verstört? Da müsst aber schon eine Mure sein Elternhaus zerstört haben und alle drin gleich dazu, oder. So wie sein Haus liegt, gibt's da aber keine Muren.«

»Kathi, ich sag dir, seine Stimme klang wie die von einem anderen Menschen.«

»Das liegt wahrscheinlich daran, dass du dir mal ein neues Handy holen solltest anstatt dieser schnarrenden Antiquität. Und nicht im Auto telefonieren. Ohne Freisprechanlage, Mensch, Irmi, das erlaubt die Polizei doch nicht.«

Sie waren auf dem Rückweg von Weilheim und kamen gerade durch Murnau. Es war früher Nachmittag.

»Er klang wie aus der Hölle oder so«, beharrte Irmi.

»Ach, Irmi. So viel Dramatik.« Kathi stöhnte theatralisch. »Um was geht's denn eigentlich? Wo ist der Tote? Die Tote? Die Toten?«

»Hat er nicht gesagt.«

»Wie, hat er nicht gesagt? Wir fahren irgendwohin, ohne zu wissen, worum es geht? Selbst unser Sailer hat so was wie eine Ausbildung und sollte wissen, wie man eine Meldung korrekt absetzt.« Kathi fingerte am Polizeifunk herum, doch was sie nun erfuhren, machte die Sache nicht durchsichtiger. Sailer hatte eine Armee angeordnet, so viel verstanden sie. Von einem Todesfall war aber nicht die Rede.

»Ach, kimm! Das geht uns doch nix an. Ich hab jetzt Feierabend. Das Meeting in Weilheim war ja wohl genug für den Tag, oder?«, maulte Kathi.

Kathi hasste solche Fahrten ins »Flachland aussi«, wie sie sich auszudrücken pflegte.

»Ich fahr da jetzt hin«, sagte Irmi, und ihr Ton wurde einen Tick schärfer. »Ich lass dich gern an deinem Auto raus.«

»Ja, ist ja gut. Dann lass uns halt zu Sailer in die Hölle fahren«, zischte Kathi.

Warum blieb Irmi dieser Satz im Kopf, während sie weiterfuhr? Kathi schwieg beharrlich wie ein Trotzkind, während Irmi auf die Straße starrte und ihren Scheibenwischer auf die höchste Stufe schaltete, weil ein erneuter Schauer durchzog. Mit dem Regen kamen nasse Blätter von irgendwoher, eines verklemmte sich im Wischblatt und zog eine Spur über die Scheibe. Die Hölle, was um Himmels willen hatte Sailer mit der Hölle zu schaffen?

Als Irmi in die Stichstraße einbog, waren dort wirklich Fahrzeuge in Armeestärke angerückt. Polizeiautos parkten den Weg zu, ein Kollege wedelte mit den Händen und deutete Irmi an, dass sie zur Seite fahren solle. Sie manövrierte den Wagen halb in die Hecke und beobachtete einen Konvoi aus Pferdehängern, der gerade einfuhr.

»Was ist denn das hier?« Kathi hatte die Stirn gerunzelt.

Irmi ließ den letzten Pferdehänger durch und stieg aus. Kathi kletterte über die Mittelkonsole und stellte sich zu ihrer Kollegin. Es hatte aufgehört zu regnen, doch es war schneidend kalt. Sicher fünf Grad kälter als in Weilheim.

»Sepp!« Irmi schnippte mit den Fingern und sah den Kollegen, der sie eingewiesen hatte, scharf an. »Was ist hier los?«

»Irre. Solche san Irre«, rief Sepp und eilte davon, weil sein Funk fordernd knarrte und rauschte.

Irmi und Kathi gingen durch das Tor. Weitere Autos, Hänger, ein Lkw, zwei Kleinbusse, ein Notarztwagen, und dann erkannte Irmi die Amtstierärztin Doris Blume, die mit ihrem Rotschopf die Szenerie erhellte.

»Frau Mangold!«

»Bitte, was ist hier los? Hier scheinen alle die Sprache verloren zu haben.«

»Das passiert schon mal, wenn das Unvorstellbare sprachlos macht. Wir vom Amt und vom Tierschutz sehen so was leider öfter, Frau Mangold. In dieser krassen Form allerdings schon lange nicht mehr. Das hier ist die Hölle.«

Da war es wieder, das Wort. Irmi und Kathi folgten der Amtstierärztin, deren leicht schwäbischer Akzent ihrer Rede etwas Charmantes verliehen hatte. Unpassend charmant, denn nun waren auch Irmi und Kathi an der Pferdekoppel angelangt. Vier große unförmige Gebilde im Matsch waren mit Planen überdeckt, eine Plane war kleiner. Unter den Abdeckungen ragten Hufe hervor, und das Bizarrste war, dass sich diese Hufe wie Schnabelschuhe aufgebogen hatten, wie bei mittelalterlichen Gauklern ... Dieses Bild sollte Irmi lange nicht mehr verlassen. Sie schluckte.

»Vier mussten wir sofort einschläfern. Das Fohlen war schon tot. Zertrampelt.«

Doris Blumes Sprache war sachlich. Obwohl Irmi eigentlich nicht hinsehen wollte, glitt ihr Blick immer wieder über die Herde. Klapperdürre Tiere, viele mit schwärenden Wunden, eine junge Frau war gerade dabei, aus der Flanke eines Pferdes mit der Pinzette Würmer zu entfernen. Dabei redete sie leise mit dem Tier und lächelte ihm immer wieder zu. Irmi war nahe dran, sich zu übergeben. Kathi gab ein seltsames Geräusch von sich.

»Ich hab ein paar Kollegen aus der Veterinärmedizin informiert«, sagte die Tierärztin und wandte sich dann an Kathi: »Geht's denn?«

Kathi nickte, und Irmi kämpfte weiter gegen die aufsteigende Magensäure, während Doris Blume in alle Richtungen schnelle, knapp formulierte Befehle gab. Aus einem der Nebengebäude kam gerade die Chefin des Garmischer Tierheims. Sie trug einen großen Korb.

»Die packen's, mein ich.« Sie nickte Irmi und Kathi zu. »Wird etwas dauern, bis sie Vertrauen gefasst haben. Die seelischen Schäden sind meist das Schlimmere.« Die Welpen in dem Korb starrten nur so vor Kot und Schmutz, fünf von ihnen wirkten apathisch, eines aber versuchte, einem der Geschwisterchen spielerisch ins Ohr zu beißen. Irmi schossen Tränen in die Augen. Heiße salzige Tränen, Tränen der Wut und der Verzweiflung. Kathi war ein paar Schritte zur Seite getreten, ihre Schultern zuckten.

»Bei den Hunden ist es noch vergleichsweise erträglich«, meinte die Leiterin des Tierheims. »Sie hatten immerhin einen großen Raum und einen Zwinger. Kaum Wasser, kaum Futter, alles total zugekotet, aber ich habe schon Fälle gesehen, wo die Tiere nicht nur den Kitt aus den Fenstern gefressen haben, sondern auch noch sich gegenseitig.«

»Wie viele Hunde sind es denn?«, fragte Irmi und spürte, wie ihre Stimme ihr nicht gehorchte, sondern sich irgendwie piepsig anhörte.

»Zweiundsechzig, mit den achtzehn Welpen.«

»Und wo bringt ihr die unter?« Kathi starrte die Frau an.

»Genau da beginnt das Problem. Natürlich nicht alle bei uns, wir müssen sie auf alle bayerischen Tierheime verteilen, ich flehe und bettle. Die Tierheime müssen das stemmen, Geld gibt's keines vom Staat. Glauben Sie mir, manchmal hasse ich meinen Job. Ohne die Spenden wären wir verloren, wären die Tiere verloren. Drum muss ich jetzt auch meinen Telefonmarathon fortführen.« Sie lächelte Doris Blume zu, die zurückgekommen war, und eilte davon, einen Hundekorb unterm Arm.

Die Amtstierärztin verzog das Gesicht. »Die Leiterin des Tierheims legt den Finger in die Wunde. Kürzlich haben wir dreiundvierzig Katzen sichergestellt. Dreiundvierzig von ursprünglich sechsundsechzig, der Rest war tot. Das kostet das Tierheim acht Euro am Tag bei einer durchschnittlichen Verweildauer von knapp hundertfünfzig Tagen. Ergibt pro Tier zwölfhundert Euro, das sind für dreiundvierzig Katzen fast zweiundfünfzigtausend plus circa sechstausendfünfhundert Euro Tierarztkosten. Und da rechne ich noch sehr am unteren Rand, denn Tiere aus solchen Verhältnissen sind meist sehr krank. Jedenfalls hat das Tierheim plötzlich auf einen Schlag fast sechzigtausend Euro Kosten! Und dabei habe ich die außerordentlichen Tierarztkosten, die Fahrtkosten und die zusätzlichen Mitarbeiterstunden gar nicht eingerechnet! Ich hab die Zahlen stets parat, die haben sich mir eingebrannt. Ich verwende sie als drohendes Beispiel, nur leider kann man Landräten oder höheren Tieren so schlecht drohen.«

Irmi sah sie fragend an.

»Schauen Sie, Frau Mangold, die Tierheime sehen keinen Cent von der öffentlichen Hand. Wenn die die Viecher nicht aus Tierliebe aufnehmen würden, stünden die vermeintlich Geretteten auf der Straße. Wie hier beginnt ein Telefonmarathon quer durch die Republik, um abzuklären, wer wie viele Tiere aufnehmen könnte. Wir alle benötigen neue rechtliche Grundlagen – Animal Hoarding ist ein vielschichtiges Problem.«

Animal Hoarding, krankhaftes Tiersammeln, das war der Begriff, den Irmi irgendwo im Hinterkopf gehabt hatte. Direkt war sie allerdings noch nie damit befasst gewesen. Da starben ja auch nur Tiere, keine Menschen, für die die Kripo zuständig war.

Und als hätten sich ihre Gedankenbahnen irgendwo gekreuzt, sagte die Amtstierärztin: »Im Prinzip geht Sie das hier ja gar nichts an, Frau Mangold. Das Leben ist zynisch. Tote Tiere verstoßen maximal gegen das Tierschutzgesetz.«

»Können wir trotzdem was helfen?«, fragte Irmi. »Gerade deshalb.«

»Sicher, jede Hand zählt. Wir müssen die Hunde einzeln versorgen. Sie überzeugen, in Transportkisten zu gehen. Haben Sie Erfahrung mit Hunden?«

Irmi stiegen die Tränen wieder hoch. »Entschuldigung. Meine Hündin ist kürzlich gestorben, der Schmerz ist ... verdammt.« Sie schniefte.

O ja, sie hatte Hundeerfahrung. Wally hatte lange und gut gelebt und sterben dürfen, bevor sie allzu sehr hatte leiden müssen. Hier hingegen vegetierten Hunde vor sich hin, die nur gelitten und noch keinen einzigen Tag ein schönes Hundeleben erfahren hatten.

Die Amtstierärztin lächelte. »Wissen Sie, Frau Mangold, es gibt so viele arme Schweine, die auf ein besseres Leben hoffen, vielleicht hat Ihre Hündin ja Platz gemacht für so ein armes Schwein. Ich meine, irgendwann.« Dann sah sie Kathi an. »Würden Sie ein paar Telefonate für mich erledigen? Wenn Sie als Polizei Druck machen, wirkt das besser.«

Kathi nickte. Doris Blume reichte ihr einen Zettel mit Telefonnummern und sagte ein paar schnelle Sätze zur Erläuterung.

»Alles klar!« Kathi warf sich herum, flüchtete eiligen Schrittes zum Auto. Sah sich nicht mehr um.

Irmi folgte der Amtstierärztin, der Geruch wurde immer unerträglicher. Ein junger Mann mit einem Käscher kam ihnen entgegen. »Wir haben die meisten.«

»Wie viele?«

»An die hundert, fürchte ich.«

Irmi sah von der Amtstierärztin zu dem jungen Mann.

»Wellensittiche«, erklärte diese. »Sehr viele. Die schwirrten in einem Raum mit über gut achtzig Kaninchen. Kein Wasser, kein Futter. Viele der Kaninchen haben blutige Ohren oder nur noch Ohrfragmente, weil die ausgehungerten Wellensittiche in ihrer Verzweiflung die Kaninchen angenagt haben. Es sind auch verweste Tiere darunter. Da müssen wir uns noch einen Überblick verschaffen, mein Chef ist schon drin. Das erspar ich Ihnen. Wissen Sie, Frau Mangold, Nager können nicht bellen oder miauen. Sie krepieren stumm und quälend langsam. Kommen Sie!«

Aus dem Gebäude mit den Kaninchen quoll ein Geruch, der Irmi fast den Atem nahm. Sie schaute starr geradeaus und folgte Doris Blume in den Hundezwinger. Zum Glück waren hier längst ein halbes Dutzend Tierschützer und zwei Tierärzte zugange.

»Können Sie versuchen, die zwei Hunde da hinten milde zu stimmen?«, fragte die Amtstierärztin. »Riskieren Sie nichts, aber vielleicht können Sie die beiden bestechen.« Sie warf ihr eine Tüte Leckerlis zu. »Und falls sie irgendwas davon annehmen, bitte auf dieses Spezialfutter umsteigen. Die haben außer Würmern nichts im Magen, die müssen sich langsam an Nahrung gewöhnen.« Sie warf ihr noch zwei Beutel zu. Irmi erkannte die Packungen: ein sündhaft teures Futter für Hunde mit Niereninsuffizienz oder für Rekonvaleszenten.

Der Raum hatte etwas von einem Bunker. Bis auf wenige winzige vergitterte Fenster war er düster. In einer Nische befanden sich zwei Hunde. Irmis Augen mussten sich erst ans Halbdunkel gewöhnen. Sie näherte sich langsam. Der eine Hund zog die Lefzen hoch und knurrte. Der andere hatte die Rute eingeklemmt und starrte sie mit riesigen Augen an.

Irmi behielt den knurrenden im Auge. »He, ich versteh ja, dass du schlechte Laune hast, aber würdest du mir bitte glauben, dass ich dir helfen will?« Knurren. »Du, ich weiß, dass das etwas schwer zu glauben ist in deiner Situation, aber ich bin eigentlich eine ganz Nette.«

War sie eine Nette? Ja, natürlich. Sie war ihr ganzes Leben lang unkapriziös gewesen. Hatte immer getan, was eben getan werden musste. Hatte selten geklagt, und wenn, dann im stillen Kämmerlein. Sie hatte nie Allüren entwickelt, selten gezickt. Wahrscheinlich hatte sie deshalb auf Dauer auch keinen Mann halten können, die Drama-Queens hatten da bessere Karten. Männer fühlten sich wohl mehr geliebt, wenn eine Frau ihretwegen so richtig hysterisch wurde.

Man kann niemanden zwingen, einen zu lieben, hatte sie immer gedacht. Aber offenbar konnten das manche Frauen eben doch. Sie zwangen Männer zum Bleiben. So wie die Frau von *ihm*. Er war bei ihr geblieben, und Irmi hatte sich in die Rolle der Geliebten drängen lassen.

Sie sah die beiden Hunde an. Plötzlich war sie sich sicher, dass es zwei Hündinnen waren. Mutter und Tochter. Dabei hätte sie gar nicht sagen können, warum. Sie sah die Tochter an, die mit der eingeklemmten Rute und den panischen Augen.

»Mädelchen, ich werf dir mal was Feines hin. Probier mal.« Ein Leckerli flog zwischen sie und die Hündin. Die Mutter knurrte.

»Mama, du musst dein Kind nicht mehr beschützen, das übernehmen jetzt andere für dich. Du musst dich mal entspannen, Mama. Mamachen ...« Wieso hatten Tränen nur so ein Eigenleben? Irmi war immer der Meinung gewesen, dass man mit Tieren reden konnte. Vielleicht verstanden sie nicht den exakten Inhalt, aber sie verfolgte die Theorie, dass der Inhalt der Rede den richtigen Tonfall verlieh. Bei ihren Kühen und Schafen funktionierte das, auch wenn ihr Bruder Bernhard sie deswegen immer belächelt hatte.

Irmi warf der kleinen Hündin noch ein Leckerli hin. Die Mama knurrte nicht mehr. Und ganz langsam machte die Tochter einen Schritt nach vorne. Schnappte das Leckerli und quetschte sich wieder in die Ecke.

»Gute kleine Lady.«

Die Tochter schnappte sich das zweite Leckerli. Irmi warf ihr noch eins hin und dann eines vor die Füße der

Mutter. Man konnte sehen, wie sie mit sich rang, doch letztlich siegte der Hunger: Sie nahm es.

Nach einigen weiteren Leckerlis öffnete Irmi den Beutel mit dem Spezialfutter. Doch da war keine Futterschüssel. Himmel, als würde das etwas ausmachen. Diese Tiere hatten zwischen Exkrementen überlebt, da war eine Schüssel verzichtbarer Luxus. Wo war eigentlich die Normalität geblieben? Einerseits Goldnäpfe und Diamanthalsbänder für die Haustiere, andererseits Kreaturen wie diese. Warum wurde die Welt immer extremer? Weil die Menschen immer irrer wurden?

Irmi näherte sich auf etwa fünfzig Zentimeter, verteilte den Inhalt der Tüten auf zwei Häufchen und ging wieder einen Schritt zurück. Die beiden Tiere fraßen, nein, schlangen das Futter in sich hinein.

Doris Blume war neben sie getreten. Leise und mit einem Lächeln. »Frau Mangold, wenn Sie die Kripo mal verlassen, kommen Sie doch zu mir. Meinen Sie, die lassen sich ein Halsband anlegen?«

»Die Kleine ja, die Große ... wer weiß?«

»Kleine und Große?«

»Mutter und Tochter, denk ich. Ist so ein Gefühl.«

Die Tierärztin nickte. »Könnte passen. Versuchen Sie es?«

Irmi näherte sich mit einem Leckerli der Kleinen, hatte Halsband und Leine in der Hand. Nun galt es. Was, wenn die Mama sie anfiel? Die Kleine machte sich noch kleiner, ließ sich aber ein Halsband umlegen, während Irmi ihre Augen auf Mama gerichtet hatte.

Sie murmelte: »Mama, Mamachen, es ist vorbei, aber es

ist nur vorbei, wenn du jetzt mitmachst.« Als sie an der Leine zog, stand die Kleine auf – und es kam Irmi wie ein Wunder vor, dass die Mutter folgte.

Es war wie ein Triumphmarsch. Die Helfer hatten eine Gasse gebildet, es war auf einmal still. Kein Hund bellte mehr.

Irmi trat nach draußen, wo es dämmerte. Aber auch im fahlen Licht wurde das ganze Ausmaß der Tragödie sichtbar. Die Hundemutter humpelte, sie hatte ein paar böse eitrige Bisswunden. Die Kleine war so dünn, dass Irmi dachte, ihre Knochen würden beim Auftreten bersten.

»Gehen Sie zum Bus«, flüsterte Doris Blume. »Einfach gehen, nicht anhalten. Der Bus hat eine Rampe.«

Irmi gelang es, beide Hunde ins Fahrzeug zu bugsieren. Sie gab den beiden Tieren ein Leckerli, die Mutter nahm es sogar aus ihrer Hand.

»Eine Kämpferin«, sagte die Amtstierärztin und zeigte auf die Größere der beiden Hündinnen. »War so eine Art Chefin im Rudel, denke ich. Die kriegen wir schon wieder hin. Und ihre Tochter wird sich auch berappeln. Eigentlich hübsche Hunde. Irgendwas mit Labrador drin.«

In der Tat. Die Mutter war schwarz, die Kleine schokobraun. Sie waren glatthaarig, nur die Schnauzen erinnerten eher an einen Collie.

Die Ärztin schloss die Tür und bat den Fahrer, den Bus zu starten. »Wir haben im Tierheim eine Art mobiles Lazarett eröffnet. Da werden die erst mal verarztet. Frau Mangold, wie heißen die beiden denn?«

Irmi zögerte nur ganz kurz: »Mama und Schoko.«

»Schön«, sagte Doris Blume und schrieb etwas auf ihr Klappbrett.

Irmi fühlte sich, als hätte sie hundert Stunden nicht mehr geschlafen, als trüge sie Schuhe aus Blei.

2

Der Bus fuhr davon. Irmi blickte sich nach ihrer Kollegin um. Erst nach einer Weile entdeckte sie Andrea und Kathi beim Notarztwagen und ging auf sie zu.

»Tut mir leid. Ich bin zusammengeklappt«, erklärte Andrea, die auf einem Stuhl vor dem Wagen saß. »Das war unprofessionell, aber ...«

»Das war eine normale Reaktion. Ich mach mir nichts aus Tieren, aber das ... das ...« Kathi schossen Tränen in die Augen.

Kathi tröstete Andrea! Das Leben war ein fortwährendes Mysterium. Mitten im Wahnsinn gab es Lichtblitze, gab es Hoffnung, seltsame Wendungen. War der Mensch so? Musste es immer erst zu Katastrophen kommen, damit man zusammenrückte und milder wurde?

»Andrea, du musst dir keine Vorwürfe machen. Wir alle haben so etwas noch nicht gesehen«, meinte Irmi. »Aber hör mal, vielleicht könnte deine Familie zwei oder drei der Pferde unterbringen? Ihr habt doch leere Boxen. Die sind hier sicher froh um jeden Stallplatz.«

Andreas Eltern hatten eine Landwirtschaft, und erst kürzlich hatte ihre Cousine geheiratet und drei Pferde mitgenommen. »Bis auf Raisting aussi« hatte sie geheiratet, das war für die Traditionalisten in Andreas Umfeld fast schon eine Weltreise. Eine Weltreise von etwa dreißig Kilometern.

Raisting lag in einem ganz anderen Einzugsgebiet. Von hier war es viel näher zur Landeshauptstadt und zum

Starnberger See, wo schicke Münchenpendler zu Mietpreisen lebten, die sittenwidrig waren. Wo man sich fortwährend darüber unterhielt, ob man auf der richtigen oder der falschen Seite des Sees lebte, und wie eine Sinuskurve war mal die Feldafinger Seite die angesagte, mal die Berger Seite.

Solche Fragen stellte man sich in Andreas Familie nicht, sondern eher die, wie man den Nachbarn ärgern konnte, der immer mit seinem viel zu großen Bulldog die Kante des Feldes zu Matsch zerfuhr. Das waren die wichtigen Werdenfelser Lebensfragen.

»Meinst du?« Andrea klang wie ein Schulmädchen. Normalerweise hätte Kathi sie deshalb veralbert, aber diesmal blieb Kathi stumm.

»Ruf an! Red mal mit der Amtstierärztin«, schlug Irmi vor.

Andrea lief davon, und Kathi murmelte: »Wenn man selber Pferde hat, ist das wahrscheinlich noch viel schlimmer.«

Aktion, selbst blinder Aktionismus war besser als Verharren. So lange der Mensch noch irgendetwas tun konnte, blieben Panikattacken weitgehend aus. Aber sie lauerten ganz knapp unter der Oberfläche, bereit, jederzeit auszubrechen.

Bevor Irmi ihre eigenen nächsten Schritte überlegen konnte, kam Sailer. Zusammen mit dem Kollegen Sepp.

»Mir ham da noch so a Gebäude aufbrochn«, sagte Sailer, und noch immer klang seine Stimme ganz anders als sonst. Auch ein Sailer war zu erschüttern, oder gerade jemand wie er, dessen Weltbild so fest gezimmert war.

»Mir ham es sofort wieder zug'macht«, schickte Sepp hinterher.

Noch mehr Elend? Noch mehr Hölle? Was hatten sie entdeckt, was Angstflackern in ihren Augen erzeugt hatte?

»Was ist denn in dem Raum?«, fragte Irmi und wollte die Antwort am liebsten gar nicht hören.

»Des glauben Sie ned«, kam es von Sailer.

»Wo die armen Karnickel waren …« Sepp stockte kurz. »Do is noch a Nebengebäude. Verrammelt wie a Hochsicherheitstrakt. Also, i moan, des is a Hochsicherheitstrakt, weil da san Monster drin.«

Es war Kathi, die allmählich wieder zu ihrer gewohnten Form fand. »Könnten zwoa g'standene Mannsbilder amoi de Zähn auseinanderbringa?« Kathi konnte ein sehr gepflegtes Hochtirolerisch sprechen, wenn es sein musste, und nach einigen weiteren Nachfragen war den Herren zu entlocken, dass sie einen weiteren Raum gefunden hatten. Dass die Damen vom Tierschutz sie gebeten hätten, den Raum aufzubrechen. Dass das eine Weile gedauert hätte und dass sie als Erstes fast auf ein Krokodil getreten wären. Oder einen Leguan oder »so a Urviech mit Monsterzähn«, wie Sailer sich ausgedrückt hatte.

Jedenfalls waren ihnen noch offene Gitterboxen aufgefallen, und sie hatten die Tür wieder zugeworfen. Was völlig korrekt war, denn jeder Polizeischüler lernte, dass da Fachleute hermussten.

»Was habts gmacht, Burschn?«, fragte Kathi.

»Die Frau Tessy vom Tierschutz g'suacht, aber de is grad auf Garmisch abi«, meinte Sailer und sah Irmi hoffnungsfroh an.

Die Frau Irmengard, die würde es schon richten. »Sailer! Sepp! Was machen wir in so einem Fall? Erst denken, dann lenken! Also?«

»Den Schlangenbeschwörer anrufen?«, kam es von Sepp.

»Genau, gut erkannt. Anrufen! Auf geht's!« Manchmal half nur die Flucht in den Zynismus und in sehr knappe Befehle.

In dem Moment kamen Tierschutzchefin und Amtstierärztin wieder vorgefahren. Die Scheinwerfer zerschnitten den Nebel, es war dunkel geworden. Zappenduster. Sie kurbelten die Scheiben runter, und Irmi setzte sie ins Bild, auch darüber, dass sie ihre Leute angewiesen hatte, den »Schlangenbeschwörer« zu rufen. So nannten sie den Inhaber des Reptilienhauses in Oberammergau, ein Experte für all diese dubiosen Kriechtiere. Er trat mit seinen Schlangen sogar in Filmen auf.

»Das fehlt ja grad noch!«, rief Doris Blume. »Auch noch Reptilien! Die kriegst du ja nirgends unter! Die Reptilienauffangstation in München wird uns lieben, wenn wir denen ein paar Hundert kranke Schlangen und Krokos bringen.«

»Ein paar hundert?«, fragte Kathi nach.

»Ja, bei den Terrarianern ist die Sammelleidenschaft meistens noch schlimmer. Da kommen leicht mal zweibis dreihundert Viecher zusammen. Gut, dann warten wir mal.«

Eigentlich hätten Irmi und Kathi jetzt von diesem unwirtlichen Ort verschwinden können, für sie gab es nichts zu tun, aber Irmi wollte auf jeden Fall noch nach Andrea sehen, und da Kathi nicht meuterte, gingen sie zusammen zu einem Stadl, unter dessen Dachüberstand sich sogar eine schiefe alte Biergartengarnitur befand, auf der man einigermaßen trocken sitzen konnte. Die Amtstierärztin hatte Kathi eine Decke mitgegeben, die sie sich um die Schultern hängte. Irmi fror komischerweise überhaupt nicht, obwohl ihre Fleecejacke nicht sonderlich warm war. Dann warteten sie.

Der Schlangenbeschwörer hatte sich beeilt, schien es. Schon bald traf er ein und wünschte ihnen mit fröhlicher Stimme einen guten Abend.

Irmi hatte ihn ein paar Mal erlebt. Er war ein Mann in den Vierzigern, mit einem leichten Allgäuer Dialekt und einem lakonischen Humor gesegnet, der Situationen entkrampfte. Seine Präsenz wirkte auf sie alle irgendwie beruhigend.

»Es war also bisher niemand drin?«, wollte er wissen.

»Nein, meine Kollegen haben die Tür sofort geschlossen. Ein Untier läuft offenbar auch frei da drin herum«, sagte Irmi.

Der Reptilienspezialist begann sein Auto zu entladen. Er hatte verschließbare Plastikbehälter dabei, Nylonsäcke, Styroporkisten, einen Schlangenhaken, Greifzange, Handschuhe und eine Gesichtsmaske. »Falls eine Speikobra dabei ist«, erklärte er.

Sie folgten ihm mit den Utensilien beladen zu besagtem Gebäude. Der Schlangenbeschwörer hatte eine Taschenlampe dabei, die einen ersten vorsichtigen Lichtstrahl in den Raum schickte. Schon bald fand er einen Lichtschalter, und augenblicklich war der Raum taghell. Blendend hell.

»Sie bleiben draußen! Ich seh schon von hier, dass die Viecher hier in Gitterkäfigen gehalten werden. Ist in Deutschland offiziell verboten. Hat auch den Nachteil, dass da leichter Tiere abhandenkommen. Ein vernünftiges Terrarium ist an sich ein- und ausbruchssicher. Wie Alcatraz.« Er lächelte. »Ich verschaff mir erst mal einen Überblick.«

Er verschwand im Inneren und war relativ schnell wieder draußen. »Das Untier ist ein Waran. Abgemagert und unterkühlt. Den hab ich schon mal in eine Styroporkiste gepackt. Ist völlig harmlos. Die allermeisten Echsen sind nämlich ungiftig. Trotzdem wird das hier ziemlich uferlos. Rufen Sie bitte die Münchner an, ich brauch Hilfe«, sagte er an die Amtstierärztin gewandt. »Dabei war ich nur im vorderen Raum, es gibt aber mindestens noch einen zweiten. Zumindest ist da eine Tür.«

Irmi stellte sich vor, wie er – sobald er die zweite Tür öffnete – von Schlangen attackiert wurde. Es war ein apokalyptisches Bild, auf dem schwarze Schlangen niederfuhren. Woher hatte sie solche Weltuntergangsbilder?

Ihre Gedanken schweiften umher wie Scheinwerfer im Nebel. Diffus. Thor und die Midgardschlange hatten sich gegenseitig getötet, war das so gewesen? Dabei wusste sie, dass Schlangen so ziemlich alles taten, um vor den Menschen zu flüchten. Sie hatte im Laufe ihres Lebens genug harmlose Ringelnattern angetroffen, die sich schnell aus dem Staub gemacht hatten. Und sie wusste, dass die Kreuzotter den trampeligen Menschen scheute und schon fünf von ihnen gleichzeitig zubeißen müssten, um für den

Menschen eine akute Lebensgefahr zu bedeuten. Aber Schlangenangst hatte nichts Rationales, und die Situation hier war einfach gespenstisch.

»Warum haben wir bloß solche Furcht vor Schlangen?«, fragte Irmi laut.

»Wissen Sie, Schlangenangst ist heute eher eine Erziehungsfrage. Früher war das anders: Als die Bauern bei uns noch mit der Sense mähten, war der Respekt vor Schlangen oft lebensnotwendig. Und in Australien zum Beispiel tut man sich schwer, eine Schlange zu finden, die *nicht* giftig ist.« Er zuckte mit den Schultern und ging wieder hinein. Irmi sah ihm nach, heftete ihre Augen an die Tür.

Nach einer Weile kam der Schlangenmann wieder. Sein Gesichtsausdruck war ernst. »Das ist jetzt allerdings ... ich meine, das ist jetzt ungut«. Er suchte Irmis Blick. »Da drin liegt ein Mann. Tot. Und ich befürchte, er ist umgeben von ganzen Scharen von Mordverdächtigen: nicht nur Schlangen, sondern auch Spinnen, Schwarzen Witwen zum Beispiel. Ihren Biss merkt man kaum, aber sie verfügen über ein Nervengift, auf das manche mit extrem starken Unterleibsschmerzen reagieren. Und natürlich gibt es Skorpione da drinnen. Den Arabikus beispielsweise, der ungleich giftiger ist als der schwarze Skorpion. Pfeilgiftfrösche sind auch dabei.«

Irmi fühlte sich überfordert und müde. »Sie meinen, irgend so ein giftiges Tierchen hat den Mann ins Jenseits befördert?«

»Die Vermutung liegt nahe. Ich habe auch keine Schussverletzung oder irgendwas anderes Auffälliges gesehen. Recht unversehrt der Mann, man könnt meinen, die Pupillen sind etwas kleiner. Ich bin ja kein Profi, aber ...« Er brach ab.

Irmi wurde klar, was das bedeutete: Erstens war sie nun schlagartig zuständig, und zweitens würde sich die Sache auch ermittlungstechnisch zur Hölle ausweiten. Sie konnten schließlich nicht einfach so ins Gebäude marschieren. Die potenziellen Mörder waren alle noch vor Ort – lauter hochgiftige Tiere wie Klapperschlangen, Vipern, Cobras, Spinnen und Skorpione.

»Sie können wahrscheinlich nicht ausschließen, dass da irgendwelche Tiere noch immer frei rumlaufen, oder?«, fragte Kathi.

»Es wäre am sinnvollsten, auf die Münchner Kollegen zu warten, erst mal die Tiere sicherzustellen und dann den Mann herauszuholen. Tot ist er ja schon.« Er zuckte bedauernd die Schultern. »Da bin ich mir zumindest sicher.«

Wenn die Reptilienpatrouille gleich überall herumkroch, war es nahezu aussichtslos, hinterher noch verwertbare Spuren zu sichern. Der Schlangenbeschwörer mochte zwar die Kriechtiere verdächtigen, dennoch mussten sie damit rechnen, dass der Mann auch aus anderen Gründen das Zeitliche gesegnet haben konnte.

Allein dieser Ort! »Tod in der Tierhölle. Mord im Viecher-KZ« – sie sah schon die Schlagzeilen vor sich. Irmi seufzte. Natürlich wollte sie weder die Kollegen noch die Spurensicherung oder den Notarzt gefährden. Eine Schlangenattacke auf einen Polizisten oder den Arzt würde mit Sicherheit noch schönere Schlagzeilen einbringen. Und sie konnte sich schon vorstellen, wie Kollege Hase vom Kriminaltechnischen Dienst auf ihren Vorschlag reagieren würde, inmitten von derartigen Giftspritzen Spuren zu sichern. Aber es half alles nichts.

Irmi sah Kathi an. Die hatte die Stirn gerunzelt.

»Versteh ich Sie richtig? Wir müssen erst mal den Raum von den Tieren befreien, oder?«, fragte sie nach.

»Ganz genau, und wir brauchen die Experten von der Reptilienauffangstation in München«, sagte Irmi und sah den Schlangenmann an.

»Die werden eine Freude haben, Sie glauben ja gar nicht, was die alles erleben. Eines Tages hingen bei denen Kaiman-Babys in einer mit Wasser gefüllten Tüte an der Tür. Jedes Jahr landen ungefähr achthundert Tiere in der Auffangstation. Reptilien sind derzeit im Trend, spätestens seit der Dinomode. Und mit der Zunahme der Minihaushalte hätte man dann doch gerne ein Tier. Eins, das nicht bellt und jault. Oder eins, das keine Allergien auslöst.« Er holte Luft. »Außerdem kriegen die jede Menge ungeliebte Erbschaften rein. Da stirbt die Oma und hinterlässt die Schildkröte, die noch gute fünfzig Jahre Lebenserwartung hat. Und es gibt jede Menge Scheidungswaisen aus dem modernen Beziehungswirrwarr und Tiere aus einer eher unangenehmen Ecke, die mit der Kampfhundeszene vergleichbar ist, wo Menschen ihr Ego mit besonders gefährlichen Tiere aufwerten wollen.«

Irmi hatte sich noch nie mit solchen Fragen beschäftigt, aber ihr wurde klar, dass sie sich da gerade in eine Nebenwelt hineinbegab, die undurchsichtig war und in der sie sich mehr als unwohl fühlte.

Der Schlangenmann verzog den Mund und sagte: »In den Beständen solcher Tiersammler befinden sich häufig

Riesenschlangen, Giftschlangen und Exoten, die unter Artenschutz stehen und keine Papiere haben. Zwei Drittel der beschlagnahmten Tiere sind behandlungsbedürftig. Sie brauchen ein Leben lang Medikamente, und da müssen erst einmal Adoptiveltern gefunden werden, die mit so etwas umgehen können.«

»Und manchmal wird's offenbar auch gefährlich«, meinte Irmi. »Sie haben den Toten nicht zufällig erkannt, oder?« Blöde Frage, das wusste sie selber.

Der Schlangenmann lächelte. »Bedaure. Ein Mann von normaler Statur, um die fünfzig. Eher teuer gekleidet. Darüber trug er einen blauen Arbeitsmantel.«

Der letzte Satz alarmierte Irmi. Hier inmitten des Drecks und Kots war der Mann so teuer gekleidet herumgelaufen?

»Gut«, sagte Irmi, doch sobald sie das Wort ausgesprochen hatte, wusste sie, dass hier gar nichts gut war. Man redete einfach so daher, sagte »gut«, wenn man »schlecht« meinte. Sagte »versteh ich« zum Chef, der einen gerade entlassen hatte, wo man eigentlich »du dummes Arschloch« dachte. Sie riss sich zusammen. »Dann warten wir also auf diese Reptilien ... äh ... spezialisten aus München.« Eigentlich hatte sie »Reptilienfuzzis« sagen wollen. Sprache war eigentlich etwas Gemeines. Menschen konnten damit taktieren und manipulieren. Tiere hingegen waren ehrlich – und ausgeliefert.

Sie wandte sich an Kathi. »Kannst du zusammen mit Andrea herausfinden, wem das hier gehört?« An einem Tag wie diesem konnte sie sogar auf Kooperation der beiden Damen im Zickenduell hoffen. Kathi nickte und ging davon.

Selbst Doris Blume, die ja sonst immer von ansteckend guter Laune war, wirkte bedrückt, müde und frustriert. »Ich kann Ihnen leider auch nicht sagen, wem das hier gehört. Erstaunlicherweise wurden wir bisher noch nicht hierhergerufen. Das liegt vermutlich daran, dass das Anwesen so abgeschottet liegt. Aufmerksame Tierfreunde können sich nur dann melden, wenn sie etwas sehen. Und dann, Frau Mangold, Sie wissen das, sind uns auch erst mal die Hände gebunden.«

Erst wenn Nachbarn aufmerksam wurden – durch Lärm oder Gestank –, ging eventuell eine Meldung ein. Häuften sich die Meldungen bei der Polizei, informierte diese das Veterinäramt, aber ein Amtstierarzt konnte erst dann in eine Wohnung oder ein Anwesen eindringen, wenn die Staatsanwaltschaft das befürwortete. Das tat sie natürlich nur bei handfesten Beweisen, aber wie sollte man an solche gelangen, wenn sich der Tierhalter abschottete? Ein Teufelskreis und eine nicht endende Tierhölle, während die Zeit nutzlos ins Land ging, in der weitere Tiere elend verrecken mussten.

»Was geht denn in solchen Menschen vor, um Himmels willen?«

»Wir wissen, dass Tiersammler, Animal Hoarder genannt, psychisch krank sind. Eine Mehrheit von ihnen liebt ihre Tiere zu Tode. Es ist ein Krankheitsbild, bei dem Menschen Tiere in einer großen Anzahl halten, sie aber nicht mehr angemessen versorgen. Es fehlt an Futter, Wasser, Hygiene, Pflege. Die Halter erkennen nicht, dass es den Tieren in ihrer Obhut schlecht geht.«

»Aber das muss man doch merken!«

»Frau Mangold, es gibt auch andere Lebenssituationen, in denen man sich die Realität schönlügt und offensichtliche Tatsachen ausblendet. Diese Tiersammler machen das geschickt, die leben gut in ihrer kompletten Wahrnehmungsverzerrung.«

Sie hatte natürlich recht, es fiel Irmi nur so schwer, diese Quälerei als Krankheit zu sehen.

»Aber ich kann das doch nicht entschuldigen und sagen, das seien eigentlich gute Menschen mit einem hehren Ziel. Nach dem Motto: Eigentlich wollte ich ja Tiere retten, nur leider ist mir das irgendwie entglitten! Verdammt!«

Die Amtstierärztin lächelte müde. »Es gibt eine Studie aus den USA, die vier Typen unterscheidet. Der erste ist der übertriebene Pflegertyp, der sich tatsächlich in die Fürsorge verrennt und dem das Problem irgendwann über den Kopf wächst. Der Rettertyp hingegen glaubt, nur er könne Tiere richtig pflegen. Er rettet alles, aber irgendwann reichen Platz und Geld nicht mehr aus. Der Züchtertyp gibt vor, zu züchten. Er verliert aber den Überblick, es fehlen ihm auch der Geschäftssinn und die Logistik. Am Ende vermehren sich Tiere unkontrolliert, ohne verkauft zu werden. Und schließlich gibt es noch den Ausbeuter. Der schafft Tiere aus eigennützigen Zwecken an. Er hat keinerlei Mitgefühl, ist ein narzisstisch gestörter Mensch, der es zudem schafft, nach außen lange die Maske zu wahren. Er ist nämlich sehr manipulativ.«

Das klang alles nicht gut. Das klang nach vielen Mauern. »Und hier?«, fragte Irmi.

»Ach, wissen Sie, es gibt auch Mischformen. Hier handelt es sich wohl um jemanden, der sich sehr gut verstecken konnte. Ein Retter mit narzisstischer Störung? Keine Ahnung.«

In dem Moment kam Kathi wieder. »Was wir auf die Schnelle herausfinden konnten, ist Folgendes: Das Grundstück gehört einer Isabella Rosenthal. Gemeldet in Karlsruhe. Andrea ist ins Büro gefahren und will mehr herausfinden. Ihr Vater war übrigens gerade da mit dem Viechwagen und hat zwei Pferde mitgenommen. Er hat gesagt, dass er den, der das getan hat, persönlich an den Eiern aufknüpft.«

Von Doris Blume kam ein müdes Lächeln. »Bei so was denkt man öfter an Selbstjustiz. Am liebsten will man doch solchen Menschen das Gleiche antun. Tun wir aber nicht, wir schöpfen unsere legalen Möglichkeiten aus. Kämpfen gegen Windmühlen. Sie genau wie ich.« Sie zuckte die Achseln und ging zu einem Kleinbus hinüber, der eben gekommen war.

Die Experten von der Reptilienauffangstation in München begannen mit der Ärztin und dem lokalen Schlangenmann Kisten zu entladen. Irmi und Kathi konnten momentan nichts tun außer warten. Scheinwerfer leuchteten inzwischen das ganze Gelände aus, die erbarmungswürdigen Pferde waren alle weg, nur die fünf Erhebungen unter den Planen waren noch da – wie Mahnmale.

Es war merkwürdig still geworden, kein Gebell mehr, auch die Hunde waren einer besseren Zukunft entgegengereist. Wie es wohl Mama und Schoko ging? Sie sei eine Kämpferin, hatte Doris Blume gesagt. Doch genau das war das Perfide: Mit Tieren konnte man so quälerisch umgehen, weil sie nie haderten oder etwas infrage stellten.

Weil sie nicht über ihr Schicksal nachdachten. Sie konnten nur versuchen zu überleben. Sie kannten es gar nicht anders. Nur in Filmen rotteten sich Tiere zusammen, nur dort befreiten clevere Katzen eine ganze Hundemeute.

Hier hatten sie alle bis auf die Hunde geschwiegen, und jetzt waren nur noch die leisen Jäger übrig – und einer von denen hatte einen Mann erlegt, wenn man dem Schlangenmann Glauben schenken wollte. Eigentlich war Irmi ganz froh, dass sie momentan nichts tun durfte. Ihr graute vor dem Moment, in dem sie sich mit dem Toten auseinandersetzen musste.

Dieser Moment kam zwei Stunden später. Mittlerweile war es nach Mitternacht, und sie hatte Kathi längst heimgeschickt. Die Reptilienexperten hatten geschuftet, unterkühlte Tiere notversorgt, manche hatten sie sofort einschläfern müssen. Und wieder würde es eine gigantische Anstrengung werden, diese Tiere gesund zu pflegen. Reptilien waren noch schwerer vermittelbar als pelzige Kuscheltiere. Kein Fell zu haben, war in der Liebhabeskala ganz unten angesiedelt.

Schließlich erhielt Irmi Zutritt zu dem Gebäude. Leere Gitterkäfige empfingen sie, das Schlimmste aber war eine Kühltruhe, in der tote Tiere eingefroren waren. Rasch warf Irmi den Deckel zu, um die Dämonen wieder wegzusperren.

Der Arzt konnte nur den Tod des Mannes feststellen. Irmi beschloss, die Leiche in die Gerichtsmedizin bringen zu lassen, denn es gab keine klar ersichtliche Todesursache.

Als sie wieder draußen in der feuchten Nebelnacht stand und frische Luft in ihre Lungen strömte, fühlte sie sich wie hundert. Mindestens. Auch der Schlangenmann sah im Scheinwerferlicht um Jahre gealtert aus. Das Tierelend ging ihm an die Nieren, man spürte seine unterdrückte Wut, seine Hilflosigkeit.

»Und was meinen Sie?«, fragte Irmi. »Könnte der Mann an irgendeinem Gift gestorben sein?«

»Könnte, klar. Ich habe dem Toten so eine Art Beipackzettel für die Pathologie mitgegeben, auf welche Substanzen man ihn testen sollte. Es waren einige Tiere nicht ordnungsgemäß gesichert. Mein Hauptverdacht gilt der Coloradokröte.«

»Wem?«

»Der Coloradokröte. Wissen Sie, Frau Mangold, das klingt in Ihren Ohren jetzt vielleicht merkwürdig, aber das Tierchen ist in den USA und auch andernorts sehr beliebt. Wenn man an ihr leckt, wird man high, die Coloradokröte setzt halluzinogene Substanzen frei.«

Irmi starrte ihn an: »Sie meinen, da leckt jemand allen Ernstes freiwillig an einer Kröte?«

»Durchaus, der Mensch ist findig! Das Sekret der Kröte dient eigentlich der Abwehr von Fressfeinden und verhindert den Befall von Parasiten. Im Sekret ist einiges Leckeres drin, unter anderem O-Methyl-bufotenin, ein halluzinogenes Alkaloid. Bei Fressfeinden, die nicht allzu groß sind, kann dieses Gift auch zum Tod führen.«

»Der Mann war aber doch kein Fressfeind!«

»Das nicht, aber wenn man zu viel an der Kröte leckt, kann das zu Gefäßverengung führen mit daraus resultierender Atemlähmung.« Er machte eine kurze Pause. »Wenn der Mann da drin der Verursacher des ganzen Elends ist, dann kann man der Kröte nur gratulieren.«

Irmi hatte in ihrer Karriere wahrlich genug erlebt. Jenseits der fünfzig konnte man mit Verlaub von einer gewissen Erfahrung sprechen. Schussverletzungen, Würgemale, sogar ein Insulinmord – aber Tod durch Krötenlecken? Sie wollte sich das gar nicht so genau vorstellen ...

In diesem Moment wurde ihre Aufmerksamkeit auf Sailer gelenkt. Sie hatte ihn mit dem Autoschlüssel losgeschickt, der sich in der Jacke des Toten befunden hatte. Sailer hatte wahrscheinlich den Hummer in tiefer Ehrfurcht geöffnet, war sicher Probe gesessen – und hatte Spuren vernichtet. Deshalb hatte es so lange gedauert, bis Sailer auf seinen Säbelbeinen zurückkam. In der Hand hielt er ein Fundstück aus dem Wagen: ein albernes Herrenhandtäschchen. Warum wunderte es Irmi schon gar nicht mehr, dass es aus Krokoleder war?

»Haben Sie schon reingesehen?«, wollte Irmi wissen.

»Nia ned! Sie san doch de Chefin.«

Irmi zog Handschuhe über und fingerte einen Ausweis heraus. Kilian Stowasser war fünfundfünfzig Jahre alt und in Buenos Aires geboren. Das hatte Klang. Anders als geboren in Garmisch-Partenkirchen. Oder Schongau. Oder Weilheim. Geboren in Buenos Aires, gestorben in Krün. Das allerdings hatte keinen guten Klang.

»Warum sagt mir der Name was?«, fragte Irmi.

»Is des ned der Schlafsackmo?«, vermutete Sailer.

Irmi überlegte kurz. Der Schlafsackmann? Doch auf einmal hatte sie ein Bild vor Augen. Ein Mann neben dem

Landrat. Ein Mann auf Rednerbühnen. Ein Mann im Fernsehen. Kilian Stowasser, den sie für seine Schlafsackproduktion zum Bayerischen Unternehmer 2010 gekürt hatten. Einen Tierschutzpreis hatte er auch erhalten, weil er konsequent Daunen aus Lebendrupf ablehnte. Weil er selbst auf einer riesigen Gänsefarm glückliche Gänse hielt, die grasen durften und schwimmen. Ein Vorzeigeunternehmer, der auch jede Menge Arbeitsplätze geschaffen hatte. Was hatte der hier verloren? Hatte er Tiere befreien wollen? Oder an der Kröte lecken?

Auch der Schlangenmann kannte Stowasser aus Funk und Fernsehen. »*Der* Stowasser? Ist das nicht der mit der Fabrik in Eschenlohe? Mit den Gänsen?«

Irmi musterte das Bild im Ausweis. Das war der Tote, ganz eindeutig.

»Den hab ich echt nicht erkannt«, sagte der Schlangenmann verblüfft.

Wer bitte schön erwartete denn auch den bayerischen Unternehmer das Jahres 2010 inmitten gefrosteter Schlangen, unterkühlter Leguane oder mit der Zunge im Nacken einer Kröte?

Irmi hatte Mühe, sich zu konzentrieren. »Man erkennt Leute ja öfter nicht, wenn sie quasi aus dem Zusammenhang gerissen sind, wenn sie ... Wissen Sie was, ich komm nicht über diese Kröte hinweg, die ...« Wieder beendete sie den Satz nicht.

»Frau Mangold, das wäre nur eine Option. Es befanden sich mehrere Tiere außerhalb der Käfige. Vielleicht käme auch einer der Pfeilgiftfrösche infrage. Sie sind klein, aber oho – null Komma null zwei Milligramm ihres Gifts sind tödlich, es muss nur etwas in eine offene Wunde geraten. Der Mann hat einen zerkratzten Unterarm. Das hab ich dem Arzt aber auch gesagt. In jedem Fall wird die Rechtsmedizin viel Spaß haben, und Sie auch: Kann man Reptilien eigentlich des Mordes anklagen?«

O ja, Spaß würde sie haben. Irmi straffte ihre Schultern. »Ihnen schon mal herzlichen Dank, bitte auch an die Kollegen von der Auffangstation. Ich befürchte, unsere Wege werden sich in nächster Zeit noch öfter kreuzen. Also ich mein, nicht dass mir das unrecht wäre, aber ohne den Herrn Stowasser ...« Sie litt unter akuten Wortfindungsstörungen, unter einer Satzbildungsneurose.

Doch der Experte hatte sie schon richtig verstanden. »Frau Mangold, ich glaube, wir alle brauchen erst mal ein großes Bier und ein bisschen Schlaf. Ich stehe natürlich gern zur Verfügung. Würde mich auch interessieren, woran er gestorben ist.«

»Ich halt Sie auf dem Laufenden«, versprach Irmi und wandte sich dann an Sailer und Sepp. »Den Wagen zur KTU, das Täschchen auch. Es ist leider kein Handy drin. Die sollen aber trotzdem mal das gesamte Programm fahren.«

Dann verabschiedete sie sich von ihren Leuten und von den Tierschützern.

Es war eine rabenschwarze Nacht. Kein Mond, keine Sterne standen am Himmel. Sie würden heute Nacht keine Angehörigen mehr informieren. Zwar war es üblich, das so schnell wie möglich zu erledigen und gleich das Kriseninterventionsteam mitzunehmen, aber es war nach ein Uhr, und es lag keine Vermisstenanzeige vor.

Es war fast zwei Uhr, als sie zu Hause war. Noch immer versetzte es ihr einen schmerzhaften Stich, wenn ihr Blick auf den leeren Korb ihrer Hündin fiel. Es war eine stille Übereinkunft zwischen ihr und ihrem Bruder Bernhard, dass der leere Korb stehen blieb. Nicht einmal ihr Kater hatte davon Besitz ergriffen.

Der Kater namens Kater kam angeschlendert, gefolgt von einem zweiten Kater, der aus dem Nichts gekommen war. Ein rabenschwarzes Tier mit wenigen weißen Haaren an der Brust und weißen Barthaaren. Er hatte gelbe Augen wie ein Panther und das Temperament eines Quirls. Ständig in Bewegung. Dass Kater einen Artgenossen akzeptieren würde, hätte sie sich nicht träumen lassen. Aber Katzen waren unergründlich. Kater sah in dem Jungspund, den ihre Tierärztin auf ein knappes Jahr geschätzt hatte, wohl eine Aufgabe. Er war Vorbild und Erziehungsberechtigter zugleich. Deshalb hatte er wohl seinem jungen Freund eine Wühlmaus gefangen, die der Kleine nun stolz in die Luft warf. Das Ding war rattengroß, hatte bloß keinen so langen Schwanz. Irmi war sich sicher, dass Kater es gefangen hatte, nicht der kleine Hektiker. Der gab nämlich ständig pfeifende Geräusche von sich, die auch das letzte Beutetier in die Flucht geschlagen hätten.

Als sie ihr zweites Bier ausgetrunken hatte, war es halb drei. Sie entsorgte das Pelzding und ging ins Bett. Wie gut ging es doch ihren beiden Katern, dachte sie noch, ehe sie einschlief.

3

Als Irmi einige Stunden später ins Büro kam, war Andrea schon da. Sie setzte an, sich noch mal zu entschuldigen, was Irmi aber gleich mit einer Handbewegung abwürgte.

»Wie geht es den Pferden?«

»Papa hat ihnen gestern Nacht noch die Hufe ausgeschnitten. Wahnsinn, wie die dagestanden sind! Das Horn war voll nach vorne aufgebogen, die Gelenke natürlich total dick. Die armen Tiere haben erst mal gar nicht begriffen, was richtiges Heu ist. Wir geben auch lauwarmes Mash, denn denen ihr Darmtrakt ist mit Sicherheit nicht in Ordnung.«

»Das freut mich. Bei euch sind die bestens aufgehoben. Können sie denn bleiben?«

»Papa sagt nein, Mama sagt ja.« Andrea lachte bedeutungsvoll.

»Was sind's denn für welche?«, fragte Irmi.

»Das eine ist ein Wallach, bei dem ich mal auf schweres Warmblut tippen würde, wenn der mal zunimmt. Das andere ist eine Stute. Die hat sogar einen Oberländer Brand und ist sicher noch nicht alt«, meinte Andrea.

Na, eine Kaltblutstute würde ihr Vater sicher nicht mehr vor die Tür setzen, und für den Wallach würde sich die Mama starkmachen.

»Ich hab auch schon recherchiert«, sagte Andrea und wechselte das Thema. »Also diese Isabella Rosenthal hat das Grundstück vor drei Jahren gekauft. Sie ist die Schwester einer Liliana Rosenthal, das ist aber nur der ihr Mädchenname. Ihr Ehename lautet …«

»Stowasser?«, vermutete Irmi, einem Impuls folgend.

»Ganz genau. Woher weißt du das denn?«

»Der Tote ist ein gewisser Kilian Stowasser. Das haben wir gestern Nacht noch anhand seines Ausweises herausgefunden. Da keine Vermisstenanzeige vorlag, dachte ich mir, es genügt, wenn wir gleich heute früh die Angehörigen informieren.«

»Von denen es wenige gibt. Die Frau ist tot. Keine Kinder. Ein Bruder irgendwo. Und eben diese Schwester der Frau. Ich versuche da gerade mehr rauszufinden.« Andrea machte eine Pause. »Du weißt also auch schon, wer dieser Stowasser ist?«

»Ja, was ich aber immer noch nicht glauben kann, ist, dass er für diese Schweinerei zuständig ist. Ausgerechnet der.«

Andrea nickte. »Ja, das find ich auch unglaublich. Der macht ja ganz massiv PR für seine tierschutzgerechte Produktion. Ich war auf seiner Homepage, da laufen oben am Rand glückliche Gänse durch oberbayerische Wiesen. So einer quält doch keine Tiere. Vielleicht wusste er ja nicht, was die Schwester seiner Frau da treibt?«

»Und warum war er dann dort?«, fragte Irmi.

»Vielleicht hat er's eben erst entdeckt?«

»Glaubst du das?«

»Nein«, sagte Andrea zögernd.

»Wir haben eine Soko gebildet«, berichtete Irmi. »Nachher ruf ich alle zusammen. Um zehn kommt außerdem ein Psychologe. Ich glaube, wir müssen alle erst mal begreifen, was Animal Hoarding eigentlich bedeutet.«

Um zehn Uhr saßen Kathi, Andrea, Sailer, Sepp Gschwandtner und Irmi im Besprechungszimmer.

»Wir waren ja gestern alle vor Ort«, begann Irmi. »Ich weiß nicht, wie ihr geschlafen habt. Ich hatte jedenfalls Albträume.« Sie erzählte von den neuesten Erkenntnissen, und als sie den Namen des Toten nannte, weckte das ungläubiges Staunen.

Dann nickte sie ihrem Besucher zu. »Ich habe Herrn Dr. Bindl dazugebeten, weil wir alle zum ersten Mal mit Animal Hoarding konfrontiert sind. Ich mein, wir waren alle schon mal in einer Messie-Wohnung, ich hatte aber noch nie das Vergnügen mit Schlangen in der Tiefkühltruhe, und Hasen mit abgefressenen Ohren hab ich auch noch nie gesehen.« Sie stockte kurz. »Herr Dr. Bindl, wir klären gerade erst die Besitzverhältnisse, aber kann es theoretisch sein, dass jemand nach außen ein ganz normaler Bürger ist und in Wirklichkeit hinter den hohen Hecken seines Anwesens Tiere hortet?«

»Genau, wie kann so was denn sein? Einerseits ist der Typ ein Tier- und Menschenfreund, andererseits liegen da lauter verelendete Kreaturen auf seinem Hof?« Andrea klang verzweifelt.

»Genau das ist das Perfide am Animal Hoarding, dass man diese Menschen eben nicht auf den ersten Blick erkennt«, erklärte Herr Bindl. »Wir hatten mal einen Fall von zwei Schwestern, die mit einer unendlichen Anzahl von armen Meerschweinchen in einer total vermüllten Wohnung lebten. Nach außen aber waren diese beiden Damen wie aus dem Ei gepellt.«

Weil keiner etwas sagte, fuhr er fort: »Die meisten Tierhorter igeln sich ein, und so dringt lange nichts nach außen. Der Deutsche Tierschutzbund hat gemeinsam mit Amtstierärzten und Psychologen 2008 eine interdisziplinäre Arbeitsgruppe gegründet, der ich auch angehöre. Wir wollen alle, die sich beruflich mit diesem Krankheitsbild auseinandersetzen müssen, umfassend informieren. Häufig sind Tierhorter einsame Menschen, die psychisch massiv verletzt worden sind und sich daher von den Menschen abwenden und stattdessen den Tieren zuwenden. Kommt dann ein Auslöser wie Scheidung, Tod oder Verlust des Arbeitsplatzes hinzu, kann das der berühmte Tropfen sein, der das Fass zum Überlaufen bringt. Tiersammler haben kein stabiles Selbstbewusstsein. Sie können sich selber keine Grenzen und Strukturen setzen. So entwickelt das Sammeln eine Eigendynamik und wächst den Betroffenen über den Kopf.«

»Die Rolle von Kilian Stowasser bei dem Ganzen steht zwar noch nicht fest, aber der war doch ein erfolgreicher Machertyp. Der hatte sicher kein Selbstwertproblem!«, rief Irmi.

»Das mag sein, aber Sie müssen auch sein Umfeld berücksichtigen. Die Frau, die Schwägerin, auf die offensichtlich das Grundstück läuft. Society Ladys versuchen sich gerne im Tierschutz. Der bisher spektakulärste Fall für den Deutschen Tierschutz war eine wohlhabende Unternehmerfamilie in Hessen, auf deren Grundstück sich jahrelang Hunderte von Pferden, Hängebauchschweinen, Gänsen, Rindern und Ziegen aufhielten. Verwahrlost, krank, die Tiere vermehrten sich unkontrolliert, und die Jungen starben. Als das zuständige Veterinäramt ein Tierhalteverbot erwirkt hatte, schrieb die Familie den restlichen Tierbestand kurzerhand auf die Schwester um und zog nach Rheinland-Pfalz, wo das Veterinäramt weniger rührig war. Das könnte doch in Ihrem Fall so ähnlich sein: Stowasser überschreibt das Grundstück auf die Schwester seiner Frau und ist erst mal aus der Schusslinie.«

Anschließend erklärte er ihnen die Typologie der Tierhorter, die Irmi schon von der Amtstierärztin kannte. Wie gebannt lauschten sie alle seinen Ausführungen. Die vielen Informationen machten sie erst mal sprachlos. Sailer starrte Herrn Dr. Bindl mit offenem Mund an, Sepp schaute zu Boden, und Andrea kaute an ihren Fingernägeln.

»Offenbar haben wir hier aber einen, der nicht so recht ins Raster passt«, sagte Irmi schließlich.

»Passen Verbrecher denn je in ein Raster?«, fragte Dr. Bindl lächelnd.

»Da haben Sie recht, der böse Russe ist gar nicht immer böse, dafür aber die nette Hausfrau von nebenan.« Irmi spielte damit auf ihren letzten Fall an, bei dem ihr ganzes Team sich auf einen angeblich mafiösen Russen eingeschossen hatte. Es hatte unschöne Szenen gegeben, fast war der offene Krieg ausgebrochen, und nur Irmi hatte eine andere Spur verfolgt, die am Ende zum Ziel geführt hatte.

Dabei ging es ihr nie ums Rechthaben, auch jetzt nicht. Ihr war nur aufgefallen, dass es ihr häufig nicht gelang, ihre Mitarbeiter mitzuziehen und zu überzeugen. Wahrscheinlich fällte sie einsame Entscheidungen, tickte einfach anders und erklärte sich schlecht. Ob sie eine schlechte

Chefin war? Diesmal wollte sie es besser machen, wusste aber nicht, wie.

»Gut, Herr Dr. Bindl, ich danke Ihnen für die hilfreichen Informationen.« Sie wandte sich an Kathi. »Wir beide fahren zu Stowassers Fabrik in Eschenlohe. Und du, Andrea, suchst du mir bitte alles raus, was du im Zusammenhang mit Stowasser findest? Du bist ja in Google deutlich kreativer als ich.«

Andrea lächelte verschämt.

»So, und der gute Sailer und der Gschwandtner Sepp fahren noch mal nach Krün. Ich will wissen, wer da wann und wie oft rein- und rausgefahren ist. Fragt am besten die Nachbarn. Ich bin sicher, die haben Tagebuch geführt. Alles kann wichtig sein! Gut, dann sehen wir uns wieder um sechzehn Uhr.«

Kathi und Irmi fuhren los. Hingen ihren Gedanken nach. Irmi war dankbar, dass auch ihre Kollegin nicht in Redelaune war. Sie konzentrierte sich, fokussierte ihre Gedanken auf das anstehende Gespräch.

Stowassers Fabrik war tatsächlich imposant zu nennen. Man fuhr durch ein gewaltiges schmiedeeisernes Tor, das einem englischen Landsitz zur Ehre gereicht hätte. Rechts lag eine Tuffsteinvilla im Stil der Gründerzeit, links ein etwas weniger spektakuläres Gebäude, das aus derselben Zeit zu stammen schien. Eine Zufahrt, breit wie eine Flugzeuglandebahn, führte auf eine moderne Halle zu.

Irmi parkte auf dem Besucherparkplatz. Ein Schild lenkte den Besucher in alle Himmelsrichtungen: Büro/Empfang, Fertigungshalle, Anlieferung, Abholung, Gänsefarm.

Der Empfang lag in dem etwas schlichteren Steinhaus. Ein findiger Architekt schien einige Mauern durch Glas ersetzt zu haben, was dem Ganzen Helligkeit und Modernität verlieh. Der Tresen bestand aus hellem Holz, ebenso wie die Sitzgruppe in der Ecke – und alles signalisierte: Seht her, wir vereinen Ökologie mit Ökonomie!

Irmi fand das Ambiente durchaus ansprechend, doch ihr kam das alles hier zu perfekt vor. Auch das Mädchen am Empfang war so eine Symbiose aus Tradition und Moderne, gewandet in ein Designerdirndl, geschmackvoll und schlicht, kein Oktoberfest-Aufreißkleidchen. Die junge Frau war dezent geschminkt und trug das Haar im Nacken zusammengebunden. Lässig und doch gepflegt. Selbst wenn es das Dirndl in Irmis Größe gegeben hätte, was sie bezweifelte, hätte sie es nie mit dieser Noblesse tragen können. Auch die schlanke Kathi nicht – deren trampeliger Gang hätte das Gesamtbild empfindlich gestört.

Das Mädchen begrüßte die Damen mit einem freundlichen »Willkommen bei KS-Outdoors – Daunenträume werden wahr«. Irmi fragte sich, ob sie wohl jedes Mal diesen Sermon von sich geben musste, auch am Telefon.

»Wir würden gerne mit Herrn Stowasser sprechen.«

»Haben Sie einen Termin?«

Irmi zeigte ihre Polizeimarke. Sie hätte auch einen Kronkorken hochhalten können, meistens schauten die Leute gar nicht richtig hin. Nur selten wollte jemand auch noch den Dienstausweis sehen, den Irmi meist im Auto hatte statt im Geldbeutel.

»Oh, ich bedaure. Ich habe ihn heute noch nicht gesehen.« Die junge Frau blickte aus dem Fenster. »Sein Wagen steht auch nicht drüben. Moment ...« Sie führte ein kurzes Telefonat und erklärte dann: »Frau Faschinger, seine Assistentin, weiß leider auch nicht, wo er ist. Er hat wohl Außentermine.«

Ja, so konnte man das auch nennen. Er hatte einen Außentermin gehabt, draußen in Krün, nur leider seinen letzten.

»Dann würden wir gern mit Frau Faschinger sprechen«, sagte Irmi. »Welches Zimmer?«

»Das dritte rechts.« Obwohl sie vermutlich vor Neugier platzte, blieb die Dame am Empfangstresen freundlich-professionell.

Kathi und Irmi gingen den Gang entlang. Die Wände waren gepflastert mit Auszeichnungen: Unternehmer des Jahres. Ein Tierschutzpreis. Ein Innovationspreis der IHK. Lobeshymnen von Landräten und vom Ministerpräsidenten.

Die Tür zu Frau Faschingers Zimmer stand offen. Sie traten ein, und Irmi zog die Tür von innen zu. Auch hier gab es diese hochwertigen Holzmöbel. Eine Doppeltür führte ins Büro von Frau Faschingers Chef. Ein schöner Raum: Holzböden, ein Schreibtisch in klaren Linien, ein paar Farbakzente, wieder Tuffstein, Glas und Holz. Über dem Schreibtisch hing ein wahrhaft hinreißendes Bild einer Gans.

Frau Faschinger war ihrem Blick gefolgt: »Das hat eine bekannte Tiermalerin aus Seestall bei Landsberg gemacht. Ich finde, diese Gans schaut so seelenvoll, so zufrieden.« Ja, ganz anders als die Augen jener Tiere, in die sie vergangene Nacht geblickt hatten.

»Frau Faschinger, Sie haben Ihren Chef heute noch nicht gesehen?«

»Nein.«

»Das ist nicht ungewöhnlich?«

Eine leise Irritation durchzog das Gesicht der Assistentin. »Nein, um die Zeit hat Kilian immer seinen Golfvormittag, sein erster Termin ist um vierzehn Uhr eingetragen. Er spielt jeden Mittwochvormittag Golf, so lange, bis Schnee liegt.«

Aha, man spielte Golf, klar. Was für eine heile Welt!

»Wann haben Sie ihn gestern denn zuletzt gesehen?«, wollte Irmi wissen.

Wieder blickte Frau Faschinger ein klein wenig irritiert. »Gestern, er war morgens kurz da und hat sich dann verabschiedet. Warum fragen Sie?«

»Frau Faschinger, sagt Ihnen Krün etwas?«

»Krün? Ja, sicher, das liegt auf dem Weg nach Mittenwald. Wieso fragen Sie?«

»Sie haben da aber keinen weiteren Firmenstandort, oder?«

»Nein, aber was sollen denn Ihre ganzen Fragen?« Frau Faschinger wurde etwas lauter.

»Herr Stowasser wurde gestern tot in Krün aufgefunden, inmitten einer unüberschaubaren Zahl von Tieren, die in erbärmlichem Zustand waren«, schaltete sich Kathi ein. »Tiere, die teils vor Ort eingeschläfert werden mussten. Können Sie mir dazu irgendwas sagen?«

Frau Faschinger starrte abwechselnd Irmi und Kathi an. Dann sagte sie mit zitternder Stimme: »Tot? Ja, warum denn?«

Weil sich die Tiere zusammengerottet haben. Weil sie die Coloradokröte zum Mord angestiftet haben. Weil die Pfeilgiftfrösche die Revolution ausgerufen haben. Solche Sätze hatte Irmi im Kopf. Stattdessen sagte sie: »Wir können Ihnen momentan gar nichts Konkretes sagen. Auch nichts über die Todesursache. Was hat Herr Stowasser in Krün gemacht?«

»Ich weiß es wirklich nicht«, flüsterte Frau Faschinger. Irmi hatte keine Ahnung, ob sie das glauben sollte.

»Hat Herr Stowasser Angehörige?«, fragte Kathi forsch.

Frau Faschinger säuselte immer noch leise wie ein Espenblättchen: »Liliana, also Frau Stowasser, ist 2009 verstorben. Kinder gibt es keine. Kilian hat einen Bruder, der momentan in Australien lebt oder besser gesagt rumgammelt. Er meldet sich alle paar Monate mal.«

»Was ist mit Isabella Rosenthal?«, fragte Irmi.

Stowassers Assistentin begann zu weinen. Ihre Schultern zuckten, und sie antwortete unter Tränen: »Das ist die Schwester von Liliana ...«

»Das wissen wir schon. Ist das ein Grund zum Heulen?«, unterbrach Kathi sie, was ihr einen warnenden Blick von Irmi einbrachte.

Frau Faschinger schluchzte auf. »Frau Rosenthal ist hier fürs Marketing zuständig. Sie ...« Der Rest ging in Tränen unter.

»Wo finden wir die Dame?«, übernahm Irmi.

»Sie hat gerade Journalisten zu Besuch. Sie machen einen Rundgang, im Moment sind sie bei den Gänsen.« Frau Faschinger heulte weiter.

Ihr vernuscheltes »Sie können doch keinen Pressetermin

stören« überhörten Irmi und Kathi geflissentlich und gingen zügig zurück zum Empfang.

»Könnten Sie alle Abteilungsleiter in einer halben Stunde hierherbitten? Danke!«, wandte sich Irmi an die Empfangsdame, die ausnahmsweise einmal nicht perfekt aussah, sondern recht dümmlich mit ihrem vor Verblüffung geöffneten Mund. Dann verließ sie zusammen mit Kathi das Gebäude.

Draußen klebten die Blätter nass und morbide am Boden, die graue Stimmung erinnerte schon an den Herbst – nur war es weit vor der Zeit.

Kurz vor der Fertigungshalle ging links ein Weg Richtung »Gänsewelt« ab, wo sich schier endlose Wiesen befanden, übersprenkelt von weiteren Gebäuden. Das Gesamtareal musste an die zehn Hektar haben, überlegte Irmi. Sie folgten dem Weg und landeten in einer kleinen Senke, wo sich Gänse und Fotografen tummelten.

Eine Dame, vermutlich Isabella Rosenthal, war gerade mitten in einem Redeschwall. Sie nickte Irmi und Kathi nur zu, wahrscheinlich hielt sie die beiden für zu spät gekommene Journalisten. Sie drückte ihnen jeweils eine Pressemappe in die Hand. Die Titelseite zierte das Gänsebild, das über dem Schreibtisch des Chefs hing. Irmi blätterte weiter. Auf der nächsten Seite stand der folgende Text:

Federn lassen – aber tierschutzgerecht

Er ist schön kuschelig und soll auch bei extremen Minusgraden noch wärmen und den Menschen ausgeruht in den Bergmorgen entlassen.

> Die Qualität eines Schlafsacks entscheidet oft über das Gelingen von Touren, manchmal sogar übers Überleben. Enthalten sind diverse Füllmaterialien, darunter oft die wärmenden Gänsedaunen. Hand aufs Herz: Wer denkt wirklich darüber nach, woher diese Daunen eigentlich stammen? Wir von *KS-Outdoors – Daunenträume werden wahr* machen unsere gesamte Produktion transparent!

Die Präsentation wirkte hochwertig, das Papier war dick, die Mappe in Recyclingpappe gehüllt und von einem naturfarbenen Bindfaden gehalten. Hier sprang einen der Ökofaktor geradezu an.

Die Marketingdame fuhr mit ihren Ausführungen fort: »Hier haben wir eine Gruppe von hundert Gänsen. Hochinteressant ist, wie die sich verhalten. Es gibt immer ein Leittier. Der hat das Sagen, darf als Erster ans Fressen. Dann folgt die Gruppe in einer festgelegten Rangordnung, und dann gibt's noch den Aufseher, der nachschaut, ob alle gefressen haben. Er selbst frisst erst ganz zum Schluss. In dieser Gruppe ist das Leittier ein Weibchen, der Aufseher männlich, das war aber auch schon andersrum.«

Sie lächelte, und die Journalisten schrieben eifrig mit. Irmi spähte auf das Namensschildchen an ihrer schilfgrünen engen und kurzen Daunenjacke – sicher auch von der Firma KS-Outdoors. Es war tatsächlich Isabella Rosenthal. Ihr Alter war schwer zu schätzen, von vierzig bis Mitte fünfzig war alles möglich. Ihr Gesicht war fast faltenfrei, sie war groß, hatte einen gewaltigen Busen, einen kleinen

Bauchansatz und dünne Beine. Eher eine Brünhilde als ein Rehlein. Ihre naturkrausen Haare trug sie in einer seltsamen Hochsteckfrisur, was ihre Gestalt noch imposanter machte.

Sie hatte die Journalisten fest im Griff, die ihr folgten wie der Rattenfängerin von Eschenlohe. Die Führung umfasste noch zwei Ställe, eine Anlage für die Küken, weitere Freiläufe sowie ein Heu- und Strohlager, das Irmi vor Neid erblassen ließ. Wie machten die das, dass die Ballen wie Zinnsoldaten standen und keine Spinnwebe den Heustock verunzierte?

Anscheinend hatten sie die eigentliche Pressekonferenz verpasst, denn die Fragen der Journalisten waren ziemlich speziell und bezogen sich offenbar auf das vorher Gesagte.

»Hab ich das richtig verstanden, dass Sie als erste deutsche Firma das Prüfinstitut beauftragt haben?«, fragte einer von ihnen.

Isabella Brünhilde Rosenthal lächelte. »Wir sind die zweite oder dritte in Deutschland. In Bayern haben wir aber eindeutig eine Vorreiterposition mit dieser Überprüfung durch den, nennen wir ihn mal, Daunen-TÜV! Inzwischen gibt es ein absolut undurchsichtiges Netz an Zertifizierungen und Öko-Labels, die dem Verbraucher vorgaukeln, er könne sich ein sauberes Gewissen erkaufen. Deshalb haben wir uns für das bekannteste internationale Testlabor entschieden. Es wird von Experten betrieben, die unabhängig von Daunenproduzenten und Daunenabnehmern arbeiten und kein Interesse daran haben, eine der Parteien zu bevorzugen oder zu schützen. Das Labor hat Niederlassungen in Europa, in den USA und in China.

Ein zentraler Aspekt ist die Tatsache, dass das Labor in China auch einheimische Mitarbeiter beschäftigt, um Zugang zu den chinesischen Farmen zu erhalten. Sie finden die ganzen Informationen noch mal ausführlich in der Pressemappe. Wenn keine Fragen mehr sind, danke ich Ihnen für Ihren Besuch. Wir haben uns erlaubt, für Sie alle eine Daunenweste bereitzulegen, die sie am Empfang abholen können. Deshalb auch die Frage nach Ihrer Kleidergröße in meiner E-Mail.«

Sie lachte, für Irmis Geschmack ein bisschen zu aufgesetzt. Dann fiel ihr Blick auf Irmi. »Für die beiden Damen habe ich nun leider keine Weste, hatten Sie sich angemeldet? Für welches Medium?« Dabei klang sie wie Heidi Klum, wenn die sagte: »Ich hab heute leider kein Foto für dich.«

Irmi erwiderte: »Kein Problem, wir sind ja auch zu spät dazugestoßen. Wir würden Sie aber gerne noch kurz sprechen, wenn das ginge?«

Frau Rosenthal schien einen Moment aus dem Konzept zu geraten, nickte dann aber. Der Tross zog zum Empfang und nahm dort die Tüten entgegen. Frau Rosenthal zog einen der Journalisten zur Seite und wisperte ihm halblaut zu, dass sie auch für seinen Sohn eine Weste beigelegt habe. Aha, ein besonders wichtiger Kollege, dachte Irmi.

Sie und Kathi wurden in den Besprechungsraum gegenüber vom Empfang geschickt, wo noch Reste einer bayerischen Brotzeit standen. Kathi griff sich eine Breze und tauchte sie in eine Schüssel mit süßem Senf.

»Kathi!«, rügte Irmi sie.

»Ja, was? Ich hab höllisch Hunger. Schade, dass keine Weißwürst mehr da sind.« Nach einem männerbedingten Ausflug ins Kerndlfressen – ihr Ex war Veganer gewesen – aß Kathi nun wieder alles.

Sie mampfte noch an ihrer Breze, als Isabella Rosenthal den Raum betrat. »Noch ein Kaffee für die Damen?«

»Nein, danke.« Anscheinend war die Marketingchefin von ihren Kolleginnen noch nicht gewarnt worden und glaubte noch immer, sie beiden wären Journalistinnen.

»Was kann ich für Sie tun? Für welches Medium schreiben Sie noch?«

»Gar keins«, sagte Irmi und zeigte ihre Polizeilegitimation. »Irmi Mangold und Kathi Reindl, Kripo Garmisch.«

Brünhilde Rosenthal starrte sie schweigend an und wartete ab.

»Sie besitzen ein Grundstück in Krün«, fuhr Irmi kühl, aber nicht unfreundlich fort. Sie lehnte noch immer am Tisch und fixierte die Frau.

Frau Rosenthal zögerte nur kurz. Sie war clever genug, diese Tatsache nicht abzustreiten, denn natürlich gab es Grundbuchauszüge. Eine solche Lüge hätte sie nicht weit gebracht.

»Ja«, sagte sie schließlich.

»Was machen Sie mit dem Grundstück?«

»Geht Sie das was an? Ich habe meine Steuern immer bezahlt!«

Frau Rosenthal bemühte sich um Überlegenheit, aber Irmi spürte eine gewisse Unsicherheit. Sie maßen sich mit Blicken. Irmi war froh, dass Kathi noch an ihrem Breznstück herumkaute.

»Frau Rosenthal, Sie haben Ihren Hauptwohnsitz in Karlsruhe?«

»Ach, wollen Sie mich wegen eines Meldevergehens anklagen? Hah! Ja, ich habe den Hauptwohnsitz in Karlsruhe, weil dort auch der Sitz meiner PR-Agentur ist. Ich habe ordnungsgemäß einen Zweitwohnsitz in Eschenlohe bei meinem Schwager gemeldet. So, das hätten wir geklärt, deshalb hätten Sie sich nicht herbemühen müssen!«

»Ich wüsste dennoch gerne, was Sie mit dem Grundstück machen. Beantworten Sie doch bitte meine Frage!«

Wieder ein kurzes Zögern. Dann straffte sie die Schultern. »Ich betreibe einen Gnadenhof im Andenken an meine liebe Schwester, die 2009 verstorben ist. Sie war wie ich eine große Tierfreundin.«

Nun fehlten Irmi doch kurz die Worte. Gnadenhof! O ja, was für eine Gnade hatten die Tiere da erhalten!

»Ach, ein Gnadenhof?« Irmi versuchte die Kontrolle zu behalten.

»Ja, wir haben alte oder ungewollte Pferde aufgenommen. Die haben doch auch ein Recht auf Leben! Sie wohnen im artgerechten Offenstall.«

Nun ging es mit Irmi durch. »Artgerecht? Ihre Schützlinge standen knietief im Morast, hatten Hufe wie Schnabeltassen, wo sich das Horn bereits nach oben aufbiegt. Das Futter war zertrampelt. Artgerecht? Sie wissen schon, dass es durch den permanenten Zuzug neuer geretteter Pferde ständige Rangordnungskämpfe gibt. Alte Pferde aber sind nicht mehr wehrhaft, sie haben oft schwere Prellungen und offene Wunden. Die Pferde sind nicht nach Geschlechtern getrennt, und die Fohlen werden zu Tode getrampelt. Wie bei Ihnen! Gerade alte Pferde brauchen einen individuellen Rückzugsraum! Ein wirklich guter Offenstall müsste viel größer sein und über trockenen Boden verfügen, es müsste Futterraufen geben und sauberes Wasser. Von wegen Gnade, diese Tiere sind Ihretwegen durch die Hölle gegangen!«, rief Irmi und wusste gar nicht, wo all diese Worte hergekommen waren. »Und was war mit den Hunden, den Kaninchen? Was, Frau Rosenthal! War das auch alles Gnade?«

»In der Natur leben Pferde auch in Gruppen, Hunde sind Rudeltiere, und Kaninchen ...«

»... lieben es, wenn man ihnen die Ohren zu wunden Stummeln abbeißt?« Irmi wäre beinahe auf die Frau losgegangen.

Dass Kathi sie einmal bremsen würde, das hätte sich Irmi nicht träumen lassen. Aber bevor Frau Rosenthal womöglich tätlich angegriffen wurde, ging Kathi dazwischen.

»Ihr Schwager wurde gestern Nacht tot auf diesem Folterhof gefunden. Mitten zwischen irgendwelchen Reptilien.« Kathis Stimme war schneidend. Ihr makelloses Gesicht sah aus wie in Eis gemeißelt.

»Kilian? Tot?«

»Tot, jawohl!«

Frau Rosenthal starrte sie an und schwieg.

»Hat es Ihnen etwa die Sprache verschlagen? Schlecht, in ihrem Promojob!«, kommentierte Kathi mit schneidender Stimme.

Es war, als hätten sie die Rollen getauscht. Kathi versuchte sich in Zynismus, und Irmi wäre beinahe handgreiflich geworden. Es war ihr ausgesprochen unangenehm, dass sie vorübergehend die Kontrolle über sich verloren hatte. So kannte sie sich gar nicht.

»Ist er wirklich tot?«, vergewisserte sich Frau Rosenthal.

»Ja, mausetot. Frau Rosenthal, Sie können schon mal mit einer saftigen Anzeige wegen hundertfachem Verstoß gegen das Tierschutzgesetz rechnen.« Irmi hatte sich wieder etwas besser im Griff. »Und noch eine Frage: Was war eigentlich mit den Reptilien?«

»Wir hatten mit den Reptilien nie was am Hut, meine Schwester und ich. Das war Kilians Bereich. Nur er hatte die Schlüssel zu dem Gebäude. Er hat diesen Bereich immer ganz für sich haben wollen. War mir auch recht, ich hasse Schlangen.«

»Sie wollen mir also weismachen, dass Sie über seinen Reptilienbestand nichts wussten?«

»Wie gesagt: Natürlich weiß ich, dass er diese Tiere hält, aber nicht, welche und wie viele.« Frau Rosenthals Stimme wurde schriller.

»Da scheinen Sie generell etwas den Überblick verloren zu haben, Frau Rosenthal!«, meinte Irmi.

»Ich war nicht mehr so oft droben. Kilian hat gesagt, er füttert die Tiere, weil er ja sowieso zu seinen Lieblingen geht.«

Irmi starrte die Frau an. Sie war also nicht mehr so oft droben gewesen. Hatte die Tiere einfach vergessen. Im Stich gelassen. Auf andere abgeschoben.

»Was für ein schönes Andenken an Ihre Schwester! Sie haben die Tiere einfach verrotten lassen!«

»Also hören Sie mal! Mein Schwager war sehr zuverlässig. Ein Ehrenmann. Ich musste in letzter Zeit häufig nach Karlsruhe, was unterstellen Sie mir da eigentlich?«

Irmi schluckte und fragte mit äußerster Beherrschung: »Wann haben Sie Ihren Schwager zuletzt gesehen?«

»Vorgestern. Ich war bis heute früh in Karlsruhe. Ich bin um vier aufgestanden, um rechtzeitig zu meinem Termin mit den Journalisten wieder da zu sein.«

»Gibt es Zeugen?«

»Sind Sie noch bei Trost? Brauch ich etwa ein Alibi? Natürlich hat man mich gesehen, ich kann Ihnen auch die Tankquittungen von der Autobahn raussuchen lassen, sie sind allerdings schon in der Buchhaltung.«

Das würde sich leicht überprüfen lassen. »Hat Ihr Schwager Sie über seine Pläne in Kenntnis gesetzt, zum Beispiel darüber, dass er zu dem fabelhaften Tierschutzhof unterwegs war?«

»Nein, das wusste ich nicht. Ich war auch, wie gesagt, nicht da.«

Plötzlich stürzte Frau Rosenthal aus dem Zimmer. Dabei hätte sie beinahe Frau Faschinger über den Haufen gerannt, die gerade die Botschaft überbringen wollte, dass sich alle Abteilungsleiter versammelt hätten.

Sie schaute der PR-Chefin angewidert hinterher. »Die kommt gleich wieder. Bei Aufregung braucht sie eine zusätzliche Gabe.«

»Gabe?« Irmi runzelte die Stirn.

»Na, Sie wissen schon.« Frau Faschinger machte eine schnelle Bewegung aus dem Handgelenk.

»Sie trinkt?«

Frau Faschinger lächelte verschwörerisch. »Ja, natürlich. Wodka im Kaffee am Morgen, bei Sekt Orange lehnt sie immer ab und nimmt nur den Saft, den sie dann unauffällig mit Wodka aufspritzt. Sie braucht ihren Pegel, und wenn der absinkt, dann gnade uns Gott. Ohne ihren Helfer wird sie unangenehm aggressiv, wenn sie zu viel hat, wird sie melancholisch.«

Aus der Heulsuse von vorhin war eine ganz schöne Giftspritze geworden. Giftspritze, genau. Irmi hatte den toten Kilian Stowasser vor Augen. Auch hier in der Fabrik herrschte eine ziemlich vergiftete Atmosphäre.

»Ich entnehme Ihrer Rede, dass Sie Frau Rosenthal nicht sonderlich schätzen?«

»Fachlich ist sie ein großer Gewinn für die Firma. Es ist nur sehr schwer, mit ihr zusammenzuarbeiten, weil sie uns dazu zwingt, auf ihre aktuelle Tageslaune einzugehen. Das macht die Sache etwas anstrengend.«

»Was hat denn der Chef dazu gesagt?«, fragte Kathi.

»Kilian hat ihr immer die Stange gehalten. Nun, sie ist ja auch seine Schwägerin.«

»Hat Kilians Frau eigentlich auch in der Firma mitgearbeitet?«, fragte Irmi.

»Nein, die war mehr mit Charity und Ehrenämtern befasst. Und mit Schönsein. Ist auch eine Aufgabe!«

»Woran ist sie denn gestorben?«, wollte Kathi wissen.

»Sie hat einen Schwächeanfall erlitten und ist im Reitstall, wo ihre Pferde standen, die Treppe vom Stüberl hinuntergestürzt. Dabei hat sie sich den Nacken gebrochen.«

Irmi sah sie scharf an und sagte dann, einem Impuls folgend: »Sie war auch Alkoholikerin und ist deshalb gefallen?«

»Das haben jetzt Sie gesagt!«

Irmi beschloss, sich die Unterlagen zu diesem Todesfall kommen zu lassen.

»Frau Faschinger, Ihnen ist wirklich nichts von einem Grundstück in Krün bekannt?«

»Nein, ich bin erst seit zwei Jahren bei KS-Outdoors, und ich arbeite hier nur. Im Gegensatz zu manchen anderen Kollegen hab ich aber auch ein Privatleben. Ich verbringe viel Zeit mit meinen beiden Enkeln und kümmere mich nicht um private Dinge von Kilian.«

Das glaubte ihr Irmi nicht so ganz, schließlich wusste sie über den Alkoholkonsum der Damen Rosenthal ja so einiges. »Ich dachte nur, weil Sie mit dem Chef per du zu sein schienen?«

»Stimmt, das hat er mir nach einem Jahr angeboten. Das hier ist eine kleine Firma, wir arbeiten eng zusammen, Kilian ist ein bodenständiger Typ, und außerdem san mir in Bayern.«

4

Die nächste Stunde verbrachten Irmi und Kathi damit, die Abteilungsleiter des Unternehmens mit den Daunenträumen einzeln zu befragen. Den Ingenieur aus der Fertigung. Den Leiter Design. Die Leiterin der Schnittabteilung. Den Lagerleiter. Den Mann, der den Gänsebetrieb unter sich hatte.

Alle waren voll des Lobes für Kilian Stowasser, ließen aber auch durchblicken, dass Frau Rosenthal nicht ganz einfach in der Zusammenarbeit sei. Je enger man mit ihr zusammenarbeiten musste, desto stärker war die Kritik. Der Ingenieur hatte sich am neutralsten geäußert, der Leiter Design hatte sich über ihre starke Einmischung beklagt. Von Krün wollten sie aber alle nichts gewusst haben.

Allenthalben wurde Kilian Stowasser als begnadeter Golfer bezeichnet, mit einem Handicap im einstelligen Bereich. Dass die verstorbene Frau Stowasser sehr tierlieb gewesen sei, ja, auch das war bekannt. Die Tierliebe von Frau Rosenthal hingegen war niemandem so richtig präsent. Bei den Befragungen brachen ohnehin einige Brocken aus der heilen Fassade des Unternehmens, denn Frau Rosenthal schien das Klima tatsächlich ziemlich zu vergiften.

Nach Alibis zu fragen, war momentan ziemlich sinnlos, so lange sie nicht wussten, wann der gute Kilian von Daunentraum genau verstorben war. Und zumindest Frau Rosenthal mit ihrem Trip nach Karlsruhe schien aus dem Kreis der Verdächtigen auszuscheiden.

Es war wärmer geworden, der Himmel changierte in hellgrauen Tönen.

»Außen hui, innen pfui«, kommentierte Irmi auf dem Rückweg im Auto. »Nach außen heile Geschäftswelt, und hinter den Fassaden eine Alkoholikerin und ein Arbeitsklima, das alles andere als idyllisch ist. Schad um die schönen Dirndl.«

Kathi nickte. »Schade auch, dass wir mit Kilian Stowasser nicht mehr reden können. Der hätt sicher schöne Geschichten erzählen können.«

»Vielleicht wurde er deshalb ermordet? Weil er nichts mehr erzählen sollte?«

»Von einer Kröte oder einem Pfeilgiftfrosch? Kann man die vielleicht als Mörder anheuern, indem man ihnen zehntausend Euro oder mehr Mäuse verspricht?«

»Ja, ja, ich weiß, das ist unlogisch. Da passt gar nichts zusammen.«

»Oder es war halt doch ein Unfall mit seinen giftigen Spielzeugen«, meinte Kathi.

»Jetzt hören wir uns erst mal an, was die Kollegen so zu berichten haben.«

Die Kollegen im Büro hatten einiges zu erzählen, Andrea hatte ganze Arbeit geleistet.

»Der Daunensaubermann hatte im Spätherbst 2008 eine ganz schöne Schmutzweste. Da hatte ihn eine Tierschutzorganisation schwer unter Beschuss«, berichtete sie. »KS-Outdoors muss ziemlich gelogen haben. Von wegen, alle Daunen kämen von glücklichen Gänsen und so.«

»Sondern?«, fragte Irmi.

»Also, da gibt es eine Tierschutzorganisation. FUF e.V. steht für ›Fell und Federn‹ und wurde 1990 gegründet. Der Hauptsitz ist Hannover, die Landesgruppe Bayern hat ihren Sitz in Garmisch, und der 1. Vorsitzende heißt Max Trenkle.«

Irmi nickte Andrea zu. »Sauber recherchiert, und was hat der FUF nun rausgefunden?«

»Dass KS-Outdoors sehr wohl Daunen aus Qualzuchten in Ungarn zugekauft hat. Auf der Homepage von FUF sind echt eklige Bilder.«

»Danke, nicht noch mehr solche Viechereien«, rief Kathi.

Auch Irmi war nicht unbedingt erpicht auf weitere Gräuelbilder. »Also, so ganz versteh ich das alles nicht. Die PR-Dame, die Schwägerin des Chefs, hatte heute eine Pressegruppe da und hat von einem Speziallabor gefaselt, das Federn und Daunen und die tierschutzgerechte Haltung prüft. Ich muss gestehen, das Innenleben von Schlafsäcken und Daunenanoraks hat mich bisher nicht wirklich interessiert.«

»Mir war das auch alles etwas zu kompliziert, und da hab ich mir gedacht, ich lad den Herrn Trenkle mal zu uns ein.« Sie unterbrach sich mit einem unsicheren Blick zu Kathi und Irmi. »Ich hab bei euch angerufen, aber Kathis Handy war aus. Deins hat geläutet, es ging aber keiner dran.«

Irmi lächelte. Andrea verfiel immer wieder in diese Obrigkeitsangst. Während Kathi zu sehr voranpreschte, nahm sich Andrea zu stark zurück und dachte zu viel nach.

»Andrea, du hast Herrn Trenkle hergebeten? Ja, wunderbar, das hätte ich auch getan. Wann kommt er denn?«

»Er sagte, wir sollen anrufen, er könne innerhalb von fünf Minuten da sein.«

»Gut, Andrea, dann lass den Mann antanzen. Wenn jemand schon mal erpicht darauf ist, mit uns zu reden, müssen wir das doch ausnutzen.« Irmi nickte ihr aufmunternd zu und wandte sich dann an Sepp Gschwandtner, dem sie eher eine längere Rede zutraute als Sailer.

»Irgendwas von den Nachbarn?«

»Oiso, es gibt ja ned bloß de eine Nachbarin, die direkt angrenzt. Es gibt noch zwei andere in der Stroß.«

Ja, das hatte sie zwar nicht wissen wollen, aber Sepp musste wohl erst in Fahrt kommen. Irmi wartete.

»Oiso, des Gelände is erscht im Frühling 2009 bezogen worden. Verkauft hat des a Bauer, der wo 2007 aufgeben hot. Er hot aber so an horrenden Preis verlangt, dass koaner des kauft hot. Erst 2009 hot sich do was bewegt, und dann is des aa ganz schnell ganga, sagen die Nachbarn. Dass sie des kaum richtig mitkriegt ham und dass da glei des Mordstor war.« Er atmete durch, Reden war für ihn offenbar anstrengend.

»De ham sich mehrfach beschwert, weil's eben immer so laut is. Einer, der wo Herr Mühlbauer hoaßt, hot amol a Frau im Cabrio aufg'halten und sie g'fragt, was da oben los sei. Die hot ihm fünfhundert Euro gebn.«

»Wie bitte?«

»Ja, er hot g'sagt, sie hot g'sagt, sie tät halt Hunderl züchten, und da wär's halt lauter, und des wär dann so eine Art Entschädigung. Er hot dann nimmer mehr bei uns ang'rufn.«

Das war ein starkes Stück. »Haben Sie gefragt, wie die Frau aussah?«

Sailer mischte sich ein. »Sicher, Frau Irmengard. Groß, hot er g'moant. Gepflegt, eine Dame eben. Er hot das Kennzeichen notiert.«

»Das Sie schon überprüft haben, Sailer?«

»Sicher.«

»Und von dem Sie den Halter ermittelt haben?«

»Sicher.«

»Der wie heißt?« Irgendwann würde Irmi mal Jod-SII-Sprechperlen an Sailer ausgeben.

»Des is aa de Frau.«

»Aber die hat doch auch einen Namen?«

»Sicher.«

Zum Glück schaltete sich Sepp ein: »Isabella Rosenthal.«

Was zu erwarten gewesen war: Frau Rosenthal, die mal eben kleine Geldgeschenke verteilt hatte.

Auch die Anwohner weiter unten, ein älteres Ehepaar, das allerdings nur zeitweise in Krün lebte und zeitweise in München, hatten Geld erhalten, erzählte Sepp. Nur die direkte Anwohnerin, Frau Sanktjohanser, die Sailer ja bereits von seinem ersten Besuch des Krüner Anwesens kannte, hatte behauptet, weder Geld angeboten bekommen noch welches angenommen zu haben.

»Des glaub i der aber ned«, hatte Sailer kommentiert.

Irmi glaubte das auch nicht, aber sei es drum. Frau Sanktjohanser hatte zu Protokoll gegeben, dass alle zwei Wochen nachts ein Lkw vorgefahren sei. Das Tor sei dann aufgegangen und gleich wieder zu. Ein Kennzeichen hatte sie sich nicht gemerkt, es sei ja dunkel gewesen, sie sei sich aber sicher, es sei »was Ausländisches« gewesen.

Ansonsten hatte Frau Sanktjohanser fünf Autos benennen können, die die Straße hinaufgefahren waren: Stowassers Hummer, ein Firmen-Kleinbus von KS-Outdoors, Frau Rosenthals Cabrio, ein Mazda MX-5 und ein Mercedes Jeep, der sei allerdings schon länger nicht mehr gekommen. Irmi nahm an, dass es sich dabei um den Wagen von Stowassers verstorbener Gattin handelte.

Ab und zu wäre auch ein Heutransporter gekommen, hatte Frau Sanktjohanser erzählt. Sicher nicht allzu häufig, dachte Irmi, sonst wären die Tiere nicht bis auf die Knochen abgemagert gewesen.

Irmi blickte in die Runde. »Gut, vielen Dank. Wir können also davon ausgehen, dass die Tiersammelei sozusagen in der Familie geblieben ist.«

»Was aber auch bedeutet«, sagte Kathi, die bekanntlich keine Probleme damit hatte, Unangenehmes anzusprechen, »dass wir keinerlei Hinweise auf einen Mörder oder eine Mörderin haben. Damit geht uns das Ganze eigentlich nichts an, oder?«

»Bis ich nichts aus der Rechtsmedizin habe, sind wir von der Kriminalpolizei im Boot«, erwiderte Irmi. »Wie sieht es eigentlich mit der KTU aus? Hat Hasi schon Laut gegeben?«

»Die sichern gerade die Spuren im Auto und vor Ort. Schade, dass kein Handy zu finden war«, meinte Andrea.

Ehe Kathi noch einmal aufbegehren konnte, klopfte es. Andrea ließ einen Mann herein, der sich als Max Trenkle vorstellte. Irmi bat ihn, schon mal in den Nebenraum zu gehen. Bevor sie ihm folgten, zischte sie Kathi zu, sie solle sich beim folgenden Gespräch bitte im Zaum halten.

Dieser Max Trenkle gefiel Irmi. Er war groß, schlank und trug die Haare sehr kurz. Ein bisschen erinnerte er sie an Reinhard Mey. Seine Nickelbrille mochte etwas öko wirken, seine Outdoorhose dagegen gar nicht. Sicher Baumwolle aus fairem Handel, dachte Irmi. Insgesamt wirkte Trenkle sehr gepflegt und sympathisch.

Sie dankte ihm für sein Kommen und erklärte ihm, dass sie sich für Kilian Stowasser interessierten. Im Zuge von Internetrecherchen seien sie darauf gestoßen, dass der Tierschutzverein FUF Herrn Stowasser im Visier gehabt habe.

»Herr Trenkle, ich muss gestehen, dass ich bisher eher selten über Schlafsäcke nachgedacht habe. Ich weiß nur, dass Hersteller von Daunenbetten und Daunenkissen Öko-Zertifizierungen haben.«

Eigentlich sollte man viel bewusster und informierter leben, dachte Irmi – wenn der Tag nur mehr als vierundzwanzig Stunden hätte und ihr Kopf nicht immer wieder an die Grenze seiner Aufnahmefähigkeit geraten würde. Gleichzeitig rügte sie sich innerlich, dass das ja eigentlich keine Entschuldigung war.

Max Trenkle nickte. »Ich hole jetzt etwas aus«, kündigte er an. »Unterbrechen Sie mich, wenn Ihnen das zu weit geht.«

Irmi lächelte ihn an. »Nur zu!«

»Gänse werden hauptsächlich des Fleisches wegen als Weihnachts- oder Martinsgans gezüchtet – und schon bleibt einem das Gänsefleisch im Halse stecken. Eine frei laufende Biogans hat zur Schlachtreife nach etwa sieben Monaten ein Gewicht von vier bis sechs Kilo, aber von den rund zehn Millionen Gänsen, die in Deutschland zwischen November und Weihnachten auf den Tellern landen, stammen die meisten aus Polen und Ungarn. Dort werden Gänse in nur neun Wochen unter Kunstlicht und in größter Enge auf ihr Verkaufsgewicht von drei Kilo gemästet. Dabei ist die Gans eher der Abfall, denn das Kostbare an ihnen ist die Stopfleber. Die Stopfleber-Mast ist perfide Tierquälerei: Durch das sogenannte Stopfen wird das Gewicht der Gänseleber von normalerweise hundertzwanzig Gramm auf über ein Kilo gequält. Folgen der brutalen Zwangsernährung sind zerrissene Speiseröhren und geplatzte Mägen. Als Quasi-Abfallprodukt verwendet die profitorientierte Fleischindustrie auch noch die Daunen, die in Betten und Outdoorprodukten landen.«

Immerhin musste sie kein schlechtes Gewissen wegen der Weihnachtsgans haben. Sie konnte nämlich Gänsebraten gar nichts abgewinnen, und ihr Bruder Bernhard gottlob auch nicht.

Max Trenkle sah sie fragend an.

»Nur weiter, Herr Trenkle!«

»Dabei haben die Fleischgänse vielleicht sogar noch Glück, Frau Mangold, denn manche Gänse werden auch rein für die Daunen gezüchtet und bei lebendigem Leibe gerupft. Das nennt man übrigens beschönigend Mauserrupf – mit der Begründung, die Tiere würden in der Mauser ja eh ihre Federn verlieren. Manchmal liest man auch das Wort Harvesting, weil das auf Englisch ja eh keiner versteht. Dieses Verfahren führt bei den Tieren zu schweren Wunden, die sogar genäht werden, auch ohne Betäubung! Der Stress für die Tiere ist so gewaltig, dass sie sich vor Panik in den Stallecken gegenseitig erdrücken. Nach der grausamen Tortur bleiben sterbende Gänse mit gebrochenen Flügeln zurück.«

Kaum hatte Irmi sich etwas erholt von den Bildern der Nebelnacht in Krün, kamen schon wieder neue Albtraumszenarien auf sie zu. Warum war sie auch mit der Gabe gesegnet, sich alles immer so bildlich und plastisch vorzustellen!

»Und von Höfen mit solchen Praktiken hat KS-Outdoors ihre Daunen bezogen?«, fragte Kathi.

»Junge Frau, Sie klingen ungläubig, aber genau das konnten wir denen nachweisen.«

»Wie denn?«

»Wir haben ein paar Schafsäcke aufgeschnitten und den Inhalt testen lassen. Wir haben einen Zulieferer zum Sprechen gebracht, ich will Sie da jetzt gar nicht langweilen. Jedenfalls konnte der Bezug von Daunen aus Ungarn aus einem Stopfleber- und Lebendrupf-Betrieb nachgewiesen werden.«

»Ja, und KS-Outdoors? Was haben die gemacht?«

»Die konnten sich rausreden, dass sie nicht wissentlich Daunen aus tierquälerischer Haltung bezogen hätten.«

»Und damit sind die durchgekommen? Oder anders gefragt: Warum bezweifeln Sie die Richtigkeit dieser Aussage?«, fragte Irmi.

»Das kann ich Ihnen sagen, Frau Mangold. Kilian Stowasser hat sich darauf versteift, dass er nun mal nicht den gesamten Weg kontrollieren könne. Er hat darauf verwiesen, dass der Zwischenhändler, der die Federn reinigt, einfach welche aus Lebendrupf dazwischengemengt habe.«

»Das kann aber doch sein, oder?«, warf Kathi ein.

»Ja, das kann schon sein. Allerdings hatte der Zulieferer uns gegenüber ausgesagt, dass Kilian Stowasser sehr wohl gewusst habe, was er da einkauft. Dass Stowasser die Farm in Ungarn sogar einmal besucht hätte.« Er stieß Luft aus. »Wir hätten ihn als Zeugen gebraucht, er hat seine Aussage aber leider revidiert, weil wir ihn angeblich unter Druck gesetzt hätten.«

Es war still im Raum. Sehr still. Nach einer Weile sagte Irmi leise: »Haben Sie das getan?«

»Nein, haben wir nicht.« Er ließ sich nicht provozieren.

»Stowasser hat sich also aus der Affäre gezogen. Das war Ende 2008. Zwei Jahre später wird er bayerischer Unternehmer des Jahres. Wie passt das zusammen? Ist kein Schatten auf seiner weißen Weste geblieben?«, wollte Kathi wissen.

»Kilian Stowasser ist clever. Sein Marketing auch.«

»Frau Rosenthal?«

»Ja, genau die. So sehr ich Felltiere schätze, aber Haare auf den Zähnen mag ich bei Frauen nicht. Stowasser und seiner Marketingchefin ist es gelungen, die negative Publicity in eine positive umzumünzen. Er gab den reuigen Sünder und ließ klare Richtlinien definieren, die auch an die Daunenlieferanten kommuniziert wurden. Mit Unterstützung eines unabhängigen Partners wurde anschließend ein so genannter Auditierungsprozess gestartet. An dieser Stelle kommt das Labor ins Spiel. Es ist ein seriöses und unabhängiges Institut, gar keine Frage. Mit dieser Transparenz geht KS-Outdoors nun hausieren und Rattenfangen bei den Journalisten.«

Irmi fiel auf, dass auch Trenkle das Bild vom Rattenfänger gewählt hatte.

»KS prescht sehr forsch nach vorne«, fuhr Trenkle fort. »Die Richtlinien für Daunen stammen alle aus der Nahrungsmittelindustrie und sind auf die Outdoorbranche eigentlich nicht übertragbar. Da sind wir uns mit KS sogar ausnahmsweise einmal einig. In der Nahrungsmittelindustrie geht man von einem sehr kurzen Leben der Tiere aus. Deshalb sind diese Standards eigentlich immer noch absolut lebensverachtend für die Tiere. Und darum hat sich KS aufs Banner geschrieben, dass sie von ihren Zulieferern die Einhaltung der Richtlinien der englischen Tierschutzorganisation RSPCA erwarten. Marketingtechnisch ist das brillant!«

»Und Sie glauben ihm das immer noch nicht?«, fragte Irmi nach einer Weile.

»Nein, Frau Mangold, aber wir werden weiter gegen Windmühlen kämpfen, werden weiter unter chronischem Geldmangel leiden und hoffen, dass uns eine nette ältere Dame eine Wohnung vererbt, die wir dann veräußern können.«

Kathi funkelte ihn böse an.

»Junge Frau, das ist unsere einzige Chance. Mitgliedsbeiträge sind ein Tropfen auf den heißen Stein. Und falls Sie nun befürchten, dass ich alte Gönnerinnen meucheln könnte: Nein, das tue ich nicht, all unseren Mitgliedern sei ein langes Leben vergönnt.«

Er war gut. Eloquent und souverän.

»Vielleicht keine Gönnerin, aber Kilian Stowasser?«

»Was, Kilian Stowasser?«

»Vielleicht meucheln Sie keine alten Damen, aber den Widersacher? Wie wäre das, Herr Trenkle?« Irmi klang freundlich und aufgeräumt, obwohl ihr längst schon wieder die Magensäure aufstieß. Sie musste dringend etwas dagegen unternehmen.

»Stowasser ist tot?«

»Genau.«

»Ermordet?«

»Sagen Sie es mir.«

»Also, ich habe ihn nicht getötet. Wenn Sie mich jetzt nach Feinden fragen, da hatte er sicher aus unseren Reihen eine ganze Menge. Er hatte aber auch Feinde in seiner Branche …«

»Halt, das ist mir zu ungenau. Wen?«

»Liebe Frau Mangold, das vermag ich Ihnen auch nicht zu sagen. Aber seine Marketinglady geht sehr clever vor. Ich weiß nur, dass auch andere gern diesen Unternehmerpreis bekommen hätten.«

»Herr Trenkle, Sie und Ihre Organisation hatten doch nicht bloß KS im Visier, oder? Da gibt es doch sicher noch mehr schwarze Schafe?«

»Natürlich, fast alle. Wenn der Konsument für einen Schlafsack keine hundert Euro zahlen will, dann müssen halt die ungarischen Gänse dran glauben. FUF ist im Übrigen eine Organisation, die regional wirkt. Wir haben Landesgruppen und betreiben ganz bewusst Tierschutz in der Region. Und nur da.«

»Dann bleibt der Schwarze Peter derer, die Stowasser nicht mochten, aber an Ihnen kleben«, kommentierte Irmi.

»Damit kann ich leben. Ich nehme an, Sie wollen eine Mitgliederliste des FUF. Die maile ich Ihnen natürlich. Außerdem kann ich Ihnen Tina Bruckmann empfehlen, die eventuell mehr weiß.«

»Tina Bruckmann?«

»Eine rührige und fähige Lokaljournalistin. Sie hat sich mal intensiver mit Stowasser beschäftigt, soweit ich weiß. Mehr kann ich Ihnen aber auch nicht sagen. Sie ist sehr verschwiegen und redet und schreibt erst, wenn sie wasserdichte Fakten zusammen hat.« Er lachte. »Wenn Sie mir jetzt sagen, ich soll die Gegend nicht verlassen, ist das kein Problem. Ich bin ohnehin in der Nähe. Wir machen gerade ein groß angelegtes Katzenkastrationsprojekt, aber das ist eine andere Geschichte.«

Trenkle war nicht nur klug und ziemlich gut informiert in Polizeidingen, er war auch überraschend kooperativ, wenn er von sich aus anbot, eine Mitgliederliste zu mailen.

»Schön, Herr Trenkle, dann schicken Sie mal die Liste!«

»Mach ich. Jetzt haben Sie mir aber immer noch nicht gesagt, was mit Stowasser passiert ist.«

»Das hab ich auch nicht vor«, schoss Irmi den Ball zurück.

Er lachte. »Ach, vielleicht hätte ich doch dabeibleiben sollen, bei solch netten Kolleginnen wie Ihnen. Wissen Sie, ich hab mal bei der Polizei begonnen.«

Aha, daher wehte der Wind, daher sein Fachwissen. »Vom Gesetzeshüter zum Tierschützer?«, meinte Irmi mit einem gewissen Unterton in der Stimme.

»Sie wollen sagen, vom staatstragenden Beamten zu einem renitenten Störer?«

»Na, das haben Sie gesagt«, gab Irmi zurück.

»Schauen Sie, Frau Mangold, ich fand eine Polizeiausbildung anfangs gar nicht so falsch, aber dann kam Wackersdorf, und plötzlich stand ich meinen Kumpels gegenüber. Ich hätte Wasserwerfer auf die richten sollen, mit denen ich am Abend zuvor noch gekifft hatte. Ich für meinen Teil hab diese Demos unter dem Einsatzfahrzeug verbracht und zugesehen, wie windige Kollegen im Schutz der Uniform und der Staatsmacht zu fiesen Schlägern wurden. Ich hab das dann abgebrochen, so gespalten war und ist meine Persönlichkeit nicht.« Er machte eine Pause und lächelte Irmi an – mit einem Ich-bin-zwar-über-fünfzig-aber-meinen-Lausbubencharme-hab-ich-mir-bewahrt-Lachen.

Zur Schizophrenie im Polizeidienst, zum Machtmissbrauch hätte Irmi einiges beitragen können, aber das wäre eher ein Gespräch für eine Kneipe gewesen, ein Gespräch am Holztisch mit Bier und Schmalzbroten. Deshalb fragte sie recht unvermittelt: »Was sagt Ihnen Krün?«

»Die Perle des Karwendels?«

Er war nicht so leicht zu erschüttern. Irmi wartete.

»Wenn Sie auf Stowasser abheben, so weiß ich, dass er da ein Grundstück hat, und ich nehme an, dass die Daunen aus den Qualzuchthöfen da angeliefert werden. Ich war zweimal mit Tina Bruckmann vor Ort. Es gibt hohe Tore, Hecken, Mauern und viel Strom, der eifrige Kraxler abhält.«

»Sie waren also nie drin?«

»Nein, wie denn auch?«

Er schien wirklich nicht zu wissen, was für ein unsagbares Tierelend da verborgen gewesen war.

»Sie hätten sich einfach vors Tor stellen können!«, rief Kathi. »Wir sind doch nicht blöd.«

»Sie sind sicher auch nicht blöd, junge Frau. Sie sind attraktiv und klug, und deshalb denken Sie bitte nach: Ich baue mich also vor dem Tor auf. Oder ich baue mich mit mehreren meiner Mitglieder vor dem Tor auf. Was passiert dann? Stowasser fährt mitnichten jemand über den Haufen oder lässt sich provozieren. Dazu ist er viel zu clever. Wenn, dann ruft so einer die Polizei und den Landrat gleich dazu, wahrscheinlich auch den Ministerpräsidenten. Die einzige Chance, das Gelände zu betreten, wäre illegal gewesen. Ich habe auch mit dem Gedanken gespielt, einfach loszurennen. Aber er hat das geschickt gelöst. Er fährt mit quietschenden Reifen durch das erste Tor, das sich sofort wieder schließt. Dann fährt er durch das zweite. Selbst wenn es jemandem gelänge, durch das erste Tor zu kommen, wäre er anschließend zwischen den beiden Mauerringen gefangen. Das ist so ähnlich wie die Zugbrücke einer mittelalterlichen Festung, nur moderner.«

Umso ungewöhnlicher war es, dass dieses Mal das Tor offen gestanden hatte, dachte Irmi. Sie hatten im Herrenhandtäschchen den Türöffner gefunden – warum hatte Stowasser nicht wieder zugemacht?

»Sonst ist Ihnen in Krün nichts aufgefallen?«, hakte sie nach.

»Hundegebell, wenn Sie das meinen. Wachhunde, nehme ich an. Auch ich lass mich ungern von einem Pitbull, Staffordshire oder Dobermann zerfetzen.«

»Hätten Sie nicht so einen armen Kettenhund befreien wollen?« Irmi ließ noch einen Versuchsballon steigen.

»Oh, da könnte ich Ihnen ad hoc an die zehn Bauernhöfe aufzählen, wo ich ebenfalls tätig werden könnte. Wahlweise können Sie einen Hund für horrendes Geld freikaufen, und der Mann holt dann sofort einen neuen, oder Sie lassen sich vom Hof schießen.« Trenkle erhob sich. »Ich geh dann mal wieder Katzen einfangen. Die Liste kriegen Sie. Und noch eins: Schad war es um Stowasser nicht.«

Sobald er draußen war, begann Kathi auf Irmi einzureden. »Sag mal, Irmi, der hat ja wohl voll mit dir geflirtet. Und du mit ihm. Mir ist der mehr als suspekt. Und dann dieses ständige Beim-Namen-Nennen, Frau Mangold hier, Frau Mangold da. Das hat der mal bei einem Rhetorikseminar gelernt oder so. Voll nervig, oder?«

Irmi hätte jetzt viel sagen können, zog es aber vor zu schweigen. Kathi war eine komplett andere Generation als sie und wusste nichts von Wackersdorf, nichts von besetzten Häusern. Irmi hatte Anfang der Achtziger einen Typen kennengelernt, der in Freiburg in einer besetzten Bruchbude gelebt hatte, schaurig-schön war das gewesen und abenteuerlich, doch schon bald hatte Irmi bemerkt, dass sie auch in alter Jeans und Schlabber-Sweatshirt immer noch ausgesehen hatte wie das nette Mädel von nebenan. So abenteuerlich ihr der Typ anfangs erschienen war – irgendwann wusste sie, dass sein nonkonformes Leben auch nichts anderes war als ein Ritual. Zwar hing der Aufkleber »Atomkraft – nein danke« am Kühlschrank, aber das Licht brannte, auch wenn niemand zu Hause war. Klar, sie bezahlten den irgendwo angezapften Strom ja auch nicht. Als dann auch noch eine Gasleitung angezapft wurde, war

Irmi aus Sicherheitserwägungen wieder ausgezogen und zurück ins Werdenfels gegangen.

Zum ersten Mal hatte sie gespürt, dass sie unpassend war: unpassend für polemische Gruppierungen jeder Art. Unpassend für Verbände und Vereine, weil deren Zielrichtung war, Profilneurotikern eine Plattform zu geben. Was am Land gar nicht so einfach gewesen war, denn eine konsequente Vermeidung von allen Trachten-, Gartenbau- oder Schützenvereinen war den Leuten dort mehr als suspekt. »Is die was Besseres?«, war immer die Frage in der Nachbarschaft gewesen. Irmi rettete da nur, dass ihr Bruder bei der Feuerwehr und in gefühlt hundert anderen Vereinen tätig war. Außerdem konnte sie jede Vereinsabstinenz auf ihre unmöglichen Arbeitszeiten schieben.

Irmi war unpassend für diese Welt, denn sie konnte mit vielen, sie war umgänglich und offen. Aber sie konnte mit den wenigsten länger und tiefer, weil die wenigsten Tiefe und Souveränität besaßen. Darum sah das Kapitel Männer eben auch so düster aus. Wen konnte sie wirklich ernst nehmen und lieben? *Ihn* womöglich, aber *er* war ja nie da. Und dann war auch nicht sicher, ob sie *ihn* würde lieben können, mitten in der Realität des Alltags. Sie hatten sich nie länger als eine Woche am Stück gesehen.

Irmi sah ihre Kollegin kurz an – Kathi, gerade dreißig Jahre jung, laut und fordernd und im Prinzip viel spießiger, als sie es je werden würde. Klar, Kathi war der Kindsvater abhandengekommen, bevor das Kind noch auf der Welt gewesen war, aber sie lebte mit ihrer Mutter und ihrer Tochter ein Idyll dort oben in Lähn unter der Zugspitze. Was hätte sie Kathi über Zerrissenheit sagen sollen?

Also sagte sie: »Na ja, flirten würd ich jetzt nicht sagen. Er hat dir doch ausdrücklich attestiert, dass du attraktiv bist.«

Kathi schüttelte den Kopf. »Echt, Irmi!«

»Echt was?«

»Manchmal bist du verblendet, oder. Der will was von dir. Wahrscheinlich hast du deshalb keinen Typen oder bloß deinen Teilzeitlover, weil du gar nicht merkst, wenn einer was von dir will.«

Rums, Kathi sprang mal wieder kopfüber ins Fettnäpfchen. Eigentlich hätte Irmi jetzt nicht nur was sagen können, sondern auch müssen, aber sie überging Kathis Attacke und wechselte das Thema. »Dann sollten wir in jedem Fall diese Tina Bruckmann mal kontaktieren.«

»Hm«, murmelte Kathi zustimmend. Wie immer hatte sie keinerlei Schuldbewusstsein.

Irmi rief Andrea dazu, berichtete vom Gespräch mit Trenkle und bat Andrea, die Mitbewerber von KS-Outdoors genauer unter die Lupe zu nehmen.

»Wer sagt dir denn, dass dieser Trenkle sich nicht einfach in Hirngespinste verstrickt?«, rief Kathi. »Tierschützer sind doch meistens Halbirre. Oder Profilneurotiker. Oder sie kompensieren ihre eigenen Unzulänglichkeiten mit Tierschutz. Die tun das doch nicht für die Viecher, sondern für sich selber!«

Irmi hielt die Luft an. Ein Teil in ihr gab Kathi recht. Diese Prominententierschützer mit hoher Medienpräsenz waren auch ihr suspekt. Aber Kathi würde wahrscheinlich nie lernen, etwas diplomatischer zu formulieren.

Andrea starrte Kathi an. »Aber du hast diese armen Tiere

doch auch gesehen, du hast gesehen, was die Tierschutzleute geleistet haben!«

»Von diesen FUFs war da aber niemand dabei!«, insistierte Kathi.

Andrea war aufgesprungen. »Und ich hab gedacht, du hättest dich geändert, du hättest mal was kapiert. Dass du nicht immer auf allen rumtrampeln kannst. Aber du hast gar nichts kapiert!« Schluchzend stürzte Andrea hinaus.

Kathi sah ihr nach. »So eine Mimose.«

Diesmal sagte Irmi sehr kühl: »Du bist so verletzend in deiner taktlosen Selbstherrlichkeit, dass es dir kaum zusteht, über die Motive anderer zu urteilen. Wir werden überprüfen, was Trenkle gesagt hat. Ob da was dran ist an den vielen Feinden des Gutmenschen Stowasser. Genau deshalb sind wir bei der Kripo. Wir schauen von außen auf die Menschen.«

Schöner Satz und schon wieder gelogen: Niemand von ihnen blickte von außen auf die Dinge, weil sie alle nur Menschen waren.

Immerhin: Kathi schwieg ausnahmsweise.

5

Irmi ging zurück in ihr Büro. Im Nebenraum lachten sich die Kollegen scheckig über jenen Gockel, der mit seinem Krähen inzwischen Polizei und Anwälte wochenlang in Atem gehalten hatte – und nun war er an Altersschwäche gestorben. Manchmal hatte das Leben einfache Lösungen parat.

Sie schloss die Tür. Setzte sich, atmete tief durch. Diese ganze Viecherei genügte eigentlich vollauf, wieso musste sie immer auch noch in die Schusslinie der Kolleginnen geraten? Und dann war ja immer noch die Frage, ob sie sich da völlig umsonst reinkniete, denn bei einem Reptilienunfall konnte ihr Stowasser völlig am Allerwertesten vorbeigehen. Es gab Kollegen, die sich mit Wirtschaftskriminalität beschäftigten, und es gab auch Urteile bei Verstößen gegen das Tierschutzgesetz. Es gab Staatsanwälte und andere Ankläger, und sie sagte auch gerne als Zeugin in einem Tierschutzprozess aus – aber wenn das kein sauberer Mord war, dann waren sie alle nicht zuständig.

Sie griff zum Telefon und erreichte die Rechtsmedizin.

»Ich muss schon sagen, von euch da draußen wird uns was geboten«, meinte der Mediziner.

»Wir bemühen uns redlich.«

»Danke!« Er lachte. »Also, wir haben Todeszeitpunkt und den Übeltäter. Der Tod ist gegen Mittag eingetreten. Zwischen elf und zwölf. High Noon sozusagen, liebe Frau Mangold!«

»Und wer ist der Übeltäter? Diese Kröte?«

»Nein, und auch nicht die pfeilgiftigen Fröschlein. Ich war wegen der Sache extra mit den Kollegen der Toxikologischen Klinik Rechts der Isar in Kontakt. Der Mörder heißt Dendroaspis.«

»Was?«

»Dendroaspis, besser bekannt als Schwarze Mamba.«

»Eine Schlange?«

»Ja, und eine besonders giftige dazu. Das Gift der Schwarzen Mamba ist ein Neurotoxin, ein Nervengift, sozusagen eine explosive Mischung mehrerer Peptide unterschiedlicher Länge, die das zentrale Nervensystem lähmen. Zu dieser neurotoxischen Wirkung kommen Kardiotoxine, das sind Gifte, die auf den Herzmuskel wirken. Die nur im Mambagift enthaltenen Dendrotoxine blockieren die Kaliumkanäle in den Zellmembranen des Opfers, was eine Störung der elektrischen Reizausbreitung im Herzen zur Folge hat. Es kommt zu Herzrhythmusstörungen bis zum Atemstillstand. Wir haben 160 Milligramm Gift gefunden, schon 120 Milligramm reichen aus, um bei einem erwachsenen Menschen tödlich zu wirken.«

Irmi war für den Moment sprachlos und bemühte sich, ihre Gedanken zu ordnen. »Ist es denn sicher, dass die Schlange selbst zugebissen hat?«

»Na, Sie sind mir eine! Hätten Sie lieber einen menschlichen Mörder, der dem Toten Gift injiziert?«

»Lieber nicht, aber ich hab mir so einen seltsamen Beruf erwählt. Sie ja auch! Ginge das denn rein theoretisch? Ich meine, jemandem Mambagift zu spritzen?«

»Das ist in der Tat etwas kompliziert. Ich bin mir nicht sicher, wo die Bisswunde liegt oder liegen könnte.«

»Wieso das denn?«

»Also man sieht kein klassisches Erythem.«

»Was für ein Ding?«

»Eine Hautrötung, die normalerweise auftritt. Es ist auch kein Odem zu sehen. Der Mann hatte mehrere große offene Wunden an Unterarm und Oberarm, die wohl durch Hundebisse verursacht sind. Viele Zähnchen, größer, kleiner, zerstörtes Gewebe, zerstörte Blutgefäße. Die Wunde war unzureichend verbunden. Jemand scheint den Verband heruntergerissen zu haben. Die Schlange könnte auch in diesem Bereich zugebissen haben, aber das ist eben sehr schwer zu verorten. Insofern könnten Sie die Schlange des Mordes anklagen. Oder eben nicht.« Er stockte kurz, ehe er fortfuhr: »Der Mann hatte übrigens auch Kokain im Blut, aber daran ist er nicht gestorben. Sie ahnen ja gar nicht, in wie vielen der Leichen, die auf meinen Tisch kommen, ich Spuren von Koks entdecke. Das ist mittlerweile eine richtige Modedroge.«

Neben der trinkenden PR-Dame also noch ein Drogenabhängiger bei KS? »Koksender Tierquäler von Schlange eliminiert« – das würde eine großartige Schlagzeile ergeben.

»Um auf Ihre Frage zurückzukommen: Es ist keine Einstichstelle zu finden, in dem zerstörten Gewebe wäre das auch schwer zu verorten. Allerdings könnte Schlangengift auch in die Wunde eingebracht worden sein.«

Irmi hatte langsam das Gefühl, in einem üblen Film gelandet zu sein, und diese Sprachlosigkeit, die sie in letzter Zeit immer wieder attackierte, war wirklich bedrohlich.

»Sehen Sie, Schlangengift kann zentrifugiert und getrocknet werden. Diese Kristalle könnte man in die Wunde einlegen, verbinden, wirken lassen. Das Prinzip eines Nikotinpflasters, wenn Sie so wollen. Beim einen gewöhnt man sich das Rauchen ab, beim anderen das Leben.«

»Wenn ich dieser Theorie folgen würde, müsste ich aber eine Person suchen, die sehr intim oder freundschaftlich mit dem Toten umgegangen ist, oder?«, fragte Irmi.

»Im Prinzip ja. Gut, man könnte ihm das Pflaster – nennen wir es mal so – auch unter Zwang angelegt haben. Und natürlich kann man einem Kokser das Gift auch in seine Hallo-wach-Droge mischen. Ich lass Ihnen alles zukommen, mein Piepser ruft, grüß Sie!« Grüß Sie. Dieser fröhliche Tonfall mit dem leichten österreichischen Akzent – der Mann hatte wirklich ein sonniges Gemüt.

Irmi sank noch tiefer in ihren Stuhl. Mambagift, Hilfe! Eine Schlange, die zugebissen hatte? Ein Mambamörder, der mit Giftkristallen hantierte? Und überhaupt: Wer hielt sich schon eine Schwarze Mamba?

Plötzlich schoss Irmi ein Gedanke in den Kopf. Sie suchte hektisch nach der Inventarliste des sogenannten Gnadenhofs. Schließlich hatte sie die Aufstellung der Reptilien in der Hand. Doch eine Mamba war nicht dabei. Sie blickte auf die Uhr. Es war vier. Da sie keinerlei Lust hatte, mit Kathi zu diskutieren, griff sie nach dem Autoschlüssel und rief nur schnell über den Gang: »Ich fahr nach Oberammergau. Wenn ihr noch etwas erfahrt, ruft mich bitte an.«

Vor der Tür traf sie auf Frau Reindl mit ihrer Enkelin Sophia, die offenbar Kathi besuchen wollten. Na, vielleicht würde der nette Besuch ihre aufgebrachte junge Kollegin etwas besänftigen.

»Hallo, wie schön, euch zu sehen«, sagte Irmi.

Frau Reindl lächelte. Mit ihrer Präsenz zog sie einen sofort in den Bann. Dabei ruhte sie in sich und strahlte Gütigkeit aus. Immer wenn Irmi das Soferl sah, hoffte sie inständig, dass die Kleine von der Oma lernte. Die Chancen standen gut. Kathi war wenig zu Hause. Als Wochenend-Action-Mama war sie für die Zuckerl im Leben zuständig, für Ausflüge, für Party und Eisessen. Für coole Klamotten. Für den Alltag hingegen war die Oma zuständig. Sie wusste, dass Schulbusse auf verschlafene junge Damen nun mal nicht warteten. Sie war es, die dem Soferl vermittelte, dass man von Gummibärchen allein nicht leben konnte und dass es nun mal leider keine Heinzelmännchen gab, die die Hausaufgaben über Nacht erledigten. Die Oma lebte den Alltag, und auf den kam es im Leben vor allem an. Der Rest war Kür.

Kathi kam eher nach ihrem Vater, der jähzornig gewesen war, unbeherrscht und ungeduldig. Frau Reindl sprach wenig über ihren Mann, der früh gestorben war. Aber das wenige reichte, um herauszuhören, dass sie durch die Hölle gegangen war.

Das Soferl war clever. Wo Kathi tobte, agierte das Soferl mit charmanten Manipulationen. Sie gelangte lächelnd ans Ziel. Vielleicht kam sie auch nach ihrem Vater, von dem man gar nichts wusste. Ein damals achtzehnjähriger Bursche aus dem Dorf war das gewesen, der sich längst aus dem Staub gemacht hatte. Irgendwo in Österreich war er, das hatte Frau Reindl mal erzählt. Irmi war sich fast sicher, dass dieses Kapitel noch nicht vorbei war. Das Soferl würde ihn irgendwann einmal suchen, würde ihn sehen wollen. Omas Wurzeln hin oder her, für die ganz gewaltigen Orkanstürme bedurfte es weiterer Wurzeln.

Sophia war hübsch. Sie hatte Kathis große Augen, die vollen braunen Haare, sie war aber kein kantiger, überschlanker Typ, sie würde weicher werden, weiblicher. Schon jetzt war sie für ihr Alter ziemlich groß und gut entwickelt.

»Sophia, ich sag jetzt nicht: Bist du aber groß geworden.« Irmi lachte. »Aber es würde schon stimmen.«

»Das sagst du bloß nicht, weil das alte Tanten sagen würden. Und wer will schon eine alte Tante sein!« Das Soferl lachte und legte den Kopf schräg. Der gleiche Satz aus Kathis Mund wäre verletzend gewesen. Aus Sophias Mund klang das ganz reizend und wohlwollend.

Sophia duzte konsequent alle Menschen, die sie kannte. Das war im Gebirge auch so üblich, und wenn sie es tat, fühlte man sich fast auserwählt.

»Da hast du recht. Und wie geht's dir so?«

»Och, wenn du die Schule meinst, ganz gut. Oder, Oma?«

»Na ja, ein bisschen besser könnten die Noten schon sein.«

»Mein Lehrer hat gesagt, er sei beruhigt, dass bei mir noch Luft nach oben sei. Das heißt, wenn's echt knapp wird, lern ich mehr.« Und nur dann, besagte ihr Blick.

Frau Reindl rollte mit den Augen. »Bloß beim Chatten

läuft die junge Dame nicht auf Sparflamme. Da reicht die Beharrlichkeit für Stunden.«

»Oma«, das klang tadelnd, »heutzutage musst du einfach bei Facebook sein, sonst bist du echt uncool. Ich muss doch mit meinen Freundinnen reden.«

Irmi verkniff sich einen Kommentar. Es galt ja schon als antik, wenn man »live« mit Menschen kommunizierte. Im Social Web konnten die Kids zu echten Plaudertaschen werden. Trafen sie sich aber draußen in der echten Welt, brachten sie die Zähne nicht auseinander. Bei ihrer Nachbarin Lissi war das mit den Buben so gewesen, totale Stockfische im Leben, im Web aber ausgesprochen eloquent.

Irmi verabschiedete sich von den beiden und wünschte dem Soferl noch viel Spaß am Wochenende, da sie wusste, dass Kathi mit ihr einen Ausflug zu einem Ritterturnier plante.

Während sie langsam aus Garmisch hinausrollte, ließ sie sich das Gespräch mit dem Gerichtsmediziner durch den Kopf gehen. Der Arzt hatte recht: Die Nobeldroge Kokain war auf dem Vormarsch und wurde immer raffinierter nach Europa eingeschleust, auf Trägersubstanzen wie Bienenwachs, Plastikabfällen oder Düngemitteln zum Beispiel, um anschließend in geheimen Labors vor Ort wieder ausgewaschen und zu reinem Kokain verarbeitet zu werden.

Sie glaubte sich zu erinnern, dass die Europäische Beobachtungsstelle für Drogen und Drogensucht von vier Millionen regelmäßig koksenden Europäern gesprochen hatte. Einer davon war wohl Kilian Stowasser gewesen. Im schönen harmlosen Eschenlohe. Und der hatte mit Sicherheit genug Möglichkeiten gehabt, an Drogen zu kommen. Vielleicht hatte die Nachbarin zufällig den Nagel auf den Kopf getroffen. Was war denn in den nächtlichen Lkw gewesen? Tiere, Daunen, Drogen?

Irmi rief Hasibärchen an und bat ihn, das Areal auf Spuren von Kokain zu untersuchen und nach einem blutigen Verband. Ja, sie bat ihn, denn drängen dufte man ihn nicht. Sonst hätte der kapriziöse Kriminaltechniker, der ebenso brillant wie mimosenhaft war, wieder am Rande eines Nervenzusammenbruchs gestanden.

Gerade kurvte sie den Ettaler Berg hinauf. Das Kloster versank in den tief hängenden Wolken, diffus war das Licht, ebenso diffus wie der Umgang der katholischen Kirche mit der Missbrauchsproblematik. Klöster waren wie Irrgärten, es gab so viele geheime Gänge und Schlupflöcher – baulich gesprochen und im übertragenen Sinne. Doch genauso hatte die Kirche seit Jahrhunderten agiert, und so würde sie sich auch weiter retten, dachte Irmi.

Als sie in Oberammergau in das kleine Sträßchen am Lüftlmalereck einbog, empfand sie den Standort irgendwie als skurril. Wer erwartete hier inmitten von Schnürlkasperl und anderem Schnitzwerk Reptilien?

Der Schlangenflüsterer war gerade dabei, eine Schulklasse zu verabschieden. Ein kleiner Junge sagte hochwichtig und stolz: »Des sag i meiner Mama, dass Ringelnattern gar ned gefährlich san und dass ma von der Kreuzotter aa ned glei stirbt.«

»Nein, da müssten schon fünf Stück gleichzeitig herzhaft zubeißen«, meinte der Experte und nickte Irmi zu.

»Aber do wo mein Onkel wohnt, in Australien, is alles giftig!«, rief ein anderer Knirps.

»Ja, der Inlandtaipan zum Beispiel wird bis zu 2,5 Meter lang, und das Gift kann über 100 Menschen oder 250 000 Mäuse töten. Diese Schlange ist zwar die giftigste Landschlange der Welt, aber extrem scheu.«

Unter Geplapper und Gelächter zogen die Zwerge ab.

»Na, da werden die Mamas, die jetzt gerade das Abendessen vorbereiten, aber ihre Freude an den Tischgesprächen haben«, bemerkte Irmi lächelnd.

»Wissen Sie, Frau Mangold, die meisten Kinder sind Schlangen gegenüber sehr offen. Die Angst wird ihnen von den Eltern eingeimpft. Kinder lieben Dinos, und da sind unsere Echsen natürlich besonders attraktiv. Wobei einem die Tiere leidtun können.«

Irmi sah ihn fragend an.

»Wir leben in einer seltsamen Welt. Reptilien werden illegal auf Börsen gehandelt, und ich kann sie mir im Internet bestellen, die kommen dann mit der Post.«

»Was?«

»Ja. Das ist leider Realität. Reptilien können bis zu achtundvierzig Stunden mit sehr wenig Sauerstoff überleben, die kommen wirklich in ganz normalen Postpaketen. Es gibt natürlich seriöse Tierlogistikfirmen, die sind aber nicht ganz billig und stehen im Fokus der Behörden. Manche Tiere werden auch über Tschechien eingeschmuggelt.« Er machte eine Pause. »Drogen, Menschen, Waffen, Tiere – kommt alles über den ehemaligen Ostblock. Und Reptilien haben einen Vorteil. Sie sind stumm. Totenstill. Der Zoll hat erst kürzlich wieder einen Lkw mit über zweihundert Schlangen erwischt, und das ist nur die Spitze des Eisbergs. Reptilien haben keine Lobby in der Bevölkerung.«

»Aber das scheint ja ein riesiger Markt zu sein?«

»O ja, aber da geht es vor allem ums Prestige. Bei Kindern kommt der Wunsch nach Echsen und Schlangen noch von der Begeisterung für Dinos. Die sind ja auch faszinierend. Es gibt kleinere Echsenarten, die sich für Anfänger gut eignen, aber dann geht's schon los: Die wenigsten Neulinge wissen, dass man Echsen immer als Pärchen halten sollte, dass Schlangen hingegen Einzelgänger sind.«

»Aber es muss doch Beratung geben?«

»Ja, aber nur, wenn ich von einem seriösen privaten Züchter kaufe, wo man sich selbst oder zusammen mit einem Fachmann ein Bild vom Zustand der Tiere macht. Tierhandlungen beziehen über Großhändler, da ist der Weg schwer nachzuvollziehen, und dann gibt es leider diese Börsen im Internet. Schlange auf Knopfdruck. Und wie wir im Falle des Daunenkönigs gesehen haben, entgleist das Ganze sehr schnell. Die Haltung ist extrem aufwändig. Wechselwarme Tiere benötigen meist schon eine relativ hohe Grundtemperatur in ihrem Heim plus einen UV-bestrahlten Sonnenplatz. Das kostet Energie, und auch die Fütterung ist sehr aufwändig. Reptilien kosten Geld, viele Reptilien kosten viel Geld.«

»Und bei Stowasser saßen sie in Gitterkäfigen!«

»Dabei ist die Größe gar nicht so sehr das Problem, aber es fehlen Sand, ein Sonnenplatz und ein Unterschlupf. Aber ich bin abgeschweift, was kann ich für Sie denn tun?«

Irmi zögerte. »Ich habe das Ergebnis aus der Pathologie.

Kilian Stowasser ist am Gift einer Schwarzen Mamba gestorben.«

Der Reptilienexperte pfiff durch die Zähne, überlegte etwas und stockte plötzlich. »Wir haben aber keine Mamba sichergestellt!« Er wirkte auf einmal alarmiert.

»Deswegen bin ich da. Wo ist die Mamba? Oder anders gefragt: Hätte auch jemand Stowasser Mambagift injizieren können? Und ihn dann inmitten all der anderen Tiere liegen lassen, damit es so aussieht, als hätte ihn eins seiner eigenen Tiere erwischt?« Sie berichtete kurz von den Erkenntnissen des Rechtsmediziners.

»Nun ja, man kann eine Schlange melken. Das heißt, dass man sie in eine Membran beißen lässt. Das Gift läuft in ein Glas. Man könnte dieses Gift direkt in einer Spritze aufziehen, aber Sie haben ja gesagt, es gab keine Einstichstelle. Es ist durchaus Usus, das Gift gefrierzutrocknen. Und wie Ihnen der Mediziner auch schon gesagt hat, kann man Giftkristalle gut in eine Wunde einbringen.«

»Wer hätte denn Zugang zu Schlangengift?«, fragte Irmi.

»Apotheken, die Pharmaindustrie, Ärzte, auch Homöopathen, die ja gerne mit Schlangengift arbeiten. Dieser Inlandtaipan, von dem ich gerade gesprochen habe, ist nicht nur die giftigste Schlange der Welt, sein Gift wird auch zur Vorbeugung bei Herzinsuffizienz eingesetzt.«

Irmi schüttelte den Kopf. »Damit hab ich mich tatsächlich noch nie befasst.«

»Schlangengifte, natürlich hoch verdünnt und in geringen homöopathischen Dosen, sind sehr wirksam bei entzündlichen chronischen Krankheiten.«

»Und wo kriegen die das her?«, fragte Irmi verblüfft.

»Wir haben eine deutsche Schlangenfarm, die zu pharmazeutischen Zwecken bis zu sechs Mal pro Jahr diese Schlangen melken lässt.«

Irmi schwieg eine Weile und blickte in eine Vitrine, in der eine Gabunviper herumlungerte, die fünf Zentimeter lange Giftzähnchen hatte. Scheußlich!

»Und wo kriegt man Schlangengift her, wenn man keine solchen Giftmischer kennt?«, fragte Irmi.

»Nun, es gäbe die Möglichkeit, die eigene Schlange zu melken. Da müsste natürlich eine leibhaftige Mamba im Spiel sein.«

»Aber Sie haben in Krün doch keine gefunden!«, rief Irmi.

»Richtig. Sie könnte noch da sein. Irgendwo. Ganz abwegig ist das nicht, so schlecht, wie die Käfige gesichert waren. Wir könnten sie übersehen haben in all den Gebäuden. Mambas hängen gerne über Kopf in Bäumen oder eben dort, wo sich ihnen eine Möglichkeit bietet, nach oben zu gelangen.« Er sah Irmi an. »Oder aber sie ist nicht mehr auf dem Gelände und stattdessen irgendwo unterwegs.«

Irmi hatte plötzlich ein Bild vor Augen. War da nicht letztens eine Schlange aus dem Klo gekrochen gekommen und hatte ein kleines Mädchen fast zu Tode erschreckt?

»Ist das bei wechselwarmen Tieren nicht problematisch?«, wollte sie wissen. »Gerade nachts kann es doch schon richtig kalt werden?«

»Natürlich brauchen Reptilien eine gewisse Umgebungstemperatur. Die ständigen Gewitter und Kälteeinbrüche derzeit sind für ihr Überleben sicher wenig hilfreich. Aber man kann ja nie wissen, wo die Schlange gelandet ist.«

Wo die Schlange gelandet war. Irmi wollte sich gar nicht ausmalen, dass die sich in diesem Augenblick irgendwo durch Krün schlängelte. »Und das Mambagift ist sehr gefährlich, wie man sieht«, konstatierte sie.

»O ja, mit einem einzigen Biss kann die Schwarze Mamba weit mehr Gift freisetzen, als nötig wäre, um zu töten. So ein Tod durch einen Mambabiss ist wirklich sehr unschön. Wenn Sie gebissen werden, haben Sie je nach Konstitution etwa zwei Minuten, um sich zu bewegen und eventuell noch zu einem Telefon zu greifen. Nach zwei Minuten wird der Arm taub, dann die anderen Extremitäten. Nach circa fünf Minuten brechen Sie zusammen. Das Perfide ist, dass das Gehirn alles noch verarbeitet. Sie nehmen sich selber wahr, auch was Ihnen widerfahren ist, können aber nichts mehr tun, geschweige denn sich artikulieren! Ziemlich grausam, und dann dauert es noch weitere fünfzehn Minuten, bis das Herz-Lungen-System aussetzt und es zum Erstickungstod kommt.«

Irmi lief ein Schauer den Rücken hinunter. Das wünschte man ja nicht mal seinem schlimmsten Feind. Wie sehr musste man jemanden hassen, um ihn auf diese Weise umzubringen? Reichte es, dass man zum Beispiel Tierschützer war und gegen Windmühlen kämpfte? Dass man Kilian Stowasser immer wieder gewinnen sah und man selber einen Rückschlag nach dem anderen einstecken musste? So sympathisch ihr Max Trenkle auch war, der Ex-Polizist war trotzdem Irmis Hauptverdächtiger. Sie musste auf der Hut sein.

»Ich müsste aber ein gewisses Fachwissen haben, um so zu morden, oder?«, fragte sie zögernd.

»Ja, sicher. Auf so eine Idee kommt ja nur ein Fachmann.« Er stockte kurz. »Ich war es aber nicht!«

»Das hätte ich auch nicht vermutet. Andererseits: Haben Sie ein Alibi?«

Er lachte. »Ein wasserdichtes. Ich war hier bei einer Führung. Neun Zeugen könnte ich benennen. Dann haben Sie angerufen, und ich bin Ihnen zu Hilfe geeilt.«

»Wenn diese Lähmung so schnell einsetzt, dann tue ich doch alles, um noch Hilfe zu holen, oder?«

»Ja, aber wie gesagt, da haben Sie gerade noch Zeit, zum Handy zu greifen und einen Notruf abzusetzen«, meinte der Schlangenmann.

»Sein Handy wurde nicht gefunden«, sagte Irmi leise.

»Dann hatte er keine Chance. Er wird höchstens noch eine kurze Strecke zurückgelegt haben. Vielleicht ist er im letzten der drei Räume attackiert worden und im zweiten Raum niedergegangen. Man reagiert dann ja meist auch panisch und verliert wertvolle Sekunden.«

»Kann ich davon ausgehen, dass sich Kilian Stowasser der Gefahr sofort bewusst war?«

»Wenn das Gift über einen Verband eingedrungen ist, sicher nicht. Und auch nicht, wenn ihm das Gift ins Koks gemischt wurde. Aber wenn er wirklich von einer Schlange gebissen wurde, sollte er wissen, welche Stunde geschlagen hatte. Aber selbst da bin ich pessimistisch. Menschen halten solche Tiere und haben kaum Fachwissen.«

Irmi überlegte. »Koks oder Pflaster würde aber die Anwesenheit einer zweiten Person bedeuten. Denn wenn das so schnell geht …«

»Ja, klar. Eine vertraute Person müsste zum Beispiel den Verband angelegt haben. Sozusagen vordergründig die barmherzige Krankenschwester oder der gute Krankenpfleger, in Wirklichkeit aber die Giftmischerin oder der Giftmischer.« Er verzog den Mund. »Aber um das herauszufinden, haben Sie ja Ihre Leute. Es gibt doch eh keinen perfekten Mord.«

»Sagen wir mal so: Wenn ein Mord perfekt war, erfahren wir ja nie davon. Insofern kann man Statistiken nicht trauen.«

»Auch wieder wahr. Aber im Fernsehen wirkt das immer so, als wäre die Kriminalpolizei allwissend.«

Die Realität sah leider anders aus. Irmi kannte keinen einzigen Rechtsmediziner wie Liefers als Professor Karl-Friedrich Boerne. Ein Kollege wie Kopper, der ihr Pasta kochte, würde ihr gefallen. Und für einen wie Mick Brisgau, den »Letzten Bullen«, hätte sie sich sogar nach Essen versetzen lassen: dieses Lächeln, dieser Hüftschwung, diese Sprüche – eine herrliche Filmfigur.

Irmi sah auf die Uhr. »Sie werden jetzt schließen, oder?«

»Ja, die Tiere versorgen und dann heimfahren.«

»Dürfte ich Sie morgen früh noch mal nach Krün bitten? Ich muss wissen, ob da eine Schlange war oder immer noch ist.«

»Sicher. Ist acht Uhr zu zeitig? Ich müsste im Anschluss gleich wieder hierher.«

»Nein, das ist wunderbar. Ich steh oft früh auf und helf

meinem Bruder im Stall. Schlafen ist Luxus. Ich bin aber kein Luxusweibchen.« Sie lachte etwas angestrengt. »Ich danke Ihnen.«

Als sie wieder im Auto saß, rief sie Kathi an. »Bitte sieh zu, dass wir von Frau Rosenthal eine DNA-Probe bekommen. Wie du das machst, ist mir egal, nur legal sollte es sein. Der Hase soll morgen um neun in Krün sein, du bitte auch. Und wenn's irgendwie geht, probier's mal mit Professionalität, das gilt auch für den Umgang mit Andrea.« Bevor Kathi noch etwas sagen konnte, legte sie auf.

Es dämmerte, eigentlich viel zu früh für diese Jahreszeit, aber der ganze Tag war so gewesen, als hätte jemand ganz da oben vergessen, das Licht anzuschalten.

Als sie das Haus betrat und in der Küche Licht machte, hatte jemand Konfetti ausgestreut. Keine richtigen Konfettis, farblich waren sie nämlich eher eintönig: weiß nämlich und nicht besonders formschön. Sie folgte der Spur und traf zwei Räume weiter auf den kleinen Kater, der den Rest der Klorolle triumphierend hochschleuderte. Kater lag mit elegant eingeschlagenen Pfoten daneben und betrachtete seinen Schützling. In seinen Augen lagen Milde und Wärme.

Irmi musste grinsen. Sie vermenschlichte Tiere, hätte Bernhard jetzt gesagt. Doch sie liebte die beiden Kater in diesem Moment aus tiefstem Herzen, denn sie schickten Licht in diesen tiefgrauen Tag und brachten sie zum Lachen.

Langsam begann sie die Deko wieder aufzusammeln. Als sie wieder vorne an der Eingangstür war, kam aus der Küche ein schauerlich berstendes Geräusch. Der Neue hatte es irgendwie geschafft, zwischen Decke und Bauernschrank zu springen, und dabei einen Bierkrug zu Boden befördert. Kater war geflüchtet, der Kleine hingegen hieb mit seiner dünnen rabenschwarzen Pfote über die Kante des Schranks.

»Du Giftzwerg!« Irmi lachte.

Er hakelte mit der Pfote nach ihr und hing dann über der Kante, um genau zu beobachten, wie das Frauchen die Scherben aufkehrte. Als sie fertig war, sprang er herunter und rollte sich augenblicklich auf der Eckbank zusammen. Die Show war beendet!

Lasst uns sein wie die Katzen, dachte Irmi, nahm sich ein Bier und setzte sich dazu. Kater kam retour und fläzte sich mitten auf den Tisch. Gut, dass Bernhard mal wieder vereinsmeiern war, er hätte Kater sofort hinunterkatapultiert.

6

Der Experte stand schon da, als Irmi vorfuhr. Es war kühl, aber klar. Die Wolken des Vortags hatten sich verzogen. Die Sonne hatte noch gegen die Berghänge verloren, das Anwesen lag im Schatten. Am Gegenhang aber malte sie bereits Flecken in die Wiese, vielleicht würde ihnen der Restsommer und der Herbst ja noch schöne Tage gönnen und dann übergangslos der Schneezeit weichen. Schnee war besser als Schmuddelwetter. Heller und reiner.

Der Schlangenmann trug eine seltsame Schutzhaube und einen Haken bei sich. Irmi hatte sich das eingeprägt: Mambas kamen von oben. Sie fühlte sich unwohl.

Nachdem sie am Tor das Dienstsiegel gelöst hatte, gingen sie zum Gebäude, in dem der tote Stowasser aufgefunden worden war. Irmi verscheuchte die Bilder, die in ihr aufstiegen, so gut sie konnte. Die Mamba blieb. Sie würde nicht herabfahren aus dem Himmelsgewölbe, dennoch hatte Irmi das Gefühl, als müsse sie die Schultern einziehen und den Kopf in den Nacken legen. Aber ob es besser war, sehenden Auges der Gefahr zu begegnen?

»Ich geh mal rein«, sagte er. »Ich schau mich um.«

Es kam Irmi wie eine Ewigkeit vor, bis er wieder herauskam. In den Händen hielt er ein Fläschchen.

»Afrikaserum, ein Serum gegen Mambabisse«, erklärte er. »Das Präparat ist längst abgelaufen, inzwischen dürfen diese Seren nur noch in ausgewählten Kliniken vorrätig sein. Sie werden kaum mehr hergestellt.«

Irmi sah ihn fragend an.

»Wissen Sie, Frau Mangold, wir Europäer haben alle keine Kolonien mehr. Da stellen wir auch kein Serum mehr her. Sie bekommen es gerade noch aus den Niederlanden, fragen Sie mich aber nicht, ob die mit einer Neuauflage ihrer Kolonialgeschichte rechnen.« Er lachte wieder, der Mann hatte wirklich ein sonniges Gemüt. Oder er war ein Meister des Galgenhumors.

»Und was hilft uns das nun?«

»Also, ich gehe von der Existenz einer Mamba aus. Sonst hätte er dieses Serum nicht gebraucht. Wann die Schlange allerdings hier gelebt hat, kann ich Ihnen nicht sagen. Aber ich bin ja erst am Anfang.« Er zog wieder ab, und Irmi wartete.

Sie hasste Warten. Sie hasste Untätigkeit. Sie ruhte sich nie aus. Sie machte nie Urlaub, zumindest keine Urlaube im klassischen Sinne mit Flugreise und Strand. Mit Handtuchkrieg am Pool und den fett aufgehäuften Tellern, weil man am Büfett ja zuschlagen musste, wenn alles inklusive war. Sie waren immer Landwirte gewesen, da machte man nicht Urlaub.

»Ausruhen kann ich, wenn ich tot bin«, hatte ihre Mutter immer gesagt und spitzbübisch gelacht. Ihre Mutter war immer unterwegs gewesen, geistig und körperlich, und hatte immer Pläne gehabt. Kleine Pläne, kleine Schritte, nichts Hochfliegendes, aber doch eben Pläne. »Sei amoi z'frieden«, hatte ihr Vater sie gerügt, doch da hatte ihre Mutter einen weiteren Satz parat gehabt: »Zufriedenheit ist der erste Schritt in die Lethargie.« Ihr Vater hatte sich dann an den Kopf gefasst und war weggeschlurft.

Irmi atmete tief durch. Es war schwer, ohne solche Sätze zu leben. Es gab sie als Kalendersprüchlein oder auf Postkarten, aber sie ersetzten niemals die Art, wie ihre Mutter sie gesagt hatte.

Ihr Grübeln wurde von zwei Polizeifahrzeugen unterbrochen, die gerade vorfuhren. Kathi hatte einen kühlen Blick aufgesetzt, der Hase seine Arbeit-ist-schlimmer-als-Zahnweh-Attitüde. Kathi berichtete, dass sie persönlich eine DNA-Probe genommen und Frau Rosenthal eingewilligt hätte. Richtig aufgeräumt sei sie gewesen. »Also, ich sag mal stockbesoffen«, endete Kathi.

Irmi erläuterte dem Kollegen Hase, dass er die ehemaligen Reptilienräume auf die Anwesenheit weiterer Personen hin untersuchen sollte, doch noch ehe er ein leidendes Ja von sich geben konnte, kam der Experte schon wieder zurück. In einer Plastikwanne trug er etwas vor sich her. War das etwa die Mamba?, durchfuhr es Irmi. Nein, es war eine Haut.

»Mambas häuten sich alle vier bis sechs Wochen«, sagte der Schlangenmann leise.

Es war still. Alle blickten auf diese seltsame Haut.

»Das heißt, diese Schlange ist noch da?«, fragte Kathi nach einer endlosen Weile.

»Als sie sich gehäutet hat, war sie auf jeden Fall da, nur wo sie nun ist, kann ich Ihnen nicht sagen. Wir suchen eine wendige, pfeilschnelle Schlange, keinen Elefanten. Ich habe neben dem Kühlschrank mit den Seren übrigens eine Klappe entdeckt, die in einen Keller führt. Anscheinend verzweigt der sich in eine Art Tunnelsystem. Keine Ahnung, was das hier mal war. Die Haut lag jedenfalls im ersten Keller.«

»Also ist die Schlange in diesen Kellerkatakomben, oder?«

Irmi war froh, dass Kathi das Fragen übernahm. Ihre Gedanken liefen schon wieder Amok, und ihr inneres Kino spielte wirre, düstere Filme ab mit viel zu schnellen Bildschnitten.

»Zumindest ist sie definitiv nicht in den oberen drei Räumen. Aber da unten? Keine Ahnung, zumal ich nicht weiß, wie weit diese Gänge gehen. Es ist relativ warm da unten, sie würde dort überleben können.«

»Ich geh da nicht rein!«, kam es vom Hasen.

»Davon würde ich auch abraten«, erwiderte der Schlangenmann. »Ich sehe mich weiter um, ich mach Ihnen aber wenig Hoffnung ...«

Er verschwand wieder im Gebäude.

»Hasibärchen, bitte die drei oberen Räume durchfieseln«, sagte Irmi. »Fingerabdrücke, Hautreste, Kokainreste würden mich interessieren. Na, du weißt schon.«

Hasi schenkte ihr einen angewiderten Blick, einen sehr angewiderten Blick, und ging ebenfalls.

Weil Kathi ihm nachstarrte und ausnahmsweise mal schwieg, erzählte Irmi ihr von den diversen Möglichkeiten, wie das Gift in den Körper von Stowasser hätte gelangen können. Sie merkte, dass sie fast flüsterte. Warum nur? Weil die Schlange sie hätte hören können?

»Aber wenn es doch eine Schlange gibt, ist es doch auch mehr als wahrscheinlich, dass diese Schlange Stowasser gebissen hat«, meinte Kathi. »Ein Mamba-Unfall, das gerechte Ende eines Tierquälers, oder?«

Irmi starrte auf den Eingang des Gebäudes, in dem der Schlangenmann und der Hase verschwunden waren. So als käme von dort Rettung oder gar Erleuchtung.

»Man kann eine Mamba ja wohl nicht als Waffe einsetzen, oder?«, fuhr Kathi fort. »Dann wäre man ja selbst in höchster Gefahr! Das würde sich nicht mal der Schlangenflüsterer da drin trauen. Du hast gesagt, man könnte sie melken. Na gut, aber auch da muss sich jemand auskennen. Ich sag dir, das Vieh hat einfach zugebissen. Ich kann der Schlange wirklich nur gratulieren.« Kathi lachte ein wenig gekünstelt. »Das war ein Unfall, sag ich dir. Du weißt doch: Die schlimmsten Verbrechen geschehen aus Liebe und verletzten Gefühlen. So was haben wir hier aber nicht.«

»Was wir aber immer noch haben, sind ein ungeklärter Todesfall, ein Kokser, illegal eingeschleuste Tiere und dieser ganze Daunenbetrug ... Wenn's denn einer ist«, schickte Irmi noch hinterher.

»Diesen ganzen Scheiß soll sich doch reinziehen, wer will«, murmelte Kathi. »Zoll, Drogen, Tierschutz, Wirtschaftskriminalität – irgendwelche Kollegen werden diesem Vollpfosten Stowasser schon was nachweisen können.«

Irmi zog es vor zu schweigen.

Als der Schlangenmann plötzlich hinter ihr stand, erschrak sie. Er wirkte enttäuscht und müde. »Nichts. Ich habe keine Ahnung, ob und wie das Tier entfleucht ist. Die Mamba ist vom Erdboden verschluckt. Was Sie aber interessieren könnte: Das Gebäude hat einen zweiten Ausgang. Ich bin gut fünfhundert Meter Kellergang marschiert und bin dann über eine Treppe da drüben rausgekommen.« Er wies auf einen Stadl. »Dort gibt es eine Klapptür im Boden, die konnte man leicht hochdrücken.

Ich glaube fast, dass Stowasser oder wer auch sonst diesen Weg genommen hat. Ihre Leute haben doch auch gesagt, sie hätten die Tür erst aufbrechen müssen.«

Das stimmte, Stowasser war wohl über eine Art Geheimgang in sein Reptilienrefugium gelangt.

»Sind da unten noch mehr Räume?«

»Ja, einige verschlossene Stahltüren, ich kann natürlich nicht ausschließen, dass die Schlange da noch drin ist. Irgendwo. Man weiß ja nicht, wann diese Türen verschlossen wurden.«

»Und was tun wir jetzt?« Irmi klang verzweifelter, als sie es beabsichtigt hatte.

»Das kann ich nicht entscheiden. Die Nachbarn informieren. Ganz Krün informieren. Ich kann Ihnen nicht sagen, wie weit die Schlange gekommen ist. Wenn sie denn noch da ist.«

»Sie sind doch der Experte!«, maulte Kathi.

»Ja, aber ich kann nur von Wahrscheinlichkeiten ausgehen. Bei der momentan vorherrschenden Kühle würde ich sagen, die Schlange ist noch nicht bis Garmisch oder Scharnitz vorgerückt. Auch nicht übers Estergebirge gepilgert. Aber just dieses spezielle Tierchen kenne ich nicht persönlich, und es hat mir seine Absichten nicht durch Schwanzschlagen oder Züngeln mitgeteilt.«

Immerhin hatte er Kathi mundtot gemacht. Sie schwieg und funkelte ihn böse an.

»Ihr Gefühl?«, fragte Irmi leise.

»Ich weiß es wirklich nicht. Sie könnte hier noch irgendwo im Keller oder auf dem Grundstück sein. Die Frage ist auch, wann sie zuletzt gefressen hat. Mambas jagen aus der Bewegung etwas Bewegtes und werden dabei bis zu fünfundzwanzig Stundenkilometer schnell.«

»Können Sie morgen weitersuchen?«, fragte Irmi. »Ich kann die Räume momentan auch nicht aufbrechen lassen, das Risiko ist mir zu hoch. Das geht nur in Ihrem Beisein!«

»Ja, das erachte ich für vernünftig. Ich bringe morgen einen Kollegen mit.«

»Dann halten wir das so lange unterm Deckel, damit keine Panik ausbricht oder selbsternannte Mambajäger auf den Plan treten«, sagte Irmi und versuchte, die souveräne Chefin zu geben.

»Das nimmst du aber auf deine Kappe!«, rief Kathi.

»Ja, das tue ich, und du, liebe Kathi entschwindest in dein verlängertes Wochenende und fährst wie versprochen mit dem Soferl nach Reutte zur Zeitreise Ehrenberg.«

Irmi war mal mit *ihm* in Ehrenberg gewesen, wo ein paar Tage lang das Mittelalter wieder auferstand. Es gab genug neuzeitliche Menschen, die es liebten, in eine Zeit abzutauchen, in der verrottete Zähne ebenso an der Tagesordnung gewesen waren wie Syphilis und die Leibeigenschaft. Die heutigen Mittelalterfreaks lebten sich natürlich in die Rolle der Reichen ein, und da gab es genug Vorbilder, was Verschwendung und Dekadenz betraf. Sigmund der Münzreiche war der erste der Tiroler Herrscher gewesen, der am Heiterwanger See pompöse Hofjagden und Fischerfeste veranstaltete. Erzherzog Ferdinand II. hatte Mitte des 16. Jahrhunderts exaltierte Seefeste gefeiert und riesige Schiffe nach venezianischem Vorbild bauen lassen. Die Reichen hatten in Saus und Braus im Fürstenhaus gelebt, während die einfachen Bauern dem Treiben mit Entsetzen zugesehen hatten, vor allem wegen des achtlosen Umgangs mit den Fisch- und Wildressourcen.

Irmi bezweifelte allerdings, dass sich die heutige Mittelaltergemeinde mit ihren reich gefüllten Trinkhörnern ernsthaft für die Geschichte interessierte. Das Soferl hatte immerhin größten Wert darauf gelegt, dass das Mittelaltergewand, das die Oma ihr genäht hatte, »keine doofe Prinzessin wird, sondern eine Gänsemagd«. Sophia wollte wegen der »Autizitat« – der Himmel wusste, wo sie dieses leicht verstümmelte Wort her hatte – barfuß gehen, was Kathi ihr sicher verbieten würde. Irmi hätte dem Kampf der beiden gerne zugesehen und wirklich nicht gewusst, auf wen sie hätte setzen sollen.

Kathi beäugte Irmi skeptisch, sagte aber nichts weiter und zog schließlich ab.

Irmi hatte keine Ahnung, wie sie jetzt am besten vorgehen sollten. Sie waren in der prekären Situation, dass sie nicht wussten, wie das Mambagift in den Körper von Kilian Stowasser gelangt war. Nachdem der Kollege Hase seine Untersuchungen abgeschlossen und losgefahren war, versiegelte sie das Gebäude. Dabei hatte sie ständig das Gefühl, den Kopf einziehen zu müssen, weil diese Mamba auf sie herabfahren könnte. Sie rief sich zur Räson und startete ihr Auto.

Es war auf einmal richtig warm geworden, die Sonne schickte stechende Lanzenstrahlen zur Erde, die Luftfeuchtigkeit war tropisch – kein Wunder nach den Wassermassen, die aus den himmlischen Schleusen geprasselt waren. Bernhard hatte längst mähen wollen, er saß auf glühenden Kohlen. Das Heu hatte schon viel zu lange gestanden, aber die feuchten Wiesen waren immer noch zu nass, um hineinzufahren – vor allem bei ihnen in Schwaigen, wo es eh schon moorig war. Dabei sehnte sie sich danach, zu kreiseln. Sie nahm dazu immer den alten Eicher Königstiger. Effizient war der fast schon antike Traktor nicht, aber für Irmi war die Arbeit mit ihm meditativ und entspannend. Das monotone Geräusch, der Geruch des trocknenden Grases – herrlich. Aber der Wetterbericht versprach nur weitere Gewitter.

Irmi quälte sich in einer Kolonne von Urlaubern durch Klais und Kaltenbrunn. Der Verkehr in Höhe des Klinikums lief dann so zäh, dass sie stattdessen kurz darauf eine Abkürzung durch Partenkirchen probierte. Eine schlechte Idee, wie sich herausstellte, denn ein Umzugs-Lkw blockierte die Straße. Ein junger Mann versuchte verzweifelt, den 7,5-Tonner rückwärts zu manövrieren, während die junge Frau, die ihn einweisen sollte, schimpfte und tobte.

Umzüge waren emotionale Ausnahmezustände. Wenn die Ehe den Umzug überstand, hatte sie Chancen, dachte Irmi. Menschen waren wie Zugvögel. Kaum hatten sie ihre Kisten im Keller ausgepackt, zogen sie wieder los. Zu neuen Ufern, neuen Männern, neuen Leben. Doch sie selber blieben dieselben, nahmen all ihre Unzulänglichkeiten und Hoffnungen mit.

Irmi selbst war von exzessivem Umziehen zum Glück verschont geblieben. Wozu hätte sie wegziehen sollen, wenn daheim die frühmorgendlichen Nebelschwaden aus den Feldern traten, wenn die Kater ihre erste Show im taufeuchten Gras abzogen, sich überkugelten, drohten und auf Tiger machten, wo sie doch maximal Bauernstubentiger waren. Wohin hätte sie umziehen sollen, wenn abends eine große Stille aus den Wäldern langsam bis zum Haus wanderte und es sanft einhüllte. Und was wäre besser als ihr brummiger Bruder und Lissi, ihre Nachbarin, die so viel Sonnenschein in ihrem Herzen trug?

Umziehen wegen jenes Nachbarn, der mit Gewalt und Gewehr drohte, wenn Bernhard Reifenspuren in dessen Feldrand machte, bloß weil er einem noch größeren Ladewagen eben jenes Bauern ausweichen musste? Wegen der Grantlhuberin zwei Höfe weiter, die nie grüßte und Irmi für eine höchst gefährliche Kreatur hielt, weil sie arbeitete und keine Hausfrau war? Wegen der Kampftrachtler-Familie Mair, die seit fünfhundert Jahren mit den Mangolds zerstritten war, wobei niemand den eigentlichen Grund für den Zwist kannte? Nein, umziehen war sinnlos. Es gab nirgendwo bessere Menschen, höchstens andere.

Sie hatte lediglich den kurzen Abstecher in die WG gewagt und war später mit ihrem Exmann Martin zusammen nach Garmisch gegangen. Eine schöne Wohnung war das gewesen, aber eben eine Wohnung, und zwar unterm Dach. Wahrscheinlich war sie ein wenig seltsam, aber eine Wohnstatt, von der aus man nicht ebenerdig hinauskonnte, verursachte Irmi Unwohlsein. Der Umzug war Stress pur gewesen, weil Martin bei jedem Bohrloch für Lampen und Bilder ausgeflippt war, weil mal ein Brocken Wand mitkam, mal der Bohrer brach. Man hätte lachen können und auf den Parkettboden sinken und sich dort womöglich lieben ... So was gab es aber nur in amerikanischen Liebesfilmen. In der Realität zofften sich Paare bis hin zu Handgreiflichkeiten, dabei waren sie doch eigentlich nur bestrebt, sich eine schöne neue Heimat zu schaffen.

Draußen auf der Straße war die junge Frau inzwischen losgerannt. »Mach deinen Scheiß alleine, wenn ich dich falsch einweise!«, schrie sie. »Verreck doch in deinem Lkw und deinem blöden neuen Haus. Ich wollte das eh nie.« Nein, Umzüge förderten in den allerwenigsten Fällen die positive Paarbildung. »Umzugskommunikation bei Paaren« – das wäre ein toller Kurs für die Volkshochschule. Wie erkläre ich etwas so, dass meine Frau mich versteht? Wie dirigiere ich das sperrige Möbelstück so, dass zwei Träger in dieselbe Richtung streben?

Martin hatte ihr in der Umzugsphase eine Ohrfeige gegeben. Am besten wäre sie damals schon gerannt! Mit ihren noch unausgepackten Koffern hätte sie nach Hause zurückkehren sollen. Das hatte sie dann fünf Jahre später getan, und das war kein Rennen gewesen, sondern eher ein Schleichen. Martin hatte sich mit ein paar wenigen Gegenständen aus dem Staub gemacht. Es war dann an Irmi gewesen, die komplette Wohnung zu räumen. Dieses Verpacken von Erinnerungen war grausam. Man betrachtete die Scherben seines Lebens und steckte sie in Kisten. Warf den Deckel zu. Sie hatte sich nicht getraut, das Album mit den Hochzeitsfotos zu öffnen. Sie hatte über ihren Kinderbüchern geheult, dabei waren die Fünf Freunde, Hanni und Nanni oder Burg Schreckenstein doch gar nicht zum Heulen. Sie hatte mit Wehmut ihre alten Platten betrachtet. Sie hatte eine LP von Greg Lake aufgelegt. Lauter Lieblingsstücke, die vor Melancholie nur so trieften. »You think you're the devil, but with those angel eyes you're just a slave to love tonight.«

Noch immer sah Irmi der jungen Frau hinterher, die längst hinter einer Hausecke verschwunden war. Sie erfasste auch, warum der junge Mann nicht hatte weiterfahren können. Die Straße war gesperrt, weil es dort ein Straßenfest gab. In zweiter Linie schien es ein Fest der Olympiagegner zu sein, die Transparente mit Aufschriften wie »Danke, IOC! Danke, Pyeongchang!« oder »Hurra, Samsung, wir lieben die Macht des Geldes!« zwischen die Häuser gehängt hatten.

Irmi nahm an, dass diese kleine Festivität genehmigt war.

Gerade als sie mit ihrem Auto umdrehen wollte, entdeckte sie die Journalistin Tina Bruckmann. Die beiden kannten sich vom Sehen. Irmi las ihre Artikel sehr gern, weil sie differenziert und klug geschrieben waren. Sie stellte ihr Auto ab und schlenderte zu ihr hinüber. Die Journalistin machte sich gerade ein paar Notizen und sah dann hoch. Sie lächelte.

»Erwarten Sie hier etwa einen Mord, Frau Mangold?«

Irmi lachte. »Der Kas is erst mal bissn, würd ich sagen. Wer wollte da noch morden? Höchstens könnte sich ein Olympia-Befürworter so veräppelt fühlen über diese Veranstaltung hier, dass er ausrastet. Wie wäre das?«

»Eine Art Bauernopfer, meinen Sie? Ein Ventil für den ganzen Frust, abgelehnt worden zu sein? Um die Schmach zu verarbeiten, dass putzige Dirndl, die Hausmacht Neureuther und eine Ossi-Eisprinzessin einfach zu wenig waren?«

»Klar, es wurde schon wegen weniger gemordet. Verletzte Gefühle sind oft hochexplosiv. Wer wird schon gerne vorgeführt?«

»Gut, der Punkt geht an Sie, Frau Mangold. Was denken Sie denn?«

»Ich denke, es geht um das Erschließen neuer Wintersportmärkte. Die Topsponsoren heißen Samsung und Hyundai. Deutschland ist doch kein Markt mehr, hier hat doch jeder ein Paar Ski oder ein Snowboard im Schrank stehen. Außer mir.« Irmi lachte. »Ich bin keine Wirtschaftsfachfrau, aber in einem Wachstumsmarkt wie Asien gibt es doch Milliarden zu verdienen. Und dann glaub ich auch, dass Deutschland international als recht problematisch wahrgenommen wird: Wir wollen den Atomausstieg, wir haben ein nicht mehr finanzierbares Sozialsystem. Draußen glauben die sicher, dass Deutschland so ein Projekt gar nicht stemmen kann.«

»Das ist wirklich ein guter Aspekt!«, meinte Tina Bruckmann anerkennend.

»Na ja, das sagt mir halt mein Menschenverstand.« Irmi verzog den Mund.

»Ihnen vielleicht. In Südkorea sind die Aktien für Bauunternehmen und Betreiber von Kasinos und Ferienanlagen gleich mal in die Höhe geschossen. Wir reden hier von der viertgrößten Volkswirtschaft Asiens.«

»Frau Bruckmann, es trifft sich im Übrigen gut, dass wir uns hier zufällig über den Weg laufen. Könnte ich Sie irgendwo auf einen Kaffee einladen? Ins Rathauscafé?«

»Sicher, ich habe ungefähr eine Dreiviertelstunde Zeit.«

»Prima, bis gleich! Treffen wir uns dort.«

Als im Rathauscafé der Cappuccino mit einem Schokopuder-Herz im Milchschaum serviert wurde, schüttelte Irmi den Kopf. »Stellen Sie sich vor, da kommt jemand vom Scheidungstermin im Amtsgericht nebenan und trinkt mit dem Ex oder dem Anwalt so einen Herzerl-Kaffee!«

Tina Bruckmann lachte. »Na, meistens wird man ja wohl eher mit dem Anwalt einen heben wollen. Jetzt bin ich aber neugierig. Wie kann ich Ihnen weiterhelfen?«

»Kennen Sie Max Trenkle?«

»Den FUF-Vorsitzenden? Ein bisschen, ich habe beruflich mehrfach mit ihm zu tun gehabt.«

Irmi nickte. »Und was halten Sie von ihm?«

Tina Bruckmann dachte kurz nach, ehe sie schließlich sagte: »Ich nehme ihm sein Anliegen ab. Er ist keiner von diesen VIP-Tierschützern, denen es doch längst nicht nur oder gar nicht um die Sache geht. Allerdings beneide ich ihn wirklich nicht darum, dass er ständig von einem Haufen Weiber umgeben ist. Allein unter Frauen! Und zwar nicht irgendwelchen, sondern Tierschützerinnen mit massivem Sendungsbewusstsein.« Sie lachte.

Irmi musterte die Journalistin unauffällig. Sie fand diese Frau sehr apart. Nicht im landläufigen Sinn schön, aber sie faszinierte sicher viele Menschen.

»Meine Kollegin war der Meinung, er würde schnell mal flirten. Ist er manipulativ?«

»Nun ja, ich würde ihm einen gewissen Charme attestieren. Ich glaube, er bewegt sich auf dünnem Eis sehr gut. Und dann hat ein Mann, der Tiere mag, bei Frauen ja eh sofort Bonuspunkte.« Tina Bruckmann zögerte kurz und fragte dann: »Darf ich wissen, warum Sie sich für ihn interessieren?«

»Max Trenkle war der Meinung, dass Sie eine ganze Menge über Kilian Stowasser wüssten. Sie sagten vorhin, Sie hätten mit Trenkle beruflich zu tun gehabt. Dann haben Sie wohl auch Stowasser gekannt, oder?«

Tina Bruckmann rührte in ihrem Cappuccino, vom Herz war keine Spur mehr zu sehen. »Es geht also um Stowasser?«

»Ja.«

»Warum?«

»Ich nehme an, Sie wissen den Grund«, sagte Irmi.

»Stowasser ist tot?«

»Ja.«

»Ermordet?«

»Das wissen wir nicht. Ich gebe morgen eine Pressekonferenz. Die Todesursache ist bislang ungeklärt. Ich würde Sie auch dringend bitten, heute nichts mehr zu schreiben.«

Dankenswerterweise hatte bisher nur eine kurze Meldung in der Zeitung gestanden, sie und ihre Kollegen hatten die Journalisten noch abwehren können. Und es schien so, als wären KS-Outdoors auch nicht sonderlich auskunftsfreudig gewesen.

»Ich komme gerade aus dem Urlaub«, sagte Tina Bruckmann. »Ich war noch gar nicht in der Redaktion, sondern bin direkt zu diesem Termin gefahren. Eigentlich wollte ich erst am Sonntag wieder anfangen, aber bei den freien Mitarbeitern ist Land unter, deshalb bin ich früher zurückgekommen. Und Stowasser ist wirklich tot?«

»Ja, wir haben ihn in Krün gefunden. Sagt Ihnen das etwas?«

»Ja, natürlich.« Eine Weile schwieg Tina Bruckmann, dann fragte sie: »Was wissen Sie denn bisher über Stowasser?«

»Dass er in Misskredit geraten ist mit seinen reinen Daunen, die offenbar gar nicht so rein sind. Dass er sich da sehr geschickt aus der Affäre gezogen und dabei sein kriminelles Tun sogar als Marketinginstrument eingesetzt hat.«

»Das haben Sie schön zusammengefasst, Frau Mangold.«

Eigentlich war ihr Tina Bruckmann sehr sympathisch, aber seit der Erwähnung von Stowassers Namen war die Journalistin wortkarg geworden, sie wirkte auf einmal fahrig und weniger kooperativ.

»Danke, dass Sie meine Qualitäten die deutsche Sprache betreffend schätzen, aber ich würde nun doch gerne wissen, was Sie in Bezug auf Stowasser so umtreibt. Max Trenkle war der Meinung, Sie hätten so einiges recherchiert. Und dass sie ziemlich verschwiegen seien.«

Nun huschte ein Lächeln über Tina Bruckmanns attraktives Gesicht. »In dem Punkt hat er zumindest recht.«

»Sie waren mit Max Trenkle mal in Krün?«

»Also gut, ich habe viel und lange recherchiert und bin dabei Kilian Stowasser mehrmals nach Krün gefolgt. Das Tor des Anwesens ging auf wie durch Zauberhand und war auch gleich wieder zu. Ich konnte gerade noch den Blick auf ein zweites Tor erhaschen, das sich ebenso schnell wieder schloss. Stowasser kam meistens erst nach mehreren Stunden wieder raus. Außerdem habe ich beobachtet, dass alle zwei Wochen tschechische Lkw gekommen sind, immer im Schutze der frühen Morgenstunden. Einmal habe ich Max Trenkle gebeten mitzukommen, als Zeuge oder so. Auch er war der Meinung, dass man nicht durch die beiden Tore kommt. Da hätten wir Stowasser schon niederschlagen müssen. Ich habe ein paar verschwommene Fotos, das ist alles.«

Irmi überlegte. »Hätten Sie die Lkw-Fahrer nicht anhalten können?«

»Das hat Max Trenkle mal versucht. Hat sich sogar am Führerhaus festgeklammert. Der Fahrer ist einfach weitergefahren und hat ihn an der Hecke wie ein lästiges Insekt abgestreift.«

»Sie hätten doch dem Lkw folgen können.«

»Hab ich auch gemacht. Bis zum Rastplatz Holledau. Als der Fahrer zum Kaffeetrinken gegangen ist, hab ich unter die Plane gesehen. Schmutzleer das Ganze. Was hätte ich tun sollen?«

»Haben Sie die Nummer notiert?«

»Ja, natürlich. Aber ich kann keine Nummern überprüfen. Es war ein tschechischer Lkw älterer Bauart ohne jeden Aufdruck. Frau Mangold, ich hätte stichhaltige Beweise gebraucht!«

»Dafür, dass er Daunen aus tschechischen Qualzuchten verarbeitete?«

»Genau, ich bin mir nämlich sicher, dass er sich die Daunen nach Krün liefern lässt, der lässt die doch nicht in die Firma kommen!«

»Aber irgendwie musste er sie dann doch in die normale Produktion einschleusen, oder?«

»Tat er auch. Es fuhr auch immer mal wieder ein Firmentransporter nach Krün. Verdunkelte Scheiben, es war nicht mal zu erkennen, wer der Fahrer war. Wahrscheinlich Stowasser selbst«, mutmaßte Tina Bruckmann. »Letztlich bin ich nicht weitergekommen.«

»Und was ist mit Max Trenkle und dem Verein FUF?«

»Die haben auch was anderes zu tun. Momentan führen sie ein groß angelegtes Katzenkastrationsprojekt durch. Wir sind halt alle an Stowassers Mauern gescheitert. Aber das Leben geht weiter. Wer hat das mal gesagt? Das ganze Leben ist ein ewiges Wiederanfangen. Ich glaube, das war Hugo von Hofmannsthal.«

»Um nochmals auf diesen ganzen Unterschleif zurückzukommen: Das schafft doch nie einer alleine, oder? Da muss doch in der Produktion jemand Bescheid wissen?«

»Ja, das war auch mein Gedanke. Der Produktionsleiter vielleicht? Sie können leichter überprüfen, ob der zum Beispiel zusätzliches Geld erhält. Und ich könnte mir vorstellen, dass diese Rosenthal Bescheid weiß. Frau Mangold, ich spekuliere, ich kann einfach nichts beweisen.« Das klang nun doch frustriert.

»Sind Sie denn wie Trenkle überzeugt, dass er immer noch betrog?«

»Ja, natürlich. Seine eigenen Daunen reichten für seinen Ausstoß niemals, er gab ja auch zu, dass er zukaufte, aber eben nur saubere Ware. Angeblich kann man auf seiner Website über die Seriennummer den genauen Produktionsverlauf nachvollziehen und sogar den Testbericht des Testlabors lesen. Seine Schlafsäcke sind natürlich nicht billig, aber sie sind zu preiswert dafür, dass er angeblich so einen Aufwand treibt.«

»Hat ihn darauf denn noch keiner angesprochen?«

»Doch natürlich. Ich übrigens auch. In einem Interview, das ich mit ihm gemacht habe, hat er seinen Preis damit begründet, dass er eben günstig einkauft. Warten Sie mal.«

Tina Bruckmann nestelte in ihrem Rucksack und holte ein Smartphone heraus. Sie fingerte ein wenig daran herum, lud dann einen Artikel hoch und hielt Irmi das Gerät hin.

Die begann gleich zu lesen. Tatsächlich hatte Stowasser auf jede Frage aalglatte Antworten.

»Sie werden mir nicht glauben, dass Enten in China viel glücklicher sind als ungarische Gänse. Ich weiß schon, beim Stichwort China drängen sofort Bilder heran von schlecht gehaltenen Tieren, dabei geht es dem Geflügel in Europa tatsächlich oft viel schlechter. In China werden Tiere meist in kleinen Familienunternehmen gehalten, aufgrund von Geldmangel werden hier keine Tier-KZs gebaut, sondern die Tiere einfach auf dem eigenen Grund und Boden laufen gelassen. Unsere Daune mit 675 CUIN – das ist der Wert für die Bauschkraft, in Kubikzoll gemessen – stammt aus Nordchina, und zwar von freilaufenden Enten, die in erster Linie der Eierproduktion dienen. Da diese Enten in einer kälteren Klimazone leben, produzieren sie Daunen mit phantastischen Eigenschaften. Wenn die Enten nach zwei Jahren keine Eier mehr legen, werden sie geschlachtet und anschließend erst gerupft. Die Daune wird an anderer Stelle gereinigt und sortiert. Auch hier erfolgt die Reinigung auf Wasserbasis ohne den Zusatz von Lösungsmitteln. Wir kaufen diese Daunen

sehr günstig ein und geben den Preis an unsere Kunden weiter.«

Irmi unterbrach ihre Lektüre. »Klingt alles sehr griffig«, kommentierte sie.

»Ja, klar, aber Stowasser produziert auch Schlafsäcke mit 750 CUIN Daunen. Das sind die für die extremen Temperaturen, echte Expeditionsschlafsäcke. Und diese Daunen stammen aus Osteuropa und werden in Taiwan gereinigt. Und da stimmt irgendwas nicht. Solche Schlafsäcke müssten mindestens sechshundert Euro kosten, seine kosten dreihundertfünfzig oder noch weniger.«

Irmi las weiter.

»KS-Outdoors verwendet nur Daunen höchster Qualität, sie stammen alle von Tieren aus der Nahrungsgewinnung, die ethisch korrekt getötet worden sind. Lebendrupf oder Harvesting sind absolut ausgeschlossen. Die Tiere werden nicht zwangsgemästet, sondern leben artgerecht mit Freilauf, haben einen Unterschlupf und Zugang zu Wasser und frischer Nahrung. Die Menge der Tiere pro Quadratmeter liegt unter der empfohlenen Anzahl. Jede einzelne Daunencharge wird von internationalen Labors getestet.«

»Bis auf die, die er illegal druntermengt, wenn ich Ihrem Gedankengang folgen darf«, sagte Irmi. »Aber ist das nicht riskant, was er da treibt?«

»Ach, seien wir doch mal realistisch.« Tina Bruckmann klang müde, und Irmi war fast versucht, sich zu entschuldigen, dass sie die Urlaubslaune der Journalistin so rüde zerstört hatte. »Wen interessiert denn wirklich das Innenleben des eigenen Schlafsacks? Wenn da so ein herrliches Büchlein mit großartigen Fotos von glücklich grasendem

Federvieh beiliegt, wer forscht denn da noch nach? Mensch, wir leben in einer Welt, wo wir für neunundsechzig Cent zweihundert Gramm eingeschweißten Schinken im Supermarkt kaufen, wer wollte denn da im Schlafsack wühlen? Der deutsche Verbraucher ist doch insgesamt total desinteressiert. Mal kommt ein Skandal, schwappt kurz hoch, keiner frisst mehr Salat wegen EHEC – und zwei Wochen später ist alles vergessen.«

Sie hatte sich in Rage geredet.

»Und einer wie Stowasser profitierte davon?«

»Na sicher.«

»Sie mochten ihn nicht, oder?«

»Sie werden das sicher schon von anderer Seite gehört haben oder noch hören: Stowasser hatte die Connections, mich überall unmöglich zu machen. Er hat ... äh ... hatte einen sehr guten Draht zu meinem Chef. Ich wurde zeitweise richtiggehend degradiert, durfte nur noch über weichgespülte Themen schreiben: Kindergartenfest, die besten Abiturienten vom Irmengard-Gymnasium – so was eben. Über den Geflügelzuchtverein schon nicht mehr, da hätte ich ja einen Schlenker zu Stowasser machen können.«

Sie lachte bitter. Ja, diese Frau war wirklich frustriert. Irmi gab ihr das Smartphone zurück, ihre Blicke trafen sich.

»Bin ich nun auch verdächtig? Brauche ich ein Alibi?«, wollte Tina Bruckmann wissen.

»Wo waren Sie denn am Dienstag?«

»Im Urlaub, allerdings nur am Ledrosee, ich hätte ja leicht mal über den Alpenhauptkamm jetten können.«

»Hätten Sie, ja.« Irmi lächelte. »Und darf ich Sie noch mal bitten, bis zur PK morgen zu warten?«

»Keine Sorge, die Welt erfährt noch früh genug, dass der bayerische Unternehmer des Jahres 2010 das Zeitliche gesegnet hat! Entschwebt in einen watteweichen Daunenhimmel, ich bezweifle aber, dass der in den Himmel kommt.«

Tina Bruckmann spielte auf seine Daunenschiebereien an. Irmi war sich ziemlich sicher, dass sie weder etwas vom Kokain wusste noch von seinen illegal gehaltenen Tieren. Aber sie musste trotzdem weiterhin auf der Hut bleiben, zu viel Vertrauensvorschuss hatte sich oft schon als arger Fehler erwiesen. Im Privatleben und in den Ermittlungen.

»Frau Bruckmann, kannten Sie denn seine Frau?«

»Nein, ich glaube, die haben in ziemlichen Parallelwelten gelebt. Sie war in irgendeinem Reitstall engagiert, und da ist sie wohl auch die Treppe runtergefallen. Ich glaube, wir hatten auch nur den Polizeibericht. Ehrlich gesagt, hat mich das auch nicht interessiert. Und dann war das auch schon vor zwei Jahren, glaub ich. Sie wissen ja: Nichts ist so alt wie die Zeitung von gestern.«

»Um auf Herrn Stowasser zurückzukommen: Max Trenkle meinte, dass Sie auch etwas über Zoff mit Mitbewerbern wüssten?«

Tina Bruckmann zögerte wieder eine Weile, ehe sie erzählte: »Als er zum Unternehmer des Jahres gekürt wurde, gab es zu diesem Anlass ein Golfturnier in Burgrain, und da kam die gesamte Wirtschaftsprominenz: unser Landrat, der Bundestagsabgeordnete und alles an Adabeis, was wir so aufzubieten haben. Ich war auch da, den triumphierenden Blick, den Stowasser mir zugeworfen hat, werd ich nie vergessen. Jedenfalls war es der Wunsch meines Chefs, auf den Greens Stimmen zum Event einzufangen. Eine dämliche Idee! Ich zog also mit dem Fotografen von Hole zu Hole, ziemlich albern. An Loch zehn war Stowasser gerade dabei, aufs Green zu pitchen, als ihn ein Mann einfach mal schubste. Die beiden haben sich richtig angebrüllt, und erst als sie uns gesehen haben, vor allem die Kamera, war Schluss. Ich glaube, sonst hätte der Mann Stowasser seinen Golfschläger übergezogen. Ich habe natürlich nachgeforscht, wer der andere war: Veit Hundegger, der macht auch in Outdoor, wobei er eher Bikewear fabriziert, also Bikepants, Softshells und so weiter – aber auch Daunenjacken. Der wäre sicher ebenso gern bayerischer Unternehmer des Jahres geworden, der war auch nominiert.«

»Das wäre doch journalistisch für Sie interessant gewesen, oder nicht? ›Kampf der Aspiranten‹, ›Der Geschlagene schlägt zurück‹ oder so!«

»Frau Mangold, die Aufgabe war, glückliche bayerische Unternehmer zu zeigen, die sich alle begeistert über das liebevolle Miteinander einer großen bayerischen Familie aus Mir-san-mir-Freunden äußern. Sie kennen das doch zu Genüge: Wenn so ein ganzer bayerischer Kerl mal zuschlägt, ist das doch bloß urig. Archaisch eben! Festzeltromantik, Holzhackerbuam-Tradition. Was weiß denn ich!«

»Klar, wenn ein Mann zuschlägt, ist das archaisch, wenn eine Frau das tut, gehört sie in die Klapse.«

Sie schwiegen beide eine Weile, bis Irmi sagte: »Ich danke Ihnen für Ihre Offenheit und dafür, dass Sie bis morgen dichthalten.«

»Gerne, es genügt auch mir persönlich, morgen zu erfahren, wie Stowasser ums Leben kam. Ich hoffe allerdings, es war kein schöner Tod.«

Das klang nun aber doch sehr bissig, dachte Irmi. »Nein, das war es nicht.«

Die Journalistin spürte, dass sie übers Ziel hinausgeschossen hatte, und ruderte zurück. »Ich meine, ich wünsch keinem was wirklich Böses, aber dieser Kampf gegen Windmühlen macht einen so müde und mürbe.«

»Kampf gegen Windmühlen, das hat Max Trenkle auch gesagt.« Irmi sah die Journalistin prüfend an.

»Ja, Tierschutz ist wahrscheinlich auch so eine Sisyphosarbeit. Aber ich glaube, Trenkle ist gut darin, Niederlagen wegzustecken. Er ist ein ganz anderer Mensch als ich. Ich wollte immer Journalistin werden, schon als kleines Mädchen – Prinzessin oder Tierärztin wollte ich nie werden. Ich bin eben vom alten Schlag und mache einen Job, bis ich tot umfall. Trenkle hingegen orientiert sich dann eben neu, bricht zu anderen Aufgaben auf. Ich glaube, er ist einfach ein bisschen skrupelloser als wir beide. Ihn hält nichts wirklich.«

»Sie wissen, dass er mal Polizist war?«, fragte Irmi.

»Ja, aber das war nur eine seiner vielen Karrieren. Recht vielseitig, der Mann.«

Irmi sagte nichts. Wartete.

»Er hat mir mal einen kurzen Abriss seines Lebens gegeben. Realschule, Polizeiausbildung, Abbruch derselben, Abi nachgemacht, Lehrerstudium Englisch und Biologie. Schuldienst nur kurz. Wieder zu viele Hierarchien. Er war dann auch mal länger in Australien und Südafrika. Eine größere Erbschaft und nun sein Ehrenamt. Geld muss der keins mehr verdienen.«

»Tja, das kann ich von mir leider nicht behaupten!« Irmi lachte. »Gut, morgen in der Pressekonferenz gibt's dann mehr, aber Sie haben mir schon mal sehr geholfen.«

Inwieweit ihr die Aussagen von Tina Bruckmann tatsächlich halfen, wusste sie nicht. Warum hätte ihr Trenkle seine ganze Lebensgeschichte erzählen sollen? Verdammt, das war alles so vertrackt, und außerdem war da womöglich immer noch diese verdammte Mamba unterwegs. Irmi war eigentlich ganz froh, dass sie Kathi in Urlaub geschickt hatte, das gab ihr etwas Zeit, die Gedanken zu ordnen. Morgen war auch noch ein Tag, ein entscheidender dazu, und Irmi machte etwas, was sie selten tat: Sie trödelte. Fuhr langsamer als sonst aus Garmisch hinaus. Stellte sich beim Tanken in Oberau extra so in die Schlange, dass es länger dauern würde. Zahlte in Zeitlupe.

Als sie an Lissis Hof vorbeifuhr, war alles dunkel. Schade drum, sonst hätte sie der Nachbarin einen Besuch abgestattet, aber heute war Lissis Landfrauentag. Bernhard war bei den Schützen, alle hatten ihre Rituale, ihre Fixsterne – nur ihre Lebensuhr tickte irgendwie anders.

Sie warf einen Blick in den Stall, wo gefräßiges Schweigen oder besser das monotone Kauen der Kühe herrschte, das Irmi so liebte. Bernhard hatte frisches Gras eingemäht, er war mit der Heuernte aber völlig aus dem Zeitplan. Drei trockene Tage am Stück, wann hatte es die denn gegeben? Im April, aber da war nun mal gerade Winterende und keine Erntezeit. Es grummelte auch schon wieder im Hintergrund. Irgendwo machte sich wieder ein Gewitter auf den Weg. Allmählich setzten die gewaltigen Entladungen Irmi richtig zu.

Als sie in die Küche kam, war heute mal nicht Konfetti-Tag, sondern Nudel-Reisauflauf-Tag. Es war ihr völlig schleierhaft, wie der Jungspund das nun wieder geschafft hatte, aber es war ihm gelungen, aus einem alten Küchenbüfett die Glasschubladen herauszuziehen und anschließend Reis und Nudeln auf dem Boden zu verteilen. Die Schubladen waren wie durch ein Wunder ganz geblieben, und der kleine schwarze Panther trieb gerade eine Nudel durch die Mitte. Fusilli hießen die und ließen sich sehr gut kicken. Unterm Tisch saß Kater und ließ sich von seinem Stürmer ab und zu mal eine Nudel hinkicken, die er dann retournierte. Ein tolles Team, die zwei, vor allem der Kleine, der in seinem raschen Dribbling natürlich auch den Reis flächendeckend verteilte. Sie musste lachen. Auch in ihrem Leben gab es Rituale: diesen beiden Wildfängen hinterherzuräumen.

Nachdem sie das Chaos beseitigt hatte, zappte sie lustlos im Fernsehen herum. Es gab schon wieder eine Castingshow, bei der sich junge Leute zu Affen machten, die zum einen wohl keinen Spiegel daheim hatten und zum zweiten einen Hörschaden, denn singen konnten die alle nicht.

Irgendwann war sie mal bei DSDS hängen geblieben und hatte wie gebannt zugesehen. Am Ende hatte sie sogar das Voting abgewartet. Damals war dann ein netter Junge, der tatsächlich hatte singen können, rausgeflogen, und sie war gar nicht verwundert gewesen. Es war doch ganz klar, wie die amorphe Masse Fernsehmensch dachte: Der ist eh gut, der kommt weiter, ich stimm für einen, der den Mitleidsbonus hat oder den Der-kann-noch-weniger-als-ich-Zuschlag bekommen hatte. Diese ganze Sendung war eine kollektive Massenmanipulation, perfide in dieser Perfektion. Zwar ging es hier nur um die fehlenden Sangeskünste von Teenagern, aber Irmi war sich sicher, dass diese Art von Manipulation sicher auch bei der Einführung der Todesstrafe für Kinderschänder funktionieren würde. Was für eine verdrehte Welt! Einerseits war so vieles absolut vorhersehbar, so abziehbildhaft, dass sie sich ärgerte, weil man ihre Intelligenz so gering schätzte. Andererseits war das Leben verwirrender geworden, und einer wie Trenkle verwirrte sie noch mehr. War er der Mambamörder?

Ihr Handy läutete, *er* war es. Da er Bernhards Abendtermine kannte, rief er häufig dann an, wenn er Irmi allein wähnte. Und wer hätte schon da sein können? Ein Lover? Was für ein schlechter Witz. Irmi hatte es sich immer zur Maxime gemacht, ihre Fälle nicht im Privaten breitzutreten, sie unterlag der Schweigepflicht, das war das eine, aber sie wollte auch nicht während der gesamten freien Zeit in Mord und Totschlag wühlen. Auch sie brauchte ein paar Stunden Abstand.

Er war gerade in Vancouver und schwärmte ihr vom Restaurant Sandbar auf Granville Island vor.

»Du hast gefehlt, zu zweit hätten wir viel schöner in den Regen sehen können. Die Perle am Pazifik ist ganz schön nass«, meinte er und lachte.

»Schwaigen, die Perle des Voralpenlands, auch«, sagte Irmi und erzählte von den dauernden Gewittern. Himmel, nun redete sie mit dem Mann, den sie liebte, also übers

Wetter? Es war so schwer, aus dieser Entfernung Nähe aufzubauen, und wie aufs Stichwort setzte der liebe Himmelpapa wieder dazu an, zu kegeln. So hatte ihre Mutter ihr den Donner immer erklärt: »Der Himmelpapa kegelt!«

»O ja, ich hör es, ganz schön heftig.«

»Ich hasse es!«, sagte Irmi inbrünstiger als geplant.

»Ach, komm, Gewitter sind doch höchst faszinierend.«

»Was ist daran faszinierend? Mich macht das ganz kirre. Wenn mich mal der Blitz erwischt, findest du das sicher nicht mehr faszinierend.«

»Du wirst ja nicht übers freie Feld laufen oder allein auf einem Berggipfel stehen. Und Benjamin Franklin bist du auch nicht!«

»Wer?«

»Im Sommer 1752 hat Benjamin Franklin ein Experiment gewagt. Er ließ einen Drachen in den Gewitterhimmel aufsteigen, um Elektrizität aus der Luft einzufangen. Ein Funke sprang vom Ende der Drachenleine auf seine Hand über. Das war der Beweis, dass eine elektrische Spannung zwischen den Wolken und der Erde besteht. Hätte ein Blitz in den Drachen eingeschlagen, gälte Benjamin Franklin zwar immer noch als der Blitz-Beweiser, wäre aber selber Geschichte gewesen. Hast du das gewusst?«

Nein, hatte sie nicht. Sie wusste sowieso viel zu wenig. *Er* wusste viel, sie bewunderte seine Allgemeinbildung. Und wenn er erzählte, tat er das nie, um zu protzen, sondern weil er einfach ein hervorragender Erzähler war. Er hätte Lehrer werden sollen oder Uniprofessor.

»Nein«, sagte sie und wusste plötzlich nicht, was sie sonst noch hätte sagen sollen, als wieder ein gewaltiger

Donner niederfuhr und der Blitz den Nachthimmel taghell beleuchtete. »Puh, das war ganz nah! Wie rechnet man das aus?«

»Der Schall hat im Gegensatz zum Licht, das etwa dreihunderttausend Kilometer in der Sekunde schnell ist, nur eine Geschwindigkeit von dreihundertzweiunddreißig Metern in der Sekunde. Bei null Grad Celsius, wohlgemerkt. Und drum kann man aus der Zeit zwischen dem Blitz und dem Donner die Entfernung des Blitzes berechnen. Drei Sekunden sind recht genau ein Kilometer.«

Bevor Irmi noch etwas sagen konnte, kamen Donner und Blitz fast gleichzeitig. Rums, die beiden Kater hechteten von der Eckbank und sausten hinaus. Draußen war es dunkel, allein das Display ihres Handys leuchtete.

»Bei euch geht's ja schiach zu«, sagte er, und Irmi musste lachen. Er übte bayerische Ausdrücke, aber über »Obacht!«, »schiach« und »Obatzda« war er noch nicht hinausgelangt, und auch das klang alles ein wenig zu preußenbayerisch.

»Furchtbar, ich hasse das. Der Strom ist auch weg.«

»Das ist doch romantisch«, sagte er.

Natürlich hätte sie nun etwas antworten müssen von wegen Kerzenschein und Sehnsucht, aber irgendwie fanden die Gefühle in ihrem Inneren keinen Weg in ihre Sprache. Sie schwieg.

»Ich muss in zwei Wochen in die Schweiz«, sagte er plötzlich. »Kannst du dir nicht ein paar Tage freinehmen?«

Wieder ein Blitzschlag, diesmal in ihrem Inneren. Er kam, er würde ganz in der Nähe sein! Sie müsste sich freuen. Freudig erregt sein. Doch was fiel ihr als Erstes ein?

Sie fragte sich, ob der Fall dann schon abgeschlossen sein würde und wer sich um die Kater kümmern sollte. Bernhard vergaß doch immer, die Katzen zu füttern.

Es war nicht so einfach, aus der täglichen Realität heraus, aus der gewitterigen Dunkelheit nun auf einmal in Urlaubs- oder sogar Liebeslaune zu kommen. Sie hatte so oft Sehnsucht nach ihm, aber jetzt fühlte sie gar nichts.

»Meldest du dich, wenn du aus Kanada zurück bist?«, fragte Irmi. Das kam ihr irgendwie angebracht vor. Und neutral. Auf ihren Fall zu verweisen, hätte *er* ja womöglich als Ablehnung interpretiert.

»Sicher, und denk an mich in der stromlosen Nacht.« Er schickte ein Küsschen und legte auf.

Irmi atmete tief durch und trat ans Fenster. Noch immer blieb die Euphorie aus, und noch immer zuckten die Blitze, nun schon weiter weg überm Estergebirge. Sie tapste ins Bad und zog im Dunkeln ihr Schlaf-T-Shirt an.

Morgen war auch noch ein Tag.

Wieder einer, der sich um eine Mamba ranken würde.

7

Es war allmählich so eine Und-täglich-grüßt-das-Murmeltier-Situation. Wieder standen sie in Krün, diesmal war der Schlangenmann mit einem Kollegen da, und Irmi fröstelte wieder. Es war in der Nacht unglaublich kalt geworden, ihr Thermometer hatte morgens acht Grad angezeigt. Ein herrlicher bayerischer Alpensommer!

Der Himmel hatte in der Nacht aufgeklart, aber mit der Klarheit war die Kälte gekommen. War das nicht wie im richtigen Leben? Man ruderte ziellos durch gefährlich aussehende dunkle Gewässer. Man schlingerte führungslos durch seine Emotionen. Doch irgendwann kam Klarheit. Man konnte auf das eigene Leben schauen und das einiger Mitmenschen. Und dann strömte auf einmal diese Kälte ein – bei den wenigsten kam nach der Lebensfahrt die Milde.

Irmi hatte einen »professionellen Einbrecher« aus Hasis Team dabei, Lorenz Wagner, und den Gschwandtner Sepp, der sich zwar mit Händen und Füßen gewehrt hatte, der ihr aber besser geeignet schien, Räume aufzubrechen, als Sailer. Außerdem kannte er weniger Leute als Sailer und war somit kein Zeitungsersatz. Er stammte ursprünglich aus dem Niederbayerischen und hatte hier nur spärliche Kontakte, abgesehen von seiner Frau Guadalupe, die Mexikanerin und auch noch bildhübsch war. Mit ihr hatte er zwei Kinder namens Xolotl und Katharina.

Irmi erinnerte sich, dass sie nach der Anzeige des Erstgeborenen »Xolotl Josef Barnabas Zimmermann« ins

Internet gegangen war und »Xolotl« staunend auf Platz fünfzehn der beliebtesten mexikanischen männlichen Babyvornamen gefunden hatte. Auf Platz vierzehn hatte da allen Ernstes »Walter-Kurt« gestanden. So betrachtet, hatte Katharina noch Glück gehabt.

Sie gingen durch die Räume, in denen die Reptilien so unwürdig hatten leben und sterben müssen. Stiegen in den Keller hinunter, liefen durch Gänge und erreichten tatsächlich den Ausstieg, der in den Holzstadl führte. Es war überraschend warm hier unten. Gutes Mambaklima?

»Ich nehme mal an, dass Stowasser auf diesem Weg die Anlage betreten hat«, sagte Irmi. »Unklar bleibt, warum er das Tor hat offen stehen lassen. Das hat er ja anscheinend sonst nie getan.«

Sepp nickte eifrig, was bei ihm immer auf Unsicherheit und/oder Unverständnis hindeutete, während die beiden Reptilienspezialisten mit Taschenlampen die Decken ableuchteten. Langsam gingen sie alle zu jenen drei Türen zurück, von denen zwei rechts des Ganges abzweigten und eine links. Der Fachmann hatte die beiden rechten Türen schnell öffnen können. Dahinter lagen überraschend große Räume, in denen Europaletten gestapelt waren und auf deren Böden Daunenfedern lagen. Der Luftzug von der Tür versetzte sie in taumelnde Bewegungen, sie stiegen hoch, trudelten und treidelten und sanken gespenstisch leise zu Boden. Das war wohl das Lager all jener Daunen, die nicht unbedingt so reinweiß gewesen waren. Irmi sammelte ein paar der feinen Federn auf, man würde hoffentlich feststellen können, woher die stammten. Aber weit und breit war keine Mamba zu sehen!

Inzwischen versuchte sich der Schlössermann an der dritten Tür. Es war eine schwere gepanzerte Stahltür, die so aussah, als würde sie zu einem unterirdischen Banksafe führen. Sesam, öffne dich! Oder doch lieber nicht? Irmi graute vor der Wahrheit. Was, wenn da weitere Tiere eingesperrt waren? Wenn womöglich Tote darin zu finden waren? Oder illegale Einwanderer, Prostituierte aus dem Osten? Sie schüttelte den Kopf, das waren doch lauter klischeehafte Bilder, die sich da in ihr inneres Kino eingeschmuggelt hatten. Der Raum würde einfach ebenso leer sein wie die anderen.

Die Tür sprang schließlich auf. Es war zappenduster bis auf einen hellen Fleck an der gegenüberliegenden Wand, nur die Lampe des Schlangenmanns erhellte den Raum, sie irrte suchend an den Wänden entlang, er griff zu einem Lichtschalter. Neonröhren flackerten, taten ihr Bestes, und plötzlich ward Licht. Helles, gleißendes, kaltes Licht.

Der Raum war noch größer als die beiden anderen und deutlich länglicher. In seiner Mitte stapelten sich Holz- und Plastikkisten.

»Transportkisten für Reptilien«, sagte der Experte und nickte seinem Kumpel zu. Sie untersuchten Kiste für Kiste, während Irmi den Atem anhielt.

Nach einer schier endlosen Weile sagte der Mann: »Frau Mangold, das sollten Sie sich ansehen.«

War da etwa diese Mamba? Irmi war sich gar nicht sicher, ob sie so was sehen wollte. Sie trat näher.

»Doppelte Böden«, erklärte der Schlangenmann.

Irmi hatte immer noch Gummihandschuhe an und griff in die Kiste vor ihr. Pfiff durch die Zähne. Das Päckchen, das sie zutage förderte, dürfte fünfzigtausend Euro wert sein. Kokain, über dessen Reinheitsgrad und den genauen Wert sich die Experten Gedanken machen konnten. Sie hob den Blick, sah den Finder an.

»Keine Mamba, aber auch brisant«, sagte er leise. Dann machte er eine Kopfbewegung zu einem Loch in der Wand. »Da ist eine Öffnung nach draußen. Ob das Tier, sofern es diesen Raum je betreten hat, dort rausgekrochen ist, kann ich nicht sagen. Was ich dagegen mit Sicherheit sagen kann, ist, dass es, solange Ihre Leute hier drin hantieren, nicht wiederkommen wird.« Er hatte den Kopf in den Nacken gelegt. »Hier ist auch nichts, was dem Tier über Kopf Deckung geben könnte.«

Irmi nickte. »Wagner, können Sie den Hasen herbeordern? Und die Leute vom Rauschgift gleich dazu?«

»Dacht ich mir schon. Ja, mach ich.«

Irmi wandte sich an Sepp. »Gehen Sie mal raus, ich bleibe hier und rufe, und Sie versuchen von außen festzustellen, wohin dieses Loch führt.« Sie waren alle näher an den Lichtfleck herangetreten und dabei fast auf eine fette Kröte getreten. Die saß in einer Ecke und wirkte ziemlich genervt von der Invasion.

Liebevoll nahm Sepp sie in die Hand. »Ich bring sie raus. Hier verhungert sie ja. Ist bestimmt durch das Loch gekommen und runtergefallen. Manche denken wohl immer noch, man kriegt Warzen, wenn man Kröten anfasst, dabei ist das ein totaler Schmarrn.«

Weg war er. Irmi sah ihm verblüfft nach. Man wusste so wenig von seinen Leuten!

Ihr Rufen wurde erst einmal gar nicht belohnt, es dauerte lange, bis sie Sepps Stimme hörte. »Frau Mangold, ich weiß jetzt, wo das Loch mündet.«

Als Irmi wieder oben war, schien die Sonne. Es war nach der Kühle des Morgens rasant heiß geworden, dieses Wetter schaffte den stärksten Organismus. Es wurde schon wieder feuchtheiß, ein Wetter, das aggressiv und dünnhäutig machte.

Das Loch lag außerhalb der Mauern des Anwesens, ein gelber geriffelter Drainageschlauch kam unter einem Busch aus der Erde.

»Griffig für eine Kröte«, meinte Sepp und ließ offen, wie sich wohl eine Mamba beim Kriechen auf diesem griffigen Untergrund fühlen würde.

Nun war wieder nicht zu klären, ob die Mamba unterwegs war. Irmi beschloss, auf keinen Fall irgendetwas von der eventuell flüchtigen Mamba an die Öffentlichkeit dringen zu lassen. Sie wollte Panik vermeiden.

Sie beschloss, erst einmal von der anderen Arbeitshypothese auszugehen, nämlich dass das Gift auf andere Weise in den Körper von Stowasser gelangt war!

Sie verabschiedete sich von ihren Helfern, und der Schlangenmann entschwand mit einem »Wenn Sie mich brauchen – immer gerne!«.

Sie hoffte eigentlich, den Mann nicht mehr zu brauchen, auch wenn er ihr durchaus sympathisch war.

Als sie ins Büro kam, klebte ihr das T-Shirt am Rücken. Sie hasste diese feuchte Hitze, sie lebte doch in Bayern mit dem sprichwörtlich weiß-blauen Himmel und nicht in den Tropen! Aber der Himmel, der sich übers Oberland wölbte, war selten blau, und die Wolken zogen schon lange nicht mehr wie Schäfchenherden übers Firmament. Sie waren meist grau, bald anthrazit, und dann kamen später schwarze Wände auf sie zugewalzt. Nein, Bayern war auch nicht mehr das, was es mal war, nicht bloß wettertechnisch gesprochen.

Andrea saß an ihrem Schreibtisch und sah nicht sonderlich taufrisch aus. Wie Irmi gehörte auch sie zu jenen Frauen, denen die Wimperntusche verlief und die sich den Schweiß aus den Augen wischten, ohne dabei zu bedenken, dass heute so ein Alle-Jubeljahre-Tag war, an dem sie sich überhaupt Aufhübschungsmittel ins Gesicht gemalt hatten. Andrea hasste Seidenstrümpfe, hatte Laufmaschen, schon bevor sie die Packung geöffnet hatte. Andrea konnte auf Stöckelschuhen nicht gehen und in engen Röcken schon gar nicht. Andreas BHs, die ab und zu aus einer Bluse spitzten, waren praktische Sportsgesellen aus Baumwolle, keine neckischen Spitzenaccessoires wie die von Kathi. Die auf solche Dinger angesichts ihrer A-Cups auch ganz hätte verzichten können. Andrea bekam rote Backen, wenn's heiß war und wenn sie sich aufregte. Andrea war kräftig und sportlich gebaut, Fett setzte sie an der Hüfte, am Allerwertesten und an den Oberschenkeln an. Kurzum: Andrea war wie sie keine Elfe, keine Fee, kein anämisches, blasses, sphärisches Wesen, sondern eine ganz normale Frau.

Wie trefflich ließ es sich doch übers Wetter oder Figurfragen philosophieren, wenn man sich von irgendetwas Unangenehmem ablenken wollte. Irmi hasste Pressekonferenzen, wobei hier nur einige Lokaljournalisten zu erwarten waren, die dankenswerterweise nicht ganz so investigativ waren. Und Blut troff auch nicht aus ihren Blättern. Wie hatte Tina Bruckmann gesagt? Das ist doch hier alles Festzeltromantik! So wollten das die Zeitungsverleger und Landräte am liebsten.

Bevor Irmi zur PK hinüberging, bat sie Andrea, sich über Veit Hundegger zu informieren. Und auch darüber, wer denn erben würde. Mord wegen eines zu erwartenden Geldregens war ja keine Seltenheit.

Andrea strahlte. Sie war die Königin der Suchmaschinen und Archive. Während sie draußen oft linkisch wirkte, war sie im Web brillant.

Irmi hatte sich mit Weilheim abgestimmt und sich zudem den Pressesprecher ausgeborgt, musste also nur die zweite Geige spielen. Die Rolle der Souffleuse wäre ihr lieber gewesen. Sie hatten eine klare Marschrichtung festgelegt: portionsweise Information abgeben, das Wort »Mamba« gänzlich unerwähnt lassen.

»Meine Damen, meine Herren, wir haben diesen Termin angesetzt, weil aus Ihren Reihen sicher der Wunsch besteht, Näheres über den Tod von Kilian Stowasser zu erfahren. Ich darf Folgendes bekannt geben: Kilian Stowasser, fünfundfünzig Jahre alt, wurde am Dienstag in Krün tot aufgefunden. Er befand sich auf einem landwirtschaftlichen Anwesen, das seiner Schwägerin gehört. Dort wurden Tiere unter katastrophalen hygienischen Bedingungen gehalten, darunter Pferde, Hunde, Kaninchen, Wellensittiche und Reptilien. Die Tiere wurden vom Veterinäramt beschlagnahmt und auf diverse bayerische Tierheime beziehungsweise auf die Reptilienauffangstation in München verteilt. Frau Dr. Blume vom Veterinäramt beantwortet Ihnen hierzu sicher alle Fragen. Die Staatsanwaltschaft hat Anklage wegen Verstoßes gegen das Tierschutzgesetz erhoben. Es liegt hier der Tatbestand des Animal Hoardings vor, Ihnen ja sicher auch bekannt als krankhaftes Sammeln von Tieren.«

»Und was hat Stowasser da gemacht? Auch Tiere gesammelt?«, kam die Frage von Radio Oberland.

Der Pressesprecher lächelte. »Das entzieht sich nach momentanem Ermittlungsstand unserer Kenntnis. Wir gehen aber davon aus, dass Herr Stowasser auf dem Anwesen Reptilien gehalten hat.«

»Und da hat ihn dann ein Skorpion gebissen?«, meinte einer lachend.

Irmi hatte nur darauf gewartet.

»Die Obduktion des Kilian Stowasser hat ergeben, dass er tatsächlich an der tödlichen Dosis eines Schlangengifts gestorben ist«, erwiderte der Pressesprecher und klang dabei so, als hätte er gesagt: Der Besuch im Supermarkt hat ergeben, dass meine Frau Waschmittel braucht.

Nun schwirrten Stimmen durcheinander, Irmi sah in aufgeregte Gesichter. Sie suchte den Blick von Tina Bruckmann und versuchte, in deren Augen zu lesen.

Als sich der Tumult etwas gelegt hatte, fragte Tina Bruckmann: »Sie wissen auch, welche Schlange das war?«

»Ja, aber das tut nichts zur Sache.«

»Verstehen wir Sie richtig: Stowasser wurde von einer seiner eigenen Schlangen gebissen?«, fragte Oberland und hielt ihm das Mikro vor die Nase.

»Davon gehen wir aus.«

»Wozu ermittelt dann die Kripo«, fragte Tina Bruckmann und sah Irmi scharf an. »Frau Mangold?«

»Sie wissen doch, dass bei einem ungeklärten Todesfall in jedem Fall ermittelt wird«, sagte Irmi und hoffte, sie klang auch so waschmittelneutral wie der Pressesprecher. Ihre Deutschlehrerin hätte ihr das sicher angestrichen: Wiederholung, zweimal »Fall«.

»Frau Mangold, das ist mir bekannt, aber es dürfte ja nicht schwer sein, so einen Schlangenbiss zu lokalisieren?« Tina Bruckmann ließ nicht locker.

Irmi wandte sich an den Pressesprecher, der nickte ihr fast unmerklich zu.

»Eben das ist der Gerichtsmedizin nicht eindeutig gelungen, denn Herr Stowasser hatte auch anderweitige Bissverletzungen von Hunden.« Die Waschmittelstimme war ihr leider gar nicht gelungen.

Wieder setzte Stimmengewirr ein, bis ein freier Journalist es auf den Punkt brachte: »Er könnte also auch vergiftet worden sein, mit Schlangengift?«

»Meine Damen, meine Herren, wir ermitteln, und sobald wir etwas wissen, werden wir Sie natürlich informieren.« Der Pressesprecher erhob sich demonstrativ und marschierte unbeeindruckt zur Tür. Der Journalist von Radio Oberland stellte sich Irmi in den Weg: »Frau Mangold, waren Sie bei der Tierbeschlagnahmung dabei?«

Irmi atmete innerlich auf und überlegte sich ihre Worte. »Ja, und es haben dort ganz furchtbare Zustände geherrscht. Vor allem die Pferde waren in einem erbärmlichen Zustand, unterernährt, teils verletzt, vier mussten noch vor Ort eingeschläfert werden.« Wie das klang, so neutral, so kühl, dabei wütete in ihrem Inneren eine Mischung aus Wut und Verzweiflung. Sie hatte diese Bilder verdrängt, nicht erfolgreich genug, wie sich jetzt herausstellte. »Vonseiten des Veterinäramts bekommen Sie sicher weitere Informationen. Ich kann zu dem Thema nur als Privatperson sagen, dass Sie alle hier die Chance haben, darüber aufzuklären. Darüber, dass Animal Hoarding längst zu einem weitreichenden Problem geworden ist. Sie können als Journalisten auch ein Bewusstsein für diese Problematik schaffen, damit Mitbürger, die verwahrloste Tiere sehen, gleich Meldung erstatten.«

Damit wandte sie sich ab und war froh, den Fokus nun auf die armen Viecher gelegt zu haben. Als sie den Pressesprecher verabschiedet hatte und auf ihren Stuhl gesunken war, klopfte es. Tina Bruckmann stand vor der Tür.

»Darf ich reinkommen?«

»Sicher. Setzen Sie sich. Kaffee?«

»Mit Herzchen?«

Irmi lächelte müde. »Nein, und leider ist er auch ziemlich scheußlich.«

»Ich nehm trotzdem einen. Kein Zucker, viel Milch, dann wird's schon gehen.«

Irmi ging hinaus und kam mit zwei Tassen wieder. Sagte nichts. Wartete.

»Sie haben mich gestern nach Max Trenkle gefragt, der bei einer Tierschutzorganisation war. Sie haben ihn unter Verdacht, oder?« Tina Bruckmann sah zum Fenster hinaus.

Irmi musste kontern. »Max Trenkle hat mir Ihren Namen genannt und verraten, dass Sie intensiver im Leben von Stowasser herumgestochert haben. Das macht Sie verdächtig. Dass Trenkle mit Tieren zu tun hat, macht ihn ebenfalls verdächtig. Aber wenn er Katzen kastriert oder sich für geprügelte Hofhunde oder von mir aus Przewalskipferde einsetzt, muss er sich ja nicht gleich mit Schlangengift auskennen. Wir sind auf der Suche nach potenziellen Feinden von Stowasser. Dass die FUF-Mitglieder keine Fans von ihm sind, ist uns beiden klar. Frau Bruckmann, wir stehen noch ganz am Anfang!«

Irmi war wieder in ihrem Fahrwasser, im Einzelgespräch konnte sie punkten. Nur wenn sie von ganzen Massen umringt war, die auf sie einschrien, fühlte sie sich überfordert.

»Darüber hatten wir ja gestern schon gesprochen, dass ich natürlich den Alpenhauptkamm schnell mal hätte überwinden können.«

»Hätten Sie, eben!« Weil Tina Bruckmann schwieg, fuhr Irmi fort: »Natürlich kann ich Ihnen nicht verbieten, weiter zu recherchieren. Das ist Ihr Job. Ich bitte Sie nur zu bedenken, dass ein Artikel, der FUF mit einem Mord in Verbindung bringt, schlafende Hunde wecken könnte. Und unsere Arbeit torpediert.«

Mehr wollte und würde sie nicht sagen. Man sollte es tunlichst vermeiden, Journalisten zu sagen, was diese zu schreiben hätten. Damit erreichte man oft das genaue Gegenteil.

»Informieren Sie mich, wenn es etwas Neues gibt?«, fragte Tina Bruckmann.

»Ja, das werde ich«, sagte Irmi und meinte das auch ernst.

8

Erst als die Journalistin draußen war, merkte Irmi, wie ausgelaugt sie war. Wenn der Adrenalinspiegel sank, kam eine Welle von Müdigkeit. Und Hunger. Irmi beschloss, zum Inder zu gehen, Inder am Mittag machte leicht und glücklich, die Gewürze beflügelten irgendwie ihre Sinne. Es war kurz nach eins, und bis sie zurückkam, wäre das Hasenteam wohl auch wieder da, und vielleicht hatten die ja Neuigkeiten.

Irmi aß gerne allein, man konnte so herrlich Leute beobachten und den Gesprächen lauschen. Am Nachbartisch saßen Menschen der Wir-um-die-dreißig-Generation. Sie entnahm dem Gespräch, dass sie alle ursprünglich aus dem Werdenfels stammten, in Ettal zur Schule gegangen und in die Welt hinausgezogen waren. Anlässlich eines Klassentreffens waren sie nun in Garmisch-Partenkirchen. Die Leute am Tisch bildeten quasi die Vorhut für das morgige Fest. Sie trugen alle Kleidung im Landhausstil mit urbanem Touch, und die jungen Frauen hatten sich alle Sonnenbrillen in der Größe von Schweißerbrillen ins blonde glatte Haar geschoben. Die eine rief zur Bestätigung der Heldentaten der anderen stets »oh my gosh«. Ja, hier war man nicht mehr im Himmelsacklzement-Land.

Was kaum aufgefallen wäre: Eine der Frauen hatte ein etwa fünf Monate altes Baby dabei. Sie trug es wie ein Accessoire in der Maxi-Cosy-Schale herum. Wie eine Handtasche. Wegen des kleinen Leopold Paul Oskar hatte sie ihrem Mann nicht nach Somalia folgen können, nach New York und Kapstadt dagegen schon. Oh my gosh!

Irmi versuchte ihre zuckenden Lippen unter Kontrolle zu bekommen. Die Kindsmutter ignorierte das Baby gänzlich, der Kleine war aber dankenswerterweise ein ganz braves Kind, das nur freundlich umherblickte. Irmi musterte die junge Frau ganz genau. Ein leichtes Doppelkinn schob sich vor, ja, der Zahn der Zeit und das unzulängliche weibliche Bindegewebe nagten eben auch an diesen gestylten jungen Frauen. Wartet ihr mal zwanzig Jahre, dachte Irmi, straffte ihr Kinn und zahlte.

Gegen halb drei kam sie zurück und fand Andrea vor, die ihr einiges an Informationen ausgedruckt hatte.

»Hast du eine Kurzform für mich, bevor ich das alles lese?«, fragte Irmi mit einem Lächeln.

»Ja, klar, ganz so kurz geht es aber nicht.«

Irmi zog sich einen Stuhl heran. »Bitte, nur zu, ich lausche gerne!«

»Also zuerst mal: Erben wird wohl der Bruder. Es gibt kein Testament, die Erbfolge ist klar. Der Notar von KS-Outdoors versucht den Bruder ausfindig zu machen. Der steckt wohl wirklich irgendwo in Australien. Zuletzt hat er aus Byron Bay gemailt. Der hat anscheinend null Komma null Interesse an der Firma oder an Geld. Wirtschaftliche Motive fallen also aus.«

»Schlecht für uns, also keine Spur. Dabei ist Geld so ein schönes Motiv. Was hast du sonst noch?«

»Dieser Veit Hundegger ist der Besitzer von BBT, das steht für Bavarian Bike Tools. Die stellen Radbekleidung her, neuerdings aber auch Radlschuhe und Jacken, die nicht bloß zum Radeln sind. Zum Beispiel Daunenjacken. Die Firma wurde vor zehn Jahren von Veit Hundeggers Vater betrieben und war ein bisschen altbacken. Dann hat der Junior übernommen, und in nur fünf Jahren hat das Unternehmen gescheit zugelegt. Jetzt schreiben die schwarze Zahlen und sind mittlerweile Kult. Der Junior war, wie du gesagt hast, nominiert für diesen Unternehmerpreis 2010. Ich hab da in ein paar Branchenzeitungen gelesen, und die waren sich alle sicher, dass er gewinnt. Nominiert waren insgesamt fünf, und er war der Favorit.«

»Tja, und dann ging der Oscar an Stowasser. Was für eine Schmach!«, rief Irmi.

»Ich hab da ein Interview mit Hundegger, das er nach der Preisverleihung einem Sportblatt und Bayern 5 gegeben hat. Und beide Male hat er kein Blatt vor den Mund genommen, sondern gesagt, dass Stowasser immer noch keinen … Moment, wie hieß das noch … richtig, keinen transparenten Nachweis für seine Daunen hätte. Und er hat gesagt, dass Stowasser zu billig ist, dass er bei der Qualität und Qualitätsprüfung mehr verlangen müsste. Ich hab dir das alles zusammengestellt.«

Irmi nickte.

»Und noch was«, fuhr Andrea fort. »Der junge Hundegger ist aktenkundig wegen Drogenhandel und Körperverletzung. Da gab's eine Jugendstrafe in Form von Sozialstunden wegen Drogenhandel an einem Rosenheimer Gymi, und dann hatte er mit einundzwanzig noch eine saftige Geldstrafe wegen gefährlicher Körperverletzung. Er ist international Mountainbike-Downhill-Rennen gefahren, und der Typ, den er zusammengehauen hat, war ein Konkurrent aus Kanada.«

»Das ist ja ein Ding! Der Bayern-Biker schlägt den kanadischen Holzfäller zusammen.« Irmi überlegte kurz. »Und damit empfiehlt man sich dann zum bayerischen Unternehmer des Jahres?« Sie stockte und lachte. »Na ja, wir haben allerdings auch genug vorbestrafte Politiker in unserer schönen Republik!«

»Der Hundegger ist jetzt sechsunddreißig, das liegt ja auch alles etwas zurück«, meinte Andrea.

»Jugendsünden, meinst du?«

»Ja, so ähnlich.«

»Hm, aber Leute, die ein bisschen cholerisch reagieren, tun das gerne auch im gesetzteren Alter. Mit sechsunddreißig ist der sicher noch nicht altersmilde geworden. Ich glaube, den Herrn Hundegger besuchen wir mal. Ist das Hasenteam schon da?«

»Ja, der Oberhase wartet in deinem Büro.«

Wie immer sah Kollege Hase aus wie das Leiden Christi. Er war so dünn, dass Irmi sich jedes Mal fragte, ob er nicht bald durch den Duschsiphon fallen würde.

Was er aber mit seiner Flüsterstimme zu sagen hatte, war nicht uninteressant. Neben Fingerabdrücken von Stowasser und dessen DNA hatte der Hase Spuren von drei weiteren Männern gefunden und außerdem Spuren von drei Frauen. Eine davon hatte er Frau Rosenthal zuordnen können, eine zweite der verstorbenen Gattin, die wegen des Unfalls damals im Computer gewesen war. Und er hatte weibliche Abdrücke gefunden, die nicht aktenkundig waren, aber recht frisch.

Die geheimnisvolle Dritte? Irmi war für solche Annahmen zu pragmatisch, sie wollte der Schnapsdrossel Rosenthal ohnehin noch mal auf den Zahn fühlen. Wer die Männer sein mochten, blieb ein Rätsel. Einer war vermutlich der Fahrer des tschechischen Lkws, das zumindest schien logisch zu sein. Doch zu wem könnten die beiden anderen Spuren gehören? Zu Trenkle vielleicht?

Als der Hase wieder hinausgeschlichen war, ging Irmi zu Andrea hinüber und bat sie, sich die Akte vom Unfall der Frau Stowasser zu holen, denn nun interessierte sie sich doch für die Geschichte.

Zurück in ihrem eigenen Büro, klingelte das Telefon. Irmi sah auf die Uhr. Es war halb vier. Freitags um halb vier saßen die meisten schon im Biergarten. Es war Doris Blume.

»Frau Dr. Blume, ich hoffe, Sie wollen mich nun nicht lynchen, weil wir Ihnen die Journalisten auf den Hals gehetzt haben?«

»Nein, kein Problem. Ich bin ganz froh, wenn das Problem Animal Hoarding angesprochen wird. Dass das eben entgegen der landläufigen Meinung kein Unterschicht-Asozialen-Problem ist, sondern quer durch alle Schichten geht. Wie bei den Messies. Nein, aber ich wollte Sie auf etwas anderes aufmerksam machen, keine Ahnung, ob das interessant für Sie ist.«

»Nur zu, jeder Hinweis kann wertvoll sein.«

»Wir haben unsere bürokratischen Arbeiten erledigt, wir haben dokumentiert und dann dokumentiert und auch noch zusätzlich dokumentiert – in der Medizin kommt keiner mehr zur eigentlichen Arbeit vor lauter Dokumentation. Dabei ist mir der Name Stowasser irgendwie aufgestoßen, und zwar nicht nur, weil auch ich einen KS-Schlafsack habe. Nein, eine Frau Liliana Stowasser ist meinen Kollegen im Ostallgäu 2007 und 2008 schon mal ziemlich negativ aufgefallen. Die gute Frau Stowasser hatte auch schon im Ostallgäu einen sogenannten Gnadenhof, auch da blieben die Zustände lange unentdeckt, weil sie ein abgelegenes Grundstück in der Nähe eines Weilers mit dem passenden Namen Eiterberg gepachtet hatte. Das Ganze liegt wirklich in ›Hinterpfuideifel‹, wie der Kollege sagte, irgendwo nördlich von Rückholz. Dabei ist ja Rückholz selbst auch nicht gerade ein tobendes Weltdorf. Die Kollegen im Ostallgäu haben das gesamte Procedere durchgemacht: Verwarnung, erneute Kontrollen, aufgrund einer vorübergehenden Verbesserung erst mal Ruhe, wieder Anzeigen, wieder Kontrollen ... Frau Stowasser wurden am Ende die Pferde entzogen, woraufhin sie den Pachtvertrag kündigte und weg war.«

»Weg?«

»Nun, sie fiel zumindest den Kollegen nicht mehr auf. Wissen Sie, das zentrale Problem ist eben, dass wir keine bundesweiten Daten haben. Wir bräuchten gerichtliche Anordnungen zur Therapie bei Animal Hoardern und vor allem ein bundesweites Melderegister. Krankhafte Tiersammler verschwinden nämlich gerne aus dem einen Bundesland und machen dafür andernorts munter weiter! Und selbst innerhalb Bayerns tauchen sie ab.«

»Aber Frau Stowasser ist doch wiederaufgetaucht?« Irmi war schlagartig wieder wach, obwohl der Verdauungsprozess alles Blut in den Magen gezogen hatte.

»Nein, Frau Stowasser ist erst mal gar nicht mehr aufgetaucht, dafür aber Frau Rosenthal!« Doris Blume machte eine Pause, sie hatte wirklich Sinn für Dramaturgie.

»Richtig, Isabella Rosenthal, die hatte ja auch das Grundstück in Krün gepachtet.« Irmi war nicht ganz klar, worauf die Amtstierärztin hinauswollte.

»Nein, ich meine nicht Isabella Rosenthal, sondern Liliana. Denn aus Liliana Stowasser ist ratzfatz eine Liliana Rosenthal geworden. Offenbar hat sie ihren Mädchennamen angenommen und erneut ein Grundstück gepachtet. Ich weiß nicht, wie ortskundig Sie im Landkreis Garmisch-Partenkirchen sind, aber sie hat sich wieder in die völlige Verschwiegenheit zurückgezogen. Sie kennen die Schöffau?«

»Sicher.«

Doris Blume lachte. »Nun, der Schöffau attestiert man ja ohnehin gern eine gewisse Zurückgezogenheit und eine Neigung dazu, innerfamiliär zu heiraten, damit das Sacherl beisammenbleibt. Westlich der Schöffau ist doch dieses ausgedehnte Waldgebiet mit Hunderten von Wegen, die kaum einer kennt. Und da unter dem Kirnberg, irgendwo im Nirgendwo, hat also Frau Rosenthal wieder so einen Stadl gepachtet, wieder so ein Schlammloch, das den Namen Offenstall nicht verdient hat. Aber Frau Stowasser-Rosenthal war tief davon überzeugt, dass sie den rumänischen Pferden einen Gefallen tat, die sie vermeintlich rettete.«

Rumänien – Irmi schwante nichts Gutes. Solange die Mauer noch stand, hatten sie es mit einer völlig anderen Kriminalität zu tun gehabt. Gegen die kriminelle Energie, die über die ehemaligen Ostländer jetzt ungebremst in die EU hereinschwappte, waren jene alten Fälle, in denen die Mafia involviert gewesen war, wirklich Kasperletheater gewesen. Die paar Mafiabosse, die im deutsch-österreichischen Grenzlandidyll zu Irmis ersten Kunden gehört hatten, waren ja richtig nette Märchenonkels gewesen im Gegensatz zu den heutigen Kandidaten.

»Frau Mangold, sind Sie noch dran?«

»Ja, ja, ich hatte nur gerade einen gedanklichen Anflug von Gesellschaftspessimismus. Also, die gute Frau Stowasser-Rosenthal hat Pferde aus Rumänien gerettet ...«

»Genau, allerdings müsste ich dazu wieder etwas weiter ausholen ...«

»Holen Sie, holen Sie ...« Irmi seufzte.

»Rumänische Pferde werden von Viehhändlern aus reiner Geldgier eingeschmuggelt. Das sind Pferde auf dem untersten Preisniveau, die gehen dann ja auch an die entsprechenden Käufer, die Reitermädels, die sowieso kein Geld haben und dann schon beim Pferdekauf sparen. Und meistens haben sie gar keine Ahnung davon, wie es den Tieren eigentlich geht. Diese Pferde sind oft in erbärmlichem Zustand, haben Narben an den Vorderbeinen und werden zum Verkauf erst mal gesund- und muntergespritzt. Lässt die Wirkung nach, geht das Tier krumm, ist apathisch, hustet – na ja, das volle Programm eben. Weil es aber den Pferdeschiebern nicht mehr so leicht gemacht wird, ganze Ladungen an Pferden nach Deutschland zu schicken, kommen die Rumänenpferdchen immer häufiger über Tschechien herein. Sie haben dann tschechische Pässe vom dortigen Verband und kommen ohne Untersuchung nach Deutschland, weil tschechische Pferde keine brauchen. Der Fachmann kann erkennen, dass das Rumänen sind: kleine, kurze, etwas stärkere Pferde, die in Rumänien so kleine Wagerl ziehen müssen. Einfallschneise ist die Oberpfalz, und der Kollege dort ist mittlerweile ziemlich resigniert: Über die Oberpfalzconnection kommen auch Pferde ganz ohne Papiere an oder Pferde mit falschem Pass und gefälschten Untersuchungsergebnissen. Und wenn ausnahmsweise mal Unregelmäßigkeiten nachgewiesen werden können, ist das nur die Spitze eines riesigen Eisbergs.« Doris Blume atmete tief durch. »Rumänien hat seit 2007 sein Tierschutzgesetz verbessert. Es ist zum Beispiel verboten, Tiere zu euthanasieren, außer, wenn sie unheilbar krank sind. Die nationale Behörde für Veterinärwesen und Lebensmittelsicherheit ist verantwortlich für die Überwachung und Umsetzung dieser Gesetze. Wir alle aber wissen, dass diese Gesetze nur auf dem Papier bestehen. Tötungen und Vernichtungskampagnen an Tieren passieren häufig in der Nacht – meistens durch private Auftragnehmer der Kommunen. Das Land ist zutiefst korrupt.«

Irmi schwieg und wartete ab, was Doris Blume noch zu berichten hatte.

»So – und nun gibt es eine ansteckende Blutarmut bei Einhufern, man nennt sie Equine Infektiöse Anämie, kurz EIA, und auf Englisch Swamp Fever. Das ist eine Virusinfektion, die Pferde und nahe Verwandte wie Esel und Maultiere befällt. Sie ist für Menschen ungefährlich. Der Erreger stammt allerdings aus derselben Virusgattung wie das Aids-Virus des Menschen. Nach einer Ansteckung zählen Fieber, Konditionsverlust und Schwäche zu den wichtigsten Krankheitsanzeichen. Manchmal versterben die Pferde in einem solchen ersten Schub. In vielen Fällen erholen sie sich aber und entwickeln eine chronische Form: Sie sind monatelang fieberfrei, haben zwar nicht mehr eine so gute Kondition wie früher, wirken aber auch nicht ernsthaft krank. Manche Pferde zeigen sogar zeitlebens keine Symptome, obwohl sie den Erreger weitergeben können. Infizierte Tiere bleiben lebenslang Virusträger. Die EIA ist in Deutschland eine anzeigepflichtige Tierseuche und galt hier lange Zeit als ausgestorben, bis es ab 2007 zu immer mehr Ausbrüchen kam und 2009 richtiggehend Panik in der Pferdeszene ausbrach. Die Pferde, die die Krankheit hatten, kamen alle aus Rumänien. Die Seuche ist dort endemisch, das heißt, sie tritt regelmäßig gehäuft auf.«

»Und ich gehe recht in der Annahme, dass Frau Stowasser diese Krankheit eingeschleppt hat, oder?«, fragte Irmi.

»Ja, eines ihrer Pferde hatte seltsame Symptome, man machte einen Bluttest – mit positivem Ergebnis. Das war bereits im Spätsommer 2008.«

»Und was passierte dann? Ist das heilbar?«

»Nein! Jedes Pferd mit einer positiven Blutprobe muss, so bestimmt es das Gesetz, getötet werden. Und das Virus macht nicht vor Stallmauern und Weidezäunen halt, denn es überträgt sich durch Stechmücken.«

Irmi überlegte. »Es kann also sein, dass in der Nachbarschaft Pferde infiziert werden, weil so eine heimtückische Stechmücke zum nächsten Stall fliegt?«

»Ja, und genau das ist im Dickicht des Kirnbergs geschehen. Wir gehen mit unserem momentanen Wissen davon aus, dass das Virus in der Stechmücke nicht sehr viel länger als dreißig Minuten virulent bleibt. Das heißt, dass eine Mücke, die vom Kirnberg nach Weilheim fliegt und dort ein Pferd sticht, mit hoher Wahrscheinlichkeit nicht mehr infektiös ist. In unmittelbarer Nachbarschaft aber ...« Sie ließ den Satz unvollendet.

Irmi versuchte sich zu konzentrieren und das Gehörte zu verarbeiten. »Was mich nun aber wundert, ist, dass Frau Stowasser Tierärzte an ihre Tiere ließ, ich meine, so versteckt, wie sie sonst gelebt hat.«

»Das ist es ja, Frau Mangold!«, rief Doris Blume. »In einem Nachbarstall trat die EIA auf, drei Pferde wurden positiv getestet und mussten getötet werden. Es war absolut nicht einsichtig, woher das Virus kam, die Pferde waren ein Süddeutscher Kaltbluthengst, dann ein Hannoveraner, der im Turniersport ging, und ein Isländer – keinerlei Spuren nach Rumänien, bis in dem Stall eine Ahnung zur Gewissheit wurde. Unweit davon gab es nämlich eben jenen Gnadenhof, auf den uns der Stallbesitzer, gleichzeitig Besitzer des Kaltbluts, angesetzt hat. Verständlich, denn er sah natürlich seine Felle respektive seine Einnahmen über Einsteller davonschwimmen. Wenn die EIA auftritt, werden die betroffenen Betriebe gesperrt, das heißt, es dürfen aus dem Betrieb keine Pferde rein und raus.«

»Und im Stall von Frau Stowasser war dann der Seuchenherd?«

»Ja, im Bestand waren acht Pferde, von denen vier positiv getestet und dann auch getötet wurden. Dass Frau Rosenthal identisch mit Frau Stowasser ist, das wurde mir erst durch das Gespräch mit den Ostallgäuern klar. Wissen Sie, Frau Mangold, wir kommen ja kaum dazu, all den Anzeigen wegen Tierschutzvergehen nachzukommen. Da geht schon mal was unter.«

Sie klang angestrengt.

»Waren denn die Zustände damals anders als in Krün?«

»In der Tat. Die Pferde standen zwar im Matsch, hatten aber sauberes Wasser, es gab eine überdachte Heuraufe, und es waren eben auch nicht so viele. Wenn ich Schlamm schon als Kriterium heranzöge oder schlecht gepflegte Hufe, dann müsste ich dem halben Werdenfels die Pferde entziehen.«

»Und wie ging es dann weiter?«, fragte Irmi.

»Die Pferdehalter in der Umgebung liefen Amok. Fehlinformationen und diese verdammten Internetforen richten ja nur Schaden an. Hinzu kommt, dass es in Kalkofen eine große Reitanlage gibt, und da bricht natürlich Panik aus, weil die Reiter befürchten, dass ihre Lieblinge gefährdet sein könnten. Wir wurden bombardiert mit Anrufen, es wurden auch Turniere abgesagt, was aus fachlicher Sicht kaum sinnvoll ist, weil wir von keinem Fall wissen, bei dem sich die infektiöse Anämie direkt von Pferd zu Pferd übertragen hätte. Bisher war es immer die böse Mücke.«

»Ich glaube mich zu erinnern, dass ich da was in der Zeitung gelesen hatte.«

»Ja, Frau Stowasser oder Rosenthal verweigerte jede Aussage, aber es gab natürlich eine tränentriefende Herzblutstory über die junge Frau, deren Isländer getötet werden musste. Sie wissen schon: der Augenstern der Frau, schon als Fohlen gekauft, so viel mit dem Tier durchgemacht ... Wenn der Mann hätte eingeschläfert werden müssen, wäre das nur halb so schlimm gewesen. Falls die einen Mann hatte.« Doris Blume atmete tief durch und fuhr fort: »Medial war das natürlich recht ergiebig. Für viele Pferdebesitzer begann ja erst mal das Warten: Drei Wochen nach dem Tod eines erkrankten Pferdes müssen die Kontaktpferde eine Blutprobe abgeben, und selbst wenn die negativ ist, wird nach weiteren vier Wochen noch einmal Blut abgenommen. Erst danach kann Entwarnung gegeben werden. Für die Halter ist das Warten eine Zerreißprobe. Es kam bei uns dann nichts mehr nach, aber in dieser Phase lagen die Nerven blank. Ich habe mir mal die Einträge aus den einschlägigen Internetforen geholt und Ihnen auch was zugemailt. Von ›Verbrechern‹ ist da die Rede, Betroffene, auch aus anderen Bundesländern, haben sich ausgetauscht, ob man Sammelklagen anstrengen könnte. Man versuchte, Schuldige zu finden, Pferdehändler, die mit dem Anämie-Virus infizierte Pferde aus Rumänien importiert haben. Böse Worte gab es auch für die Low-Budget-Käufer, die ganz naiv ein Pferd für fünfhundert Euro kaufen. Die Turnierszene hackte auf die ›brunzdummen Freizeitreiter‹ ein. Und es wurden eben auch massive Vorwürfe an Tierschützer adressiert, die Pferde retten, was andere Pferde allerdings das Leben kostet.«

Irmi fühlte die Anspannung, spürte das Kribbeln, das sie jedes Mal überfiel, wenn sie Witterung aufnahm.

»Wurde Frau Rosenthal denn auch namentlich attackiert?«

»Ja, und wie. Ich habe Ihnen da wie gesagt vorhin was durchgemailt.«

»Ist Frau Rosenthal nicht auch bald darauf verunglückt?«

»Etwa fünf Monate später, im Frühjahr 2009. Pikanterweise bei einem Treppensturz in just jenem Stall, in dem die drei Pferde getötet worden waren«, sagte Doris Blume für ihre Verhältnisse ungewöhnlich leise und langsam.

»Sie begab sich also freiwillig in die Höhle des oder der Löwen? Warum das denn?«

»Das entzieht sich meiner Kenntnis. Schauen Sie, es traten keine weiteren Fälle mehr auf, wir hatten genug anderes zu tun. Probleme mit der Impfung gegen die Blauzungenkrankheit und so weiter. Es ist genug zu tun, wenn Sie es mit der explosiven Mischung aus Renitenz und Verschlossenheit der Werdenfelser Bauern zu tun haben. Das ist wie bei den Lebensmittelskandalen: Aufreger kochen hoch und über, bald aber kühlt das Wasser ab, und auf einer ganz anderen Herdplatte brodelt es wieder. Ich weiß nur, dass natürlich auch auf Behördenebene der Ruf nach besseren Kontrollen des Pferdehandels laut wurde. Alles Lippenbekenntnisse – bisher hat nur die Schweiz die Einfuhr von Pferden aus Rumänien verboten. Und selbst wenn nur noch Pferde einreisen dürfen, die in vorher festgelegten Laboren untersucht wurden und ein Zeugnis von bestimmten Amtstierärzten haben müssen, hat man noch lange keine Garantie, dass nicht schlecht bezahlte Leute an den entsprechenden Stellen bestechlich sind.«

Irmi schwieg.

Doris Blume sagte schließlich: »Ich höre Sie denken, Frau Mangold!«

»Ja, es rattert in meinen alten, verbrauchten Hirnwindungen.«

»Darf ich mitdenken?«

»Denkende soll man nicht aufhalten!« Irmi lachte leise.

»Eine Frau verschuldet den Tod von drei geliebten Pferden. Jeder der drei Besitzer hätte Grund, ihr den Tod zu wünschen.«

»Und diese Frau fällt komischerweise sehr dubios die Treppe hinunter«, ergänzte Irmi.

»Eineinhalb Jahre später wird ihr Mann tot inmitten von Reptilien aufgefunden, die ebenfalls illegal nach Deutschland gekommen sind, das ist uns vom Veterinäramt auch klar. Wer Reptilien einschleust, hat es auch in der Hand, Pferde einzuschleusen, eventuell beides über Tschechien«, sagte Doris Blume. Wieder sehr leise.

O ja, dachte Irmi. Pferde, Reptilien und Koks. Letzteres würde sie Doris Blume natürlich nicht auf die Nase binden. Stattdessen sagte sie: »Und schon haben Sie meinen Fall gelöst. Einer der drei Pferdebesitzer hat sein Pferd gerächt, oder?«

»Wäre eine Möglichkeit«, meinte Blume. »Tiere werden häufig weitaus mehr geliebt als die Anverwandten. Und manchmal geht es auch um viel Geld.«

»Wissen Sie denn noch, wer die Leute waren?«

»Hab ich Ihnen rausgesucht und ebenfalls durchgemailt«, sagte Doris Blume. »Und wenn ich mir noch einen Zusatz erlauben darf: Der Warmblüter war ein zukunftsträchtiges teures Springpferd und der Kaltbluthengst ein gekörter Super-Sperma-Lieferant. Insbesondere die Kaltblutleute verstehen gar keinen Spaß, wenn es um ihre Rösser geht.«

»Das glaub ich gerne. Wenn Sie mal einen Job brauchen, Frau Blume …«

»Ach, danke schön. Ich glaube, wir sind am End doch ganz gut da aufgehoben, wo wir sind, Frau Mangold. Wenn Sie noch was wissen wollen, ich helfe Ihnen, wo ich kann.«

Irmi bedankte sich und sackte in ihren Bürostuhl. Sie hatte die Pferde vor Augen, die Hügel unter den Planen. Eine Mamba kroch durchs Bild, irgendwo schoss Trenkle durch ihre Gedanken. Trenkle, Rosenthal, Blume, Stowasser, Hundegger, EIA, Viren, Daunen – was war das für ein Wust, den es hier zu entwirren galt!

Sie ging zu Andrea hinüber, die in einer Akte blätterte.

»Ist das die von Liliana Rosenthal?«, fragte Irmi.

Andrea stutzte. »Du meinst Stowasser?«

»Richtig, dazu kann ich dir eine schöne Geschichte erzählen.« Irmi stockte. »So schön ist sie gar nicht.« Sie fasste zusammen, sprach von den Vorfällen im Ostallgäu, von der Mutation der Frau Stowasser zu Rosenthal und von den Pferden, die getötet worden waren.

»Ja klar, Mensch, die haben damals den Viktorius vom Gangkofer eingeschläfert. Der hatte in der HLP 8,6. Ein Wahnsinn!«

Irmi verstand vor allem Bahnhof. Und weil sie wahrscheinlich entsprechend dreinblickte, musste Andrea lachen und sagte: »Entschuldigung, das war Rosserer-Latein. Also, wir haben ja auch Kalte, wie du weißt, und der Viktorius war ein junger Rapphengst, der bei der Hengstleistungsprüfung eine Note von 8,6 hatte. Das ist sehr viel, ich will dich da jetzt nicht mit Details langweilen. Jedenfalls hat der dem Anton Gangkofer gehört, und der Hengst war sehr gefragt. Mein Vater kennt den Gangkofer besser, ich seh ihn immer nur in Rottenbuch beim Fohlenmarkt. Ein Wahnsinn, dass so ein schönes Pferd dran glauben musste.«

»Andrea, du weißt ja, dass ich es nicht so mit Pferden hab! War das denn ein großes Ding mit dieser Infektiösen Anämie?«

»Ja, schon, so etwa drei Monate lang. Als keine Fälle mehr auftraten, war das Interesse schnell vorbei«, erklärte Andrea mit einem Achselzucken.

»Wie groß ist denn der Verlust bei so einem Hengst?«

»Also, mei, ich weiß, dass der Gangkofer das Hengstfohlen für neunhundert Euro ersteigert hat. Das ist erst mal nicht viel. Der Verlust besteht in der entgangenen Decktaxe und darin, dass das Ross weg ist. Weißt du, der Gangkofer war so ein Quereinsteiger, der hat nicht schon seit Jahrzehnten Rösser, und dem haben viele das Pferd nicht vergönnt. Im stillen Kämmerlein haben die gefeixt, dass es den Gangkofer getroffen hat.«

»Bloß im stillen Kämmerlein?«, fragte Irmi mit einem Lächeln.

Andrea gluckste. »Du kennst doch die Leut, da gab's genug, die kein Blatt vor den Mund genommen haben.«

»Dieser Anton Gangkofer hatte also allen Grund, sauer zu sein?«, fragte Irmi.

Andrea starrte sie mit großen Augen an. »Du meinst, der hat die Frau Stowasser getötet?«

»Warum nicht?«

»Und den Kilian Stowasser auch?«

»Nun, wenn ich der Argumentation der Amtstierärztin folge, dann hatte Frau Stowasser kaum die Möglichkeit, Pferde aus Rumänien einzuschleusen. Aber er hatte diese Option schon, er hat ja wohl noch ganz anderes Zeug eingeschleust: Daunen, Drogen, Drachen – da passen doch auch noch ein paar Gäule auf den Lkw aus Tschechien!«

»Aber der Gangkofer, also, ich mein ...«

»Andrea, bloß weil er Süddeutsche Kaltblüter züchtet, ist er kein besserer Mensch.« Irmi musste schon wieder seufzen. »Wie sieht es denn nun mit der Akte aus? Vielleicht gibt die uns ja einen ersten Aufschluss.«

Andrea schob ihr die Pappe über den Tisch. »Ich hab ein bisschen drin gelesen. Komisch ist das schon.«

Ja, in der Tat, dachte Irmi. Frau Stowasser war die Treppe des Reiterstüberls auf dem Anwesen von Anton Gangkofer hinuntergestürzt und hatte sich das Genick gebrochen. Die Akte umfasste auch Bilder und Lageskizzen. Gangkofer hatte einen Stadl in eine Reithalle umfunktioniert und an der Stirnseite ein kleines Stüberl eingebaut, inklusive einer sehr steilen Himmelsleiter, die Frau Stowasser direkt in die Hölle befördert hatte. Frau Stowasser hatte 1,7 Promille Alkohol im Blut gehabt – gut, da ist man natürlich nicht mehr so trittsicher. Den Fall hatte damals die Polizei in Weilheim bearbeitet, weil das Grundstück von Gangkofer schon jenseits der Landkreisgrenze lag. Man hatte die Anwesenden befragt, die alle angegeben hatten, dass es eine kleine Stallfeier gegeben hatte. Vor dem Hintergrund der EIA-Geschichte fand Irmi es schon sehr bizarr, dass Frau Stowasser ihre verbliebenen vier Pferde wohl zu Gangkofer gestellt und da ein halbes Jahr später gefeiert hatte. Jedenfalls war das ein Unfall gewesen, Akte zu, Klappe zu, Frau Stowasser tot!

Irmi schüttelte den Kopf. »Wirklich eine komische G'schicht. Zufall?«

»Du glaubst doch nie an Zufälle!«, rief Andrea.

»Nein, sehr selten. Ich glaub auch nicht an Schicksal und Vorherbestimmung. Das sind doch nur faule Ausreden, das eigene Leben nicht in die Hand zu nehmen«, sagte Irmi.

»Na ja, also, ich weiß nicht ...«, meinte Andrea.

Irmi musste innerlich grinsen. Andrea widersprach ihr, das war ja mal ein gutes Zeichen von aufkeimendem Mut.

Irmi sah auf die Uhr. »Du gehst heim, damit die Liste deiner Überstunden nicht ins Unendliche wächst. Ich schau am Wochenende vielleicht mal bei diesem Gangkofer vorbei, und am Montag knöpfen wir uns den Hundegger vor mit seinen kultigen Radlhosen.« Sie überlegte kurz. »Ich nehm dich mit zu Gangkofer, wenn dir das recht ist. Ich hab von Pferden keine Ahnung, nur von Kühen. Das sind nette Wiederkäuer, Pferde erscheinen mir ungleich komplizierter.«

»Au ja«, sagte Andrea, verabschiedete sich wenig später und verschwand.

Irmi verließ Garmisch in einer Karawane von Autos und beschloss, in Oberau noch einkaufen zu gehen, um den vereinsamten Kühlschrank mit etwas Leben zu füllen. Eine Urlauberfamilie hatte ihren Einkaufswagen dermaßen überladen, dass Irmi sich besorgt fragte, ob ein Notstand ausgebrochen war und sie das irgendwie nicht mitbekommen hatte.

»Kategorie Fewo total«, pflegte Lissi dazu zu sagen. Ihre Nachbarin vermietete zwei Ferienwohnungen und hatte immer wieder Gäste, die dem lokalen Bäcker nicht mal ein paar Euro gönnten, sondern ihre eingeschweißten Aufbacksemmeln mitbrachten und niemals auf die Idee gekommen wären, essen zu gehen. Lissi hasste es, wenn sie bei der Endreinigung die öligen Küchenschlachten zu beseitigen hatte. »Himmel, da kochen die Weiber daheim Jahr und Tag, und im Urlaub langt's ned amoi für a Pizza.«

Irmi kaufte eher spärlich ein und beschloss, bei Lissi vorbeizufahren. Es hing eine feuchte Schwüle über dem Moos, und Lissi wirbelte gerade in ihrem Kräutergarten, hatte rote Wangen und erdige Hände, strahlte wie immer und schaffte es, Irmi allein durch ihre Anwesenheit fröhlich zu stimmen. Sie fragte auch nicht nach Irmis Arbeit, sondern dirigierte sie in eine neu gestaltete Gartenlaube, wo sie kunstvoll Weiden so verflochten hatte, dass sie unter einem luftigen Tipi saßen.

Lissi brachte Prosecco, der wie immer zu süß war, und erzählte Geschichten aus dem Dorfleben, wer mit wem, welche Hochzeiten anstanden und welche Scheidungen. Das Leben konnte so angenehm sein.

Es war längst dunkel und bayerisch frisch, als Irmi heimging. Die beiden Kater waren wohl auf der Pirsch, zumindest war keiner von ihnen zu sehen. Beim Einschlafen hörte sie es wieder grollen. Ein neues Gewitter zog heran.

9

Irmi erwachte durch einen jähen Schmerz in der Zehe. Aua! Und nochmals aua! Sie zog ihren Fuß hektisch weg und hörte ein strafendes Zischen. Der kleine Kater liebte es, Zehen zu jagen, und er war wohl der Meinung, dass Irmi mal aufstehen könnte. Es war ja auch schon sieben. Ganz schön spät, eigentlich hatte sie noch in den Stall gehen wollen.

Stattdessen machte sie sich auf in die Küche, kochte Kaffee, legte Brot in den Toaster, der sicher so alt war wie sie selbst. Er hatte noch ein dickes, mit Isolierband umwickeltes Kabel, das an einem fetten Stecker endete, aber er funktionierte. Sofern man den Toast rechtzeitig herausnahm, denn einen automatischen Auswurf hatte er nicht.

Die Zeitung lag auf dem Tisch. Irmi beäugte sie. Die erste Seite war mal wieder mit irgendeiner Börsen- und Bankenkrisen-Geschichte belegt, das Aufmacherfoto zeigte verregnete Bierbänke und eine verlassene Maß, in der sich der Regen gesammelt hatte. Ja, als Biergartenbetreiber konnte man über diesem Nicht-Sommer verzweifeln und Konkurs anmelden. Einen Vorteil hatte ihr Job: er war wetterunabhängig, denn gemordet wurde immer, gestorben auch.

Zögerlich klappte Irmi die Zeitung auf und zog den Garmischer Lokalteil heraus.

Herr über 1000 Gänse tot

Bayerischer Unternehmer des Jahres 2010 tot aufgefunden

Eschenlohe/Krün. Kilian Stowasser, mit dem bayerischen Unternehmerpreis ausgezeichnet, wurde Dienstag letzter Woche in Krün tot aufgefunden. Bei dem Anwesen handelt sich es sich um einen Gnadenhof seiner Schwägerin. Die Zustände dort waren allerdings so entgleist, dass die zuständige Amtstierärztin und das Tierheim Garmisch stundenlang Tiere sicherstellen, verarzten und teilweise sogar einschläfern mussten. Dr. Doris Blume sprach von »verheerenden Zuständen, die ich in der Form schon lange nicht mehr gesehen habe. Pferde, Hunde, Kaninchen und Wellensittiche vegetierten ohne Futter und Wasser dahin, es kam auch zu Kannibalismus.« Blume beschreibt die Zustände als einen besonders krassen Fall von Animal Hoarding, also krankhaftes Tiersammeln. Weltweit nimmt das Tiersammeln zu, auch »als Folge von Vereinsamung, einem Zurückziehen von den Menschen« – so Blume. Neben den Vögeln und Säugetieren befanden sich auf dem Anwesen auch Reptilien, die ebenfalls nicht artgerecht gehalten worden sind. Kilian Stowasser starb durch Schlangengift. Wie er genau damit in Berührung kam, ermittelt momentan die Kripo. Es könne sich eventuell um einen Biss handeln, ließ die Polizei verlauten. Momentan gilt es noch nicht als geklärt, ob Stowasser der Besitzer der Tiere war. Stowasser trug zudem Bissmale von Hunden. Dazu Irmgard Mangold: »Wir stehen noch ganz am Anfang.«

Tina Bruckmann hatte sich an die Fakten gehalten. Irmi war ihr mehr als dankbar. Im Bayernteil gab es eine verkürzte Form, nun wusste also der ganze Freistaat, dass der Mann tot war, dass Schlangengift im Spiel gewesen war. Viel mehr aber nicht. Allerdings würden bald Boulevardmagazine auf den Fall aufmerksam werden, sie hatte also nicht viel Zeit.

Bernhard kam herein. »Servus, Schwester.« Er plumpste auf einen Stuhl, Irmi schenkte ihm Kaffee ein. Bernhard nahm sich einen Toast, und während er das halbe Glas Marmelade draufschmierte, fiel sein Blick auf die Zeitung.

»Wer ist tot?«

»Kilian Stowasser, der stellt Schlafsäcke her. Drüben im Dorf.«

»Ach, der Gänsebaron. Du kennst doch den Schmutterer Willi. Der hat mal eine Weile die Gänse gepflegt.«

»Echt?«

Das klang wohl zu interessiert, weil Bernhard sofort nachfragte: »Hast du was damit zu tun?«

»Ja, quasi. Was hat er denn so erzählt, der Willi?«

»Dass der Stowasser einen Mordsaufzug macht mit seine Gäns, dass es ja wohl übertrieben ist, wie viel Platz die haben müssen und dass die Frau Stowasser denen sogar Namen gegeben hat. Ich bitt dich schön, die sehen doch alle gleich aus!«

»Aber jetzt ist er nicht mehr dort?«

»Naa, des war vor ein paar Jahren, der Willi arbeitet jetzt beim Maschinenring.«

Bernhard stopfte sich noch einen Toast rein und stand auf. »Ich fahr in den Forst. Muss mal schauen, was die Stürme alls umg'haut ham.«

Irmi sparte sich jeden Kommentar von wegen nicht allein in den Wald und so weiter. Es war ja ungewöhnlich genug, dass ihr Bruder sie überhaupt in seine Pläne einweihte. Sie las noch ein bisschen in der Zeitung, beschloss dann, dem Staubsauger mal Bewegung zu verschaffen, und putzte schließlich noch das Bad. Sie hasste Putzen, aber Bernhard hatte gesagt: »Keine Putzfrau, was sollen denn die Leit denken, wenn mir als Bauernhaushalt a Putzfrau ham!« Jede weitere Diskussion war zwecklos.

Es war halb elf, als Irmi bei Andrea anrief: »Ich tät zu Gangkofer fahren, kommst du mit?«

»Klar, treffen wir uns in Saulgrub? Dann musst du nicht mit der Kirch ums Dorf fahren!«

»Ja, wunderbar.« So konnte Irmi rüber nach Grafenaschau fahren und weiter nach Kohlgrub. Ein Katzensprung, während Andrea sich den ungeliebten Ettaler Berg hinaufwinden musste.

Im Hof standen noch Pfützen, es hatte wohl ganz schön geschüttet in der letzten Nacht. Nun war es bedeckt, ein Wetter, das Irmi liebte. Besser als dieses ständige Wechselbad aus Schwüle und Gewitterregen.

Andrea wartete am V-Markt, wo das samstägliche Einkaufschaos in vollem Gange war. Es war wohl doch ein Notstand ausgebrochen!

Sie fuhren durch Bad Bayersoien und am recht mondänen Parkhotel vorbei, wo verwaiste Strandkörbe über den Soier See blickten. Die Teerstraße wurde hinter Kirmesau zum Feldweg, so angelegt, dass er wie ein hochgewölbter Rücken wirkte. Ein paar Radler kamen ihnen entgegen und schauten böse, dabei war das nun mal eine offizielle »Straße«. Auch die zuckelnde Ponykarawane vor dem Blaslhof musste umschifft werden, ebenso wie eine heftig diskutierende Wandergruppe mitten auf der Straße in Schöffau. Ohne die verbeulten Schilder, die immer mal wieder Halt im Sträßchenwirrwarr gaben, hätte sie nie zu Gangkofer gefunden.

Der Hof lag recht hübsch am Abhang des Kirnbergs, der Blick ging weit ins Land hinein. Etwas abseits in einem Obstgarten voller alter Bäume, die dringend mal der Pflege bedurft hätten, stand ein altes Bauernhaus, das ziemlich marode aussah und dessen Dach schon abgestützt war. Es schien aber noch bewohnt zu sein. Wahrscheinlich von Gangkofers Eltern.

Zweihundert Meter entfernt hatte man einen eher pompösen Neubau im Landhausstil mit einer großen Terrasse errichtet. Es folgte ein hypermoderner Laufstall, den wohl die Kindeskinder noch abzahlen würden – ebenso wie einen brandneuen riesigen Fendt, über dessen Sinn man hier in der Steillage sicher diskutieren konnte. Der Traktor parkte vor dem Stadl, den Irmi bereits auf den Skizzen gesehen hatte.

Das große Tor stand offen und gab den Blick in eine

Reithalle frei, die nicht gerade mit gleißender Helligkeit aufwartete, aber immerhin hatten die Reiter ein Dach über dem Kopf. An die Süd- und Ostseite hatte Gangkofer je fünf Paddockboxen angebaut, ein Stück den Hang hinauf gab es noch zwei alte Schuppen, die jeweils ein paar Ponys als Unterstand dienten. Optimale Platzausnutzung könnte man das nennen, offenbar waren rund zwanzig Pferde hier untergebracht. Ohne zu wissen, was der Mann dafür verlangte: Ein schönes Zubrot zum eher frustrierenden Milchpreis war das sicher.

Irmi schlenderte, gefolgt von Andrea, zu der Halle, wo eine Frau vor einem Pferd stand und mit einem dicken Tau vor den Augen des Tiers herumwedelte. Das Pferd wirkte völlig desinteressiert und verharrte wie eine Statue. Der Sinn der Übung sollte wohl sein, dass es zurückwich, doch es tat nichts. Zwei weitere Frauen in Irmis Alter riefen Tipps und Kommentare über die Bande, und selbst oder gerade ihr als einem Laien in Pferdefragen war klar, dass dem Tier das ganze Geschrei und Gebrüll zu bunt werden musste. Plötzlich stand es elegant auf den Hinterbeinen, warf sich ebenso elegant herum und verließ die Halle mit einem Sprung über den Absperrungsbalken am Tor, das dicke Tau wehte hinter ihm her. Die Wedlerin lag im Sand.

»Upps«, machte Andrea und sah dem Pferd nach, das bergwärts ins Grün galoppierte, gefolgt von der Wedlerin, die sich aufgerappelt hatte und hinterherrannte. Eine der beiden Zuschauerinnen löste sich ebenfalls von der Bande und stolperte hinterher. Nur halb so elegant wie das Tier!

»Ich sag es der Katja immer: Der Gaul ist völlig irr«,

kam es von der anderen Frau. »Ich hab ihr die Milena so ans Herz gelegt, die arbeitet nach Hempfling, und ich hab ihr schon tausendfach gesagt, die muss dem Pferd diese EM geben. Also, meine Shakira ist ein völlig neues Pferd, seit ich ihr EM und Bokashi füttere. Sie füttern doch auch Bokashi und EM?« Das klang drohend.

EM kannte Irmi nur als Abkürzung von Europameisterschaft, aber das konnte hier ja nicht gemeint sein. Und wer Bokashi war, entzog sich Irmis landwirtschaftlichem Wissen. Das Pferd war Irmi im Übrigen gar nicht irr vorgekommen, sondern eher vernünftig. Außerdem waren Pferde bekanntlich Fluchttiere, bei drei solchen Weibsen blieb doch nur der organisierte Rückzug.

Da Andrea beharrlich schwieg, antwortete Irmi: »Äh, nein, wir suchen eigentlich nur Anton Gangkofer.«

Es war offensichtlich, dass Irmi bei der Dame durchgefallen war. Diese war aber auch gleich abgelenkt, weil eine Erscheinung barfuß in befranstem Reitrock, mit Rüschenbluse und Cowboyhut auf einem sattellosen Pferd herangeritten kam.

»Adsila, wie schön!«, kreischte die andere und öffnete den Balken. War damit das Pferd gemeint oder die Reiterin? Andrea stand der Mund offen, Irmi war von der Show nun doch so gefangen genommen, dass sie noch etwas stehen blieb. Das Pferd mit einem dicken Hintern und einem winzigen Kopf trottete in der Halle im Kreis herum, bis es nach einer endlosen Weile in einen Zuckeltrab verfiel.

An Irmi gewandt, flüsterte die Zuschauerin, bebend vor Ehrfurcht: »Adsila hat mal unter Mustangs gelebt.«

Unter Mustangs? Irmi wollte sich das gar nicht so genau vorstellen.

Dann rief die Futterspezialistin von eben in die Halle: »Adsila, Angel Spirit joggt ja göttlich!«

Offenbar war Adsila doch die Frau. Sie war faltig wie ein überstandiger Pfirsich, und ihr hochgerutschter Rock legte unschöne fette Krampfadern offen. Angel Spirit war demnach das Pferd. Dieser Engelsgeist jedenfalls zuckelte noch eine Weile, bis Frau Adsila, die sicher auch Bokashi fütterte, wieder von dannen zog. Zum Glück entschwand die andere gleich mit ihr.

Irmi starrte Andrea an. »Ich glaub, ich hatte eine Erscheinung. Ich stehe im Oberland und glaube, man hat mich auf einen fernen Planeten gebeamt.«

»Also, das letzte Ross war ein Quarter Horse, ein amerikanisches Arbeitspferd, und im Westernreiten heißt dieser ganz langsame Trab Jog, daher hat sie vom Joggen gesprochen.«

»Okay, und der Rest?«

»Hempfling ist so ein Pferdeflüsterer, der mit den Hüften wackelt und einen ziemlichen Schlag bei Frauen hat. Auch hier in der Region ist eine wegen dem Hempfling durchgegangen und mit ihr viel Geld.«

Irmi überlegte. »Hatten wir da nicht auch mal was wegen Sekten auf dem Tisch?«

»Ja, genau. Einige Sektenausstiegsvereine betreuen auch Hempfling-Opfer. Es gibt inzwischen viele Geschädigte, die er mit seiner Finca in Spanien geködert hat. Die meisten haben da viel Geld reingesteckt und haben dort völlig umsonst geschuftet ...«

»Bloß Erleuchtung gab es keine?«

»Ja, so ähnlich. Ganz genau krieg ich das auch nicht mehr zusammen, ich weiß bloß, dass eine Freundin von mir auf den Typen schwört. Sie hat Gott sei Dank kein Geld, drum passiert da nix. Einen Kurs bei dem kann die sich nie leisten.«

Irmis Eindruck, schon wieder in einer Parallelwelt gelandet zu sein, vertiefte sich zunehmend. »Und was hat es mit den EM auf sich?«

»EM sind effektive Mikroorganismen. Meine Oma versprüht die bei den Goaßn im Stall, weil sie sagt, dass sich dann der Kot und der Urin besser zersetzen und es weniger Fliegen gibt und die Goaßn mehr Milch geben.« Andrea machte eine Kunstpause. »Mein Vater sagt: Oma, spinnst jetzt auf deine alten Tag. Also, jedenfalls kann man die auch füttern, und dieses Bokashi ist fermentiertes Getreide, glaub ich, da waren diese EM vorher schon tätig. Das ist zwar irgendwie doppelt gemoppelt, wenn ich auf das Bokashi auch noch EM gebe. Aber so ganz genau weiß ich das auch nicht.«

Irmi hatte eine Schnute gemacht und grinste. »Ich nehme an, dein Vater füttert kein Bokashi?«

»Nein, wir füttern Heu und Gras.«

»Wär ja no scheener, wenn s'beim Gässler aa so spinnen täten«, kam es von hinten.

Die beiden Kommissarinnen drehten sich um. »Andrea, griaß di«, sagte ein Mann und schickte ein »Griaß Eahna« an Irmis Adresse. Aha, das also war der Gangkofer Anton. Er steckte in einer blauen, etwas mistigen Latzhose. Natürlich hatte er die männliche bayerische Bierblase an der

Frontseite, wirkte aber generell so, als sei er schon mal mehr gewesen, die Hose schlabberte jedenfalls ziemlich. Er war um die vierzig und wirkte nicht unsympathisch.

Als Irmi sich vorstellte, runzelte er die Stirn, seine Begeisterung für Besuche der Polizei hielt sich augenscheinlich in Grenzen. »Lustiger Laden hier«, sagte Irmi in einem Versuch, die Stimmung aufzulockern. »Meine Mutter hat immer gesagt, der liebe Himmelpapa hätte einen großen Tiergarten. Sie haben sogar eine Frau Adsila?«

Er grinste wieder. »Ja, der Name is indianisch. Sie hoaßt eigentlich Vroni Huber, also in einem andern Leben halt, aber des klingt natürlich ned guad zu Enschl Schpirit.«

»Da haben Sie ja einiges an Show hier geboten?«

»Ja mei...«

»Und ja mei heißt, dass die Show Geld bringt?«

»Und wenn's so wär?«

Geld stinkt nicht, das hatte es noch nie getan. »Und wenn das Geld von einer kommt, die schuld dran ist, dass der Viktorius eingeschläfert werden musste? Ändert das nichts?« Den Namen des Gauls hatte sich Irmi immerhin gemerkt.

Gangkofer druckste herum und war sichtlich unangenehm berührt. »Ja mei, des war halt Pech.«

»Pech? Das war doch fahrlässig, diese Pferde aus Rumänien zu holen!«

»Mei, Frau Mangold, was glauben S', was sich die blöden Weiber do bei uns von de Händler aufschwatzn lassen! Do gibt's oan, der hot a Schrankerl voll von falschen Papieren und Pässen. Wenn der Gaul halt braun isch und eine dünne Blässe hot und des Papier passt, dann kriegt er's eben. Do wird a polnisches Kutschpferdl zu einem sauteuren Pinto. Und wie die Rumänen von der Stowasserin maushin waren, hot sie neue vom Viechmarkt in Miesbach g'holt. Und die standen dann bei mir.«

»Aber Sie haben einen zukunftsträchtigen Hengst eingebüßt!«, insistierte Irmi.

»Ja, scho, schad ist's drum, aber des lasst sich nimmer ändern. I bau grad einen neuen auf.«

»Und nehmen ausgerechnet Frau Stowasser mit vier Pferden bei sich auf?«

Irmi kannte die Antwort bereits. Sie hatte wieder etwas mit der Geld-stinkt-ned-Philosophie zu tun.

»Mei, der Kilian ...«, hob Gangkofer an.

Ach, der Kilian, der war ja gerne mit jedem per du gewesen, dachte Irmi. »Ja mei, der Kilian?«

»Der hot mir den Hengst ersetzt und zu der Halle was dazugegeben.«

Dazugegeben? Irmi war sich fast sicher, dass der Kilian die gesamte Halle finanziert hatte. Wie nobel, die Familie Stowasser war überall recht aktiv gewesen in der Verteilung von Schweigegeldern!

»Und was zahlt man dann so bei Ihnen im Monat?«, fragte Irmi.

»Dreihundertfuchzig!«

»Aha.«

»Des is günstig. Mit Halle und Koppeln, und i fütter aa ganz a guats Heu!«, ereiferte sich Gangkofer.

»Bestimmt«, sagte Irmi beschwichtigend. Bei zwanzig Pferden und »dreihundertfuchzig« sollte sie Bernhard vielleicht auch zu einer Umstellung auf Pferdeeinsteller raten.

Aber ihr Bruder hasste Pferde, er war ein klassischer Kuhbauer, und in ihrer Familie gab es keinerlei Pferdetradition. Keinen Opa, der ins Holz gegangen wäre oder mit Rössern gearbeitet hätte. Ihre Ahnen hatten Ochsen gehabt.

»Wie lang waren die Pferde von Frau Stowasser denn da?«

Gangkofer beäugte Irmi ausgesprochen grantig und wandte sich dann an Andrea: »Was will dei Chefin eigentlich?«

»Och, die will einfach, dass ihre Fragen beantwortet werden.« Irmis Ton wurde schärfer. Sie konnte auch anders. »Die kann Sie nämlich sonst auch vorladen lassen.«

Das schien ihm wenig verlockend, und nun gab er brav Auskunft. Die Pferde seien bis zum Tod von Frau Stowasser da gewesen, und nach dem Tod der Stowasserin habe ihr Mann Kilian sie abholen lassen. Wahrscheinlich waren sie in Krün gelandet, dachte Irmi. Am Tag des tödlichen Unfalls war Gangkofer gar nicht vor Ort gewesen, sondern mit seinem zweiten Hengst Vinaro bei der Zugleistungsprüfung.

»Do hab i Zeugn grad gnug«, sagte er, »und außerdem hob i des aa scho den Kollegen erzählt.«

Das stimmte, Irmi hatte die Aussagen gelesen. Auch die Liste der Anwesenden.

»I woaß scho, warum ihr fragts! I lies aa Zeitung. Der Kilian is tot. Schad, war so a guade Haut. Hot die oide G'schicht was damit zum tun?«

Ja, dumm war er nicht, der Gangkofer Anton!

»Was meinen denn Sie?«, konterte Irmi.

»Dass ihr wissen wollts, wer den Stowasser ned mögen hat?«

»Klug gefolgert, und ich nehme mal an, das war unter anderem der Herr Magerer, der sein Springpferd verloren hat.«

»Falsch, ganz falsch! Der Nobel Boy vom Magerer war hoch versichert. Der Gaul war bei uns quasi auf Sommerfrische. Der hat einen Spring-Burn-Out gehabt. Des gibt's aa bei Rössern. Aber der wär aa nach seinem Sommerurlaub nimmer mehr g'hupft. Des woaß i g'wiss, und der Magerer hot des aa g'wusst!« Nun hatte Anton Gangkofer richtig rote Backen. »Dem hot die Stowasserin an G'falln getan. Der is richtig gut aussi kemma aus der G'schicht.«

Das klang wirklich überzeugend, wiewohl Irmi Andrea mit einem Kopfnicken bedeutete, seine Aussage später zu überprüfen.

»Da war aber noch ein totes Pferd, oder?«

»Ja, der Sleipnir. Wenn wer die Stowassers ned mögen hot, dann die Sonja.«

»Sonja?«

»Sonja Ruf, die wo auch des Ross hat einschläfern lassen müssen. Den Sleipnir, des war ein Isländerwallach. Sie hot noch so an kloanen Heustockmarder, die Bjalla. Und wissts was?«, fragte er erneut an Andrea gewandt.

»Nein?« Sie schüttelte den Kopf.

»De Sonja war auch damals beim Fest do, bis zum Schluss, bis die Frau Stowasser die Treppn runtergepoltert is. Was muss die auch so blöd fallen? Nix als Ärger hot des gebn. Polizei, Berufsgenossenschaft, die Treppn hob i sichern müssen. Und jetzt kommen S' schon wieder ...«

Ja, nun kamen sie auch noch! Nein, Gangkofer konnte sich für ihren Besuch nicht erwärmen. Und Irmi hatte in jedem Fall zwei Verdächtige weniger. Gangkofer hatte von Stowassers Blutgeld mehr als profitiert, dieser Magerer wohl auch, nur Sonja Ruf hatte ihr geliebtes Pferdchen verloren. Aber selbst wenn die Frau Stowasser einen Stoß versetzt haben sollte, würde sie das nie zugeben. Und warum diese Frau dann erst im Jahr 2011 den Gatten Stowasser meucheln sollte, war ja mehr als an den Haaren herbeigezogen. Allmählich stimmte Irmi ihrem Bruder zu: Diese ganzen Rosserer hatte doch alle schwer einen an der Reitkappe.

»Ist das Pferd von Frau Ruf noch da? Und Frau Ruf auch?«

»Ja, ja, des Pferdl steht da oben bei den andern Ponys, der Rapp mit der braunen Mähne. Die Sonja is im Urlaub, die kimmt am Dienstag wieder.«

»Und wo sind die Pferde von Frau Stowasser hingekommen?«

»Die hat der Kilian abholen lassen. Hob i doch schon g'sagt. Ham mir's dann? I müsst zum Stammtisch.«

Nein, davon durfte man den Mann natürlich nicht abhalten. Und so schlurfte er von dannen, sogar die Gummistiefel schienen ihm zu groß zu sein. Konnte man am Fuß auch abnehmen?

»So, das war also der Herr Gangkofer«, sagte Irmi nach einer Weile und ging wortlos bergwärts. Andrea folgte ihr. Sie stoppte an dem Paddock, auf dem sieben Ponys dösten, Ponys in allen Größen und Farbstellungen. Bjalla war kräftig, sah hinter ihren langen Haaren fast nicht hinaus und drehte ihnen den wohlgerundeten Hintern zu.

»Süß!«, sagte Andrea.

»Lass das mal nicht deinen Vater hören, dass du so ein Pony süß findest.« Irmi hatte bei einem anderen Fall auch schon mal mit Isländern zu tun gehabt und sich mit der Frage konfrontiert gesehen, ob sich ein guter Oberländer Bauer nicht schämen musste wegen dieser Zwerge.

»Keine Sorge, und du wirst es ihm auch nicht erzählen, oder?«, meinte Andrea lachend.

»Nein, mein Bedarf an Pferdeszene ist für Jahre gedeckt.«

»Was machen wir jetzt mit dieser Sonja Ruf?«, fragte Andrea.

»Warten, bis sie wieder aus dem Urlaub da ist. Am Montag werde ich mit Kathi den Hundegger besuchen, der hätte wenigstens greifbare Gründe für einen Mord an Stowasser!«

»Ein totes Pferd ist aber schon schlimm«, sagte Andrea mit Inbrunst.

»Aber würdest du deswegen zwei Menschen umbringen?«

Andrea schüttelte den Kopf.

»Und außerdem hätte Sonja Ruf dem Stowasser eher Bokashi ins Maul gestopft, wie soll die denn an Mambagift kommen?«

»Das wissen wir beim Hundegger aber auch nicht«, bemerkte Andrea.

»Nein, meine Liebe, aber vielleicht hat der ja auch solche Tiere im Terrarium. Wer mit dem Mountainbike freiwillig Holperpfade in aberwitziger Geschwindigkeit bergab brettert, frisst auch kleine Kinder und hält Schlangen. Jawohl!« Irmi lachte.

Andrea verzog den Mund. »Na, ich weiß nicht.«

»Das war ein Witz, Andrea, nur ein Witz! Lass uns heimfahren.«

Auf dem gewölbten Rumpelweg, der Richtung Bad Bayersoien führte, kam ihnen ein Auto entgegen. Irmi wich aus, doch dann erkannte sie die Fahrerin und hielt an. Ließ das Fenster herunter.

Doris Blume grinste sie an.

»Immer im Dienst? Auch samstags?«, begrüßte Irmi die Tierärztin.

»Nicht immer, aber immer öfter. Ich bin gerade mal wieder damit befasst, einem Landwirt klarzumachen, dass auch Ziegen Luft benötigen und dass sie nicht auf Kiemenatmung umstellen können. Die sind in einem dunklen feuchten Stall eingepfercht, dessen Luftvolumen nicht mal für einen Molch ausreicht. Manchmal möcht man grad …« Sie ließ offen, was sie wollte.

»Oh, ich hatte auch ein Erlebnis der besonderen Art.« Irmi berichtete vom Bokashifutter und der Frau mit dem indianischen Namen und dem joggenden Gaul. »Und ich habe gelernt, dass Pferde keine so unnützen Viecher sind, wie mein Bruder das immer behauptet. Immerhin kann man jede Menge Geld damit machen. Da verschmerzt man es auch, wenn die Reiter respektive Reiterinnen durch fremde Wiesen reiten und Feldwege blockieren, während der Landwirt im dräuenden Gewitter heimwärts eilt. Auch hier zitiere ich meinen Bruder!«

Sie lachte. »Ja, die Begeisterung der Landwirte für Freizeitreiter hält sich in Grenzen, es sei denn, es sind die eigenen Kinder oder Enkel. Denen kauft man auch mal ein Pony. Ansonsten darf es sich maximal um Süddeutsche handeln, alle anderen Rassen gehören nicht ins Oberland.«

»Ich glaube, mein Bruder würde nicht mal Süddeutsche Kaltblüter gelten lassen. Er sagt, der Onkel und ein paar andere Altvordere hätten mit den Biestern nur Ärger gehabt und seien froh gewesen, als schließlich der Lockruf von Fendt, Schlüter und Kramer erschallte.«

»Das mag sein, aber es gab auch genug Bauern, die ihre Pferde geliebt haben. Und die sture Knochen gewesen sind, indem sie am Pferd festgehalten haben, obwohl es Traktoren gab. Ohne diese Sturschädel gäbe es heute keine Kaltblutrassen mehr, und das wäre ja auch ein Verlust an Kulturgut.«

»Wobei ich meinem Bruder schon ein bisschen zustimmen muss: So eine Frau Adsila, allein unter Mustangs, die Bokashi füttert und im Walleröckchen auf ihrem Gaul herumjoggt, das ist schon eine gewisse Herausforderung!«

»Wissen Sie, Frau Mangold, Frauen neigen dazu, ihre Seelenprozesse übers Pferd abzuhandeln. Die Pferde werden völlig verhätschelt und vermenschlicht, und am Ende helfen die ganzen Futterzusätze und Müslis nur einem: nämlich dem Hersteller. Und die ganzen Kurse helfen dem Pferdeguru.«

»Der Name Hempfling fiel auch«, sagte Irmi.

»O ja, eine sehr dubiose Figur! Eine Bekannte von mir aus dem Studium verteidigt ihn wie eine Löwenmutter ihr Junges. Dabei hat seine Gruppierung ganz eindeutig Sektenmerkmale. Es gibt einen Meister, der im Besitz der einen Wahrheit ist. Kritik verträgt er nicht, er grenzt sich mit seiner Gruppe von der restlichen Welt ab. Eine Philosophie mit pseudoreligiösen Zügen, und er selbst nennt sich Schamane – na, wenn das mal nicht nach Sekte klingt?«

»Frau Blume, ich sag Ihnen mal eins: Ich bin heute in unendliche Weiten vorgestoßen, da ist Raumschiff Enterprise ein Waisenraumkreuzer dagegen! Und mir langt's! Ich gehe jetzt Kühe melken. Gottlob gibt es bislang keine Kuhflüsterer!«

Doris Blume lachte schallend, verabschiedete sich und schoss mit quietschenden Reifen davon. Irmi setzte Andrea an ihrem Auto ab und fuhr kopfschüttelnd nach Hause.

Dort half sie im Kuhstall, sank aufs Hausbankerl und machte sich ein Bier auf. Die beiden Kater rauften gerade miteinander, wobei der Kleine den Großen spielerisch in die Ohren biss. Als der Jungspund dann aber Kater heimtückisch in die Schwanzspitze biss, fuhr dieser herum, fauchte und spuckte Feuer wie ein Drache. Der Kleine plumpste zur Seite und wedelte mit der Pfote. Friede, Bruder, schien er zu sagen. Kurz darauf zogen sie Bauch an Bauch in Richtung Futternapf und fraßen einvernehmlich.

Lasst uns wie die Katzen sein, dachte Irmi, dann wäre die Welt in Ordnung, aber ich wäre arbeitslos …

10

Irmi hatte den Sonntag damit verbracht, Dachsenprügel zu entasten und zu stapeln. Der Montag begann mit einer kleinen Lagebesprechung im Büro. Kathi hatte Irmi vom Mittelalterfest ein Trinkhorn mitgebracht und war erstaunlich gut gelaunt. Wahrscheinlich hatte sie irgendeinen Barbaren oder Ritter oder sonst wen vernascht. Solche Eskapaden belebten Kathi immer ungemein. Seit sie ihren Veganer-Freund Sven abgeschossen hatte, war sie wieder zu einem eher promisken Lebensstil übergegangen.

Kathi hatte auch schon die Zeitungen vom Wochenende gesehen, Andrea hatte sich einen Mitschnitt der Sendung in Radio Oberland besorgt. Irmi hörte ihre eigene Stimme und fand, dass sie schauerlich klang. Aber das dachte wahrscheinlich jeder, der sich im Radio hörte. Alles in allem waren die Berichte brauchbar und hatten sich eher des Themas Animal Hoarding angenommen als des dubiosen »Giftunfalls«.

Ehe sie sich mit Kathi Richtung Rosenheim aufmachte, bat sie Andrea, die von Kathi begonnenen Recherchen zu den KS-Mitarbeitern fortzusetzen. Diesmal ließ sie Kathi fahren, deren waghalsige Überholmanöver allerdings lebensbedrohlich waren.

Immer wenn sie sich auf der West-Ost-Achse befand, wünschte sich Irmi diese Queralpenautobahn her, die mal im Gespräch gewesen war. Angesichts dieser zähen Kilometer von Garmisch nach Miesbach wurde ihr der

Naturschutz ziemlich egal. Die Strecke war eine Heimsuchung.

Irgendwann hatten sie schließlich Rosenheim erreicht und fanden den Sitz von BBT gar nicht weit weg vom Zentrum in einem Mischgebiet. Die Firma bestand aus einem einstöckigen Bau mit einem Flachdach und einer größeren Halle. Gerade als sie das Büro im Flachbau betreten wollten, kam eine Frau in den Dreißigern auf sie zu. Sie trug eine weite schwarze Sporthose und war eher ein wenig mollig. Man sah ihr durchaus an, dass sie sportlich war, aber sie entsprach nicht dem Ideal kängurusehniger Sportsfrauen.

»Sie suchen Veit?«, fragte sie und lächelte, wobei sie eine nette kleine Zahnlücke zwischen den Schneidezähnen freigab.

Irmi nickte.

»Ich ruf ihn grad an, er ist auf einer Biketour und müsste eigentlich schon wieder da sein. Wollen Sie grad warten?«, fragte die Frau und wies auf eine Gartenmöbelsitzgruppe unter einem riesigen Sonnenschirm vor dem Büro. Das etwas andere Wartezimmer.

Irmi nickte erneut, und sie setzten sich nach draußen, wo ein lauer Wind in den Fransen des Schirms spielte und so etwas wie Urlaubsfeeling vorgaukelte.

»Witzig«, sagte Kathi.

»Und so ganz anders als KS-Outdoors«, ergänzte Irmi.

Die junge Frau kam zurück, in der einen Hand das Handy, in der anderen ein Nutellabrot. »Er ist jeden Moment da. Wollen Sie was trinken?«

»Nein, danke«, sagte Kathi.

»Okay«, meinte sie lächelnd und verschwand wieder im Gebäude.

Kathi starrte ihr nach. »Nutella! Ich glaub's ja nicht!«

Natürlich, Nutella war böse, ganz, ganz böse in der Sportlerwelt von Lightjoghurt und Zerocola.

»Die Fußballer machen doch auch Werbung für Nutella«, meinte Irmi.

Noch bevor eine Ernährungsdiskussion entbrennen konnte, kamen zwei Männer auf den Hof geradelt. Sie stellten ihre Räder an der Wand der Fabrikhalle ab, dann ging der eine von ihnen Richtung Tor, während der andere auf die beiden Kommissarinnen zukam oder besser: heranklackerte.

Klick, klack, klick, klack. Veit Hundeggers Wadln spannten sich bei jedem Schritt, durch eine weiße Radlerhose zeichneten sich Oberschenkelmuskeln ab. Er wandte sich um und rief dem anderen noch irgendwas zu, was eine nicht unerfreuliche Ansicht seines wohlgeformten Pos mit sich brachte.

Irmi begriff, dass das Klickern von den Radlschuhen stammte. Hießen die nicht Clickis? Dazu trug Hundegger ein enges Top ohne Ärmel, dessen Reißverschluss bis fast zum Nabel offen stand. Er war natürlich braun gebrannt, die Brust war glatt rasiert wie ein Kinderpopo. Die langen braunen Locken hatte er zu einem Pferdeschwanz gebunden. Er sah aus wie das Klischee vom Sportsmann – nur besser. Wahrscheinlich musste er sich keine teuren Models leisten, seine Kollektion konnte er selbst sicher am besten vorführen. Und obwohl Irmi weiße Radlerhosen an einem Mann eigentlich affig fand, musste sie hier zugeben: lecker!

Kathi hatte schon Witterung aufgenommen, der Träger ihres Tops war lässig über die Schulter gerutscht, sie stand da mit lasziv eingeknickter Hüfte und sah dem Typen entgegen.

Er aber gab Irmi formvollendet die Hand, lächelte Kathi mehr als charmant zu und sagte: »Entschuldigung, ich musste grad noch ein neues Bike testen. Mach ich ab und zu für ein Mountainbike-Magazin. Was kann ich für die Damen tun? Sie sind von der Polizei, nicht wahr?«

Da war Irmi nun doch platt. »Sieht man das?«

»Sehen Sie, ich glaube nicht, dass Sie Einkäuferinnen für ein Sportgeschäft sind, zumal ich meine Kunden eigentlich kenne.«

Na, der war lustig. Sie war wohl zu alt und zu fett für die Kategorie Sportgeschäft, dachte Irmi. Aber Kathi würde er den Sport doch wohl zutrauen. Und als könne er hellsehen, sagte er mit einem Lächeln: »Sie beide sind so erfrischend labelfrei, Leute aus Sportgeschäften haben immer Markenklamotten an.«

»Und wer nicht vom Sportladen ist, der ist automatisch von der Polizei?«, konterte Kathi frech.

»Nein, aber ehrlich gesagt habe ich mit Ihnen gerechnet. Also nicht mit Ihnen persönlich, das ist ja eine charmante Überraschung, nein, aber ich habe der Zeitung entnommen, dass Kilian Stowasser tot ist. Das ging in der Branche natürlich auch rum wie ein Lauffeuer. Und da ich natürlich weiß, dass man in der Branche meine kritischen Anmerkungen gegenüber Stowasser kennt, hab ich mit Besuch gerechnet.«

»Sie sind die Polizei ja auch durchaus gewohnt, oder? In

den Akten findet man einiges über Sie.« Kathi hatte den Träger ihres Tops wieder in Position gebracht.

Er blieb gelassen. »Auch das war mir klar, dass Sie das anführen würden. Ja, leider, da sind mir mal die Pferde durchgegangen. Schlechter Zug, aber das ist nun wirklich Vergangenheit.«

»Die Drogen auch?«

Nun verlor er doch etwas von seiner Lässigkeit und seiner Geduld. »Ja, die auch, damals war ich achtzehn, und wäre nicht meine Mutter gestorben und bei uns alles drunter und drüber gegangen, wäre manches vielleicht anders gelaufen.«

»Och, mir kommen die Tränen«, bemerkte Kathi spitz.

»Nicht nötig«, konterte er, doch Irmi spürte, dass er nicht mehr allzu lange die Contenance bewahren würde, und Kathi schoss natürlich mal wieder übers Ziel hinaus.

»Herr Hundegger, lassen wir die Vergangenheit getrost mal aus dem Spiel, und konzentrieren wir uns lieber mal auf das unmittelbar Zurückliegende. Sie waren für diesen Unternehmerpreis der Favorit, und dann hat Stowasser ihn gekriegt. Sie waren ganz schön ungehalten und haben das auch öffentlich kundgetan.«

Noch immer standen sie mitten im Hof. »Wollen wir uns nicht mal irgendwo hinsetzen, wo nicht das halbe Inntal mithört?«, schlug er vor.

Irmi nickte, und sie folgten seinem Klickklack und seinem göttlichen Hintern bis in einen Showroom, in dem es lodenbespannte Sessel und Hocker gab, farbige Kissen und einen bunten Kronleuchter, der in spannungsreichem

Kontrast zu den Chromregalen und der eher puristischen Kollektion stand.

»Cool«, entfuhr es Kathi.

Er nahm das wohl als Friedensangebot, bot Bionade an und lächelte wieder. »Ich war immer der Meinung, dass man als Radfahrer ja nicht unbedingt aussehen muss wie ein Papagei oder eine Stopfleber.«

Irmi musste lachen. »Aber die Farbe Weiß für eine Radlhose ist ja auch nicht gerade klassisch, oder?«

»Es gibt einen Mitbewerber in einem recht hohen Preissegment, der gerne mal weiße Hosen macht, und den ärgern wir ein bisschen. Es gibt dafür eben eine Zielgruppe.«

»Sie ärgern gerne mal Leute, oder?« Kathi war sauer, dass er ihren Flirtversuchen bislang widerstanden hatte.

Er ignorierte sie einfach, was für Kathi die viel größere Frechheit war. »Wir produzieren Bikewear in reduzierten Designs, auch mal in weiteren Schnitten, nicht jeder und jede hat einen Body, den man unbedingt in engste Fasern quetschen sollte.«

Na, er selbst hatte da ja keine Probleme. Irmi musste aber zugeben, dass ihr persönlich ein polanges Shirt, das anmutig über den Hüftring fiel, auch lieber gewesen wäre – vorausgesetzt, sie würde Rad fahren ...

»Wir haben es geschafft, zu einer Marke zu werden, auch weil wir ganz klar sagen, dass wir eine bayerische Firma sind. Die komplette Produktion findet hier statt.«

»Und für Bayern steht der Loden?«, fragte Irmi, die hoffte, dass Kathi sich zusammenreißen würde.

»Meine Frau Babsi ist unsere Designerin, sie hat auch den Showroom eingerichtet.«

Eine Frau, na klar, solche Sahneschnittchen hatten immer eine Frau, dachte Irmi.

»Sie haben sie vorher doch kurz kennengelernt.«

Irmi blickte etwas irritiert.

»Am Empfang, Sie erinnern sich? Babsi hat mich gleich angerufen«, sagte er.

Ach, die nette Frau, die weder magersüchtig noch geschminkt gewesen war. Die mit dem Nutellabrot! Wenn die einen Veit Hundegger halten konnte, wollte man ja fast ans Gute glauben. Eventuell gab es hübsche Männer auch für Mädels jenseits von XS. Hatte nicht auch Pierce Brosnan eine Frau ohne Modelmaße?

»Sie haben jedenfalls Erfolg damit, Herr Hundegger, und Sie hätten einen Preis doch verdient.«

»Sicher, und zwar mehr als Stowasser, denke ich.«

An mangelndem Selbstbewusstsein litt er nicht, dachte Irmi. »Die Branche hatte damit gerechnet, dass Sie den Preis bekommen, oder?«

»Ja, und ich hab mich da mitreißen lassen am End. Ich war mir nämlich gar nicht sicher. Kilian ist CSU-Mitglied, ich nicht. Kilian hat in einem pompösen und wirklich cleveren Schachzug seine illegalen Machenschaften in etwas Positives geführt. Er hat den reuigen Sünder gegeben. Ich bin ein vorbestrafter langhaariger Mountainbiker, der immer nur gesagt hat: Der Kas is bissn. Ich meine: Vorbei ist vorbei, lassen wir die Vergangeheit doch ruhen, oder, Frau Kommissar?« Er lächelte bezaubernd und fuhr fort: »Ich golfe nicht mit Ministerpräsidenten und Landräten. Biken wollen die fetten Säcke mit mir leider nicht. Ich trinke höchst selten Bier, Schnaps schon gar nicht, ab und zu mal einen guten italienischen Rotwein. Wie wollen Sie in Bayerns besseren Kreisen bestehen, ohne Bier zu trinken? Denken Sie an Stoiber!«

»Koks als Alternative?«, fragte Irmi.

Nun war er wirklich überrascht. »Ich? Du lieber Himmel! Ich bin viel an der frischen Luft, da bin ich auch so wach genug. Was ich übrigens als Jugendlicher vertickt habe, war Gras. Selbst angebaut hinter der Fabrikhalle von meinem Vater. Drum sind sie mir auch draufgekommen.«

Dass Stowasser gekokst hatte, wusste er wohl wirklich nicht. Warum auch? Dass er ein Sauerstoff- und Sportjunkie war, glaubte ihm Irmi allerdings wirklich. »Sie waren aber trotzdem sauer?«

»Natürlich war ich sauer.«

»So sauer, dass Sie einen ganz schönen Disput mit ihm auf dem Golfplatz gehabt haben?«

»Sie sind ja gut informiert!«

»Information ist das halbe Leben«, meinte Irmi und bedachte ihn mit einem scharfen Blick.

Er seufzte. »Frau Mangold, ich gebe ja zu, dass ich etwas impulsiv bin. Ich sage den Leuten schnell mal die Meinung, aber ich bin nicht nachtragend. Nach der Verleihung ist Kilian wie ein aufgeblasener Gockel herumgelaufen und hat mir gegenüber triumphiert, dass meine ›Radlhoserl‹ halt nie eine Chance gegen seine Schlafsäcke gehabt hätten. Da hab ich ihn etwas geschubst.«

Etwas geschubst, nette Formulierung. Aber vielleicht tat er ja auch noch anderes als schubsen. »Wussten Sie, dass er Reptilien gehalten hat?«, fragte Irmi unvermittelt.

»Ja, schon.«

»Ach, das wussten Sie?«, mischte sich Kathi wieder ein.

»Das wussten viele. Es gab ja immer mal Unternehmertreffen und so. Da hat er damit geprahlt, was er wieder an neuen abstrusen Tieren hätte.«

»Hat er denn nie dazu eingeladen, die Tiere mal zu besichtigen?«

»Nein, zumindest mich nicht. Aber mir kam er auch vor wie diese Superreichen, die einen Kunstdieb beauftragen, ein Kunstwerk von Weltruhm zu klauen, und die es dann im Keller in den Tresorraum stecken. Dann gehen sie täglich runter und schauen sich dieses Ding an. Wenn Sie mich fragen, hat mit diesem Stowasser Kilian irgendwas nicht gestimmt. Aber ich war da ziemlich allein mit meiner Meinung.«

»Ich fand das auch«, kam es von der Tür. Frau Hundegger war gekommen. »Entschuldigen Sie, dass ich mich einmische. Ich hab eigentlich mal Psychologie studiert, und manchmal geht es mit mir durch. Ich hatte immer das Gefühl, dass Kilian extrem unter Druck steht. Er hat den jovialen bayerischen Gaudiburschen-Unternehmer nur gespielt. Auch dieses Reptiliengedöns erscheint mir unnormal. Da wertet jemand sein Ego auf, indem er mit der Gefahr spielt. Hat ihn wirklich so ein Tier gebissen, wie es in der Zeitung steht?«

»Das versuchen wir herauszufinden.« Irmi wusste, dass das lahm klang, und sie wusste auch, dass ihre Anwesenheit bei den Hundeggers wohl nur den Rückschluss zuließ, dass mit dem Todesfall etwas nicht stimmen konnte.

»Sie sagten eben, dass viele von den Reptilien gewusst haben?«, versuchte Irmi abzulenken.

»Ja, wahrscheinlich so ziemlich alle, die an den bayerischen Unternehmerstammtischen saßen«, sagte Babsi Hundegger mit einem Lächeln, das wieder diese hinreißende Zahnlücke zum Vorschein brachte.

»Hat er auch von Krün erzählt?«, wollte Kathi wissen.

»Krün?« Veit Hundegger runzelte die Stirn. »Nein. Er hat doch auf dem Fabrikgelände in Eschenlohe gewohnt, oder?«

Entweder, er konnte sehr gut schauspielern, oder aber er wusste wirklich nichts. Da aber Veit Hundegger sicher kein Spezl von Kilian Stowasser gewesen war, hatte dieser den Biker wohl tatsächlich nicht zu sich eingeladen. »Gab es denn so eine Art harten Kern bei diesen Stammtischen? Gute Freunde von Stowasser?«, hakte Irmi nach.

Babsi Hundegger nickte. »Ich hab die Liste von der letzten Sitzung in Kloster Reutberg. Da stehen alle Teilnehmer drauf. Ich mach Ihnen Kreuzchen bei denen hin, die gute boarische Freinderl vom Kilian gewesen sind. Ich hol eben die Liste.« Sie verschwand.

»Stimmt es denn nun, dass Stowasser betrügt?«, fragte Irmi unvermittelt. »Das haben Sie doch behauptet.«

»Nein, ich habe in ein paar Interviews nur mal gesagt, dass ich daran zweifle, ob er wirklich ausschließen kann, keine Daunen aus Lebendrupf zu bekommen. Das ist etwas anderes.«

»Hatten Sie mal Kontakt zu einer Tierschutzorganisation namens FUF?«

»Nein, ich weiß aber, dass ihn da mal jemand am Wickel gehabt hatte. Im Prinzip muss er denen ja danken. Erst durch diese Reuige-Sünder-Nummer ist er wirklich bekannt geworden«, sagte Veit Hundegger.

Inzwischen war Nutella-Babsi zurückgekommen und übergab Irmi die Liste.

»Danke. Wo waren Sie beide denn am letzten Dienstag?«

»Ach, das ist ja doch wie im Fernsehen«, meinte Babsi Hundegger lachend. »Ich war bei meinen Eltern in Traunstein.«

»Und ich war biken«, sagte Veit.

»Allein?«

»Ja.«

»Wie lange?«

»Ich bin in Rottach-Egern am Tegernsee los, übern Riederstein rüber zum Schliersee, rauf zum Spitzing und über die Valepp wieder nach Rottach.«

Das klang in jedem Fall nach einigem Auf und Ab. »Sie waren also den ganzen Tag unterwegs?«

»Ein paar Stunden jedenfalls.«

»Sind Sie irgendwo eingekehrt, hat Sie jemand gesehen?«

»Nein, ich kehr nicht ein. Ich will biken, nicht trinken.«

»Hätte ich meinem Mann ein Alibi geben sollen?«, fragte Babsi, immer noch lächelnd.

»Nein, falsche Alibis fliegen gerne mal auf«, sagte Irmi und dachte im Stillen, dass die beiden das Ganze vielleicht etwas ernster nehmen sollten. Und sie war auf der Hut. Die zahnluckerte Psychologin war sicher nicht zu unterschätzen.

Irmi und Kathi verabschiedeten sich.

»Und?«, fragte Irmi, als sie wieder im Auto saßen.

»Geiler Arsch!«, sagte Kathi.

»Zweifellos, und sonst?«

»Na, ich weiß nicht. Der Typ ist unbeherrscht. Er hat Stowasser nicht gemocht. Und er hat das mit den Reptilien gewusst. Der war mal internationaler Radsportler, der hat Freunde auf der ganzen Welt. Vielleicht hat da einer Zugang zu Mambagift, oder! Und er hat kein Alibi. Der kann ja viel erzählen, wo er überall rumgebikt ist.«

Das stimmte, nur mussten sie einen Anhaltspunkt finden, dass er Kontakt zu Stowasser gehabt hatte.

Irgendwie verfransten sie sich in Rosenheim und landeten schließlich bei einem türkischen Restaurant. Das sah zwar nicht sonderlich spektakulär aus, aber das Essen war herrlich, der Service reizend, und einmal mehr dachte Irmi, dass es eigentlich immer die Ausländer waren, bei denen man echte Gastfreundschaft erfuhr. In den bayerischen Wirtschaften hatte man oftmals das Gefühl, man müsse sich entschuldigen für die Bestellung, die die Bedienung und den Koch aus der Lethargie riss.

Nach einer schier endlosen Rückfahrt waren sie um vier wieder in Garmisch.

Irmi beauftragte Andrea, Fotos von Veit Hundegger und seiner Frau von der Firmen-Homepage auszudrucken. Dann erteilte sie Sepp und Sailer den Auftrag, den Nachbarn in Krün und den Mitarbeitern bei KS-Outdoors die Bilder zu zeigen. Währenddessen sollten Andrea und Kathi doch mal intensiver die Lebensfäden der engeren Mitarbeiter entwirren. Sie konnte sich einfach nicht vorstellen, dass niemand von Krün gewusst haben sollte, und sie konnte sich auch nicht vorstellen, wie ein Betrug mit falschen Daunenpartien ohne das Wissen vom Produktionschef oder von jemand anderem in der Führungsebene hätte stattfinden können.

Da Kathi heute so aufgeräumt war, ging sie das Wagnis ein, sie und Andrea vor einen Karren zu spannen. Wenn nicht heute, wann dann?

Irmi saß vor einem Berg Akten und blätterte lustlos. Puh, nun hatte sie also Listen all jener »boarischen Freinderl«, wie Babsi Hundegger gesagt hatte, die eventuell mal eingeladen worden waren, Stowassers Reptiliensammlung zu begutachten. Sie googelte all jene, die ein Kreuzchen bekommen hatten: ein Verleger, ein Sockenproduzent, ein Metallbetrieb, eine Molkerei, das waren die besten Freunde von Stowasser. Die musste sie wohl unter die Lupe nehmen. Und wenn da einer darunter war, der auch dem Hobby mit den wechselwarmen Tierchen frönte? Wie sollte sie das in Erfahrung bringen?

Irmi griff zum Telefon und rief in Oberammergau an. Der AB sprang an, wenig später rief der Schlangenmann aber zurück.

»Frau Mangold, hallo. Ich musste nur eben ein paar Mäuse und Ratten an meine Freunde verteilen.«

»Sehen Sie, das allein wäre für mich schon ein Grund, warum ich mir so was nie zulegen würde!«

»Ja, damit geht es doch schon los. Die wenigsten prüfen sich vorher ernsthaft: Mag ich meinem Reptil lebende Ratten zum Fraß vorwerfen, oder halte ich es mit gefrorenen Mäusen? Leider reagieren Schlangen auf Bewegung und Wärme. Will heißen: Ich muss meine Frost-Maus erst mal anwärmen und vor der Schlange hin und her bewegen, damit sie zubeißt. Mag nicht jeder!«

»Nö, danke. Müsste ich auch nicht haben.« Irmi lachte.

Er lachte. »Sehen Sie, darum sind Kaninchen und Meerschweinchen viel beliebter, das sind nette Vegetarier. Wer würde sich schon vor einer Gurke oder einer Karotte grausen? Die kann man auch überall kaufen.«

Irmi dachte mit Entsetzen an die armen Kaninchen auf Stowassers Grundstück zurück. Putzig und stumm waren sie gewesen. Stumm waren die Schlangen auch, konnten aber zubeißen, wie die Mamba. Wenn sie es denn getan hatte. Und irgendwas sagte Irmi nach wie vor, dass Stowassers Tod kein Unfall gewesen war.

»Wie kann ich Ihnen helfen?«, fragte der Schlangenmann und riss sie aus ihren Gedanken.

»Auf welchem Weg kann ich herausfinden, ob jemand Reptilien hält?«, sagte Irmi.

»Ihn fragen?«, schlug der Schlangenmann vor.

»Na ja …« Wie sollte sie ihr Problem jetzt formulieren?

»Ach so, Sie meinen, das würde zu schnell schlafende Hunde beziehungsweise dösende Kriechtiere wecken?«

»Ja, so ähnlich.«

Es blieb eine Weile stumm am anderen Ende, dann sagte der Schlangenexperte: »Es gibt natürlich Vereine der Reptilienfreunde, und es gibt Internetforen, aber da tritt keiner mit Klarnamen auf. Es gibt Reptilienschauen, auf denen immer die gleichen Leute auftauchen. So groß ist die Szene nicht.«

»Ja, aber wie soll ich da als Laie Eingang finden?«

»Schwierig ohne Insiderwissen«, meinte er. »Sie wollen wahrscheinlich keine Namen nennen?«

Irmi zögerte wieder. »Und was, wenn ich es täte?«

»Ich bin verschwiegen wie ein Pharaonengrab. Sie wollen ja nur wissen, wer sich für Reptilien interessiert, oder?« Er lachte leise.

Korrekt war das nicht, das war Irmi auch klar, aber sie vertraute dem Mann. Er würde nicht durch die Lande ziehen und herausposaunen: Der Herr X ist verdächtig, und die Frau Y hat die Polizei auch auf dem Kieker. Bestimmt nicht.

Langsam nannte sie ihm vier Namen honoriger bayerischer Unternehmer. Sie zögerte ein bisschen und gab dann auch noch die von Gangkofer, Magerer und Sonja Ruf durch. Man konnte ja nie wissen. Und den von Hundegger. Sich lässig geben war das eine, aber wie sah es im Inneren aus? Der Schlangenmann versprach, sich »dezent umzuhören« und zurückzurufen.

So wirklich wohl war Irmi dabei nicht, aber sie steckten fest. Da lobte man sich doch eine klare Schusswunde, Kaliber klar, Schusskanal klar, Waffe klar. Musste nur noch die Person gefunden werden, die den Schuss abgegeben hatte.

Waren Giftmörder nicht eigentlich immer Frauen?, überlegte Irmi und wandte sich wieder ihrem Schreibtisch zu. Da lag auch die Liste der FUF-Mitglieder und heischte nach Aufmerksamkeit. Irmi überflog die Namen. Und blieb an einem hängen. Sonja Ruf. Sonja Ruf? Das war doch jene Frau, deren Isländer eingeschläfert worden war. Die war auch Mitglied bei FUF?

»Andrea!«, brüllte Irmi über den Gang. »Andrea!«

Die Mitarbeiterin kam angeschossen und sah Irmi so entsetzt an, als hätte sie erwartet, die Chefin hätte sich soeben die Hand abgehackt oder Schlimmeres!

»Sorry, ich war etwas laut. Sag mal, Andrea, wie hat die Frau geheißen, die das dritte Pferd hat einschläfern lassen? Diesen Isländer?«

»Sonja Ruf. Warte mal!«

Andrea sauste hinaus und kam schnell mit ihrem Notizbuch wieder. »Sonja Ruf, genau. Sleipnir hieß das Pferd, das eingeschläfert wurde, und Sonja Ruf kommt morgen aus dem Urlaub zurück. Warum?«

»Sonja Ruf ist Mitglied bei FUF. Damit hat sie gleich einen doppelten Grund, Stowasser zu hassen. Seit Jahren kämpft sie gegen ihn als Tierquäler und steckt zusammen mit den anderen Mitgliedern einen Misserfolg nach dem anderen ein. Und dann ist der auch noch schuld daran, dass ihr Pferd sich diesen Virus einfängt. Wie viel kann ein Mensch ertragen?«

»Tierfreunde wenig!«, kam es von Kathi, die in der Tür stand, weil sie wohl auch hatte sehen wollen, warum Irmi wie am Spieß gebrüllt hatte. »Tierschützer verlieren sehr gern mal den Bezug zur Realität. Ich hab grad ein wenig gegoogelt wegen unserem Trenkle, und da ist auch was sehr Interessantes rausgekommen. FUF-Mitglieder haben vor vier Jahren mal Stowassers Gänse rausgelassen und Parolen auf seine Fabrikhalle gesprüht. Trenkle hat sich davon distanziert, er hat behauptet, die Vorstandsschaft habe nichts davon gewusst, und er könne nun mal nicht alle Mitglieder an die Leine legen. Er hat gemeint, jede seriöse Tierschutzorganisation lehne gewaltbereite Tierschützer ab, weil sie dem Anliegen einen Bärendienst erwiesen. Es ist echt der Hammer, wie es da abgeht: In England gibt es eine Gruppe namens Shac, die Kunden und Zulieferer von

Europas größtem Tierlabor, Huntingdon Life Sciences, anscheinend mit Graffiti und Brandbomben terrorisiert hat. Extreme Gruppierungen, wie etwa Sea Shepherd, rammen auf hoher See illegal operierende Walfänger. Die haben bisher zehn Schiffe versenkt. In Florida haben Frauen vor einem McDonald's demonstriert, rot bemalt und in roten Bikinis, um zu zeigen, wie Hühner zu Tode verbrüht werden. Eine Aktion der PETA, die immer sehr spektakulär agiert und schon die NASA dazu gebracht hat, ein fast zwei Millionen Dollar teures Experiment abzublasen, weil dabei Affen einer schädlichen Strahlungsdosis ausgesetzt worden wären. Auf Druck von PETA wurde eine Lehrerin in Florida kaltgestellt, weil sie eine Schülerin zwingen wollte, einen toten Frosch zu sezieren.«

»Na, ich möchte auch keinen Frosch zerschneiden. Das ist ja greißlich«, sagte Andrea.

»Ja, ist greißlich. Ich wollte damit nur sagen, dass diese Tierschützer öfter Amok laufen, als man denkt.« Vermutlich hatte Kathi am Wochenende nicht nur einen Ritter oder Spielmann vernascht, sondern war allumfassender erfolgreich gewesen – so gut gelaunt, wie sie immer noch war. Irmi nahm sich vor, Kathi öfter ins Mittelalter zu versenden, wenn sie davon so milde wurde. Sie hatte sogar einmal Andrea recht gegeben!

»Ist der Name Sonja Ruf bei dieser Aktion mal gefallen?«, erkundigte sich Irmi.

»Müsste ich noch mal nachforschen. Mach ich gern«, meinte Kathi und verließ den Raum.

»Also, ich fass noch mal zusammen«, sagte Irmi. »Sonja Ruf hatte über Jahre Kontakt zu Stowasser und hat immer verloren. So was zermürbt. Und dann verliert sie auch noch das Pferd. So etwas kann einen Menschen zerstören, zumindest innerlich zerfressen.«

»Aber Mambagift? Ich weiß nicht!«, meinte Andrea.

»Ja, aber die Frau wird für mich immer interessanter, und ich möchte sie keinesfalls aus den Augen verlieren. Jetzt machen wir aber Schluss für heute.«

So ganz Schluss war allerdings nicht. Irmi saß noch lange über dem Papierkram. Bis sie heimkam, war es nach acht, und sie schaffte es gerade noch zum »Letzten Bullen«. Sie hätte das natürlich nie zugegeben, aber das musste sie einfach sehen. Die Idee, einen Beamten einfach mal zwanzig Jahre ins Koma zu versetzen und im 21. Jahrhundert wieder aufwachen zu lassen, war einfach hinreißend. Ein Macho, der sich in einer veränderten Welt nicht mehr zurechtfand. Der sich die Welt so geradebog, dass seine Ansichten aus den Achtzigern wieder passten. Manchmal ging es ihr wie der Filmfigur Mick Brisgau: Sie verstand diese Welt auch nicht mehr – dabei hatte sie nicht mal im Koma gelegen. Außerdem hätte sie gerne solche Sprüche wie Brisgau parat gehabt. »Hör ich da Ironie? Ironie ist die kleine Schwester des gebrochenen Herzens.« Wie wahr, Herr Brisgau!

11

Als sie am nächsten Tag ins Büro kam, war Kathi überraschenderweise schon da. Sie kam hereingepoltert, wie immer doppelt so laut, wie ihre zierliche Figur das vermuten ließe, und wedelte mit ein paar Papieren.

»Was ist das?«, fragte Irmi.

»Ja, lies halt, oder!«

Irmi las, nur war das eigentlich nichts, was man flüssig lesen konnte. Es waren Zahlen, genauer Kontoauszüge. Sie sah Kathi fragend an.

»Du hast uns doch gebeten, die näheren Mitarbeiter von Stowasser mal näher zu durchleuchten, oder? Ich hatte ja den Produktionsleiter in Verdacht, aber dessen Leben ist langweilig wie ein Regentag. Netter Ingenieur, nette Frau, zwei nette Kinder, die Frau so begütert, dass er sicher kein Schmiergeld annimmt. Er singt im Kirchenchor, das hat mich ja etwas alarmiert. Die Bigotten sind immer die Schlimmsten, oder?«

Irmi musste lachen.

»Jedenfalls konnte ich an dem einfach gar nix Kriminelles finden. Dann die Schnapsdrossel. Die weiß sicher vom Beschiss ihres Schwagers. Die ist aber auch nicht in Geldnöten. Die muss den Schwager auch nicht beerben. Hat genug eigene Knete. Schon blöd für uns – weder der Bruder noch die Schwägerin wollen das Geld. Die beiden Schwestern Rosenthal haben genug geerbt, Anlagen, Aktienpakete, Immobilien in Karlsruhe ...«

»Stopp!«, rief Irmi. »Wenn das so ist, warum hat Stowasser dann überhaupt getürkt und getrickst? Dann hätte er doch sorglos seine netten Schlafsäcke in niederen Stückzahlen produzieren können. Hätte sich brüsten können mit Ökologie und Tierschutz, warum dann der Betrug?« Irmi machte eine kurze Pause. »Von dem wir bislang allerdings nicht mal wissen, ob er überhaupt stattgefunden hat.«

»Irmi, Frau Hauptkommissarin Irmgard Mangold, wo lebst du? In Bayern? Wo die Männerwelt noch in Ordnung ist, oder? Zeig mir den Mann, der problemlos damit leben kann, dass die Frau mehr Kohle hat als er selbst? Den zeig mir, dann lass ich den ausstopfen und führ ihn im Museum vor, oder! Der Mann musste sich doch was beweisen, sich und der Welt. Dass er ein ganzer Kerl ist. Dass er expandiert. Dass er Unternehmer des Jahres werden kann. Auch ohne seine Frau! Dass er sich gefährliche Tiere untertan macht, das ist doch pathologisch.«

Irmi sah Kathi aufmerksam an. Natürlich hatte die Kollegin recht mit dieser Einschätzung. In den letzten hundertfünfzig Jahren hatten sich die Entwicklungen überschlagen, die Welt war unübersichtlicher denn je. Die wahren Werte existierten als seltsame Kurven an den Börsen. Werte, die gar nicht real waren. Wie sollte so ein kleines Affenhirn das verarbeiten können? Die Welt hatte sich verändert, doch der Mensch war nicht mitgekommen. Männer hatten keine Säbelzahntiger mehr zu jagen und Frauen keine Feuer mehr zu bewachen. Frauen steuerten Jumbojets, und Männer wickelten Babys, aber die Jetpilotinnen nahmen den Windelwickler doch nicht ernst! Er war ihnen einfach nicht sexy genug. Irmi musste einräumen, dass auch sie selbst dieser schizophrenen Weiberwelt angehörte: Klar wollte frau den soften Mann, der Kinder liebte, die Spülmaschine einräumte und Wäsche waschen konnte, ohne dass eine dunkle Socke die gesamte Weißwäsche verschleierte. Aber gleichzeitig sollte er mächtig sein, erfolgreich, strahlend, klug, auch humorvoll, immer souverän. Männer im dritten Jahrtausend waren arme Schweine. Und natürlich hatte Kathi recht: Stowasser musste aus dem Schatten seiner Frau heraustreten, im Werdenfels noch viel mehr als in einer Großstadt!

Irmi seufzte. »Ja, alles richtig, ich hab dich unterbrochen.«

»Also, lassen wir die Rosenthal mal kurz weg – beziehungsweise Geld als Motiv. Ob die ihren Schwager nicht doch gehasst hat, vielleicht auch, weil sie denkt, er hat ihre Schwester auf dem Gewissen, das müssen wir natürlich noch prüfen. Aber da sind noch weitere Leutchen, alle ziemlich langweilig. Designabteilung, nichts Spezielles. Die Buchhalterin nur Teilzeit, keine Unregelmäßigkeiten. Bis auf den da!« Kathi wies auf die Auszüge. »Das sind Kontoauszüge des Lagerleiters Fritz Lohmüller.«

Irmi starrte die Blätter an. »Eine Bank in Jungholz?«

Kathi nickte eifrig. »Ganz genau, Jungholz in meiner schönen Heimat Tirol. Eine deutsche und eine österreichische Postleitzahl! Mit einem Hausberg, auf dessen Gipfel vier Grenzlinien zusammentreffen von je zwei deutschen und zwei österreichischen Gemeinden: Bad Hindelang, Pfronten, Jungholz und Schattwald im Tannheimer Tal. In Jungholz ist alles etwas speziell, und Banken gibt's eben auch und jede Menge Anreize für schwarzes und auch weißes Geld!«

»Woher hast du die Auszüge?« Irmi schwante nichts Gutes.

»Irmi, so genau willst du das nicht wissen. Meine alte Schulfreundin Bine lebt unterm Sorgschrofen und arbeitet in der Bank und ist eben eine alte Freundin, na, du weißt schon.«

»Puh!« Irmi rollte mit den Augen und studierte die Auszüge. Monatlich waren da zweitausend Euro Zusatzrente eingezahlt worden, und zwar von einer Lotteriegesellschaft in Wien.

»Na gut, ist ja logisch, dass die Lotterie auf ein österreichisches Konto überweist. Da sparen die sich die Gebühren.«

»Dachte ich zuerst auch, hab dann aber der Lotteriegesellschaft auf den Zahn gefühlt oder besser Andrea. Die ist da echt gut. Sie hat entdeckt, dass diese Gesellschaft gar nicht existiert und das Geld von KS-Outdoors kommt. Cool, oder?«

Noch cooler fand Irmi, dass Kathi tatsächlich Andreas Mitarbeit gelobt hatte. »Du willst also sagen, dass dieser Lagerleiter Geld bekommen hat, das nicht sein Gehalt ist?«

»Genau, sein Gehalt bekommt er wie jeder bei KS über die Buchhaltungsabteilung angewiesen. Das geht ganz ordentlich auf die Raiba nach Grainau, wo unser Herr Lohmüller wohnt. Zahlt übrigens nicht schlecht, der Schlafsackmo!«

»Lohmüller bezog also Schweigegeld?«

»Das würde ich ihn fragen wollen«, meinte Kathi.

»Ich auch! Aber denken wir mal weiter: Warum sollte er denn dann seine Geldquelle Stowasser töten?«

»Vielleicht hat er Stowasser erpresst? Und Stowasser wollte nicht mehr zahlen? Oder er wollte mehr. Das kommt bei Erpressern oft vor. Die kriegen den Hals nicht voll. Werden unvorsichtig. Streit? Unfall? Handgemenge?«

»Da sind wir aber wieder am Punkt mit dem Mambagift!«

»Also, wenn der Lohmüller bei dem Daunenbeschiss dabei war, dann kannte der gute Mann auch das Anwesen in Krün, über das die Daunen angeliefert wurden. Dann wusste der über die Vorliebe für eklige Kriechtiere Bescheid und hatte sicher auch eine gute Idee, wie er seinen Boss umbringen könnte.«

Auch das war typisch für Kathi. Schnell zu begeistern und zu entflammen, schnell war sie aber auch wieder auf einer neuen Fährte und steuerte ohne Wehmut neue Ufer an. Das galt bei Kathi für ihre Männer, ja, eigentlich für ihr ganzes Leben. In solchen Momenten war Irmi fast ein wenig neidisch auf die jüngere Kollegin. Ihr Leben kam ihr leichter vor als das jener Menschen, die grübelten und über ihr Tun reflektierten. Kathi war eben Kathi.

»Dann lassen wir uns die Sonderzahlung doch mal erläutern«, meinte Irmi. »Auf ins Lager der Firma KS-Outdoors!«

Das Wetter hatte heute gerade mal beschlossen, sich tropisch zu geben. Die Luftfeuchtigkeit war so hoch, dass Irmi der Schweiß runterlief, ohne dass sie irgendetwas Anstrengendes getan hätte. Sie schwitzte unter ihren dichten

Haaren und formte einen Dutt, den sie mit einer Spange locker feststeckte. Manchmal zog sie doch eine Auswanderung nach Nordnorwegen oder Island in Betracht – wenn es da im Winter nur nicht so dunkel wäre.

Sie ließen das Eingangsgebäude links liegen und fuhren direkt zum Zentrallager. Das Tor stand offen, Regale wuchsen bis zum Dach hinauf, ein Gabelstapler bog gerade um die Ecke. Da sie nicht aus dem Weg gingen, musste der Mann wohl oder übel anhalten. Er war knapp davor, eine Schimpftirade loszulassen, doch dann erkannte er die Kommissarinnen und grüßte mit einer laschen Handbewegung.

»Herr Lohmüller, dürften wir grad mit Ihnen reden? Nur ganz kurz.« Irmi hatte ihr Sonntagslächeln aufgesetzt.

Lohmüller nickte, sein Gesichtsausdruck war alles andere als intelligent. In der Halle gab es ein kleines Glaskabuff, in das Lohmüller die beiden führte. Sie nahmen an einem Schreibtisch mit Computer und Drucker Platz.

Irmi lächelte, Kathi sah ins Nichts.

»So, so, das ist also Ihr Refugium«, sagte Irmi nach einer Weile.

Lohmüller glotzte und schwieg.

»Deutlich mehr Platz als in Krün im Keller«, meinte Irmi und sprach in Richtung des Druckers.

Lohmüller sagte nichts, doch Irmi hatte ein Zucken in seinem Gesicht bemerkt und auch, dass er angefangen hatte, mit seinen Fingern zu spielen.

Kathi fiel ein: »So eine schöne Arbeit, so eigenverantwortlich und auch noch so gut bezahlt.«

»Was wollen Sie eigentlich?«, stieß Lohmüller aus.

»So eine schöne Arbeit, so eigenverantwortlich und auch noch so gut bezahlt«, wiederholte Kathi und fuhr fort: »Und dann kriegt er auch noch zweitausend Euro jeden Monat aus der Lotterie, oder? So ein Glück hat er, der Herr Lohmüller!«

»Was geht Sie das an? Woher wissen Sie das überhaupt?«

Kathi drohte ihm spielerisch mit dem Finger. »Lieber Herr Lohmüller, wir sind die Polizei, und wir wissen alles.« Sie lächelte ihn süffisant an, doch auf einmal wurde ihr hübsches Gesicht hart. »Und weil wir alles wissen, wissen wir auch, dass die Lotteriegesellschaft in Wien gar nicht existiert. Stattdessen geht das Geld von einem Privatkonto von Kilian Stowasser ab, und zwar direktement nach Jungholz!«

Aus Herrn Lohmüller entwich ein merkwürdiges Geräusch.

»Herr Lohmüller, wofür gab es das Geld?« Kathis Stimme war schneidend.

Lohmüller schwieg eisern.

»Dann sag ich es ihnen«, fiel Irmi ein. »Sie wussten, dass Ihr Chef illegal Daunen über Tschechien bezog, Sie haben da mitgemacht, und als kleine Gratifikation gab es zweitausend Euro extra. War das so?«

Lohmüller schien wirklich mit akutester Stummheit geschlagen zu sein.

»Herr Lohmüller, das Gespräch mit Ihnen ist etwas einseitiger Natur. Wissen Sie, ich kann Sie jetzt auch mit auf die Polizeiinspektion Garmisch-Partenkirchen nehmen. Außerdem kann ich mir einen Durchsuchungsbeschluss ausstellen lassen, und wie Ihre Frau dann so ein Polizeiaufgebot hinnimmt, das lass ich mal dahingestellt. Oder weiß die liebe Gattin Bescheid?«

Lohmüllers Gesicht rötete sich. Der Schweiß stand ihm auf der Stirn, obgleich es in der Halle recht kühl war.

»Ich könnte mir natürlich auch vorstellen, dass Sie den Herrn Stowasser erpresst haben, der hatte aber irgendwann mal keine Lust mehr oder wollte Ihnen das alles anhängen, und da haben Sie ihn getötet. Gell, Herr Lohmüller, das könnte ich auch denken!« Irmi sah ihn durchdringend an.

Nun ging doch ein Ruck durch den Mann. »Ich ermord doch keinen!«

»So, und warum sollten wir das nun ausgerechnet glauben?«, fragte Irmi.

Die Antwort blieb aus.

Irmi wandte sich an Kathi. »Ich hab den Eindruck, der Herr Lohmüller versteht mich nicht. Red ich chinesisch? Serbokroatisch? Hat er nicht verstanden, dass wir ihn dann wohl mitnehmen müssen, diesen Stockfisch?«

»Jetzt tun S' doch nicht so!« Auf einmal schrie der Mann. Eine Ader zuckte an seiner Schläfe.

»Dann kriegen Sie mal die Zähne auseinander!«, konterte Kathi. »Warum das Geld? Warum ist Stowasser tot?«

»Aber das weiß ich doch nicht!«

Irmi schüttelte mitleidig den Kopf. »Also gut, das hat ja keinen Wert, Herr Lohmüller. Sie begleiten uns jetzt nach Garmisch. Da geben Sie uns dann eine DNA-Probe, und die vergleichen wir mit den Spuren aus Krün. Und ich bin mir fast sicher, dass sie übereinstimmen werden. Das dauert etwas länger, führt aber zum Ziel. In U-Haft kann es ja auch recht gemütlich sein. Stattdessen könnten Sie uns aber gleich sagen, was da oben los war. Das spart uns Zeit und könnte eventuell zu Ihren Gunsten ausgelegt werden.«

Lohmüller gab schon wieder so ein seltsames Geräusch von sich. Dann stieß er aus: »Ja, es stimmt, da kamen Daunenpartien aus Tschechien. Ich sei doch sein Vertrauensmann, hat der Chef immer gesagt, der Einzige, auf den er sich verlassen könne in der Firma. Die Welt will doch betrogen werden! Wen interessiert es denn wirklich, was in so einem verdammten Schlafsack drin ist? Die Leut wollen doch auch gar nicht so genau wissen, was sie fressen. Und schließlich sind das Produkte von einer Superqualität. Es geht doch um die Firma. Um die Jobs. Drum hab ich mit dem Kleinbus die Sachen immer geholt. Und ins Lager gegeben.«

Ein klarer Fall von Gehirnwäsche. Da hatte Stowasser ganze Arbeit geleistet und sich diesen armen leichtgläubigen Wicht zum Handlanger gemacht. Der reine Daunen-Stowasser wurde Irmi postum immer unsympathischer. Aber irgendwann musste der willige Geselle ja wohl doch unwillig geworden sein.

»Weiter im Text!« Irmi konnte durchaus auch gefährlich klingen.

»Ja, nichts weiter. Ich wusste, dass der ganze Scheiß mit dem Testlabor ein Schmarrn ist, wen interessieren denn auch ein paar blöde Gäns.«

»Und dafür gab's zweitausend Euro monatlich?«, erkundigte sich Irmi. Stowasser war ein Fuchs gewesen, das hätte der nie einfach so bezahlt.

»Nein, er hat mir nur ab und zu mal was für die gute Mitarbeit gegeben. Mal einen Schlafsack für meine Tochter, mal eine Weste für meine Frau. Irgendwann hat der Kilian halt gemeint, dass ich ja auch mit drinhäng.« Die Ader zuckte stärker. »Da gab's auf einmal nichts mehr. Das war nicht nett vom Chef, ich hab ihm schließlich immer geholfen.«

Nein, das war gar nicht nett gewesen. Und für den leichtgläubigen Auserwählten seines Chefs war das wohl ein herber Schlag gewesen. Und auf einmal war aus dem glühenden Anhänger ein Zweifler geworden. Und Irmis vage Ahnung, dass einer wie Stowasser eventuell in der Lage gewesen wäre, das Ganze so zu drehen, dass am Ende der Mitarbeiter den Schwarzen Peter in der Hand gehalten hätte, war eben gar nicht so abwegig gewesen.

»Und dann? Weiter, Sie Koryphäe!«

»Hä?«

»Weiter!«

»Ja mei, irgendwann hab ich mal entdeckt, dass mit den Daunenlieferungen auch noch Schlangen und Kokain mitgekommen sind.« Nun klang er trotzig.

»Und dann haben Sie den Chef erpresst?«

»Mei, erpresst ... Was heißt schon erpresst?«

»Ja, wie würden Sie das denn nennen?«, rief Kathi empört.

Er zuckte regelrecht zusammen. »Mei, die Tochter will auf die Uni. Nach Minga. Das kostet. Und er hat ja auch was bekommen für sein Geld«, meinte Lohmüller dann.

Offenbar hatte Stowasser den eigentlich gutmütigen Trottel wohl doch einmal zu viel verärgert.

»Und hat er bezahlt?«, fragte Irmi.

»Das wissen S' doch!«

»Und warum haben Sie ihn dann ermordet?«, wollte Kathi wissen.

»Ich doch nicht!«

»Ich doch nicht!«, äffte Kathi ihn nach.

»Ich war das nicht. Ich bekam jeden Monat mein Geld und der Chef mein Schweigen. Das hätt von mir aus ewig so weitergehen können.«

»Tja, Herr Lohmüller, nix ist fix. Nichts ist ewig auf dieser schnelllebigen Welt«, erklärte Irmi ironisch. »Hat er nicht einfach doch mal den Spieß umgedreht und Ihnen den ganzen Schlamassel anhängen wollen, Herr Lohmüller?«

Lohmüller wand sich. »Ja mei ...«

»Ja mei, Herr Lohmüller. Ich sag Ihnen mal, wie es war: Der gute Kilian Stowasser hat im ersten Moment zugestimmt, der ganze Ärger passte auch nicht in die Zeit, als er Unternehmer des Jahres werden wollte. Da hätte er noch einen Skandal nicht vertragen. Aber als sich alle Wogen geglättet hatten, war es dem Herrn Stowasser ein arger Dorn im Auge, dass er jeden Monat zweitausend Euro in den Wind schießt. Und er hat Ihnen gedroht, dass Sie am Ende als der Drogendealer dastehen. War das nicht so?«

»Ja m...« Das »ei« blieb ihm im Hals stecken wie ein dickes Gänseei.

»Richtig, oder nicht?«, beharrte Irmi.

»Ja m... Mensch, er hat gesagt, dass man bei mir schnell mal ein Päckchen Koks findet oder bei meiner

Tochter. Man weiß ja, dass Studenten gerne mal Drogen nehmen. Die Sau!« Das kam tief aus seiner verwundeten Seele.

»Herr Lohmüller, Sie merken schon, dass Sie uns da gerade ein perfektes Motiv liefern. Jeder Vater würde seine Tochter schützen.« Sie sah ihn mitfühlend an. »Wie heißt das Madel denn?«

»Martina.«

»Die Martina. Und was studiert sie?«

»Medizin.«

»Medizin. Respekt! Ja, das dauert. Harter Weg.«

»Ich hab den Kilian nicht umgebracht. Ich wollt oiwei mit ihm reden. Ich wollt ihm sagen, dass wir des mit dene zweitausend Euro vergessen. Aber dann san Sie in die Firma kemma, und jeder hat g'wusst, dass der Kilian tot ist.« Er hatte sich so lange um Hochdeutsch bemüht, aber nun war er einfach zu angespannt.

»Wann waren Sie denn zum letzten Mal in Krün?«, fragte Irmi.

»Am Samstag letzter Woch. Da san wieder Daunen aus der Tschechei kemma.«

»Und die haben Sie dann wieder ins Lager eingeschleust?«

»Ja.«

»Hat das nie jemand bemerkt, der Produktionsleiter zum Beispiel?«

»Der Rüdiger. Mei, des is doch a rechter Trottel Inschinör. Akademiker halt.«

Kathi gluckste, und Irmi sah sie strafend an. Ja, so ein gepflegter Akademikerhass zur rechten Zeit kam häufig vor.

Der Satz hätte auch von ihrem Bruder stammen können und dessen Stammtisch.

»Es wusste also außer Ihnen und dem Chef keiner Bescheid?«

»Ob die Rosenthal, die oide Fregatte, des g'wusst hot, keine Ahnung. Die hot mit unsereins ned g'redt. Aber sonscht ham der Chef und i zammg'haltn.«

Bis der Chef ihn verraten hatte. Und angedroht hatte, die Tochter mit hineinzuziehen. Das Motiv war einfach zu schön. Irmi überlegte kurz.

»Sie wussten von den Schlangen und dem ganzen Getier, haben Sie gesagt, oder?«

»Ja, so was Deppertes! Wer mog scho so a Zeug?«

»Und Sie wussten von den verheerenden Zuständen bei den anderen Tieren. Allein deshalb haben Sie sich schon strafbar gemacht! Sie hätten das melden müssen.«

Lohmüller hatte sich wieder gefasst und artikulierte sich nun wieder hochdeutsch. Wahrscheinlich dachte er, dass er dann seriöser wirkte. »Als die Frau Stowasser noch gelebt hat, ging's der Bagage gut. Die Pferde waren anfangs auch noch gar nicht in Krün, sondern irgendwo bei Böbing. Die Pferde kamen erst, wie die Frau Stowasser gestorben ist. Außer Viechern hat die doch nichts interessiert. Und als sie tot war, hat sich der Kilian gekümmert. Und die Frau Rosenthal ab und zu. Aber dann wurde das denen allen zu viel. Und die Tiere haben sich halt auch vermehrt. So ist die Natur.«

»Wagen Sie es nicht, noch ein einziges Mal das Wort Natur für diese Zustände zu verwenden!«, brüllte Irmi auf einmal, obwohl sie bis gerade eben noch die Ruhige gegeben hatte.

Er starrte sie an. »Ja mei ...«

Und wenn er noch ein einziges Mal »ja mei« sagt, bringe ich ihn um, dachte Irmi.

»Wo waren Sie am Dienstag letzter Woche?«

»Hier, im Lager.«

»Hat Sie wer gesehen?«

»Ja, m...ehrere. Der Rüdiger. Die Frau Faschinger. So ein Schulpraktikant.«

»Und wer war außer Ihnen immer mal wieder in Krün?«

»Die Frau Rosenthal war manchmal dort. Und ein Spezl vom Chef. Der hat auch solche Viecher. Das war überhaupt der Einzige, den er da reingelassen hat. Sonst hat er ja getan, als wär das ein Hochsicherheitstrakt.«

Irmi warf Kathi einen Blick zu. Das deckte sich mit der Einschätzung von Hundegger, der Stowasser mit einem Kunstsammler verglichen hatte, der den gestohlenen Meister nur allein in seiner Kellerkathedrale anbeten will.

»Und wer ist der Spezl?«

»Der Sockenstrobl.«

»Bitte, wer?«

»Ferdinand Strobl, Sockenfabrikant. Hat mit dem Kilian Golf gespielt. Und der Kilian hat ihm ab und zu Viecher mit bestellt.«

Wie das klang! Ach, da bestell ich ein paar Mambas im Versandhandel mit, so wie Unterhosen – oder eben Socken. Irmi überlegte kurz.

»Herr Lohmüller, wie kam Herr Stowasser denn auf die Anlage?«

»Das Tor war elektrisch, es ging ja gleich wieder zu. Das zweite auch. Man musste echt Gas geben, um durchzuschießen. Wir sind dann immer durch den Stadl und durch eine Kellerklappe. Da kommen ein paar Gänge und Keller. Vom Keller konnte er rauf zu den Viechern, aber so wahr mir Gott helfe, ich war da nie drin!«

Ob Gott ihm helfen würde, das war mehr als fraglich. Und wieder stellte sich die Frage, warum das Tor offen gestanden hatte. Irmi sah ihn weiter strafend an. »Wer hatte denn einen Türöffner?«

»Also, ich nicht, das hat immer der Chef gemacht.«

»Kein zweiter Offner?«

»Vielleicht hat seine Frau einen gehabt. Das weiß ich aber nicht.«

Irmi schüttelte den Kopf. »Warum haben Sie uns das alles nicht gleich erzählt, als wir in der Firma waren?«

»Ja, was hätten Sie denn dann denkt?«

»Und was denken wir wohl jetzt?«

»Aber i war's ned!«

»Herr Lohmüller, Sie kommen nachher zu uns und geben das alles zu Protokoll. Außerdem brauchen wir Ihre Fingerabdrücke und eine Speichelprobe. Verstanden?«

Er nickte und flüsterte fast: »I war's ned.«

»Glaubst du ihm?«, fragte Kathi, nachdem sie wieder im Auto saßen.

»Ich weiß nicht – oder um mit Herrn Lohmüller zu sprechen: Ja mei ... Bauernschlau genug für eine Erpressung ist der. Ein stolzer Vater ist er auch. Aber ob er mit Mambagift hantieren kann? Keine Ahnung. So ganz nehme ich ihm das nicht ab, dass er nie bei den Reptilien oben war. Du?«

Kathi schüttelte den Kopf. »Was allerdings zu stimmen

scheint, ist, dass die Viecher der Heilige Gral für Stowasser waren. Sein Bernsteinzimmer. Da hatte Hundegger wohl recht.«

»Um so verblüffender, dass der Sockenstrobl anscheinend in die heiligen Hallen eindringen durfte.«

»Die werden schon irgendeine nette bayerische Leich gemeinsam im Keller haben«, mutmaßte Kathi mit einem Grinsen.

»Anzunehmen. Sag mal, wo sitzt eigentlich dieser Sockenfabrikant?«

»Das werden wir gleich wissen«, sagte Kathi, die so elegant eingeparkt hatte, dass Irmi die Tür fast nicht mehr öffnen konnte und sich herausquetschen musste wie eine Mettwurst aus der Pelle.

In ihrem Büro fand Irmi einen Zettel vor, dass sie den Schlangenmann anrufen solle. Sie bat Kathi, den Sockenstrobl ausfindig zu machen, und griff zum Hörer.

»Frau Mangold, schön, von Ihnen zu hören«, sagte der Reptilienexperte am anderen Ende der Leitung.

»Dito, gibt es was Neues?«

»Ich habe mich ein bisschen umgetan in der Szene, wenn man das so nennen will.«

»Ja, und Sie sagen mir jetzt, wer mein Mörder ist?« Irmi gab sich Mühe, witzig zu klingen.

»Das wahrscheinlich nicht, aber ich kann Ihnen zumindest sagen, dass einer Ihrer Unternehmergesellen hochaktiv ist, was Schlangen betrifft. Ferdinand Strobl sitzt in Mühldorf am Inn und ist in diversen Foren als Bavariansnake zugange.« Er stockte und schickte ein »sehr kreativ« hinterher.

»Bavariansnake ...« Irmi zog das Wort in die Länge.

»Ja, die bayerische Schlange kauft und verkauft, er bewegt sich genau in den Kreisen, die ich für sehr dubios, tierverachtend und gefährlich halte.«

»Interessanterweise sind wir auch auf den Mann gestoßen, aber sagen Sie mal, der Name Lohmüller ist Ihnen aber nicht untergekommen, oder?«

»Nein, keiner von den anderen, ich habe allerdings noch etwas ... Ach, keine Ahnung, ob das wichtig ist.«

»In meinem Job ist alles wichtig!«

»Es gibt doch hier diese Tierschutzorganisation, FUF heißt die.«

»Ja, ich weiß, Sonja Ruf ist da Mitglied. Deren Namen hatte ich Ihnen ja auch genannt.«

»Von Frau Ruf weiß ich nur, dass sie eine sehr engagierte Tierschützerin ist und die Pressearbeit für die Organisation macht. Sie macht auch die Website und verteilt Handzettel. Ich hab auch mal was von ihr ausgelegt. Mir geht es allerdings um den Vorsitzenden.«

»Max Trenkle?«

»Ja, genau. Über den bin ich gestolpert. Wussten Sie, dass er mal Tierpfleger gewesen ist?«

»Nein, ich hatte nur mal gehört, dass er recht wechselvolle Karrieren eingeschlagen hat.«

»Eine davon war Tierpfleger.« Der Schlangenmann klang zögerlich.

»Aha, und wo denn? Im Zoo?«

»Nein, er hat bei einer Reptilienauffangstation in Rheinberg gearbeitet, in Nordrhein-Westfalen liegt das, und nach den Infos meiner Leute hatte er auch schon in Australien und Afrika mit Schlangen zu tun. Die Einrichtung in Rheinberg ist eine Art Äquivalent zu der in München. Da agieren Leute, die wirklich alles über Reptilien wissen.«

Trenkle wusste also alles über die niedlichen Kriechtiere? Er kannte sich aus mit Giftspritzen aller Art? Er hatte in einer Reptilienauffangstation gearbeitet und in Ländern, wo hochgiftige Tierchen leben? Irmis Gedanken drehten sich im Kreis. Immer schneller drehten sie sich, bis sie schließlich sagte: »Ich danke Ihnen, das ist ohne Zweifel ziemlich überraschend für mich.«

»Nichts zu danken. Ach, Frau Mangold, seien Sie bitte vorsichtig. Wenn es jemandem gelungen ist, mit Mambagift zu hantieren, ist das eine brandgefährliche Person. Und keine, die im Affekt handelt. Das heißt doch so bei Ihnen, oder?«

Ja, so hieß das, wenn man dem Nachbarn oder Postboten oder Schwager einen Kerzenständer überzog, während der mit der Gattin im Bett lag. Der vorliegende Fall hingegen war komplizierter.

»Danke für Ihre Fürsorge, aber ich lebe immer ein bisschen gefährlich«, meinte Irmi.

Sobald sie aufgelegt hatte, wurde ihr flau und schwummrig. So ein Gefühl, das sich einstellt, wenn man nichts gegessen hat. Sie hatte nichts gegessen, aber da war noch etwas anderes, was ihren Körper ins Wanken brachte.

Sie berief kurzerhand ihre Leute ein und berichtete. Am Ende waren sie sich alle sicher, dass Gespräche mit Trenkle, Strobl und Sonja Ruf anstanden. Andrea hatte darauf bestanden, weil sie immer noch der Meinung war, dass der Tod eines Pferdes ein Mordmotiv sei. Kathi hatte sie nur verächtlich angesehen, ansonsten aber die Klappe gehalten. Beachtlich, dachte Irmi. Dennoch war der Sockenstrobl Irmis erste Wahl.

Irgendetwas hielt sie davon ab, sich sofort auf Trenkle zu stürzen. Erschwerend kam hinzu, dass Max Trenkle an keines seiner Telefone ging. Irmi bat Sailer, mal bei Trenkle zu Hause vorbeizufahren.

Blieb der Strobl aus Mühldorf. Der Ausflug nach Rosenheim war ja schon eine Expedition gewesen, aber Mühldorf? Sie wollte in jedem Fall vorher die Kollegen dort informieren, Insiderwissen aus der Innstadt war in jedem Fall hilfreich.

Lohmüller tauchte brav auf, gab seine Geschichte erneut zu Protokoll, widersprach sich nicht, sondern blieb bei seiner Version, die man glauben konnte oder auch nicht. Irmi ließ ihn gehen, aber sie hatte nicht vor, ihm weitere Konfrontationen mit der Polizei zu ersparen. Ganz im Gegenteil, sie hatte die Geschichte an die Abteilung für Wirtschaftskriminalität weitergegeben, denn eines war mittlerweile klar wie Kloßbrühe: Stowasser hatte mit seinen feinen Daunen betrogen und getrickst. Doch darum würden sich jetzt andere kümmern.

Dass in dem Fall auch die Brünhilde aus dem Hause Rosenthal wieder unter Beschuss geraten würde, tat ihr wenig leid. Für den Mord hatte die Schnapsdrossel ja leider ein Alibi. Aber für den Rest war sie mit Sicherheit mitverantwortlich.

Wieder war ein Tag zu Ende gegangen. Wieder hatte sie haarsträubende Sachen gehört, wieder hatten sie tiefe Einblicke ins Wesen des Menschen erhalten. Wieder wussten sie im Prinzip so wenig wie zuvor. Als Kathi gute Nacht wünschte, grüßte Irmi nur kurz zurück und schickte noch ein »dann machen wir halt morgen einen Ausflug nach Mühldorf am Inn« hinterher.

Es war nun eine ganze Woche vergangen seit dem Mord, der vielleicht auch ein Unfall gewesen war. Oder dem Unfall, der ihr so komisch vorkam, dass sie auch gegenüber der Staatsanwaltschaft und dem Chef darauf bestanden hatte, das Ganze nicht ad acta zu legen. Allmählich aber sollte sie Ergebnisse präsentieren.

Zu Hause hatte Bernhard Besuch von zwei Feuerwehrkollegen. Irmi setzte sich dazu und folgte den Gesprächen mit halbem Ohr. Aber die Probleme, inwiefern die Feuerwehren unterbesetzt waren, die Arbeitgeber uneinsichtig und die Jugend zu lasch, lenkten sie immerhin ab. Der kleine Kater war gekommen und sprang ihr auf den Schoß. Dann legte er sich allen Ernstes hin und begann zu schnurren. Diesen Tag musste sie mit Rotstift festhalten. Der Springinsfeld konnte allen Ernstes still halten!

Gut, nicht allzu lange. Nach zwanzig Minuten schoss er hoch, natürlich unter intensivem Einsatz seiner Krallen, und jagte einer Fliege hinterher. Mit dem Dunkelwerden ging Irmi ins Bett und schlief genau bis zur Dämmerung. Es war wie immer die morgendliche Zehen-Jagd-Zeit.

12

Bei ihrem Ausflug gerieten sie schon vor München ins Stocken, weil der Luise-Kiesselbach-Platz untertunnelt werden sollte und München wahrscheinlich wie jedes Jahr im Sommer bei einem heimlichen europäischen Wettbewerb mitmachte: Welche Stadt hat die meisten nervigen Baustellen? Diesmal würde München gewinnen, da war sich Irmi sicher.

Der Verkehr staute sich schon lange vor dem Ring, doch schließlich erreichten sie die Passauer Autobahn und kamen eine Weile lang ganz gut voran. Bis die Autobahn endete und in die B12 überging. Lkw reihte sich an Lkw, Überholen war definitiv unmöglich, und mit fünfzig Stundenkilometern konnte man sich gut vorstellen, wie es weiland zu Zeiten der Postkutsche gewesen sein musste. Wahrscheinlich war die aber schneller gewesen.

An einer überdimensionalen Tankstelle im Nirgendwo aßen sie Debreziner, die es fertigbrachten, fettig und geschmacklos zugleich zu sein. Dafür war das Brot von vorgestern und der Senf ranzig. Irmi war erst etwas versöhnt, als sie auf dem Stadtplatz von Mühldorf einfuhr. Eine hübsche Stadt war das. Und dass der Kollege Sepp Walch erst mal eine Einladung zum Lunch im Alten Wasserschlössl aussprach, stimmte sie ebenfalls versöhnlich.

Sie saßen auf der Terrasse, aßen vorzüglich, geradezu wie Urlaub. Der Kollege stammte ursprünglich aus Lenggries und sah sich wohl in der Pflicht, den Werdenfelser Berggewächsen die Schönheit seiner neuen Heimat nahezubringen. Auf dem Weg zum Sockenstrobl erfuhren sie, dass der Mühldorfer Maibaum rot-weiß geringelt war statt blau-weiß.

»Nicht, dass die Mühldorfer farbenblind wären, nein, das sind die Farben Salzburgs, denn Mühldorf am Inn war salzburgerisch, umgeben von den feindlichen Bayern. Im Nagelschmiedturm saßen dann eben auch die Schmiede, weil das kräftige Burschen waren, die sich im Verteidigungsfall durchsetzen konnten. Und dumm waren sie nicht, diese Mühldorfer. Sie verstanden es sehr gut, den Salzburger Bischof zu erpressen, nach dem Motto: Wir kriegen Privilegien, dafür halten wir den Kopf gegen die Bayern hin. Und so wurde Mühldorf eine große Handelsstadt«, erzählte der Mann fast ohne Punkt und Komma.

Sollte die Polizei ihn nicht mehr benötigen, würde er sicher im Tourismusbüro unterkommen, dachte Irmi.

»Die Häuser haben alle die typischen Grabendächer, wobei das dritte Geschoss stets blind ist«, fuhr er fort. »Was elegant aussieht, hat einen handfesten Grund. Ohne überspringende Vordächer kam man im Falle einer Feuersbrunst leichter aufs Dach. Der Nachteil: Es gab keinen trockenen Stauraum, weswegen der Inn-Salzach-Stil stattdessen auf Arkadengänge setzte. Drum haben wir hier eine überdachte Fußgängerzone, wo man immer flanieren kann. Wenn's bei euch in den Bergen schüttet, bleibt ihr mal besser zu Hause, wir gehen shoppen.«

Nun, Irmi befürchtete, dass Flanieren und Shoppen auch in Zukunft nicht zu ihren Lieblingsbeschäftigungen zählen würde. Weder in Garmisch noch in Mühldorf.

Die Sockenfabrik lag direkt am Inn, und es war ein Factory Outlet angegliedert, der auch Marken anderer Hersteller feilbot. Ob die Preise wirklich so günstig waren, vermochte Irmi nicht zu sagen. Kathi hingegen zog Hotpants von irgendeinem Jeans-Label, das Irmi gar nichts sagte, vom Bügel und musste sie unbedingt anprobieren. Als sie wieder herauskam mit ihrer makellosen Figur und den makellosen Beinen, sog der Kollege hörbar Luft ein. Wenig später hatte Kathi wieder ihre normale Jeans in einer etwas sittlicheren Länge an. Ihre Haare waren nun zum Pferdeschwanz gebunden. Kathi machte jetzt ganz eindeutig auf seriöse Polizistin.

Sie wurden in einen lieblos eingerichteten Raum geführt, wo es Mineralwasser und Kaffee gab. Irmi schaute sich um. In den aufgestellten Vitrinen lagerten Socken. Nun ja, Socken waren vielleicht nicht so sexy, aber Irmi war sich sicher, dass Babsi Hundegger auch aus einer Socke das »sexiest product alive« gemacht hätte, erst recht, wenn der Gatte es getragen hätte. Fraglich allerdings, ob die Damen dem Veit Hundegger auf die Füße gesehen hätten.

Sepp Walch stellte dem Sockenfabrikanten die beiden Kommissarinnen vor: »Meine Kolleginnen Frau Mangold und Frau Reindl aus Garmisch. Ferdl, die Damen hätten ein Anliegen.«

Herr Strobl schickte ein polterndes »Grüß Gott« zurück und wirkte etwas genervt. Wahrscheinlich hatte er Besseres vor.

»Wie geht's den Schlangen, Herr Strobl?«, fragte Irmi.

Strobl, der gerade an seinem Mineralwasser genippt hatte, verschluckte sich.

»Haben Sie auch Pfeilgiftfrösche? Skorpione? Oder eine Coloradoschildkröte?«

Strobl war mit Sicherheit ein Mann, der von Haus aus schwitzte. Er war stark übergewichtig, und was er da vor sich hertrug, war schon kein Hendlfriedhof mehr, sondern wirkte eher so, als hätte eine Elefantenkuh massiv übertragen. Er trug Trachtenhemd und Janker und eine Leinenhose, alles war mit Sicherheit extra für dieses Mammut angefertigt worden. Strobl war jetzt schon ungut rot im Gesicht und wischte sich ein paar Schweißperlen von der Stirn.

»Was soll das? Sind Sie vom Zoo?«

»Lieber Herr Strobl, wir könnten statt vom Zoo vom Zoll sein und Sie wegen illegaler Einfuhr von geschützten Tieren belangen, das machen später sicher noch andere. Nein, wir sind von der Mordkommission und wollen Ihnen erst mal herzliches Beileid zum Tod Ihres Freundes Kilian Stowasser aussprechen.«

Der Sockenfabrikant war sicher niemand, der leicht ins Wanken geriet, aber Irmi hatte ihn wirklich auf dem falschen Fuß erwischt. Ein Fuß, der übrigens viel zu klein war für die Wuchtbrumme. Die Trachtensocken, die er trug, stammten sicher aus Eigenproduktion.

»Was wollen Sie von mir?«

»Erstens: Erzählen Sie uns etwas von den tschechischen Tierchen, die Sie über Stowasser bezogen haben. Zweitens: Wo sind Ihre Viecher, wir würden sie gerne sehen. Drittens: Haben Sie eine Mamba? Viertens: Warum haben Sie Ihren Spezl umgebracht?«

Irmis Rede zeigte Wirkung. Der Lenggrieser Sepp stieß

einen merkwürdigen Laut aus, Ferdl Strobl haute sein Glas so auf den Tisch, dass das Wasser überschwappte und eine Sockenbroschüre überflutete.

»Muss ich mir das bieten lassen?«

»Herr Strobl, wir warten gern auf Ihren Anwalt, sollten Sie diesen konsultieren wollen«, sagte Irmi.

Strobl hatte sich gefasst. Er erhob sich und brüllte zur Tür, dass seine Sekretärin bittschön den Rechtsverdreher anrufen solle. Dann sagte er nur: »Kommen S' mit!«

Kathi wollte schon aufbegehren, aber Irmi schüttelte unmerklich den Kopf. Strobl ging zu den Aufzügen, von denen einer augenscheinlich nur mit Schlüssel funktionierte. Sie fuhren in die Tiefe und gelangten in einen Keller. Ohne den Kollegen wäre es Irmi unwohl geworden, aber so folgten sie alle dem Mammut, dessen Schritte im Gang dröhnten. Er tippte schnell ein paar Zahlen in ein Türsystem, und Sesam öffnete sich.

Gleißendes Licht umfing sie. Warm war es auch. Sie fanden sich inmitten tropischer Landschaften wieder, in Wüsten und Halbwüsten – alles hinter Glasscheiben. Das waren Terrarien, die eine Reise durch die Klimazonen der Erde ermöglichten.

»Wahnsinn«, sagte Sepp Walch.

»Imposant«, meinte Irmi nach einer Weile.

»Also, Ladys, ich red ungern zu viel. Das hier ist mein Hobby. Den Tieren geht's hier besser als in jeder professionellen Anlage im Reptilienzoo. Ich überschreite alle Empfehlungen, was den Platzbedarf betrifft, um Längen. Die haben hier ein Leben wie Gott in Frankreich. Meine Fütterung ist auf dem aktuellen Stand, die Tiere leben alle artgerecht mit den erforderlichen Temperaturschwankungen, mit Wärmeplätzen, mit Verstecken, absolut naturnah, allerdings ohne den Stress, ihre Nahrung jagen zu müssen. Da können Sie mit Sicherheit den internationalen Herpetologen-Kongress einladen, und der wird Ihnen sagen, dass meine Viecher perfekt untergebracht sind.«

»Die bei Stowasser waren das aber nicht«, bemerkte Irmi spitz.

»Ich hab dem Kilian immer gesagt, dass er die Gitterkäfige endlich mal gegen Terrarien tauschen soll. Er hatte da auch schon einen Plan. Hat er mir gezeigt. Aber wissen Sie, da herrscht auch viel Fehlinformation. Die meisten unserer Freunde hier sind Lauerjäger und haben auch in der Natur ein sehr kleines Revier. Für ein wechselwarmes Tier ist es fatal, sich zu weit von seinem kühlen Unterschlupf zu entfernen, zudem erhöht zu viel Bewegung die Gefahr, selbst zur Beute zu werden. Wer sich an die Empfehlungen hält, ermöglicht Schlangen und Echsen ein großzügiges Platzangebot. So hat ein zwei Meter langes Krokodil vierzig Quadratmeter zu Verfügung, ein deutsches Kind sollte ein Zimmer von zwölf Quadratmetern besitzen, ein Stallhase hat gar keine Rechte, und einem Huhn muss ein DIN-A4-Blatt reichen ... Da hat man als Schlange ein weitaus besseres Los gezogen. Und wie gesagt: Kilian wollte einiges verbessern.« Er atmete schwer. »War eben alles etwas hektisch in seinem Leben. Erst stirbt die Frau, dann dieser Zinnober wegen der Daunen. Schließlich die Wahl zum Unternehmer des Jahres. Der Kilian war keinen Deut besser oder schlechter als jeder andere.«

»Jeder andere von euch honorigen bayerischen bauernschlauen Unternehmern«, provozierte Kathi ihn.

»Junge Frau, mit Schmusekurs und Samthandschuhen erhalten Sie keine Arbeitsplätze in Deutschland. Sie bezahlt der Staat, egal, ob Sie Ihre Mörder fangen oder nicht. Ich muss meine fünfunddreißig Leute jeden Monat aus meinem Geldtopf zahlen.«

»Und wie Sie den füllen, ist egal?«, mischte sich Irmi ein.

»Egal, was heißt schon egal? Mit Romantisiererei und Gesellschaftsutopien kommen wir nicht weiter, und ein paar Viecher sind da im Lauf der Welt recht unerheblich.«

»Drum haben Sie immer wieder Tiere über ihn bezogen?«

»Ja, weil ich sie anders nicht bekommen hätte. Und weil es denen bei mir besser ergangen ist als beim Kilian.«

»Sie haben schwere Vergehen gegen das Tierschutzgesetz einfach toleriert oder übersehen, Herr Strobl.«

Er sah sie an, wie er wahrscheinlich seine Enkelin angesehen hätte, die den Tod einer überfahrenen Schnecke bemängelt. »Frau Kommissar, jetzt lassen wir doch endlich das Pathos sein. Wir haben wichtigere Probleme auf der Welt. Menschen verhungern zu Abertausenden. Immer dieses Geheule der Tierschützer. Was ist denn schon groß passiert?«

»Kilian Stowasser ist tot!«

»Ja, aber das werden Sie mir nicht anhängen, Frau Kommissar!«

»Besitzen Sie eine Schwarze Mamba?«, fragte Kathi.

»Ja, eine Schwarze und eine Grüne. Da!«

Er stampfte wieder los und blieb an einem himmelhohen Terrarium stehen. Irmi entdeckte die Tiere erst nach intensivem Suchen. Sie hatten sich um je einen Ast geringelt und sahen selber aus wie einer. Von oben fahren sie auf dich herab – das hatte Irmi immer im Ohr.

»Hatte Stowasser eigentlich eine Mamba? Sie müssten das doch wissen, vermutlich waren Sie der Einzige, der sein Reptilienversteck betreten durfte.« Irmi wusste natürlich, dass es auf Stowassers Anwesen eine Schwarze Mamba gegeben haben musste, schließlich hatten sie die Schlangenhaut gefunden, aber sie wollte es gern von Strobl selbst hören.

»Ja, die Käthe. War zwei Meter siebzig lang!«

Sepp Walch grunzte. Irmi atmete tief durch. Käthe hieß das Viech? Das hatte was!

»Herr Strobl, wann haben Sie die gute Käthe denn zuletzt gesehen?«

»Vor vierzehn Tagen. Da war ich auf dem Gelände. Hab mir ein paar Skorpione mitgenommen.«

Vor vierzehn Tagen. Das war gerade mal eine Woche vor dem Tod von Kilian Stowasser gewesen. Dann war das verdammte Viech womöglich doch noch da? Hatte vielleicht einfach nur zugebissen? Und sie jagten immer noch den Phantommörder?

»Wo war das Tier damals?«

»Wo schon, im Käfig. Also, Ladys. Da Sie mich ja wahrscheinlich wegen Zollvergehen und Verstößen gegen das Artenschutzabkommen am Arsch haben, hab ich meinen Anwalt angefordert. Darüber leg ich gern Rechenschaft ab, mit dem Tod von Kilian hab ich aber nichts zu tun.«

»Wo waren Sie Dienstag letzter Woche?«

Er überlegte kurz. Dann sagte er unwillig: »Sie scheinen ganz pfiffig zu sein, aber Sie erfahren es eh. Ich war im Hotel Post in Garmisch am Marienplatz beim Frühstücken.«

»Wie bitte?«

»Jeden letzten Mittwoch im Monat spielen wir in Burgrain Golf. Am Tag davor übernachte ich immer in der Post. Das hat Tradition.«

»Sie waren an dem Tag, an dem Kilian Stowasser zu Tode kam, in Garmisch?«

»Ja, war ich. Jetzt machen Sie doch nicht so ein Bohei darum. Ich bin zum Golfplatz gefahren, Kilian war nicht da, er hat sich auch weder bei mir noch bei den beiden anderen Freunden aus unserer Golfrunde abgemeldet. So einfach ist das. Ich gebe Ihnen gern die Kontaktdaten der Herren, mit denen ich golfen war.«

»Ihnen ist schon klar, was ich mir jetzt denke?«, fragte Irmi.

»Dass ich zwischen meinem Auftritt am Frühstücksbüfett im Hotel und dem ersten Abschlag nach Krün gefahren bin? Das müssten Sie aber beweisen, und das können Sie nicht, weil ich es nicht getan habe. So, meine Damen, lieber Sepp, dann packen wir's mal. Mein Anwalt dürfte da sein. Wir kauen das gerne mit ihm nochmals durch. Aber bitte nicht länger als bis fünfzehn Uhr, da habe ich einen Termin mit dem Bürgermeister und dem Tourismuschef, übrigens auch ein Oberbayer.«

Seine erste Unsicherheit war komplett gewichen. Er war wieder der Macher im XXL-Gewand. Sein Anwalt hingegen war ein kleines dünnes Männchen, das allerdings verbal eine messerscharfe Klinge führte. Ferdl Strobl blieb bei seiner Geschichte. Und dass er vor zwei Wochen auch noch mal in Garmisch gewesen war, begründete er damit, dass sie außerturnusmäßig zweimal hintereinander Golf gespielt hätten. Weil die Golferei nämlich den gesamten August ausfalle und erst wieder Mitte September beginne.

»Herr Strobl, da Sie ja öfter das Vergnügen hatten, in Krün eingeladen zu sein, dürfte es Ihnen nicht entgangen sein, dass Ihr Freund Kilian Stowasser zusammen mit Ihrem Schlangengetier auch Daunenpartien aus Tschechien eingeführt hat.«

»Ja, und?«

»Ja, und? KS-Outdoors hatte die Keiner-ist-reiner-Weste angelegt. Stowasser wurde zum Unternehmer des Jahres gekürt wegen seiner Produktion, die auf Daunen aus Lebendrupf verzichtet. Wegen seiner Auditierungsprozesse. Wegen seines vorbildlichen Tierschutzgedankens. Da ist es Ihnen egal, dass er illegal Daunen eingeschleust hatte?«

Bevor der Sockenstrobl noch etwas sagen konnte, grätschte der Anwalt mit schneidender Stimme dazwischen: »Mein Mandant hat Daunen gesehen, Federn, meine lieben Damen. Woher die stammen, konnte er kaum wissen. Er war an den Reptilien interessiert, und dafür werden wir uns auch verantworten.«

Irmi war klar, dass sie hier nicht weiterkommen würde. Es blieb ihr, ein gefährlich klingendes »Wir überprüfen Ihre Aussagen, Herr Strobl« auszustoßen und sich zu verabschieden. Der Kollege Walch brachte sie noch bis zum Auto.

»Komische G'schicht«, meinte er. »Strobl ist eigentlich ein

Pfundskerl.« Er lachte. »Alte Familie, wissen Sie, Mühldorf vereint die Eleganz der Salzburger und die Urwüchsigkeit der Bayern.«

»Hm, da hat die Salzburger Eleganz vor Herrn Strobl aber haltgemacht«, grinste Kathi.

»Aber die Urwüchsigkeit, die hat er im Übermaß!« Man versprach, sich gegenseitig auf dem Laufenden zu halten. Und Walch verabschiedete sich besonders bei Kathi mit dem Spruch: »Und viel Spaß mit der kurzen Hos!«

Hinterher war es an Irmi, über das Thema Flirten zu lästern.

Kathi wehrte sich aufs Heftigste. »Hör mal, der ist uralt.«

»Keine vierzig, würd ich sagen, gut erhalten, humorvoll, und sein Hintern ist auch nicht zu verachten.«

»Irmi, echt!«, sagte Kathi in einem Ton, den eine Tochter angeschlagen hätte, die ihre Mutter echt peinlich findet.

Sie waren guter Laune, trotz der Erfolglosigkeit des Unternehmens. In Partenkirchen fielen sie erst mal beim Inder ein. So hübsch dieses Mühldorf auch gewesen war, Irmi spürte, wie sehr sie diese grauen Brocken vor der Nase brauchte. Wie sehr Alpspitze und Zugspitze zu ihrem inneren Landschaftsbild gehörten. Ohne Berge waren die Bilder einfach kahl. Da fehlte was in der oberen Hälfte.

Als sie heim nach Schwaigen fuhr, spielte die Antenne mal wieder Achtzigerjahre-Musik. Das war das letzte Jahrzehnt gewesen, in dem etwas geblieben war. Schon wieder fiel ihr der »Letzte Bulle« ein. Das war ja allmählich schon bedenklich. Fehlte nur noch, dass sie sich ein Poster von

Henning Baum alias Mick Brisgau aufhängte. Sie musste grinsen.

Doch ihr fielen kaum irgendwelche Songs aus den Neunzigerjahren oder aus dem ersten Jahrzehnt des neuen Jahrtausends ein, die so viel Nachhall hatten. »Sing Halleluja«, das war in den Neunzigern gewesen, glaubte sie sich zu erinnern. Von wem war das noch gewesen? Irgendwas mit einem Doktor. Und Roxette hatte es gegeben, aber die beiden Schweden hatten auch schon in den Achtzigern begonnen. Robbie Williams – ja, der würde vielleicht ein Star bleiben und die Zeiten überdauern.

Aber würden in zwanzig Jahren die Lieder all jener Damen, die alle irgendwie gleich klangen, noch irgendjemanden interessieren? Würde man in zwanzig Jahren Lady Gaga hören wollen? Oder sich die sogenannten Kabarettisten anschauen? Irmi waren die zu laut, zu proletenhaft, so wirklich lachen konnte sie darüber selten. Vielleicht war sie auch zu alt, sie war nun mal die Generation Loriot – und über den würde man sich auch in hundert Jahren noch amüsieren. Aber Gott sei Dank konnte und musste man nicht in die Zukunft sehen.

Es war so eine schnelle kurzlebige Welt geworden. Keiner konnte sein Auto mehr selber reparieren. Automechaniker waren längst Mechatroniker an einer spacigen Analysestation geworden. Ein Bügeleisen warf man weg, den Toaster auch, wenn sie ihren Geist aufgaben. Ihr Vater hatte noch alles repariert, oft ebenso beherzt wie fahrlässig. Für ihn selber und all jene, die diese Geräte mit offen liegenden Kabeln später benutzt hatten. Den Toaster hatte sie heute noch und bisher überlebt.

Irmi machte sich eine Tomatensuppe warm und aß eine Breze dazu, die auch schon bessere Zeiten gesehen hatte. Währenddessen beobachtete sie den kleinen Kater, der sich von irgendwoher eine von Bernhards Socken geklaut hatte und diese nun hingebungsvoll hochwarf. Irmi hoffte für den Kater, dass es eine frische Socke war. Obwohl, Katzen haben ja eine andere Geruchswahrnehmung ...

13

Kathi rief am nächsten Morgen auf dem Handy an und berichtete, dass das Soferl die ganze Nacht gespuckt hätte und ihre Mutter auch. Und dass sie die beiden jetzt zum Arzt fahren müsse.

»Geht schon klar, dabei haben die beiden die Debreziner gar nicht gegessen«, bemerkte Irmi und wünschte gute Besserung.

Anschließend informierte Irmi ihre Leute über die Exkursion nach Mühldorf. Andrea war auch wieder sehr rührig gewesen, hatte Max Trenkle aber immer noch nicht erreichen können.

»Sollen wir den zur Fahndung ausschreiben?«, schlug sie vor.

»Na, ich weiß nicht. Mit welcher Begründung? Dass er mal mit Schlangen gearbeitet hat? Er wird ja nicht nach Australien geflogen sein?«

»Das weiß man nie«, sagte Andrea so dramatisch, dass Irmi lachen musste.

»Fahrt noch mal bei ihm vorbei«, beschloss sie. »Kontaktiert auch mal die zweite Vorsitzende und fragt sie, wo er stecken könnte. Ansonsten müsst ihr die Aussagen von Lohmüller und Strobl überprüfen. Fahrt ins Hotel Post und versucht herauszufinden, wie lange er gefrühstückt hat. Wann er am Golfplatz eingetroffen ist. Ich muss wissen, ob er nach Krün hätte fahren können. Dann bin ich mal kurz weg.«

Sie war ganz froh, dass Kathi nicht da war. Denn Kathi hätte den geplanten Besuch bei Sonja Ruf sicher nicht gutgeheißen. Bloß wegen so ’nem Gaul, hätte Kathi gesagt. Irmi wusste auch nicht so recht, warum es sie zu Sonja Ruf drängte, aber sie steckten fest, und etwas zu tun, war allemal besser als Schreibtischarbeit, aus der die Polizeitätigkeit nun mal schwerpunktmäßig bestand.

Spät hatte der Sommer beschlossen, jetzt mal so richtig zuzuschlagen. Es war neun Uhr, und draußen waren schon siebenundzwanzig Grad. Irmi trug eine leichte weite Hose und ein Leinenhemd. Draußen liefen Frauen in ebensolchen Hotpants herum, wie Kathi sie erworben hatte. Oder in Pumphosen, die selbst aus spindeldürren Mädels kleine Moppelchen machten. Genau wie diese seltsamen Oberteile, die an der Taille einen dicken Bund hatten und sich absolut figurungünstig bauschten. Männer trugen immer noch Socken in Sandalen, auch das musste Irmi feststellen. Und sie hasste Sommer, weil er einem kaschierende Kleidungsstücke wie lange Fleecepullover untersagte.

Sonja Ruf wohnte quasi hinter dem Rathaus. Eine schöne Lage war das: mitten in der Stadt und doch so ruhig. Irmi läutete, der Türsummer brummte. Sie stieg in den ersten Stock hinauf, wo ihr eine Frau die Tür öffnete, die Irmi auf Ende dreißig, Anfang vierzig schätzte. Sie war ein wenig farblos, Marke Mauerblümchen. Zwar hatte sie eine gute Figur, aber sie präsentierte sich einfach gänzlich reizlos. Langweilige Jeans – weder eng noch weit. Verwaschenes T-Shirt mit einem WWF-Logo, eindeutig zu weit. Dünne, lange Haare in Mausbraun, zum Pferdeschwanz gebunden. Blassblaue Augen unter blonden Wimpern.

Die ganze Frau war irgendwie blass, und der Urlaub hatte sie mit Sicherheit in kein Land geführt, in dem man Farbe bekommen hätte. Sie wäre die perfekte Kandidatin für eine dieser Vorher-nachher-Shows gewesen.

»Sonja Ruf?«

Die blasse Frau nickte.

Irmi zeigte ihre Marke. »Darf ich reinkommen?«

Sonja Ruf nickte wieder und ging vor, Irmi folgte ihr. Rechts führte eine Tür in eine kleine Küche, geradeaus lag das Wohnzimmer. Die Tür zum Balkon stand offen, er war mit einem grünen Netz verhängt. Draußen lagerten auf einer Bank, die mit Wolldecken belegt war, drei Katzen. Die eine war einäugig, die zweite dreibeinig, und die dritte hatte nur noch einen Stummelschwanz. Ein Dreigestirn von Versehrten, und Irmi wusste gar nicht, warum sie dieser Anblick so schlagartig in eine düstere Stimmung versetzte. Ihr Magen schmerzte, und sie verspürte Übelkeit, dabei hatten die Tiere ja Glück gehabt.

»Solche will keiner. Sind fast nicht vermittelbar, da hab ich sie behalten.«

»Schön für die Tiere«, sagte Irmi etwas lahm.

»Ich habe noch zwei weitere, die flüchten aber, sobald jemand an der Tür ist. Sie lagen in einem Sack. Ihre Mama und die anderen Geschwister waren schon tot. Sie lagen unter den Leichen ihrer Familienangehörigen.«

Warum sagte die Frau solche Sätze mit einer solchen emotionslosen Stimme? Wie viel unterdrückte Verzweiflung musste sie in sich tragen! Irmi war sehr realistisch. Sie selbst hätte nicht für eine Tierschutzorganisation arbeiten können. Immer wieder miterleben zu müssen, wie Menschen Verbrechen an Tieren begingen. Immer wieder diese Verachtung gegenüber der Schöpfung und den Mitgeschöpfen zu erfahren. Ungerechtigkeit und Gewalt gegen Schwächere machten Irmi wütend und lähmten sie auch.

Immerhin hatte sie einen Beruf gewählt, der die Welt zwar nicht besser machte, aber ein paar Opfern zumindest die Möglichkeit einer Aufarbeitung gab. Im Lauf der Jahre hatte sie genug tote Menschen gesehen, genug Opfer von Gewaltverbrechen, deshalb war es nicht einzusehen, warum sie fünf Sätze über eine Katzenfamilie so erschütterten. Außerdem war sie eine vergleichsweise stabile Person. Wenn sie an die Chefin des Garmischer Tierheims dachte oder an Doris Blume, dann waren das Frauen, die in sich ruhten, und selbst die brachte ihre Arbeit sicher immer wieder an ihre Grenzen. Aber diesen Frauen traute Irmi Regenerationskräfte zu, Sonja Ruf hingegen nicht! Sie schien sich mit ihrer Tierschutzarbeit viel zu viel zuzumuten. Und Irmi befürchtete, dass das bei vielen Tierschützern der Fall war. Tief verwundete Seelen, die sich mit ihrem Ehrenamt noch mehr quälten.

»Frau Ruf, Sie wissen, dass Kilian Stowasser tot ist?«

»Wer wüsste das nicht?«

»Und? Gefühle des Triumphs?«

»Sterben müssen wir alle.«

»Zweifellos.« Irmi suchte den Blick von Sonja Ruf, doch die sah weg. Irmi hatte eines in ihrer Arbeit als Kommissarin gelernt: Schweigen. Schweigen wirkte auf die meisten Menschen erdrückend und versetzte sie in Unruhe. So auch Sonja Ruf.

»Sie wissen doch, dass ich Stowasser nicht mochte. Niemand bei FUF mochte ihn.«

Irmi schwieg weiter.

»Er war eine Sau. Nach außen der engagierte Unternehmer, hinter den Kulissen der bayerischen Wohlanständigkeit ein Betrüger. Einer, der Produkte aus quälerischer Tierhaltung verwendet und sich auch noch brüstet, ein Vorbild zu sein. Das ist ja noch schlimmer. Wenn ich nur aus Unwissen handle, wenn ich einfach nur lasch bin, ist das zwar auch verwerflich, aber der hat doch gewusst, was er tat.«

Sonja Ruf sprach immer noch leise und beherrscht. Sie kontrollierte ihren Hass. Sie redete wie eine Maschine. Wie ein Roboter. Diese Frau war ganz offensichtlich seelisch krank. Irmi fragte sich, wann und wo diese Beherrschung zusammenbrechen würde. Oder sie war längst gebrochen, und Stowasser hatte von ihr endlich seine Strafe bekommen?

»Dann hat die Gerechtigkeit ja nun doch noch gesiegt, nicht wahr, Frau Ruf?«

»Wenn Sie so wollen.«

»Ach, wissen Sie, ich will das eigentlich nicht. Ich halte nichts von Selbstjustiz, in dubio pro reo.«

Sonja Ruf stieß einen angewiderten Laut aus.

»Sie konnten nie beweisen, dass er wissentlich die Daunen manipuliert hat, Frau Ruf!«

»Nein, konnten wir nicht. Aber auch das wissen Sie doch.«

»Das muss frustrierend sein.«

»Tierschutz ist immer frustrierend.«

Auch das hatte Irmi nun schon aus den unterschiedlichsten Ecken gehört.

»Und dann auch noch ein Pferd zu verlieren, und das wegen der Familie Stowasser ...« Irmi ließ den Satz einfach so stehen.

Sonja Ruf schwieg, aber über ihr Gesicht huschte ein Schatten.

»Wir waren am Kirnberg«, fuhr Irmi fort. »Sehr hübsch, Ihre kleine Isländerstute. Nur schade, dass sie ihren Freund Sleipnir verloren hat.«

»Ja, schade. Schade um jedes Pferd, das eingeschläfert werden musste! Schade, dass Menschen so infam und ignorant sind.« Nun war Sonja Ruf doch lauter geworden.

»Frau Ruf, ich würde jeden und jede verfluchen, wenn durch irgendjemandes Hand einer meiner beiden Kater zu Schaden käme«, sagte Irmi und betrachtete die Frau, die so wächsern war.

»Ich habe jede Menge Leute verflucht, aber niemanden ermordet. Denn das nehmen Sie doch an, oder. Deshalb sind Sie doch hier?«

»Frau Ruf, ich muss einfach die Leute unter die Lupe nehmen, die Grund gehabt haben, Stowasser zu hassen. Ich brauche Infos zu seinen Lebensumständen.«

»Die waren grandios!« Sonja Ruf klang so bitter, dass Irmi fast zurückschreckte. »Ich würde Ihnen empfehlen, sich mal anderswo umzuhören als bei FUF. Nach außen war man in der guten Gesellschaft gut Freund, doch hintenrum haben die kein gutes Haar an ihm gelassen. Wir waren immer viel zu kleine Lichtlein, um gegen Stowasser anzustinken. Er war uns immer einen Schritt voraus oder zwei.«

»Waren Sie mal in Krün?«

Irmi glaubte ein Zucken in ihrem Gesicht festzustellen,

kaum merklich, aber doch vorhanden, den Bruchteil einer Sekunde Angst.

»In Krün hat er sich seine Daunen anliefern lassen, das nehmen wir zumindest an. Er hat da ein Grundstück. Max war dort, und ich war mal mit dabei. Eine Journalistin auch, aber das Ganze ist ein Hochsicherheitstrakt. Drin war nie einer.«

»Max Trenkle?«

Ein Lächeln flog über ihr Gesicht, und sie war auf einmal viel hübscher.

»Ja, Max Trenkle, unser Vorsitzender.«

Unser Vorsitzender! So wie sie das sagte, klang das wie: O Captain, my Captain. Wie: Mein Gott und Vater. Irmi runzelte die Stirn und feuerte urplötzlich: »Waren Sie bei einem Anschlag gegen Stowasser dabei?«

»Anschlag, ich bitte Sie! Und ja, das war blöd und unüberlegt. Das hat uns Max auch klargemacht. Dass wir damit nur das Gegenteil erreichen und uns alle Sympathien verscherzen. Und wenn wir schon kein Geld haben, müssen wir wenigstens in der Bevölkerung Rückhalt bekommen. Da ist es einmal mit mir durchgegangen.«

Das klang irgendwie auswendig gelernt. Durchgegangen? Einmal? Und wenn es noch mal mit Frau Ruf durchgegangen war? Oder gar zweimal – beim Treppensturz und später in Krün?

Sie war aufgestanden. »Ich hatte mir eben Tee gemacht. Ich hole ihn. Sie können solange das hier lesen. Ich arbeite mit Worten, nicht mit Gewalt.«

Sie schob Irmi ein paar Blätter hin. Die nahm sich eines davon und begann zu lesen:

Heureka wurde von ihrer Finderin so getauft, weil sie das Glück gehabt hatte, gerade noch rechtzeitig gefunden worden zu sein. Ihr Bruder Paul wurde von einer zweiten Finderin Paul getauft, weil ein Kater einfach Paul heißen muss. Heureka und Paul kamen im Juli zur Welt. Ihre Mutter war scheu, abgemagert und ständig auf der Flucht vor den Menschen, in deren Scheune sie für die Geburt Zuflucht gesucht hatte. Und sie war verwurmt und übersät von Flöhen. Sechs Wochen lang verbarg ihre Mutter sie, und als sie dann zum ersten Mal ins Freie tapsten, kamen die jungen Tiere in einer lieblosen Umgebung an. Ständig mussten sie vor fliegenden Schuhen, vor Holzscheiten, vor Schreien flüchten. Ihre Mutter hatte keine Milch mehr und war sehr schwach. Zwei Wochen später starb sie. Heureka und Paul erwischten ab und zu von Fliegen übersäte Milch und das stinkende Futter der Nachbarskatze, die so etwas selber nie mehr gefressen hätte.

Paul und Heureka hätten gerne mit den Schmetterlingen oder den lustigen Blättern in der Luft gespielt. Aber sie konnten nur dahocken, weil das Atmen so schwerfiel. Auch das Wegrennen, und so nahmen die Finderinnen, ohne voneinander zu wissen, die beiden mit. So trennten sich die Wege von Paul und Heureka. Die Kätzin kam sofort zur Tierärztin, die sie in Quarantäne gab. Das war kein klassischer Katzenschnupfen, das war eine undefinierbare seltsame Krankheit. Paul kam ins Tierheim. Nach zehn Tagen holte die Finderin Heureka aus der Quarantäne ab. Die Kleine schnurrte zu laut, ein unangemessenes Schnurren,

Todesschnurren, wie die Tierärztin das nannte. Sie erlebte einen halben Tag in Sicherheit und Hoffnung, dann wurde ihre Atmung so schlecht, dass sie eingeschläfert werden musste. Paul hatte das Tierheim erst gar nicht mehr verlassen. Auch er wurde eingeschläfert.

Nun treffen sich die Wege der beiden wieder. Heureka und Paul hatten nur kurz einen Namen und haben nur kurz gelebt: eine kurze Zeit in Angst, Panik und Krankheit.

Die eine Finderin besuchte den Hof und bot ihre Hilfe beim Einfangen wilder Katzen an. Verwies auf die Möglichkeit, dass der Tierschutz die Kosten übernähme. Sie erhielt als Antwort: »Die verrecken immer so schnell, da ist es besser, wenn neue nachkommen. Da wird nichts kastriert.« Ihre Argumente, dass die Tiere nur »verreckten«, weil sie krank waren, verhallten ungehört.

Währenddessen huschten wieder ein paar Katzen vorbei, neue Pauls und Heurekas an einem ganz normalen Herbsttag auf einem oberbayerischen Bauernhof …

Irmi schluckte. Sie wusste, dass die Geschichte von Heureka und Paul leider der Wahrheit entsprach. Sie stand beispielhaft für das Elend Tausender Namenloser. Sie wusste auch, dass sich die Berufskollegen ihres Bruders da nicht gerade mit Ruhm bekleckerten. Sie hatte sich auch ganz schön vor ihm aufbauen müssen, um eine Kastration von Kater und dem kleinen Wildfang durchzusetzen. Auch sie hasste diese Machosprüche, dass man dem Kater seinen Spaß lassen müsse. Männer reagierten beim Thema Kastration immer so panisch und irrational.

Andererseits hasste sie diese Generalverdammung aller Bauern. Es gab genug, die sich aufopferungsvoll um alle Tiere am Hof kümmerten. Sie ja auch. Irmi las weiter.

> An dem wilden Leben in Freiheit ist gar nichts romantisch! Diese Tiere leben in ständigem Hunger und bedroht von Krankheiten. Durch die Raufereien ziehen sich wilde Kater schwere Verletzungen zu. Und natürlich müsste man jemanden zur Verantwortung ziehen. Das sind ja alles verwilderte Hauskatzen von verantwortungslosen Besitzern. Das sind keine wilden Löwen, die plötzlich aus Afrika zugewandert sind! Eine wilde Katze überlebt im Durchschnitt maximal zwei Jahre, eine gepflegte Hauskatze achtzehn Jahre. Rund 8,2 Millionen Stubentiger leben nach Schätzungen des Tierschutzbunds bundesweit in privaten Haushalten. Hinzu kommen rund zwei Millionen wilde Katzen – und es werden Tag für Tag mehr. Allein FUF fängt im Jahr 150 bis 200 Katzen ein und sterilisiert sie. Das sind im Jahr Kosten von 25 000 Euro. Wir stehen absolut an der Wand – finanziell und personell.

Nach dem Einsatz in Krün zweifelte Irmi keine Sekunde mehr daran, dass die finanzielle und personelle Situation katastrophal war. Trenkle wartete auf die nette Oma, die FUF ihr Hab und Gut vererbte. Was sollte er sonst tun?

Mittlerweile war Sonja Ruf mit zwei Teetassen zurückgekommen.

»Und das haben alles Sie geschrieben?«, sagte Irmi. »Sehr eindrucksvoll!«

»Danke, ja, ich mach die Pressearbeit und versuche aufzuklären. Das geht nur ein wenig plakativ und polemisch. Wir haben dieses Jahr tatsächlich mehr Bauern als je zuvor dafür gewinnen können, die Katzen auf ihrem Hof kastrieren zu lassen. Natürlich auf unsere Kosten. Wer Abertausende an Subventionen einstreicht, hat natürlich keine fünfzig Euro für eine Katze übrig.«

Eigentlich hätte Irmi nun doch eingreifen müssen, einen etwas differenzierteren Blick auf die Subventionspolitik fordern müssen – sie, die Bauerstochter. Aber sie war hier, um endlich Licht in den Fall Stowasser zu bringen, und irgendetwas sagte ihr, dass sie hier richtig war.

Sonja Ruf fuhr fort: »Ich kenne eine Biobäuerin in Franken, auf deren drei Hektar großem Getreidefeld ein Feldhamster entdeckt wurde. Der ist vom Aussterben bedroht. Wenn sie nun bis in den November hinein ein bisschen Getreide stehen lässt, dann bekommt sie fünfzehnhundert Euro pro Hektar für den Hamsterschutz. Macht bei drei Hektar viertausendfünfhundert Euro. Sie lacht sich darüber halb tot und sagt immer: Den letzten Urlaub hat mal wieder der Hamster bezahlt.«

»Aber das müsste Ihnen als Tierschützerin doch gefallen!«

»Schön für den Hamster, aber warum muss da so viel Geld fließen?«

»Weil der Hamster sonst ausgehamstert hätte?«, sagte Irmi und versuchte ein Lächeln, das ihr misslang. Diese Frau entzog ihrem Gegenüber die Energie. Ihre Schwingungen waren so negativ, dass Irmi sich müde fühlte, obwohl sie durchaus beschwingt und ausgeschlafen aufgestanden war.

»Nichts ist mehr verhältnismäßig«, sagte Sonja Ruf. Irmi registrierte ein leichtes Zittern ihrer Hand, die die Teetasse hielt.

»Und deshalb hassen Sie auch Stowasser?«

»Ich hasse ihn nicht. Ich halte ihn für verachtenswert.«

»Und seine Frau? War es nicht unerträglich, dass ausgerechnet diese Frau dann auch noch Pferde in Ihren Stall stellt?«

»So was entscheidet immer noch der Stallbesitzer.« Sonja Ruf hatte sich wieder auf diesen Roboterton verlegt.

»Frau Stowasser war schuld am Tod Ihres Pferdes!«

»Schuld – Sie sind doch Gesetzeshüterin? Reden Sie von der Vorwerfbarkeit einer Straftat? Ist das ihre Schuld? Oder reden wir von Sünde im religiösen Sinn? Oder geht es um ethische Fragen? Wie schuldfähig war Frau Stowasser?«

»Mit Verlaub, Frau Ruf, ich bin nicht gekommen, um eine moraltheoretische Diskussion über Schuld mit Ihnen anzufangen. Was zweifellos zwar interessant wäre, aber ich hab's gerne etwas konkreter. Also: Frau Stowasser brachte ihre neuen Pferde in Ihren Stall. Wie hat sich das angefühlt?«

»Liliana war so eine, die es gut meinte. Sie war leichtgläubig. Sie hat in einer Parallelwelt gelebt. Sie hatte immer Geld im Überfluss und einen Mann, der im Zweifelsfall noch ein paar Tausender ins Spiel geworfen hätte. Sie hat diese Pferde doch auch geliebt. Und dass sie andere Tiere gefährdet hat, das hat sie ja nicht gewusst. Ihre Pferde mussten auch gehen. Sie hat dann auf dem Markt in Miesbach neue geholt und vorm Schlachter gerettet. «

Irmi war wieder irritiert, doch sie setzte auf Schweigen. Das wirkte.

Sonja Ruf fuhr fort: »Wenn schon Schuld, dann liegt die bei dieser ganzen Pferdeschieber-Mafia. Bei den Leuten, die solche Tiere ins Land bringen. Bei den skrupellosen Pferdehändlern.«

»Frau Stowasser stand schon vor den rumänischen Pferden im Fokus des Veterinäramts im Ostallgäu, wegen ihrer schlechten Pferdehaltung. Wussten Sie das?«

»Nein, das wusste ich nicht. Ihr Stall am Kirnberg war vielleicht etwas vernachlässigt, aber den Pferden ging es gut. Wie soll ich sagen: Liliana war nicht ganz aus dieser Welt. Musste sie auch nicht, sie war nie in der Situation, dass man Miete bezahlen muss. Dass man am Monatsende nicht mal mehr ein Brot kaufen kann. Dass man Ärger mit Telefongesellschaften oder Versicherungen hat. Das wurde alles von ihr abgehalten. Ich bezweifle sogar, dass sie wusste, wie man ihr Auto betankt.«

»Als sie die Treppe hinuntergestürzt ist, waren auch Sie vor Ort!«

»Ja, ich wurde dazu auch mehrfach von Ihren Kollegen aus Weilheim befragt. Ich war gerade auf der Toilette, als es ganz furchtbar rumpelte. Als ich herauskam, lag sie unten an der Treppe. Ich bin hinuntergerannt, doch sie bewegte sich nicht mehr. Als ich geschrien habe, kam die Mutter vom Anton und hat den Notarzt gerufen. Und Kilian Stowasser. Der war schneller da als der Notarzt.«

»Sie betonen das so seltsam?«

»Als ich auf dem Klo saß, schaute ich zum Fenster hinaus. Es war ja schon dunkel. Ich hatte den Eindruck, dass hinter den Bäumen ein großer Jeep stand. Erst später fiel mir ein, dass die Form, dieses Eckige, eigentlich ausgesehen hatte wie Stowassers Hummer. Aber wie gesagt, es war dunkel.«

Irmi starrte die Frau an. Sie kippte fast ihren Tee aus. »Aber das haben Sie nie zu Protokoll gegeben?«

»Das drang erst später in mein Bewusstsein. Und dann, was denken Sie? Wer hätte mir denn Glauben geschenkt? Die hätten doch alle gedacht, ich würde auf perfide und gar blasphemische Weise Kilian Stowasser zu Unrecht beschuldigen. Max hat mir auch abgeraten.«

»Max Trenkle wusste davon?«

»Ja, ich musste doch mit jemandem reden. Ich war aufgewühlt.«

Immer wieder Max Trenkle! Alles lief bei ihm zusammen. Trenkle war ein Schlangenflüsterer gewesen. Auf der Achse Rheinberg-Australien-Südafrika. Was denn, wenn Trenkle Stowasser erpresst hatte? Damit, dass der seine Frau die Treppe hinuntergestürzt hatte? Aber Stowasser konnte sie nicht mehr fragen. Der war in die ewigen Schlangen-Jagdgründe eingegangen. Oder noch anders: Die Marketing-Brünhilde hatte auch gewusst, dass ihr Schwager beim Tod der Schwester vor Ort gewesen war. Hatte sie die Schwester gerächt?

Jeder fütterte sie hier mit winzigen Bröckchen. Es schwirrten so viele Puzzlestückchen herum, aber die Teilchen fanden alle keine passende Aussparung. Sie musste endlich eine Ecke zusammenfügen, damit sie sich allmählich in die Mitte des Puzzles vorarbeiten konnte. Und welches Bild würde da entstehen? Das Gesicht von Max Trenkle? Das von Isabella Rosenthal?

»Und wo waren Sie noch mal?«

»Auf der Toilette, hab ich doch gesagt. Und die liegt oben an der Treppe. Drum hab ich das Gepolter doch auch nur gehört!«

Irmi betrachtete die Frau, deren Blässe eher noch zunahm. »Frau Stowasser war an dem Tag ziemlich betrunken. Hat sie öfter getrunken?«

»Bier im Stall, mal einen Schnaps. Prosecco. Auf mich hat sie eigentlich recht nüchtern gewirkt an dem Abend.«

Ja, das war ein Kennzeichen von Alkoholikern, man merkte lange nichts. »Waren Sie betrunken?«

»Was soll das eigentlich? Nein, ich war nicht betrunken. Ich hatte mein Auto dabei. Ich hab ein Glas Prosecco getrunken, sonst nur Wasser.«

Irmi nickte und sah zum Balkon hinaus. »Frau Ruf, Sie waren in Urlaub?«

»Ja, ich war auf einem Treffen europäischer Tierschutzorganisationen in Berlin.«

»Von wann bis wann?«

»Nur übers Wochenende bis zum Dienstag.«

»Und wo waren Sie Dienstag vor einer Woche?«

»Ist da Stowasser gestorben?«, fragte Sonja Ruf, doch irgendwie hatte Irmi das Gefühl, dass die Frage zu schnell kam. Außerdem hatte das auch in der Zeitung gestanden.

»Wenn Sie dabei gewesen sind, wissen Sie es ja«, sagte Irmi.

»Warum sollte ich dabei gewesen sein? Ich hab Ihnen schon mal gesagt, dass ich ihn verachtet habe, aber ich bin keine Mörderin!«

»Sagen Sie mir trotzdem, wo Sie an besagtem Dienstag waren?«

»Hier, ich habe an meinen PR-Materialien gearbeitet.« Sie stockte kurz. »Und als Zeugen kann ich meine Katzen benennen.«

»Frau Ruf, Sie verbringen viel Zeit mit Ihrer Tierschutzarbeit.«

»Wollen Sie damit sagen, dass ich gefälligst was Gescheites arbeiten sollte?«

»Ich habe keinerlei Hintergedanken damit verbunden«, behauptete Irmi.

»Ich bin Chemielaborantin bei Roche in Penzberg. Ich bin noch krankgeschrieben. Vor zwei Monaten hatte ich eine schwere Operation. So einfach ist das. Ich bin keine Liliana Stowasser, die immer ins watteweiche Bettchen gefallen ist.«

Chemielaborantin! Die kannte sich doch sicher auch mit Gift aus. Irmis Blick schweifte durch das Zimmer. Die Naturholzregale waren voller Tierbücher. Einige Fächer waren leer, und es lagen Kissen darin. Irmi nahm mal an, dass sie den Katzen als Aussichtsplätze dienten. Im obersten Regal standen eine Pappschachtel, die mit den Raffael-Engeln bedruckt war, und ein kleiner Kaktus. Mein kleiner grüner Kaktus ... Irgendwie passte der zu Sonja Ruf. Irmi konnte sich nur schwerlich vorstellen, dass jemand dieser Frau opulente rote Rosen vorbeibrachte. Oder Sonnenblumen – die noch weniger.

Die stummelschwänzige Katze war hereingekommen. Sie strich um Irmis Beine und sprang auf ihren Schoß. Dann begann sie zu schnurren, was eher dem Gurren einer Taube glich. Normalerweise hätte Irmi damit gerechnet, dass Sonja Ruf nun etwas sagen würde wie: Das macht sie sonst nie. Da dürfen Sie sich was drauf einbilden. Katzenbesitzer sagten immer solche Sachen. Aber Sonja Ruf schwieg und nippte an ihrem Tee.

»Frau Ruf, Sie sind eine kluge Frau. Sie haben Stowasser lange Zeit ver ...«

»Wollten Sie verfolgt sagen?«

»Eher ... verdammt. Ich habe manchmal akute Wortfindungsstörungen.«

Es war das zweite Mal, dass über Sonja Rufs Gesicht ein Lächeln huschte. Warum kam Irmi nur auf die Idee, dass dieser Frau niemand rote Rosen schenkte? Ihr schenkte doch auch keiner Rosen, egal welcher Farbe. Nun ja, ganz stimmte das nicht. Sie hatte von *ihm* immer mal wieder Rosen bekommen, gelbe und orange, weil *er* immer gesagt hatte, dass Irmi keine »Rote« sei.

Manchmal liebte sie ihn wie verrückt. So sehr, dass es wehtat. Und wünschte sich, einfach nach Hause kommen zu können, wo *er* auf sie wartete. Mit oder ohne Rosen. Wo sie einfach nur auf dem Hausbankerl sitzen würden und in die Nebelschwaden sehen, die aus dem Moor aufstiegen. Rehe beobachten und schweigen. Aber das war doch Pilcher-Romantik, oder nicht? Die Realität ihrer liierten Freundinnen sah anders aus. Lissis Alfred würde nie nutzlos herumsitzen oder gar Rehe betrachten. Sie alle hatten ihren Alltag, und der war höchst selten romantisch.

Und wenn Irmi dann wirklich in letzter Konsequenz durchdachte, ob sie wirklich mit *ihm* hätte zusammenleben wollen, war sie sich nie sicher, was sie ankreuzen würde: Ja, nein, weiß nicht?

Irmi schüttelte diese Gedanken ab. »Sie kennen Stowasser. Wer war denn Ihrer Meinung nach derjenige, der ihn am meisten gehasst hat? Seine Kollegen? Unternehmer, die auch gern den Preis gehabt hätten? Sie haben das alles doch sicher mitverfolgt?«

Sonja Ruf schüttelte den Kopf. »Eine Krähe hackt der anderen kein Auge aus. Irgendwie stecken diese Groß- und Kleinkapitalisten doch alle unter einer Decke. Sie sollten nicht nach demjenigen fragen, sondern nach derjenigen.«

Irmi fühlte Adrenalin einströmen. Würde nun doch der Name Isabella Rosenthal fallen?

»Diese Journalistin hat ihn gehasst!«

»Tina Bruckmann?«

»Ja, genau die.«

»Warum denn?«

»Sie wollte ihm das Handwerk legen. Nicht weil sie darauf hofft, dass ihr dann der Spiegel ein Angebot macht. Nein, es ging ihr wirklich um Ehrlichkeit und Aufklärung. Und Kilian Stowasser hat sie überall unmöglich gemacht. Sie darf ja nur noch Umfragen machen und harmlose Geschichten. Keine Wirtschaft, keine Politik. Sie war auch mal mit Max vor Ort in Krün. Sie hatte viele Fotos. Auf ein paar konnte man den Fahrer gut erkennen. Wenn jemand weiß, wann diese Lkw kommen, dann sie.«

War das eines der eckigen Puzzlestücke, die sie so dringend suchte? Aber wie hätte Tina Bruckmann an Mambagift gelangen sollen? Über Max Trenkle?

»Kannten sich Max Trenkle und Tina Bruckmann denn gut?«, fragte Irmi vorsichtig.

»Wir hatten alle ein gemeinsames Anliegen.« Da war wieder diese Roboterstimme.

Irmi versuchte, Sonja Ruf weiter aus der Reserve zu locken. »Man hört, Max Trenkle würde gerne flirten, und Tina Bruckmann ist sehr attraktiv.«

»Wenn Sie das finden!«

Sie war nicht so cool, wie sie tat. »Frau Ruf, wenn Sie irgendetwas wissen, dann sagen Sie mir das jetzt bitte!«

»Da gibt es nichts zu erzählen!«

Die Katze hatte die Augen geöffnet und hüpfte elegant von Irmis Schoß, wo sie jede Menge Haare hinterließ.

»Ich hab kürzlich mal den Satz gelesen: Eine Wohnung ohne Katzenhaare ist wie eine Küche ohne Herd.«

»Nett«, sagte Sonja Ruf. »Muss ich mir merken.«

Irmi hätte sie am liebsten geschüttelt. Hätte sie angebrüllt: Mensch, red doch mit mir. Rede mit der Welt. Verschanz dich nicht hier in deiner Wohnung, und versteck dich nicht hinter deiner Tierschutzarbeit. Stattdessen sagte sie in ruhigem Tonfall: »Frau Ruf, noch eine letzte Frage: Wir versuchen seit einigen Tagen vergeblich, Max Trenkle zu erreichen. Wissen Sie, wo er sich aufhält?«

»Nein. Er meldet sich nicht täglich bei mir ab.«

Auch das kam zu schnell, dachte Irmi. »Es hätte ja sein können, dass Sie über eine geplante Reise oder Ähnliches informiert sind.«

»Nicht, dass ich wüsste.«

Irmi verabschiedete sich und ging die Stufen im kühlen Treppenhaus hinunter. Als sie wieder auf der Straße stand, schlug ihr eine Wand aus Saunaluft entgegen.

Sie blinzelte. Was sollte sie von alledem halten? Sie blendete Lohmüller und Strobl mal aus, den knackigen Hundegger auch. Sie betrachtete das Dreigestirn Sonja Ruf, Tina Bruckmann und Max Trenkle. Wie hingen diese drei zusammen? Was, wenn sie alle gemeinsame Sache gemacht hatten? Sie wusste nicht genau, warum, aber sie ging gleich um die Ecke in den Laden »Blumen Rosl« und kaufte eine Sonnenblume im Töpfchen. Die reizende Auszubildende hatte augenscheinlich Spaß an ihrem Job und schaffte es, die negative Aura einer Sonja Ruf zu vertreiben.

Als Irmi ihr Handy wieder einschaltete, fand sie einen Anruf des Schlangenmanns vor und rief zurück.

»Frau Mangold, ich wollte Sie nicht stören, aber Bavariansnake hat mich doch etwas umgetrieben. Ich weiß ja nicht, ob Sie ...«

»Ob ich Ihnen was erzählen darf?«

»Ja, genau.«

»Nun, ich kann Ihnen auf jeden Fall sagen, dass es den Tieren bei der Bayerischen Schlange, die figürlich sehr wenig von der Gestalt dieser eleganten stromlinienförmigen Tiere hat, nicht nur gut, sondern exzellent geht.« Irmi berichtete von der Anlage beim Sockenstrobl. »Natürlich hält er Tiere, die unter Artenschutz stehen. Da wird noch einiges auf ihn zukommen.«

Irmi überlegte kurz, aber was hatte sie zu verlieren? Sie hatte den Schlangenmann sowieso schon viel zu weit in die Sache hineingezogen. »Er hat die Schwarze Mamba ein paar Tage, bevor Stowasser gestorben ist, noch gesehen«, berichtete sie.

Der Schlangenmann pfiff durch die Zähne. »Dann spricht aber vieles dafür, dass sie noch da ist.« Besorgnis lag in seiner Stimme.

»Das befürchte ich eben auch.«

»Soll ich noch mal suchen? Ich meine, die letzten Tage war es ja ruhiger da oben, oder? Vielleicht finde ich sie doch noch. Besser, als wenn ein Anwohner über sie stolpert. Vor ein paar Jahren hatte in Peißenberg ein Mann am Gartenteich eine Mamba entdeckt. Panik brach aus, es gab einen Polizeieinsatz und einen Anruf bei mir. Ich konnte den Mambajäger beruhigen und ihm durch einfühlsames Zureden dann einiges über die Optik und das Verhalten des Tiers am Gartenteich entlocken. Dann gab es zum Glück Entwarnung: Die Mamba entpuppte sich als Ringelnatter, und die gehören durchaus auch nach Peißenberg! Was aber, wenn es andersrum läuft? Jemand entdeckt Stowassers Mamba und hält sie für eine Natter ... Nicht auszudenken!«

»Stimmt, wenn Käthe am Gartenteich der Anwohner aufkreuzt, schaut es schlecht aus«, warf Irmi ein.

»Wie?«

»Die Mamba heißt oder hieß Käthe.«

»Du meine Güte, ja, das ist mal wieder typisch. Die meisten Halter verstehen das Wesen dieser Tiere nicht. Das sind keine Käthes. Schlangen erkennen ihren Besitzer gar nicht, Echsen reagieren zwar auf die Stimme und das Bewegungsmuster desjenigen, der sie füttert, aber sie begrüßen Herrchen deswegen trotzdem nicht schwanzwedelnd. Wenn ich so einem Leguan über den Kopf streiche, schließt der die Augen. Süß, der kleine Genießer, mag man denken. Aber das Tier blendet das einfach aus. Von Freude oder wohligem Genuss ist es weit entfernt. Ich könnte Ihnen Geschichten erzählen. Da wird mir ein Grüner Leguan gebracht, weil er gebissen hat. Aber das Tier hat mir so nett zugenickt, erzählt das Opfer. Das bedeutet aber beim Leguan: Verpiss dich. Das Tier hat ganz angemessen reagiert. Seine Drohgebärde wurde einfach ignoriert.«

»Sie sagen, Schlangen erkennen die Bewegungsmuster. Wann würde so eine Käthe denn zubeißen?«

»Sie können im Prinzip schon in so ein Terrarium reinfassen, wenn das dem Ritual entspricht. Aber wenn es Lärm gibt, Baumaßnahmen, Vibrationen, wüstes Rumgebrülle, kann es schon sein, dass so ein Tier aggressiv wird. Auf Ungewohntes reagieren diese Tiere schon mal mit Abwehrbissen. Vorstellbar wäre auch, dass das Tier Futtergeruch wittert, also Duftstoffe mit der Zunge aufnimmt, dann würde es auch zustoßen.«

»Gut, aber das weiß der Profi doch, oder?«

Er schien zu überlegen. »Schon, Frau Mangold, aber es könnte ja mal sein, dass einer eine Jacke oder eine Schürze oder Latzhose oder was weiß ich zum Beispiel neben den toten Küken aufgehängt hatte. Oder jemand hat diese Schürze achtlos auf die Futtertiere geworfen, dann würde das Kleidungsstück den Geruch doch annehmen. Und dann zieht es jemand unwissentlich an, die Schlange nimmt Futtergeruch wahr und stößt zu.«

Er schwieg, Irmi auch. Das war eine ungeheuerliche Idee. Einen Biss zu provozieren. Ginge das? Das wäre ja der perfekte Mord! Und wer würde so was bewerkstelligen können? Max Trenkle? Aber wie hätte der so nahe an Stowasser herankommen sollen? Wie hätte der auf das Anwesen gelangen können? Es gab viel zu viele Ungereimtheiten.

»Ich würde gern noch einmal nach Käthe suchen«, sagte der Schlangenmann nach einer Weile, während der sie beide geschwiegen und sich nicht getraut hatten, den ungeheuerlichen Gedanken zu formulieren.

»Das wäre sicherlich sinnvoll. Darf ich später noch mal anrufen?«, fragte Irmi.

»Sicher.«

Irmis Hand hielt weiterhin das Telefon umklammert. Es war, als könne sie nicht auflegen. Der Schlangenmann räusperte sich und sagte dann sehr leise: »Angenommen, jemand hat wirklich Kleidung präpariert und damit einen Biss provoziert ...«

»Aber das ist doch mehr als unwahrscheinlich, oder?« Irmis Stimme klang flehentlich.

»Aber eben nicht ganz auszuschließen.« Nun flüsterte er fast.

Irmi verabschiedete sich und legte schließlich auf. Ihr Herz klopfte wie rasend. Als wolle es sich selbst überholen.

Auch wenn die Idee auf den ersten Blick abstrus war, rief sie trotzdem den Hasen an und bat ihn, die Kleidung von Stowasser auf Spuren von tierischem Blut zu untersuchen. Von Küken oder Mäusen. Irmi konnte sich den Gesichtsausdruck des Kollegen vorstellen, als er ihre Bitte kommentierte mit einem: »Was Ihnen immer einfällt!« Dass Irmi dann auch noch »und bitte schneller als der Schall« hinterherschickte, empfand er als Beleidigung höchsten Grades, und Irmi überlegte jetzt schon, wie sie den Hasen später wieder milde stimmen konnte.

Irmi sah auf die Uhr. Es war kurz vor zwei, als sie im Büro war. Sie stellte die Sonnenblume auf den Tisch von Andrea, die Irmi überrascht und erfreut ansah.

Andrea konnte mit der Nachricht aufwarten, von der Irmi insgeheim gehofft hatte, dass sie sie nicht erhalten würde: Strobl hatte das Hotel so spät verlassen, dass er niemals nach Krün hätte fahren können. Das wussten die Mitarbeiter des Hotels so genau, weil der gute Sockenstrobl den Mädchen an der Rezeption noch Socken aus seinem Sortiment verpasst hatte. Er hatte sie ihnen eigenhändig angepasst, wahrscheinlich, um ihnen unter die Dirndlröcke zu spechten. Am Golfplatz hatte er noch mit dem Greenkeeper geplaudert, der konnte sich auch noch gut erinnern, wann das gewesen war, weil er auf die Uhr gesehen hatte. Der Herr der Greens hatte ebenfalls Socken bekommen – war schon ein echter Gönner, der Strobl. Dabei war es im Falle des Greenkeepers wohl kaum um die tieferen Einsichten und die schlanken Fesseln gegangen ...

Irmi seufzte. Strobl wäre so ein schöner Mörder gewesen. Er hätte das Wissen gehabt und Zugang zu Stowassers Bernsteinzimmer. Und er hatte eine DNA-Probe abgegeben, die mit den Spuren in Krün übereinstimmte. Klar, er hatte ja auch nie geleugnet, dort gewesen zu sein! Verdammt und zugenäht!

Irmi verzog sich in ihr Büro, um nachzudenken. Das Ergebnis war so einfach wie kompliziert: Es musste Bewegung in die Sache kommen, sie musste ein paar Leute aus der Reserve locken. Sie musste einfach ein bisschen unkonventionell werden.

Das Wort unkonventionell hatte einen so positiven Klang. Unkonventionelle Menschen waren frei und unbeugsam, hatten Neider. Unkonventionelles Denken hatte die Welt bewegt. Sie war Beamtin, eigentlich war so etwas für sie nicht vorgesehen, und was da allmählich in ihrem Kopf reifte, hätte sie bei jedem anderen als unbedacht verurteilt.

Als sie zum Telefon griff und Tina Bruckmann anrief, war es schon zu spät. Die Räuberpistole ging ihr leicht von den Lippen. Es war auch alles ganz einfach. Sie dankte Tina Bruckmann für den sachlichen Artikel und sagte ihr noch einmal, wie sehr sie Bruckmanns seriösen Stil schätze. Und dass sie ihr nun quasi als Dank doch eine kleine Information zukommen lassen wolle.

»Wissen Sie, Frau Bruckmann, mir wäre wirklich sehr daran gelegen, dass die Erstveröffentlichung einen seriösen Anstrich hat. Sie können Ihre Geschichte ja sicher auch dem Bayernteil zur Verfügung stellen, dann wissen die Leser hier in Südbayern zumindest die Wahrheit, bevor die Boulevardmagazine sich drauf stürzen.«

»Ich versteh Sie also richtig, Frau Mangold? Sie haben morgen im Lauf des Vormittags ein Gespräch mit jenem Tschechen, der Stowasser beliefert hat. In Krün. Und der Mann hat Ihnen aufschlussreiche Neuigkeiten versprochen?«

»Ja, genau. Ich arbeite mit den Kollegen in Tschechien zusammen, und in dem Moment, wo ich die komplette Geschichte kenne, würde ich Sie kontaktieren und Ihnen exklusiv Bericht erstatten. Sie müssten mir allerdings einen Platz in der Samstagsausgabe frei halten.«

»Rechnen Sie damit, etwas über den Daunenbetrug zu erfahren und über den Mord?«

»Ja«, sagte Irmi ganz schlicht. Damit hatte sie sich nicht festgelegt, ob es um die Daunen oder den Mord gehen würde.

Der Köder war ausgelegt, Irmi war in Schwung und wählte gleich anschließend Sonja Rufs Nummer.

»Frau Ruf, entschuldigen Sie, dass ich Sie noch mal überfalle, aber manchmal überschlagen sich die Ereignisse.«

»So«, sagte Ruf nur.

»Ja, ich will ganz offen zu Ihnen sein. Ich brauche Sie morgen gegen Mittag für eine Art Gegenüberstellung. Wir stehen im Begriff, jenen Tschechen zu verhaften, der Stowasser beliefert hat. Da wir Ihren Vorsitzenden nicht erreichen konnten, können Sie den Mann doch sicher identifizieren. Sie waren ja auch in Krün dabei und haben den Mann gesehen. Ohne Zeugen kann er sich damit herausreden, dass er nur das eine Mal ... Sie verstehen. Aber wenn wir ihm nachweisen können, dass er öfter in Krün war, dass also alle zwei Wochen immer derselbe Fahrer vor Ort war, dann haben wir ihn. Außerdem suchen wir dann gleich noch Stowassers Handy. Es muss noch in Krün sein, und ich gehe davon aus, das diese tschechische Nummer mehrfach auf den Anruflisten auftaucht.«

Sonja Ruf sagte einige Sekunden nichts. Dann fragte sie leise: »Und den Mann nehmen Sie wo fest?«

»Na, ich hoffe doch morgen Mittag in Krün«, sagte Irmi lachend. »Oh, das behalten Sie besser für sich! Kann ich auf Sie bauen?«

»Ja, sicher! Erwarten Sie denn Aufschluss über den Tod von Kilian Stowasser?«

»Natürlich, aber mehr kann ich Ihnen wirklich nicht sagen.« Irmi gab sich aufgeräumt. »Wir stehen vor dem Durchbruch, und für Sie muss es doch auch eine Genugtuung sein, wenn die Öffentlichkeit erfährt, dass Stowasser wirklich betrogen hat.«

Irmi legte auf und hörte hinter sich ein Geräusch. Sie fuhr herum. Im Türrahmen zwischen ihren beiden Büros stand Kathi. Anders, als man es von ihr gewöhnt war, flüsterte sie fast. Es war klar, dass sie alleräußerste Beherrschung aufbot.

»Wie alt bist du, Irmi?«

»Du weißt doch, wie alt ich bin.«

»Ja, das weiß ich. Aber ich wusste nicht, dass man mit knapp über fünfzig schon unter Altersdemenz leidet. Bist du über Nacht wahnsinnig geworden, oder was?«

»Wie lange stehst du da schon?«

»Lange genug, um deine zwei seltsamen Geschichten zu hören. Was treibst du da?«

»Setz dich. Warte mal kurz, ich schenk dir ein Wasser ein ...«

»Ich will kein Wasser eingeschenkt haben, höchstens reinen Wein. Was tust du hier?« Jetzt war sie wieder auf dem Kathi-Level, und man konnte sie sicher auch noch unten auf der Straße hören.

Irmi schloss beide Türen und begann zu erzählen. Vom Gespräch mit Sonja Ruf. Wie komisch diese Frau ihr vorgekommen war. Dass sie indirekt Tina Bruckmann beschuldigt hatte. Dass Käthe vielleicht doch noch da war. Dass man eventuell so einen Biss provozieren konnte.

»Du hast sie nicht mehr alle! Das ist keine Demenz, das ist der galoppierende Wahnsinn! Was bezweckst du damit?«

»Kathi, lass uns doch einfach mal sehen, ob eine der beiden Frauen morgen in Krün auftaucht. Wenn eine von ihnen etwas mit dem Tod von Stowasser zu tun hat, dann kommt sie. Dann will sie verhindern, dass der vermeintliche Tscheche aussagt. Dann konfrontieren wir die Dame mal mit der Wahrheit, und ich bin überzeugt, dass wir dann ein Geständnis oder zumindest eine Erklärung bekommen. Sonja Ruf ist sehr dünnhäutig, die bricht zusammen, und Tina Bruckmann ist zu intelligent, um nicht rechtzeitig aufzugeben. Wir wissen, dass eine dritte weibliche DNA am Tatort gefunden wurde, so abwegig ist meine Idee ja nun nicht!«

Kathi saß da und schüttelte den Kopf. Immer wieder. Ihr brünettes Haar flog nur so.

»Was soll denn schon groß passieren?«, fragte Irmi. »Wir wollen doch nur wissen, wer sich besonders interessiert. Vielleicht kommt ja auch Trenkle. Vielleicht informiert eine der beiden den guten Max, den wir nicht erreichen können. Wie auch immer, es kommt Bewegung ins Spiel.«

»Bewegung? Irmi, du bist mehr als irr, oder! Was, wenn Mister oder Misses Unbekannt dir eine Giftspritze in den Wanst jagt?«

»Danke!«

»Wie jetzt danke?«

»Für den Wanst, den du natürlich nicht hast.«

»Irmi, mir ist es völlig egal, ob das ein Wanst oder eine Wampe ist oder ein Waschbrett. Und wenn dir jemand eine Spritze in den völlig fettfreien Knöchel oder in die Schläfe haut, auch gut. Das ist doch gefährlich, was du da vorhast, oder! Außerdem sagst du dauernd: Lass uns mal sehen. Wer ist ›uns‹?«

»Ach, komm, Kathi, seit wann bist du denn so ein Hasenfuß? Ich dachte, du bist dabei. Wahrscheinlich kommt gar niemand, und wir sind so schlau wie vorher. Und lange werden wir sowieso keine Rechtfertigungsgründe mehr finden, dass wir immer noch an einem Fall herumtüfteln, bei dem wir nicht mal wissen, ob es Mord war. Bevor die Staatsanwaltschaft uns abzieht, will ich das noch versuchen. Aber du musst natürlich nicht mitkommen.«

Kathi starrte Irmi an. »Ja klar, noch besser. Ohne Zeugin nützt dir die ganze Aktion doch gar nichts. Gut, ich komme mit – und sei es nur als Schutz!«

14

Sie waren schon um sieben Uhr morgens in Krün. Nebel stieg aus den Feldern, kein Wunder, nach all der Feuchtigkeit von oben, irgendwann konnte der Boden nichts mehr aufnehmen. Sie hatten den Wagen weiter unten in einer Seitenstraße stehen gelassen, und Kathi maulte über den strammen Fußmarsch von gut zehn Minuten.

Die Tore zum Anwesen waren geschlossen. Nach der Befreiung der Tiere hatten sie mit dem Türöffner aus Kilian Stowassers Herrenhandtäschchen die Tore zugemacht und damals schon festgestellt, dass man verdammt auf die Tube drücken musste, um durch beide Tore zu kommen, bevor diese rasend schnell wieder zugingen. Als Irmi mit dem Schlangenmann dort gewesen war, hatten sie ihre Autos jedes Mal zu Höchstleistungen getrieben, und als sie nun den Türöffner drückte, mussten sie und Kathi richtiggehend sprinten, um durch beide Tore zu kommen.

Sie betraten den Stadl, der die Geheimtreppe in die Katakomben barg. Vom Obergeschoss des Stadls, in dem grablig riechendes Heu lagerte, hatte man einen wunderbaren Weitblick übers Gelände. »So ein Zeug haben die den Pferden zum Fressen gegeben«, murmelte Irmi.

»Und wie stellst du dir das nun vor?«, fragte Kathi. »Wenn draußen wirklich Ruf, Bruckmann oder Trenkle vorfahren, was machen wir dann?«

»Erst mal abwarten und beobachten.«

»Grandioser Plan! Mensch, Irmi!«

»Jetzt wart doch mal«, sagte Irmi und reichte Kathi einen Becher Kaffee aus der Thermoskanne.

»Wir sind doch nicht auf einem Jagdausflug und warten am Ansitz. So ein Schwachsinn!«, maulte Kathi, trank den Kaffee dann aber doch.

Während Kathi weiter irgendwelche Tiraden abließ, blickte Irmi über das Gelände. Da waren diese vier Hügel unter den Planen gewesen, da hinten in dem Flachbau die beiden Hunde Mama und Schoko. Die Bilder der Erinnerung waren grausam. Sie sprangen einen einfach ohne Vorwarnung an. Sie musste sich unbedingt mal nach den beiden erkundigen. Das würde sie tun, sobald diese Geschichte hier endlich abgeschlossen war.

»Da«, stieß Kathi plötzlich aus.

Tina Bruckmann kam die schmale Straße herauf. Sie ging dicht an der Hecke entlang und sah sich immer wieder um. Um den Hals hatte sie eine Kamera mit einem großen Teleobjektiv hängen. Sie huschte am Wendehammer mit dem elenden Birkenstängel vorbei und nach links, hinein in einen kleinen Hain aus Haselnusssträuchern.

»Hast du dir eigentlich überlegt, dass diese Bruckmann ja auch bloß deshalb hierhergekommen sein könnte, weil sie eine coole Story wittert?«, fragte Kathi und flüsterte auf einmal.

»Ja, natürlich. Und wenn, dann ist es ja auch gut«, sagte Irmi lahm.

»Auch gut«, äffte Kathi sie nach. »Auch gut und völlig sinnlos. Und deshalb bin ich um halb sechs aufgestanden und frier mir hier den Arsch ab?«

»Da ist ja nicht viel zum Abfrieren«, konterte Irmi grinsend und beobachtete das Gebüsch, in dem Tina Bruckmann verschwunden war.

Bevor Kathi noch etwas sagen konnte, hörten sie ein Motorengeräusch. Ein Polo kam die Straße hoch und hielt vor dem Tor. Jemand stieg aus. Sonja Ruf, ohne Zweifel. Irmi und Kathi konnten beobachten, wie sie den alten Schuppen außerhalb der Mauer aufstieß, der seit ihrem letzten Besuch noch windschiefer wirkte, und den Wagen dann rückwärts dort hineinsetzte.

»Das hat die doch schon öfter gemacht«, flüsterte Kathi. »Das wirkt ja, wie wenn sie da ständig parken tät, oder?«

Sonja Ruf stellte sich vor das Tor, die Handbewegung war kaum wahrnehmbar, doch das Tor ging auf wie von Geisterhand.

»Scheiße!«, entfuhr es Irmi.

»Die hat einen Türöffner!«, rief Kathi und schlug die Hand vor den Mund.

Doch Sonja Ruf schien sie nicht gehört zu haben, denn ein lautes Röhren zerschnitt die Stille weit mehr als Kathis Ruf. Ein Lkw älterer Bauart schepperte heran, fuhr auf das sich bereits wieder schließende zweite Tor zu. Es ging wieder auf und blieb halboffen stehen. Das erste Tor verharrte ebenfalls in der halb geöffneten Position.

Die Reifen des Lkws ließen die Kiesel nach hinten wegspritzen, bis der Wagen mitten auf dem Vorplatz stand. Sonja Ruf war herumgefahren und starrte den Lkw an.

»Wo kommt der denn auf einmal her?«, wisperte Kathi. »Die Lkw sind doch immer samstags gekommen, heute ist aber Freitag. Vielleicht hatte Stowasser ihn einen Tag früher bestellt? Der Fahrer weiß vermutlich gar nicht, dass Stowasser tot ist. Verdammt!«

Irmi verspürte Angst. Schlagartig. Die ganze Sache hier entglitt ihr. Das war völlig anders geplant gewesen. Sie starrten hinunter. Der Mann war aus dem Führerhaus gesprungen.

»Warum Tür so schlecht offen? Wo ist Kilian? Wenig Zeit. Tiere mussen schnell runter, muss schnell weg.«

Es war offensichtlich, dass weder Sonja Ruf noch der Mann mit dieser Situation gerechnet hatten. Sonja Ruf zitterte leicht. Sie war weiß wie eine Wand.

»Was haben Sie dabei?«, stieß sie aus.

»Wo Kilian?« Der Mann wirkte unsicher.

»Kilian hat keine Zeit. Ich nehme die Ware in Empfang«, sagte Sonja Ruf, die sich offenbar wieder ein bisschen gefasst hatte. »Alles dabei?«

»Sicher, was fragen? Feder, zwei Python und drei Pferde.«

»Sie haben Pferde da auf dem Lkw?« Sonja Rufs Stimme war auf einmal schrill.

Spätestens jetzt merkte der Mann, dass hier etwas nicht stimmte. Er schickte sich an, wieder in den Lkw zu steigen. Da sprang Sonja Ruf plötzlich auf ihn los. Im selben Moment hatte Kathi ihre Dienstwaffe gezogen und stürmte die Treppe hinunter. Irmi stolperte wenige Sekunden später hinterher.

»Stehen bleiben! Ganz ruhig! Beide legen die Hände an den Wagen«, rief Kathi im Rennen über den Platz.

Urplötzlich aber sprang Sonja Ruf auf den Mann zu und steckte ihm irgendetwas in den Kragen. »Verrecken sollst du, Tierquäler!« Ihr Blick flackerte. »Kommen Sie nicht näher, für Sie hab ich bestimmt auch noch einen Skorpion«, schrie sie Kathi an und steckte die Hand in ihre Jackentasche.

Kathi richtete die Waffe auf Sonja Ruf.

Auch Irmi kam langsam näher. »Frau Ruf, Sie kommen jetzt ganz langsam zu mir. Und Sie sagen mir sofort, was mit dem Mann da los ist.«

Der Mann wand sich und wimmerte, er hatte sich das Hemd vom Leib gerissen und fummelte nun an seinem Unterhemd herum. Plötzlich hielt er etwas Schwarzes in Händen, das er mit einem markerschütternden Schrei wegschleuderte.

Sonja Ruf lachte wie irr. In dem Moment löste sich ein Schuss. Irmi sah Kathi fallen und stürzte zu ihr. Es dauerte wieder ein paar Sekunden, bis sie die Situation erfasste. Kathi war beim Gehen in ein tiefes Loch getreten, das von Stroh bedeckt gewesen war. Sie stöhnte. Die Waffe lag am Boden.

»Ich Knalltüte. Zu blöd zum Gradausgehen. Halt bloß diese Irre auf, Irmi, halt sie auf! Mir geht's gut!«

Auch Sonja Ruf war wegen des Schusses erschrocken und wie eingefroren stehen geblieben. Später dachte sich Irmi, dass sie bestimmt ein tolles Bild abgegeben hatten. Eine sich krümmende Polizistin am Boden, ein wimmernder Mann, eine Eissäule und sie, Irmi Mangold, Bayerns dämlichste Polizistin, ebenfalls mit der Reaktionsgeschwindigkeit einer Schnecke.

Auf einmal begann die Eissäule zu rennen. Kopflos rannte sie, hinein in den Stadl. Und Irmi hinterher.

»Frau Ruf, bleiben Sie stehen!« Es war einer der Momente, in denen sich Irmi verfluchte, mal wieder keine

Dienstwaffe dabeizuhaben. Aber was hätte das auch gebracht? Hätte Sonja Ruf angehalten, wenn sie nun in die Luft geschossen hätte? Ein zweiter Schuss ins Nichts?

Obwohl Irmi kurz im Zweifel war, ob sie Kathi allein lassen konnte, stürzte sie hinterher. Die Klappe, die in die Katakomben führte, stand offen. Sonja Ruf schien gute Ortskenntnisse zu haben.

Irmi hatte sich einfach einlullen lassen. Sie hätte der Frau so viel Entschlossenheit nicht zugetraut. Nun wurde ihr schlagartig klar, dass sie sich verschätzt hatte. Sonja Ruf war so tief verletzt, dass sie wie eine Selbstmordattentäterin bereit war, ihr Leben zu lassen. Vielleicht, weil sie nichts mehr zu verlieren hatte.

Irmi kletterte die enge Treppe hinunter und versuchte sich zu orientieren. Es musste einen Lichtschalter geben, es hatte wenig Sinn, orientierungslos durch die Dunkelheit zu rennen. Irmi rief sich zur Ruhe und Besonnenheit auf.

Sonja Ruf saß in der Falle: Die Tür hinauf in den ehemaligen Reptilienraum war zwar unversperrt, aber die Außentür, die von den oberen Räumen hinaus aufs Gelände ging, war verschlossen.

Schließlich entdeckte Irmi den Lichtschalter. Wenig später tauchte das kalte Licht von Neonröhren die Gänge in eine gleißende Helligkeit. Sie hielt kurz inne, horchte auf Geräusche, aber Sonja Ruf hatte einen gewissen Vorsprung.

»Frau Ruf! Sie kommen hier nicht mehr raus! Bitte, reden Sie mit mir! Bitte, kommen Sie, das hat doch keinen Sinn!«

Irmi stieß die erste Tür rechts auf, doch nichts. Beidseitig des Ganges lagen all jene Räume, die sie damals mit dem Schlangenmann inspiziert hatten, überall dort waren noch Regale und Paletten gestapelt. Es war ein Wahnsinn, was sie hier machte. Es gab viel zu viele Dinge, die Sonja Ruf Deckung boten. Auch im Gang standen Kistenstapel.

»Frau Ruf! Sind Sie hier? Das bringt doch nichts!«

Als sie sich langsam dem Kistenstapel näherte, begann der plötzlich wie durch Zauberhände zu schwanken. Er wankte, er trudelte und schien ein Eigenleben zu haben, er bewegte sich wie eine Fichte im Wind, dann fiel er. Geradewegs auf Irmi zu.

Das Geräusch durchschnitt die Stille, Irmi hatte die Hände über den Kopf gerissen und war zur Seite gesprungen. Eine Kiste verletzte ihren Knöchel, ein kurzer schneidender Schmerz nahm ihr kurz den Atem. Immer noch dröhnte ein Erdbeben, hallte nach, bis sie schließlich das ganze Ausmaß erfassen konnte. Sonja Ruf hatte den gewaltigen Stapel umgestoßen, fast der gesamte Boden war mit Kisten bedeckt. Verdammt, sie musste Verstärkung holen, aber ihr Handy hatte hier unten kein Netz.

Und auf einmal erfasste Irmi Wut. Wut auf sich selbst. Wut auch auf Sonja Ruf, der sie immer wieder Gesprächsangebote gemacht hatte und die sie nun in diese Situation gebracht hatte.

»Frau Ruf! Sie verletzen sich und andere. Das bringt doch alles nichts mehr. Reden Sie mit mir!«

Von irgendwoher kam eine Stimme. »Reden, immer reden. Das tun wir Menschen. Wir reden uns um unsere Seele. Wir reden und meinen das Gegenteil. Ich rede nicht mehr, Frau Mangold. Ich handle nur noch.«

»Handeln, was für ein Handeln ist das? Amok zu laufen?«

»Wir sind nicht nur verantwortlich für das, was wir tun, sondern auch für das, was wir nicht tun. Stammt von Molière. Und ich habe zu lange nichts getan gegen Stowasser und seine Kumpane.«

»Aber das ist nicht Ihr Weg, Frau Ruf! Sie haben eine Gabe. Sie können schreiben. Sie können Menschen berühren. Schreiben Sie, anstatt so zu handeln. Schreiben Sie, anstatt zu reden. Schreiben Sie, aber kommen Sie hier raus!«

»Schreiben ist auch nur das geordnete Reden. Das Zusammenfassen von Gedanken, die einen zu erdrücken drohen. Goethe hat nicht recht, dass das Schreiben eine Art sei, sich das Vergangene vom Hals zu schaffen. Goethe lügt, das Vergangene bleibt, auch wenn es geschrieben ist!«, brüllte Sonja Ruf zurück.

»Frau Ruf, mich interessiert momentan nicht die Vergangenheit. Mich interessiert die Gegenwart. Verschanzen Sie sich nicht ständig hinter den Zitaten irgendwelcher vermeintlich kluger Köpfe. Sie kommen hier nicht raus. Das ist Ihre Gegenwart, und wenn Sie so weitermachen, wird diese Gegenwart heute Ihre ganze Zukunft drehen. In eine Richtung, die Ihnen vielleicht gar nicht gefällt.«

Irmi war über die Kisten gestiegen und schlich den Gang entlang, während sie ihre Idee verfluchte, das Licht angemacht zu haben. Es war so hell. So verräterisch hell. Sie warf Schatten, sie war alles andere als unsichtbar. Und da fiel auch ihr ein Zitat ein: Wenn die Sonne der Kultur niedrig steht, werfen selbst Zwerge lange Schatten. Ihr Vater hatte das gerne verwendet. Momentan fühlte sie sich auch wie ein Zwerg und außerdem ziemlich unterbelichtet.

Wieder ertönte die Stimme von Sonja Ruf: »Zukunft, ha! Von welcher Zukunft reden wir? Die Stowassers dieser Welt werden immer gewinnen. In der Vergangenheit, in der Gegenwart und in der Zukunft.«

»Und die Sonja Rufs dieser Welt werden immer verlieren, weil sie zu den falschen Mitteln greifen. Weil sie Gefühl und Verstand verwechseln. Beides falsch einsetzen. Und zum falschen Zeitpunkt!«, rief Irmi.

»Das stimmt nicht, ein fühlendes Wesen wird immer auch denken. Aber das Denken darf nie das Gefühl übertrumpfen.«

Ach, Sonja, wie kann ich dir bloß helfen?, dachte Irmi. Am liebsten hätte sie Sonja Ruf in die verwaschenen Augen gesehen und noch einmal versucht, die Mauer zwischen der militanten Tierschützerin und der Welt einzureißen.

Sonja Rufs Stimme näherte sich. Irmi war sich fast sicher, dass sie aus dem Raum kam, in dem Sepp die Kröte gerettet hatte. Sonja Ruf würde wohl kaum davon ausgehen, dass sie durch das Loch flüchten konnte. Sie war zwar schlank, aber um da durchzugelangen, hätte sie schon eine Echse oder Schlange sein müssen.

Endlich war Irmi an der geöffneten Tür dieses Raumes angekommen. Das Licht aus dem Gang erhellte als spitzes Dreieck den Boden und endete just da, wo Sonja Ruf mit dem Rücken zur Wand stand.

»Ich verwehre Ihnen schon wieder eine moraltheoretische Diskussion«, sagte Irmi nun leiser. »Ich weiß, ich bin mehr der profane Typ. Hängt mit meinem Beruf zusammen. Frau Ruf, bitte erzählen Sie mir alles. Kommen Sie bitte mit mir nach draußen!«

Sonja Ruf rührte sich nicht. Sie stand an der Wand wie jemand, der auf seine Exekution wartete. Irmi machte einen Schritt in den Raum hinein und streckte ihr in einer hilflosen Geste die Hand entgegen. Dabei hatte sie den Blick fest auf Sonja Ruf geheftet.

Plötzlich spürte Irmi, dass sie nicht allein waren. Sie blickte zum Boden und zur Decke, und dann öffnete sie ihren Mund. Zu einem tonlosen Schrei.

Da war die Mamba.

Riesig, gewaltig, bedrohlich, züngelnd.

Offenbar glaubte Sonja Ruf einen Moment lang, Irmis Zögern ausnutzen zu können, und rannte los. In diesem Augenblick fuhr die Mamba auf sie herunter. Biss zu, schnellte zurück. Sonja Rufs Gesicht zeigte nichts als Ungläubigkeit, ein paar Sekunden lang. Dann fasste sie sich an die Schulter, die Augen weit aufgerissen.

Sie jagt in der Bewegung etwas Bewegtes. Fünfundzwanzig Stundenkilometer. Zwei Minuten, fünf Minuten – von irgendwoher schossen diese Informationen in Irmis Gedanken. Unendlich langsam ging sie die wenigen Schritte auf Sonja Ruf zu, nahm die Frau am Arm, den Blick immer noch zur Decke gewandt.

In Zeitlupe schob Irmi sie zur Tür, die Strecke war länger als eine Erdumrundung auf Höhe des Äquators. Viel länger! Die Zeit zerrann zu einer Ewigkeit. Gerade hatte

Irmi die Tür hinter sich und Sonja Ruf zugezogen, da donnerte von innen die gewaltige Schlange gegen die Tür. Im selben Moment brach Sonja Ruf zusammen, sprachlos und doch nicht fühllos.

Zwei Minuten, fünf Minuten und dann noch fünfzehn Minuten. Zahlen spielten Ringelreihen. Irmi rannte die Gänge entlang, stürzte die Treppe hinauf – geradewegs hinein in eine Riege von Kollegen und den Notarzt.

»Schlangenbiss, Schwarze Mamba. Sie hat nur fünfzehn Minuten«, schrie Irmi den Mann an.

Der Notarzt zögerte keine Sekunde, riss sein Handy heraus, forderte den Hubschrauber an und mit einem zweiten Anruf Serum. »Dendroapsis, macht uns alle Zugänge frei!«, brüllte er ins Telefon.

»Wo?«, rief er Irmi zu.

»Die Treppe runter, den Gang entlang, aber Vorsicht, da liegen jede Menge Kisten. Sie ist im vorletzten Raum auf der linken Seite.«

Der Notarzt rannte los, gefolgt von zwei Sanitätern, die unter ihrer Trage schwankten. Irmi blickte sich um. Kathi kam auf zwei Krücken angehüpft, neben ihr Tina Bruckmann. Beide sahen aus, als hätten sie die Geisterbahn oder die Wilde Maus auf der Wiesn nicht vertragen. So ganz verstand Irmi das alles nicht, auch nicht, warum Kathi ein herzhaftes »Scheiße« ausstieß und auf Irmis Fuß deutete. Erst jetzt registrierte sie, dass sie in einer Blutlache stand, ihr ganzer Bergschuh war geflutet von Blut. Natürlich, die verdammte Kiste.

Die Besatzung des zweiten Rettungswagens war sofort zur Stelle und schob Irmi in den Sanka.

Allmählich kam Irmi weder zu Atem. »Ein Verband wird's schon richten. Schnell! Was ist mit Sonja Ruf?«

In dem Moment schwebte der Heli ein, kippte waghalsig zur Seite, schmierte an den hohen Mauern vorbei, stand auf dem Vorplatz. Staub wirbelte auf, Heu und Stroh, geduckt rannten die Sanitäter mit ihrer Trage zum Hubschrauber. Wie ein Spuk fast hob er auch schon wieder ab. Sie alle blickten in den Himmel, in ein mildes Morgenlicht, das so gar nicht zu dem Tag passen wollte.

Der Notarzt kam auf Irmi zu. »Wir sind in der Zeit. Die Atmung ist stabilisiert. Sie ist auf dem Weg ins Rechts der Isar. Die haben alles, was nötig ist. Die kommt sicher durch. Respekt, Frau Mangold, Ihre Nerven möchte ich haben!«

Irmi war sich nicht sicher, ob sie überhaupt je Nerven gehabt hatte, denn nun zog es ihr die Knie weg, einfach so. Der Notarzt fasste ihren Arm und schob sie auf einen Klappstuhl.

»Und der Mann? Der Tscheche? Was ist mit ihm?«

»Ebenfalls versorgt. Skorpione dieser Gattung sind zwar auch nicht so gesund, aber ich bezweifle, dass er eine letale Dosis abbekommen hat. Das Gift ist ebenfalls ein Neurotoxin, aber ganz so schnell kommt es nicht zur Atemlähmung. Er ist auf dem Landwege unterwegs in die Klinik nach München, die Dame haben wir doch lieber in den Hubschrauber verfrachtet.«

Er klang irgendwie so, als würde er von Robbi, Tobbi und dem Fliewatüüt erzählen. Und er wirkte ungemein beruhigend auf Irmi.

Da saß sie auf ihrem Klappstuhl, umringt von Kathi, Tina Bruckmann, Sepp, Sailer, Andrea und diversen Sanitätern.

»Ja mei, Frau Irmengard, Sie machen aber oiwei Sachn«, kam es von Sailer. Sepp nickte dazu inbrünstig.

Andrea sah nicht nur aus, als wäre sie eben der Geisterbahn entstiegen. So blass, wie sie war, und so schwarz, wie ihre Augenringe aussahen, hätte sie selber dort als Gespenst figurieren können. Das Mädel wirkte völlig verstört. Das rührte Irmi irgendwie, die hatten sich alle richtig Sorgen gemacht.

»Wieso seid ihr alle hier?«, fragte Irmi.

»Tina war so geistesgegenwärtig, sofort die Polizei und die Rettung zu alarmieren«, sagte Kathi.

»Als der Lkw einfuhr und das Tor offen blieb, hatte ich schon Bedenken. Als dann der Schuss fiel, habe ich sofort Alarm geschlagen. Dann bin ich vorsichtig ums Eck gebogen, fand Kathi liegend vor und außerdem den jungen Mann aus Tschechien. Ich war fast ein wenig froh, dass ich mal eine Serie über die Arbeit von Sanitätern und Notärzten gemacht habe, bei der ich auch an einigen Übungen teilnehmen durfte. Für einen Druckverband bei dem jungen Mann hat's gerade noch gereicht, aber bei so einem fetten Knöchel wie dem da«, Tina Bruckmann wies auf Kathis Knöchel, »war ich auch ratlos. Bänderzerrung oder Bänderriss, haben die Sanitäter vermutet. Kathi muss auf jeden Fall zum Röntgen.«

Irmi sah von der einen zur anderen. Das alles kam ihr so surreal vor. »Und ihr kennt euch?«

»Nein, aber in der Stunde des Chaos redet es sich leichter per du«, sagte Kathi mit einem Lächeln zu Tina Bruckmann.

»Was haben Sie hier eigentlich gemacht?«, fragte Irmi.

»Na ja ...« Tina Bruckmann druckste etwas herum. »Es ist dann doch mit mir durchgegangen. Ich wollte live dabei sein und ein paar Bilder machen, wenn Sie Stowassers Mörder verhaften. Ich wollte doch gerne wissen, wer die Welt von diesem Typen befreit hat. Unschön von mir, ich weiß.«

»Vor allem, weil ich Sie in Verdacht hatte«, sagte Irmi gedehnt.

»Den Floh hat Ihnen Sonja Ruf ins Ohr gesetzt, oder?«

»Ja, unter anderem.«

»Als ich sie da auf der Trage hab liegen sehen, da wurde mir klar, dass wir sie alle unterschätzt hatten. Sie war so unscheinbar. Man hat sie immer übersehen. Sie war eine von denen, die man auf Festen nicht wahrnimmt, von der man maximal sagt: Ja, die war ganz nett.« Tina Bruckmann sah Irmi an. »Und ich glaube, sie war in Trenkle verliebt und eifersüchtig auf mich, dabei ist Trenkle nun wirklich gar nicht mein Typ. Und viel zu alt!«

Ein Auto war vorgefahren. Sie hörten das Knirschen im Kies. Der Schlangenmann stieg aus.

»Den hab ich alarmiert«, sagte Kathi. »Beim Wort Python wurde es mir etwas unwohl.« Stimmt, der Tscheche hatte von Federn, Pythons und Pferden gesprochen. Aber die würden ja kaum frei herumkriechen, oder? Dennoch war sie heilfroh, dass der Schlangenmann die Rampe des Lkws öffnete. Nach kurzer Zeit kam er wieder.

»Entwarnung, die Viecher sind in zugenagelten Kisten, die Pferde allerdings wirken ziemlich verängstigt. Also bei Pferden, ich weiß nicht ...«

Da stellte sich der Mann dem wüstesten Ungetier entgegen und hatte Angst vor Pferden? Für Andrea gab es kein Halten mehr. Sie schob bereits das erste Tier ganz sanft rückwärts die Rampe hinunter, und Irmi war – Kuhbäuerin hin oder her – doch Landwirtin genug, das zitternde Tier an den Flanken abzustützen.

Als sie alle drei unten hatten, übernahm Andrea die Führung. »Bringt sie auf das Paddock, und die brauchen Wasser!« Andrea achtete darauf, dass die Tiere nicht gleich zu viel zu trinken bekamen. Sie hatte längst ihren Vater angerufen, dass er kommen möge.

Inzwischen war auch das Hasenteam eingetroffen und erhielt den Auftrag, den Lkw zu untersuchen. So viel war klar: Der Wagen war vollgestopft mit Daunen, und es gab irgendwelche Frachtpapiere. Irmi war froh, dass es für diesen Teil von Stowassers Doppelleben die Kollegen gab.

Aber sie? Was hatte sie eigentlich vorzuweisen? Eine Sonja Ruf, die hoffentlich dem Tode noch von der Schippe springen würde. Noch immer wusste sie so gut wie nichts, nur dass Sonja Ruf über den Türöffner verfügt hatte und mit Skorpionen hantieren konnte. Der Skorpion hatte bei der Aktion übrigens sein Leben gelassen, er lag auf einem Papier neben dem Notarztwagen.

Mittlerweile hatte der Schlangenmann die beiden Schlangen, die er als Tigerpythons identifiziert hatte, in seinen Wagen umgeladen. Zusammen mit zwei Sanitätern, denn die Kisten mit den meterlangen Schlangen hatten einiges an Gewicht.

»Sie hatte auch einen Türöffner«, ergänzte Kathi. »Warum nur?«

»Das alles werden wir sie fragen, wenn sie stabil ist. Lass bitte auf jeden Fall einen Polizisten vor ihr Zimmer setzen. Jetzt darf nichts mehr schiefgehen«, sagte Irmi und ergänzte innerlich: Und dann will ich endlich die ganze Geschichte hören, Frau Ruf.

»Käthe ist übrigens im Krötenraum. Zumindest war sie da bis gerade eben. Es sei denn, sie ist wieder durch das Loch entkrochen«, meinte Irmi und fühle sich auf einmal sehr, sehr müde.

Tina Bruckmann starrte sie verständnislos an. Wie sollte sie auch wissen, wer Käthe war?

Irmi sah sie entschuldigend an.

»Ich nehme an, Sie sagen mir jetzt gleich, dass Sie am Montag eine PK machen, oder?«

Irmi nickte. »Touché.«

»Und was mach ich jetzt mit der exklusiven Seite, die ich Ihnen freigehalten habe?«, fragte Tina Bruckmann mit einem verschmitzten Lächeln.

»Eventuell könntest du sie ja der Käthe widmen, sofern dieser Kriechtierflüsterer sie herbringt«, meinte Kathi grinsend. »Wenn es geht, bitte ohne den Hinweis auf Sonja Ruf. Und diesmal gelobe *ich*, dass du als Erste alles erfährst.« Sie machte eine Pause. »Und es wäre auch sehr hilfreich, wenn du nicht erwähnst, dass meine Kollegin bei dir angerufen hat. Wir haben uns hier alle zufällig getroffen. Hatten eben alle die gleiche Idee.«

Tina Bruckmann lächelte und nickte fast unmerklich mit dem Kopf. Soeben kamen zwei Pferdehänger vorgefahren, gesteuert von Andreas Vater und ihrem Bruder.

»Wird des jetzt zur Tagesordnung?«, brummte Herr

Gässler. »Arme Viecher, wo solln denn die jetzt no hin, Andrea?«

»Auf eine Quarantänestation, ich nehme mal an, das sind rumänische Pferdchen«, mischte sich Irmi ein. »Die muss auf jeden Fall ein Tierarzt checken.«

»Aha«, sagte Gässler. »Und dann?«

»Ist der Tierschutz sicher heilfroh, wenn Sie die drei nehmen würden. Mit etwas mehr Fleisch auf den Rippen sind das sicher hübsche Pferde.«

»Eben, Papa«, sagte Andrea. »Die Tante Annelies braucht für ihre Stellwagenfahrten brave Pferde, und die sind nicht so groß.«

»Des san so Stiegeng'länder«, sagte Gässler und sah zu, wie die Pferde das von ihm mitgebrachte Heu vertilgten. »So, Burschn, jetzt essts erst amol was guates Boarisches.«

Sie alle standen eine Weile herum und betrachteten die kauenden Pferde, Andrea versuchte ihre Tränen zu verstecken, und Kathi schüttelte unentwegt den Kopf.

Irgendwann kam der Schlangenmann über den Platz, in der Hand einen großen Baumwollsack. »So, Käthes Irrfahrt ist beendet. Eine ganz schön große Käthe ist das.«

»Kann ich ein Foto machen?«, fragte Tina Bruckmann.

»Wenn der den Beutel öffnet, sterbt: ihr alle«, rief Kathi.

Sie lachten, aber unter Tränen. Tränen der Angst, Tränen der Wut und Tränen der Erleichterung.

Andrea wurde beauftragt, mit Doris Blume alles Weitere zu klären, die Sanitäter bestanden darauf, Kathi mit ins Klinikum zu nehmen. Irmi hingegen bestand darauf, ihr Auto selber zu fahren und auch bis zu ihrem Wagen zu laufen. Trotz des Knöchelverbands.

Um kurz nach sechs waren sie aufgebrochen, nun war es drei, und nichts war mehr wie zuvor. Und als Irmi all den Menschen hinterherblickte, die dieser Tag so jäh und merkwürdig zusammengeführt hatte, verspürte sie auf einmal Dankbarkeit. Dankbarkeit dafür, nicht allein zu sein, Dankbarkeit, dass mitten in den Wogen des Lebens immer wieder helfende Hände waren, die sich einem entgegenstreckten. Nein, nichts war mehr wie zuvor, und dieser Fall war einer, den sie alle nicht vergessen würden. Der sie zusammengeschweißt hatte. Egal, wie er nun ausgehen würde. Die misshandelten Tiere hatten sie alle aufgerüttelt und vielleicht zu besseren Menschen gemacht, die künftig ein bisschen genauer hinsehen würden.

In Garmisch war die Hauptstraße sehr belebt, ein Pulk von Rennradlern mit weit weniger attraktiven Rückenansichten als Hundegger fuhren zwischen den Autos herum. Am Rathausplatz war die Ampel ausgefallen, und ein Kollege regelte den Verkehr, was Staus in alle vier Richtungen provozierte. Die Ampel war dem Menschen eben doch überlegen. Junge Mädchen mit H&M-Tüten kreuzten sich mit bundbehosten und karobeblusten Touristen. Es war ein ganz normaler Tag in Garmisch, und Irmi kam sich vor wie ein Fremdkörper.

Als sie zu Hause in Schwaigen vorfuhr, kam der kleine Kater angeschossen und präsentierte stolz eine Eidechse. Der große Kater kam hinterhergeschlendert, mal wieder stolz auf seinen jungen Kumpel. Bernhard rumorte irgendwo herum und stieß dabei ein paar Flüche aus. Alles war wie immer.

Irmi war etwas schwummrig, und eine angefangene

Tüte Tortillachips war das Einzige, was sie momentan zu greifen bekam. Und ein lauwarmes Bier. Sie sank auf ihr Hausbankerl, und plötzlich zitterte sie. Himmel, sie wurde alt, sie war ja gar nicht mehr belastungsfähig!

Sie wusste nicht, wann sie zum letzten Mal um sechs ins Bett gegangen und erst nach gut elf Stunden wieder aufgewacht war. Bernhard war schon in der Küche und sprang auf, als sie runtergetapst kam.

»Mensch, Schwester, was machst denn? Geht's dir gut?«

Irmi sah ihren Bruder entgeistert an. Hatte sie was verpasst?

»Der Gässler war am Stammtisch«, erklärte der.

Aha, vom Stammtisch her wehte der Wind der Allwissenheit.

»Unkraut vergeht nicht, Bruderherz. Ich erzähl dir alles, wenn's vorbei ist, aber ich muss das noch zu Ende bringen.«

Bernhard war aufgestanden, drückte ihre Schulter. Er war über die Jahre daran gewöhnt, dass Irmi immer erst dann redete, wenn sie konnte und durfte.

»Mei, a Schlange. Dabei graust's mir so vor den Viechern«, murmelte Bernhard und ging hinaus. Die Zeitung war dank der Austrägerin schon da. Tina Bruckmann hatte geschrieben, dass man auf dem Anwesen, wo der Unternehmer Kilian Stowasser gestorben war, nun auch noch eine Schlange eingefangen hatte. Eine Mamba namens Käthe. Dass diese tatsächlich auch Stowasser gehört habe und viel dafür spreche, dass ihr Gift den Unternehmer getötet habe.

Daneben war ein Foto zu sehen. Tina Bruckmann hatte also doch noch ihr Bild bekommen. Aber war das Käthe? Die Viecher sahen doch alle gleich aus – zumindest in Irmis Augen.

15

Irmi und Kathi fuhren am Samstagmorgen nach München. Kathi hatte einen Tapeverband am Knöchel, die Bänder waren gottlob nur überdehnt. Sie schwiegen beide, was hätten sie auch sagen sollen? Sie waren beide gespannt darauf, was Sonja Ruf zu sagen hatte. Erst einmal konsultierten sie den Arzt, der Sonja Ruf attestierte, dass sie vernehmungsfähig war.

»Körperlich geht das verblüffenderweise sehr schnell mit der Genesung, die meisten Opfer von Schlangenbissen sind aber psychisch in Mitleidenschaft gezogen. Angstattacken, Panik oder Lethargie – Frau Ruf sollte in jedem Fall psychologisch betreut werden. Falls Sie noch Fragen haben sollten, lassen Sie mich anpiepsen.« Er ging, doch seinem angewiderten Gesichtsausdruck und seinem entschlossenen Gang war anzumerken, dass er die Polizei für das Letzte hielt. Vielleicht waren sie das ja auch?

Der Kollege vor der Tür grüßte freundlich und wirkte eher desinteressiert. Sonja Ruf lag in einem Einzelzimmer und starrte an die Decke. War sie vorher schon blass gewesen, wirkte sie jetzt geradezu wächsern. Die beiden Kommissarinnen kamen näher. Irmi zog für Kathi einen Stuhl heran, sie selbst blieb am Bettende stehen.

Nichts. Lichtlein zuckten auf Monitoren, vom Gang hörte man entferntes Klappern. Hier aber herrschte Grabesstille.

Es vergingen mehrere Minuten, bis Sonja Ruf sagte:

»Das hätten Sie sich sparen können, Frau Mangold. Sie waren es doch, die mir eine schlechte Zukunft vorhergesagt hat. Es wäre besser gewesen, wenn Sie mich hätten liegen lassen.«

»Das sollen aber zwanzig Minuten sein, die sehr lang werden können, nicht wahr, Frau Ruf?«

»Ja, aber das hätte ich in Kauf genommen.«

»Kilian Stowasser konnte das nicht so genießen.«

Ihr Gesicht verzerrte sich. »Er hat das verdient. Er hat seine Frau die Treppe hinuntergestoßen, er ist schuld an der Qual von so vielen Tieren. Er hat Sleipnir auf dem Gewissen. Er hat die Welt betrogen. Er hat es verdient. Mehr als das.«

»Wissen Sie das denn sicher, dass er seine Frau die Treppe hinuntergestoßen hat? Haben Sie ihn gesehen?«

»Nein. Aber so einer macht so was. Ich habe ihn gestellt. Ich habe ihn damit konfrontiert. Aber er hat mich nur ausgelacht. Er hat mich immer nur ausgelacht. Auch als die Zeitung die Geschichte von Sleipnir brachte, hat er gelacht. Wie rührend, hat er gesagt.«

Sonja Ruf, das Mauerblümchen. Über so viele Jahre war sie ausgelacht worden. Gedemütigt. So etwas zermürbt. Stille Menschen, bleiche Fassaden, hinter denen Kriege toben.

»Frau Ruf, Sie hatten einen Türöffner? Woher?«

»Nun, Frau Mangold, irgendwann im Leben gibt es eine ausgleichende Gerechtigkeit. Wir haben vor wenigen Tagen am Kirnberg einen Schuppen ausgeräumt, der Stroh und allerlei Kutschen, Geschirr und Decken enthielt. Und siehe da, was fiel mir in die Hände? Eine Putzbox von Liliana, und da lag dieser Türöffner drin. Ich hab zuerst gar nicht begriffen, was das ist. Erst mal habe ich nachts probiert, ob sich damit in Eschenlohe etwas öffnen ließe, da gab es aber nichts, und dann wurde mir klar, dass das Ding die Tore in Krün öffnet.«

Kathi starrte sie an. »Und weiter?«

»Ich hab Stowasser beobachtet. Als er weggefahren ist, hab ich probiert. Die Tür ging auf, die zweite auch und wahnsinnig schnell wieder zu. Weil ich weiter unten in der Straße Stimmen gehört hab, bin ich abgehauen. Beim zweiten Mal war ich ganz in der Frühe da und hab mein Auto im Schuppen versteckt. Das war an dem Samstag, als der Lkw kam. Ich sah ihn rein- und rausfahren, wenig später verließ auch Stowasser das Gelände. Ich hab die Türen geöffnet, bin rein und war entsetzt. Die Pferde standen im Schlamm, ich habe ihnen Heu gegeben und Wasser.«

»Halt, Frau Ruf!«, rief Kathi. »Sie sind seit Jahren Tierschützerin. Sie sehen so etwas, wo es selbst hart gesottenen Gemütern den Magen umdreht. Wo selbst Doris Blume sagt, das übersteige alles bisher Dagewesene. Und Sie haben nichts getan?«

Tränen liefen ihr die Wangen hinab. Noch immer starrte sie zur Decke, wo eine kleine Spinne langsam in Richtung Raumecke zog. Ob sich das gehörte in einem Krankenhaus?, fragte sich Irmi.

»Ich hab die Polizei angerufen, aber ihr kommt ja nicht.«

Aha, sie war also die anonyme Anruferin gewesen!

»Aber Sie hätten doch FUF informieren können, Max Trenkle, das wäre doch naheliegend gewesen!«

»Ich wollte die Sache zu Ende bringen. Ich wollte Stowasser endlich zur Rechenschaft ziehen für all das. Ich hab mich umgesehen, dabei hab ich die Falltüre entdeckt und die Kellerräume. Ich hab das Daunenlager gesehen. Ich hab Fotos gemacht. Ich hab Proben gezogen, die befinden sich übrigens in einem Labor in Belgien. Die Ergebnisse müssen am Montag da sein. Ich bin nur bis zu den Reptilien gekommen. In die Räume dahinter konnte ich nicht gelangen. Ich habe das Hundegebell gehört, und Sie werden kaum nachvollziehen können, was für eine Pein das für mich war. Sie waren da drin, und ich konnte ihnen nicht helfen! Da wusste ich erst recht, dass Stowasser sterben musste.«

»Sie hätten doch unter voller Namensnennung die Polizei rufen können, natürlich wären wir gekommen.« Kathi sprach immer noch ungewohnt leise, auch eine Kathi geriet an den Punkt der Fassungslosigkeit, der sprachlos oder zumindest sehr, sehr leise macht.

»Sie hätten ihn verhaftet. Er hätte Ausreden und falsche Zeugen gefunden. Er wäre wieder rausgekommen mithilfe des bayerischen Filzes ganz oben in den Wirtschaftskreisen.« Das Sprechen schien ihr schwerzufallen. »Das war am Samstag, wie gesagt. Ich habe den Pferden das Wasser aufgefüllt, noch mehr Futter hingegeben, ich habe den Tieren versprochen, dass Hilfe kommt. Dass sie nur noch ganz kurz geduldig sein müssen.«

Ach, Sonja! O ja, Tiere waren geduldig, Pferde im Besonderen. Sie ertrugen, sie duldeten., was hätten sie auch anderes tun können als Fluchttiere, denen jeder Fluchtweg verstellt war?

»Ich bin dann gegangen, und weil ich so verzweifelt war,

so verwirrt, so am Ende mit meinen Kräften, hab ich irgendwie falsch auf den Türöffner gedrückt. Ich habe gemerkt, dass das hintere Tor ganz zu blieb, während sich das vordere um die Hälfte öffnete. Ich hab das mehrfach probiert, es gibt eine Tastenstellung, die legt diesen ganzen Mechanismus lahm. Stellen Sie sich das vor, da baut Stowasser sein persönliches Alcatraz, und irgendein lächerlicher Fehler in der Elektronik legt die Türen lahm.« Sie atmete schwer. »Ich hab ihn Dienstag in der Frühe angerufen. Dass ich oben in Krün bin, dass die beiden Tore offen stehen. Hab ihm seine Reptilienräume geschildert. Er wusste, dass ich nicht bluffe.«

»Was wollten Sie von ihm?«

»Ich hab gesagt, dass ich für FUF zweihunderttausend Euro will. Ich hab ihm gedroht, dass ich, wenn er das nicht täte, Fotos an alle großen Zeitungen schicken würde. Von den Zuständen hier, von den Daunen in seinem Keller. Ich habe gesagt, dass ich bei jedem erneuten Versuch zu betrügen die Öffentlichkeit einschalten würde.«

»Das hat er Ihnen abgenommen?«, fragte Kathi ungläubig, und Irmi dachte sich, dass Sonja Ruf eigentlich in höchster Gefahr gewesen war.

»Er hielt mich für eine durchgeknallte Tierschützerin und Pferdenärrin. Er hat mir geglaubt. In seinem Weltbild waren alle um ihn herum schwach.«

»Warum aber dieser Alleingang? Mit einem Zeugen wären Sie doch viel besser dagestanden«, meinte Irmi und kannte doch die Antwort schon. Sonja Ruf hatte einmal im Leben beweisen wollen, dass sie auf dem Siegertreppchen stehen konnte. »Das haben Sie also alles ganz allein geplant?«

»Trauen Sie mir das etwa nicht zu?«, stieß Sonja Ruf aus.

Irmi wurde von Mitleid ergriffen. Wie sehr musste das Selbstbewusstsein der jungen Frau mit Füßen getreten worden sein. Was war nur passiert? Wie stark verzerrte sich das Bewusstsein, wenn man so eine Frage stellen musste?

»Doch, natürlich tue ich das«, beeilte sie sich zu sagen. »Erzählen Sie bitte weiter.«

»Er ist sehr schnell gekommen. Ist durch die Kellerräume gepoltert und hat rumgeschrien: ›Du Bix, wo bist du? Du dumme Pritschn, was willst du?‹ Dann hat er irgend so einen Blaumann-Mantel vom Haken gerissen, hat ihn sich übergeworfen und ist die Treppe raufgestürmt. Ich war unter der Treppe, und er hat da oben weitergebrüllt. Dann auf einmal nicht mehr. Ich bin hochgeschlichen. Er lag am Boden, die Augen weit aufgerissen. Er hat in meine Augen gesehen, und wissen Sie, Frau Mangold, dieser Moment hat mich nicht entschädigt. Nicht für Sleipnir und nicht für das Fohlen. In dessen Augen hab ich gesehen, und das werde ich mir nie verzeihen. Am Samstag hatte es noch gelebt.« Die Tränen rannen weiter, wie bei einer Madonnenfigur, aus deren Augenwinkeln unerklärliche Tränen liefen.

»Sie wollen also sagen, als Sie kamen, war er schon am Boden?«

»Ja, mir war klar, dass ihn irgendetwas gebissen hatte. Ich bin davongelaufen.«

»Sie haben ihn einfach liegen lassen?« Irmi hatte das Gefühl, die Luft hier wäre besonders stickig und schwer zu atmen. Das war unterlassene Hilfeleistung, und die Schlange war ja noch da gewesen. Sonja Ruf hatte wiederum in Gefahr geschwebt. Beim zweiten Mal hatte die Schlange sie dann doch erwischt.

»Ich habe dann noch einmal bei der Polizei angerufen und ein paar Mal wild gehupt. Ich dachte, dass da in der Nachbarschaft doch jemand aufmerksam werden müsste. Dann bin ich gegangen. Den Rest kennen Sie.«

»Nicht ganz. Als Sie zum zweiten Mal in Krün waren, als Sie den Lkw-Fahrer attackiert haben, was war das?«

»Ich wollte das Handy finden. Vor Ihnen. Sie hätten doch entdeckt, dass ich als Letzte mit ihm telefoniert hatte.«

»Aber der Fahrer?«

»Wer Stowasser wissentlich unterstützt, verdient einen Schrecken. Diese Pferdemafia ist ein Elend. Sie ist skrupellos. Sie stürzt Menschen und Tiere ins Verderben. Er musste bestraft werden. An dem Skorpion stirbt man nicht.« Sie atmete durch. »Ich wusste, dass der Lkw schon am Freitag kommen sollte. Ich hatte bei meinem ersten Besuch ein Gespräch belauscht zwischen Kilian Stowasser und dem Fahrer. Dabei war ich nur überrascht, dass er so früh kam, sonst waren sie immer gegen zehn Uhr da. Sie hatten ja von mittags gesprochen, ich dachte, dass ich Ihnen in jedem Fall zuvorkomme.«

Verdammt. Deshalb war der Fahrer aufgetaucht, und deshalb war Irmis fahrlässige Falle so ausgeufert. Ein Zufall, der den Mann das Leben hätte kosten können.

»Frau Ruf, das würden Sie so unterschreiben, und Sie bestehen darauf, dass Sie Ihren Rachefeldzug gegen Stowasser allein geplant und durchgeführt haben?«

»Sicher, ich ziehe doch niemanden in so etwas rein. Wen

denn auch? So viele Freunde habe ich nicht. Wen würden Sie zur Erpressung einladen, Frau Mangold? Welcher Ihrer Freunde würde da mitmachen? Merken Sie eigentlich, wie dumm diese Frage ist?«

Auf einmal spürte Irmi eine tiefe Traurigkeit. Dabei war sie doch eigentlich eher der gut gelaunte Typ. Sie liebte ihren Job. Nicht wie der südschwedische Literaturkommissar, der immer so depressiv war, dass Irmi ihm längst zu einem anderen Beruf geraten hätte. Nein, sie mochte ihren Beruf, auch wenn er viel Elend mit sich brachte. Aber er gemahnte einen doch auch daran, wie privilegiert man selbst war, wenn man sah, was andere um- und antrieb. Aber heute ...

»Frau Ruf, Sie sollten sich einen Anwalt besorgen. Können wir etwas für Sie tun?«

»Meine Nachbarin heißt Elvira Mair. Ich habe ihr auf den Anrufbeantworter gesprochen. Rufen Sie sie bitte noch mal an, um sicherzustellen, dass sie meine Katzen füttert?«

»Sicher, soll ich sonst noch jemanden anrufen? Max Trenkle vielleicht?«

»Max, nein, der ist nach Australien geflogen.« War da ein Lächeln in ihrem Gesicht?

»Aber Sie hatten mir doch gesagt, Sie wüssten nicht, wo Herr Trenkle sei.«

»Da wusste ich es ja auch noch nicht. Inzwischen hat er angerufen, dass er in Cairns sei.«

Warum glaubte Irmi ihr das nicht? Sie straffte die Schultern. »Frau Ruf, Sie werden wirklich einen Anwalt brauchen. Aber jetzt werden Sie erst mal gesund.«

Sonja Ruf schwieg, und als Irmi und Kathi hinausgingen, erwiderte sie den Gruß nicht.

»Wow!«, sagte Kathi draußen. »Was für ein Ding. Wie wird die Anklage lauten? Unterlassene Hilfeleistung bei Stowasser. Versuchter Totschlag bei dem Tschechen. Was wird der Anwalt da für eine Verteidigungsstrategie wählen?«

Irmi antwortete nicht.

»Das wird hochkochen in den Medien, das sag ich dir. Diese Tierschützer gehen doch überall auf der Welt zu weit in ihrem Engagement. Grad bei so viecherdamischen, hysterischen Weibern setzt der Verstand aus.«

Irmi hatte da wenig entgegenzuhalten. Sie war auf einmal so mundfaul.

»Trotzdem finde ich es bizarr, wegen einem Gaul so was zu inszenieren. Oder von mir aus zweien, wenn man das arme Fohlen mitrechnet.«

Irmi konterte: »Du selbst hast gesagt, die schlimmsten Verbrechen entstehen aus großen Gefühlen.«

»Aber hier ging es um ein Pferd! Ein Pferd, meine Liebe! Nur ein Pferd!«

»Kathi, du weißt doch, dass die meisten Frauen ihre Pferde weit mehr lieben als ihre Männer! Und sie hatte nicht mal einen.«

16

Irmi und Kathi schickten eine SMS an ihren Chef und an die Staatsanwaltschaft. Schöne neue SMS-Welt, man musste nicht einmal reden und bekam doch gleich eine Antwort, nämlich dass sie am Montag eine Pressekonferenz geben würden. Die würde sicher hohe Wellen schlagen, die ganze Geschichte war ja auch mehr als bizarr.

Dann fuhr Irmi erst einmal heim.

»Na, Mörder gefangen?«, fragte Bernhard.

»Sieht nicht so aus. War wohl doch ein Unfall.«

»Na dann, Schwester, sieht man dich ja wieder öfter. Gehen wir mal zusammen ins Holz?« fragte er.

Irmi wusste, dass das ein großer Liebesbeweis war, und lächelte ihn an. »Gerne.«

Sie sprach Elvira Mair auf den Anrufbeantworter und hoffte, dass diese nicht auch in Australien war. Zum zweiten Mal schlief sie elf Stunden und erwachte um fünf. Sie hatte wirr geträumt, und zwei Sätze standen immer noch im Raum, in dem sich die Träume ansonsten verflüchtigt hatten. »Die meisten Verbrechen entstehen aus Liebe« und: »Ich bin doch gar keine Mörderin!« War sie doch auch nicht, oder? Ein Unfall mit Käthe eben.

Und trotzdem, warum war Irmi immer noch nicht zufrieden? Sie ging hinaus, wo ein neuer Tag begann, und startete ihr Auto. Hoffte, dass Bernhard sie nicht hören würde.

Es war still, sonntagsstill. Auf dem Weg nach Garmisch überholte sie ein Auto mit zwei Mountainbikes auf dem Dach. Die schienen es eilig zu haben, mit den dicken Stollenreifen die Berge zu bezwingen. Sie parkte ihr Auto am Rathausplatz, wo es ein wenig verloren wirkte, und ging los. Eine frühe Spaziergängerin führte ihren Dackel aus.

Die Eingangstür von Sonja Ruf konnte man durch leichtes Drücken öffnen. Die Wohnungstür ging mit der EC-Karte auf. Die dreibeinige Katze maunzte, die Laute der Stummelschwänzigen klangen eher wie »aua«. Die Futternäpfe waren gefüllt, die Nachbarin war also nicht untätig gewesen.

Irmi trat ins Wohnzimmer. Dann ging sie in die Küche und registrierte, dass in einem Terrarium Skorpione herumkrochen. Einen ihrer Kumpels hatten diese Viecher nun eingebüßt. Wenn man Sonja Rufs Gedankengängen folgte, war er den Märtyrertod gestorben im Rachefeldzug für so viele arme Pferde.

Irmi ging zurück ins Wohnzimmer und setzte sich. Aus dem Regal starrte sie eine weitere Katze mit vor Panik geweiteten Augen an. »Alles in Ordnung, Mieze. Ganz ruhig.« Die Katze überlegte, ob sie springen sollte oder verharren, entschied sich dann doch zur Flucht und sauste so ums Eck, dass es ihr auf dem Parkett die Füße wegzog.

Irmi musterte das Regal, das Loch, das die Katze hinterlassen hatte, und die Kiste mit den Engelchen. Langsam ging sie dorthin und holte den Pappkarton heraus. Dabei musste sie sich auf die Zehenspitzen stellen.

Fotos von zwei Isländern. Ein Foto von Max Trenkle. Ein Foto, wo sie beide im Schnee standen und alberne Norwegermützen aufhatten. Briefe. Irmi empfand es als Sakrileg, aber dann siegte die Neugier, und sie öffnete den ersten. Den zweiten, den dritten.

Es war früh am Morgen, ihr Magen war leer. Er rebellierte, aber er rebellierte gegen etwas ganz anderes als gegen die flaue Leere.

Meine sonnige Sonja,
ich glaube auch, dass wir sie strafen müssen. Sie ist wie eine Zecke. Sie ist nutzlos. Sie ist eine Blutsaugerin wie ihr Mann. Denkt nur an sich selbst. So viele Pferde mussten sterben wegen ihr. Auch Sleipnir, der treue Gefährte, der jetzt nur noch übers Himmelszelt galoppieren kann. Frei wie seine Vorfahren in Island. Aber was können wir tun? Dabei ist sie so oft betrunken, wie schnell kann da etwas passieren. Ein Autounfall, ein Treppensturz. Aber die Zecken des Lebens haben ja immer Glück. Ich wünschte, wir könnten etwas tun. Wie stolz wäre ich auf dich, wenn du siegen könntest.
Dein Max

Meine Blume,
das war grandios. Meine grandiose Sonja. Die Welt ist reicher ohne sie. Nur manchmal frage ich mich, ob du mir wirklich zugetan bist. Bist du ganz bei mir?
Dein Max

Sonja, ma chère,
hast du gut geschlafen nach unserer Nacht? Ich wünschte, ich könnte sagen, ich kann mich ganz entspannen. Aber ich bin durchdrungen vom Gedanken an Kilian. Er zerfrisst mich. Immer verlieren wir gegen Kilian, ach, würden ihn doch seine Schlangen in den Abgrund ziehen. In Australien hat eine Mamba den Pfleger angefallen, ein liebes Tierchen, das ihn kannte. Und warum, ma chère? Er trug eine Schürze, die blutbefleckt war. Er wusste das nicht, aber die Schlange roch das Blut und stieß zu. Ach, das würde ich mir für Kilian wünschen. Er legt doch auch immer einen Stallmantel an, damit seine affektierten Trachtenanzüge nicht leiden. Ein Stallmantel, der einfach blutig wäre.
Wie groß wäre ein Mensch, der das bewerkstelligen wollte. Ach, Sonja, aber so ist das Leben nicht. Kilian wird weiter entkommen. Aber es treibt mich so um. Wenn du mich nur retten könntest, Sonjachen.
Dein Max

Sie hatte es geahnt. Die ganze Zeit. Max Trenkle war der Schlüssel. Manipulativ, manipulativ, manipulativ – ein Wort fraß sich in ihr Gehirn. Das war schlimmer als alles, was sie sich hatte vorstellen können.

Jeder der Briefe schloss mit den Worten: »Sonja, meine Blume, vernichte meine Worte. Vernichte diese Briefe. Es reicht, wenn du sie im Herzen trägst.«

Aber das hatte die sentimentale Sonja nicht getan!

Irmi packte die Briefe, schloss leise die Tür und rannte zum Ratshausplatz zurück. Sie rief Kathi an.

»Weißt du eigentlich, wie spät es ist? Und das am Sonntag!« Kathi klang verschlafen.

»Bitte komm nach Garmisch. Sofort!«

Anschließend wählte sie die Nummer des Hasen. Der war augenscheinlich schon wach. Er joggte sonntags immer, er war auch einer von diesen Marathonläufern.

»Frau Mangold? Ich hätte Sie am Montag eh angesprochen. Aber von mir aus eben jetzt. Ich komm schnell vorbei und bring Ihnen die Unterlagen.« Er klang gar nicht genervt. Er kam freiwillig vorbei, statt dass sie ihm am Telefon die Würmer aus der Nase ziehen musste! Das konnten nur die Endorphine sein, die angeblich beim Laufen ausgeschüttet wurden. Bei Irmi dagegen verursachte Laufen nur Aggression.

Als Kathi und der Hase fast gleichzeitig eintrafen, sagte Irmi nur: »Nicht fragen! Mitkommen in mein Büro!«

Der Hase schaute sie wundersamerweise gar nicht so missmutig an und sagte ganz ruhig: »Ich dachte ja, Sie sind etwas ... äh ... wunderlich, Frau Mangold, aber ich habe die Kleidung von Stowasser überprüft. Sie wurde tatsächlich mit Innereien von Geflügel und mit Blut präpariert. Ich kann mit Sicherheit sagen, dass jemand das Ganze eingerieben haben muss, so kann man ein Kleidungsstück nicht zufällig verunreinigen.«

Kathi betrachtete ihre Kollegen. »Was läuft denn jetzt schon wieder an mir vorbei? Klärt mich mal jemand auf, oder?«

»Ihr Auftritt, Frau Mangold«, sagte der Hase und lächelte Kathi zu. »Ich würde dann wieder gehen. Die Ergebnisse lege ich Ihnen auf den Tisch.« Er platzierte ein paar Blätter.

»Ihr Auftritt! So was hab ich von dem Mann noch nie gehört. Und der hat gelächelt, oder! Ist der auf Drogen?« Kathi sah ihm hinterher, wie er davonstakste auf seinen dürren Beinchen.

»Muss so was in der Richtung sein. Oder es sind die Laufendorphine. Oder ein Wunder«, meinte Irmi und begann Kathi von ihrem Gespräch mit dem Schlangenmann zu erzählen. Von der ungeheuerlichen Annahme, dass jemand die Schlange zum Beißen provoziert hatte. Ein Unfall mit einer Mamba, die immer ein Unfall geblieben wäre. Wenn Irmi nicht mal wieder so altersstarrsinnig gewesen wäre.

Kathi schwieg eine ganze Weile, bis sie schließlich leise sagte: »Aber das ist ja so was von unglaublich. Fast perfekt. Jeder würde doch denken, dass in so einem Umfeld die Tiere Stress hatten und deshalb mal ihre Beißerchen erproben. Der perfekte Mord!«

»Eben nicht.«

»Aber wie willst du das beweisen?«

Irmi reichte ihrer Kollegin die Briefe, die diese mit aufgerissenen Augen las.

»Max Trenkle hat sie manipuliert«, sagte Irmi leise. »Er hat sie ganz perfide manipuliert. Im Namen der Liebe. Wie hätte jemand wie Sonja Ruf da widerstehen können. Sie, die ewig Ungeliebte, wird plötzlich geliebt. Und er fordert Beweise für ihre Liebe.« Welche Frau könnte da widerstehen, fragte sich Irmi im Stillen.

»Zum Morden manipuliert! Irmi, das ist Wahnsinn. Das klingt doch so, als hätte Sonja Ruf Frau Stowasser gestoßen.«

»Genau.«

»Und sie behauptet, der Stowasser sei es gewesen!«

»Ich befürchte fast, dass sie diese Geschichte selber glaubt. Dass sie ihre Tat verdrängt hat. So was gibt es.«

»Und sie hat Kilian Stowassers Kleidung präpariert. Sie hat uns eine Geschichte aufgetischt, und wir haben an den Unfall geglaubt. Alles wäre vorbei gewesen.« Kathi klang immer noch völlig aufgelöst.

»Sie hat nur einen Teil ausgespart. Den Teil mit dem Stallmantel. Der Rest wird sich genauso ereignet haben.«

»Ich habe ihr geglaubt! Warum, Irmi?«

»Weil das alles schlüssig war. Weil du von Anfang an gesagt hast, es war ein Unfall.«

»Und warum hast du immer geglaubt, dass es Mord war?«

Weil Irmi älter war. Weil sie längst mehr auf die Zwischentöne als auf die eigentlichen Sätze achtete. Weil sie manchmal zynisch war. Und lakonisch. Weil sie auch schon so oft gedacht hatte, es nicht wert zu sein, geliebt zu werden. Das alles hätte sie sagen können.

»Weißt du, Kathi, das liegt daran, dass ich altersstarrsinnig bin. Ein bisschen dement halt.« Irmi versuchte ein Lächeln.

»Was können wir denn nun tun?« Kathi klang wie ein kleines verunsichertes Mädchen.

»Wir brauchen eine Fahndung nach Max Trenkle. Weltweit. Australien ist weit weg. Bei denen ist heute aber bald schon morgen. Und wenn ich ihn aus dem Dschungel von Neukaledonien holen lassen muss – ich hol ihn. Vor allem aber müssen wir noch mal zu Sonja Ruf.«

Der Weg nach München war heute weiter als sonst. Es regnete, es goss aus Kübeln.

Sonja Ruf lag so im Bett, wie sie sie gestern verlassen hatten. Sie starrte zur Decke.

»Sieh an, kommen Sie noch mal auf einen Krankenbesuch?«, fragte sie.

»Ihren Katzen geht's gut, wie geht's Ihnen?«, fragte Irmi.

»Bestens.« Sonja Ruf lachte ätzend.

»Mir würde es als Doppelmörderin nicht so gut gehen.«

Keine Reaktion.

»Frau Ruf, woher hätte jemand wohl das Insiderwissen, damit ein Mambabiss wie ein Unfall aussieht?«

»War es denn kein Unfall?« Sonja Ruf lachte auf eine so abstoßende Weise, dass Irmi versucht war, einen Schritt zurück zu machen.

»Frau Ruf, wie wäre es, die Kleidung von Kilian Stowasser zu präparieren im Wissen, dass die Schlange das riechen kann und entgegen ihren sonstigen Fütterungsritualen zustoßen wird? Das wäre doch clever, oder?«

»Ja, das wäre clever.«

»Man müsste viel über das Wesen der Schlange wissen. Weitaus mehr als das Wissen, über das die meisten Reptilienbesitzer verfügen«, warf Irmi ein.

»Die meisten Tierhalter wissen gar nichts über die Bedürfnisse ihrer Tiere.«

»Sie hingegen wissen viel, Frau Ruf. Sie haben uns gestern eine schöne Geschichte erzählt. Dabei haben Sie nur den klitzekleinen Umstand ausgespart, dass Sie die Kleidung von Stowasser präpariert haben.«

»Unsinn. Wie kommen Sie denn auf so was?«

»Das sag ich Ihnen.« Irmi warf die Briefe aufs Bett.

Sonja Ruf zuckte zusammen. Ihre Atmung beschleunigte sich.

»Ich habe den Stallmantel von Stowasser untersuchen lassen. Er wurde präpariert. Frau Ruf, es ist vorbei!«

Diesmal weinte sie wirklich. Sie wurde geschüttelt von Weinkrämpfen. Die beiden Kommissarinnen warteten. Irmi war auch zum Heulen zumute.

Schließlich gestand Sonja Ruf. Sie erzählte die ganze Geschichte. Dass sie es für Max getan hatte. Dass sie ihm doch hatte beweisen müssen, dass sie alles für ihn getan hätte. Dass er doch der Mann ihres Lebens war. Ihr Augenstern.

»Ein Mann des Lebens, für den Sie morden? Was für ein Leben ist das?«

»Ich habe es auch für Benedikt getan«, sagte sie leise.

»Wer ist Benedikt?«

»Kilian Stowassers jüngerer Bruder. Der Nachzügler. Er war mit mir in der Schule. Er war der beste Freund von Max. Er ist immer noch der beste Freund von Max, trotz des Altersunterschieds. Benedikt hatte schon vor Jahren gewusst, dass sein Bruder ein Betrüger war. Es kam zum Streit. Kilian hat ihn dabei mit dem Jagdgewehr angeschossen. Das hat er hinterher total niedergebügelt. Hat viel Geld bezahlt, damit sich Benedikt in Australien eine neue Existenz aufbaut. Er hat eine Reptilienstation bei Cairns. Seit dem angeblichen Jagdunfall kann er nur noch am Stock gehen. Er lebt von und mit Schmerzmitteln.«

»Und Max ist bei ihm?«

»Ja, und ich wollte hinterherfliegen. Sobald das hier vorbei ist. Ich wollte Max zeigen, dass ich alles bedacht habe. Für ihn, für unser gemeinsames Leben. Dafür, dass Max nicht mehr immer an Stowasser denken muss. Dass er nicht weiter seine Seele vergiftet. Ich musste ihm doch helfen.«

Was hätte Irmi dazu noch sagen können? Ach, Sonja!

Sie atmete schwer und konzentrierte sich wieder.

»Frau Ruf, was wäre gewesen, wenn Stowasser den Mantel nicht angezogen hätte?«

»Er hätte nie seinen Trachtenanzug verschmutzt. So viel Zeit hatte er, ich war für ihn doch keine Gegnerin.«

Als Irmi und Kathi gingen, war es draußen noch dunkler. Sie liefen in eine Wand aus Regen. Irmi tätigte die erforderlichen Telefonate. Schaltete das LKA ein. Es würde einen internationalen Haftbefehl geben.

»Was passiert jetzt?«, fragte Kathi. »Wird man Trenkle eine Mitschuld nachweisen können? Anstiftung zum Mord?«

»Ich hoffe es. Ich bete darum. Vieles wird auch von Sonja Rufs Aussagen abhängen. Von ihren Anwälten. Wir können nur hoffen, dass sie gute haben wird.«

Das Radio dudelte Achtzigerjahre-Musik. Der heutige Tag war dem Jahr 1983 gewidmet. Da war diese Zeile wieder. »You think you're the devil, but with those angel eyes, you're just a slave to love tonight.«

»Schöner Song«, sagte Kathi.

»Einfach nur ein Lied aus den Achtzigern«, meinte Irmi und sah geradeaus, damit Kathi ihre Tränen nicht sah.

Die schlimmsten Verbrechen geschahen immer noch im Namen der Liebe.

NACHWORT

Diese Geschichte ist nicht schön, auch nicht sonderlich lustig. Sie handelt vom Machtmissbrauch gegen solche, die sich nicht wehren können. Gegen Tiere, aber auch gegen schwache Menschen. Ich werde bei meinen Lesungen bestimmte Passagen nicht laut vorlesen können, weil ich sonst wie jeder fühlende Mensch mit den Tränen zu kämpfen hätte.

Warum ich dann so etwas schreibe? Weil so etwas passiert, immer wieder – und weil ein Roman einen kleinen Beitrag dazu leisten kann, auf solchen Irrsinn aufmerksam zu machen. Beim Entstehungsprozess dieses Buchs habe ich mir mehrfach die Frage gestellt, ob man den Lesern so unschöne Szenen eigentlich zumuten kann. Ich habe mich für ein klares Ja entschieden und damit auch gegen den Trend, dass Krimis dieser Tage eher Slapstick sind. »Mordsviecher« ist ein Krimi, der genauso ist wie das Leben. Mal lustig, mal tragisch-komisch, mal traurig, mal irrsinnig.

Ich danke ganz besonders Thomas Lücke vom Reptilienhaus in Oberammergau für seine Fachkompetenz. Ebenso danke ich Dr. Ellen Baum, Amtstierärztin in Garmisch. Mein Dank geht außerdem an Tom Strobl fürs Daunenwissen. An dieser Stelle möchte ich versichern, dass die Firma KS-Outdoors keine realen Vorbilder hat! Und schließlich danke ich Beate Fedtke-Gollwitzer, Stadtführerin in Mühldorf, und dem Team des Tierheims Garmisch.

Platzhirsch

Irmi Mangold und Kathi Reindl ermitteln

Band 4: Mordsviecher
Band 5: Platzhirsch
Band 6: Scheunenfest

Nicola Förg, geb. 1962 im Oberallgäu, ist als Reise-, Berg-, Ski- und Pferdejournalistin tätig. Mit ihrer Familie sowie mehreren Ponys, Katzen und Kaninchen lebt sie auf einem Anwesen im südwestlichen Eck Oberbayerns, wo die Natur opulent ist und ein ganz besonderer Menschenschlag wohnt.

Nicola Förg

Platzhirsch

Ein Alpen-Krimi

Weltbild

Besuchen Sie uns im Internet:
www.weltbild.de

Genehmigte Lizenzausgabe für die Weltbild GmbH & Co. KG,
Werner-von-Siemens-Str. 1, 86159 Augsburg
Copyright der Originalausgabe © 2013 by Pendo Verlag
in der Piper Verlag GmbH, München
Umschlaggestaltung: Alexandra Dohse - www.grafikkiosk.de, München
Umschlagmotiv: Bildmontage unter Verwendung von Bildern von Alexandra Dohse
und Plainpicture (© Maria Dorner)
Satz: Datagroup int. SRL, Timisoara
Druck und Bindung: CPI Moravia Books s.r.o., Pohorelice
Printed in the EU
ISBN 978-3-95973-668-8

2020 2019 2018 2017
Die letzte Jahreszahl gibt die aktuelle Lizenzausgabe an.

Für Gerhard Walter

This is a man's world, this is a man's world
But it would be nothing, nothing without a woman or a girl

You see man made the car to take us over the road
Man made the train to carry the heavy load
Man made the electric light to take us out of the dark
Man made the boat for the water like Noah made the ark

This is a man's, man's, man's world
But it would be nothing, nothing without a woman or a girl

Man thinks about the little bitty baby girls and the baby boys
Man makes them happy 'cause man made them toys
And after man made everything, everything he can
You know that man makes money to buy from other men

This is a man's world but it would be nothing,
nothing not one little thing without a woman or a girl

He's lost in the wilderness, he's lost in bitterness
He's lost, lost somewhere in loneliness.

James Brown, This is a man's world

PROLOG

Es herrschte jene Stille, die nur der Morgen herbeizaubert. Ein paar Vögel irgendwo in den Bäumen begrüßten den Tag, die Wiesen atmeten Feuchte, und die flache Sonne stand noch hinter den Fichten.

Früher war Irmi ein Morgenmuffel gewesen – sie hatte es gehasst, in einer Landwirtsfamilie aufzuwachsen, denn dort hatte man stets zu unchristlichen Zeiten aufstehen müssen. Mittlerweile liebte sie den Morgen, er war die einzige unschuldige Zeit des Tages. Die Zeit des klaren Blicks. Auch Irmis Abende waren häufig still, aber sie hatten meist etwas Bleiernes an sich. Ihnen war ein Tag vorhergegangen, der Körper und Geist strapaziert hatte. Nur der Morgen war unschuldig und rein, bevor die Menschen dem Tag mit ihrer Unzulänglichkeit, ihrem Hass und ihren Verzweiflungstaten die Unschuld raubten.

Aus dem Wald traten vier Rehe, eins davon war der kleine Rehbock, den Irmi insgeheim Hansi getauft hatte. Er hob den Kopf und sah herüber. Lange. Dann senkte er die glänzende schwarze Nase und begann zu fressen. Die so eleganten und filigranen Tiere zogen langsam über die meerglatten Weiten am Rande des großen Moors. Sie waren grau, denn sie trugen noch ihr Winterkleid. Bald schon würden sie fürchterlich zerrupft aussehen und ins Braune wechseln. Im Wald würden ganze Fellbüschel liegen, und die Rehe würden ihre Hälse verdrehen, um sich das juckende Fell vom Rücken zu knabbern.

Anfang März war es schon einmal ungewöhnlich warm gewesen, doch es war die typische oberbayerische Rache gefolgt: Es hatte wieder geschneit, und zwar zuhauf. Der kurze Versuch mit aufgekrempelten Jeans war ganz schnell wieder den gefütterten Gummistiefeln und den Fleecejacken gewichen. Heute Morgen hatte es auch nur zwei Grad plus, aber der Frühling schien irgendwo zu kauern und nur darauf zu warten, dem Weiß den Kampf ansagen zu dürfen. Diese ganze Jahreszeit war so unschuldig und optimistisch.

Die Rehe mussten etwas gehört haben, denn sie standen auf einmal starr wie Statuen da. Bernhard kam drüben aus dem Stall und ging über den gekiesten Vorplatz zum Haus hinüber. Hansi senkte als Erster wieder den Kopf – von diesem trampeligen Menschen drohte ihm keine Gefahr. Irmi fröstelte, aber sie konnte sich so schwer vom Anblick der Tiere lösen. Plötzlich ruckten sie wieder mit den Köpfen. Rannten eine kurze Strecke, hielten inne.

Der kleine rabenschwarze Kater kam wie ein Gummiball über die Wiesen gehüpft – in himmelhohen Sprüngen. Hansi schüttelte den Kopf, als wolle er den Kater für diese Energieverschwendung rügen. Schließlich hatte er Irmi erreicht, strich um ihre Beine und schüttelte vorwurfsvoll und angewidert die nassen Pfoten. Irmi lächelte und schenkte den Rehen einen letzten, fast wehmütigen Blick. Den Kater im Gefolge ging sie hinein.

Der Frieden eines Morgens war so kurzlebig. Auch der Friede des Frühlings wurde viel zu schnell von den donnernden Sommergewittern abgelöst, und die Rehe würden schon bald unter den Beschuss derer geraten, die um ihre Bäume fürchteten. Viele der Kitze würden die Mähmassaker nicht überleben. Der Friede für Tiere war so fragil. Jeder Friede war so anfällig für Störungen ...

Es dröhnte, als würde jemand eine Lawine absprengen, und Sophia rief lachend: »Du klingst wie Dumbo, wenn du so trötest!«

»Sehr witzig!«, maulte Kathi wütend und nieste erneut. Das wiederum trieb das Soferl zu einem wahren Lachkrampf, sie wollte sich ausschütten vor Lachen, doch was sie dann tatsächlich verschüttete, war der Kakao, der den alten Holztisch flutete. Sophia sprang zwar sofort auf, um Küchenkrepp zu holen, aber die Flutwelle hatte schon die Tischkante erreicht und stürzte als brauner Wasserfall auf Kathis Jeans.

»Du blöde Nuss!«, brüllte Kathi und rannte unter Niesen die Treppe hinauf. Dort schälte sie sich aus der engen Jeans, feuerte sie neben das Bett und fingerte ein Papiertaschentuch aus der Packung am Nachttisch. Da lag draußen noch meterhoch Schnee, da zogen die Tourengeher in Karawanen zu Berge – und sie hatte Heuschnupfen. Jedes Jahr kam er wie ein plötzliches Gewitter ohne Ankündigung. Dabei war es so klar wie das Amen in der Kirche, dass die fiese Hasel und die bösartige Erle wieder blühen würden. Die gemeine Birke würde sich auch noch dazugesellen. Aber der Winter verdrängte dieses Wissen. Und eines Morgens wachte Kathi dann auf und fühlte sich, als habe sie die ganz Nacht durchgesoffen. Die Augen tränten, die Nase lief. Heißa! Der Frühling war da.

Kathi hasste das Frühjahr. Und sie hasste den Morgen. Um diese Tageszeit hatte sie gar keinen Nerv für ihre putzmuntere Tochter. Ebenso wenig wie für ihre Mutter, die immer gegen halb sechs aufstand und ihr jeden Morgen etwas zum Essen aufdrängte. Frühstück wie ein Kaiser, Mittagessen wie ein König, Abendbrot wie ein Bettler – diesen Spruch hatte sie schon in Soferls Alter gehasst. Bis heute hasste sie Frühstücken. Ein schwarzer Kaffee war doch völlig ausreichend. Warum ließen diese beiden lästigen Stehaufmännchen sie nicht einfach in Ruhe morgenmuffeln?

1

März 1936

Es geht auf Josephi. Leider. Es hat tagelang geschneit, heut hat es aufgerissen. Irgendwo singt schon ein Vogel. Er singt hinein in diese Welt aus Weiß, die uns blendet. Ich zwinkere schon den ganzen Tag gegen die Sonne. Ach, würde sie doch nur wieder verschwinden. Aber ich werde es nicht mehr lange hinauszögern können. Der Herr Vater ist im Lechtal unten gewesen, er hat telefonieren lassen. Mir ist das unheimlich. Man spricht in ein Rohr, und so viele Tagreisen entfernt hören die etwas? Ganz so, als stünde einer neben einem? Der Herr Pfarrer hat auch gesagt, das ist Teufelswerk.

Aber der Herr Vater hat kein Einsehen. Er hat gesagt, dass ich gehen muss, auch wenn ich schon sechzehn bin. Solange dich keiner heiratet, musst du gehen. Er hat gesagt, ich sei selber schuld, dass ich noch keinen Burschen hätt. Wo soll ich denn einen Burschen hernehmen? Wir kommen den ganzen Winter doch nicht raus.

Die Flausen hierzubleiben, die wolle er mir schon austreiben, hat der Herr Vater gesagt. Und dass ich a gschnablige Fechl bin. Das ist nicht schön von ihm. Und das ist auch gar nicht wahr. Aber ich bin ein Mädchen, und der Herr Vater mag keine Mädchen. Die Zwillingsbrüder sind vor sechs Jahren am Joch gestorben, die Lawine hat sie beide mitgerissen.

Nur gut, dass die Johanna mit von der Partie ist und der Jakob. Mir wird jedes Jahr banger. Das erste Jahr war es am leichtesten, obwohl ich mir zwei Zehen erfroren habe. Aber das geschieht allen. Wir sind neun gewesen und eine Frau, die uns führen sollte. Von Elbigenalp waren sie auch heraufgestiegen, weswegen wir vier Hinterhornbacher immer am Hornbach entlang bis zur Hermann-von-Barth-Hütte hatten gehen müssen. Dort trafen wir uns, es gab eine Marend, sogar Muggafugg. Wir aßen und tranken, denn um den Krottenkopf herum und auf zum Mädelejoch, das war keine feine Strecke. Vereist war es gewesen, das Mädelejoch hatte kaum Schnee, der Wind hatte ihn verblasen. Aber dann kamen die Kitzabolla. Und kalt war es gewesen. So kalt.

Aber ich wusste damals noch nicht, was geschehen würde. Die Großen waren schon oft außi zu den Fritzle, der Konrad war sogar auf dem Kindermarkt in Ravensburg gewesen. Was er berichtet hat, war nicht schön. Später hatte auch der Konrad feste Herrschaften, und nun ist er längst als Stuckateur dussa. Ab dem dritten Jahr wurden wir in Kempten immer schon erwartet, sogar mit einem Fuhrwerk abgeholt. »Was für ein Glück«, hat die Mama immer gesagt. »Was ihr für ein Glück habt.« Und dann hat sie mich jedes Jahr so komisch angesehen, und bekreuzigt hat sie sich. Jedes Jahr mehr. Ich hatte ja Glück, zwei erfrorene Zehen sind nichts. Dem Oswald fehlen sogar drei Finger. Ganz schwarz sind die gewesen.

Mir wird es dennoch jedes Jahr schwerer ums Herz. Wir sind die Letzten. Aus Elbigenalp kommen sie nicht mehr, zwei der Mädchen, die Hermine und die Maria, sind tot. Warum, weiß ich nicht genau. Seit wir die Letzten sind, gehen wir den kürzeren Weg übers Hornbachjoch. Ich fürchte mich immer unter den Höllhörnern. Der Herr Pfarrer hat gesagt, der

Teufel hause in den Zacken. Und dass wir beten müssten am Joch und uns bekreuzigen und einen Rosenkranz sprechen. Der Herr Pfarrer ist ein Knatterle, hat die Johanna gesagt, so was darf man aber doch nicht über einen Kirchenmann sagen. Wenn der Herr Pfarrer wüsste, dass wir uns immer nur ganz kurz bekreuzigt und nie einen Rosenkranz gebetet haben ... Aber der Herr Pfarrer weiß ja nicht, wie eisig kalt es ist im Sturm droben am Joch.

Die Johanna hat gesagt, dass sie dieses Jahr nicht mehr heimkommen will, so wie die Gertrud. Diese Johanna. Solche Pläne hat die Johanna! Sie ist ein Wildfang, die Johanna! Ich habe viel lesen können im Winter. Der junge Herr Kaplan hat mir Bücher zugesteckt und Lesen mit mir geübt. Wir sind ja immer nur im Winter in der Schule, und oft fiel der Unterricht aus. Der junge Herr Kaplan musste aber bald nach der Christnacht gehen, ein Sozialist sei er, wurde geraunt. Was ist ein Sozialist? Ist ein Mann Gottes ein Sozialist?

»Schneewittchen ist schon tot«, sagte Benedikt. Dabei klang er altklug wie immer, und Julia atmete auf.

Sie selbst war schon wieder tausend Tode gestorben, weil Bene sich einmal mehr von der Gruppe abgesetzt hatte. Der Junge war eine Katastrophe, er schien osmotisch durch Wände diffundieren zu können. Man hatte ihn gerade noch im Blick, und eine Sekunde später war er verschwunden. Fand man ihn dann doch irgendwann, sagte er gerne: »I hob mi verzupft.« Das hatte er vom Allgäuer Opa, »der, wo in Trauchgau residiert«. Bene sagte wirklich »residiert«, der Opa schien ein relativ großes Haus zu haben. Julia beneidete weder Benes Eltern noch seine zukünftigen Lehrer.

Bene beneidete sie auch nicht. Das war ein Kind, das anecken würde, ein allzu wacher Geist und ein Übermaß an Phantasie verunsicherten den Rest der dumpfen Welt.

»Benedikt, wo warst du schon wieder?« Julia versuchte streng zu klingen.

»Julia«, er ahmte die Stimme der Erzieherin nach, »ich habe doch gesagt, dass ich das tote Schneewittchen besuchen muss.«

In diesem Moment kam ihre Kollegin Lea zurück. Sie wirkte immer etwas überfordert und hatte offenbar das Elend der ganzen Welt auf ihre schmalen Schultern geladen.

»Diese Regina von Braun ist nirgendwo«, jammerte sie. »Die Haushälterin weiß auch nicht, wo sie steckt.«

»Oh, du liabs Herrgöttle«, kam es von Benedikt, und er schlug sich theatralisch die Hand auf die Stirn.

Das hatte er bestimmt auch vom Trauchgauer Opa. Julia unterdrückte das Grinsen, wies Bene zurecht und wandte sich an die Kollegin: »Vielleicht ist sie schon zu den Gehegen gegangen und füttert die Tiere. Wir gehen einfach mal runter.«

Gehen war allemal eine gute Idee, denn es hatte höchstens null Grad an diesem Morgen. Die Zwergentruppe war nur deshalb vergleichsweise ruhig, weil sie Kakao und Kekse bekommen hatte. Julia begann die Becher einzusammeln, überprüfte, dass jedes Kind seinen Rucksack hatte, und erklärte den Kleinen, dass sie nun ganz leise sein müssten, um die Tiere nicht zu erschrecken. »Pst«, machte sie, was augenblicklich eine ganze Woge von »Pst«-Geräuschen hervorrief – in der Lautstärke eines Düsenjets. Unter abflauenden »Psts« marschierten die Kinder in Zweierreihen hinter

Julia her, hinein in den Wald, vorbei an einem Schild, das in Richtung Wildgehege deutete.

Julias Kindergartengruppe hatte am Morgen eigentlich einen Termin bei Dr. Regina von Braun. Die Biologin besaß ein Gut, das sie – wie man sich erzählte – mehr als Bürde denn als Würde ererbt hatte. Um es am Leben zu erhalten, hatte sie ein Walderlebniszentrum initiiert. Julia war die Eigentümerin nicht ganz unbekannt, weil Regina von Braun gern in Kindergärten vom Wald und seinen Bewohnern erzählte und dabei auch mal eine Eule mitbrachte oder einen Greifvogel. Sie war nämlich nicht nur Biologin, sondern auch Jägerin und Falknerin, und das wenige, was Julia von ihr wusste, war, dass ihre Tage offenbar mehr als vierundzwanzig Stunden hatten. Heute sollten die Kinder zwei zahme Elche und einige Rentiere besuchen. Das war natürlich eine Sensation im Oberland, ein echter Elch!

Nach fünf Minuten erreichten sie eine Lichtung. Die Sonne stand schon höher am Himmel und beleuchtete eine große Erklärungstafel und eine Sitzgruppe aus dickem Holz. Das Gehege lag dahinter, rechts davon stand ein großer Schuppen mit einer Schubkarre davor, die ein wenig vereinsamt wirkte. Bevor Julia ihn noch am Kapuzenzipfel erwischen konnte, sauste Benedikt davon, am Zaun entlang, hinüber zum Schuppen und hinein durch ein hohes Stahltor, das er öffnete, als habe er nie was anderes getan. Lea brüllte ihm ein verzweifeltes »Benedikt!« hinterher, Julia stöhnte. Es hätte so nette Jobs im Büro gegeben, bei Krankenkassen oder Behörden – warum nur hatte sie sich als Zwergenbezwingerin verdingt?

»Ihr bleibt hier und schaut euch schon mal mit Lea die Bilder auf der Tafel an. Ich hole den Bene, vielleicht ist Frau von Braun ja auch noch in dem Schuppen.«

Julia eilte zu dem Tor, das überraschend leichtgängig war. Der Schuppen entpuppte sich als Unterstand mit einem gewaltigen Vordach. Frische Hackschnitzel waren ausgebreitet, es duftete nach Holz. Benedikt stand da und betrachtete interessiert den Boden.

Dort lag Regina von Braun. Ihre ausgesprochen blauen Augen schienen verwundert ins Leere zu starren. Sie war blass, und ihr langes dunkles Haar war auf den Holzschnitzeln ausgebreitet. Aus einer Schusswunde an der Stirn trat Blut aus. Das kalkweiße Gesicht, die Haare wie Ebenholz, das rote Blut – eine tote Märchenfrau.

»Siehst du, Julia? Schneewittchen ist schon tot«, sagte Benedikt völlig ungerührt.

Julia war wie paralysiert und wachte erst auf, als hinter ihr das Chaos ausbrach. Natürlich war es Lea nicht gelungen, die Kinder auf den Holzbänken zu halten. Nun standen sie hier, und als eines zu weinen begann, brach ein kollektives Heulkonzert aus. Julia schaffte es irgendwie, die Kleinen wegzuscheuchen und sie zurück zum Haupthaus zu bringen, wo es in einem Nebengebäude einen Seminarraum mit Küche gab. Es glückte ihr sogar noch, Lea zum Kakaokochen abzukommandieren, die Polizei und die Haushälterin zu alarmieren.

Als die sich völlig erschüttert in Richtung des Geheges aufmachen wollte, stellte sich ihr Benedikt in den Weg. »Das darfst du nicht, das verwischt die Spuren. Wie im Fernsehen.«

Du lieber Himmel, was fand man im Hause Haggenmüller denn passend als TV-Kost für einen Fünfjährigen? Nun ja, bei den beiden Rechtsanwaltseltern konnte man ja nie wissen, dachte Julia und wunderte sich über sich selbst. Da draußen lag eine tote Frau, und sie dachte über Kindererziehung nach.

Die Haushälterin war leise weinend auf einen Stuhl gesunken. Benedikt ging zu ihr hin und reichte ihr einen Becher Kakao. »Abwarta und Kakau trinka«, sagte er. Oh, du segensreicher Opa aus dem schönen Halblechtal ...

Irmi war beschwingt ins Büro gekommen. Dort traf sie auf eine Kathi, die wie die Inkarnation von »I don't like Mondays« aussah. Die Augen verquollen, fummelte Kathi ein Taschentuch nach dem anderen heraus und verfluchte ihre Allergiemedikamente, die alle nichts halfen.

»Versuch's doch mal mit Sulfur-Globuli«, schlug Irmi vor, was ihr einen Blick einbrachte, der vernichtend war.

»Zuckerkügelchen mit nix drin. Du glaubst auch an jeden Hokuspokus, Irmi, oder? So ein Placeboscheiß.«

Bevor Irmi in eine Diskussion einsteigen konnte, dass die homöopathischen Globuli sogar bei ihren Kühen wirkten und die Rinder ja kaum im Verdacht standen, auf ein Placebo hereingefallen zu sein, kam Sailer.

»Morgen, die Damen. Des wird heit nix mit Kaffeetrinken. Im Waldgut Braun is wer tot geworden.«

Tot geworden – der gute Sailer.

»Weiß man auch, wer tot geworden ist, Sailer?«

»Ja, die Frau Regina von Braun höchstselber. Derschussen. Sauber derschussen. Ned derhängt oder so was Unguats.«

Sauber derschussen – auch eine schöne Formulierung. Abgesehen davon war es für Irmi mehr als überraschend, dass der sonst so kryptische Sailer die komplette Information von sich gab, ohne dass sie ihm alles aus der Nase ziehen musste. Der Mann schien Montage zu mögen.

»Wer hat uns informiert?«, fragte Kathi unter Niesen.

»A Madl, das wo Kindergärtnerin ist. De Kinder ham de Frau g'funden.«

Auch das noch! Ein verschreckter Haufen Kinder, die überall herumgetrampelt waren, dachte Irmi.

»Na merci, Mausi«, kam es von Kathi.

Irmi sparte sich eine Zurechtweisung, informierte stattdessen das Team von der Kriminaltechnischen Untersuchung und forderte die Polizeipsychologin an – wegen der Kinder und weil sie ein ungutes Gefühl hatte, das sie momentan schwer zu deuten wusste. Dann nickte sie Kathi zu und wies Sailer an, den Kollegen Sepp im Streifenwagen mitzunehmen. Seit Irmi und ihr altes Cabrio vom TÜV geschieden worden waren, fuhr sie einen japanischen SUV, und der hatte dank Blechdach natürlich den Vorteil, dass man ein Blaulicht draufsetzen konnte. Außerdem besaß er eine gewisse Bodenfreiheit, was bei den alpinen Einsätzen nicht von Nachteil war.

Die Bodenfreiheit erwies sich heute als recht sinnvoll.

Zwei Kilometer hinter Grainau war das Waldgut durch ein verwittertes Holzschild ausgewiesen. Die Teerdecke der Zufahrtsstraße war von Löchern durchsetzt, die gut und gern als Ententümpel hätten herhalten können. Auf den Tümpeln lag eine dünne Eisschicht, die unter den Autoreifen brach.

Das Sträßchen mäandrierte durch den Wald. Es lagen noch immer Schneehaufen am Wegesrand, und Irmi vermutete, dass das Gut im Winter bisweilen von der übrigen Welt abgeschnitten war. Sie fand den Gedanken gar nicht so uncharmant, während Kathi böse nach vorne starrte und maulte: »Das ist voll am Arsch der Welt hier.« Und nieste.

Zu ihrer Linken lag ein kleiner Moorsee, alles sehr idyllisch und doch auch düster in seiner schweren Farbigkeit. Sie kamen aus dem Wald, ein Feld lag vor ihnen und mittendrin das Gut. Rechts thronte das Haupthaus auf einem kleinen Hügel, ein stolzer Bau oder besser ein ehemals stolzer Bau im Stil eines kleinen Jagdschlösschens. Links stand ein Wirtschaftsgebäude mit einem anschließenden Stadl. Vor ihnen schlängelte sich das Sträßchen weiter, vorbei an einem Tipidorf, und danach schon wieder der Wald, der hier alles umschloss. Sogar Irmi empfand das als etwas bedrückend, so als könnte der Wald auf sie zukommen und alles überwuchern wie in einem Dornröschenschloss.

Sie parkten vor dem Wirtschaftsgebäude, und ein bärtiger kräftiger Mann, der sicher schon in den Siebzigern war, kam auf sie zu.

»Veit Bartholomä«, stellte er sich vor. »Meine Frau und ich stehen der Regina ein wenig bei und helfen ihr ...« Er schluckte. Es war schon auf den ersten Blick klar, dass er eigentlich ein tatkräftiger Mann war, der momentan jedoch am Limit seiner Beherrschung angelangt war. Ein Dackel saß neben ihm und begutachtete die Neuankömmlinge. Er hatte den Kopf schräg gelegt und blickte Irmi so an, wie das nur Dackel können. Dann begann er zu bellen.

»Lohengrin! Aus! Ruhe jetzt!«, kam es von Herrn Bartholomä, und der Hund war tatsächlich still.

»Mein Beileid«, sagte Irmi – ein Satz, den sie immer schon verabscheut hatte und heute ganz besonders. Beim Verlust eines lieben Menschen verlor so vieles im Leben an Kontur, manchmal heilte die Zeit zwar Wunden, aber der Verlust selbst blieb. Und so fahl, wie der Mann aussah, war ihm Regina wahrscheinlich wie eine Tochter gewesen.

»Mein Name ist Irmgard Mangold, das ist meine Kollegin Katharina Reindl. Wo sind denn die Kinder? Und wo ist die Erzieherin, die Regina von Braun gefunden hat?«, fragte Irmi und wunderte sich über sich selbst, dass sie die vollen Vornamen genannt hatte. Das tat sie sonst nie, zumal sie ihren eigenen vollen Namen furchtbar fand. Aber zu solchen Gutshöfen mit ihrer besonderen Aura von Adel und früherem Glanz schienen die Kurzformen Irmi und Kathi nicht zu passen.

»Die sind alle im Seminarraum«, sagte der Mann. »Darf ich vorgehen?«

Irmi signalisierte Sailer und Sepp, die soeben vorgefahren waren, dass sie draußen Position beziehen sollten. Dann folgten sie dem Mann.

Das von außen eher unscheinbare Wirtschaftsgebäude war im Inneren frisch renoviert. Sie gingen einen Gang entlang, der gesäumt war von Vitrinen – gefüllt mit ausgestopften Tieren.

»Puh«, machte Kathi.

Am Ende des Ganges lag der Seminarraum, wo die Kinder saßen und gar nicht sonderlich verstört wirkten. Eine ältere Frau war aufgestanden und sagte mechanisch: »Helga Bartholomä, kann ich was anbieten?«

»Danke, momentan nicht.« Irmis Blicke durchmaßen den Raum. Die fünfzehn Kinder saßen vor Kakaotassen, Kekstüten lagen auf den Tischen. Essen war immer schon eine gute Sache gewesen, um die Nerven zu beruhigen. Eine auffällig dünne junge Frau mit langen schwarz gefärbten Haaren saß daneben und wirkte weit verstörter als die Kleinen. Eine zweite Frau betrat gerade mit einem kleinen Mädchen an der Hand den Raum, vermutlich kamen sie von der Toilette zurück. Sie flüsterte dem Mädchen etwas in Ohr, woraufhin es sich artig hinsetzte, und kam auf Irmi und Kathi zu.

Irmi lächelte aufmunternd. »Sie haben die Tote gefunden, Frau ...?«

»Opitz. Julia Opitz, na ja, also eigentlich hat Benedikt die Frau gefunden. Ich ...«

Bevor sie noch weitersprechen konnte, hatte sich ein kleiner Junge mit kecker Stupsnase vor Irmi aufgebaut und meinte: »Bist du die Polizei?«

»Genau – und du?«

»Ich bin der Bene, also Benedikt Haggenmüller.« Es klang durchaus weltmännisch. »Is die da auch von der Polizei?«, fragte er und deutete auf Kathi.

»Ja, is die da.« Kathis Ton war nicht direkt freundlich.

»Bist du nicht zu jung? Außerdem hast du schlechte Schuhe an«, sagte Benedikt ungerührt. »A guats Schuawerk isch alls im Leba.«

Irmi unterdrückte eine Lachsalve, die mehr als unpassend gewesen wäre, aber Kathi war nun mal seit Jahren diejenige, die niemals vernünftige und der Jahreszeit angemessene Schuhe trug.

»Diese Weisheiten hat er vom Opa«, erklärte Julia Opitz.

»Und vom Fernsehen!«, rief Bene. »Drum weiß ich auch, dass man am Tatort nicht rumlaufen darf.« Allein wie er das Wort Tatort betonte, war schon göttlich.

»Stimmt«, meinte Irmi, »danke erst mal für deine Hilfe, ich brauch dich später bestimmt wieder. Kannst du so lange hier warten?«

Irmi nickte Julia unmerklich zu. Sie verließen gemeinsam den Raum und gingen in die Küche jenseits des Gangs.

»Kommen Sie mal zu mir in den Kindergarten, um Benedikt zu bändigen?« Julia Opitz lächelte angestrengt. »Sie haben da Talent.«

Zu eigenen Kindern hatte es Irmi nie gebracht. Es hatte in ihrem Leben falsche Männer gegeben, gar keine Männer oder die richtigen Männer zum falschen Zeitpunkt. Vieles zu früh gewollt, das meiste zu spät erledigt. Später hatte sie den absolut falschen Mann geheiratet, einen erklärten Kinderhasser. Nach der Scheidung hatte sie erst mal ums Überleben gerungen und über Kinder nicht mehr nachgedacht. Irgendwann war es zu spät gewesen, und sie hatte den davongaloppierenden Jahren verblüfft hinterhergesehen. Sie hatte nie beweisen müssen, ob sie ein Talent für Kindererziehung hatte.

»Frau Opitz, was ist denn nun passiert?«, fragte Kathi in die Stille.

Julia Opitz zuckte regelrecht zusammen und begann leise zu erzählen.

Am Ende sah Irmi sie nachdenklich an: »Das heißt, dass Benedikt die Tote offenbar schon bei seinem ersten Verschwinden gesehen hat? Das tote Schneewittchen?«

»Ja, das befürchte ich.« Julia Opitz zitterte. »Vielleicht hätten wir ihr da noch helfen können.« Sie begann zu weinen.

»Wann sie wirklich gestorben ist, wissen wir später«, sagte Kathi rüde, und wieder einmal hatte Irmi den Eindruck, dass Kathi immer besonders harsch war, wenn ihr Gegenüber hübsch war. Und das war diese Julia Opitz zweifellos. Sie trug einen langen brünetten Pferdeschwanz und hatte ein absolut ebenmäßiges Gesicht mit sehr großen ungeschminkten braunen Augen. Sie war schlank, knapp eins achtzig groß und hatte wohlgeformte Brüste in ihrem engen geringelten Rolli. Und eins hatte Kathi definitiv nicht: Busen. Darunter litt sie, auch wenn sie das nicht zugab.

Irmi versuchte noch zu retten, was zu retten war: »Frau Opitz, beruhigen Sie sich, Spekulationen nutzen uns gerade gar nichts. Bleiben Sie hier bei den Kindern, während wir uns ein wenig umschauen?«

Dann packte sie Kathi am Ärmel und schob sie den Gang entlang. »Was bist du denn so pampig, Kathi?«, zischte sie.

»Ach, hab du mal seit Tagen Heuschnupfen! Mein ganzes Hirn ist zu. Die Augen triefen. Ich bekomm da sogar Fieber. Mein gesamtes Immunsystem ist aus der Bahn, oder.«

Nicht bloß dein Immunsystem, dachte Irmi.

Sie kamen gleichzeitig wie die KTU zum Fundort der Leiche. Kollege Hase war knurrig wie immer. Die Sonne war hinter ein paar Wolken verschwunden, und schlagartig war es wieder kälter geworden.

Hasibärchen maulte vor sich hin, dass die Kälte, das wäre ja für die KTU wichtig, den genauen Todeszeitpunkt verschleiern werde, zudem verfluchte er die Hackschnitzel und auch gleich noch Gott, die Welt und Irmi dazu, die ihm immer solche Aufträge einbrachte.

Irmi betrachtete die Tote. Der Schütze hatte sie genau zwischen den Augen getroffen. Eliminiert hatte er sie.

»Kaliber? Habt ihr da schon eine Idee?«, fragte Kathi.

»Lassen Sie mich meine Arbeit machen, Frau Reindl! Auf den Arzt warten!«, stieß er aus und blieb sprachlich genauso knapp wie Kathi. Sie maßen sich mit Blicken, die Heuschnupfengenervte und der Dauerdepressive. Dann ging er hinter die Absperrung, um irgendwas zu holen. Kathi folgte ihm niesend.

Irmi kniete sich neben das tote Schneewittchen. Regina von Braun mochte Anfang oder höchstens Mitte vierzig gewesen sein. Sie war eine zarte Frau, apart, ein wenig herb, aber vielleicht machte der Tod sie auch herber.

Als Irmi ein Rascheln vernahm, hob sie den Kopf und sah als Erstes eine Nase. Eine ziemlich große Nase und ein gewaltiges Geweih. Und dann ein Tier dazu, das auf sie herabsah. Irmi war einem Elch noch nie in ihrem Leben so nahe getreten, sie hätte das eventuell auch vermieden, aber der hier war ja auch eher ihr sehr nahegetreten. Sie erhob sich langsam und konnte die Formulierung ›Ich glaub, mich knutscht ein Elch‹ endlich mit Bedeutung füllen, weil das Tier sie nun anstupste. Irmi streichelte seine Nase, der Elch sah Irmi lange an, dann senkte er seinen gewaltigen Schädel und schnupperte an der Toten. Wenn der Hase das sähe, bekäme er bestimmt einen Herzklabaster. Ein Elch trampelte über einen Tatort.

»Arthur, du Lapp!« Veit Bartholmä scheuchte den Elch weg, der sich trollte und in etwa drei Metern Entfernung anhielt, wo noch so ein Nasentier stand, deutlich kleiner und ohne Geweih.

»Die Kleine ist Wilma. Der Lästige ist Arthur. Sie heißen nach zwei schwedischen Elchwaisen. Regina war mal dort. Unsere sind allerdings aus der Uckermark.«

»Wo kommt denn das Viech auf einmal her?«, fragte Irmi, die immer noch völlig verblüfft war. Hatte sie nicht Weihnachten, die Zeit der Elche, gerade erst hinter sich gebracht? In Plüsch, als Weihnachtsbaumschmuck, auf Tassen und Tischdecken gab es sie zuhauf – und ja, sie hatte sich sogar Elchbettwäsche gekauft. Ihr Bruder hatte ihr den Vogel gezeigt und was von »infantil« gemurmelt. Ihre Nachbarin Lissi besaß sogar zwei Plüschelche, die ein Weihnachtslied schmettern konnten. Der eine sang ›I wish you a merry christmas‹, der andere konnte zu ›Jingle Bells‹ sogar die Hüften schwingen. Ein echter Elch war ihr allerdings noch nie begegnet.

»Zum Gut gehört ein eingezäuntes Areal von vier Hektar, das direkt hinter der Hütte anschließt. Hier auf dem Paddock ist die Fütterung, und man kann dieses Gehege schließen, wenn Regina ihre Elchführungen macht. Gemacht hat.« Er schluckte schwer. »Normalerweise stehen die beiden längst Gewehr bei Fuß ...«

Er brach ab, und Irmi wusste, was er dachte. Die Elche hatten wahrscheinlich den Schuss gehört und waren geflüchtet. Der Hunger und die Neugier hatten sie zurückgetrieben. Ach, Arthur, wenn du nur reden könntest! Wahrscheinlich hätte er ihr den Schützen beschreiben können. Leider war sie keine Frau Dr. Doolittle.

»Können Sie die beiden mit etwas Futter weglocken? Wegen der KTU.« Irmi war sich klar, dass hier die Spurenlage sowieso katastrophal war, aber sie wollte dem Hasen den knutschenden Elch gerne ersparen.

Inzwischen war der Arzt eingetroffen. Er schätzte den Todeszeitpunkt auf zweiundzwanzig Uhr, wollte sich aber angesichts des Nachtfrosts nicht genau festlegen. Aber das würden sie von der Gerichtsmedizin allemal erfahren.

Auf jeden Fall war es stockdunkel gewesen, überlegte Irmi. Wie hatte einer da geschossen? Und dann so präzise? Sie sah sich um, es gab am Schuppen einen Bewegungsmelder, der eine relativ helle Beleuchtung auslöste. Eventuell hatte der Schütze auch ein Nachtzielgerät verwendet.

Sie kehrte zu den Gebäuden zurück. Wieder schienen die Bäume ein Eigenleben zu führen. Als hätten sie moosige Arme, die nach ihr greifen konnten. Als könnten sie plötzlich losmarschieren, wie eine Armee von vielfingrigen grünen Gespenstern. Dornröschen und Schneewittchen. Sie hatte hier in dieser abgelegenen Waldwelt sofort an Dornröschen gedacht, Bene hatte Schneewittchen vor Augen gehabt. Das alles hier war so weit weg von der realen Welt, dabei war Regina von Brauns Tod wahrlich nicht märchenhaft.

Benedikt hatte sich währenddessen trefflich beschäftigt. Es war ihm gelungen, eine der Vitrinen zu öffnen und die ausgestopften Vögel der Größe nach zu sortieren. Er folgte Irmi gern in einen Nebenraum und erzählte ihr, dass Regina von Braun schon da gelegen habe, als er gekommen sei. Sie habe ausgesehen wie Schneewittchen, mehr noch: Sie sei das Schneewittchen gewesen. Er hatte niemand und nichts gesehen, keine Elche, keine Menschen. Und er hatte Julia informiert. »Aber die hat's ja nicht interessiert, die Julia.«

Im Seminarraum versuchten die beiden Kindergärtnerinnen die Kleinen mit einem Wildtiermalbogen, den es hier im Erlebniszentrum gab, bei Laune zu halten. Sailer und Sepp hatten die Eltern informiert, das war ihre Pflicht. Eine Polizeipsychologin war gekommen und stellte so komische Fragen, dass Irmi stark am Sinn eines Psychologiestudiums zweifelte. Aus der Küche war Schluchzen zu hören. Helga Bartholomä versuchte vergeblich einen jungen Mann zu beruhigen. Sein Alter war schwer zu schätzen, wie häufig bei Menschen mit einer geistigen Behinderung.

»Robbie, Robbielein, alles wird wieder gut. Robbie, mein liebes Robbielein.« Aber der Mann ließ sich nicht beruhigen. Er wimmerte nur immer »Gina, Gina«, unterbrochen von Weinkrämpfen, die Irmi das Herz zerrissen.

Veit Bartholomä schob Kathi, die hilflos im Türrahmen stand, zur Seite und hielt dem jungen Mann ein Taschentuch hin. Dann nickte er seiner Frau zu, machte eine leise Kopfbewegung zum Kühlschrank hin. Helga sah unendlich traurig zu ihm auf, und als seien ihre Hände aus Blei, öffnete sie den Kühlschrank im Zeitlupentempo und holte eine große Packung Schokopudding heraus, die sie dem jungen Mann zusammen mit einem Löffel reichte, dessen Stiel aus einem Bärenkopf bestand. Der junge Mann begann zu löffeln, lächelte und sagte in Irmis Richtung: »Bärenbrüder.« Irmi versuchte ebenfalls ein Lächeln und glaubte, sich noch nie im Leben so überfordert gefühlt zu haben wie in diesen Sekunden. Sie schaffte es gerade noch, Veit Bartholomä mit einer Kopfbewegung aus dem Raum zu lenken.

Draußen auf dem Gang erklärte er ihr: »Robbie ist Reginas Bruder. Eigentlich heißt er Robert René. Seine Mutter ist bei der Geburt gestorben, da war Regina sechs Jahre alt. Sie war Robbies ein und alles, und umgekehrt. Das Mädchen hat sich immer verantwortlich gefühlt. Eine Bürde für so ein Kind. Hieronymus, also ihr Vater, hatte keinen rechten Draht zu Robbie …«

In diesem Satz lag so viel. Keinen rechten Draht. Irmi vermutete, dass der Herr Gutsbesitzer sich geschämt hatte, das Kind abgelehnt hatte, sich oder die verstorbene Frau verantwortlich gemacht hatte.

Irmi sah den Mann mitfühlend an, und er fuhr fort: »Wir haben uns gekümmert, so gut es eben ging. Er arbeitet in einer betreuten Werkstatt, und normalerweise holt ihn ein Bus ab, die Werkstatt hat nur ausgerechnet heute wegen einer Besprechung der Betreuer geschlossen. Drum muss er das hier alles miterleben. Das dürfte gar nicht sein.«

Nein, das dürfte nicht sein. Überhaupt dürfte niemand das Leben eines anderen beenden. »Wie alt ist Robbie denn?«, erkundigte sich Irmi.

»Achtunddreißig, die Ärzte haben damals bei seiner Geburt gemeint, er werde keine achtzehn. Man hatte fast das Gefühl, als wollten sie ihn loswerden. Fast so, als sei das ein Trost, dass er sterben würde. Als würde das seine Eltern befreien und alle um ihn herum. Aber Robbie ist ein Engel. Er hat vielleicht eine andere Wahrnehmung der Welt, aber wer sagt uns denn, welche die richtige ist?« Bartholomä sah eher grimmig drein als gebrochen. Das war eine normale Reaktion für einen Mann. Verdrängen, die Contenance wahren. Nur war der Preis für diese Beherrschung oft hoch.

Irmi schluckte. Kürzlich hatte sie irgendwo den Satz gelesen: Man wirft ein Leben nicht weg, nur weil es ein wenig beschädigt ist. Sie lebten in einer Welt der Jungen und Schönen und Faltenfreien. In einer Welt, wo skrupellose Männer mit Milliardensummen jonglieren und Millionen anderer Menschen damit in ihrer Existenz gefährdeten. Wer hatte denn überhaupt das Recht, Normen aufzustellen? Diejenigen, die sich das Recht einfach nahmen? Mörder nahmen sich auch das Recht, über Leben und Tod zu bestimmen.

»Kann Robbie denn etwas gesehen haben?«, fragte Irmi. »Es wäre auch hilfreich, wenn wir die Abläufe im Haus kennen würden.«

Veit Bartholomä nickte. »Regina ist immer um fünf aufgestanden und war dann zwei Stunden im Büro. Anschließend weckt sie Robbie, Helga macht Frühstück, Robbie wird kurz vor acht abgeholt. Regina ist dann immer rausgegangen zum Tierefüttern und hatte häufig Besuch von Schulklassen oder Kindergartengruppen. Sie ist auch mit einer Eule und einem Falken in Schulen gegangen. Regina hat immer gesagt: Ich kann nur schützen, was ich kenne. Die Tiere bekommen dann gegen vier ihr Abendessen, die Ställe werden gepflegt. Wir essen um sechs Uhr zu Abend. Das war ein Ritual. Die Familie muss zusammen essen.«

Sie aß fast immer allein. Irmi schluckte. »War das auch gestern so?«

»Ja, Regina hat hinterher noch ein bisschen mit Robbie gepuzzelt, das liebt er. Wir haben massenweise große Puzzlebilder von Tieren. Es müssen Tierpuzzle sein, andere macht Robbie nicht.« Er lächelte wehmütig. »Robbie geht gegen acht ins Bett. Helga und ich ziehen uns auch zurück. Regina geht oft noch in ihr Büro.«

»Ein ganz schönes Pensum«, sagte Irmi. »Da bleibt wenig Zeit für Privatleben. Hatte sie einen Freund? Sie war eine sehr attraktive Frau.«

»Der letzte liegt ein halbes Jahr zurück. War ein Forstwirt. Berater bei den Staatsforsten. Ein arroganter Schönling, wenn Sie mich fragen. Er hat Regina nach Strich und Faden betrogen. Außerdem hatten sie sehr konträre Ansichten darüber, wie man so einen Besitz zu führen hätte.« Der alte Mann knurrte auf einmal wie ein Kettenhund. »Der is guad weiter!«

»Der hat ihnen das Kraut ausgeschüttet, oder?«, fragte Irmi in möglichst neutralem Ton.

»Ich mag es nicht, wenn Menschen, die ich liebe, gequält werden.«

Wer mochte das schon? Irmi versuchte ihre neutrale Gesprächsposition aufrechtzuerhalten und war doch abgelenkt. Was hieß eigentlich Pensum? Diese Regina war ihr ähnlich gewesen. Sie half doch auch beim Bruder im Stall mit, ging ins Holz, hatte unmögliche Arbeitszeiten und chronisch zu wenig Schlaf. Privatleben? Sie musste doch schon nachschlagen, wie man das Wort überhaupt schrieb. Es gab sicher Berufe, in denen man morgens um zehn in Deutschland sein Frühstückchen einnahm, um zwölf Mahlzeit wünschte, um vier Schluss machte, den PC herunterfuhr, die Tastatur zurechtrückte und dann einfach wegdenken konnte. Es gab Tätigkeiten, bei denen man bis zum nächsten Morgen keine Millisekunde mehr über das, was man gemeinhin Arbeit nannte, nachdenken musste. Doch bei ihr verwischte sich alles, ihre Gedanken waren nie frei.

Inzwischen tauchten erste Eltern auf, die ihre Kinder abholen wollten. Eine Mutter kreischte: »Wie können Sie das meinem Kind antun?«, worauf die Psychologin ganz ruhig erwiderte: »Ihr Kind lebt aber und ist putzmunter.« Sie nickte dem Mädchen zu. »Auf Wiedersehen, Valerie, und ich glaube, deine Mama brüllt in Zukunft nicht immer gleich so rum, wie du mir gesagt hast.« Dann schenkte sie der Frau noch ein freundliches Lächeln und ging in die Küche.

Kathi entfuhr ein Glucksen, und Irmi musste sich das Grinsen verbergen. So ohne war diese Seelenklempnerin ja gar nicht. Irmi folgte ihr in die Küche des Seminarhauses, wo Robbie auf einem alten Holzstuhl zusammengesackt war. Leise wandte sie sich an die Psychologin und bat sie, Robbie zu befragen.

Robbie sprach sehr unartikuliert, er weinte immer wieder, es musste neuer Pudding herangeschafft werden. Am Ende war klar, dass Gina ihn ins Bett gebracht hatte und gesagt hatte, sie wolle noch einmal rausgehen, um nach den Tieren zu sehen. Dass er aber beruhigt schlafen könne, da sie gleich wieder zurückkomme und nebenan im Büro sei, wo sie immer alles aufgeschrieben habe. »Gina hat doch immer alles aufgeschrieben«, wiederholte er unentwegt.

»Weißt was, Robbie, jetzt gehen wir mal zu Arthur. Der hat ja immer noch nichts zu essen bekommen«, sagte Veit Bartholomä in die Stille und sah Irmi fragend an. Sie nickte unmerklich, es war sicher gut, Robbie jetzt abzulenken. Auch die Psychologin nickte, und als die beiden weg waren, sagte sie: »Wenn Sie mich brauchen, Frau Mangold, gerne! Frau Bartholomä, Sie können sich auch gerne melden, ich lass Ihnen meine Karte da. Aber Ihr Mann macht das ganz richtig, ablenken, die üblichen Rituale einhalten, Halt geben und Struktur.« Sie hob die Hand zum Gruß und ging davon.

Irmi folgte ihr hinaus ins Freie, wo die Sonne wieder aufgetaucht war. Lohengrin kam ihr entgegen. Mit dem Schwanz wedelte der halbe Hund, und sein Dackelblick war noch dackliger. Es versetzte ihr einen Stich. Seit ihre Hündin Wally tot war, lebte sie allein unter Katern. Wie wäre es mit so einem Hund …?

Von Lohengrin verfolgt, ging Irmi wieder zurück in die Küche, wo sich der Hund augenblicklich in einem Körbchen verkroch. Helga Bartholomä sah unendlich müde aus. Ihre Falten hatten sich tief eingegraben, ihre Gesichtsfarbe war fahl.

»Frau Bartholomä, jetzt setzen Sie sich aber auch mal!« Irmi drückte die Frau regelrecht auf den Stuhl, auf dem Robbie gesessen hatte, schenkte an der Spüle ein Glas Wasser ein und drückte es der Frau in die Hand. Sie wartete, bis die Haushälterin ein paar Schlucke getrunken hatte. »Wie lange arbeiten Sie beide denn schon bei den von Brauns?«

Ein seltsam wehmütiges Lächeln umspielte die Lippen von Helga Bartholomä. »Lange, viel länger, als man denkt.«

Irmi war ein wenig irritiert von dieser kryptischen Antwort. »Geht das etwas genauer?«

»Ich seit siebenundfünfzig Jahren. Veit seit fünfundfünfzig. Ich war achtzehn, als ich bei Hieronymus von Braun in den Dienst eintrat. Zwei Jahre später kam Veit als Forstwirt, während ich als Mädchen für alles da war. Ich habe auch lange die Buchhaltung gemacht. Eigentlich immer. Ich liebe

Zahlen. Die letzten Jahre nicht mehr, Regina hat einen Steuerberater, der das übernommen hat. 1974 ist die arme Margarethe gestorben, der Gutsherr erst 2010. Regina wollte, dass wir bleiben. Also sind wir geblieben, vor allem wegen Robbie.«

»Nicht wegen Regina?«, fragte Irmi etwas überrascht.

»Sie ist gesund. Und stark. Und dickköpfig. Sie braucht zwei alte Zausel wie uns eigentlich nicht. Wir hätten leicht in ein Altersheim gehen können. Auf ein Abstellgleis, wo solche wie wir auch hingehören.«

Irmi betrachtete die Frau mit den abgearbeiteten Händen, die das Glas umklammert hielten, und horchte ihren Worten hinterher, die sie mit einem ganz leichten Dialekt vortrug, ein schöner Dialekt war das.

»Frau Bartholomä, war es denn schwierig, mit Regina zusammenzuleben? Ich höre da so was raus …«

»Ich hatte Regina sehr lieb, falls das falsch bei Ihnen angekommen ist. Sie ist mir wie eine Tochter gewesen. Sie war eben dickköpfig!«

Ja, Töchter waren selten so, wie die Mütter sie gerne hätten, dachte Irmi. »Inwiefern?«, hakte sie nach.

»Sie legte sich mit allen an. Sie gab nie nach, denn sie hatte einen Gerechtigkeitstick. Sie war so zart anzusehen und hatte doch einen so eisernen Willen. Sie hatte keinen Respekt. So was schickt sich als Frau eben nicht.«

Irmis Blick fiel auf den Nebenraum der Küche, wo ein kleines Waschbecken hing und darüber ein Allibert. Das war auch so ein Fossil. Hatte früher nicht jeder einen Allibert gehabt? Passend zu den Fliesen in Kotzgrün oder Bleichrosa oder in Weiß, abgestimmt auf die zu eierschalengelben

Fliesen. Wo waren nur all die Alliberts hingekommen? Ruhten sie alle auf einem großen Allibert-Friedhof?

»Mit wem hat sie sich denn angelegt?«, fragte Irmi.

»Mit den Staatsforsten. Mit anderen Jagdpächtern. Sie hatte andere und eigene Ansichten.«

»Und wie sahen die aus?«

»Ach, das weiß ich auch nicht so genau. Es ging um Abschusszahlen. Ich finde es einfach nicht passend, wenn eine Frau mit einem Gewehr herumläuft, und es ist auch nicht schicklich, sich überall einzumischen. Regina hatte genug zu tun mit ihrem Zentrum. Sie hätte weiter ihre Führungen machen sollen. Allein diese Idee, Rentiere zu halten und zwei Elche. Den Floh hat ihr der Vater ins Ohr gesetzt.«

Irmi ließ die jagdlichen Fragen mal dahingestellt. Sie merkte auch, dass sie bei Helga Bartholomä nicht weiterkam. Diese Frau gab Antworten, aber nur weil sie Respekt vor der Polizei hatte. Dabei kam Irmi die Frau eigentlich nicht so vor, als sei sie ein Weibchen oder ein Häschen. Eher im Gegenteil. In ihren Augen lag etwas Entschlossenes. Aber vielleicht war sie einfach müde und alt. Irmi fand keinen rechten Zugang zu der Frau und versuchte es auf einem anderen Weg.

»Die Elche haben mich aber auch überrascht. Elche im Werdenfels? Also wirklich!« Irmi schüttelte den Kopf.

»Da sagen Sie es auch! Bloß wegen des alten Bildes. Weil Hieronymus das am Speicher gefunden hatte und wieder aufgehängt hat.«

»Ein Bild?«

»Kommen Sie mit!«, sagte Frau Bartholomä und erhob sich mühsam.

Sicher hatte sie massive Knieprobleme, dachte Irmi und folgte der Haushälterin, die zum Haupthaus hinüberging. Es war ein würfelförmiger Bau, der jeweils einen Erker rechts und links in Höhe des ersten Stocks besaß. Außerdem gab es auf der rechten Seite noch einen Trakt, der später angebaut zu sein schien. Eine breite Außentreppe führte drei Stufen auf eine Art Sockel hinauf, der von einer gemauerten Brüstung umgeben war.

Die schwere Holztür knarzte, als Helga Bartholomä sie aufdrückte. Drinnen war es stockdunkel. Sie befanden sich in einem Windfang, der mit schwerem schwarzem Stoff verhängt war. Als sich Irmi aus einer Falte geschält hatte, stand sie in einer Art Halle. Links ging es in andere Räume ab, rechts verlief eine Treppe nach oben. Auf der ihr gegenüberliegenden Seite hing ein schwerer Ölschinken mit einem Goldrahmen. Er zeigte einen Elch, der vor einem riesigen Kamin lag und anmutig die Läufe eingeschlagen hatte. Das Tier lag auf einem weißen Fell und erinnerte an einen Säugling auf einem Eisbärenfell. Allerdings war dieses tierische Riesenbaby in Öl nicht nur fast lebensgroß, sondern schaute auch noch extrem dämlich. Daneben hing ein viel kleineres Bild vom Gutsherrn. Der Maler hatte ihm per Malerei wohl Würde und Gewicht verleihen wollen, aber es wollte nicht so recht passen.

Irmi sah Frau Bartholomä fragend an. »Fürchterlich, finden Sie nicht auch?«

»Meine Frau hat keinen Kunstverstand«, kam es von Veit Bartholomä, der ins Zimmer getreten war. Er sagte das mit einem liebevollen Unterton.

»Wo ist Robbie?«, fragte Helga.

»Spielt Bauernhof«, sagte ihr Mann. »Frau Mangold, Sie kennen doch sicher noch diese Figuren, bei denen man unten die Standfüße ausklappen konnte – Tiere, Häuser, Geräte, ein Heer aus Pappkameraden?«

Irmi nickte, so was hatte sie auch mal gehabt, und dieses Spielzeug hatte sicher wie die alte Puppenküche noch aus den Beständen ihrer Mutter gestammt.

»Das liebt er. Da spielt er stundenlang.« Er atmete tief durch. »Ja, also das Gemälde ...«

»Gemälde, ha!«, schnaubte seine Frau. »Gemälde! Das ist ein schauerlicher Schinken. Ich hatte in meinem Leben das Glück, echte Künstler kennenzulernen und echte Kunst zu sehen. Aber das hier ist einfach grausam. Ich ertrage dieses Bild nicht, das weißt du doch, Bartl.« Sie schüttelte den Kopf und ging.

»Mäuselchen, das ist nur ein Gemälde!«, rief er seiner Frau hinterher.

Veit Bartholomä wandte sich wieder an Irmi. »Hieronymus von Braun stammte aus Ostpreußen. Bis zum Zweiten Weltkrieg kam der Elch in Deutschland in Mecklenburg, in Teilen Ostbrandenburgs und Schlesiens, vor allem aber in Ostpreußen vor. Bejagung und Kriegswirren haben dem Elch den Garaus gemacht. Bei den von Brauns gehören die Elche quasi zur Familienhistorie: Sie hatten in Ostpreußen einen Elch aufgezogen, der seine Schaufeln immer am Eingang zum Wohnzimmer säuberte und vor dem Kamin schlief, zum Verrichten seiner Geschäfte aber immer brav hinaustrabte. Hier in Öl für die staunende Nachwelt erhalten.«

Irmi runzelte die Stirn. »Na, ich weiß nicht.«

»Hieronymus von Braun hat jede Menge Literatur über Elche angehäuft, er erzählte auch immer die Geschichte aus dem Litauischen, in der ein Mädchen einen zahmen Elch ritt und Botendienste fürs Militär verrichtete. Die Elchreiterin in geheimer Mission konnte nie gestellt werden, weil man ja anhand der Spuren nicht wissen konnte, dass das ein zahmer Elch war.«

»Also noch mal, damit ich das jetzt alles auf die Reihe bekomme: Von Braun kommt aus Ostpreußen, wurde vertrieben und ging dann ins Werdenfels?«

»Nicht ganz. Die von Brauns gingen schon 1930 aus Ostpreußen weg. Hieronymus' Vater war die ganze politische Situation suspekt, er kam mit viel Geld ins Allgäuer Unterland und kaufte sich dort ein blühendes Gut mit achtzig Hektar Acker und vierzig Hektar Wald. Gut Glückstein. Außerdem besaß er größere Waldstücke und Wiesen im Lechtal, unweit von Reutte. Als seine Frau starb, verkaufte er beides. Erst Reutte, dann das Gut. Und dann erwarb er das alte Jagdschloss. Das gehörte vorher einem entfernten und sehr verarmten Verwandten.«

Irmi wartete eine Weile und sagte dann leise: »Sie waren mit dem Tausch nicht so sehr einverstanden?«

»Da steht mir kein Urteil zu.«

»Herr Bartholomä, bitte!«

»Gut Glückstein und seine Umgebung waren viel großzügiger und der Blick weiter. Wogende Getreidefelder wie in Ostpreußen. Hier ist Enge. Der Wald ist drückend. Viel zu viele Fichten. Regina hat zwar mit Laubbäumen aufgeforstet, aber bis das hier ein Mischwald wird, vergehen noch Generationen. Auch die Ländereien bei Reutte waren viel interessanter, er hätte dort ein neues, größeres Haus statt dem einstöckigen Sommerhaus bauen können. Die Landschaft dort war viel heiterer. Es gab den Wald, aber auch angrenzende Wiesen bis hinunter in die Lechauen. Aber Hieronymus stieß Reutte sehr schnell ab, der Käufer hat sicher ein Schnäppchen gemacht. Verstehen Sie mich nicht falsch. Es kann auch hier heiter sein, aber wenn es mal ein paar Tage regnet, ist es so, als seien alle Wege nach draußen verstellt. Eiserne Vorhänge aus Regen. Die Fluchtwege sind uns allen verstellt.«

Irmi fand, dass das ein gelungenes Bild war. Sie hatte diese Enge auch gespürt.

»Sie waren also in Gut Glückstein auch schon angestellt?«

»Wir sind quasi als lebendes Inventar mit umgezogen.«

»Ihre Frau meinte, Sie seien wegen Robbie geblieben, weniger wegen Regina. Weil die so starrsinnig ist?«

Er wiegte den Kopf hin und her. »Natürlich sind wir auch wegen Regina geblieben. Natürlich! Sie war sechs Jahre alt, ihr Vater war ständig im Forst. So ein kleines Mädchen braucht auch Struktur. Es kann nicht nur im Wald herumlaufen. Es muss regelmäßig essen, lernen, Mädchen sein.«

Mädchen sein? Was war das? Kochen lernen? Sticken? Stricken? Putzen gar? Sich anpassen? Irmi befürchtete, dass in ihrer eigenen Erziehung beim Thema ›Mädchen sein‹ auch einiges schiefgelaufen war, doch sie schluckte jeden Kommentar hinunter und bemühte sich um eine neutrale Stimme. »War Regina denn nun starrsinnig?«

»Sie sind das ja auch mit Ihrer ganzen Fragerei«, brummte Bartholomä.

»Das ist bei mir eine Berufskrankheit«, sagte Irmi etwas schärfer.

Er seufzte. »Regina ist Biologin, vor allem Wildbiologin, sie hat in München studiert und promoviert über ›Auswirkungen der Ernährungsgewohnheiten von Rehwild auf Neupflanzungen‹. Das war zeitlebens ihr Thema. Sie hat ihr Leben wirklich im Wald verbracht, sie ist ein Waldkind. Genau, ein Waldkind.« Er stockte. »Oder eher eine Waldelfe. Sie ist Jägerin. Sie ist Falknerin. Sie hat ein exzellentes Fachwissen.« Er schwieg kurz und fuhr fort: »Jetzt müsste ich wohl sagen: Sie war. Sie ist gewesen.«

Das beantwortete aber immer noch nicht Irmis Frage. Oder vielleicht doch. Regina von Braun hatte profunde Kenntnisse gehabt und vermutlich gut argumentieren können. Eine kluge Frau, die auch noch schön war, rief bei den meisten Männern Reaktionen hervor, meist negative. Solche Frauen galten als frech, vorlaut, starrsinnig – und das waren sicher noch die netteren Attribute.

»Sie hatten einen Exfreund erwähnt. Wie heißt der? Dem ist ihre voranpreschende Art auch aufgestoßen?«

»Marc von Brennerstein.«

»Ja, und weiter?« Irmi war zunehmend genervt davon, dass man Bartholomä jede Botschaft aus der Nase ziehen musste.

»Von Brennerstein ist«, Bartholomä betonte das Wort »von« besonders deutlich, »Waldbesitzer im Lenggrieser Raum. Er hat Forstwirtschaft studiert und leitet seinen eigenen Betrieb. Das ist nicht selbstverständlich, in diesen Kreisen stellt man gern einen Förster ein und macht sich selber wichtig. Er hat auch eine Beraterfunktion bei den Staatsforsten.«

»Sie halten wenig vom Landadel?«

»Ich halte wenig von Idioten. Egal, aus welcher Gesellschaftsschicht.«

»Und dieser von Brennerstein war einer?«

»Er war und ist ein Schnösel. Ich weiß nicht, was Regina an ihm gefunden hat. Sie hat ihn beim Jagen kennengelernt. Es gibt ja Menschen, die verbringen fast das ganze Jahr auf der Jagd. Europaweit, ja, sogar weltweit. Tiere töten in Südafrika oder Indien. All die Vons laden sich gegenseitig ein. Das ist eine Art großer Heiratsmarkt. Blaues Blut zu blauem Blut, Sie verstehen?«

Irmi stutzte ein wenig. »Ganz ehrlich ist das sehr weit weg von meiner Lebensrealität. Und dann kommt mir das in der heutigen Zeit auch ziemlich anachronistisch vor.«

»Da haben wir keinen wirklichen Einblick, das sind andere Leute. Regina passte auch gar nicht in diese Szene. Sie war viel zu bodenständig und viel zu leidenschaftlich in ihrer Tierliebe. Sie war Hegerin, das stand für sie über allem anderen.«

»Regina und von Brennerstein waren also nicht gleicher Meinung?«

»Nein, ganz und gar nicht.«

»Inwiefern?« Allmählich wurde Irmi ungeduldig. Das war ja schlimmer als mit dem Kollegen Hase!

»Haben Sie Wald?«, fragte Bartholomä mit leiser Provokation in der Stimme, eine Provokation, die Irmi nicht entging.

»Ja«, sagte sie. »Zehn Hektar. Wir haben eine Milchwirtschaft und etwas Wald. Wir sind klassische Werdenfelser Bauern. Sie können also voraussetzen, dass mir Worte wie Abschusszahlen etwas sagen.«

»Das Thema, an dem Regina sich abgearbeitet hat, lautet: Wald vor Wild.« Er seufzte. »Frau Mangold, Sie wollen sich doch bestimmt Reginas Büro anschauen, oder?«

»Natürlich!«

»Dann würde ich ihnen gerne eine DVD vorspielen. Regina war häufig zu Podiumsdiskussionen eingeladen. Was ich meine, war eine Sendung im Nachmittagsfernsehen, und es ging dabei um Wild und Wald. Die Gäste im Studio waren Regina und Marc.«

2

April 1936

Nun kann ich endlich wieder einmal einen Eintrag machen in mein liebes Tagebuch. Ich bin nun schon so viele Jahre lang aui aufs Joch und wieder oui gegen Gerstruben gegangen. Was war das aber dieses Mal für ein Schneegestöber! Wir waren im Abstieg, auch der Eissee lag hinter uns. Aber am Älpelesattel, da waren die Gawinda so riesig. Der Wind riss an uns, und ich konnte der Johanna gar nimmer folgen. Ich war so müde, aber die Johanna ging, als wär sie eine Riesin. Sie durchsprang die Gawinda, und mir wurde immer bänger, und ich vermochte nicht mehr Schritt zu halten. Dann aber riss der Wind mir den Hut vom Kopfe, den Hut, den einzigen Hut! Ich wollte ihn noch erhaschen, ich lief und strauchelte. Dann bin ich gestürzt, weit hinunter. Der Schnearfar war verloren, da war ein Kanten Brot drin und ein Stück Speck. Man stelle sich nur vor: Speck! Die Mutter hatte ihn mir zugesteckt, ohne das Wissen vom Herrn Vater, und ich Schussel verlier ihn.

Der Herr Vater hat schon recht. Ich bin zu nichts nutze. Ich wollte mich wieder außi wühlen durch den Schnee, aber ich war so müde. Aber ich musste doch weiter. Und dann fand ich auch den Schnearfar wieder und rief nach Jakob und Johanna. Ich weinte, und ich war so müde, und ich stolperte weiter, und dann wurde es dunkel. Mir war auf einmal so warm. Dann kalt. Dann wieder warm, und ich lief durch eine Blumenwiese. Vögel haben gesungen, so schön.

Später drangen Stimmen an mein Ohr, jemand schüttelte mich, und Hände zerrten und packten mich. Sie störten die Vögel, die so schön sangen. Und ich hörte den Jakob, aber so richtig erinnere ich mich nicht. Erst an Gerstruben, an die Bauersfamilie – Gott danke ihnen –, erinnere ich mich wieder. Der Jakob hatte an die erste Türe geklopft, die er sah, und so lange gefleht, dass man mich suchen müsse, bis ein paar Manderleut losgezogen waren.

Jetzt lag ich in ein Schaffell gepackt, und eine sehr liebe Frau flößte mir Suppe ein. Eine dicke Suppe mit Kartoffeln drin, keine Schnallsuppa. Und die Johanna war da und der Jakob, und der sagte immer wieder: »Jetzt hocksch zerscht auf dei Fiedla, und dann stehsch auf.« Und ganz langsam wurde mir wieder bewusst, dass wir doch auf Kempten außi müssen und dass bestimmt viel Zeit ins Land gegangen war. Der Bauer hatte angespannt, es war zwar eine rechte Schindmähre, aber erfuhr uns hinaus bis Oberstdorf, und ein anderer nahm uns bis Fischen mit. Wie kommod das war!

In Kempten wartete der Großknecht Oswald mit einem Gespann, und die Johanna meinte auch, dass wir noch nie so kommod gereist wären. Spornstreichs waren wir hinter Grönenbach. Ach, könnte ich mich doch bei den Leuten in Gerstruben bedanken, ach, könnte ich ihnen etwas schenken. Aber die Gulden, die der Herbst uns bringen wird, die muss ich heimbringen. Der Mutter mag's helfen, dass der Bader einmal kommt, sie leidet solche Schmerzen. Aber ich hab für die lieben Leute in der Kapelle gebetet, dass sie ein Hütemadl gerettet haben. Ich hättja auch leicht tot sein können. Die Herrin hat sich wirklich rührend meiner angenommen. Ich musste nur am halben Tage arbeiten und auch nur in der

Küche, wo es warm ist. Mir ist immer wieder so drimslig, sehr drimslig. Und da ist ein Frost, der über mein Gnagg kriecht. Ich wär fast erfroren, das steckt man nicht so weg, sagt der Jakob. Und dass ich doch jung und gsund sei. Die Herrin hat sogar ein Pulver vom Herrn Doktor kommen lassen. Wie viele Reichspfennige sie da wohl hat ausgeben müssen? Ob sie mir die am Ende vom Lohn abzieht? Sie sieht mich manches Mal so seltsam an, ich traue mich gar nicht zurückzuschauen, seit sie so oft in diesem fahrbaren Holzstuhl sitzt. Sie sitzt dann tiefer als ich, und das geht doch nicht, dass ich auf die Herrin hinabsehe. Dabei meinte die Johanna, ich sei selber schuld gewesen, wenn ich so blöd ausrutsch. Sie hätt mich sicher liegen gelassen. Aber der Jakob, der Gute, hat zu mir gehalten. Er ist das beste Gschwisterikind, das ich habe. Dabei ist der Jakob ein rechtes Grischpala, aber er hat doch mein nichtsnutziges Leben errettet.

Veit Bartholomä hatte sich ohne weitere Worte umgedreht. Irmi folgte ihm die schwere geschwungene Treppe hinauf. Im Obergeschoss öffnete er eine der Türen, die von der Halle abgingen. Dunkle Holzregale nahmen eine ganze Wand des Raums ein, in dessen Mitte ein Ehrfurcht gebietender alter Schreibtisch stand. Doch der Stuhl davor war ein Wipphocker in Orange. Die Ledercouch auf Alufüßen war ebenfalls orange, ebenso wie die Vorhänge. In der Ecke des Zimmers befand sich ein riesiger Flachbildfernseher mit einem glänzenden Rahmen in Aluoptik, und auf Reginas Computer klebte ein lila Plastikelch. Eine gelungene Symbiose aus Alt und Neu, fand Irmi.

Gespannt setzte sie sich auf die Couch, während Bartholomä

eine DVD einlegte und eine bestimmte Stelle heraussuchte, bevor er den Film ablaufen ließ.

»Sie sprechen doch nur noch von Schädlingen«, sagte Regina von Braun gerade. »Das Wort Rehe kommt gar nicht über ihre Lippen. Sie sprechen von Schädlingsbekämpfung, nicht von Abschuss!« Ihre Stimme war messerscharf.

Die Kamera fuhr zu ihrem Gegenüber, Marc von Brennerstein. Dieser Marc war dunkelhaarig mit grauen Schläfen, er hatte ein bisschen was von Clooney und war Irmi auf den ersten Blick gar nicht unsympathisch, aber er war zu schön, zu glatt, die Augen kalt, der Mund zu klein.

»Liebe Frau von Braun«, sagte er mit gönnerhafter Stimme. Allein das war lächerlich. Der Mann vögelte diese Frau und redete mit ihr, als habe er sie heute zum ersten Mal gesehen. Man war versucht, ihn zu schütteln. »Rehe sind nun mal Schädlinge, diese elenden Knospenbeißer richten einen gewaltigen wirtschaftlichen Schaden an! Wir müssen den Verbiss eindämmen, so einfach ist das!«

Reginas blaue Augen blitzten, und ihre Finger trommelten auf dem Tisch. »Sie lehnen sich mit Ihren Wildererargumenten aus den Zeiten von Jennerwein und vom bayrischen Hiasl aber ganz schön aus dem Fenster! Auch die Wilderer damals haben darauf verwiesen, dass sie den Wald gegen Verbiss schützen, und Sie glauben sich in bester Tradition, wenn Sie allen Ernstes beabsichtigen, in rund fünfzig Jagdrevieren in ganz Bayern die Schonzeit für weibliches Rehwild und Kitze komplett aufzuheben!«

»Frau von Braun, Sie wollen mich aber nicht mit Wilderern gleichstellen, oder? Was ich mache, ist streng legal. Es gibt hier Landratsämter, es gibt Abschusspläne, die im Plenum ersonnen werden. Wenn der Verbiss so zunimmt, dann müssen wir reagieren.«

Dieser Brennerstein wirkte aalglatt auf Irmi. Mit seiner süffisanten Art blieb er ganz ruhig. Regina hingegen geriet immer mehr aus der Fassung. Das hier war der verbale Kampf des Landadels.

»Ach, kommen Sie, wenn das Wild keine Äsungsflächen hat, was soll es denn sonst fressen? Extremer Jagddruck verstärkt das Problem doch nur. Das Wild hat Stress, es hat dadurch einen höheren Energieverbrauch. Das ist wie bei den Menschen. Wir haben bei Stress auch Appetit auf Schokolade ...«

»Ich esse nie Schokolade«, sagte er und grinste süffisant. »Schlecht für die Zähne und die Figur.«

Du Arsch, dachte Irmi.

»Nun, hier geht es ja nicht um Schokolade ...«, schaltete sich der Moderator ein.

Veit Bartholomä drückte den Pausenknopf. »Das geht noch eine ganze Weile so weiter, ich wollte Ihnen ja nur mal zeigen, was von Brennerstein für einer ist.«

»Vielen Dank, Herr Bartholomä!«, sagte Irmi. »Ich schau mir das Ganze später noch mal in Ruhe an.«

Veit Bartholomä spielte die Gesichter der beiden Kontrahenten im Schnelldurchlauf vor und schaltete erst ganz am Ende des Beitrags wieder auf Normalgeschwindigkeit um.

»Sie sind ja ein Mörder! Die Schonzeit abschaffen! Sie wissen, was das heißt. Die Eiruhe der Rehgeißen ist vorüber, das heißt, die Entwicklung der Embryonen geht viel schneller voran. Im Januar tragen sie bereits handtellergroße Föten in sich und brauchen für deren Entwicklung die letzte Kraft.

Will Bayern wirklich auf schwangere Rehe schießen? Schonzeitregelungen sind vorrangig zum Tierschutz erlassen worden und können nicht beliebig irgendwelchen waldbaulichen Überlegungen untergeordnet werden!«

Der Moderator nickte jovial in die Kamera. »Liebe Zuschauer, Sie sehen, ein wirklich komplexes Thema. Mehr Informationen dazu erhalten Sie auch bei uns im Internet. Ein herzliches Vergelt's Gott fürs Zuschauen. Und nun viel Freude mit unserem Fernsehkoch Siggi Schrammelhuber.« Und schon lief der Abspann durch. Bayerische Motive wie die Zugspitze, die Heuwinkelkapelle bei Iffeldorf, ein Riesenrad über München, Bierdimpfl beim Gäubodenfest in Straubing, die Altstadt von Wasserburg, Burghausen, ein kleines Madl im Dirndl. Mir san mir, dachte Irmi unangenehm berührt.

Bartholomä drückte auf die Fernbedienung. Der Bildschirm wurde dunkel oder besser nachtblau. Irmi sagte nichts. Auch Bartholomä saß schweigend da, die Fernbedienung auf den Knien.

»Herr Bartholomä, ich bin gerade etwas überfordert«, sagte Irmi nach einer Weile. Vielleicht hätte sie das als Polizistin nicht zugeben sollen, vielleicht war das unklug. Kathi hätte sie sicher gerügt.

»Stimmt, diese ganze Diskussion erschlägt einen etwas«, meinte Bartholomä.

»Sie sagen es. Wie waren denn die Reaktionen darauf? Regina hatte doch eindeutig die besseren Argumente, zumindest soweit ich das hier sehen kann.«

Bartholomä lachte bitter. »Das schon, wildbiologisch ist das alles völlig korrekt, aber wir leben in Bayern, wo Frauen nicht unbedingt gar zu schlau daherkommen sollten.«

Mädchen sein, da war es wieder, das alte Thema! »Denken Sie das auch?«, wollte Irmi wissen.

»Sie hat damit nicht nur Sympathiewerte gewonnen«, sagte Bartholomä.

»Na, zum Glück haben ja nicht so viele Leute Zeit, nachmittags fernzusehen.«

»Täuschen Sie sich da nicht! Es kamen Briefe, es kamen Mails, es kamen Anrufe zuhauf.«

»Mit welchem Grundtenor?«

»Tierschützer und viele kleine Privatjäger haben Regina gratuliert. Sie sind Heger, die die stabilen Tiere leben lassen wollen und nur ältere Tiere schießen, die kaum mehr Zähne haben und ohnehin verhungern würden. Es gibt genug Jäger, die nicht wollen, dass Tiere leiden. Das sind Menschen wie ich, die ganz ungern auf Füchse schießen, weil sie so hundeähnlich sind. Wie Lohengrin. Ach, es ist alles so ein Jammer!«

»Aber Herr Bartholomä, dann sind Sie doch auf Reginas Linie!«

»Der Ton macht die Musik. Sie wollte zu viel, sie wollte es zu schnell, und drum hat dieser Schnösel von Brennerstein mindestens genauso viel positiven Zuspruch erhalten. Aber seine Gönner kommen aus den höchsten Kreisen. Das sind Alt-Ettaler, das ist die Elite von Hogau und Neubeuern. Das ist der alte Adel, das sind politisch präsente Familien. Mit denen legt man sich nicht an.«

Aber genau das hatte Regina getan, und nun war sie tot. Wald vor Wild, Ökonomie immer vor Tierschutz – Irmi war Landwirtin genug, um sich ein differenziertes Bild machen zu können und gleichzeitig zu wissen, dass diese Thematik uferlos war. Ihr eigener Wald wurde von einer Jagdgemeinschaft bejagt, und anscheinend machte die vieles richtig, denn Bernhard beklagte keinen Verbiss. Und obwohl Bernhard Rehe sicher auch nicht sonderlich mochte – Kuhbauern mochten nun mal nur Kühe und diese am liebsten, wenn sie gesund blieben und viel Milch gaben –, hätte er nie komplett rehfreie Wälder gefordert, und es war ihm jedes Mal arg, wenn er ein Rehkitz »dermaht« hatte.

Aber Bernhard vergaß so etwas wieder, nur Irmi nicht. Das tote Reh stand irgendwo in der Galerie der mandelbitteren inneren Bilder, die aufstanden wie Gespenster aus der Gruft, und zwar immer dann, wenn man sie am wenigsten brauchen konnte. Da waren Bilder ihrer überfahrenen Katzen, die sie als junges Mädchen von der Straße geholt hatte. Bilder von Wally, ihrer geliebten Hündin, bevor sie eingeschläfert worden war. Bilder von geschundenen Tieren standen auf, mit denen sie bei einem früheren Fall zu tun gehabt hatte, und es war ihr, als protestieren sie stumm. Die toten Menschen aus ihren Mordfällen standen viel seltener auf. Eigentlich merkwürdig.

Vielleicht lag es daran, dass es immer der Mensch war, der wie in einem groß angelegten Feldversuch die Erde zerstörte. Der Mensch benahm sich so, als kenne er den Ausgang seines Tuns noch gar nicht. Dabei war dieser Ausgang doch klar. Die Tiere und Pflanzen verloren immer, als erhaltenswert galt doch stets nur das, was wirtschaftlichen Nutzen brachte. Jeder schien sich aus der Schöpfung nur das herauszupicken, was ihm genehm war. Der Rest hatte keine Daseinsberechtigung. Immer und überall prallten die Interessensgruppen aufeinander und schossen scharf. In dem Fall wirklich scharf, und es war nur schwer festzumachen, wer die Guten und wer die Schlechten waren. Es war und blieb ein weites Feld, um den guten alten Fontane zu zitieren, dachte Irmi: Waldbesitzer, die Rehe hassten. Ein Staat, der Schädlinge jagte. Jäger, denen die Tiere am forstgrünen Poncho vorbeigingen, und andere, die Heger waren. Und es gab auch Tierschützer, die jagten. Es prallten so viele Meinungen aufeinander, keines der gängigen Klischees stimmte zur Gänze, und alle Beteiligten waren radikal. In die eine oder andere Richtung. Und Radikale gingen immer weit, mordsmäßig weit …

Es schien Veit Bartholomä nicht zu stören, dass Irmi immer wieder lange schwieg, im Gegenteil, das schien er mehr zu schätzen als ihre Fragerei. Und so sagte er sogar ganz freiwillig: »Marc von Brennerstein war kurz nach dem TV-Auftritt dann auch Geschichte in Reginas Leben, oder besser …«

»Besser was?«

»Regina hat sich von ihm getrennt, aber er wollte das nicht so recht einsehen. Er hat sie bedrängt. Angerufen. Ihr aufgelauert. Er war der Typ, der das Nein einer Frau als Ja interpretiert. Er hatte das Interview als Wettkampf gesehen, doch für Regina war eine Welt zusammengebrochen. Marc von Brennerstein musste nie erwachsen werden. Er ist so ein ewig Junggebliebener von der Marke goldenes Löffelchen und Zucker in den Arsch geblasen.«

»Wie lange hat er sie bedrängt? Bis jetzt?«, fragte Irmi.

»Ich weiß es nicht. Ich nehme es aber an. Ein von Brennerstein verliert nicht. Regina konnte – so voranpreschend sie auch wirkte – sehr verschwiegen sein. Sie hat viel in sich selbst eingeschlossen, und ich glaube, dass niemand wirklich das Innerste von Regina kannte.«

»Auch Sie nicht? Sie kannten sie ein Leben lang, Herr Bartholomä!«

»Ich auch nicht. Nein, wirklich nicht.«

Irmi beschloss, sich Herrn von Brennerstein bald einmal genauer anzusehen. Sie dankte Bartholomä für seine Offenheit und übergab das Büro quasi den Kollegen, die sich Reginas Computer vornehmen würden.

Dann beschloss sie, einen kurzen Blick in Reginas Schlafzimmer zu werfen. Darin stand ein Metallbett in ein Meter vierzig Breite, ein alter schwerer Kleiderschrank, eine Kleiderstange und eine Bank unterm Fenster. Die Bettwäsche war in Gelb und Orange gehalten. Regina war nicht sonderlich ordentlich gewesen, ein paar Kleidungsstücke hingen nachlässig über dem Bettgestell oder über der Kleiderstange. Bei ihren Leinenturnschuhen hatte sie den Fersenbereich hinuntergetreten.

Irmi öffnete den Schrank und registrierte eine große Anzahl von hochwertigen Jeans und Blazern – von Jagdstil über ländlich-sittlich bis zu einem Lederblazer in Orange und einer einer Jeansjacke mit Nieten. Regina war mit Sicherheit der Typ Frau gewesen, der eine Jeans anziehen konnte und dazu eine einfache Bluse und einen dem Anlass entsprechenden Blazer – und die immer bezaubernd ausgesehen hatte. Der Schrank zeugte davon, dass sie ihren Stil gekannt hatte, damit gespielt und nicht allzu viel Zeit auf Styling verwendet hatte. Auch in dem Fernsehauftritt hatte sie so gewirkt: lässig-elegant, aber nicht nachlässig.

Auf dem Fensterbrett standen drei Fotos: eins von Robbie, als er zwölf gewesen sein mochte, eins der verstorbenen Mutter, die ihr auffallend ähnlich sah, und eins vom Vater. Hier wirkte er weniger Ehrfurcht gebietend als auf dem Ölbild. Er sah sanft aus, ein wenig unglücklich. Das Ölbild unten sollte einen Gutsherrn darstellen, hier oben war er ein verletzlicher Mann und Vater, fand Irmi. Wer bist du gewesen, Regina von Braun? Noch immer verwehrte die Tote Irmi jeden Zugang.

Weil ein Stück der Hauptstraße wegen eines Unfalls gesperrt war, fuhr Irmi hintenrum, Richtung Tierheim, und es ließ sie jedes Mal schaudern: Sie hatten den Wald geschändet, sie hatten eine Mondlandschaft geschaffen für einen Tunnel, der nun wohl auf ewig eine leere Röhre bleiben würde. Lächerliche hundert Millionen fehlten ... Natürlich hatten die Naturschützer schon früher darauf hingewiesen, dass das Wasserproblem im Gestein sehr drängend sei. Doch die hatte keiner gehört im Olympia-Bewerbungsrausch. Nun war der Tunnel verschlossen, die Natur zerstört. Vielleicht könnte Garmisch darin nun Tunnelpartys veranstalten, die Feriengäste wurden ja eh immer älter. So würde man eventuell die Partyjugend anlocken können.

Als Irmi im Büro eintraf, wurde gleich ein Anruf zu ihr durchgestellt. Seit ihrem letzten großen Fall hegte Irmi eine große Sympathie für die Lokaljournalistin Tina Bruckmann. Mit Kathi verband sie sogar eine echte Freundschaft, die beiden unternahmen häufig etwas zusammen. Nun erkundigte sich Tina Bruckmann über den neuen Fall. Irmi war wenig überrascht, wie schnell etwas durchgesickert war.

Sie lebten hier in Garmisch, im Werdenfels, die Welt war klein, Informationen und mehr noch Fehlinformationen und Halbwahrheiten waren schneller als der Schall. So gab sie kurz Auskunft und erklärte, Tina Bruckmann dürfe selbstverständlich eine kleine Meldung bringen, morgen würden sie sowieso eine Pressekonferenz geben müssen.

Gerade als Irmi zu Hause ein paar Wursträdchen und ein Stück Käse auf einen Teller geladen und eine Scheibe vom Brot abgeschnitten hatte, das sich in einem Übergangsstadium zum Holzprügel befand, kam Bernhard herein.

»Heute nix mit Feuerwehr?«, fragte Irmi.

»Nein, der Kommandant hat keine Zeit, der zweite auch nicht.«

Na, hoffentlich hatten die im Ernstfall kein Zeitproblem, dachte Irmi.

»Ein Bier?«, fragte Bernhard.

Irmi nickte, und Bernhard stellte eine Flasche vor seiner Schwester ab.

»Neuer Fall?«

»Ja, Regina von Braun wurde erschossen.«

»Die von Braun?«

»Ja. Kanntest du sie?«

Über die Jahre hatte Bernhard gelernt, dass seine Schwester nur dann redete, wenn sie durfte oder es ihr danach war. Und dass es Irmi war, die die Fragen stellte.

»Kennen, ja mei. Sie war öfter mal auf Veranstaltungen der Waldbauernvereinigung.«

»Attraktive Frau, oder?«

»Ja mei.«

»Bernhard!«

»Ja, is des jetzt ein Verhör?«

»Nein, aber wie fandest du sie?«

»Sah nicht schlecht aus. Zu dünn für meinen Geschmack. Schlau war sie aa.«

»Schlau oder Schlaumeier?«

»Das ist Geschmackssache.«

»Ach, Bernhard!«

»Also, ich fand, sie war gut informiert für a Weibets, sie schießt sehr gut, erzählt man sich. Hat bessere Strecken als die Männer. Hat Ahnung vom Forst.«

Für a Weibets, ja klar! Für eine Frau nicht schlecht.

»Und was fanden andere?«

»Dass sie zu g'schnappig war, sich zu sehr eingemischt hat.«

»Bei forstwirtschaftlichen Fragen? In der Frage Wald vor Wild?«

Bernhard sah Irmi genau an. Gerade so, als müsse er seine Schwester ganz genau betrachten, um sie wirklich zu erkennen. Sie waren wie ein altes Ehepaar, grüßten sich, sprachen wenig, meist nur Small Talk. Ab und zu mussten sie Dinge wie Versicherungen und Steuern besprechen. Sie pöbelten sich an, weil einer mal wieder vergessen hatte, den Kühlschrank zu füllen. Wobei eigentlich immer Irmi den Kühlschrank füllte. Selten saßen sie mal auf ein Bier auf der Hausbank oder wie heute in der Küche zusammen. Auch Irmi hätte die Augen schließen müssen, um sich die Silhouette ihres Bruders vorzustellen, sein Gesicht. Was trug er? Was hatte er die letzen Tage angehabt? Sie lebten ihre Leben, die nur ab und zu eine Schnittmenge ergaben.

»Wenn es um Wald vor Wild geht, hast du dir ja wieder

eine schöne Szene herausgesucht!«, brummte Bernhard nach einer Weile.

Auch Irmi musterte ihn genauer als sonst. Er stand kurz vor seinem Fünfzigsten und war damit fünf Jahre jünger als sie. Er würde immer ihr kleiner Bruder bleiben, obwohl er immerhin eins fünfundachtzig groß war. Mit den Jahren hatte er ein paar Falten mehr und einige Haare weniger bekommen. Die Geheimratsecken machten allmählich mehr Platz für sein Gesicht. Außerdem hatte er ein bisschen zugelegt, aber sie hatten halt beide dieses Notzeitgen: Sie aßen beide eher wenig und sahen doch immer so aus, als würden sie im Schweinsbraten schwelgen. Lissi, die wirklich rund war, hatte immer gesagt: »Sei froh, Irmi, denn wenn du mal krank wirst, fallst ned gleich vom Stangerl.« Dabei hatte Irmi gar nicht vor, in nächster Zeit krank zu werden.

»Nach einem betrügerischen Gänsebaron geht es diesmal um die hohe Jagd.«

»Die hohe Jagd. Das ist lange her!«

»Bloß weil du immer noch so ein Kügelchen in deinem Allerwertesten hast«, versuchte Irmi einen Scherz.

Dabei war diese Geschichte gar nicht so witzig. Manche Jagdpächter hatten nämlich offenbar eine interessante Ansicht von Freiwild. Bernhard hatte die Realität im Allerwertesten – in Form einer Schrotkugel, die im Gegensatz zu zig anderen nicht hatte entfernt werden können. Er hatte sich des Vergehens schuldig gemacht, in der Dämmerung noch ein paar Zäune an einem Waldrand kontrolliert zu haben. Es war bis zum Prozess gekommen, und der Jäger hatte recht bekommen. Was laufe Bernhard auch noch in der

Dämmerung herum?, hatte es geheißen. Bei Schrot könne schließlich immer mal was abprallen. Der Jäger hatte sogar den Jagdschein behalten dürfen. Es war sicher kein Zufall, dass der Richter auch Jäger gewesen war. Und gerade Irmi wusste, dass recht haben nicht recht bekommen war. Und dass Recht mit Gerechtigkeit nur sehr weitläufig verwandt war. Bernhard hatte jedenfalls den Pachtvertrag mit besagtem Jäger nicht verlängert.

Vor ein paar Jahren war Irmi mit Lissi mal in der Landvolkshochschule bei der Wies gewesen – inklusive einer Kirchenbesichtigung natürlich. Als sie gerade aus dem Portal traten, dachten sie, der Krieg sei ausgebrochen. Was dann aber zu sehen war, war ein flüchtendes Reh, und immer wieder ertönten neue Schüsse, die erst nach dem fünften Mal endeten. Das Reh war mittlerweile fast im Biergarten des Gasthofs Moser, als es schließlich zusammenbrach. Der Jager sei mehr oder weniger blind und taub, erfuhr man und dass Jäger immer einen Kugelfang benötigten, sprich: sicher sein mussten, dass Fehlschläge in den Boden gingen und keine Menschen gefährdeten. Hier wäre als sicherer Kugelfang eine Gruppe Japaner sehr gut infrage gekommen ...

»Blinde Jager, taube Jager. Blinde und gleichzeitig taube Jager, die sind ein Ärgernis, auch für meinen Arsch. Aber das ist ja gut ausgegangen. Das ist nicht das Problem.«

Irmi wartete.

»Dieses ganze Konstrukt der Bayerischen Staatsforsten, das ist das Problem«, schimpfte Bernhard drauflos.

Irmi wartete immer noch.

»Warum sagst nichts?«, wetterte Bernhard.

»Du willst mir doch was sagen.«

»Hör mal zu, Schwester, was ich dir sagen will, ist, dass du da auf verlorenem Posten stehst. Wenn die Staatsforsten damit zu tun haben, dann viel Spaß. Das ist ein richtiges Wirtschaftsunternehmen, da dringst du nicht durch.«

Irmi erzählte vom Inhalt der Fernsehdiskussion. »Du bist also auch der Meinung, dass Regina von Braun recht hatte?«

»Ich kenn die Frau nicht so gut, aber sie hat sicher recht. Es funktioniert nicht, wenn man nur noch ökonomische Maßstäbe anlegt. Der Staat früher war in der Hinsicht viel souveräner. Aber ein wildfreier Wald, damit man noch mehr Geld machen kann, das ist gegen die Natur.«

»Bernhard, du überraschst mich, ich dachte, Rehe seien dir auch eher ... Na ja ...«

»Ich arbeite mit und von der Natur. Glaubst du, ich bin so ein Depp wie die vom Forst? Ich muss auch mit schlechtem Wetter, ungünstigen Jahren, kranken Tieren zurechtkommen. Man kann sich die Natur doch nicht zurechtbiegen. Und eins sag ich dir: Da kommt noch was auf uns zu. Die setzen auch noch eine Benutzungsgebühr für Waldwege durch. So was ist längst im Gespräch. Wenn wir dann in unseren Wald fahren, müssen wir Maut für die Durchfahrt zahlen. Wart nur ab!«

Inwieweit das richtig und realistisch war, vermochte Irmi nicht zu beurteilen. Sie wusste nur, dass es so etwas in anderen Bundesländern bereits gab. Längst hatte sie Bernhard den Hof und alles drumherum überlassen. Sie musste sich nicht um die Fragen der Wirtschaftlichkeit ihres Hofes kümmern. Ein bisschen war sie wie eine Touristin, die ab und zu in der Früh im Stall mithalf oder beim Melken am Abend. Die ab und zu die Motorsäge schwang. Sie liebte das, es war ihr Ausgleich. Ihre Bodenhaftung. Ihre Normalität. Aber sie war immer auch ein Stückchen weiter weg als Bernhard.

»Die meisten haben doch keine Ahnung mehr von der Natur. Ihr Weltbild kommt aus dem Fernsehen«, meinte Bernhard. »Der Förster ist ein guter Hardy Krüger jr. aus einem Forsthaus Falkenau. Das neuerdings übrigens am Ammersee liegt und mit Bildern um sich wirft, die von überallher kommen, bloß nicht vom Ammersee.«

»Bruderherz, du schaust Forsthaus Falkenau?«, meinte Irmi und konnte sich ein Grinsen nicht verkneifen.

»Darum geht's nicht. Es geht darum, dass die vom Forst und auch die Jäger tun, was sie wollen. Weil der Rest der Welt nix von der Natur weiß. Weil sich keiner auflehnt. So ein Fernsehförster erzwingt den Abschuss von Rehen, ein echter Förster zeichnet vor allem Bäume an.«

»Du willst sagen, dass das viel zu komplex für die Fernsehwelt ist und es in der Realität ungleich komplizierter wird, weil es durchaus Jäger mit einem Faible für Tiere gibt, aber auch solche mit dem Faible für Waffen, Trophäen, Angabe und Pomp. Und um uns noch weiter zu verwirren, sind die bösen Trophäengierigen beileibe nicht immer die protzigen Münchner oder Augsburger Pächter. Dein Hintern wurde von einem Werdenfelser beschossen!«

»Nenn es, wie du willst, Schwester, aber diesmal hast du wirklich einen Scheißjob«, sagte Bernhard und stand auf. »Gute Nacht.« Er zögerte. »Pass auf dich auf.«

»Werd ich.« Sie sah ihm noch eine Weile nach, dann räumte sie die Flaschen weg.

Als sie zu Bett ging, waren die beiden Kater schon da. Warum sich der Kleine auf den Rücken legte und für den

Wettbewerb ›Deutschlands längster Kater‹ zu trainieren schien, war ihr unklar. Sie lachte und zog eine ausgeleierte Männerboxershorts an und dazu ein T-Shirt. Beides stammte von *ihm*. Sie war über fünfzig und trug Sachen ihres Fernlovers. War das Kinderei oder bereits altersbedingt verzeihlich? *Er* hatte schon seit fünf Tagen nicht angerufen, sollte sie sich vielleicht bei ihm melden? Nein, lieber nicht, womöglich lag er bei seiner Frau im Bett. Dabei wusste Irmi sehr wohl, dass *er* ein eigenes Schlafzimmer hatte.

Eigentlich war sie weniger allein als er: Sie hatte den längsten Kater der westlichen Hemisphäre im Bett und außerdem noch einen Katzenkollegen, der massiv ihr Kopfkissen belagerte und mit einem kurzen Zischen vermeldete, dass er auch nicht vorhatte, selbiges zu verlassen. Irmi stopfte sich ein Handtuch unter den Kopf, faltete sich entlang dem Rekordkater und schlief schnell ein.

3

Mai 1936

Ein entfernter Verwandter vom Herrn ist da, der junge Herr von Bodinghausen. Er ist Student der Rechtswissenschaften, und er spricht mich mit Fräulein an. So ein Kokolores. Der Herr sagt, er sei ein Revoluzzer. Er redet allerweil seltsame Dinge, er macht mich ganz drimslig mit seinen Reden. Dem Jakob hat er erzählt, dass schon in den 1890er-Jahren ein »Verein zum Wohle der auswandernden Schwabenkinder« ein kommodes Passieren der Alpenpässe eingefordert habe. Und im Jahre 1903 sei im Deutschen Reichstag ein Gesetzesentwurf vorgetragen worden, der die Kinderarbeit verbieten sollte.

Was weiß denn so ein Stenz von unserem Lechtal? Kinder, die nicht arbeiten? Das gibt's doch gar nicht. Wir haben immer gearbeitet. Die Urgroßmutter, der Urgroßvater, die Großmutter, die Mutter auch. Wir alle hatten draußen bei den Deutschen doch zum ersten Mal genug zu essen! Versteht der junge Herr das nicht? Seine Welt ist doch ganz hintrafihr. Aber er hat wohl nie Hunger gelitten, dass ihm schwindlig geworden wär, dass er hätt zittern müssen, dass alles geschmerzt hat.

Ein Amerikaner, sagt der Herr Student, hätte schon 1908 die Sklavenmärkte in Oberschwaben in einer Zeitung besprochen und hat behauptet, dass 1915 die Kindermärkte abgeschafft worden seien. Das hat der Herr Kaplan auch erzählt, aber der Herr Pfarrer hat gemeint, das sei Unfug. Und Unfug sei es auch, dass die Schulpflicht ebenso für ausländische

Kinder wie uns gelten solle. Wenn der alte Herr Pfarrer wüsste, dass ich als Föhl schreiben und lesen kann! Der Kaplan hat es mich gelehrt, er hat gesagt, ich hätte Talent zur Schriftstellerei. Das stelle man sich einmal vor: ein Madl wie ich!

Wir wären lebende Anachronismen, hat der junge Herr Student gesagt, und obsolet. Das habe ich gehört, als ich einmal gelauscht habe. Verstanden habe ich es aber nicht. Und dass wir in die Schule müssten, hat der Herr Student gesagt. Und der Herr hat geantwortet, dass der Herr Student nicht ganz richtig im Oberstübchen sei, und mit der Schule würde er uns nicht helfen. Und dass er dieses Jahr ein wenig mehr bezahlen wolle. Ich verstehe oft nicht, was die da reden. Eigentlich versteh ich gar nichts. Ich bin so dumm, und Schriftstellerin werde ich nie.

Irmis Morgen war wie immer, und das war gut so. Bernhard hatte Kaffee gekocht und ihr welchen übrig gelassen. Toastbrotbrösel bedeckten die Anrichte, und das Marmeladenglas stand offen. Dass der kleine Kater immer hochsprang und das Glas am Rand ableckte, sah Irmi mit diebischer Freude. Wenn Bernhard das wüsste, ihn würde es ja grausen. Aber bitte, was verschloss er denn auch nie seine Gläser?

Der große Kater kam herein und warf elegant eine fette Wühlmaus in die Höhe. Gottlob war sie schon in den ewigen Mäusejagdgründen, denn es war ungut, wenn die Kater noch lebende Exemplare losließen, die dann hinter Schränken verschwanden, irgendwann doch verendeten und sich nach einer Weile geruchsmäßig eher unerfreulich präsentierten.

Irmis Alltag daheim war überschaubar, auch das war gut so, denn ihre Fälle waren meist umso verworrener.

Auf ihrem Weg ins Büro kam ein Anruf von Kathi, dass sie etwas später eintreffen werde. Das Soferl hatte verschlafen und jenen Bus verpasst, der die ganze Jahrgangsstufe zu einem Ausflug ins Museum der bayerischen Könige nach Schwangau gefahren hätte. Wozu fuhren die Tiroler Kinder eigentlich zum bayerischen Kini? Wollte man die alten Ressentiments zwischen Tirolern und Bayern wieder aufleben lassen? Kathi jedenfalls musste nun per Auto hinterherdüsen. Irmi beneidete das Soferl nicht. Kathi würde in der ihr eigenen charmanten Art klarstellen, was sie von dem Ganzen hielt. Dabei war Sophia im Gegensatz zur Mama normalerweise eher morgenmunter, hatte wohl nur leider bis zwei in der Frühe vor Facebook gesessen. Irmi wünscht der Aktie den Totalabsturz. Facebook war eine moderne Seuche.

Kollege Hase kam vorbei und präsentierte seine Ergebnisse. Autospuren: ein paar. Fußabdrücke: zuhauf. Die Zuordnung: eine Sisyphusarbeit. Die Gerichtsmedizin hatte auch nur die Kugel entfernen und bestätigen können, dass eine sehr gesunde Frau ums Leben gekommen war. Die Tatzeit wurde auf zwischen halb zehn und halb elf abends geschätzt. Irmi bekam Auskunft über das Kaliber und führte daraufhin ein paar Telefonate. Schließlich lud sie einen Jäger, der am Telefon sehr sympathisch wirkte, ein, einmal bei ihnen vorbeizuschauen. Sie hatte Glück: Seine Zeit ließ das zu, und er versprach, in einer Stunde da zu sein.

Als dann Kathi eine Dreiviertelstunde später eingetroffen war, rief Irmi Andrea, Sailer und Sepp dazu.

»Das Kaliber ist ein .22lr, das steht zumindest hier«, erläuterte Irmi ihren Leuten. »Dieses Kaliber ist gängig bei Jagdwaffen, bei der Bau- und Fallenjagd auf Kleintiere. Es wurde auch ein Schalldämpfer verwendet. Der Schütze kann nicht allzu weit weg gestanden haben. Soweit der Bericht. Ich habe den Revierjäger, Herrn Kugler, hergebeten, damit er uns etwas mehr über das Kaliber erzählen kann. Er müsste gleich da sein.«

Wenig später stand Franz Kugler vor ihnen. Er war bärtig, trug dicke Filzstiefel und ein Karohemd unter einer olivfarbenen Fleecejacke. Der Mann wirkte besonnen und schien ein ruhiger Typ zu sein, der weder arrogant noch oberschlau daherkam.

»Was Sie da gefunden haben, ist das Kaliber der Wilderer«, erklärte Kugler. »Günstiger Preis, geringe Geräuschentwicklung und geringer Rückstoß.«

Kathi sah ihn völlig verblüfft an. »Gibt es heute allen Ernstes noch Wilderer? Das ist doch Jennerwein-Schmarrn, oder?«

Der Revierjagdmeister sah Kathi an und antwortete resigniert: »Ja, ein Schmarrn ist das schon, wenn Sie so wollen. Aber leider hochaktuell. Und mit Verlaub, es ist mehr als ein Schmarrn. Von wegen Alpenrebellen und Robin Hood unterm Karwendel – Wilderei ist nicht nur ein Straftatbestand, sondern auch ein schweres Verbrechen gegen die Tiere!«

Es war still im Raum, bis Andrea leise sagte: »Die armen Tiere.«

Kathi setzte gerade zu einem Spruch an, und ausnahmsweise blieben ihr die Worte im Halse stecken. »Andrea, du bist doch echt ...« Vermutlich hatte sie Andrea wegen ihrer kindischen Tierliebe aufziehen wollen, doch der Revierjäger bedachte Kathi mit einem so scharfen Blick, dass sie vorzog zu schweigen.

»Diese vermaledeiten Wilderer schießen oft mit viel zu kleinen Kalibern. Für die Jagd auf Hochwild sind 6,5-Millimeter-Patronen vorgeschrieben und eine Auftreffenergie von mindestens zweitausend Joule auf hundert Meter. Wilderer aber schießen gerne mit Kleinkalibern, weil die nicht so laut sind, und sie verwenden meistens Schalldämpfer. Wenn dann obendrein mit Unterschall geschossen wird, weil Überschall ja einen Knall erzeugt, ist das Geschoss noch langsamer. Das führt oft dazu, dass die Tiere nicht sofort niedergehen, sondern flüchten und elend sterben müssen.« Er unterbrach sich, suchte Irmis Blick. »Was Sie da haben, ist eine Minipatrone, die beispielsweise auf der Karnickeljagd verwendet wird. Und für die Jagd auf Menschen ist sie eigentlich auch ungeeignet.«

Die Stille im Raum war erdrückend.

»Die verwenden Biathlongewehre«, fuhr Kugler fort, »sägen die Läufe ab, verwenden Eigenbauten – das alles aus Spaß, aus einer perversen Tradition heraus. Und wissen Sie was, dieses Wildererpack meint auch noch, es sei wer. Es sei stark, dabei sind das Feiglinge!«

Diese Wildererromantik hatte sich Irmi ohnehin nie erschlossen, auch nicht die romantisierenden Filme. Sie hatte diese überzeichneten Typen immer schon als kriminell empfunden, vielleicht war sie ebendeshalb Polizistin geworden.

Weil niemand etwas sagte, fuhr der Revierjäger mit seiner leisen, aber eindringlichen Stimme fort: »Wissen Sie, wie das ist, wenn Sie immer wieder Gamsen finden, denen das

Projektil in der Lunge steckt? Dass wir Kadaver ohne Kopf finden wegen der Trophäen? Dass wir Tiere finden, die offensichtlich lange mit dem Tode ringen mussten. Weil diese Wilderer-Saubeutl nicht schießen können.«

Kathi war nun ziemlich kleinlaut.

»Ich frage mich jetzt nur, warum tun die Leute das?«, wollte Irmi wissen. »Um das Fleisch wie bei der Armut früher geht es ja wohl kaum, oder?«

»Nein, es geht zu neunzig Prozent um die Trophäe. Im Nationalpark Berchtesgaden ist die Wilderei ein permanentes Problem. Ein Kollege von mir hat dort während der Hirschbrunft fünf Männer in der Dämmerung angetroffen, ist ganz arglos näher getreten, um zu fragen, ob er was helfen könne. Da sind die Kerle plötzlich davongerannt und haben einen Hirsch mit abgetrenntem Schädel zurückgelassen. So schaut das aus in unseren Revieren.«

»Und was machen Sie dann?«, fragte Sailer.

»Ich kann ja schlecht auf einen Fliehenden schießen. Dann hätt ich euch am Hals. Also hinterherrennen und das eigene Leben gefährden? Am besten wäre es noch, der Hund würde den Wilderer stellen – aber was ich sagen will: Es ist extrem schwierig, Wilderer auf frischer Tat zu ertappen. Man muss ihre Vorlieben ausloten, erst langfristig erwischt man sie.«

»Wie den Jennerwein?«

»Dieser verdammte Georg Jennerwein! Dem haben wir den ganzen Mythos zu verdanken. Als zwölfjähriger Bub hat er miterlebt, wie sein Vater von königlichen Jägern als Wilderer erschossen wurde, aber anstatt sich das eine Lehre sein zu lassen, trat er in Papas Fußstapfen. Weil sein Salär als

Holzknecht nicht reichte, hat er gewildert. Er wurde ein Gejagter, der dann im November nördlich der Bodenschneid gefunden wurde – er hatte eine Schussverletzung im Rücken, und seine rechte große Zehe steckte im Abzug seines Gewehrs, sein Unterkiefer war zerschmettert. Solche Umstände sind natürlich Steilvorlagen für die Legendenbildung. Die allgemeine Lesart war am Ende, dass der Jagdgehilfe Josef Pföderl ihn ertappt und erschossen hätte. Dem Pföderl wurde aber nie unterstellt, dass er ihn habe töten wollen, nur eben stellen. Der Pföderl bekam acht Monate Gefängnis, hat die Tat aber nie zugegeben. Auch ein Jäger namens Simon Lechenauer war im Gespräch und natürlich die Version, er habe sich schwer verletzt und am Ende selbst erlöst. Egal – der Jennerwein wurde zum Mythos. Und dass an seinem neunundneunzigsten Todestag eine gewilderte Gams an seinem Grabkreuz hing, zeigt, dass Wilderei gesellschaftlich bis heute kein Tabu ist.«

»Aber früher ging es doch wirklich darum, dass die armen Bauern gewildert haben, damit die Kinder mal was anders als Mus oder Brennsuppn zum Beißen hatten«, sagte Kathi, die sich immer noch nicht so ganz geschlagen gab.

»Ja, genau, der Robin-Hood-Schmus, Frau Kommissar, oder? Ursprünglich haben die Bauern tatsächlich ihren Grund vor dem Verbiss schützen und die Fleischration aufbessern wollen. Aber als der Adel dann die Jagd als Vergnügung sah und mit prunkvollen Hofjagden ganze Wälder zusammenschoss, wurden die Bauern und Bürger bestraft, wenn sie jagten. Den undankbaren Job, den Wilderer, Wilddieb oder Wildschütz aufzuspüren, hatten die Forstbeamten. Doch schon damals waren die Wilderer nicht nur arme

Schlucker, die Weib und Kinder vom Verhungern bewahren wollten. Sie schossen auch ihre Verfolger nieder, ein Leben zählte wenig, und das von Tieren erst recht nicht. Da wurde nämlich auch nicht immer waidgerecht geschossen, sondern viel mit Schlingen gejagt, in denen die Tiere immer schon elendiglich verreckten! Das sind Ihre Robins!«

»Würde es uns denn weiterhelfen, wenn wir wüssten, ob im Forst der Familie von Braun gewildert wurde? Denken Sie, Regina von Braun kam einem Wilderer in die Quere?«, erkundigte sich Irmi. Allmählich reichten ihr nun doch die langen Monologe des Jägers. So interessant das alles war, sie hatten einen Mord in der Gegenwart aufzuklären, und Jennerwein konnte ihnen im Grunde egal sein.

»Viel spricht dafür, und ich kann Ihnen sagen, dass auch bei den von Brauns gewildert wurde. Die Jagd grenzt an den Staatsforst und an meine Reviere an, die Typen machen vor Grenzen keinen halt. Und die Rechtslage ist auch nicht gerade abschreckend.«

Irmi kam der Elch in den Sinn – und die Rentiere. Sie schauderte. Solche Exoten gäben natürlich eine imposante Trophäe ab, und man würde sich den teuren Ausflug nach Skandinavien sparen. Das war alles so bizarr.

»Kannten Sie Regina von Braun?«, fragte Irmi.

»Natürlich.«

»Und?«

»Sie war sehr gebildet. Sie hat das Rehwild zu ihrer Sache gemacht.«

Auf einmal war er nicht mehr so gesprächig. Vermutlich fiel es ihm leichter, über Tatsachen und Erfahrungen zu referieren, als über Rehe zu sprechen. Als Angestellter der

Bayerischen Staatsforsten musste er die Bäume seines Dienstherrn schützen, obwohl er sicherlich nicht der Typ war, der einer »Schädlingsbekämpfung« zustimmte. In seiner Haut wollte Irmi nicht stecken. Sie provozierte ihn aber dennoch.

»Regina von Braun war gegen den Abschuss, und Sie sind dafür!«

»Falsch, wir waren beide für einen waidgerechten Abschuss. Reginas Ziel war es, dem Rehwild so gute natürliche Äsungsmöglichkeiten zu geben, dass es erst gar nicht verbeißt. Und da kommt man früher oder später immer an den Punkt, wo menschliche Eingriffe in die Natur angeprangert werden müssen. Und wo man klarmachen muss, dass man waldbauliche Interessen nicht einfach so über den Tierschutz stellen darf.«

»Und das hat Regina getan?«

»O ja, laut und deutlich.«

»Zu laut?«

»Wer zu leise ist, wird nicht gehört.«

»Und wer zu laut ist?«, insistierte Irmi.

»Regina ließ manches Mal die Diplomatie vermissen. Bisweilen kommt man besser auf Umwegen zum Ziel, aber das war nicht so ihr Ding. Sie war eine sehr interessante Frau, hübsch dazu. Genau das kann zum Problem werden. Wäre sie ein schiacher Besen gewesen oder so ein Mannweib, hätte man sie vielleicht eher angehört. So oder so – jedenfalls mochte sie keine schießwütigen Jäger und die Wilderer natürlich noch viel weniger.«

»Aber Wildern ist doch verboten!«, sagte Andrea und klang wieder wie ein naives Mädchen.

»Die Rechtslage ist ein Witz. Die Wilderei gilt in Deutschland als Straftat gegen das Vermögen und gegen Gemeinschaftswerte. Das könnte mit bis zu fünf Jahren Freiheitsentzug geahndet werden, was aber fast nie vorkommt. Die Tierschutzvergehen sind immer noch zu stark unterbewertet!« Kugler schnaubte. »Ich höre immer, die Wilderer hätten einen Ehrenkodex, aber in der Realität schießen sie dem Kind die Mami weg! Sie lassen Tiere leiden, aber solange das Tier im juristischen Sinn als Gegenstand gesehen wird und Wilderer eine gewisse Akzeptanz erfahren, sind wir weit weg von Gerechtigkeit.«

Andrea war ganz blass geworden. Irmi wusste, dass ihr der letzte große Fall, bei dem viele Tiere so erbärmlich hatten leiden müssen, an die Nieren gegangen war. Und nun gab es schon wieder solche unappetitlichen Geschichten. Und jetzt setzte der Revierleiter noch eins drauf.

»Und glauben Sie bloß nicht, es ginge nur um unsachgemäße Schusswaffen. Längst sind wieder die Fallensteller unterwegs. So skurril das auch klingen mag: In Augsburgs westlichen Wäldern, ja, sogar im Stadtwald geht eine Russenmafia um, die mit Drahtschlingen wildert. Frei nach dem Motto: Das haben wir zu Hause so gemacht und importieren das jetzt nach Deutschland. Aus diesem Milieu stammt auch die Praktik, ganze Weiher abzulassen und die Fische abzugreifen oder mit riesigen Schleppnetzen abzufischen – illegal natürlich. Das erfüllt eindeutig den Tatbestand der Fischwilderei. Ich denke, dass ...«

»Herr Kugler, Sie sagten, man müsse die Gewohnheiten ausloten. Kennen Sie denn jemanden, der wildert?«, stoppte Irmi ihn erneut.

»Kennen oder kennen?«

»So gut kennen, dass Sie einen Namen nennen würden?«

»Da gibt es einen, der macht gar keinen Hehl draus, dass er wildert. Der hat noch jede Menge Wildererlobby und seinen Fankreis. Er ist Musikant und ewiger Stenz, der hat das Wildern fast schon zur Kunstform erhoben und erfreut die gewogene Damenwelt gerne mal mit Wildbret. Der Welt ist er als Karwendel-Hias bekannt.«

Sailer merkte auf: »Aber des is doch oaner, der beliefert aa die Moserbärenhüttn, wo's hinter Scharnitz auffi geht.«

»Sicher. Der Wirt will nicht wissen, wo das Fleisch herkommt«, sagte Kugler grimmig.

»Und ihr könnt da gar nichts machen?«, fragte Andrea.

»Wenig, die halten doch alle zamm, de Sauhund«, grummelte der Revierjäger.

Aber ob sie auch zusammenhalten würden, wenn es um Mord ging? Eine tote Gams, ein Hirsch, na gut – aber eine hübsche Biologin? Würde da der eine für den anderen den Kopf hinhalten? Irmi bezweifelte das, und sie hoffte auf die mangelnde Loyalität in den Dörfern. Solidarisch war man selten, und schon gar nicht, wenn sich das eigene Krawattl zuschnürte. Andererseits – auch da hatte Irmi jede Illusion verloren – gab es düstere Mauern des Schweigens. Wenn der Täter einer war, der im Verdacht stand, sich zu rächen, egal, ob er Zäune aufschnitt und das Vieh auf die Bundesstraße trieb, egal, ob er Rundballen klaute oder ob er gerne an anderer Leute Höfe zündelte – die Dorfbewohner hielten sich alle fein stad. Hauptsache, sie traf es nicht. Das Schweigen in Feigheit war allemal besser als das Sterben im Mut.

»Dann fragen wir den doch mal«, meinte Irmi. »Der wohnt wo?«

»Mittenwoid«, sagte Kugler. Und er sagte das so, als sei damit auch alles gesagt. Mittenwald, mitten im Wald eben. Hohe Berge, enge Täler, enge Gemüter. Irmi wunderte sich stets, dass diese gewaltige, diese orchestrale Landschaft aus Farben und Formen nicht große, kühne Menschen hervorbrachte. Hätten sie nicht kühne Gedanken hegen müssen und hochfliegende Ziele haben? Es lag so viel Kraft in dieser Landschaft, die Menschen aber machten nichts daraus. Vielleicht duckten die sich einfach unter so viel Energie. So wie Menschen sich immer wegduckten. Wahrscheinlich hatte Regina von Braun die Menschen in ihrer Umgebung mit ihrer Energie erschlagen.

Als Kugler schließlich ging, schickte Kathi ihm ein Stöhnen hinterher. »Der hört sich aber auch gern reden.«

»Der hat eben ein Anliegen«, sagte Andrea und hielt Kathis Blick stand. Mehr noch: Ihr Blick besagte, dass Kathi sich eben für gar nichts engagiere.

Irmi trat mitten hinein in die Kampfeslinie der beiden und wandte sich an Kathi: »Gut, auf geht's ins Karwendel zum Hias! Pack mer's.«

Kathi folgte ihr – wortlos.

Die Strecke hinauf nach Mittenwald war heute wenig befahren. Die Touristensaison hatte noch nicht begonnen, und tuckernde Traktoren waren auch keine unterwegs. Wobei die modernen Landwirte ja kaum mehr tuckerten, sondern mit Mammutbulldogs unterwegs waren, deren Sinn nur einer sein konnte: den Nachbarn zu beeindrucken. Bei Preisen weit über hunderttausend Euro konnte man nicht mehr tuckern, sondern man dröhnte heran.

Kugler hatte ihnen beschrieben, wo der schießfreudige Musikant wohnt. Abgelegen lebte er in jedem Fall. Sie fuhren auf einem Wegerl zum Lautersee hinunter, der noch gänzlich unbeeinflusst von Wanderwaden, Bikern oder Badewütigen dalag. Irmi schlingerte in einer eisigen Fahrspur voran, wo im Sommer der Wanderbus verkehrte. Sie umrundete den See und nahm dann einen Forstweg, an dessen Ende ein altes Holzhaus stand. Rundum lehnten sich Holzscheite an, und es war unklar, wer da wen stützte: das Holz das Haus oder das Haus die akkurat geschichteten Scheite. Darin war der Wilderer in jedem Fall ordentlich. Irmi kam sich vor wie in der Kulisse zu einem Wildererfilm. Der Mann schien sich zu inszenieren, allein die Tatsache, dass er als Matthias natürlich auch namentlich in die Fußstapfen des bayerischen Hiasl getreten war.

Irmi hatte Andrea gebeten, Infos zusammenzutragen. Darin war Andrea ganz großartig, und weil sie das wohl in irgendeiner Frauenzeitschrift gelesen hatte, nannte sie die Unterlagen neuerdings Dossier. Auf der rosafarbenen Mappe, die Andrea ihr mitgegeben hatte, stand in geschwungener Schrift ›Dossier Matthäus Klostermayr‹. Andrea packte alles zwischen solche rosa Pappdeckel, die sie anscheinend in inflationärer Menge besaß.

»Geboren 1736 in Kissing bei Augsburg, schon als Zwölfjähriger Hilfsarbeiter auf dem Schlossgut Mergenthau und ein Junge, dem mit sechzehn die Mutter wegstarb. Er war kurzzeitig legaler Jagdaufseher, verlor den Job aber, weil er einen Pater verspottete. Bei dem territorialen Fleckerlteppich, der das heutige Schwaben damals war, hatten solche

Leute ein leichtes Spiel, denn die Verfolger beendeten ihren Einsatz jeweils an den Grenzen. Der Hiasl wurde bald Anführer einer richtigen Räuberbande, die auch Amtsstuben überfielen und ausplünderten. Nach einem Feuergefecht im Gasthof Post in Osterzell wurde er schließlich festgenommen und am 6. September 1771 in Dillingen an der Donau hingerichtet.«

Nun standen Irmi und Kathi also vor der Tür der Version »Hiasl zwoa«. Die Tür war eingerahmt von Rehkrickerl, und noch bevor Irmi klopfen konnte, wurde sie aufgerissen. Alles an dem Mann war schwarz. Er hatte schwarze Locken, die bereits ein klein wenig von Grau durchzogen waren. Seine Augen waren rabenschwarz, die Brauen auch. Er trug eine abgewetzte Lederhose und ein bis zum Gürtel offenes geschnürtes Leinenhemd, das den Blick auf ziemlich viel schwarzes Brusthaar preisgab. Seine behaarten Arme erinnerten an einen schwarzen Waldtroll. Ein Troll trifft auf eine Elfe, schoss es Irmi durch den Kopf. Der Typ schien Kathi sofort ins Visier genommen zu haben, seine Augen wanderten unverfroren über ihren Körper.

»Fertig? Soll ich mich umdrehen?«, motzte Kathi ihn an.

»Wennst mogst. Die Seitn kenn i jetzt. Deine Knöpf daten zum Spuin scho reichen, zum Melken braucht ma se ja ned. Brauchst di ned umdrehen. Du host eh koan Oarsch in der Hosn. Aber des schadt ned, fett werden die Weiber friah gnug.«

Bevor Kathi nun handgreiflich würde oder ihre Waffe zog, setzte Irmi auf Deeskalation durch rüde Ablenkung.

»Und tot werden s' auch, die Weiber, wenn sie dir blöd im Weg rumstehen!«

»Wer ist tot?«

»Wo warst am Sonntag in der Nacht? Wildern?« Irmi vermied es normalerweise, ihre Verdächtigen bayerisch jovial zu duzen, aber bei dem hier war ein »Sie« einfach nicht angebracht.

»Wo war i? Dahoam war i!«

»Zeugen?«

»Koane.«

»Schlecht. Sehr schlecht.«

Er lachte, inzwischen nicht mehr ganz so selbstsicher. »Wollts reinkommen?«

»Zu gütig.« Kathi erdolchte ihn mit Blicken.

Er drehte sich um. Irmi und Kathi folgten ihm durch einen Gang, hinein in die Stube unter tiefen Decken. Dort wies er auf eine Eckbank, öffnete ein kleines Kastl, das in die Wand eingelassen war. Traditionell der Platz für den Hausgebrannten. Er griff hinein und stellte drei Gläser sowie einen Steingutkrug auf den Tisch. Schenkte ein.

»Sagts jetzt bloß ned, ihr seids im Dienst.«

»Sind wir aber.«

»Bled.« Er selbst kippte ein Stamperl und noch eins. »Falls ihr glaubts, i wui eich vergiften.«

»So dämlich bist aber nicht, oder? Du schießt lieber. Ist nämlich unauffälliger.« Kathi klang eisig.

Irmi war überrascht, wie gut Kathi sich im Griff hatte.

»Wer hat wen derschussn?«

»Du die Regina von Braun. Guter Schuss, Wildererkaliber, kennt man vom Karwendel-Hias.«

Er überlegte kurz. Dann grinste er. »Ach, der Kugler Franzl hot plaudert.«

»Ach was! Das ganze Karwendel kennt doch deine Heldengeschichten, und die erzählt der Hias fein selber, oder? Warum musste die Regina sterben?«

Kathi war heute wirklich gut in Form: beherrscht, zynisch und ungeheuer attraktiv, wie sie mit ihren dunklen Augen Giftpfeile aussendete.

»De Regina?«

»De Regina?«, äffte Kathi ihn nach. »Ja, genau die, und die ist tot. Was sagst jetzt, du Karwendelschrat?«

Viel von seiner Fassade war längst abgefallen. »Aber warum sollt ich die Regina derschießn?«

»Host ned aufgemerkt, Karwendler? Weil sie di beim Wuidern gstört hot!«

Bevor Kathi nun ihr wüstestes Tirolerisch auspackte, griff Irmi ein. »Also, Hias: Du hast die Regina gekannt?«

»Ja.«

»Warum?«

»Es gibt a Waldbauernvereinigung. Do bin i aa drin.«

»Ach, der Wilderer mit Waldbesitz?«, schoss Kathi dazwischen.

»Des is koa Verbrechen.«

»Nein«, sagte Irmi. »Das nicht. Aber Wilderei ist ein Straftatbestand und Mord erst recht.«

»Aber i hob sie doch ned derschussen! I doch ned!«

»Aber gewildert auf ihrem Grund?«

»De Regina is a saubers Weibets, bei ihr im Revier hob i nia ned gschussn.«

»Ach, du wilderst nur bei weniger sauberen Weibern?«, rief Kathi.

»Bei dir dad i aa ned wuidern«, kam es von ihm, aber ziemlich kleinlaut.

»Schad eigentlich, denn wenn ich dich erwischen würde, tät ich dich hinrichten lassen, wie dein großes Vorbild.«

»Hinrichtung, ha! Den boarischen Hiasl ham s' erdrosselt, zertrümmert, dann noch geköpft und gevierteilt, alles Anzeichen dafür, wie sehr er bei der Obrigkeit gefürcht war. Aber der Schiller hot eam als Vorbild für den Karl Moor in die Räuber g'nommen. Das erste Hiasl-Lied hat's scho 1763 gebn, und ihr kennts doch des Liadl von der Biermösl-Blosn zamm mit die Toten Hosen?«

»Ach stimmt, der Herr Waldschrat musiziert ja auch!«, rief Kathi.

Er nahm eine Ziehharmonika von der Truhe und sang drauflos: »Bin i der boarisch Hiasl, koa Jager hat de Schneid, der mir mei Feder und Gamsbart vom Hiatl obakeit! Drum tu i d'Felder schützn mit meine tapfern Leit, und wo i aa bloß hikimm, oh mei, da is a Freid!«

Dieses alberne Hiasl-Lied konnte Irmi auf den Tod nicht leiden. »So ganz glaub ich nicht, dass überall eitel Freude herrscht, wo du hinkommst«, sagte sie.

»Ach, kimm, i schiaß doch nix mehr. Des letzte Wuid hob i in Scharnitz beim Gaugg eikauft und g'sagt, dass es g'wuidert is. Für a Freindin, die steht dodrauf. Und dem Gaugg hob i g'sagt, er derf nix sagen, sonst ...«

»Sonst derschießt ihn?«, ranzte Kathi ihn an. »So wie die Regina!«

»I hob niemand derschussn.«

»Also, Hias, dann fassen wir mal zusammen. Du hast kein Alibi, du warst in der fraglichen Nacht allein zu Hause. Ich hätte gerne deine Waffen und deine Stiefel. Es kommt gleich noch jemand und schaut sich das Profil deines Jeeps an«, erklärte Irmi.

»Hobts so an Durchsuchungsbeschluss?«

»Wenn du magst, hab ich den in dreißig Minuten, aber du hast doch nix zu verbergen, oder? Waffen, Schuh, auf geht's!« Irmi strahlte ihn regelrecht an.

Er öffnete die Truhe, auf der die Ziehharmonika gelegen hatte, und holte zwei Gewehre heraus.

»Du weißt schon, dass die in einen ordnungsgemäßen Waffenschrank gehören?«, fragte Irmi.

Er gab ein knurrendes Geräusch von sich.

»Die anderen Waffen auch!«

Der Hias stand tatsächlich auf, Irmi folgte ihm. Er öffnete die Tür zum ehemaligen Stall und zerrte hinter einem alten Rupfensack noch zwei verwegen aussehende Gewehre heraus.

»Alle?«, vergewisserte sich Irmi.

»Ja«, knurrte er. »Aber bloß, damit du glaubst, dass i des ned war.« Er beugte sich verschwörerisch zu ihr und sonderte eine scharfe Schnapsfahne ab. »Die Regina, die hot a Buch mit Jagdg'schichterl g'schriebn. Die hot mi dazu aa interfjut. Und do steht so mancherlei drin. Do san Leit erwähnt, die mechten sich sicher ned in am Buch lesen.«

»So, so, und wo ist das Buch?«

»I glaub, des kimmt erst aussi. Du bist doch die Polizei!«

»Allerdings«, sagte Irmi und war ganz froh, dass zwei Mitarbeiter des Hasenteams hereingepoltert kamen. Der Schnapsschrat kam ihr allmählich zu nahe. Sie übergab den Kollegen die Waffen, ermahnte den Hias, seine Stiefel herauszugeben, und verabschiedete sich mit einem fröhlichen »Pfiat di«.

Kathi stand vor dem Haus und war immer noch in Rage. »Ich glaub dem kein Wort. Der wildert doch sicher noch. Und wenn der sagt, die Regina sei ein saubers Weibets gewesen, dann hat er die sicher angebaggert. Schönes Motiv: Er konnte bei ihr nicht landen und ist ausgetickt!«

Das mit dem sauberen Weibets hatte Irmi schon von ihrem Bruder gehört. All den Männern schien es da ähnlich zu ergehen. Man musste zugeben, dass sie attraktiv gewesen war und klug – und unheimlich war sie ihnen allen deshalb gewesen. »Kann alles sein, ich möchte jetzt aber erst mal die Auswertung von Reginas Computer sehen«, sagte Irmi und erzählte ihrer Kollegin von dem geplanten Buch.

»Was wird da schon drinstehen? Die Story vom röhrenden Hirsch eben. Der haarige Waldschrat war es. Puh, da weiß man doch, wo der Mensch herstammt, oder! Dieser haarige Aff, der! Woher willst du überhaupt wissen, dass der dir alle Waffen gegeben hat, die Tatwaffe kann er doch leicht versteckt haben.«

»Klar, ich an seiner Stelle würde das tun.«

»Was soll dann das Ganze?« Kathi starrte Irmi an.

»Ich wollte ihn aufschrecken. Der macht einen Fehler, wenn er was damit zu tun hat. Er ist viel zu mitteilsam und muss Aufmerksamkeit erregen. Waldschrat in der Midlife-Crisis, würde ich sagen. Und jetzt geht's ab ins Büro, und die Storys von den Hirschen lesen, ob nun röhrend oder nicht.«

»Irmi, du hast sie nicht mehr alle! Wirklich wahr!«

»Kathi, du auch nicht!«

4

Juni 1936

Ich hatte gehofft, dieses Jahr würde es anders sein. Weil doch auch die Johanna da ist, und die ist viel hübscher als ich. Auch ein wenig rundlicher. Dabei ist sie erst fünfzehn. Unten in Vorderhornbach spielen sie es auf dem Fozzahobel, dass die Johanna Tuttagrätta braucht. Ihre Mutter bindet ihr die Brust immer eng zusammen, aber die Johanna macht die Binde immer wieder auf. Mit dem Konrad aus Vorderhornbach war sie schon mal im letzten Winter im Gada gewesen, sie versündigt sich, die Johanna. Aber das ist ihr ganz gleich.

Die Johanna hat gesagt, das ist eben so. Das gehört dazu. Dass ich den Herrn gewähren lassen soll und dass ich deshalb besser zu essen bekomm. Dieses Jahr ist er in den ersten Monaten gar nicht gekommen, aber jetzt kommt er fast jede Woche. Ich halte ganz still, ich darf nicht schreien und weinen. Am Anfang hat es mehr wehgetan, und die Johanna sagt, auch das gehört dazu. Ich habe die Johanna gefragt, ob der Herr nie zu ihr komme. Aber sie sagt Nein und dass sie lieber ein Auge auf den Herrn Student werfen würde.

Sie poussiert mit ihm, sie ist so kühn, die Johanna. Und er setzt ihr solche Flausen in den Kopf. Sie hatte schon öfter ein Stelldichein mit ihm in der Kutschenremise. Sagt, dass er ganz weiche Hände habe und dass sie mit ihm durchbrennen wolle und dass sie mit ihm nach Amerika gehen werde.

Abends lege ich immer zwei Herrengedecke auf, und die Männer politisieren. Der Herr flucht dann immer, flucht, dass er Ostpreußen nicht verlassen habe, um nun wieder von Hitler gestört zu sein. Die Verträge von Locarno habe der Herr Hitler gebrochen, und ins Rheinland sei er einmarschiert. Mir sagt das alles nichts, das ist so weit weg. Und der Herr Student faselt von einem Mussolini, der Äthiopien niedergerannt hat. Und er spricht von den Faschisten und davon, dass er nach Amerika gehen wolle. Vom Herrn gibt es dann Schelte, dass er ein Feigling sei, dass man sich im Lande wehren müsse. Ich serviere dann immer noch mehr Cognac, und wenn der Herr dann zu mir kommt, ist es schlimm. Er ist grobschlächtig, er wütet über mir. Manchmal möchte er auch, dass ich vor ihm niederknie. Ach, lieber Herrgott, wäre ich doch besser am Hornbachjoch gestorben. Ich habe so viele böse blaue Flecke, die ich verbergen muss. Wenn er fertig ist, streicht er mir über die Wange und flüstert: »Entschuldige.«

Sie hatten sich in Mittenwald beim Rieger drei Butterbrezen gekauft und beäugten die Bahnhofstraße. Das gigantische Hotelprojekt ruhte wegen einer Klage der Anwohner. Vielleicht würde Mittenwalds Traum, ein zweites Fünf-Sterne-Seefeld zu werden, ganz scheitern.

Kathi mümmelte gerade im Auto an ihrer zweiten Breze und maulte mit vollem Mund: »Dieser Arsch, dieser Aff, den kriegen wir!« Irmi sagte lieber nichts, musste dann aber doch schimpfen, als ein Kurierdienstwagen sie übel schnitt und zu einer Vollbremsung zwang. Es lag irgendwas in der Luft, und auch als sie ins Büro kamen, wirkte die Atmosphäre angespannt. Andrea hatte auf sie gewartet und verkündete, dass der Computer ausgewertet sei.

»Und was habt ihr gefunden?«, fragte Irmi.

»Geschichten«, kam es gedehnt von Andrea.

»Was für Geschichten? Geht's etwas konkreter?«, fragte Kathi spöttisch. Ihre gute Phase schien vorüber zu sein. Wahrscheinlich wurmten sie immer noch die Knöpfe und der fehlende Arsch.

Andrea musste schlucken, sagte dann aber mit fester Stimme: »Dateien mit Geschichten, deren Titel nach schlechten Filmen klingen, und mit Namen, die wirklich brisant sind. Namen aus der besseren Gesellschaft. Ich hab euch das alles ausgedruckt. Außerdem hab ich den E-Mail-Verkehr mit dem Verlag gefunden. Das Buch muss gerade im Lektorat sein. Die letzten Mails beziehen sich auf Fragen zum Text.«

Irmi gratulierte Andrea innerlich, dass sie Kathi so gut standgehalten hatte. »Das heißt, der Waldschrat Hias hatte recht. Es gibt ein Buch. Kommt er auch vor?«

»Ich habe vieles nur überflogen, über ihn gibt es eine Wildderergeschichte, die ist ... ähm ... noch harmlos. Aber ...«

»Aber was?«

»Aber sie schreibt auch über einen Marc von Brennerstein.«

»Das ist ihr Ex!«, rief Irmi.

»Oh, dann ist es ja noch schlimmer. Also, na ja, es gibt eine Geschichte von einer Drückjagd mit Hunden auf Einladung von diesem von Brennerstein. Es wurde viel geschossen und schlecht getroffen, außerdem wohl auch auf Böcke, und das nach dem 15. Oktober, wo die – so hab ich das verstanden – schon Schonzeit hatten. Und dann ist ein angeschossenes Tier ins Nachbarrevier gelaufen, und die haben nachgesucht, ohne die Nachbarn zu verständigen. Ich kenn mich ja nicht aus mit dem Jagen, aber das ist wohl der totale Fauxpas. Und ein zweites Tier mit einem Keulenschuss ist auch ins Nachbarrevier gelaufen. Da hat aber keiner nachgesucht, und es wurde nach Tagen vom Nachbarn elend verendet aufgefunden. Das ist ein Verstoß gegen das Jagdgesetz.« Andrea atmete schwer. Sie hatte lange referiert, fast ganz ohne ihre sonst so häufigen Ähms und Alsos.

Alle sahen sie an.

»Ja, und der von Brennerstein hat mit seinen Kumpels auch mit Nachtzielgeräten geschossen. Nachtsichtgeräte zum Rumlaufen im Dunkeln darf man schon benutzen, aber nicht Nachtzielgeräte, das ist ein Verstoß gegen das Nachtjagdverbot. Ich hab nachgesehen. Eineinhalb Stunden nach Sonnenuntergang darf eh keiner mehr rumschießen.«

»Das ignorieren aber viele der honorigen Jäger«, meinte Irmi und dachte an Bernhard und seinen Schrotallerwertesten.

»Am fiesesten finde ich«, setzte Andrea nach, »dass der von Brennerstein mal gesagt haben muss, als es um die armen Kitze ging, die zusammengemäht werden: Was wir dermäht haben, müssen wir schon mal nicht mehr erschießen. Da erwisch ich gleich drei, hat er gesagt. Das ist doch …« Andrea kämpfte mit den Tränen.

Irmi kannte genug Bauern, die das zwar nicht aussprachen, aber dachten. Denen gingen die zermähten Kitze sonst wo vorbei. Manche hielten sogar drauf zu und unterbanden Hilfsangebote von Naturschützern, die Wiesen vor dem Mähen abzugehen. Und das Flugobjekt mit Temperatursensor, das man über Wiesen fliegen lassen konnte, damit es Aufschluss über eventuelle Tiere im Gras gab, würden die in tausend Jahren nicht einsetzen.

»Die entscheidende Frage ist dann aber doch, ob dieser von Brennerstein das gewusst hat«, meinte Kathi. »Hat er gewusst, dass seine Ex über ihn wenig feine Geschichten schreibt?«

»Ja, und genau das werden wir ihn fragen«, sagte Irmi.

»Herrgottsakrament, des wird der sicher ned woin, dass des an die Öffentlichkeit kimmt«, meinte Sailer. »Des klingt ja schauderhaft. Wenn des stimmt.«

»So was stimmt immer. Diese Regina hat sicher sauber recherchiert. Außerdem wird kein Verlag der Welt es wagen, so was zu drucken, wenn es nicht hieb- und stichfest ist«, meinte Irmi. Sie nahm den Ausdruck des Textes in die Hand und überflog das Vorwort.

»Sehr interessant«, meinte sie dann. »Wisst ihr was? Ich lese es euch einfach mal vor.«

Wenn Frauen scharf schießen

Mein Sepp war sechzehn Jahre alt, als er hochbetagt in die ewigen Jagdgründe einging. Sepp war ein prächtiger handzahmer Hirsch, der Hunderten von Kindern in meinem Naturpädagogikzentrum den engen Kontakt zu einem Wildtier ermöglicht hat. Sepp war ein Star! Dass er in die ›ewigen Jagdgründe‹ einging, ist in dem Fall keine Floskel. Die Indianersprache habe ich bewusst gewählt, denn ich habe mir beim Jagen die Denkweise der Indianer zu eigen gemacht. Wenn Indianer jagen, dann sprechen sie vorher mit dem Tier und erklären ihm, dass sein Tod nötig sein wird. Das ist Ehrerbietung vor dem Tier, und auch hierzulande gibt es solche Rituale: dem Tier den letzten Bissen ins Maul zu stecken, vor dem toten Tier eine Weile zu verharren. Ein Tier sofort ohne jegliche Emotion abzutransportieren lehne ich ab. Ich habe genug Jagdkollegen, die mich auslachen und unter Druck setzen wollen, nach dem Motto: ›Bis du mal abdrückst!‹ Aber ich habe eine Verantwortung für das Tier, ich schieße nur, wenn ich mir hundertprozentig sicher bin.

Auch wenn ich schießwütige Frauen kenne und übervorsichtige Männer, so gibt es doch eine Tendenz, dass Frauen den Finger nicht so schnell am Abzug haben und bei großen Distanzen eher mal verzichten. Was ich bei Frauen auch selten erlebe, ist diese Vernarrtheit in Waffen. Das Sammeln von Waffen. Wir benutzen die Waffe einfach als Arbeitsgerät.

Warum ich jage?

Nun, ich bin schwer vorbelastet und mit Wald und Flur aufgewachsen. Ich besitze einen Forstbetrieb mit über achtzig Hektar. Das ist vergleichsweise klein, aber ab achtzig Hektar ist das eine Eigenjagd, ich will und muss den Bestand regeln. Aber ein Jagdschein ist kein Schussschein. Und nicht für ein Wochenendseminar geeignet. Im Saarland beispielsweise gibt es Crashkurse, für die man ein paar Tausend Euro hinblättert, aber es fehlt die Praxis, und es fehlt etwas ganz Entscheidendes: die Passion. Jagd aus Prestigegründen hat nichts mit Naturliebe zu tun. In Bayern hingegen ist der Schein sehr aufwendig, man spricht nicht umsonst vom »grünen Abitur«, das Waffenkunde, Jagdrecht, Hundekunde, Forst- und Landwirtschaft sowie Naturschutz, Schießübungen und sehr viel

Wildtierkunde umfasst. Ein Jäger ist sein eigener Fleischbeschauer, das heißt, er muss sehr genau über Krankheiten Bescheid wissen.

Wie kann gerade ich Tiere töten?

Die Antwort hat etwas mit ebendieser Ehrerbietung zu tun und mit einer gesunden Einstellung zur Ernte. Bestimmte Jagdpraktiken lehne ich ab, die reine Trophäenjägerei ist für meine Begriffe abartig. Jagd hat da ihre Berechtigung, wo ich das Tier dann auch als Fleischlieferant verwerte. Und das erfordert einmal mehr Umsicht. Das Tier darf in keinem Fall wissen, wer dahintersteht. Es darf keinen Kontakt zum Schützen aufnehmen, womöglich sogar herübersehen. Ich als Mensch brauche die Distanz, und das Tier sollte auch aus ganz pragmatischen Gründen keinerlei Anspannung spüren, denn Stressadrenalin schadet dem Fleisch. Aber was sehe ich bei den männlichen Kollegen? Ich sehe Brunftverhalten bei Männern – wie bei der Jagd die Geweihe klappern, das ist ganz großes Kino.

Liebe Leser, wenn wir heute nicht umdenken, ist es morgen schon zu spät. Frauen sind ihr ganzes Leben lang dahin gehend erzogen worden, eine Synthese zu finden, das mussten wir in allen unseren Lebensbereichen lernen. Die Jagd profitiert nur davon.

Ihre Regina von Braun

Es war eine Weile still, bis Andrea sagte: »Das mit den Indianern find ich schön.«

»Ja, das war wieder mal klar«, meinte Kathi. »Shitting Bull hat gesprochen und so.«

»Des hoaßt Sitting Bull«, kam es von Sailer, der wohl auch eine große Vergangenheit als Indianer in Kindertagen gehabt hatte.

»Ach?«, fragte Kathi mit einem süffisanten Grinsen und fuhr fort: »Ich bin mir nicht ganz sicher, ob da nicht zwischen Selbstbild und Fremdwahrnehmung ganz schöne Abgründe klaffen. Diese Regina von Braun war gewiss keine, die Synthesen finden konnte. Sie wiegelt doch schon in ihrem Vorwort auf und …«

»… ist dir da so was von ähnlich!«, ergänzte Irmi.

Andreas Miene entspannte sich. Irmi lächelte sie an und meinte in Kathis Richtung: »Dabei gebe ich dir sogar recht. Ich kann diese Regina von Braun nicht greifen und schwanke, ob ich sie sympathisch oder unsympathisch finden soll.«

»Ich finde sie mutig«, flüsterte Andrea.

»I woaß ned«, kam es von Sailer. »Wär s' doch besser Biologielehrerin worden.«

Irmi seufzte. »Ihr seid auch keine große Hilfe. Wir müssen das Buch komplett lesen und herausfinden, wem sie außer von Brennerstein noch auf die Füße getreten ist. Das könnten Leute sein, die das Erscheinen des Buches verhindern wollten. Andrea, wie heißt der Verlag?«

»Corecta Verlag, mit Sitz in Österreich. Ich hab dir die Telefonnummer und die E-Mail-Adresse der Lektorin aufgeschrieben.«

Irmi nahm den Zettel. Eine Nummer in Innsbruck und die Adresse a.schmidt@corecta-verlag.at.

»Gut, ich ruf da morgen mal an. Wir machen jetzt Schluss und warten auf die Auswertung der Waffen vom Karwendel-

Hias. Morgen fahren wir zu diesem von Brennerstein. Sonst noch was, bevor wir eine kurze PK für die Lokalpresse geben?«

»Die Computerspezeln von der KTU haben rausgefunden, dass an Reginas PC mehrfach mit dem Passwort rumprobiert worden ist.«

Irmi sah Andrea überrascht an. »Das heißt, da war einer dran, der sich Zugang zu ihren Dateien verschaffen wollte?«

»Sieht ganz so aus.«

»Was war denn das Passwort?«

»Na ja, sie haben es natürlich mit den Familienmitgliedern versucht, dann alle Tiernamen, Geburtstage und so.«

»Ja, und?«

»Das Passwort war Platzhirsch.«

»Wow!«, rief Kathi.

»Da kommt ja keiner drauf«, sagte Irmi bewundernd.

»Die KTU schon«, meinte Kathi grinsend.

Irmi dankte ihren Leuten und verabschiedete sich in die PK. Außer Tina Bruckmann waren die üblichen Verdächtigen der Region anwesend, die Skandalmedien hatten wohl noch keinen Wind von der Geschichte bekommen oder das Ganze noch nicht als boulevardwürdig erachtet. Bisher gab es von der Polizei aus auch wenig zu sagen. Eine tote Biologin, ein Kleinkalibergeschoss, eine Tatzeit, bislang keine Motive. Das Buch mit den Jagdgeschichten würde Irmi momentan noch nicht erwähnen, das hatte sie mit dem Pressesprecher und der Staatsanwaltschaft so abgestimmt. Sie sprachen auch nicht explizit darüber, dass man es hier mit einem Wildererkaliber zu tun hatte, darauf würden die Schreiberlinge, sofern sie pfiffig waren, von selbst kommen.

Nachdenklich fuhr Irmi schließlich heim. Im Kopf wirbelten Bilder, Worte und Sätze herum. Doch, sie hätte manchmal etwas für einen dieser Jobs gegeben, die man einfach hinter der Bürotür lassen konnte.

Platzhirsch, interessantes Passwort. Wen hatte sie damit gemeint? Ihren Lover, ihren Ex? Einen anderen Mann? Ihren Vater vielleicht? Oder war das einfach ein Gag, ein Wort, das ihr gerade eingefallen war? Ein Mann, dein Mann, mein Mann, schoss durch Irmis Kopf, und sie dachte an *ihn*. Sie wählte auf dem Handy seine Nummer an, doch es meldete sich wieder nur seine Mailbox. Irmi wusste, dass er gerade irgendwo in Russland unterwegs war, und sie hatte keine Ahnung, wie es da mit dem Telefonnetz aussah. Das war ja schon in Bayern katastrophal und löchrig wie ein Käse.

Mein Mann? Er war doch ihr Mann, zumindest gefühlt. Aber Irmi hatte sich immer schon unwohl gefühlt mit Possessivpronomen bei Menschen. Es gab Leute, die mit ihrem Besitz herumprotzten: mein Haus, meine Jacht, meine Frau, mein Hund, mein Pferd. Aber Lebewesen besaß man nicht, Lebewesen begleiteten einen auf Teilstrecken eines Lebens. Mein Lebensgefährte? Ein Gefährte war ursprünglich jemand, der einen auf einer längeren Reise begleitete. Oder kam das Wort doch von Gefahr? Lebensabschnittspartner, das ging gar nicht, fand Irmi. Eine Affäre klang so flüchtig, dabei war ihre Affäre doch gar nicht so flüchtig, immerhin kannte sie *ihn* schon seit einigen Jahren. Und liebte ihn. Sie liebte ihn doch? Lover? Liebhaber? Was war *er* eigentlich in ihrem Leben?

Heute war er abwesend, unerreichbar, nur weil ein Mobiltelefon seinen Dienst verweigerte. Und gerade heute wog das so schwer. Aber sie hatte ja ihre Kater zum Reden. Sie lagen nicht, wie erwartet, in Irmis Bett, sondern saßen vorwurfsvoll auf dem Fensterbrett. Irmi brauchte eine Weile, um die Lage zu überblicken. Sie hatten es geschafft, eine fast volle Literflasche Mineralwasser vom Nachtkästchen ins Bett zu kippen. Ein Bett, das nun geflutet war. Und darin konnte man als Katze ja wahrlich nicht liegen. Als Mensch auch nicht. Irmi zog das Bett ab, stopfte Küchenhandtücher unter das frische Leintuch, damit sie die Feuchtigkeit aufsaugten. Tiere erzogen zur Ordnung – was hatte sie die Flasche auch nicht verschlossen?

Irmi erwachte am nächsten Morgen um halb sieben. Bernhards höllenstarker Kaffee stand parat, und auch die Zeitung lag auf dem Tisch. »Wildererschuss auf Biologin?« Tina Bruckmann war pfiffig, sie hatte am Abend noch Kontakt mit Kugler aufgenommen, der als Revierjäger natürlich von diversen Fällen der Wilderei zu berichten wusste, bei denen mit demselben Kaliber geschossen worden war wie beim Mord an Regina von Braun.

Vom Büro aus meldete sie sich beim Corecta Verlag in Innsbruck. Eigentlich hatte sie gar nicht damit gerechnet, dass die Lektorin um kurz nach acht schon ans Telefon gehen würde. Diese Menschen in Kreativberufen begannen doch erst gegen zehn. Wenn überhaupt. Aber Anita Schmidt war schon am Platz und stellte auch gar nicht infrage, dass Irmi wirklich von der bayerischen Polizei war. Sie schien tief betroffen, dass Regina tot war.

»Was passiert denn nun mit dem Buch?«, fragte Irmi schließlich.

»Keine Ahnung. Ich muss das mit der Verlagsleitung besprechen. Es gibt ja Rechtsnachfolger, die auch die Tantiemen der laufenden Bücher bekämen. Ob das Buch nun erscheint, keine Ahnung. O Gott, wie furchtbar.«

Rechtsnachfolger wäre dann Robbie, nahm Irmi an. Regina hatte im Corecta Verlag bereits vier Bücher veröffentlicht, eines über die Biologie von Reh und Rotwild, ein Kinderbuch mit vielen Bildern, ein Buch über die Haltung von Rentieren in Mitteleuropa und eines über Gemüseanbau.

»Das Gemüsebuch ist aus den Aufzeichnungen ihrer verstorbenen Mutter entstanden. Ein sehr schöner Text, wie ich finde«, sagte die Lektorin. »Ihre Mutter war Autodidaktin, sie hatte sagenhafte Ideen und sehr einfache und praktikable Tipps. Mein Gemüse gedeiht prächtig, seit ich diese Ratschläge berücksichtige.«

Irmi dachte, dass sie das ja vielleicht auch einmal lesen sollte. Ihr mangelte es am grünen Daumen. »Das aktuelle Werk dagegen ist ja ziemlich brisant.«

»Wir sind ein Naturbuchverlag mit einem Fokus auf Jagdthemen, auf Hundebücher und Kochbücher. Wir sind kein Magazin, aber unsere Verlagsleitung hat sich ganz klar dafür entschieden, auch mal was Kritisches zu veröffentlichen. Die meisten Jäger werden das ja nicht auf sich beziehen. Sie sind ja die Guten.« Sie lachte unsicher.

Ja, die Guten und die Schlechten. Immer diese schwierige Grenzziehung.

»Frau Schmidt, das finde ich ja durchaus löblich. Ich nehme auch an, die Verlagsleitung erwartet sich gute Absatzchancen. Aber Sie bewegen sich da auf sehr dünnem Eis, oder? Haben Sie nicht Angst vor einem Schwall von Klagen?«

»Wir können die Geschichten nicht mit den Klarnamen bringen. Das ist sicher.«

Irmi horchte auf. »Wir haben den PC von Regina von Braun sichergestellt. Und da sind die Geschichten alle personalisiert. Ein Marc von Brennerstein und seine Jagdpraktiken beispielsweise kommen da gar nicht gut weg.«

»Das ist die erste Version. In der lektorierten Fassung erzählen wir Geschichten, aber ohne Namen. Mit Namen, das ginge doch gar nicht! Du lieber Himmel!«

»Nun, den Absatz des Buches könnte das aber ankurbeln, oder?«

»Ja, aber die Arbeit unserer Rechtsabteilung auch. Wir haben uns darauf verständigt, dass wir nur Andeutungen machen, es kann ja jeder selbst etwas hineininterpretieren.«

»Und Regina von Braun war damit einverstanden?«, fragte Irmi.

»Anfangs nicht, dann aber schon. Der Verlag hat ganz klar gesagt, dass er gerne üble Praktiken brandmarkt, aber ohne Namen. Wir lehnen uns auch schon so weit aus dem Fenster, das sage ich ihnen!«

Anita Schmidt klang ein wenig skeptisch. Irmi hatte den Eindruck, dass wohl vor allem die Verlagsleitung das Buch bringen wollte und weniger diese Lektorin. Einige der Geschichten würden sicher auch ohne Namensnennung Staub aufwirbeln. Zwar hatte so ein Jagdbuch bestimmt keine so hohen Auflagen wie diese albernen Krimis, die heutzutage die Schaufenster der Buchläden zuhauf bevölkerten. Und es waren schon gar nicht die Bestsellerauflagen dieser mittelalterlichen Softpornos zu erwarten, deren Erfolg sich Irmi auch nicht erschloss. Aber einige Leute würden es genau lesen, Leute wie Marc von Brennerstein. Und die hatten Einfluss in Bayern!

Irmi bedankte sich für die Auskünfte, hinterließ ihre Telefonnummer und informierte ihre Leute. Sailer und Sepp war anzusehen, wie angestrengt sie nachdachten. Andrea blickte zu Boden.

Kathi übernahm schließlich das Wort. »Aber wenn im Buch keine Namen fallen, dann sind wir doch auch unser Mordmotiv los, oder? Dann hätte dieser von Brennerstein ja keinen Grund, Regina aus dem Weg zu schaffen.«

»Außer er hat nicht gewusst, dass die Namen entfallen. Was, wenn er in Reginas Computer geschnüffelt, seine Story gelesen und sie anschließend zur Rede gestellt hat? Jemand hat ja versucht, ihr Passwort zu knacken.«

»Aber konnte er denn sicher sein, dass Reginas Tod das Erscheinen des Buchs verhindert?«, fragte Andrea zögernd.

Irmi nickte ihr zu. »Gute Frage, die Lektorin konnte das auch nicht sagen, aber egal wie – den von Brennerstein besuchen wir jetzt mal.« Sie grinste Kathi an. »Und wir pokern ein wenig.«

»Aye, Aye, Sir!«, machte Kathi.

Es klopfte, und herein stolperte der Hase, der Irmi heute noch dünner vorkam als im Wald der von Brauns. Aber da hatte er auch eine Daunenjacke getragen. Heute hatte er eine Softshellweste an, und die hatte er sicher in der Kinderabteilung gekauft. Er wusste zu berichten, dass die Waffen vom Karwendel-Hias clean waren. Aus keiner war vor Kurzem geschossen worden, und kein Gewehr wies die Eigenschaften auf, die gepasst hätten. Kollege Hase hatte mit ein paar Ballistikern Material gesichtet, Vergleichswunden analysiert, auch Wunden an gewilderten Tieren. Die Experten waren zu dem Schluss gekommen, dass die Tatwaffe höchstwahrscheinlich eine umgearbeitete Biathlonwaffe war.

Vielleicht war es Sailer, der den Ausschlag gab. Er lachte polternd und sagte: »Die Magdalena Neuner wird's scho ned gewesen sein.«

»Die Martina, die wo mal Glagow g'hoaßn hot, aa ned«, setzte Sepp noch eins drauf.

»Ja, und die Miri Gössner auch nicht und all die anderen netten Mädels.« Irmis Ton war eisig. »Und der Kasperle im Kasperletheater war es auch nicht, der haut ja immer nur das Krokodil.«

Sepp starrte seine Chefin entgeistert an.

»Was ihr hier veranstaltet, ist Kasperletheater!«, fuhr Irmi fort. »Aber aus irgendeiner Waffe wurde geschossen, und drum werdet ihr jetzt mal alle Biathlonvereine überprüfen und auch die Sportschützen, denn alle müssen ihre Waffen ja ordentlich versperrt aufbewahren. Und registrieren. Schaut euch die Jäger in der Region an, das hier ist doch kein Verbrechen, wo ein Auftragskiller mal schnell aus Weißrussland eingeflogen wird. Hier geht es um etwas Privates. Ich bin der Meinung, dass der Täter dicht dran war an Regina von Braun.«

»Des is a Witz«, kam es von Sailer.

»Kein Witz, mir ist heute gar nicht so witzig zumute. Wir haben eine tote Frau, und es sind schon zwei Tage vergangen, ohne dass wir irgendwas hätten. Also gehen wir jetzt mal ganz systematisch vor, das nennt man Polizeiarbeit. Wir sind hier nicht beim Fernsehen, wo dumme Bullen allein irgendwo reinmarschieren und eins auf die Mütze kriegen.«

Im gleichen Atemzug wusste Irmi, dass sie auch so eine dumme Bullin war, die gefährliche Alleingänge machte. Aber keiner der Kollegen sagte noch etwas.

Sogar Kathi war relativ schweigsam, als sie sich Richtung Tölz aufmachten. Es hatte zu schneien begonnen. Fette, nasse Flocken sanken hernieder. Es war bald Ostern, so gehörte sich das im Voralpenland. Schnee zu den unmöglichsten Zeiten, bloß nie an Weihnachten. Einen Vorteil hatte das: Kathi war relativ schnupfenfrei, der Schnee klebte die Pollen zusammen.

Sie verließen die Hauptstraße und schraubten sich ein wenig hinauf bis Wackersberg. Schmucke Höfe, ein ganz anderer Baustil als im Werdenfels. Irmi entdeckte eine Inschrift, die in Stein gehauen war: »Sieh das Leiden unsres Herrgotts, der uns dies schöne Land bescherte, sieh den Bauernstand, den stolzen, und die Politik, die g'scherte.« Das stand bestimmt schon länger da, schon vor den Querelen wegen des Milchpreises, lange vor dem aktuellen Versagen der Landwirtschaftspolitik. Sie passierten eine Pestkapelle, und auf einmal hatte Irmi das Bedürfnis anzuhalten.

»Willst du beten oder was?«, maulte Kathi. Trotz Pollenbefreiung war Kathi heute wenig genießbar.

Irmi zuckte mit den Schultern und ging los. Während des Dreißigjährigen Krieges hatte die Region fast alle Einwohner verloren. Die wenigen Überlebenden hatten die traurige Pflicht, sie in einem großen Hügelgrab beizusetzen, und 1638 hatten sie die Pestkapelle errichtet. Irmi wusste gar nicht, warum sie das heute so berührte, und begann im Gästebuch zu lesen. Eine Grazyna aus Polen, die in Wackersberg arbeitete, freute sich über den schönen Tag, und eine Melanie wünschte sich eine gute Prüfung im Februar und im März und eine neue Arbeit. Einfache Wünsche.

Ja, manchmal wünschte sich Irmi auch eine neue Arbeit und eine neue Kollegin. Ihre stand ans Auto gelehnt, rauchte und sah sie an, als wäre sie sowieso irrsinnig. Am liebsten hätte sich Irmi auf die Terrasse des Gasthofs Waldherr gesetzt und ein paar Obstler gekippt. Auch das war ein Wunsch, den sie selten hegte, aber heute war ihr so kalt. Innerlich und äußerlich.

Aber der Waldherr hatte geschlossen.

Das Anwesen der von Brennersteins war weniger protzig als erwartet. Marc von Brennerstein selbst war gerade damit beschäftigt, in die Motorhaube seines schweren Mercedes-Geländewagens zu starren. Als Irmi und Kathi kamen, schälte er sich aus dem Auto und blieb an den Wagen gelehnt stehen. Er war zweifellos attraktiv, jetzt weit mehr als im TV, als er geschminkt gewesen war und viel zu maskenhaft ausgesehen hatte. Im Fernsehen hatten sie ihm sicher die Haare mit Spray festgepappt, nun strich er sich eine Strähne aus der Stirn und schmierte sich versehentlich Öl ins Gesicht.

»Sind Sie auf dem Kriegspfad?«, fragte Kathi.

Er war nur sehr kurz irritiert, dann blickte er in den Außenspiegel und wischte sich mit einem Taschentuch, das er elegant aus der Jacke zauberte, die Stirn ab. Das Taschentuch war natürlich eins aus Stoff und trug ein Monogramm. Wo gab es heute noch Männer mit solchen Taschentüchern? Nur in einer Welt, die nicht Irmis war.

»Besser?«, fragte er. »Die Damen wünschen?«

»Wir würden mit Ihnen gerne über Ihre tote Exfreundin sprechen«, erklärte Irmi.

»Als hätte ich es geahnt«, seufzte er theatralisch. »Darf ich Sie hereinbitten? Es ist doch noch etwas frisch heute.«

Er war so was von ungerührt, dass Irmi fast versucht war, ihm Anerkennung zu zollen. Sie empfand ihn nicht unbedingt als unsympathisch. Er wirkte einfach wie ein Mann, der es sein ganzes Leben lang gewohnt gewesen war, dass sich ihm nichts in den Weg stellte. Er besaß die Selbstsicherheit der Upper-Class-Kinder, die das Leben nur von der Sonnenseite kennen. Solchen Menschen wurde gerne Arroganz vorgeworfen, aber im Prinzip verhielten sie sich nur entspannt und souverän. Wer nie wirtschaftliche Not leiden musste, immer in den richtigen Zirkeln nach oben bugsiert worden war, wer nie um einen Job hatte kämpfen müssen, tat sich leicht mit dem Selbstbewusstsein.

Das Hauptgebäude war ein prächtiges altes Bauernhaus. Marc von Brennerstein führte sie in einen Raum von der Größe einer Gaststube. Ein Kachelofen bullerte, und kaum hatten sie sich gesetzt, brachte eine Frau ein Tablett mit Tee, Kaffee und Gebäck herein. Ein wenig war Irmi schon beeindruckt, und ein klein wenig verstand sie diese Regina auch. Ihr eigenes Haus war so erdrückend, sosehr sie es auch mit orangenen Farbtupfern aufzupeppen versucht hatte. Dieses Anwesen war pure Großzügigkeit, war Helle, war Anmut. Und es gab definitiv schiachere Männer. An den Wänden hingen kunstvoll gearbeitete Messer und ein paar Jagdwaffen, die so teuer aussahen, dass sie wohl nur Dekorationszwecken dienten.

»Waffennarr?«, fragte Kathi.

»Diese Messer sind feinste Handarbeit. Die Geschichte solch schöner Dinge ist interessant. Waffen gehören zum Menschen, gehören zur Menschheitsgeschichte. So wie die Jagd. Narretei ist das keine. Ich bin Sammler.«

Jäger und Sammler, das waren die Menschen früher einmal gewesen. Damals war es ums Überleben gegangen, um die Nahrung. Heute jagten sie nach Ruhm und Erfolg und sammelten Statussymbole. Die Gene waren einfach nicht mitgekommen, dachte Irmi. Laut sagte sie: »Regina von Braun wurde erschossen. Sie wissen das.« Das war eine Feststellung, weniger eine Frage.

»Ja, eine Tragödie.«

»Na, so eine Tragödie war das ja wohl nicht für Sie. Schließlich hatten Sie Streit, und Sie hatten sich getrennt. Sie haben sich eine Fernsehschlacht geliefert«, sagte Kathi scharf.

Er lächelte. »Schlacht – nun ja, solch starke Worte würde ich nicht verwenden. Wenn ich jede meiner Exfreundinnen hätte erschießen wollen ...«

»Ach, waren es so viele?«

»Wen interessieren profane Zahlen? So spielt das Leben. Andere Mütter haben auch schöne Töchter.« Sein Blick besagte: Deine Mutter hat ja auch eine schöne Tochter.

»Die Zahl Ihrer Exfreundinnen interessiert uns nicht. Aber Sie wollten Regina gerne halten!«, sagte Irmi mit Chilischärfe in der Stimme.

»Es ist korrekt, dass sie die Beziehung beendet hat. Ich fand das etwas übertrieben als Reaktion auf eine Fernsehsendung. Es war doch nur eine Sendung im Hausfrauenfernsehen.«

Irmi spürte, dass er das wirklich ernst meinte. Er schien sich dessen tatsächlich nicht bewusst zu sein, wie sehr er Regina im Mark erschüttert hatte. Er war ein Spieler, der immer gewann. Er hatte den Fernsehprovokateur gespielt und einen Heidenspaß dabei gehabt.

»Herr von Brennerstein, ich würde mir diese DVD gerne mit Ihnen ansehen.« Irmi zauberte sie aus der Tasche und wedelte damit. Von Brennerstein war ganz kurz irritiert, dann öffnete er einen Holzschrank, in dessen Innerem ein Riesenbildschirm, diverse Kästchen und eine Bose-Anlage zum Vorschein kamen. Er legte die DVD ein. Irmi sah den ersten Teil nun schon zum zweiten Mal, ein Seitenblick auf Kathi zeigte ihr, dass diese schon bei der ersten Antwort des Landadligen aggressiv wurde. Da war wieder der Moderator, der sagte, es ginge ja hier nicht um Schokolade. Regina wirkte angespannt, als sie wieder ins Bild kam.

»Nein!«, rief sie ins Mikro. »Hier geht es darum, dass das Wild aus den Deckungen gar nicht mehr rauskommt. Wir wissen doch längst, dass die Ganzjahresjagd nur bedeutet, dass die Tiere scheuer werden und schier unauffindbar. Auch Sie müssten erkannt haben, dass lediglich Intervallzeiten zum Jagderfolg führen. Außerdem schnellt bei einer Beunruhigung in der Winterzeit der Energiebedarf der Rehe um bis zu vierhundert Prozent des Ruhezustandes in die Höhe. Nur wenn das Wild in den Wintermonaten ungestört ist, schont es seine Energiereserven und kommt mit einem kargen Nahrungsangebot gut über die Runden, sonst verbeißt er nämlich noch mehr! Das ist doch logisch!«

»Logik, meine Liebe, ist ein Wort aus dem Altgriechischen und meint denkende Kunst. Man versteht darunter die Lehre des vernünftigen Schlussfolgerns. Ihre Rehbegeisterung ist aber nicht vernünftig.« Wieder grinste er selbstgefällig.

»Sie lügen den Leuten doch was vor. Sie reden von Versuchen mit Nachtzielgeräten, Sie reden von der winterlichen Gatterjagd im Allgäu nach dem Motto: Ich schieß raus, was mir nicht passt. Das bedeutet: Ich erschieße Tiere ohne Fluchtmöglichkeiten. Ich erschieße Tiere in einem Bereich, der der Notzeitfütterung dient. Mit hoher waidgerechter Jagd hat das alles nichts mehr zu tun, da bin ich im Sprachduktus sogar bei Ihnen: Das ist wirklich nur noch Schädlingsbekämpfung!«, giftete Regina.

Irmi fand, dass Regina die weit besseren Argumente hatte, aber auch ihr wollte sie nicht so recht gefallen. Sie redete zu schnell, zu laut, und auch sie wirkte arrogant. Während er gönnerhaft schien, war sie zu wissenschaftlich. Es war wie ein Duell zwischen zwei Präsidentschaftskandidaten. Irmi beobachtete von Brennerstein aus den Augenwinkeln. Der saß entspannt da und lächelte selbstgefällig.

»Wenn ich die Tiere nicht anders erwische«, sagte von Brennerstein im Fernsehduell, »muss ich das tun. Es geht um Effizienz, ich erinnere Sie noch einmal daran, dass Abschusspläne bindend sind. Ich habe einen geringeren Aufwand, muss nicht dauernd ansitzen, bin nicht an Tageszeiten gebunden.«

Regina sah so aus, als würde sie ihm nun jeden Moment an die Gurgel fahren, und auch der Moderator hatte instinktiv den Kopf eingezogen.

»Wenn ich mal das Thema Ethik komplett ausklammere und nur die Wildbiologie ins Feld führe, dann nutzt ihnen der Gatterabschuss nur kurzfristig. Die erfahrenen weiblichen Tiere, die die Herde anführen, werden nicht mehr hineingehen und die Herde dann auch nicht mehr. Rotwild ist extrem lernfähig. Was Sie hier propagieren, ist nicht besser als jede Großschlachterei.« Reginas Augen sprühten.

»Frau von Braun«, mischte sich der Moderator ein, »erklären Sie dem Zuschauer doch bitte, was diese Gehege sind!«

»Wintergatter, nicht Pferch oder Gehege! Die Tiere sind freiwillig hier, sie kommen im Frühwinter und haben weder Uhr noch Kalender. Sie kommen nicht unbedingt mit dem ersten Schneefall, aber mit dem ersten großen Wintereinbruch. Diese Erfahrung, dieses Wissen geben die Mütter an die Kinder weiter. Rothirsche sind große Pflanzenfresser und waren eigentlich Offenlandbewohner, aber der Mensch hat sie immer weiter in den Bergwald zurückgedrängt. Sie haben sich angepasst, aber im Winter bietet der Bergwald zu wenig Äsung. Rotwild zieht eigentlich in die Flussauen, aber die gibt es heute kaum noch. Die Flüsse sind begradigt, von Straßen abgeschnitten, besiedelt. Was also tust du als hungriger Hirsch, der du auch noch Wiederkäuer und auf rohfaserreiche Nahrung angewiesen bist? Genau, du knabberst Bäume an, und das aus Überlebenswillen. Genau deshalb gibt es diese Wintergatter. Die Tiere erhalten artgerechte Nahrung aus Heu und Grassilage, Rüben und Kastanien als Schmankerl. Man hindert die Tiere daran, den im alpinen Raum so wichtigen Schutzwald zu verbeißen, und entlässt sie erst wieder, wenn die Bodenvegetation wieder Nahrung bietet.«

»Aha, aber dann ist es doch wirklich unethisch, die Tiere dort abzuschießen, Herr von Brennerstein«, meinte der Moderator und schaute dümmlich aus seinem Trachtenhemd. »Da schießen Sie ja quasi auf Gefangene, die nicht flüchten können.«

»Die Kugel ist noch nicht draußen, da ist das Tier schon tot. Wenn's knallt, dann sind die Tiere tot, bevor sie es merken. Ich bin ein guter Schütze, ich schieße nicht daneben, bei mir muss kein Tier leiden. Das ist Ethik. Und noch mal zum Mitschreiben: Anders schafft man die Abschüsse nicht.«

»Nonsens! Deutschland hat im Vergleich sowieso schon die längsten Jagdzeiten. Die Staatsforsten haben zwischen viereinhalb und achteinhalb Monaten Zeit, ihren Abschuss von weiblichem Rehwild zu erfüllen. Das sollte genügen«, zischte Regina.

»Frau von Braun, auch in Ihrem Revier werden Sie die Auswirkungen des Klimawandels merken. Es kommen zu viele milde Winter, die Nährstofflage ist viel besser geworden, dem Rehwild geht es doch gut.«

»Jetzt kommen Sie mir nicht mit dem Klimawandel!«, rief Regina.

Von Brennerstein frohlockte. »Sie werden das auch kennen: Die milden Winter veranlassen die Rehe, erst gar nicht bis zur Kierung zu kommen.«

Der Moderator sah ratlos aus. »Kierung?«

Von Brennerstein schenkte ihm ein gönnerhaftes Lächeln. »Wir sprechen von Kierung, wenn man mit kleinen Futtermengen Rehwild anlockt, um dann zum Abschuss zu kommen. Wenn die Tiere aber aufgrund der milden Winter gar kein Interesse an Futter haben, dann schaffen wir unsere Abschusszahlen nicht.« Es folgte der letzte Teil, in dem Regina anprangerte, dass man also künftig auf trächtige Geißen schießen wolle. Und da waren wieder die Heuwinkelkapelle und die Überleitung zum Koch Schrammelhuber. Aus, Äpfel, Amen.

Nach der Sendung wirkte Kathi etwas erschlagen, also ergriff Irmi das Wort. »Sie und Frau von Braun hatten aber tatsächlich sehr kontroverse Ansichten.«

»Ich ermorde aber nicht all jene, die eine andere Ansicht haben als ich.«

»Haben Sie denn so viele Feinde?«

»Feinde, das ist Pathos. Ich führe ein Wirtschaftsunternehmen, die Bayerischen Staatsforsten tun das auch. Wir haben es ständig mit Menschen zu tun, deren Herz für ein paar Bambis schlägt.«

Auch jetzt setzte er auf kurze Sätze und blieb ruhig. Er hatte so eine Art, das Gegenüber mit einer gewissen Nonchalance und ein paar reißerischen Aussagen zu provozieren. Genauso war es beim Fernsehauftritt gewesen. Er hatte kurz gekontert, Regina hatte sich um Kopf und Kragen geredet.

»Regina von Braun war Jägerin und Biologin. Sie war auch Waldbesitzerin. Ich glaube nicht, dass sie einfach nur ein Bambi-Syndrom hatte. Sie hatte gute Argumente. Das zeigt doch das Interview deutlich.«

»Jetzt erzählen Sie mir gleich noch, dass Frauen mit mehr Bedacht jagen und mehr Gefühl für die Kreatur haben? Frauen sind zu schwach. Mein Vater hat immer gesagt: Frauen sollen daheim bleiben und Kinder kriegen. Sie sind geistig zu schwach, das Töten auszuhalten. Mir kommt ka Weiberleit ins Revier, das war sein Credo.«

»Ihr Vater? Und Sie?«

»Frauen können den Mund nicht halten, attraktive Frauen sind störend und bringen alles durcheinander im Wald.«

»Wie Regina?«

»Regina ist zweifellos sehr klug und schön.«

»War!«

»Was war?«

»Sie war klug und schön, und nun ist sie tot.«

»Ja, bedauerlicherweise. Wir hatten Meinungsverschiedenheiten, wie in jeder Beziehung. Ich habe Regina wahrlich nicht den Tod gewünscht. War es das jetzt? Ich habe nicht endlos Zeit. Falls ich ein Alibi brauche, um welche Zeit geht es denn?«

»Sonntag am späten Abend, gegen zweiundzwanzig Uhr.«

»Da war ich hier. Ich habe meine Waffen gereinigt.«

»Zeugen?«

»Mein bayerischer Schweißhund.«

Kathi schnaubte. Irmi hatte lediglich die Stirn gerunzelt.

»Ich möchte nicht unhöflich sein. Aber war es das jetzt?«, insistierte er.

Irmi zögerte nur ganz kurz. »Ja, das war es im Prinzip, Herr von Brennerstein. Was mich nur noch beschäftigt, ist das winzige Detail, dass Sie in Reginas Buch so schlecht wegkommen. Nachsuche im Nachbarrevier, dann gar keine Nachsuche ... Ich weiß ja nicht.«

Irmi spürte, dass Kathi die Luft anhielt. Das Risiko war hoch. Er brauchte ja nur zu sagen: Welches Buch?

Er aber schluckte kurz, was seinen Adamsapfel hüpfen ließ. »Ich habe ihr gesagt, dass ich rechtlich gegen das Machwerk vorgehe, wenn sie das wirklich veröffentlichen will.«

»Woher kannten Sie das Manuskript denn?«

»Von Regina.«

»Ach, hat sie es Ihnen vorgelesen? Das wundert mich.«

Zum ersten Mal schwieg er.

»Sie haben in ihrem Computer gestöbert. Das ist aber nicht sehr fein, Herr von Brennerstein«, sagte Kathi süffisant. »Kannten Sie ihr Passwort?«

Da er immer noch schwieg, meinte Irmi: »Ich hätte gerne Ihre Waffen, die haben Sie ja sicher registriert, und Sie haben auch sicher nichts dagegen, dass wir Abdrücke von Ihren Fahrzeugen nehmen, nicht wahr?«

Natürlich brachte er nun seinen Anwalt ins Spiel. Irmi versicherte ihm, dass sie sich völlig korrekt an die Gesetze der Bundesrepublik Deutschland zu halten gedenke. Sie bat ihn, doch morgen mit Anwalt in Garmisch vorbeizukommen, und war überrascht, dass er zustimmte. Er gab weiter den souveränen Landadligen.

Als sie und Kathi aus dem Haus traten, fühlte Irmi aber doch, dass das Gespräch sie ausgelaugt hatte. Menschen, die nur so vor Selbstwertgefühl strotzten, waren anstrengend. Ob das Regina auch so gegangen war?

Es hatte wieder zu schneien begonnen, nasser Schnee, der allmählich in Regen überging, fiel vom Himmel, und sie beeilten sich, ins Auto zu kommen.

»Studierter Schnösel!«, schimpfte Kathi.

»Immer auf die Füße gefallen. Solche Menschen haben weniger Probleme als du und ich.« Und insgeheim dachte sich Irmi, dass er sich eben auch keine machte. Ihr war klar, dass ein Marc von Brennerstein ein zäher Brocken war. Ihm einen Mord nachzuweisen würde mehr als schwierig werden.

»Wie ist Brennerstein wohl an das Passwort gekommen? Das war doch Platzhirsch, oder?«, fragte Kathi.

»Selbsterkenntnis? Brennerstein ist ja das Bild eines Platzhirsches. Der sagt uns ohne Anwalt nichts mehr.«

»Was machen wir jetzt?«

»Ich möchte noch mal zum Gutshof fahren«, sagte Irmi, ohne so recht zu wissen, was sie dort wollte.

A Weiberleit kommt mir nicht ins Revier – das hätte auch von ihrem Vater stammen können, dachte Irmi. Sie hasste solche Sätze und wusste doch, dass diese auch in ihrer Generation verankert waren und wahrscheinlich sogar in der nächsten.

Sie rief im Büro an, schaltete die neue Freisprechanlage auf laut und fragte, ob es irgendetwas Neues gebe. Andrea klang ziemlich verstört.

»Dieser Kugler hat angerufen. Er war gerade draußen. Er hat ein Stück Rotwild gefunden. Wieder ohne Kopf, sagt er. Die schneiden einfach die Köpfe ab wegen der Trophäe. Das ist so unglaublich fies. Kugler war richtig wütend. Dem Rotwild geht es eh schon so schlecht, weil alle Flussauen zugebaut sind. Und der Kugler sagt, Rotwild sei eigentlich so schlau. Die laufen bewusst auf Hangkanten, weil sie wissen, dass da keiner schießen kann. Weil da ja kein Kugelfang ist.«

Kathi ranzte in den Lautsprecher: »Kein schöner Tod, aber wir klären Todesfälle von Zweibeinern auf, oder.«

Andrea schniefte, und Irmi warf Kathi einen bösen Blick zu.

»Das Kaliber ist wieder das Gleiche. Er bringt uns das Tier.«

»Danke, Andrea, aber jetzt mach mal Pause«, sagte Irmi

und legte auf. Sie hasste diese Machtlosigkeit und sah die Katastrophe heraufziehen: ein ungeklärter Fall, Tod durch einen Wilderer. Pech. Tragisch für die Biologin. Akte zu!

»So einen Wilderer muss man doch finden, verdammt! Vielleicht wollte der Regina von Braun gar nicht treffen. Vielleicht war er auf den Elch scharf. Der Wuiderer muss her!«, rief Kathi. »Und ich glaub immer noch, es war dieser Karwendelschrat. Irgendwo hat der genau die gesuchte Waffe. Können wir den nicht observieren?«

»Willst du dem hinterherkriechen? Hast du eine Einzelkämpferausbildung? Kannst du im Wald herumschleichen, ohne auf Stöckchen zu treten? Weder du noch ich noch sonst einer von unseren Kollegen ist Lederstrumpf.«

»Sailer schon«, meinte Kathi und lachte. »Wenn der seine Lederhosn mit Altertumswert anlegt. Und die Wadlstrümpf, dann wird der zum Werdenfels-Lederstrumpf. Gut, du hast ja recht, aber dieser Kugler könnte doch an ihm dran bleiben.«

»Worum ich ihn auch bitten werde. Er soll die Augen offen halten. Aber das tut er sowieso. Und du hast gehört, wie schwer es ist, diese Typen aufzuspüren.«

»Geben wir auf?«, fragte Kathi.

»Erst am Jüngsten Tag.«

Kathi warf ihr einen seltsamen Blick und schwieg dann.

Wieder einmal fuhren sie über das enge Sträßchen zum Anwesen der von Brauns. Sosehr Irmi sich auch abmühte, den Schlaglöchern auszuweichen, spätestens das nächste Loch hatte sie gefangen. Rums, das Auto bebte. Die Qualität der Straße erinnerte Irmi an die ehemalige Transitautobahn von Hof nach Berlin und den albernen Sparwitz: »Warum ist das Radfahren auf der Transitautobahn verboten? Antwort: Weil man den Radlern sonst die Finger abfahren würde, wenn sie aus den Schlaglöchern klettern.«

Irmi spürte noch immer die Beklemmung von damals, wenn sie nach Berlin gefahren war, die Anspannung, die dreihundert Kilometer lang angedauert hatte, da man befürchten musste, von den Vopos hopsgenommen zu werden, weil man eine der abrupten Geschwindigkeitsbegrenzungen übersehen hatte. Eine Reise nach Berlin hatte immer einer Expedition geglichen, bisweilen hatte man Stunden an den Grenzstationen verbracht und inbrünstig gehofft, ja nichts falsch gemacht zu haben. Ein einziges Mal war Irmi zu schnell nach vorne gefahren, wo das Regime doch vorsah, dass man seinen Pass an dem einen Häuschen abgab, dann ewig wartete und erst dann bis zum zweiten Häuschen vorfahren durfte, wenn ein gestrenger Volkspolizist winkte. Irmi aber war gleich zu Häuschen zwei gefahren und mit ihr die restliche Schlange. Die Vopos hatten es geschafft, dass alle zurücksetzten, was bei einem Rückstau von fünf Kilometern ewig gedauert hatte.

Was einem alles einfiel! Was so ein Hirn alles speicherte! Irmi fragte sich, ob es wohl Menschen gab, die mal an gar nichts dachten. Das musste herrlich sein. Nichts denken müssen, das hätte Irmi gerne einmal erlebt, zumindest testweise. Aber das war einem wohl erst im süßen Tod vergönnt. Und selbst da war man doch nicht sicher: Wollte man den Katholiken glauben, saß man entweder auf einer Wolke mit Petrus und all den guten bigotten Christenmenschen oder schmorte in der Hölle mit Luzifer, der so ein neckisches Schwänzchen hatte. Irmi war sich gar nicht sicher, was sie bevorzugen sollte. Und ob da dann das Denken abgeschaltet war?

Regina von Braun hatte nicht nur viel nachgedacht, sondern ihre Gedanken auch zu Papier gebracht. Wer sich exponierte, der provozierte auch. Wer sprach und schrieb, war gefährlich. Auf dem Land weit mehr als in der Stadt. Aber wenn alle, die denken konnten, ermordet würden, wie sähe es denn dann aus im Werdenfels und im Ammertal? Eins war klar: Bevölkerungsentleert wäre die Region dann sicher nicht …

»Was schaust so zwider?«, fragte Kathi.

»Ach, mir ging nur das eine oder andere durch den Kopf«, meinte Irmi.

Sie fuhren vor das Seminarhaus, wo Helga Bartholomä sich damit abmühte, nassen Schnee wegzuschieben. Irmi grüßte freundlich und erkundigte sich nach Robbie. Es gehe ihm einigermaßen, sagte die Haushälterin und erzählte, dass ihr Mann am Gehege sei. Dann drehte sie sich ohne weitere Worte um, stellte ihre Schaufel ab und ließ die beiden Frauen stehen.

»Puh«, machte Kathi. »Die hat wenig Lust auf uns.«

Ja, sie wirkte wie beim letzten Besuch fahrig und aufgewühlt. Angestrengt und überfordert.

Der Weg war matschig, es war nasskalt und ungemütlich, wenn auch der Schneefall aufgehört hatte. Sie erreichten das Elchgehege, wo Veit Bartholomä gerade dabei war, die beiden Großnasen zu füttern. Er sah Irmi und Kathi und hob schwerfällig die Hand zum Gruß. Auch sein Gang war schleppend, als er näher kam und die Kommissarinnen begrüßte.

Irmi lächelte ihm zu und sah Arthur an. »Ich weiß nicht, irgendwie kommt es mir pervers vor, dass die Skandinavier Elchsteaks essen.«

»Tja, andere Länder, andere Sitten, Frau Mangold. Bei uns fällt der Elch zwar unter das Jagdrecht, da für Elche aber keine Jagdzeit festliegt, ist die Jagd ganzjährig verboten. Wird also nichts mit dem Elchsteak, der Verstoß ist eine Straftat, die mit Freiheitsstrafe bis zu fünf Jahren geahndet werden kann. Der Abschuss von Elchen erfüllt zudem den Tatbestand der Jagdwilderei in einem besonders schweren Fall.«

Und wahrscheinlich würden sie diese Wilderer eben nicht erwischen, dachte Irmi. Vermutlich würde sie die Akte schließen müssen, und Reginas Tod bliebe ungesühnt. Irmi schwieg, Kathi auch.

Bartholomä lächelte angestrengt. »Legal könnten Sie höchstens jene germanische Methode anwenden, die Cäsar in seinem Werk *De Bello Gallico* in einem Exkurs über den Herkynischen Wald in Germanien beschreibt. Elche sind seiner Meinung nach Tiere ohne Kniegelenke, die sich zum Schlafen gewöhnlich an Bäume anlehnen. Die Germanen würden diese Schwäche zur Jagd auf Elche nutzen, indem sie Bäume ansägten, sodass diese umfielen, sobald sich ein Elch dagegenlehne ...«

»Hat er das echt geschrieben?«, wollte Kathi wissen.

»Ja, das hat er. Plinius der Ältere setzt in seiner *Naturalis historia* noch eins drauf: Wegen seiner großen Oberlippe könne der Elch nur rückwärts gehend grasen.«

»Die Erde war ja auch mal eine Scheibe«, meinte Irmi. »Wer weiß schon, was die Menschen in tausend Jahren über unser Wissen denken?«

»Hoffentlich gibt's bis dahin keine Menschen mehr«, sagte Bartholomä. »Diese Spezies hat es nicht verdient zu überleben. Sie zerstört alles, auch sich selbst, und das ist der einzige Lichtblick.« Er sagte das so bitter, so kalt, dass Irmi glaubte, einen Eishauch zu spüren.

»Sie sind ja auch Jäger, Herr Bartholomä. Wie schätzen Sie die Chance ein, solche Wilderer zu stellen?«

»Gleich null.«

»Wir haben Anlass zur Befürchtung, dass Regina von einem Wilderer getroffen wurde. Vielleicht wurde er gestört, und Regina kam ihm in die Quere.«

»Kann schon sein. Oder ein kurzsichtiger Jäger hat sie erwischt. Ich war mal Treiber, als auf Hasen geschossen wurde. Der Schrot ist vom Eisboden abgespickt. Mein lieber Herr Gesangsverein! Da hüpfen Sie, da lernen Sie steppen. Da weiß man, dass man noch lebt.«

»Meinem Bruder ist so was auch mal passiert, aber wir reden hier nicht von Schrot. Wir reden vom Kaliber .22lr.«

Er nickte. »Klassische Wildererwaffe.«

»Kennen Sie jemanden, der so etwas besitzt?«

»Frau Mangold, es liegt im Wesen der Wilderer, dass sie wenig an die Öffentlichkeit treten. Das ist der Abschaum.«

»Gab es Fälle von Wilderei bei Ihnen?«

»Ja, mehrfach. Wir haben schon öfter Kadaver mit abgeschnittenen Köpfen gefunden. Regina hatte Angst um die Elche und auch um die Rentiere, darum ist sie oft abends noch raus zum Gehege gegangen.«

Wie aufs Stichwort traten die Rentiere aus dem Wald. Es waren acht Exemplare, Irmi hatte bisher nur die beiden zahmen Elche gesehen. Die Rentiere waren kleiner als erwartet, einer trug aber ein recht großes Geweih. Bartholomä war ihrem Blick gefolgt.

»Das ist Rudi.«

»Rudi, the red-nosed reindeer?«

»Rudi, der Rüpel. Der Depp hat mir schon einmal sieben Rippen gebrochen, und ich sah auch im Gesicht ziemlich verhaut aus. Rudi war in der Brunst, und ich dachte: Der kennt mich doch. Das war dem Rentiermännchen im Hormonrausch aber egal – er hat in mir den Rivalen gesehen.«

Bartholomä lächelte sogar.

»Das war ein Lernprozess, das Tier konnte ja nichts dafür. Mit solchen Exoten muss man erst mal zusammenwachsen. Ich war mit Regina extra einmal in Finnland, um Tipps einzuholen. Du darfst denen nicht direkt in die Augen schauen, sagen die Finnen, und wir haben auch viel über die Fütterung gelernt. Rentiere haben eine sehr sensible Verdauung und bekommen leicht Durchfall. Dabei handelt es sich meist um eine leichte Verwurmung, wenn man aber nicht täglich den Kot kontrolliert, kann die Situation schnell entgleisen. Dann sterben sie binnen zweier Tage, wenn man nichts unternimmt. Das hatten wir auch schon. Wie gesagt: ein Lernprozess.«

Irmi hatte Bartholomä bisher immer als ein wenig brummig und wenig zugänglich empfunden, heute aber war er richtig redselig.

»Sie mögen diese Tiere?«

»Ja, sogar lieber als die Elche. Sie sind immer noch Wildtiere, sie haben eine interessante Sozialstruktur. Regina hat natürlich probiert, die als Schlittenrentiere zu trainieren.«

»Um dann an Weihnachten vor dem Supermarkt zu stehen?«, fragte Irmi staunend.

»Nein, eher für ihre Schulbesuche und hier fürs Zentrum.«

Rudi sah huldvoll zu ihnen herüber und versenkte dann die Nase wieder in der hölzernen Futterrinne.

»Wie kommen die hier zurecht?«, fragte Irmi. Vielleicht könnte sie Bernhard ja vorschlagen, Rentiere zu halten? Der würde seine Schwester garantiert sofort einliefern lassen. Sie grinste in sich hinein.

»In Finnland hat es im Sommer auch mal dreißig Grad. Die Temperatur ist kein Problem, wenn die Tiere einen kühlen Unterstand haben. Hier ist der Vorteil, dass es zwei Drittel weniger blutsaugende Insekten gibt als in Skandinavien. Wir haben festgestellt, dass Medikamente für andere Huftiere bei Rentieren gar nicht wirken. Unsere Exemplare stammen aus der Uckermark. Vom Züchter dort wissen wir auch, was für ein Spezialfutter sie brauchen.«

Sie blickten über das Paddock. Es war so friedlich in diesen Minuten, die hektische Welt war irgendwo da draußen. Das Gut lag nur wenige Kilometer von einer viel befahrenen Straße ins Tiroler Zugspitzgebiet entfernt, aber diese wenigen Kilometer führten in eine hermetisch abgeriegelte Welt.

»Sie haben uns das gar nicht erzählt, das mit der Wilderei«, stellte Kathi nach einer Weile fest.

»Bitte entschuldigen Sie, dass ich nicht gleich daran gedacht habe. Regina ist tot, meine Frau ist am Boden zerstört. Wir wissen kaum noch, wie wir Robbie ablenken können. Suchen Sie den Mörder, ich muss hier für meine Lieben mitdenken. Verzeihen Sie mir, dass ich in der Polizeiarbeit so schlecht bin. Natürlich ist es nur allzu wahrscheinlich, dass Regina auf einen Wilderer getroffen ist. Ach, wäre ich an dem Abend doch mitgegangen. Vielleicht hätte ich etwas verhindern können.«

»Womöglich wären Sie dann auch erschossen worden. Nachtarocken bringt nichts«, sagte Kathi – unsensibel wie immer.

Irmi runzelte die Stirn und wandte sich wieder an Bartholomä. »Sie haben hier über achtzig Hektar, also eine Eigenjagd. Regina hat das allein gestemmt?«

»Mit mir zusammen. Wir hatten keine Probleme mit Verbiss. Unsere Situation der Verjüngung ist günstig.«

»Haben Sie denn Ihre Abschusszahlen erfüllt?«, fragte Irmi.

»Wir haben jedenfalls keine Postkartenrehe geschickt!«, brummte Bartholomä.

»Was für Rehe?«

»Wir sprechen von Postkartenrehen, wenn man dem Landratsamt Rehe meldet, die man in Wirklichkeit gar nicht abgeschossen hat. Eine fatale Dummheit, denn dann glauben die Pappnasen auf den Ämtern, die keine Ahnung von der Realität im Wald haben, die Rehe seien wirklich da. Es ist unabdingbar, den aktuellen Stand mitzuteilen. Aber wir haben einen gesunden Wildbestand.«

In diesem Moment kam Robbie plötzlich hinter der Futterhütte hervor und entdeckte die beiden Kommissarinnen. Er stieß hervor: »Sie hat doch alles aufgeschrieben!«

»Hallo, Robbie«, sagte Irmi sanft. »Schön, dich zu sehen. Bist du schon zurück von der Arbeit? Ja, wir wissen, dass Gina alles aufgeschrieben hat.«

»Nein, wisst ihr nicht. Sie hat alles aufgeschrieben. Alles! Alles! Alles!« Er stampfte mit dem Fuß auf und begann sich zu drehen. Wie ein Derwisch. Dabei rief er immer wieder: »Alles! Alles! Alles!«

Veit Bartholomä erwischte ihn am Arm und bremste ihn. »Ist gut, Robbie. Du hast doch gesehen, dass die Frau Kommissar im Büro war. Robbie!«

»Sie hat alles aufgeschrieben«, wiederholte Robbie. Seine Stimme wechselte vom Lauten ins Weinerliche oder Flehende.

»Robbie, wo hat sie das denn hingeschrieben?« Irmi betrachtete ihn genau.

»In den Computer im Büro. Als wenn wir das nicht wüssten!«, maulte Kathi.

Irmi sandte ihr einen bitterbösen Blick und lächelte dann Robbie an. »Stimmt, Robbie, alles hat sie aufgeschrieben. Wohin denn?«

»Weiß nicht.«

»In ihren Computer im Büro, oder, Robbie? Da, wo der schöne alte Sessel von deinem Papa steht. Und wo der lustige Elch ist. In den Computer hat sie's reingeschrieben, oder, Robbie?«

Robbie schüttelte den Kopf. »Nein!«

»Der hat sie doch nicht alle«, zischte Kathi. Political Correctness war nicht ihr Ding.

»Alles! Alles! Alles!«, stieß Robbie aus und sah Kathi an, die gleich wegsah, weil sie seinem Blick nicht standhalten konnte. »Ins Klapp. Klapp in der Küche. Da hat sie's reingeschrieben.« Und er rannte los. Weinte. Drehte sich noch mal um. »Gina hat's doch verboten, dass ich's sag.«

Bartholomä rannte Robbie nach.

»Das haben Sie ja fein hingekriegt!«, schrie Bartholomä und lief Robbie hinterher.

»Der hat eher einen an der Klappe oder gehört in die Klapse«, meuterte Kathi.

»Himmel, Kathi! Jetzt reiß dich mal zusammen.«

Irmi überlegte. Robbie sagte nicht einfach wirres Zeug. Sie lebten nur in anderen Bewusstseinswelten. Was hatte Bartholomä über die Wahrnehmung gesagt? Welche Wahrnehmung die verzerrte war, welche nun die bessere oder gar die richtige war, das wusste nur Gott.

»Ins Klapp. In der Küche. Was meint er?«

Kathi hatte offenbar bemerkt, dass sie vorhin übers Ziel hinausgeschossen war, und gab sich Mühe, Irmi zu folgen.

»Eine Klappe im Küchenboden? Alte Häuser haben doch oft Kartoffelkeller«, schlug sie vor.

Irmi fand die Idee gar nicht so schlecht. Gemeinsam gingen sie in die Gutshausküche. Allerdings gab es dort keinen Keller. Helga Bartholomä, die Gemüse putzte, beäugte die beiden Frauen skeptisch. »Was machen Sie da?«

»Gibt es einen Raum mit einer Bodenklappe? Wenn nicht in der Küche, dann vielleicht anderswo im Haus?«, fragte Irmi und erzählte ihr von Robbies Aussage. »Er redet dauernd von einem Klapp.«

Ein Lächeln huschte über ihr Gesicht. »Er meint einen Laptop.«

Ein Klapp! Ein Laptop! Wie blöd und verbohrt musste man sein, um nicht darauf zu kommen. Irmi entfuhr ein Stöhnen. Unter Helga Bartholomäs Protesten begann Kathi zu suchen. Sie riss Töpfe aus den Schränken und stürmte die Speis, doch kein Klapp kam zum Vorschein.

»Ich muss jetzt kochen. Sie sehen doch, dass es hier nur Teller und Töpfe gibt!« Helga Bartholomä hieb mit einem Messer wütend in eine große Kartoffel.

Genervt stieß Kathi aus: »Dann machen S' Ihre Erdäpfel halt drüben im Seminarhaus in der Küche ...« Sie brach ab und sah Irmi an.

»Komm!«, rief Irmi, und die beiden stürmten hinaus. Hinüber in die Küche des Seminarhauses. Auch dort durchforsteten sie alle Schränke.

Veit Bartholomä kam dazu. »Was tun Sie da?«, fragte er entgeistert.

Die beiden Frauen blieben ihm die Antwort schuldig. Sie wühlten und wühlten. In einem großen Karton mit Papierservietten wurden sie fündig. Ein Netbook. Ein Klapp. Ein kleines, verstecktes Klapp.

Bartholomä war ganz fahl im Gesicht. »Das können Sie doch nicht einfach so mitnehmen!«, rief er. »Lassen Sie das da!«

»Doch, das können wir, Herr Bartholomä!«, schimpfte Kathi. »Vielleicht geben uns diese Daten neuen Aufschluss. Es geht hier um Mord. Ist doch komisch, dass sie das Netbook so gut versteckt hat. Wussten Sie davon?«

»Nein, Regina hatte doch den Computer im Büro. Sie saß ständig da. Sie ... ach ...« Bartholomä drehte sich um und eilte davon.

»Der ist ja völlig durch den Wind.« Kathi schüttelte den Kopf. »Los, lass uns lesen, was da drinsteht. Vielleicht kommen da ja die wirklich fiesen Geschichten von Marc von Brennerstein. Vielleicht war er ein Mädchenhändler oder Drogenbaron.«

»Ach, Kathi!«

»Oder da steht der Name des Wilderers. Sie war ihm auf der Spur, und er ist ihr zuvorgekommen. So war das!«

Irmi wollte Kathis Euphorie nicht schmälern und sagte dazu erst mal nichts. Sie spürte eine ungute Unruhe, ihr Magen krampfte sich zusammen. Was stand in diesem Klapp?

Es war inzwischen stockdunkel geworden. Irmi fuhr mit Kathi in Höchstgeschwindigkeit ins Büro, wo sie das Klapp anschaltete. Ein Passwort wurde gefordert. Irmi gab mit zitternden Fingern Platzhirsch ein. Verschrieb sich zu Platthirsch. Versuchte es erneut. Ein sattes Geräusch, da war die Oberfläche. Mehrere Bildverzeichnisse und Textdateien. Sie atmete tief durch, doch auf einmal zögerte sie. Als wollte sie gar nicht so genau wissen, was in dem Klapp stand. Sie sah auf die Uhr. Es war schon halb sieben.

»Ich nehme den Laptop mit und lese mich da heute Abend mal rein, wenn's dir recht ist.« Irmi wusste, dass Kathi das recht war, denn heute hatte das Soferl Langlauftraining unter Flutlicht. Kathi hatte sich vorgenommen, Sophia hinzubringen und ein wenig zuzusehen. Sonst hatte sie ja immer so wenig Zeit für ihre Tochter und wollte ihr natürlich zeigen, dass sie sich für ihren neu entdeckten Sport interessierte.

5

August 1936

Der Herr Student redet nur noch vom Lichtspielhaus, von der Wochenschau und einem Tscharli Tschäplin und von einem Film, der Modern Teims heißen soll. Bei einem Film laufen Bilder auf einer großen weißen Wand entlang. So etwas habe ich noch nie gesehen. Der Herr Student will jetzt erst recht nach Amerika.

In Berlin sind Olympische Spiele, und viele der Herren, die das Gut besuchen, sitzen nun nächtelang mit ihren Zigarren da und diskutieren. Einige finden, dass der Herr Hitler schon recht hat, wenige sind der Meinung des Herrn, dass dieser Herr Hitler nur Elend und Verdruss über die Welt bringe. Vom Krieg ist die Rede.

Der Herr Student hat glänzende Augen. Ein Tschessi Owens hat vier Goldmedaillen gewonnen. Er rennt schneller als ein Pferd und springt höher als eine Gämse. Der Herr Student hat uns Bilder gezeigt, er will mich wohl das Fürchten lehren. Dieser Tschessi ist nämlich ganz schwarz, ein schwarzer Teufel. Ich weiß nicht, ob ich das dem Herrn Pfarrer erzählen darf. Hier ist die Welt so groß, und sie macht mir Angst.

Nach Mariä Himmelfahrt war der Herr Student fort. Er hat ein Schiff nach Amerika genommen, erzählen die Knechte, und die Köchin, was eine rechte Bissgura ist, hat Johanna ausgelacht. Johanna hat viel geweint. Ich versuche sie zu trösten. Wie konnte sie denn nur glauben, dass ein Herr Student eine kleine Tagelöhnerin aus dem Lechtal mit nach Amerika nehmen würde? Die Johanna musste sich viel übergeben, und sie hat noch mehr geweint. Mit einer der Mägde hat sie viel herumgetuschelt, und dann hat sie einmal den ganzen Tag gefehlt. Am Abend sah sie schrecklich aus. Da hat sie noch mehr geweint und ist sehr krank geworden. Wir hatten große Bange, dass sie stirbt. Dann verstand ich auch, dass sie von einer Engelmacherin gekommen war. Die Mägde brachten allerlei Tees und Kräuter, aber nichts half, sie wurde immer elender.

Eines Tages kam die Herrin, die meist in ihrem fahrbaren Stuhl sitzt und nur noch die wenigste Zeit mit ihren Krücken stehen kann, leibhaftig in Johannas Kämmerchen. Die Herrin ließ einen Doktor kommen. Sie ist so blass und zart, die Herrin, aber wenn sie etwas anschafft, spricht selbst der Herr ganz leise. Auch der Doktor war voller Ehrerbietung, und er hat die Johanna wieder ganz gesund gemacht.

Irmi saß am Küchentisch vor Regina von Brauns Netbook. Rechts und links von ihr hatte sich je ein Kater auf der Bank zusammengeringelt. Die anfängliche Euphorie war längst gewichen. Irmi verfluchte mal wieder, dass sie sich mit dem Computer nie so recht angefreundet hatte. Reginas System war so verwirrend, dass Irmi Andrea bitten würde, all diese Ordner und Unterordner zu sortieren. Einer der Ordner trug den Namen Gut Glückstein. Hatte so nicht das ehemalige Gut der Familie von Braun geheißen? Darin befanden sich lauter Dateien mit Textfragmenten. Bei einigen schien es sich um Gesprächsaufzeichnungen zu handeln, die Regina aus dem Gedächtnis notiert hatte. In einem anderen Text beschrieb Regina ihren Vater Hieronymus von Braun und ihre Mutter Margarethe.

Sein Leben war der Wald. Und das ist keine Plattitüde, kein Satz, der gut klingt und den man einfach so dahersagt. Es war wirklich sein Leben. Er atmete mit dem Wald im Zweiklang. Lange vorher wusste er, wie das Wetter werden würde. Ich glaube, er wusste schon vor dem Borkenkäfer selber, dass dieser einen Baum befallen würde. Ich war oft mit ihm unterwegs. Er ließ seine Hand über Bäume gleiten. Er konnte mit verbundenen Augen an der Rinde alle Sorten auseinanderhalten. Am Wispern ihrer Kronen konnte er erkennen, ob es Ahorn oder Eiche war, Linde oder Erle. Er war ein sanfter Mann. Nie laut. Aber er war immer auch etwas entrückt. Er war nie ganz bei uns. Er war zu mir immer gut und sicher auch stolz, dass ich seine Leidenschaft teilte, aber er konnte es nie zeigen. Meine Mutter hat er, glaube ich, abgöttisch geliebt, aber auch ihr gegenüber war er immer so zurückgenommen höflich, dass ich ihn gerne mal geschüttelt hätte. Küss sie, umarm sie, schrei vielleicht mal. Er war rätselhaft.

Mama, soweit ich mich erinnern kann, hat ihn ebenso sehr geliebt. Und so wie er dem Wald verfallen war, hatte sie sich mit Haut und Haar dem Gemüse verschrieben. Sie züchtete prächtige Tomaten, Paprika und Peperoni in Sorten, die noch gänzlich unbekannt waren. Es gab Mangold und Spinat und Salate mit riesigen Köpfen. Oder vielleicht kamen die mir nur als kleines Mädchen so vor. Für mich wäre meine Mutter heute ein Gemälde von Arcimboldo. Eine schöne, schmale Frau, die inmitten von buntem Gemüse hervorlugt. Ich sehe sie immer mit Handschuhen, immer mit einer kleinen Harke, immer mit einem Messingeimer. Sie trug Herrenlatzhosen und darunter bunte Blusen und war für mich die schönste Frau der Welt. Auch sie war sanft, nur beim Geld wurde sie knallhart. »Wir Frauen müssen das Sacherl zusammenhalten«, sagte sie immer und grinste unsere Gutsverwalterin Helga an.

Ich glaube, wir waren eine sehr exotische Familie. Der Herr des Hauses war immer im Wald. Die Frau des Hauses war gemüsesüchtig und rief einen der ersten Hofläden ins Leben. Eine zupackende junge Verwalterin gab es, und ihr Mann war unser Forstarbeiter, der einfach alles konnte und wusste. Sie waren alle auf ihre Weise brillant, eigenartig und eigensinnig. Erst viel später spürt man, wie sehr das Leben in der frühen Kindheit einen prägt. Was man zeitweise lästig fand oder langweilig, hat sich doch tief ins Herz eingegraben. Wer immer draußen war, hat andere Lungen. Solche Lungen brauchen Waldluft. Wer immer draußen war, hat auch eine andere Seele, und solche Seelen brauchen Flügel.

Irmi schluckte. Sie bewunderte Leute, die es verstanden, sich auszudrücken. Sie war für einen Moment eingetaucht in die Welt der von Brauns. Hatte Regina an der Geschichte ihrer eigenen Familie gearbeitet? Dann befand sich das Projekt offenbar noch in einem sehr frühen Stadium. Vielleicht war es ihr aber auch nur darum gegangen, ein ganz persönliches Tagebuch zu führen. Doch weshalb hatte sie das Ganze so gut verborgen?

Hör auf, geheimnisse doch nichts da rein, ermahnte sie sich selbst, wer mag schon sein Tagebuch offen herumliegen lassen? Heute schrieb man sein Tagebuch eben im Netbook. Kinder hatten ja auch schon lange kein Poesiealbum mehr, sondern Freundebücher, in denen man sein Lieblingsessen angeben musste. Eigentlich schade, denn keiner schrieb mehr Sprüche wie einst ihre Lehrerin: »Schiffe ruhig weiter, wenn der Mast auch bricht. Gott ist dein Begleiter, er verlässt dich nicht.« Die Lehrerin hatte nie verstanden, warum sie sich alle hatten ausschütten wollen vor Lachen. Irmi lächelte in sich hinein und las weiter.

Die schönsten Sommer waren die im Klausenwald bei Reutte. Papa und ich waren die ganze Zeit draußen, sprachen über Bergwald, über Schutzwald, über Kiefern und Zirben. Papa machte irgendwelche Versuche mit den Zirben. Ich weiß nicht mehr, worum es ging, aber diese Bäume waren so schön. Wir hatten ein kleines Haus, das nur einstöckig war und über einen düsteren Kartoffelkeller verfügte. Mama sagte immer, dass man dort die bösen Gedanken hinuntersperren könne. Aber das Leben war nie düster, in meinem Gedächtnis schien immer die Sonne, was eher unwahrscheinlich ist, aber ich erinnere mich eben nur an Sonnenstunden. Das Haus hatte auf der ganzen Südseite eine Holzveranda, und ich spüre bis heute das warme Holz unter meinen nackten Kinderfüßen.

Wir spielten Kricket auf der Rasenfläche, und weil es so abschüssig war, trafen wir nie die Tore. Mama machte kleine Törtchen aus Johannisbeeren in Eischaum, den man im Ofen goldbraun buk. Der Boden war aus buttrigem Mürbeteig. Ich würde diese Törtchen sofort erkennen, könnte sie heute noch jemand backen. Im letzten Sommer war Mama schwanger und musste sich schonen. Sie lag viel auf der Veranda oder schrieb auf ihrer Schreibmaschine an einem Buch über Gemüseanbau. Sie schrieb ständig, und sie las viel. Wir hatten immer und überall Bücher, und auch unsere Verwalterin hegte eine große Begeisterung für Bücher. Sie besaß welche in altdeutscher Schrift und lehrte mich, diese zu lesen. Später lernte ich sogar die altdeutsche Schreibschrift.

Bis heute trage ich das Bild von meiner Mama als Arcimboldo-Frau im Herzen. Ich sehe sie immer und immer wieder inmitten von Gemüse: bunt und opulent.

Irmi konnte sich das alles bildlich vorstellen. Auf einmal war ihr schwer ums Herz. Hätte sie nicht auch genug zu erzählen aus ihrer Kindheit? Dabei war ihre Jugend auf dem kleinen Bauernhof gar nicht sonderlich spektakulär gewesen. Mit zwanzig hatte sie nicht das Gefühl gehabt, etwas bewahren zu müssen. Heute schon. Je mehr sie von Reginas Fragmenten las, desto sicherer war sie sich, dass das Ganze sehr wohl ein Buch werden sollte. Schon in diesem unfertigen Stadium gelang es Regina, von den Erinnerungen aus ihrer Mädchenzeit allmählich überzuleiten zu ihrer Sichtweise der Dinge so viele Jahre später. Und die malten kein heiteres Bild einer Waldkindheit mehr. Regina klagte an. Die Geschichte der von Braun wurde immer bitterer.

Im Juni kamen wir im Klausenwald an. Ich ging noch nicht zur Schule, das Leben war frei. Papa fuhr viel nach Innsbruck. Einmal nahm er mich mit, und wir fuhren mit der Eisenbahn auf die Nordkette. Ich weiß, dass ich Angst hatte, es ihm gegenüber aber nicht zeigen wollte. Mama war oft sehr müde, und ich dachte, dass Papa eigentlich bei ihr bleiben müsste. Aber sie meinte, das läge nur daran, dass ich ein Geschwisterchen bekäme. Ich fand diese Information erst gar nicht so gut. Wozu brauchte ich ein Geschwisterchen? Ich hatte den Wald, ich hatte die Tiere. Wir hatten Doktor Faustus und Mephisto dabei, unsere beiden Jagdhunde. Wir hatten die Sommerkatzen, die stets einige Tage nach uns auftauchten und den Sommer über blieben, weil bei uns das Speisenangebot besser war als auf den Bauernhöfen, von denen sie kamen. Außerdem fand ich das Geschwisterchen nicht sonderlich lieb, wenn es die Mutter krank machte. Mama erklärte mir, dass sie erst kürzlich gemerkt habe, dass sie schwanger sei, und dass das Baby Ende September käme. Weil es ihr manchmal richtig schlecht ging, fuhr sie nach Reutte zum Arzt und kam immer noch müder zurück. Ich hörte die Eltern wispern, das sei eben eine etwas schwierigere Schwangerschaft, dafür sei es mit mir ja so problemlos verlaufen.

Im September war Mama so elend, dass die Abreise beschlossen wurde. Ein großer Krankenwagen kam und fuhr sie nach Ulm. Ich wollte mit, aber ich sollte bei Helga bleiben. Die Mama sah ich erst wieder, als sie in der Gutskapelle aufgebahrt war. Mein kleiner Bruder war winzig, und damals begriff ich gar nicht, warum Helga nur noch weinte und Bartl immer grimmiger wurde und der Papa gar nichts mehr sprach. Der kleine Robert war ein sehr stilles Kind. Und obwohl ich kein Geschwisterchen hatte haben wollen, wuchs er mir sehr ans Herz.

Regina schwenkte nun von den direkten Kindheitserinnerungen auf eine Kommentarebene. Reginas Mutter hatte während der Schwangerschaft wohl häufig einen Frauenarzt namens Dr. Josef Wallner in Reutte aufgesucht. Zu dieser Zeit war Hieronymus von Braun in ein Forschungsprojekt der Uni Innsbruck eingebunden gewesen, wo es um Schutzwaldsanierung gegangen war. Gut Glückstein wussten die von Brauns bei Helga und Bartl in guten Händen. Erst als es Margarethe von Braun extrem schlecht ging, war man heimgefahren. Die Verlegung nach Ulm ins Krankenhaus kam zu spät: Reginas Mutter starb bei der Geburt, Robert von Braun kam behindert zur Welt. Regina hatte herausgefunden, dass Dr. Wallner in Reutte die typischen Symptome einer Schwangerschaftsvergiftung – Kopfschmerzen, Bluthochdruck, Übelkeit – nicht ernst genommen hatte. Als Weiberkram hatte er das abgetan. Nicht so anstellen sollte sie sich. Das Kind war im Mutterleib unterversorgt gewesen und war letztlich viel zu früh auf die Welt gekommen. Bei Reginas Mutter hatte die Schwangerschaftsvergiftung zu einer Plazentaablösung geführt, in deren Folge sie bei der Entbindung gestorben war, obwohl die Ärzte um ihr Leben gerungen hatten.

Irmi hatte das dritte Bier geöffnet, dabei trank sie sonst nie mehr als eine Halbe. Aber das Geschriebene zog sie so in den Bann, dass sie beinahe mechanisch trank. Aus Reginas Aufzeichnungen ging hervor, dass ihre Mutter keineswegs hätte sterben müssen. Der Frauenarzt in Reutte hatte ihre Befürchtungen einfach nicht ernst genommen, sondern heruntergespielt und behauptet, dass alles in Ordnung sei. Viele Jahre später hatte Regina Helga und Bartl gelöchert, sie hatte ihren Vater zu den Vorfällen damals befragt, sie hatte akribisch recherchiert. Die Quintessenz für Regina war klar ersichtlich: Ihre Mutter hatte wegen des selbstgerechten Dr. Wallner sterben müssen.

Irmi rauchte der Kopf. Die letzte kurze Passage, die Irmi las, brannte sich fest ein.

»Über das Schreiben hat Mama einmal gesagt: Es ist falsch,

dass Schreiben Therapie ist. Schreiben heilt nicht alle Wunden. Aber es setzt ein gewisser Verdünnungseffekt ein. Schmerzliches, das man kaum zu überleben glaubt, verdünnt sich zu einem chronischen Schmerz, den man aushalten kann.«

So recht konnte Irmi das alles nicht verstehen. Das Außerfern lag doch quasi vor ihrer Haustür. Sie fuhren zum Tanken nach Ehrwald und öfter nach Reutte zum Hofer, weil Bernhard die Mozartkugeln von dort so liebte. Irmi kaufte Dosensuppen – Leberknödel und Kartoffelsuppe – und schämte sich immer ein bisschen, dass sie so gar keine Hausfrau war. Am Plansee waren Leute aus ihrer Clique zum Windsurfen gewesen, weil es dort thermische Winde gab – das war ihre Sicht auf Reutte gewesen. Was Regina von Braun da schrieb, erinnerte ans Mittelalter, dabei hatte es sich 1974 abgespielt.

Besonders interessant war, dass Regina im Verlauf ihres Schreibens offenbar auf weitere Fälle gestoßen war, in denen sich Dr. Wallner in Reutte grobe Fehler geleistet hatte. Unter anderem ging es um Abtreibungen wegen eindeutiger medizinischer Indikationen, die aber nie vorgenommen worden waren. Regina von Braun klagte auch andere Frauen an, die nicht gewagt hatten, sich gegen den Gynäkologen auszusprechen. Irmi stieß auf die Protokolle eines Gesprächs zwischen Regina und einer Wiener Journalistin, die damals beim ORF gearbeitet und nach Frauen gesucht hatte, die über das menschenunwürdige Tun des Mediziners hätten berichten wollen. Sie hatte damals sogar einen Übertragungswagen angefordert, aber dann waren die anderen Frauen umgefallen. Keine wollte mehr etwas über ihre Lebens- oder Leidensgeschichte erzählen.

Regina hatte sich vor allem über eine gewisse Elisabeth Storf geärgert, die das Interview komplett torpediert hatte.

Irmi spielte nervös am Schnappverschluss ihrer Bierflasche. Regina hatte viel in ihr Klapp geschrieben. Sicher hatte Robbie sie irgendwann mal entdeckt, und sie hatte ihm verboten, darüber zu reden. Und natürlich hatte der Bruder loyal zur geliebten Schwester gehalten! So weit war das alles klar und verständlich, aber was hatte das alles mit dem Tod der wortgewaltigen Regina von Braun zu tun?

Irmi stutzte kurz. Sie hatte doch eine Kollegin, die aus dem Außerfern stammte! Geburtsort Reutte! Morgen würde Irmi Kathi ein bisschen über ihre Heimat ausfragen, die sich längst als Tourismusparole ›Alles außer fern‹ aufs Banner geschrieben hatte.

Irmi war todmüde und fühlte sich so zittrig und labil, als habe sie gerade einen schweren Magen-Darm-Infekt überstanden. Neben ihr hatte der kleine Kater begonnen, sich zu putzen. Das monotone Geräusch, das er dabei verursachte, klang in ihren Ohren unnatürlich laut – so als seien Irmis Sinne heute besonders sensibel.

Sie schlief dennoch sehr gut, nur einmal unterbrochen von einem halbstündigen Ringkampf mit dem kleinen Kater, der partout der Meinung war, auf ihrem Kopf schlafen zu müssen, was zum einen den Charakter einer viel zu warmen Pelzmütze hatte und zum anderen einfach etwas bedrückend war. Am Ende war der Kater zu überzeugen, den Rest der Nacht im Fußraum des Bettes zu verbringen.

Am Donnerstagmorgen erwachte Irmi frisch erholt. Die alte Weisheit ›Schlaf mal eine Nacht darüber‹ hatte viel Wahres an sich. Abende eigneten sich zum Biertrinken und Katerkraulen, der Morgen zum Arbeiten. Die Schwermut, die dieses Waldgut mit sich brachte, war dem normalen Leben gewichen. Heute wusste Irmi gar nicht mehr, was sie am Vorabend so verwirrt hatte. Sie war früh im Büro und ging gleich zu Andrea.

»Schau mal, das ist ein Netbook von Regina von Braun. Sie hat unzählige Ordner und Unterordner angelegt, mir ist das zu chaotisch. Ich vermute, das ist eine Art elektronisches Tagebuch, ich spekuliere einfach mal, dass das auch ein Buch hätte ergeben sollen. Vielleicht teilst du meine Ansicht aber nicht, und es ist eben einfach nur ein Tagebuch. Ich brauche eine Reihenfolge von allen Textfragmenten. Jede deiner Vermutungen, wozu das alles dient, ist willkommen.«

Andrea strahlte Irmi an. »Kein Problem. Ich fange sofort an.«

Kathi war auch schon da, und auf die Minute genau traf von Brennerstein ein, zusammen mit seinem Anwalt, der sich als Ferdinand von Eberschwaigen vorstellte. Klar, man hatte auch einen Anwalt aus den besseren Kreisen. Herr von Eberschwaigen war sicher auch Jäger und sah aus wie eine Art blonde Version seines Mandanten.

Letztlich gab man zu Protokoll, dass Marc von Brennerstein tatsächlich in Reginas Laptop herumgeschnüffelt habe. Auf das Wort Platzhirsch sei er gekommen, weil er Regina mal unauffällig über die Schulter gesehen habe, wie sie es eingetippt hatte. Der Mandant habe ihr gegenüber seine

Bedenken geäußert und wegen des Buchinhalts rechtliche Schritte erwogen. Der Anwalt sprach Hochdeutsch mit einer winzigen bayerischen Dialekteinfärbung – damit war er quasi prädestiniert, im ›Mir san mir‹-Land etwas zu werden.

»Und das dürfen Sie mir glauben, wir hätten auf Verleumdung geklagt und gewonnen«, sagte der Anwalt und sah Irmi arrogant an. »Meine Kanzlei ist auf derlei Fälle spezialisiert. Es ist zwar rein moralisch nicht ganz integer, in den Unterlagen seiner Partnerin zu stöbern, aber nicht strafbar.« Er lachte affektiert. »Im Krieg und in der Liebe ist alles erlaubt.«

»In der hohen Jagd offenbar auch, wenn Sie von hohen Herren ausgeführt wird«, entfuhr es Irmi.

Die beiden Männer runzelten nur die Stirn. Von Brennerstein unterzeichnete das Protokoll, er hatte auch nichts gegen eine erkennungsdienstliche Behandlung. Dann gingen sie.

»Solche Arschlöcher!«, rief Kathi, und Irmi hoffte nur, dass die beiden das nicht noch gehört hatten.

»Ich trau ihm auch nicht, aber wir müssen ihm irgendwas beweisen. Wir brauchen Reifenspuren, jemanden, der ihn in der Mordnacht gesehen hat. Wenn wir Fingerabdrücke oder DNA von ihm im Gut finden, ist das kaum aussagekräftig. Er war ja mit Regina zusammen.«

»Und das weiß der Arsch auch!«, ergänzte Kathi.

Sie holten sich Kaffee und waren ratlos. Kathi hatte von irgendwoher Manner-Waffeln gezaubert. Herrlich, die zerbröselten so schön im Mund. Beide sprachen nicht aus, was sie dachten. Wie sollte es nun weitergehen? Irmi nahm noch eine Waffel, trank Kaffee hinterher, genoss die Süße gepaart mit dem Bitteren. Ihre Gedanken, diese lästigen Gedanken, kreisten um Regina und ihre Aufzeichnungen.

Nach einer Weile fragte sie: »Weißt du, wann du geboren bist?«

Kathi sah Irmi an, als habe diese komplett den Verstand verloren.

»Ich meine natürlich nicht, wann, ich meine, wo und wie?«

Kathi tippte sich an die Stirn und reichte Irmi noch eine Waffel. »Dein Hirn braucht Zucker! Geht's dir nicht gut?«

»Ich möchte nur ein paar Fakten zu deiner Geburt wissen.«

»Geboren am 13. November 1981 in Reutte. Das steht auch in meiner Akte.«

»Wo?«

»Im Krankenhaus. Wo denn sonst?«

»Na, es gibt ja auch Praxen. Oder Hausgeburten«, meinte Irmi. »Weißt du irgendwas über den Frauenarzt deiner Mutter?«

»Wieso soll ich etwas über den Arzt meiner Mutter wissen? Über mein Geburtsgewicht und die Frage, ob ich Haare hatte, kann dich sicher meine Mama aufklären. Irmi, was soll das?«

Irmi berichtete in knappen Worten von Reginas Aufzeichnungen, in denen ein Arzt namens Josef Wallner aus Reutte eine unrühmliche Rolle gespielt hatte. Offenbar hielt Regina den Mann für schuldig am Tod ihrer Mutter und letztlich auch an der Behinderung ihres Bruders. Und das konnte man ihr nicht einmal verdenken!

Kathi hatte die ganze Zeit aufmerksam zugehört, war ihr ausnahmsweise mal nicht ins Wort gefallen. Schließlich stellte sie die Frage, die Irmi am wenigsten hören wollte. »Und was hat das mit unserem Fall zu tun?«

»Das weiß ich auch nicht. Andrea sortiert gerade die Dateien, ich habe einfach so ein merkwürdiges Gefühl.«

Kathi versetzte Irmi einen Knuff. »Pass auf! Du kommst jetzt mit mir mit nach Seefeld. Ich muss das Soferl und die Mama da abholen. Soferls Trainingsgruppe fährt weiter nach Innsbruck, aber das Soferl muss noch auf einen Geburtstag, drum hol ich sie. Du kannst meine Mutter ja mal fragen nach dem dubiosen Arzt. Ansonsten reden wir mal nicht über den Fall. Wir schauen aus dem Fenster, amüsieren uns über die Pelzmantelmumien in Seefeld, trinken irgendwo einen Kaffee und sind froh, dass wir uns Seefelds Fünf-Sterne-Hotels nicht leisten können.« Sie ahmte einen Kellner in breitestem Wienerisch nach. »Gnä' Frau, willkommen im Klosterbräu, darf ich Sie beweinen?«

»Was?«

»Na, beweinen. Das sagte der immer, wenn er Wein ausgeschenkt hat. Das ist das Witzeniveau in Seefeld, und dafür gibt es dann viel Trinkgeld.«

Irmi musste lachen. »Ich frag mich jetzt bloß, wo du so verkehrst.«

»Ach, das ist eine andere Geschichte aus dunklen Zeiten meiner Vergangenheit.«

Irmi glaubte sich zu erinnern, dass Kathi mal eine Affäre mit einem Koch aus Seefeld gehabt hatte. Sosehr ihre Kollegin manchmal nerven konnte, sie hatte ihre guten Seiten. Manchmal war Kathi ein furchtbarer Trampel, aber sie wusste auch, wie man Menschen ganz unmerklich dirigieren konnte. Jedenfalls war Irmis Laune gleich spürbar gestiegen.

»Ja, komm, das machen wir. Bloß das Aus-dem-Fenster-Schauen gefällt mir nicht.«

»Warum?«

»Mein Vorschlag lautet: Ich schaue raus, und du schaust auf die Straße. Das ist nämlich bitter nötig, so wie du heizt.«

Irmis Vorschlag erwies sich als sehr sinnvoll, denn während bei Irmi in Schwaigen der Frühling schon so nah war, regierte hinter Scharnitz noch der Winter. Die Loipen waren in Betrieb, und an schattigen Stellen war die Schneedecke geschlossen. Der Parkplatz am Rosskopf war auch gut gefüllt, die Skiwütigen würden ihre Saison richtig auskosten können.

Das Soferl hatte noch gute Trainingsbedingungen. Irmi war anfangs etwas überrascht gewesen, dass Sophia auf einmal Biathletin werden wollte. Von Kathi, die Sport verabscheute, hatte sie den Sportsgeist sicher nicht. Aber Sophia gehörte zu den Menschen, die sich durchsetzen konnten, indem sie andere scheinbar mühelos um den Finger wickelten. Und so trainierte das Soferl nun in Bichlbach, und zum Schießtraining fuhren die Schülermannschaften aus dem Außerfern ab und zu nach Seefeld ins Nordische Kompetenzzentrum, wo es im Winter 2012 ja auch die Olympischen Jugendspiele gegeben hatte. Da wehte doch ein echter olympischer Geist überm Soferl!

Irmi grinste in sich hinein. Sie war ja auch keine begnadete Wintersportlerin, hatte sich aber von *ihm* einmal am Dachstein zu einem Biathlonschnupperkurs überreden lassen. Der Trainer hatte die Schüler nur einen Ski anschnallen lassen und gesagt, das sei wie Tretroller fahren. Dann hatte er noch etwas von der Steigzone am Ski gefaselt und dass man mittig darüber stehen müsse. Irmi hatte so was von darüber gestanden: Rücklage und weg! Dann mit zwei Ski, aber ohne Stöcke: Rücklage und weg. Sie hatte gekeucht wie ein Stier, während der Trainer gleiten und reden konnte und wahrscheinlich längst auf Kiemenatmung umgestellt hatte. *Er* hatte sich auch nicht viel besser angestellt, und ihnen beiden war das 3,5-Kilo-Gewehr immer schwerer vorgekommen. Doch dann war Irmis große Stunde gekommen: platt auf einer Gummimatte liegend schießen. Die Profis schossen ja liegend auf 4,5-Zentimeter-Scheiben und stehend auf 11,5-Zentimeter-Scheiben, die Anfänger im Kurs durften liegend auf die großen Scheiben zielen. Und Irmi traf, was natürlich etwas unfair war, denn als Polizistin musste sie – wenn auch ungern – ins Schießtraining. Auch *er* hatte geschossen. »Plöng«, machte es, als er abgedrückt hatte. »Na ja«, hatte der Trainer damals gesagt, »du solltest aber besser auf deine eigenen Scheiben schießen. Wir sind auf Bahn fünf, das war die sechs.« Später attestierte er *ihm*, dass er eine Garns aus der Felswand geschossen habe. Sie hatten viel gelacht, und ihrer beider Respekt vor Biathleten war ins Unermessliche gestiegen.

Auch vor dem Soferl hatte Irmi großen Respekt. Gerade flog sie auf Ski heran, fummelte das Gewehr vom Rücken und sank auf die Matte. Schoss – und wie! Irmis vorsichtiger Seitenblick auf Kathi offenbarte ihr, wie stolz diese auf ihre Tochter war. Auch wenn sie es nicht zeigen würde – das Soferl würde es dennoch wissen.

Elli Reindl, Kathis Mutter, kam herüber und begrüßte Irmi herzlich. Irmi mochte Kathis Mutter sehr. Sie war eine feine und kluge Frau und leise – ganz im Gegensatz zu Kathi.

»Grüß Sie, Frau Reindl! Toll, wie sie das macht!«

»Hallo, Frau Mangold. Ja, finde ich auch. Auch, dass sie dabei bleibt. Beim Reiten war das ein Strohfeuer, genau wie beim Schwimmen, und das Akkordeon verstaubt auf dem Schrank. Sie scheint hier wirklich etwas gefunden zu haben, was ihr Freude macht.«

Sie sahen den jungen Mädchen zu, ließen sich eine verblüffend warme Sonne ins Gesicht scheinen, die ab und an hinter den Wolken hervorkam. Schließlich war das Soferl fertig und genoss den großen Bahnhof zu ihrem Empfang sichtlich. Das Mädchen redete und zwitscherte anschließend die ganze Heimfahrt, und Irmi empfand es als angenehm, einfach mal zuzuhören und zu schmunzeln. Der Fall war wirklich weiter von ihr weggerückt. Da das Soferl einen Teil ihrer Ausrüstung in Bichlbach vergessen hatte, machten sie einen kurzen Abstecher dorthin. Kathi maulte über die Unordentlichkeit ihrer Tochter, Kathis Mutter zog eine Grimasse.

Es versetzte Irmi einen Stich, als sie die drei Generationen der Reindls betrachtete – mit allen Problemen, aber auch allem Schönen, was eine Familie mit sich brachte. Sie selbst hatte ebenso wenig Nachkommen wie ihr Bruder. Nach ihnen war Schluss mit den Mangolds aus Schwaigen. Außer wenn Bernhard noch ein Kind zeugte. Doch er war ein Junggeselle par excellence, und dass ausgerechnet Bernhard irgendwo auf einem Fest eine Frau schwängern würde, irgendwo hinter dem Zelt, irgendwo in den Büschen, wie das ja so gerne praktiziert wurde in der bier- und schnapsseligen Enthemmtheit, konnte sich Irmi nicht vorstellen. Nicht weil Bernhard unattraktiv war, und sicher hatte auch er Bedürfnisse, aber das wäre ihm einfach zu unbequem gewesen. Und er hätte seine Stammtischbrüder auch nicht einfach so sitzen lassen. Er hatte sich gut und komfortabel eingerichtet in seiner Männerwelt.

Während das Soferl seine Tasche suchte, setzte sich Irmi mal kurz ab. Auf der Suche nach einem WC landete sie in einer Umkleide, die in einen Putzraum überging. Die Türen standen offen. In der Ecke stand ein schwerer Stahlschrank. Wahrscheinlich war es eine Berufskrankheit, dass ihr Blick so röntgenhaft war. Oder war sie einfach neugierig? Blitzte da nicht etwas heraus? Sie trat näher, und siehe: Da standen fein aufgereiht ein paar Trainingswaffen, die Munition lag auch da. Na, wunderbar, dachte sie. Wenn man den Schrank nicht absperrt, nutzt er natürlich auch nichts. Ein Amokläufer hätte hier seine helle Freude. Gab es in Bichlbach Amokläufer?

Eigentlich hätte sie den Trainer verwarnen müssen, aber sie befanden sich in Österreich, und außerdem war sie irgendwie nicht in der Stimmung für erhobene Zeigefinger. Irmi ließ den Blick weiter durch die Räume gleiten und schloss kurz die Augen. Bilder kamen von irgendwoher: Arthur, der Karwendelschrat, von Brennerstein, Regina, das tote Schneewittchen, der Revierjäger. Biathlonwaffen, hatte der Revierjäger doch gesagt …

Ein Ruck ging durch ihren Körper, Adrenalin strömte ein. Wer hatte sie denn eigentlich schon wieder so blind werden lassen? Sie hatten bei ihren Fällen doch häufig in Tirol zu tun, sogar weit öfter als im übrigen Bayern! Tirol war ihr Vorgarten, das Werdenfels war Grenzland, und war man den Tirolern von der Mentalität her nicht ohnehin viel näher als den deutschen Landsleuten irgendwo in der Mitte oder im Norden? Sie mussten ihre Suche auf österreichische Gewehre ausdehnen, ganz klar! Schon früher hatten sich die Wilderer nicht an Grenzen gehalten.

Irmi zog Kathi zur Seite und war mit einem Mal hellwach. Sie bat Kathi auch nicht, die Tiroler Kollegen ins Boot zu holen. Nein, sie schaffte an und ließ keinerlei Zweifel daran, dass Kathi sie selbst, ihre Mama und das Soferl in Lähn absetzen und sich dann um alles Weitere kümmern werde. Auch den Einwand, dass schon Donnerstagnachmittag sei, ließ Irmi nicht gelten. Sie wusste gar nicht, woher sie diese Entschlossenheit auf einmal nahm.

Bei Reindls daheim in Lähn warf das Soferl ihre Sportsachen in den Flur. Dann lief sie zu einer Freundin, denn sie mussten, bevor das Geburtstagsfest begann, noch mit einem Typen chatten, den sie über Facebook kannten. Kathis Mama seufzte. »Manchmal ist sie mir echt zu schnell. Ich werde alt.«

»Na, na, das ja wohl nicht!«, meinte Irmi lächelnd.

»Immerhin bin ich im Januar einundsechzig geworden. Taufrisch bin ich nicht mehr, Frau Mangold. Kaffee?«

Irmi nickte und setzte sich auf die Eckbank in der gemütlichen Wohnküche. Sie wusste, dass zum Kaffee irgendein selbst gebackener Kuchen kommen würde und der Hausgebrannte. Elli Reindl umfing ihre Gäste immer mit so viel Wärme und Behaglichkeit. Oft hatte sie Kathis Mutter noch nicht getroffen, die wenigen Male aber hatte sie sich der Frau immer nahe gefühlt. Während der Kaffee ganz altmodisch durch den Porzellanfilter plätscherte, zauberte Frau Reindl senior aus der Speis wie erwartet eine Linzertorte und den Schnaps.

»A Kloaner geht doch?«

Irmi grinste. »Rein therapeutisch, ja.«

Sie nippte an dem Obstler und glaubte dabei in eine Birne hineinzubeißen, so aromatisch war das hochgeistige Getränk. Das war etwas anderes als der Fabriksprit, der mit bunten Bildchen vorgab, etwas ganz Fruchtiges zu sein, und in Wahrheit in der Nase kratzte und biss.

»Geht's eigentlich mit der Kathi?«, fragte Elli Reindl plötzlich.

»Kathi ist eben Kathi. Ein bisschen schnell mit ihren Worten. Unbedacht, unsensibel manchmal, und doch hat sie ein Händchen für den Job.«

Elli Reindl seufzte. »Sie ist wie ihr Vater. Ich hoffe, sie wird mal etwas milder. Vielleicht mit zunehmendem Alter?«

Nun musste Irmi laut lachen. »Ich glaub, das ist Wunschdenken, wenn wir bei Kathi auf Altersweisheit hoffen. Sie wird wohl eher eine renitente Alte, die die Jugendlichen mit ihrem Gehstock prügelt.« Irmi unterbrach sich kurz. »Frau Reindl, falls Sie glauben, ich wäre hier, um mit Ihnen über Kathi zu reden, dann stimmt das sogar ein wenig. Mir geht es allerdings um die sehr junge Kathi.« Sie zögerte erneut. »Unser aktueller Fall führt uns unter anderem nach Reutte. Sie stammen aus dem Außerfern, und ich würde einfach gern etwas mehr wissen über die Region. Genauer über einen Frauenarzt. Kennen oder kannten Sie einen Dr. Wallner, der in den Siebzigern in Reutte praktiziert hat?«

Elli Reindl schwieg.

»Frau Reindl, ich nehme doch mal an, Sie kennen Ihren Frauenarzt. Ist oder war das dieser Dr. Wallner?«

»War.«

Was war hier los? Warum machte Frau Reindl dermaßen zu? Irmi war irritiert, und im Prinzip war es ihr auch unangenehm, weiter in die Frau zu dringen, aber genau das war eben ihr Beruf. Penetrant sein, nachfragen, Witterung aufnehmen.

»Frau Reindl, ich merke, dass Ihnen meine Fragen unangenehm sind. Aber ich kenne sonst wenige Frauen aus der Region. In diesem Zusammenhang ist auch der Name Elisabeth Storf gefallen. Sagt Ihnen das was?«

Elli Reindl warf Irmi einen Blick zu, der so traurig war, dass es schmerzte. Kathis Mutter stand auf, ging hinaus und kam wenig später mit ihrem Pass zurück. Den legte sie vor Irmi auf den Tisch. Die war völlig konsterniert, bis sie endlich verstand: Elli Reindl war auf den Namen Elisabeth getauft, Elisabeth Storf.

Am liebsten wäre Irmi aufgestanden, hätte sich für den Kaffee bedankt und wäre ganz still und leise verschwunden. Stattdessen sagte sie: »Was ist passiert? Was hat Elisabeth Storf mit diesem Arzt zu tun?« Sie vermied es, den Namen der von Brauns zu nennen, zumal ihr selbst die Zusammenhänge nicht ganz klar waren.

»Warum jetzt, Frau Mangold? Warum jetzt, nach so vielen Jahren?«

Irmi blieb die Antwort schuldig, wartete und ließ Elli Reindl reden. Von einer Zeit, als sie gerade mal zwanzig gewesen und mit Ferdinand Reindl liiert gewesen war, einem jungen Heißsporn, der es im Metallwerk Plansee zu etwas bringen wollte. Die junge Elisabeth hatte eigentlich vor, Erzieherin zu werden, schwanger wollte sie nicht werden. Ihr streng katholischer Frauenarzt verbot zwar die Pille, doch Elisabeth hatte eine Freundin, die sich das Medikament nicht ganz legal in Füssen besorgte und ihr ein paar Packungen mitbrachte.

Das ging nicht lange gut, denn eines Tages entdeckte Ferdinand die Packung und verprügelte seine Freundin, die wenig später mit zweiundzwanzig Jahren schwanger wurde. Elisabeth stammte aus einfachen Verhältnissen und war in Rieden aufgewachsen. Dort hatte sie neben dem Gasthof Kreuz gewohnt, wo sie als Kind dem Vater das Bier geholt hatte. Sie hatte von Anfang an Probleme mit ihrer Schwangerschaft gehabt, die Mutter meinte nur, sie solle sich nicht so anstellen. Ihr Freund war sowieso nie da, sondern hockte mit Kumpels in der *Lisl-Bar*. Mehrfach war Elisabeth in aller Frühe von Rieden mit dem Radl aufgebrochen, den Lech entlang, oft auch bei Regen und Nebel, bis zur Praxis, wo sie zusammen mit anderen Frauen in eisiger Kälte vor dem Haus hatte warten müssen. Da waren auch Frauen von weit hinten im Lechtal dabei gewesen, die in bittersten Wintern hatten ausharren müssen, Frauen, die schon seit vier Uhr morgens unterwegs waren. Geöffnet aber wurde erst punktgenau zur Sprechstunde. Oder noch später.

Elli Reindl hatte sich immer wieder einmal unterbrochen, so hatte Irmi sie noch nie erlebt, so verletzlich.

»Irgendwann hatte ich wieder einmal extrem starke Bauchschmerzen und bin zur Praxis geradelt. Dort bin ich noch auf der Straße in einer Blutlache zusammengebrochen. Im Krankenhaus in Reutte bin ich aufgewacht. Das Kind war weg, im siebten Monat. Es war tot geboren. Es gibt ein kleines Grab in Weißenbach. Eigentlich wollte mein Freund es gar nicht bestatten, weil es doch gar noch nicht fertig gewesen sei. Er wollte es entsorgen wie bei der Tierkörperverwertung.«

Irmi hatte den Blick nicht mehr vom Tisch genommen, sie starrte in ihre Tasse und verfluchte den Tag.

Der Abgang hatte Elli Reindl damals schwer zugesetzt, sie musste fast einen Monat im Spital liegen. Es hieß, sie könne keine Kinder mehr bekommen. Für ihren Freund war sie damit unwert, was ihn aber nicht davon abhielt, wenn er betrunken aus der *Lisl-Bar* kam, sie zu demütigen und immer wieder zu benutzen. »Für was anderes kann man dich ja nicht gebrauchen, bloß als Turngerät«, zitierte ihn Elli Reindl. Dabei klang ihre Stimme, als spräche sie aus einer Gruft heraus. Dass sie mit dreißig Jahren dann doch noch schwanger wurde, war eigentlich ein Wunder. Dass Kathi dann 1981 gesund zur Welt kam, erst recht. Dass sie Ferdinand heiratete, war eine letzte Verzweiflungstat, die dem Druck beider Elternpaare geschuldet war. Sie ertrug ihren Mann noch zehn Jahre, bis er besoffen mit einem Motorrad in den Lech gerauscht war.

Elli Reindl sprang plötzlich auf, riss sich die dicken selbst gestrickten Wollsocken vom rechten Fuß und rief: »Da, Frau Mangold, das sind die sichtbaren Male.« Sie hatte drei erfrorene Zehen, nur noch Stümpfe waren übrig. »Das war der Morgen des Abgangs. Ein Kind und drei Zehen verloren. Entscheiden Sie, was schwerer wiegt.«

Selten hatte Irmi solch eine Hilflosigkeit verspürt. Sie war wie gelähmt, sie konnte einfach nichts mehr tun, nichts sagen. Sie hatte keine Ahnung, wie viel Zeit verstrichen war. Elli Reindl ging hinaus, und Irmi hörte ein Schnäuzen.

Auch Irmi griff nach einem Taschentuch, es war ihr gar nicht bewusst gewesen, dass ihr die Tränen übers Gesicht liefen. Elli Reindl schenkte zwei neue Schnapsgläser ein, diesmal randvoll. Sie tranken auf ex.

Nun erst sah Irmi hoch.

»Aber warum? Warum konnten Männer wie dein Arzt so ein Terrorregime ausüben?«

Elli Reindl hatte ihr nie das Du angeboten, aber es war Irmi in dieser Situation einfach nicht mehr möglich, beim Sie zu bleiben.

Kathis Mutter sah Irmi zum ersten Mal wieder direkt in die Augen. »Du kennst die Antwort. Es war eine repressive Gesellschaft. Die Siebzigerjahre im Außerfern hatten mit den Siebzigern anderswo nichts gemein. Wir waren immer noch eine abgeschiedene Enklave, mit erschreckender Selbstmordrate. Wäre ich nicht so feig gewesen, hätte ich auch zu dieser Statistik beigetragen.«

Die Schnapsgläser waren wieder voll. Diesmal nippte Irmi nur. »Es gab eine Journalistin vom ORF, die über die Schmach der Frauen berichten wollte, aber es hat keine ausgesagt. Du warst eine von denen, die am End ...« Sie brach ab.

»Ich sage dir doch, ich bin feige. Ich bin anders als Kathi. Wo sie voranprescht, gehe ich einen Schritt zurück. Sie ist Skorpion, ich bin Steinbock. Wo sie zusticht, stehe ich im Fels und warte.« Sie lächelte müde. »Die Journalistin, ja. Sie hieß auch Elisabeth. War aus Wien, ging alleine aus. Sie kam aus einer offenen Welt in unseren verriegeltes Welteneck, wie hätte sie uns verstehen können? Sie hatte alles arrangiert, wochenlang die Frauen aufgestachelt. Es kam ein Übertragungswagen über den Fernpass extra aus Innsbruck.

Man hätte unsere Stimmen doch im Radio erkannt. Mein Mann hätte mich totgeschlagen. Dieses Mal hätte er mich totgeschlagen. Den Kiefer hatte er mir schon mal angebrochen. Ich hatte wochenlang Schmerzen, verlor Zähne, hatte Rückfälle mit Eiter im Kiefer.« Sie sah auf und wiederholte. »Diesmal hätte er mich totgeschlagen.«

Irmi wusste, dass das der Wahrheit entsprach. Dass das keine Übertreibung war. Er hätte sie totgeschlagen. Und was hätte die anderen Frauen erwartet, wenn sie erzählt hätten von den Demütigungen, den Vergewaltigungen in der Ehe und von einem Arzt, der unter dem Deckmantel der Religiosität eben auch nur zur Duldung aufrufen konnte? Der Lohn für einen guten Christenmenschen kam ja immer erst nach dem Tode. So lange hatte man eben zu warten!

»Und dann?«

»Die junge Journalistin ging bald zurück nach Wien. Was gab es hier auch zu berichten? Nicht viel. Vielleicht mal Gerüchte über die Metallwerke. Gerüchte, ob der alte Schwarzkopf wirklich beim Gewehrreinigen verunfallt war. Einmal sind fünf junge Holländer in den Lech gefallen und wurden einige Tage später bei Füssen angeschwemmt. Diese Elisabeth ist den Lech abgefahren auf der Suche nach einer Leiche. Weißt du, es baut sich ein Druck auf, dem du nicht mehr entfliehen kannst. Keiner von uns konnte das, dabei hätten wir alle nur in den Zug einsteigen müssen. Es gab unsichtbare Mauern, eiserne Vorhänge, gewoben aus Angst.« Sie nippte an ihrem Glas. »Die Männer gingen wieder in die *Lisl-Bar*, knallten zu später Stunde ihre Schwänze auf den Tisch, einfache Vergnügungen und Männlichkeitsrituale.«

»Warum sagt mir die *Lisl-Bar* etwas?«

»Sie war eine Legende. Und bevor sie 1973 zu einer Disko wurde, war sie ein Musikklub. Ein Klub, der in kürzester Zeit Kult wurde. Die Wirtin hieß auch Elisabeth, sie war bestimmt erst Anfang zwanzig, als sie 1963 eröffnete. Aber zwischen den meisten Mädchen aus dem Außerfern und einer Elisabeth Nigg lagen Welten.«

»Warum?«

»Sie war in England und Frankreich auf der Hotelfachschule gewesen. Sie wollte nach Amerika, und um sie dazubehalten, eröffneten die Eltern ihr die Möglichkeit dieser Bar. Es gab eine Kellerbar in Lermoos, aber ansonsten in dieser Gegend nichts Vergleichbares. Die Gäste kamen von weit her.«

»Und alle liebten Lisl?«

»Ich war bei der Eröffnung elf Jahre alt, also wirklich noch nicht im Baralter. Aber sie tat viel für die Legendenbildung. Sie war Elisabeth Unerreicht, sie wäre nie mit einem Gast mitgegangen, sie trug Kostüme, wie man sie in Paris trug. Sie war ein unerreichbarer, strahlender Stern an einem Firmament, zu dem niemand hinaufreichte. Dass sie dann mit einem Allgäuer wegging, hat alle verwundert und die Männerwelt schwer enttäuscht. 1973 übernahm dann ein Onkel. Sie lebt heute – glaub ich – in Garmisch, du solltest sie fragen. Sie wird dir etwas ganz anderes erzählen als ich. Sie lebte in einer anderen Welt als wir, ihr Elfenbeinturm war glänzend.«

Auf einmal ging die Tür. Kathi kam zurück.

»Was, ihr schnapselt hier, während ich die Scheißarbeit mach?«

»Ganz so ist es nicht«, sagte Elli leise.

»Wie ist es dann?«

Irmi empfand Kathis Ton als unangemessen ihrer Mutter gegenüber. »Konntest du denn was erreichen?«, fragte Irmi, um Kathi abzulenken.

»Klar, die Kollegen waren begeistert. Ich darf jetzt am Wochenende helfen, Waffen zu überprüfen. Klasse, Irmi, danke.«

Bevor die Situation weiter eskalierte, kam das Soferl. »Fährt mich jetzt einer?«, fragte sie. Inzwischen trug sie eine enge Jeans, Stulpen, Stiefel und einen Norwegerpullover, der ebenfalls sehr eng saß. Sie sah älter aus, als sie war, und gleichzeitig eben doch wie ein kleines Mädchen. Bei Reindls würde man die nächsten Jahre sicher viel Spaß haben, was Schlange stehende Verehrer betraf.

»Ich fahr«, sagte Elli und sprang fast auf.

Irmi erhob sich und verabschiedete sich ebenfalls. »Kathi, wir reden dann morgen. Wenn du etwas Spektakuläres in Erfahrung bringst, ruf an.«

Kathi sah von ihr zu ihrer Mutter. »Ihr tickt doch alle nicht ganz richtig«, sagte sie dann und ging hinaus.

Irmi wünschte dem Soferl noch viel Spaß und war heilfroh, entfliehen zu können. Aber wovor floh sie denn eigentlich? Letztlich hatte sie immer noch keine Ahnung, warum sie Elli Reindl diese Konfrontation mit der Vergangenheit hatte zumuten müssen. Worum war es Regina von Braun denn tatsächlich gegangen?

Irmi fuhr im Büro vorbei und recherchierte ein wenig über die *Lisl-Bar*. Dabei stellte sie fest, dass die Namensgeberin des Lokals tatsächlich in Garmisch lebte. Irmi notierte sich die Adresse und stand wenig später vor der Haustür von Elisabeth Nigg. Eine sehr gepflegte Dame öffnete ihr. Irmi stellte sich vor, doch Frau Nigg schien es nicht weiter merkwürdig zu finden, dass die Polizei kam. Sie stellte Wein auf den Tisch und wartete.

»Ich würde mir gerne ein Bild vom Außerfern machen«, erklärte Irmi, »vom Außerfern zu der Zeit, als Sie die *Lisl-Bar* hatten. Sie waren ziemlich jung damals.«

»Ich war vierundzwanzig, ich wurde verfrüht geschäftsfähig erklärt.«

»Sie gelten als Legende«, begann Irmi vorsichtig.

»Ach was. Die Bar war einfach ungewöhnlich. Es gab ja rundherum nichts. Weder in Füssen noch in Pfronten oder in Reutte. Wir hatten bis drei Uhr offen, wir hatten Livebands ab neun Uhr, das war legendär.«

»Aber die Herren kamen doch auch Ihretwegen?«

»Ach Gott, man muss in der Gastronomie klare Grenzen ziehen. Ich habe das immer getan. Ich habe Cocktails hinter der Bar gemixt, wenn die das Theater wollten. Meine Mutti war in Sichtweite. Sie hat die Eintrittskarten für fünf Schilling verkauft. Meine Familie lässt sich ins 15. Jahrhundert zurückverfolgen. Wir sind alteingesessen. Da war nichts mit Sodom und Gomorra. Skischuhe in der Bar waren verboten, dann liefen die Gäste eben strumpfsockig rum. Ich bin nie mit einem Gast ausgegangen, das war einfach tabu.«

Gerade das dürfte den Mythos befeuert haben, dachte Irmi. »Distanz ist wichtig. Wir hatten auch sehr honorige Leute da, die ihre Whiskey- und Ginflaschen da gelassen haben. Da waren Thurn und Taxis dabei, der spätere Skinationaltrainer, die Führungsetage bei den Metallwerken. Aber immer mit Niveau, es waren auch so Edelbaraber da, die am Stollen gearbeitet haben, die hab ich eigenhändig rausgeworfen.«

»Das klingt nach einer eigenen Welt und einer sehr ungewöhnlichen Frauenkarriere für damals«, meinte Irmi.

»Ja, gewiss, aber ich habe auch Mädchen an die Theke gebeten, und es war klar, dass man die nicht anbaggern durfte. Als Frau konnte man damals nicht allein weggehen, nicht ohne männliche Begleitung. Bei mir ging das.«

»Und Sie haben das immer durchgehalten mit dem Abstand?«

Sie lächelte wieder. »Ich hab sie doch gesehen, diese Typen, gerade mal drei Wochen verheiratet, die Frau geschwängert – und in der Bar dann die Holländerinnen abgeschleppt. Der Mann ist nicht die Krone der Schöpfung, Frau Mangold.«

Wie wahr, dachte Irmi. »Kannten Sie damals den Frauenarzt Dr. Wallner?«

Frau Nigg zog die Brauen ein wenig hoch. »Ich kann nichts Negatives über ihn sagen. Immer korrekt.« Es war klar, dass sie auch nicht vorhatte, mehr zu sagen.

Ja, auf der einen Seite die alten Bürgersfamilien, die Mädchen, die in der Fünfzigerjahren eine Mittelschule besuchen durften, die im Internat in der Nähe von Imst gewesen waren, wo Klosterschwestern sie schwimmen gelehrt hatten, die Mädchen in gestrickten Badeanzügen. Und auf der anderen Seite die einfachen Bauersfrauen aus dem Lechtal. Welten hatten dazwischen gelegen, aber auch das nutzte Irmi wenig. Immerhin hatte sie eine interessante Frau kennengelernt, und das hatte sie von Elli Reindls Geschichte abgelenkt. Das Leben in Reutte war auch heiter gewesen, wenn man den richtigen Kreisen angehört hatte. Aber war das nicht immer so?

6

Oktober 1936

Ich habe lang nichts mehr eingetragen. Es war Erntezeit. Wir dürfen dem Himmelvater danken. Wir haben Heu und Stroh eingebracht, das Getreide war prächtig. Die Grundbira auch. Der junge Herr ist gekommen. Er ist ebenfalls ein Studikus, er war nun ein Jahr im Böhmischen und hat gelernt, eine große Forstwirtschaft zu führen. Er ist nur am Wald interessiert, er redet nur über Bäume und neue Sorten, die er pflanzen will. Er ist zurückhaltend und kommt nach der Mutter. Er ist klein und zart, aber seine Augen sind wie Kohle im lodernden Feuer. Der junge Herr hat uns Käse gegeben und eine Wurst, die Salami heißt. So etwas Feines habe ich noch nie gegessen.

Ich musste gestern zur Herrin kommen. Ich hatte furchtbare Angst. Was habe ich getan, ich habe doch gearbeitet für zwei? Und ich war nur ganz kurz hinter den Hecken, weil mir immer so schrecklich übel wurde. Die Herrin sagte, ich solle mich zu ihr setzen. Sie sagte, dass ich es nicht wie Johanna wegmachen lassen darf. Ich habe sie gar nicht verstanden zu Anfang. Sie war so gütig, in ihren Augen lag so ein tiefer Schmerz. Dann habe ich sie verstanden. Sie hat gesagt, dass sie mir nicht helfen kann, aber sie gab mir einen Beutel. Mit Geld, ich habe noch nie so viel Geld gesehen. Sie hat gesagt, dass ich das verstecken muss und verteidigen muss mit meinem Leben und dass es für das Kindelein sein soll.

Und dass ich dem Herrn vergeben muss, hat sie gesagt. Weil sie doch schuld sei, weil sie ihm doch keine Frau mehr sei. Sie hat mir Binden gegeben, auf dass ich das Bäuchlein gürten könne.

Es war warm geworden. Wieder einmal viel zu schnell. Irmi wunderte sich immer, wie es Andrea schaffte, stets vor ihr im Büro zu sein.

»Morgen, Andrea, der frühe Vogel ...?« Irmi lächelte die junge Frau an, die ohne Weiteres ihre Tochter hätte sein können. »Bist du weitergekommen mit dem Klapp?«

»Ja und nein. Also, ich meine, du hast recht. Das sollte ein Buch werden. Ich glaube, sie wollte eine Familiengeschichte der von Brauns schreiben. Der Titel sollte *Gut Glückstein* lauten. Ich hab dir die Dateien mal sortiert. Ehrlich gesagt war ich ziemlich, na ja, ich war erschüttert, was sie da über das Außerfern geschrieben hat. Wahnsinn, das ist ja gar nicht lange her. Und ihr Bruder behindert, also ... Ich versteh das auch gar nicht so recht. Das ist doch gar nicht lange her. Ich wiederhole mich, ich weiß. Aber ...«

Ach, Andrea, dachte Irmi. Ich verstehe das auch nicht so ganz. Ihr war Elli lange als die Starke, die Souveräne, die Gelassene vorgekommen. Als eine emanzipierte Frau, die ihre Tochter allein groß gezogen hatte und die Enkelin gleich mit. Doch Elisabeth Storf war eine andere gewesen. Sie hatte sich von ihrem Mann schlagen lassen, den Unterkiefer hatte er ihr zertrümmert. Er hatte sie so niedergemacht, dass sie an nichts mehr geglaubt hatte. Und wenn Irmi ehrlich war, passierte das im dritten Jahrtausend noch genauso: Auch kluge Frauen glaubten irgendwann mal, dass sie der letzte Dreck waren. Wenn man das nur oft genug gesagt bekam, glaubte man an den eigenen Unwert – im Mittelalter, in den Siebzigern und heute.

Und wenn man das von einem Menschen gesagt bekommt, der einen doch eigentlich lieben will, der versprochen hat, für einen zu sorgen in guten wie in schlechten Tagen, wiegt das noch viel schwerer. Bis Elisabeth Storf die heutige Elli Reindl geworden war, waren Flüsse aus Tränen ins Meer geflossen. Sie hatte mit Sicherheit viele Jahre ihres Lebens damit verbracht, Kraft zu schöpfen, aufzubegehren, loszukommen. Irmi Mangold war auch mal Irmi Maurer gewesen, und es hatte ebenfalls schier ewig gedauert, wieder Irmi Mangold zu werden, eine Irmi, die an sich glaubte, die wertvoll war, die aufstand für sich selbst und andere.

»Ja, ich finde das auch sehr unverständlich, Andrea«, sagte Irmi nur. »Hast du mir die Texte ausgedruckt?«

»Ja, also ich hab da allerdings noch ein Problem.«

»Ja?«

»Sie hat irgendwelche alten Aufzeichnungen eingescannt. Das ist ziemlich schwer zu lesen. Ich kann das gar nicht entziffern, ist nämlich in altdeutscher Schrift. Kannst du das lesen?«

Konnte sie das? Gedruckte Bücher ja, sie hatte die *Trotzkopf*-Bände von ihrer Mutter in altdeutscher Schrift gelesen. Damals hatte man in Büchern noch geschmökert, anstatt sich Apps aufs Smartphone zu laden. Das war eine Zeit gewesen, in der junge Mädchen noch Backfisch geheißen hatten. Alte Bücher konnte sie noch lesen und staunend in eine Welt blicken, die so lange zurückzuliegen schien. Aber altdeutsche Schreibschrift?

»Ich fürchte, nicht«, räumte sie ein. »Suchst du bitte jemanden, der das für uns entziffern kann?«

Kathi kam gegen Mittag ins Büro. »Also, ich hab den ganzen Abend und heute Vormittag wegen der Waffen rumgemacht, die Tiroler Kollegen hatten schöne Schimpfworte für mich parat. Die zitiere ich lieber nicht. Außerdem ist meine Mutter völlig schräg drauf. Was hast du mit der eigentlich angestellt? Doch, Irmi, meine Zeit war richtig klasse, danke!« Sie nieste und suchte mal wieder nach einem Taschentuch.

Irmi sagte nichts dazu. Elli Reindl hatte sie gebeten, Kathi möglichst wenig zu verraten von dem, was sie ihr erzählt hatte. Sie wollte ihrer Tochter das kleine bisschen positive Erinnerung an den Vater nicht auch noch nehmen. »Wir sind ein merkwürdiger Weiberhaushalt«, hatte sie gesagt. »Weder meine Tochter noch meine Enkelin haben Väter. Ich denke oft, dass das meine Schuld ist. Denn Mädchen sollten doch beide Pole des Lebens kennenlernen, oder?« Dabei hatte Elli Reindl sie so angesehen, dass Irmi bis tief in ihre Seele blicken konnte. Das war doch das eigentlich Perfide: Die Opfer entschuldigten die Täter. Die Opfer suchten die Schuld in sich. Bis heute. Es gab nur diese eine Überlebensstrategie: Das Böse tief in sich einschließen. Wegsperren. Wegdenken. Das Wegdenken war das Schwerste, Gedanken und Erinnerungen zuckten immer wieder wie Blitze irgendwo heraus und durchbohrten das Herz. Sich den bösen Erinnerungen zu stellen war nicht immer der beste Weg, manches war so schmerzhaft, dass es in den Tresorraum musste. Aber Gnade, wenn jemand einen Schlüssel fand, diesen Raum zu öffnen! Irmi wusste das nur zu gut.

Kathi nieste wieder. Sie sah erbärmlich aus mit ihren verquollenen Augen. »Die Ballistik meldet sich nachher bei dir, ich geh jetzt mal zum Arzt. Vielleicht gibt es irgendein verdammtes Allergiemittel, das hilft. Der verfickte Wind macht alles noch schlimmer. Scheißfrühlingswetter. Pollen überall.«

»Ja, das ist gut«, sagte Irmi, dabei war gar nichts gut. Sie sah an Kathi vorbei, die niesend von dannen zog.

Er war still im Büro. Zeit, ein bisschen Licht ins Dunkel des Schreibtisches zu bringen, E-Mails zu löschen, die Zeitung zu lesen, die sich mal wieder einem Geniestreich in der Doppelgemeinde widmete. Der unscheinbare und etwas heruntergekommene Partnachuferweg sollte neuerdings eine Promenade werden. Eine Flaniermeile oder Prachtstraße war der Partnachuferweg nun wirklich nicht, und ausgerechnet dieser Weg sollte nun die Namen der beiden Exbürgermeister tragen. Nach einem Beschluss des Bauausschusses der Marktgemeinde wurde ein Teilstück in Neidlinger-Promenade, ein anderes in Schumpp-Promenade, ein drittes in Lahti-Promenade umbenannt. Den Bewohnern des finnischen Lahti würde das wurscht sein, aber zwei Männer, die die Geschicke Garmisch-Partenkirchens gelenkt hatten, hätten auf eine solche Ehrung sicher gerne verzichtet. Im Falle von Neidlinger wurden vierundzwanzig verdienstvolle Jahre mit einem Drittel des vernachlässigten Partnachuferwegs aufgewogen. Da im Gemeinderat viele Sturm gelaufen waren, sollten die beiden Herren zusätzlich noch je ein Taferl an einer Parkbank kriegen. Die Diskussion darüber füllte die Zeitung, ihr Mord im Wald war nebensächlich geworden. Irmi schüttelte den Kopf – man könnte meinen, die Schildbürger seien in Garmisch-Partenkirchen erfunden worden.

Es war Nachmittag, als der Anruf kam. Ein Anruf aus der KTU, der Irmi dazu veranlasste, den Hasen aufzusuchen. Er präsentierte ihr eine Waffe. »Aus der ist geschossen worden. Damit wurde Regina von Braun erschossen.«

Irmi starrte ihn an. »Das ist sicher?«

»Was ich mache, ist immer sicher«, maulte Kollege Hase. »Ich habe Fingerabdrücke genommen, es sind eine ganze Reihe drauf, und mit Verlaub, das sind vor allem Abdrücke von Kindern.«

»Von Kindern?« Irmi schoss die Kindergartengruppe durch den Kopf. Hatte der kühne Bene geschossen? Quatsch!

»Die Waffe stammt vom Sportklub Bichlbach. Ist eine Biathlonwaffe, die von der Biathlontrainingsgruppe der Schülermannschaft verwendet wird. Von anderen auch, aber vor allem von diesen Schülern. Ich muss los, die Arbeit wird ja nie weniger«, sagte der Hase noch und verschwand.

Irmi stellte sich ans Fenster. Die Sonne schien, es ging ein kräftiger Wind, der in die noch kahlen Bäume fuhr. Bald würden sie in diesem frisch lackierten Frühlingsgrün sprießen. Sie sah Soferl vor sich, das auf den schmalen Ski so elegant ausgesehen hatte. Die Waffe stammte von Soferls Gruppe!

Irmi ging zu Andrea hinüber. »Kannst du bitte checken, welche Mannschaften in Bichlbach Biathlon trainieren? Wer Zugang zu den Waffen hat. Wer ist Trainer? Und gibt es eine Verbindung zu Regina von Braun? Oder anders gefragt: Wer hat eine Verbindung zu Regina von Braun?«

Andrea dachte nach. »Ist das, ich meine, ist das nicht von der Kathi ihrem Soferl, also, ähm …«

»So ist es«, schnitt Irmi ihr das Wort ab und hatte noch Sailers Satz im Ohr: Die Magdalena Neuner wird's scho ned gewesen sein.

»Tatsache ist, dass wir die Waffe haben und nun wissen müssen, wer Zugang dazu hatte«, sagte Irmi.

»Ich war grad dran, jemand zu finden, der wo dieses Altdeutsch lesen kann.«

»Ja, Andrea, aber das hier ist jetzt wichtiger.«

Irmi rauschte hinaus und ließ eine Andrea zurück, die ganz unglücklich aussah. Sie selbst war auch unglücklich, mehr als das. Verdammt und zugenäht! Irmi hoffte, dass Kathi noch eine Weile weg sein würde, hoffte auf ein volles Wartezimmer. Aber was sollte sie tun? Es gab nur einen Weg. Sie musste nach Lähn.

Irmi wünschte sich Staus oder einen kleinen Lawinenabgang, aber der Tag präsentierte sich sonnig, und auch der Wind hatte ein wenig nachgelassen. Kein Baum würde umstürzen, nichts würde ihre Fahrt vereiteln. Lediglich die kleine rote Außerfernbahn stoppte Irmi für eine Weile, als die Schranke sich schloss, um das Bähnchen durchzulassen. Als Irmi vor Kathis Haus anhielt, blieb noch eine Hoffnung: Keiner würde da sein. Aber Elli und das Soferl waren gerade dabei, rechts von der Eingangstür Holzscheite zu stapeln. Dem Soferl war anzusehen, was sie von dieser Arbeit hielt. »Du hast deinen kleinen Hintern doch auch gerne warm«, hörte Irmi Elli sagen. Irmi lächelte, es gelang ihr aber nur ein wehmütiges Lächeln. Es half ja alles nichts: Da musste sie jetzt durch.

»Kommt, ich helf euch schnell«, sagte Irmi und hatte so doch noch eine Verzögerung erreicht. Der tobende Gedankensturm in ihrem Kopf aber war damit auch nicht anzuhalten.

Gesetzt den Fall, Regina von Braun hatte ein Buch schreiben wollen, gesetzt den Fall, sie hatte dazu Elli angesprochen und in alten Wunden gestochert, wäre das Grund gewesen, so ein Buch um jeden Preis zu verhindern? Lag sie mit ihrer Wilderergeschichte komplett falsch? Hatte das Ganze mit von Brennerstein gar nichts zu tun? War sie auf dem Holzweg?

»So, fertig!«, rief Sophia. »Ich geh jetzt hoch.«

»Bleibst du bitte in der Nähe? Ich müsst dich nachher mal was fragen«, sagte Irmi.

»Klar, muss bloß mal schnell mit Tini chatten.«

Sophia sprang leichtfüßig davon. Bei ihr hatte man das Gefühl, dass Jungsein wirklich etwas Herrliches war. Bei den meisten anderen Teenies hatte Irmi den Eindruck, dass sie schwer unter der Welt und sich selbst litten.

»Das Mädchen wird mir mehr und mehr ein Rätsel«, meinte Elli. »Einerseits macht sie Sport mit einem so zielstrebigen Ehrgeiz, andererseits lungert sie zu Hause nur noch am Laptop rum und chattet. Tini wohnt ein paar Straßen weiter, aber man redet über Facebook einfach besser.«

»Wir sind zu alt. Anders sozialisiert. Um das Soferl mach ich mir da weniger Sorgen, die kann ja durchaus auch real mit einem sprechen und schaut einem dabei sogar in die Augen, was fast schon an ein Wunder grenzt. Aber ich mache mir um viele andere Kinder Sorgen. Sie sitzen eingeigelt in ihren Zimmern und glauben jede Menge Freunde zu haben. Was heißt es schon, auf Facebook ›befreundet‹ zu sein!«

»Ich bin in jedem Fall zu alt«, sagte Elli, lächelte und dehnte ihren Rücken. Dann sah sie Irmi ernst an. »Du bist aber nicht zum Holzaufschichten gekommen, oder?«

»Nein. Gehen wir rein?«

Irmi folgte ihr in die Wohnküche. Elli stellte Hollersirup und Mineralwasser auf den Tisch. Sie wartete. Drehte an ihren Fingern.

»Ich muss das jetzt leider fragen. Wo warst du Sonntag am späten Abend?«

In Ellis Blick lag Unverständnis. »Ich war hier. Habe ferngesehen. Falls du wissen willst, was kam – keine Ahnung. Ich bin eben alt und vergesslich.« Ihr Ton war etwas unwirscher geworden.

»Wo waren Kathi und das Soferl?« Irmi wusste, dass das eine dumme Frage war. Kathi und Sophia lebten im ersten Stock des Hauses. Und wenn die Oma unten ferngesehen hatte, dann hätte niemand bemerkt, wenn sie kurz weggefahren wäre und den Fernseher angelassen hätte.

»Oben«, sagte Elli erwartungsgemäß. »Was soll das?«

Irmi zögerte. »Elli, wir haben die Waffe, aus der geschossen wurde. Sie ist definitiv eine Biathlonwaffe, die dem Skiklub Bichlbach gehört. Und so leid mir das tut, ich muss deine Fingerabdrücke nehmen.«

»Was musst du?« Der Schrei kam von Kathi, die hereingepoltert war, wie sie das immer tat, trotz ihres Leichtgewichts. Man hatte immer das Gefühl, ein Pferd trabe heran.

»Kathi, ich ...«

Kathi unterbrach sie rüde und schrie: »Was, du, du, du? Ich

habe stundenlang in einem Wartezimmer gesessen, Allergietests gemacht, deren Ergebnisse natürlich erst kommen. Ich hab eine Kortisonspritze bekommen und jede Menge anderen Scheiß mitgemacht. Du bist nicht im Büro, auch nicht über Handy erreichbar, dafür finde ich dich hier, und du willst die Fingerabdrücke meiner Mutter! Geht's noch?«

Elli hatte sich erhoben. »Ich lass euch mal kurz allein. Keine Angst, es besteht keine Fluchtgefahr.«

Kathi starrte ihr nach. »Was geht hier vor?«

Irmi begann leise zu erklären. Sprach vom Waffenfund. Sprach davon, dass sie eine Vermutung habe, dass Regina von Braun noch ein ganz anderes Buch geplant habe. Dass Kathis Mutter darin eine Rolle spiele.

»Und deshalb erschießt meine Mutter diese schreibwütige Regina? Hast du sie noch alle? Läufst du noch auf allen Zylindern?«, brüllte Kathi weiter.

»Das sage ich auch gar nicht. Aber ich habe eine Tote. Und ich habe eine Waffe, aus der geschossen wurde. Deine Tochter zum Beispiel benutzt dieses Gewehr.« Irmi bemühte sich, sachlich zu bleiben.

»Das weißt du doch gar nicht!«

»Stimmt, aber ich muss es überprüfen.«

»Frau von und zu Mangold! Bisher hatten *wir* noch einen Fall. Aber nun hast du ihn!« Kathi war so laut geworden, dass Elli zurückgekommen war.

»Kathi, ich werde dir ein paar Dinge aus meinem Leben erzählen müssen«, sagte sie. »Und wenn Irmi meine Fingerabdrücke haben will, soll sie sie nehmen.«

Kathi sah von der einen zur anderen und rief plötzlich durchs Haus: »Sophia, komm sofort runter!«

Das Soferl flog quasi die Treppe herunter, was daran liegen mochte, dass sie mit den von ihrer Oma gestrickten Wollsocken auf der glatten Holztreppe ausgerutscht war, vielleicht aber auch daran, dass sie gelauscht hatte.

»Wer benutzt eure Biathlonwaffen?« Kathi sah ihre Tochter scharf an.

»Na, die Gruppe. Wir sind sechs Mädels, das weißt du doch.«

»Wo sind die Waffen?«

»Na, bei To-Tommy im Waffenschrank im Stüberl. Du bist doch bei der Bullerei, Waffen gehören in gut gesicherte Schränke«, bemerkte das Soferl altklug und mit leiser Provokation in der Stimme.

»Wer ist To-Tommy?«, fragte Irmi dazwischen.

»Unser Trainer Tommy. Toller Tommy, deshalb nennen wir ihn To-Tommy.« Das Soferl kicherte.

»Aha, und wer noch benutzt die Waffen?«, wollte Kathi wissen.

»Keine Ahnung. Wahrscheinlich die zweite Gruppe, die Tommy auch trainiert. Spinnt ihr grad alle?«, fragte Sophia.

Weil Kathi einen Augenblick still war, sagte Irmi: »Sophia, magst du mir bitte mal die Anschrift und die Handynummer deines Trainers aufschreiben?«

»Klar, hab ich im Handy.«

Sophia sprang davon, sichtlich erleichtert, den drei irren Frauen zu entkommen.

Kathi schwieg noch immer, Irmi wusste, das in ihrem Inneren Kriege tobten. Die Tochter gegen die Polizistin. Die Vernunft gegen das Gefühl.

Irmi betrachtete Elli genau. »Elli, war Regina von Braun bei dir?«

Schweigen.

»Elli, bitte!«

»Sie hat angerufen. Mehrmals. Ich hab ihr gesagt, dass ich nicht mit ihr reden will. Dass dieser Teil meines Lebens passé ist. Ich hab aufgelegt. Dann hat sie es mit unterdrückter Nummer probiert. Sie war so penetrant. Und dann stand sie plötzlich vor der Tür. Ich hab nicht aufgemacht. Am nächsten Tag hat sie mir regelrecht aufgelauert. Ich musste sie hereinlassen. Schließlich wollte ich nicht der Nachbarin ein Bühnenstück liefern.«

»Und was wollte Regina von Braun?«, fragte Irmi.

»Wissen, was damals passiert war.«

»Wann damals?«, fuhr Kathi dazwischen.

»Bitte, Kathi, warte kurz. Sie hat gesagt, dass sie ihre Familiengeschichte aufarbeiten wolle.«

»Sonst nichts?«

»Zuerst hatte ich den Eindruck, sie sei Journalistin. So wie sie gefragt hat. Sie war sehr vehement, dabei war sie so ein zartes Persönchen.«

»Und als was hat sie sich zu erkennen gegeben?«

»Als Regina von Braun, Biologin, Besitzerin einer Forstwirtschaft und eines Walderlebniszentrums. Das war sie doch auch, oder?«

»Ja, das stimmt so alles. Hat dir der Name etwas gesagt?«

»Ja«, meinte Elli lapidar. Irmi war klar, dass damals bei den Recherchen der ORF-Journalistin viele Namen gefallen waren. Namen von Frauen mit einem ähnlichen Schicksal. Sicher auch der von Margarethe von Braun.

Kathi, die bis hierher geschwiegen hatte, fuhr erneut dazwischen. »Was redet ihr hier eigentlich?«

Elli sah Kathi voller Zärtlichkeit an. »Bitte, Kathi, ich geb jetzt Irmi diese Fingerabdrücke, und dann reden wir beiden unter vier Augen.«

Das Soferl war mit einem Post-it-Zettel zurückgekommen. Als Irmi dann auch noch Soferls Abdrücke nahm, hatte sie ganz kurz Bedenken, dass Kathi ihr alles aus der Hand schlagen würde. Beim Abschied zischte Kathi: »Das wirst du mir büßen.«

Das war eine Drohung, ein schwerer Affront gegen sie als Chefin. Aber Irmi war zu erschöpft, um zu reagieren. Sie ging einfach. Fuhr wie in Trance ins Büro, überreichte die Fingerabdrücke dem Hasen, der wieder besonders begeistert war, dass sie sein Wochenende verhunzte. Er versprach ihr, bis zum nächsten Morgen Ergebnisse zu liefern. Nicht ohne sich noch mal zu beschweren.

»Irgendwann nehm ich alle Überstunden«, meinte er. »Alle Samstagsdienste. Und die am Sonntag. Dann seht ihr mich ein halbes Jahr nicht mehr!«

»Wissen Sie was? Mich würden Sie dann etwa zwei Jahre nicht mehr sehen!«, erwiderte Irmi eisig.

Der Hase zuckte mit der Nase wie ein Karnickel und verschwand.

Auch Irmi fuhr nach Hause, wo sie anfing, die Milchkammer zu säubern. Sie stand in Latzhose und gelben Gummistiefeln da und fuhrwerkte so herum, dass Bernhard stirnrunzelnd davontrabte. Dass sie dann auch noch den Kühlschrank auswischte und den Herd reinigte, veranlasste Bernhard zu einer Flucht zum Wirt.

Der Samstag begann für Irmi gegen sieben. Sie hatte felsenfest geschlafen. Erst als der kleine Kater alle seine Krallen in ihre Zehen rammte, stand sie auf. »Du Monsterviech!«, stieß sie aus.

Schon um neun bekam Irmi den Abgleich der Fingerabdrücke. An der Waffe waren insgesamt fünf verschiedene Abdrücke klar zu differenzieren gewesen, es hatten wohl auch noch andere an dem Gewehr herumgefingert, doch deren Spuren waren nicht klar darstellbar. Unter den fünf Abdrücken waren nun zwei bekannt: die von Sophia und Elisabeth Reindl.

Irmis Magen verkrampfte sich. Dass ein Abdruck vom Soferl auf der Waffe zu finden war, verblüffte sie nicht weiter – schließlich übten sie und die anderen Mädchen regelmäßig auf dieser Waffe. Aber Elli Reindl konnte sehr gut schießen und war sogar mehrfach Schützenkönigin gewesen. Mittlerweile war sie zwar nicht mehr im Schützenverein, aber Schießen verlernte man nicht. Das war doch wie Radfahren, oder?

Aber wie wäre Elli an das Gewehr gekommen? Und gleichzeitig kannte Irmi die Antwort. Der Trainer ließ den Schrank ja öfter offen stehen, sie selbst hätte sich problemlos eine Waffe holen können.

Irmi griff zum Hörer und bat Andrea, mit dem Biathlontrainer einen Termin im Schützenheim zu vereinbaren. Kaum hatte sie aufgelegt, da stürmte Kathi herein.

»Also, meine Mutter hat mir so einiges erzählt. Dass mein Vater kein Engel gewesen ist, weiß ich. Dass sie ein Kind verloren hat, wusste ich nicht. Sie hat es nicht leicht gehabt, aber deswegen erschießt sie doch nicht diese Regina.«

Das war eine sehr knappe Zusammenfassung von Ellis tragischer Vergangenheit. Irmi wusste, dass Kathi sehr schlecht mit Elend und Verzweiflung umgehen konnte. Sie wurde dann noch härter, noch tougher, noch sachlicher. Statt sich dem Schmerz zu stellen, flüchtete sie.

»Ihre Fingerabdrücke waren auf der Waffe.« Irmi sah Kathi nicht an.

»Aber das kann nicht sein!«

»Was nicht sein soll, kann eben doch sein«, meinte Irmi hilflos.

»Du hast sie nicht mehr alle!«, rief Kathi.

Irmi versuchte ruhig zu bleiben. »Kathi, versuch bitte einen Moment auszublenden, dass wir von deiner Mutter reden. Was würdest du bei jeder anderen Person tun? Wir haben eine Frau, deren Fingerabdrücke sich auf einer Tatwaffe befinden. Es gibt eine Verbindung zwischen den beiden. Regina von Braun hat deine Mutter massiv angegangen, sie hat sie mit Anrufen torpediert und sogar aufgesucht. Nenn das Stalking, wenn du so willst. Wir müssen deine Mutter erneut verhören. Außerdem hat sie kein Alibi. Du bist nicht die Wächterin deiner Mutter. Sie könnte weggefahren sein, oder? Es ist nicht weit von Lähn nach Grainau, das muss ich dir nicht sagen, du fährst die Strecke fast täglich zur Arbeit.«

»Kein Alibi, oder! Du, du ...« Kathi schluckte, aber Irmi wusste, dass ihre Kollegin kurz vor der Explosion stand.

»Kathi, eure Autos stehen vorn an der Straße, du würdest es nicht mal hören, wenn sie ihren Wagen anließe.«

In der Tat lag das schmucke Bauernhaus der Reindls an einer kleinen Stichstraße. Für parkende Autos war viel zu wenig Platz, weshalb Elli und Kathi ihre Autos immer vorne an der kleinen Straße abstellten. Sie verfügten über zwei Parkbuchten vor dem Haus der Nachbarin.

»Ja, reim dir nur was zusammen, du, du … selbstgefälliges Stück!«

Es ging einfach nicht. Es rumorte in Irmis Innerem. Sie verstand Kathi nur zu gut, aber das ging einfach zu weit. Sie war niemand, der auf Autoritäten pochte, was sich manches Mal schon als Fehler erwiesen hatte. Zu viel kumpelhaftes Verhalten motivierte schwächere Menschen schnell zur Auflehnung und Unhöflichkeit. Je länger die Leinen wurden, an denen man seine Mitarbeiter laufen ließ, desto mehr verhedderten sich diese in ihren eigenen Unzulänglichkeiten. Sie konnte das nicht mehr tolerieren.

Mit kühler Stimme, die gar nicht zu ihr zu gehören schien, sagte Irmi: »Kathi, ich ziehe dich von diesem Fall ab. Ich gebe das auch schriftlich an die Dienststelle in Weilheim weiter. Solange deine Mutter involviert ist, lehne ich dich wegen Befangenheit ab. Du nimmst deine Überstunden, dann sehen wir weiter.«

Kathi war nicht mehr zu bremsen. »Ja, Frau Siebengscheit. Ja, Frau Hauptkommissar. Gib's mir!«

»Du kannst dich gerne beschweren, aber bitte halte den Dienstweg ein.«

Kathi fuhr herum. Da stand Andrea, die für die Wochenendschicht eingeteilt war. »Na, prima, da steht ja schon der Bauerntrampel. Nimm den doch mit. Das passt ja perfekt: Bauerntrampel zu Bauerntrampel.«

Andrea starrte sie mit weit aufgerissenen Augen an. Sie war mitten ins Schlachtfeld gestolpert. Irmis ganzes Inneres bebte. Am liebsten hätte sie Kathi auch angebrüllt, hätte um sich geschlagen, sich verteidigt, dem Brodeln in ihrem Inneren ein Ventil verschafft. Aber sie sagte nur sehr leise: »Es reicht. Geh jetzt!«

Und Kathi ging.

Andrea sah aus, als würde sie gleich losheulen. »Ich … ich … ich wollte nicht, ich …«

»Schon gut. Das ist nicht deine Schuld. Was kann ich für dich tun?«

»Ich wollt nur sagen, dass ich die Sachen an jemanden in München vom Landeskriminalamt gemailt habe. Da ist eine Dame, die übersetzt uns die Texte. Sailer hat gemeint, seine Oma könne das auch, aber ich dachte, ähm, das wäre zu privat, ähm …«

»Wunderbar, da denkst du völlig richtig. Und was ist mit dem Biathlontrainer?«

»Ich erreich ihn über sein Handy nicht, aber ich weiß, dass er momentan, ähm, auf der Anlage ist, das hab ich vom Verein erfahren. Er bereitet einen Saisonabschluss-Wettkampf vor. Der findet morgen statt.«

»Gut, wir fahren nach Bichlbach. Du kommst mit. Ich erklär dir auf der Fahrt das Problem.« Das Problem? Elli Reindl war mehr als ein Problem.

Nachdem Irmi Andrea auf den aktuellen Stand gebracht hatte, schwieg die junge Polizistin eine Weile. Dann sagte sie leise: »Die arme Kathi.« So war Andrea: empathisch, leicht zu erschüttern. Dabei war Kathi nicht besonders nett zu Andrea, und doch hatte sie spontan Mitleid. Irmi und Andrea – zwei Bauerntrampel, die vermutlich beide ein Mitfühlgen von der Natur mitbekommen hatten.

Vor der Trainingsanlage in Bichlbach stand ein Kombi. Die Tür zum Klubstüberl war offen.

»Hallo!«, rief Irmi in den Gang.

Keine Antwort.

»Komm«, sagte sie zu Andrea und schleuste sie in den Keller und durch die Umkleide. Dort stand Tommy und hängte gerade Startnummern auf eine Wäscheleine. Ganz der Hausmann! Irmis Blick glitt zum Schrank.

»Morgen. Schön, dass der Schrank heute mal abgesperrt ist!«

»Was?«

»Als ich am Donnerstag hier war, stand er offen, und es befanden sich Waffen darin. Sie wissen schon, dass Sie sich damit strafbar machen?«, fragte Irmi.

»Wer sind Sie?«, fragte er und sah dabei nicht sonderlich intelligent aus. Ansonsten war er ein attraktiver Typ um die dreißig, knappe eins achtzig groß, blond, graue Augen. Braun gebrannt. Für Irmis Geschmack war er viel zu dünn. Ein Mann vom Typ Ausdauersportler, der nur aus Sehnen und Muskeln bestand und dessen BMI wahrscheinlich im Minusbereich lag. Einer, der skaten konnte wie der Teufel, der im Sommer in irrwitziger Geschwindigkeit auf den Rollenski durch die Täler pfiff. Andrea hatte herausgefunden, dass er im österreichischen Biathlon-Nationalkader gewesen war. Klar, dass dieser To-Tommy einen Schlag bei seinen Schülerinnen hatte. Irmi hoffte für ihn, dass er seine Grenzen und Altersgrenzen kannte …

Sie stellte sich und Andrea vor und fuhr fort: »Sophia Reindl ist die Tochter einer Kollegin, ich hab ihr kürzlich beim Schießen zugesehen. Und was hab ich auf der Suche nach einem Klo noch gesehen? Den offenen Schrank. Sie sollten mal ein Schild hinhängen.«

»An den Schrank?«

»Nein! Ein Schild, wo das Klo ist! Dann würden Leute wie ich nicht durch die Katakomben irren und sich in Waffenschränke verirren.«

Besonders hell auf der Platte war er offenbar nicht, aber um schnell zu laufen und gut zu schießen, brauchte man Kondition und eine ruhige Hand. Im Sport war zu viel Grips eher hinderlich. Selbstgerechte Funktionäre, unfähige Trainer, starre Systeme – mit Intelligenz und Selberdenken hatte man es bei diesen Strukturen schwer.

»Mit einer der Biathlonwaffen, die zu Ihrem Waffenpool gehört, wurde ein Mord verübt«, erklärte Irmi.

»Naa, oder!«

»Doch, scho!«

Nach einigem Hin und Her war Trainer To-Tommy durchaus freundlich und kooperativ und musste zugeben, dass er ab und zu vergaß, hinter den Schülern her zu sperren. Und sein »bei uns kommt doch nix weg« klang inbrünstig. Etwas zu inbrünstig, fand Irmi. Vorsichtshalber nahmen sie seine Fingerabdrücke, wobei das im Prinzip sinnlos war. Die Abdrücke würden in jedem Fall auf der Waffe sein, er gab diese Schießprügel schließlich aus.

»Wer hat denn sonst noch diese Waffen in der Hand gehabt?«

»Keine Ahnung.«

»Sagt Ihnen der Name Regina von Braun etwas?«

»Nein.« Er hatte keine Sekunde überlegt.

Irmi runzelte die Stirn. »Wo waren Sie denn am Sonntagabend?«

»Keine Ahnung.«

»Sie haben recht wenig Ahnung, Tommy. Wissen Sie, wir sind nicht zum Spaß hier. Mit einer Waffe, für die Sie die Verantwortung tragen, wurde gemordet. Wir können auch gerne nach Garmisch fahren.« Konnten sie natürlich nicht so einfach. Sie befanden sich auf österreichischem Gebiet, der Trainer war Österreicher, aber das spielte momentan keine Rolle. So pfiffig war der Trainer nicht.

»Ich glaub, ich war daheim. Ich bin den ganzen Tag draußen unterwegs, deshalb bin ich abends meist zu Hause und schreibe Trainingspläne.«

»Waren Sie allein?«

»Ja.«

Warum waren eigentlich alle Menschen, die sie befragte, allein? Eine Welt der Singles. Nie konnte jemand ein Alibi liefern. Allein saßen sie zu Hause vor dem Fernseher oder arbeiteten oder gingen mit den Hühnern schlafen. Und wenn tatsächlich mal jemand ein Alibi lieferte, dann stammte es sicher vom Ehepartner, und was davon zu halten war, wusste man ja. Blieb die Frage, was zu tun war. Ihn festnehmen? Unsinnig, er wäre gleich wieder draußen. Zu viele Leute hatten theoretisch Zugang zu den Waffen gehabt. Und was hatte der hübsche Thomas Wallner mit Regina zu tun gehabt? Nichts, wie es momentan aussah. Optisch hätten die beiden allerdings gut zusammengepasst.

»Ich verwarne Sie wegen der Waffen. Sperren Sie besser ab! Ich verzichte jetzt mal auf eine Anzeige, und Sie halten sich bitte zur Verfügung. Und wenn Ihnen was einfällt, hier ist meine Karte.«

To-Tommy nickte, irgendetwas in seinem Gesichtsausdruck gefiel Irmi nicht. Er wirkte angespannt. Vielleicht war Tommy gar nicht so dumm, wie sie dachte?

Schweigend fuhren Irmi und Andrea bis zu Kathis Haus. Auch hier stand die Tür offen, wohl um die Frühlingssonne hereinzubitten. Elli hatte gerade Kaffee gekocht, den sie ihnen anbot. Sie begrüßte Andrea freundlich, natürlich kannte sie Kathis junge Kollegin. Irmi atmete so tief durch, dass Elli und Andrea sie anstarrten.

»Elli, ich mach es kurz. Auf der Waffe, aus der geschossen wurde, sind deine Fingerabdrücke.«

Elli setzte ihre Tasse ab und sah Irmi an. »Aber ich hab Regina von Braun nicht erschossen! Ich könnte doch niemanden töten!«

»Wie kommen die Abdrücke auf die Waffe?«

»Ich weiß nicht. Ich ...« Elli überlegte. Plötzlich hellte sich ihr Gesicht auf. »Jetzt fällt es mir wieder ein! Ich hatte die Waffe vom Soferl kürzlich mal in der Hand. Sie hat mich am Ende des Trainings mal schießen lassen. Das war der Termin, bevor du auch dabei warst. Aber wie sollte ich an die Waffe gekommen sein? Das Soferl nimmt die doch nicht nach Hause mit! Das darf sie doch gar nicht!«

»Der tolle Tommy nimmt es mit dem Absperren offenbar nicht so genau. Neulich war ich im Klubstüberl in Bichlbach auf der Suche nach einem Klo und habe zufällig den Waffenschrank gefunden, und zwar offen. Da hätte sich jeder ein Gewehr rausziehen können.«

Elli Reindl schwieg.

»Elli, du verlässt bitte nicht die Gegend. Wenn du das vorhast, melde dich bei mir. Wenn dir irgendetwas einfällt, wenn du Hilfe brauchst, melde dich auch. Und besänftige bitte Kathi. Ich hab sie vom Fall abgezogen, wenn sie aber so weitermacht mit ihren Beleidigungen, muss ich eine Dienstaufsichtsbeschwerde einreichen. Sie kann nicht alles ungefiltert rausschreien.«

»Danke«, sagte Elli Reindl und nahm Irmis Hand. Irmi war das eher unangenehm. Sie war längst viel zu privat geworden.

Als sie im Auto saßen, fragte Andrea: »Hätten wir sie nicht festnehmen müssen?«

»Ermessenssache«, brummelte Irmi. »Wenn wir im Büro sind, will ich alles über diesen tollen Tommy wissen. Alles!«

Zurück im Büro, verschwand Andrea hinter ihrem Computer, und Irmi fuhr nach Weilheim zu einer Dienstbesprechung mit einigen Kollegen aus den umliegenden Landkreisen. Auch die Allgäuer waren dabei. Ihr war heute so ätzend zumute, sie hatte wahrlich Besseres zu tun, als sich mit Kollegen auszutauschen. Aber ihre Anwesenheit wurde angeordnet. Und das auch noch am Samstag!

In den Gesprächen ging es am Ende um den europäischen Rettungsfonds, Stammtischparolen wurden ausgetauscht, und eine große Mir-san-mir-Fraktion hatte gepoltert, dass man es leid sei, von Bayern aus Berlin und das Saarland mitzufinanzieren. Und die mediterranen Faulpelze in Europa wolle man schon gar nicht unterstützen. Irmi hätte gerne gesagt, dass man mal überlegen solle, wer vom Export in Europa am meisten profitiere. Und sie hätte am liebsten darüber gesprochen, dass vor fünfzig Jahren das bäuerlich arme Bayern Unterstützung von Nordrhein-Westfalen bekommen hatte. Aber polternde Polemik lähmte sie – heute ganz besonders. Sie hatte einen Mord aufzuklären.

Irmi verbrachte ihren Sonntagvormittag damit, Betten neu zu beziehen. Die Katzenhaare flogen, dass es nur so eine Freude war. Auch die überladene Spüle hatte es mal verdient, dass sie Luft bekam, und Irmi war froh, dass sie den Saustall etwas ausgemistet hatte, als Lissi mittags mit Ellen, einer gemeinsamen Bekannten aus Ohlstadt, überraschend bei ihr einfiel.

»Griaß di. Ich hab Prosecco dabei.« Prosecco war Lissis Allheilmittel, den sie immer ein wenig zu süß trank. Außerdem hatte sie einen wunderbaren Blechkuchen mit Zwiebeln, Kräutern, Speck und Käse dabei. Lissi nannte das ihre Bauernpizza. »Du hast doch bestimmt nichts Gscheits gegessen!«, sagte sie tadelnd. In Lissis Augen aß Irmi nie was Gscheits, denn gscheit war selbst gekochtes Essen mit ausschließlich frischen Zutaten. Dosensuppen waren in ihren Augen eine Todsünde.

Die gute Lissi, die gute Ellen. Sie aßen und ratschten über dies und das. Ellen, die zwei Jobs als Kellnerin in Ogau und in Murnau hatte, erzählte gerade von der neuen Auszubildenden. »Die hat überall Piercings und neuerdings so Schnecken in den Ohren wie die Afrikanerinnen. Und wenn die im Dirndl serviert, dann schauen überall Fabelgestalten raus. Ein schuppiger Schwanz wächst ihr das Bein hinunter, und auf den Arm ist eine fiese Krallenpranke tätowiert.« Ellen schüttelte sich. »Ich möcht gar nicht wissen, wo das Ding an ihrem Körper seinen Anfang nimmt. Und mit welchem Teil.«

Irmi lachte schallend. »Wir sind halt eine aussterbende Spezies. Die der Untätowierten. Oder bist du tätowiert, Lissi?«

»Spinnst? Und wenn ich dann achtzig bin, wäscht mir jemand meinen faltigen Skorpion am Rücken oder irgendwas anderes, was in den Bauchfalten versteckt ist. Igitt!«

»Georgs Sohn hat sich auch tätowieren lassen. Einen Porsche, aber bloß ganz klein«, meinte Ellen.

Georg war Ellens neuer Freund. Er stammte aus dem Ruhrpott und hatte seinen sechzehnjährigen Sohn mit in die Beziehung gebracht. Ziemlich faul, aber ansonsten ein netter Junge ohne Alkoholexzesse und Drogenprobleme. Und das war heute ja beachtlich, fand Irmi. Nach den letzten Weihnachtsferien war er allerdings völlig verändert von seiner Ruhrpottmutter zurückgekommen und hatte gerufen: »In Bayern kann man nicht leben, sondern höchstens Urlaub machen. In Bayern leben doch nur Dumpfbacken.« Die Infiltration der Mutter hatte gewirkt. Der Junge war zur Mutter gezogen, weg von den Dumpfbacken. Ellens Freund hatte sehr darunter gelitten, die Beziehung auch – und Ellen macht sich bis heute Vorwürfe, dass sie als Ersatzmutter versagt hat. Aber wenn die echten Mütter Kinder instrumentalisierten, und sei es nur, um dem Ex eins auszuwischen, versagte eben jede Ersatzmutter. Genau das hatte Irmi auch zu Ellen gesagt. *Er* entkam den Manipulationen seiner Gattin ja auch nicht. Sie hielt ihn wegen der Töchter. Aber diese wurden älter und älter. Irgendwann würde das Argument nicht mehr ziehen – und was war dann?

»Habt ihr wieder Kontakt?«, fragte Lissi.

»Er ruft seinen Vater ab und zu an. Mich nicht, ich bin ja auch nur eine bayerische Dumpfbacke.«

»Vergiss es. Schwieriges Alter. Und sei froh, ihr habt nämlich ohne den Buben mehr von euch«, meinte Lissi ganz pragmatisch.

Die beiden redeten weiter, Irmi hörte mit einem Ohr zu. Genau dieses Dumpfbackenklischee regierte doch die Wahrnehmung eines Großteils der Republik. Schöne Landschaft, doofe Bauern. Ob solche Ansichten aus dem Neid geboren waren? Wie auch immer: Irmi bedauerte es, dass die Bayern dieses Image selbst mit aller Vehemenz und Penetranz aufrechterhielten. Wenn sie ab und zu mal Fernsehkrimis sah, was gaben ihre TV-Kollegen denn für ein Bild ab? Und was waren die Ermittler in den ausufernden Krimiregalen für Deppen? Man zimmerte die Klischees fest und fester. Aber auch in Bayern hatten Polizisten eine Ausbildung, und hätte sie tatsächlich solche Kollegen gehabt, wie sie in Bücher und Drehbücher hineingeschrieben wurden, dann hätte sich Irmi längst eine Kugel durch den Kopf geschossen.

Als die beiden Freundinnen proseccoselig abzogen, war es Nachmittag geworden. Bernhard war wie immer bei irgendeinem Stammtisch. Später half sie ihm im Stall, kraulte ihre Kater, fühlte sich aber immer noch nicht gut. Kleine Ablenkungen blieben eben immer das, was sie waren: nichts als kurze Unterbrechungen, um einmal durchzuatmen.

7

November 1936, Martini

Der Abschied war doch sehr traurig. Wir werden das letzte Mal draußen gewesen sein, sagten uns die Knechte. Weil Hütekinder einfach aus der Mode seien, meinte der Jakob, und die Johanna wusste vom Herrn Studenten, dass wir obsolet sind. Natürlich weiß auch Johanna nicht, was das bedeutet.

Wir durften für den Rückweg die Eisenbahn nehmen von Kempten bis Reutte. Aber nur, weil die Herrin das bezahlt hatte. Für den Hinweg aussi hätte der Herr Vater nie Geld berappt. Nie! Die Eisenbahn war ein Ungetüm, mir war sehr bange. »Isch das hetzig«, sagte Johanna immer wieder. Sie hat sich wieder richtig gut erholt, ein rechtes Stehaufmännlein oder besser Stehaufweiblein ist sie. Jakob hat gemeint, er wolle am liebsten Zugführer werden. Ach Jakob, du kannst nicht mal richtig lesen, und wenn du schreibst, ist das ein schlimmes Gesudel! Du wirst deine drei Geißn und eine Kuh haben in Hinterhornbach wie dein Vater, und weil deine Geschwister alle tot sind – die Zwillinge verhungert, der große Bruder von der Lawine verschüttet –, deshalb bekommst du den halben Hof. Das ist viel, mein lieber, guter Jakob.

In Reutte begann es zu schneien. Mir war das Herz so schwer, und uns allen war so merkwürdig zumute. Bis Stanzach nahm uns eine Kutsche mit. Am liebsten wäre ich gar nicht angekommen. Wir liefen bergan. Die Beine waren so schwer. Ich drückte und herzte Jakob, der als Erster abbiegen musste. Dann die Johanna, die mir ins Ohr flüsterte: »Wenn du's doch wegmachen willst, ich helf dir.« Ich ließ die Zeit verstreichen. Es dunkelte schon sehr, und als ich in die Stube trat, war es stockdunkel.

Der Herr Vater saß vor der Kerze, die Mutter stopfte in schlechtem Lichte. Der Herr Vater sah nur kurz hoch, meinte, ich sähe gut aus, und wollte meinen Lohn haben. Ich händigte ihm das Geld aus, und mein Herz schlug bis zum Halse. Sah er gar nicht, wie viel mehr ich trug unter meinen Bandagen? Ich zeigte mein neues Gewand und die neuen Stiefel. »Gut«, sagte der Herr Vater, nahm seinen Hut und ging.

Die Mutter stand auf. Malad sah sie aus. »Wäch bisch«, sagte sie und umarmte mich. Da stutzte sie und schrak zurück wie vor dem leibhaftigen Teufel. »Föhl, des Unglück! Und der Vatter wird es sich zammareima. Wie lang willst das verbergen?« Ich plärrte, auf einmal plärrte ich, als ob jemand alle Schleusen geöffnet hätte, ich konnte gar nimmer aufhören. Die Mutter fragte irgendwann. »Wer?« Ich musste ihr gestehen, dass es der Herr gewesen war. Sie bekreuzigte sich und sagte, dass ich beichten gehen müsse. Sofort.

Mir war das ein schwerer Gang. Ich strich um die Kirche herum, bis mich der Herr Pfarrer entdeckte. Wir Kinder hatten immer Angst vor ihm gehabt, und mir war auch heute so bange. »Bist zurück, gut, Johanna. Hast Kontakt zu den Evangelischen gehabt?«, fragte er. Ich sagte nichts, meine Kehle war so zugeschnürt. Ich folgte ihm, als würde er mich an einem Kälberstrick ziehen, bis in den Beichtstuhl.

Ich weiß nicht, was mich da ritt, aber ich beichtete, dass ich mehrmals draußen aus der Speisekammer Essen genommen hätte. Vom Pfarrer bekam ich viele Vaterunser und Rosen-

kränze aufgetragen. Ich zitterte am ganzen Leib, als ich heimging. Meine Knie versagten ihren Dienst. Als die Mutter fragte, ob ich gebeichtet hätte, nickte ich nur. Lügen ist eine Todsünde, der Himmelvater wird mich strafen.

Irmi hatte grottenschlecht geschlafen. Sie traf erst um halb neun im Büro ein, was selten vorkam. Es war so, als drücke sie sich vor einer anstehenden Schularbeit.

Andrea sah frisch aus, das war das Geschenk der Jugend, das man erst zu schätzen wusste, wenn man es nicht mehr hatte. Wie so vieles erst durch Abwesenheit an Wert gewann. Sailer sah gesund aus wie immer. Bei ihm war es die Mentalität, die ihn gesund hielt. Sich wenig Sorgen machen, klare Strukturen im Leben haben – das half der Psyche.

»Der Herr Bartholomä hat angerufen. Bei eana is a Rentier gwuidert worden. Es liegt aber scho länger, moant er.« Sailer klang verblüfft. Das Wort Rentier zog er in die Länge wie einen Käsefaden aus dem Fondue.

»Nein!«, rief Irmi. In diesem Nein lag die Verzweiflung all dieser letzten Tage. Vor wenigen Tagen hatte Franz Kugler ihnen von einem toten Rotwild erzählt. Heute war es ein Rentier. Der Wilderer war also immer noch aktiv. Die Mordwaffe hatten sie zwar, aber Irmi war sich sicher, dass das Rentier mit demselben Kaliber erlegt worden war, abgefeuert natürlich aus einer anderen Waffe. Worin hatte sie sich da mit Elli verrannt? Insgeheim gab sie Kathi recht: Sie war doch nicht ganz klar im Kopf. Sollte sie sich den Karwendelschrat noch mal genauer vornehmen? Irgendeiner wilderte, und zwar im Revier der von Brauns. Und so einem war Regina offenbar in die Quere gekommen.

»Gibt es eine Verbindung zwischen diesem boarischen Zweithiasl und dem tollen Tommy?«, fragte Irmi nach einer Weile.

Sailer schaute etwas sparsam, Andrea sah man denken.

»Und wenn es die gäbe, könnte der Karwendler ja wissen, dass der Tommy nie absperrt, und sich ein Gewehr ausgeborgt haben«, sagte Andrea und blickte Irmi fast entschuldigend an.

Wenn Andrea nur etwas mehr Selbstbewusstsein hätte, wenn sie nicht wie ein Krebs immer zwei Schritte vorwärts und einen zurück machen würde, hätte das Mädchen so viel Potenzial. Irmi hoffte, dass Andrea wachsen und ihre bedächtige Bescheidenheit einmal zu ihrer schärfsten Waffe machen würde.

»Sailer, rufen Sie auf dem Waldgut an, und sagen Sie denen, dass sie nichts anrühren sollen, wir kommen gleich vorbei. Schicken Sie den Hasen los. Andrea und ich machen nur einen kurzen Abstecher nach Mittenwald.«

»Soll ich das auch sagen, das mit Mittenwald?«

»Nein, Sailer, das war eine Information für Sie«, sagte Irmi mit bebender Stimme und dachte: O Herr, lass Hirn regnen!

Sie kamen zügig voran, keine landschaftsverliebten Touristen waren auf den Straßen unterwegs, immer noch keine Landwirte im Mäheinsatz und keine österreichischen Holzlaster, die fuhren, als wären sie Lamborghinis, und keine Vierzigtonner mit Anhänger. Andrea, die die Behausung vom Hiasl Zwo zum ersten Mal sah, war sichtlich beeindruckt.

»Wie im Heimatfilm!«

»Nur schlimmer. Und gleich biegt der Trenker Luis ums

Eck und wedelt mit einem Edelweiß. Und ein Adler fliegt vorbei, und eine Feder sinkt hernieder, und die Maid lächelt und weiß, dass dies ein Zeichen ist.«

Irmi hätte leicht noch weiter an ihrem Plot stricken können, aber Andreas Blick stoppte sie.

»Na, du hast a Phantasie!«, kam es von seitwärts. Der Wilderer trug akkurat das gleiche Outfit wie beim letzten Mal. Er müffelte nur etwas stärker.

Andrea hatte auf der Website des Skiklubs die Vita und ein Foto von Tommy entdeckt und ausgedruckt. Thomas Wallner, geboren in Reutte, acht Jahre Nationalkader, mehrere Plätze unter den ersten zehn. Nie am Stockerl. Irmi registrierte, dass der tolle Tommy auch Wallner hieß, wie der Frauenarzt, vergaß das aber für den Moment. Nun zählte erst mal der Waldschrat. Irmi hielt ihm das Foto unter die Nase. »Kennst den?«

Er nahm das Bild und betrachtete es. Lange.

»Ja? Nein? Vielleicht? Enthaltung? Ich nehm prinzipiell nicht an Umfragen teil.«

Der Mann starrte sie entgeistert an.

»Aber Augen hast doch? Gute, nehm ich an. Braucht man ja zum Schießen. Kennst den?«

Er nickte.

»Zefix! Ja, du hast gute Augen? Oder ja, ich kenn den? Du redest doch sonst so gern.«

»Ja, des is der Wallner Tommy aus Bichlbach.«

»Das ist mir auch bekannt. Woher kennst du den?«

»Mei.«

»Kein ›mei‹! Ich hab es satt, immer die Antwort ›ja mei‹ zu kriegen. Ich will ganze Sätze. Los!«

»Der Tommy hot a paar Freindl aus dem Tannheimer Tal. Und die wuidern auf a ganz unguade Art.«

»Weiter!«

»I hob eam und zwo andere erwischt, wie sie zwoa Gamsen ned richtig troffen ham. I hob de Gamsen später g'funden. De Projektile warn no in der Lunge, und da leidet so an Viech ganz erbärmlich. Lungenschüss führen dazu, dass letztlich die Lunge kollabiert, dass ein Ödem entsteht und das Tier am End jämmerlich ersticken muass. Koa scheener Tod. So was tu i ned! I hob a Ehr im Leib!«

Irmi sah den Waldschrat fest an. »Du willst mir also sagen, dass dieser Tommy wildert? Zusammen mit Kumpels aus dem Tannheimer Tal?«

»Ja.«

»Und die Regina von Braun wusste das?«

»Möglich. Des woaß i ned. Aber vielleicht hot sie eam ja aa interviewt. So wie mi?«

Diese Annahme war nicht abwegig. Irmi erinnerte sich an eine Geschichte im Jagdbuch von Regina, die im Tannheimer Tal gespielt hatte und in der es um eine Garns gegangen war, die von den Skilehrern Rudolf getauft worden war. Rudolf, der alte Haudegen, lebte seit Jahren am Füssener Jöchle, wo ihn auch bisher keiner hatte erlegen können. Irmi kannte das Tal und auch das Füssener Jöchle, wo die behänden Gämsen tatsächlich gut zu erkennen waren. Auf einer Wanderung hatte sie die famose Aussicht bewundert und den ganzen Charme dieses kontrastreichen Tales. Das Tannheimer Tal war ein Wohlfühltal, eins fürs Auge, keine enge Klamm. Aber dahinter zeigte es die Zähne, kühne Felszacken nämlich. Die Tannheimer Berge bestanden aus Wettersteinkalk, verwittert zu bizarren Formen. Das Massiv der Roten Flüh war das beste Beispiel und Fotomotiv: Stürzende Wände im Süden, nach Norden erstreckte sich der Felsturm des Gimpel, nach Westen waren kühne Vorsprünge zu sehen, nur nach Osten gab sich der Berg fast zahm. Genau dort spielte eine der Wilderergeschichten von Regina …

»Womit hat er geschossen?«

»Wer?«

»Der Tommy!«

»Also, I woaß ja ned, ob der selber schießt. Also, i moan …«

»Geschenkt! Komm mir jetzt nicht mit irgendeiner Solidarität der Gesetzlosen!«

»Mei, was so oaner eben hot! Abg'sägte Biathlonwaffen. Manipulierte Biathlong'wehr. Normale Biathlonwaffen. I war nie dabei.« Er sah Irmi entwaffnend an, dann Andrea und versuchte ein schiefes Lächeln.

»Du bisch aber ned so boanig wie dei Kollegin.«

Andrea war das peinlich, Irmi schickte ihm einen warnenden Blick.

»I moan ja bloß.« Er war überraschend kleinlaut. »Wollts heit a Schnapsl?«

»Danke. Mir ist schon schlecht«, ranzte Irmi ihn an. »Wer sind denn die Typen aus dem Tannheimer Tal?«

»Kenn i ned.«

»Wer!«

»Ich woaß nur, dass oaner aa in der Mannschaft bei die Nusser war. A gewisser Toni. Mehr woaß i ned. Ehrlich!«

Irmi sah ihn scharf an.

»Bei meiner Ehr«, schob er hinterher.

Irmi schnaubte. »Du verhältst dich jetzt mal mucksmäuschenstill. Keine Anrufe bei Tommy oder im Tannheimer Tal, ist das klar?«

»I hob doch koa Handy!«

Das glaubte Irmi ihm sogar.

»Und wenn ich wieder mal eine Frage hab, dann singst du wie ein Zeiserl! Sonst bist du nämlich ganz schnell im Bau in Garmisch drunten.«

Er nickte. Irmi hob die Hand zum Gruß und ging, Andrea stolperte hinterher.

»Das war kein Heimatfilm«, meinte Irmi. »Das war Bauerntheater. Und ein sehr schlechtes dazu.«

»Hätten wir den nicht …«

»Vorladen sollen? Einsperren? Gefahr im Verzug? Irgendwas sagt mir, dass der ein Einzelschrat ist. Der zieht nicht zusammen mit anderen marodierenden Wildererhorden durch die Berge.«

Irmi wusste, dass sie sich auf sehr dünnem Eis bewegte. Der Karwendelschrat konnte, wenn er etwas damit zu tun hatte, auf Nimmerwiedersehen verschwinden. Der kannte jeden Steig hier persönlich, den würden sie niemals mehr ausspüren. Er würde irgendwo zwischen Scharnitz und dem Achensee untertauchen. Er kannte vermutlich alle Hüttenwirte, all diese Lamsenjoch- und Pleisenspitzoriginale kannte er sicher, die kauften doch alle bei ihm ein. Er kannte Höhlen und Kare. Wenn der weg sein wollte, war der weg!

»Wir fahren jetzt ins Waldgut«, sagte Irmi, ohne recht zu wissen, was das bringen sollte. Und nach einem gewilderten Rentier stand ihr auch nicht gerade der Sinn. Sie hatte ein

Bild vom Karwendelschrat dabei und das von Wallner. Die würde sie Veit Bartholomä vorlegen, vielleicht kannte der einen der Herren.

Als sie vorfuhren, kam ihnen Bartholomä schon entgegen. Er sah grimmig aus. »Ihre Leute sind schon da. Das arme Tier. Dieses verdammte Wildererpack!«

Irmi und Andrea folgten ihm am Elchgehege vorbei auf einen Waldpfad. Sie folgten einem hohen Zaun bis zu einem Überstieg aus Holzbohlen. Veit Bartholomä war für sein Alter sehr behände, ja, geschmeidig. Sie überquerten eine Wiese mit tiefen Trittmarken, am Waldrand lag noch dreckiger Altschnee. Und dort war der Kadaver. Der Körper eines Rentiers. Ein kopfloser Körper. Den Schädel hatte jemand einfach abgetrennt. Irmi war seit ihrem letzten Fall wahrscheinlich sensibilisierter und weit empfindlicher, was Vergehen gegen Tiere anging. Sie hatte zu viel gesehen. Sie alle hatten viel zu viel gesehen.

Der Hase kam von irgendwoher. Hatte die übliche Leidensbittermiene aufgesetzt und konnte ihr wenig Hoffnung machen, dass er hier irgendetwas Brauchbares an Spuren auftun würde. Er hatte allerdings eine Wagenspur entdeckt, allerdings kein sonderlich gutes Profil. Und der schnelle Hase konnte auch sagen, dass es kein Auto vom Waldgut gewesen war. Er hatte auch Fußspuren gesichert, aber es war eine Sisyphusarbeit, die ganzen Spuren zu sortieren und zuzuordnen. Schließlich liefen hier jede Menge Leute herum: Veit, Robbie, Helga, Forstarbeiter, Gäste, der Tierarzt ...

Das Projektil steckte noch, und der Hase war »überglücklich«, nun einen kopflosen Kadaver mitnehmen zu dürfen. Der im Übrigen auch nicht mehr ganz taufrisch war. Der

Hase mutmaßte, dass das Rentier ungefähr zur gleichen Zeit wie Regina sein Leben ausgehaucht hatte.

Irmi konnte hier nichts tun, das machte sie noch wütender. Sie steckte fest, wie das Projektil in dem Tier.

»Kommen Sie mit zu Theobald, genannt Theo?«, fragte Bartholomä in die Stille hinein.

»Wer ist Theobald?«

»Theobald ist eigentlich eine Theobaldine.«

Veit Bartholomä erzählte von der zahmen Eule, die Regina besessen hatte. Theobald, der Regina und Veit jahrelang mit einer falschen Identität veräppelt hatte. Beide dachten wegen seiner Größe und des männertypischen Greiffußes immer, es wäre ein Männchen. Bis Theobald drei Eier gelegt hatte – und das können Männer wirklich nicht.

»Regina hat Theo öfter mal mit in Schulen und Kindergärten genommen. Sie sagte immer, dass es doch die Kinder seien, auf die es später ankomme und die die Verantwortung für unsere Erde übernehmen müssten. Was nutzt mir alle Theorie, jedes ausgestopfte Präparat, wenn ich so ein Tier live erleben kann?«

Irmi nickte.

»Regina hat sicher im Kleinen Großes geleistet. Als dieser Harry-Potter-Wahnsinn ausgebrochen ist, wollten junge Fans auch gern eine Schneeeule. Regina konnte den Kindern erklären, dass Eulen Wildtiere sind, die sich in einer Voliere nie wohlfühlen würden. In Deutschland braucht es gottlob eine Halteerlaubnis für Eulen. Sie sind besonders geschützte Tierarten nach dem Washingtoner Artenschutzabkommen. Regina gehörte zu den wenigen Menschen, die

Eulen halten dürfen. Und nun ist Theo kreuzunglücklich. Frisst schlecht. Regina war seine Bezugsperson.«

Nur Lohengrin schien sein Fähnchen nach dem Wind zu hängen. Er sprang Irmi an und schmachtete aus seinen Dackelaugen.

»Opportunist«, zischte Veit Bartholomä.

Sie waren auf der Rückseite des Haupthauses angekommen. Dort gab es einen Anbau mit einer riesigen begehbaren Voliere. Die Eule saß auf einer Stange und sah auf Robbie hinunter. Der reichte ihr Hackfleisch. Sie zögerte. Zögerte lange und nahm dann doch etwas. Irmi, Andrea und Veit Bartholomä wagten kaum zu atmen. Noch nie hatte Irmi eine Eule von so Nahem gesehen. Dieser große runde Kopf mit dem Hakenschnabel, diese riesigen Augen. Irmi wusste, dass Eulen unbewegliche Augen hatten, dafür aber den Kopf bis zu zweihundertsiebzig Grad drehen konnten. Und dass sie sehr gut hörten. Hier an der Voliere war auch ein Schild angebracht:

Wusstest du, dass andere Vogelarten kleine, runde Ohröffnungen, Eulen aber schlitzförmige Ohröffnungen haben, die fast so lang wie die Kopfhöhe sind? Der Gesichtsschleier der Eule ist keine Modeerscheinung, sondern lenkt den Schall in Richtung ihrer Ohren. Bei der Schleiereule wurden 95 000 Nervenzellen im Ohr festgestellt. Als Vergleich: Bei der Krähe sind es nur 27 000. Eulen hören sehr gut.

Die Eule sah sie nun genau an, und Robbie drehte sich um. »Frisst, die Theo frisst!«

»Großartig, Junge, gut gemacht.« Es war spürbar, dass Veit Bartholomä mit den Tränen rang, aber ein Mann seiner Generation weinte nun mal nicht.

»Ganzer Teller!« Robbie strahlte und zeigte Irmi den leeren Teller.

»Wunderbar, Robbie, du bist ein Genie.«

»Genie, Genie, Genie.« Robbie lachte.

»Dann komm doch mal da raus, Robbie! Du hast bestimmt noch nichts gegessen. Helga hat einen schönen Schokokuchen gemacht. Den magst du doch so!«

»Au ja, Schoko, Schoko«, meinte Robbie lachend, doch plötzlich verdüsterte sich sein Gesicht. »Gina hat auch so gern Schoko.« Er begann zu weinen.

»Im Himmel gibt's Schoko. Ganz viel. Robbie, jetzt saus mal zu Helga und sag ihr, dass sie zwei Teller mehr auflegen soll.«

Robbie sauste wirklich. Bartholomä drehte sich zu den beiden Polizistinnen um. »Sie essen doch ein Stück mit, oder? Wissen Sie, wir müssen uns dauernd bemühen, Robbie abzulenken. Beschäftigung, Aufträge, ach ... Es ist so ein Drama.«

»Gerne«, sagte Irmi. »Die Kollegin und ich mögen auch sehr gerne Schoko.«

»Leider«, sagte Andrea.

Sie umrundeten das Haus wieder, umrundeten das Dornröschenschloss.

»Ist Ihnen nicht aufgefallen, dass ein Rentier fehlt?«, fragte Irmi.

»Nein, die Tiere stehen im Wald, wir zählen die nicht täglich. Natürlich kontrollieren wir ihren Zustand, aber ich renne nicht täglich mit dem Rechenschieber rum. Wir hatten auch anderes zu tun, wie Sie sich eventuell vorstellen können, Frau Kommissar.« Veit Bartholomä klang bissig.

Irmi nickte nur und folgte dem Mann, dessen Nerven offensichtlich blank lagen. In der Küche des Gutshauses standen Keramiktassen mit Hirschdeko auf dem Tisch. Helga Bartholomä sah wieder müde aus, und doch umgab sie eine Aura, die Irmi schwer fassen konnte. Sie strahlte Kraft aus, sie war trotz ihres Alters noch eine schöne Frau voller Würde.

Veit Bartholomä legte ihr kurz seine Hand auf den Arm. Er liebte seine Frau, das war in jeder seiner kleinen Gesten spürbar. Nach all den Jahren solche Zärtlichkeit. Vielleicht existierte sie ja doch – die lebenslange Liebe und Achtung wie zwischen Bartl und Helga.

Der Kuchen war tatsächlich exzellent, man plauderte mit Robbie über Theo. Irmi tat es weh, dass sie das Idyll durchbrechen musste, aber irgendwann legte sie Veit Bartholomä doch die Fotos vor.

»Kennen Sie einen der beiden Männer?«

Bartholomä deutete auf den Karwendel-Hiasl. »Den da. Er war öfter mal auf einer Waldbesitzer-Veranstaltung. Und bevor Sie fragen: Ich weiß, dass er wildert. Jeder weiß das. Er hat mir einmal sein Ehrenwort gegeben, dass er bei uns nicht wildert.«

Ja, mit seinem Ehrenwort, da ging der Hiasl ja inflationär um, dachte Irmi.

»Und Sie haben ihn nie angezeigt?«

»Mit Verlaub, Frau Mangold! Das ist nicht meine Arbeit, Wilderer anzuzeigen. Ich hab ihn nie gesehen, er hat mir nie Fleisch angeboten. Er prahlt, was weiß ich denn, was davon überhaupt stimmt.«

»Regina plante ein Jagdbuch. Mit Geschichten über Jagdvergehen. Das wissen Sie?«

Veit Bartholomä zögerte kurz. »Wissen ist zu viel gesagt. Ich weiß, dass von Brennerstein deswegen bei ihr war. Ich habe sie schreien gehört. Ich habe Regina dazu gefragt, und da hat sie mir verraten, dass sie ein Buch plant.«

»Wir haben ihr gesagt, dass so was riskant ist«, mischte sich Helga ein. »Es ist nicht immer gut, im Leben anderer Menschen zu wühlen. Nicht jeder mag das, wenn er an die Öffentlichkeit gezerrt wird.«

»Sie haben sicher recht«, meinte Irmi. »Von Brennerstein wird darin scharf angegriffen, dem Karwendler hat sie auch ein Kapitel gewidmet. Hätte der das Buch Ihrer Meinung nach verhindern wollen?«

»Der? Der fühlte sich doch eher geschmeichelt. Suchen Sie lieber mal bei Brennerstein. Den sollten Sie am Wickel haben!«, rief Veit Bartholomä.

»Auch an ihm sind wir dran, Herr Bartholomä. Wenn wir der Theorie folgen, dass Regina einem Wilderer in die Quere gekommen ist, dann ist Brennerstein allerdings ein schlechter Kandidat. Oder wildert der auch?«

»Kann man nie wissen! Vielleicht will er falsche Fährten legen. Er ist gewitzt. Kühl. Rational.«

Ja, warum nicht? Hinter den Fassaden der Menschen schlummerten Abgründe. Warum sollte Herr von Brennerstein nicht auch wildern? Ein gelangweilter Schnösel, der revoltiert. Vielleicht hatte er das schon als Kind getan. Bubi aus reichem Haus wird Kiffer, Punk – oder eben Wilderer. Vielleicht hatte er bis heute einen perversen Spaß daran, in den Wäldern seiner Arbeitgeber illegal Tiere zu erlegen. Die Staatsforsten beraten und sie gleichzeitig unterwandern. Vielleicht wollte er auch Regina treffen. Durch ihre Tierliebe war sie verwundbar gewesen. Das alles war so undurchsichtig.

»Den anderen kennen Sie nicht?«, hakte Irmi nach.

»Nein«, sagte Bartholomä.

Helga, die auch einen Blick auf die Fotos geworfen hatte, schüttelte ebenfalls den Kopf. »Ich kenne keinen der beiden. Aber ich war auch meist im Büro oder in der Küche. Wobei meine Passion eher den Zahlen gehört als dem Kochen.«

»Regina hatte aber am Ende einen Steuerberater angestellt, oder?«, fragte Irmi.

»Ja, aber das wird ja auch alles viel komplizierter. Früher ging es darum, ein Gut zu verwalten. Eingänge, Ausgänge. Gewinn, Verlust. Heute hat Regina mehrere Betriebe. Den Forst. Das Erlebniszentrum. Dozentenverträge. Durch das deutsche Steuersystem sollen sich nun andere quälen.« Sie lächelte.

»Hat Regina mit ihren Büchern eigentlich Geld verdient?«

»Bestimmt, aber keine Unsummen«, meinte Helga. »Das Talent zum Schreiben hat sie von ihrer Mutter. Margarethe hatte eine große Begabung, das richtige geschriebene Wort zu finden, es trefflich zu verwenden, oder, Bartl?«

Bartl sah skeptisch aus. »Margarethe war ein ganz anderer Mensch. Worte sind auch Waffen. Und Regina hat so manche Waffe geführt«, sagte Veit Bartholomä.

Noch bevor Irmi etwas dazu sagen konnte, hatte Robbie nach den Fotos gegriffen. Er deutete auf Tommy.

»Kenn ich, der hatte ganz viel Bumms im Auto.«

»Viele Bumms?«

»Ja, ganz viele. Hinten drin im langen Auto. Hat die Gina besucht. Bei Arthur. Viele Bumms.«

»Gewehre«, sagte Veit Bartholomä leise. »Er nennt Gewehre Bumms.«

Fuhr To-Tommy etwa mit den Waffen seiner Teams durch die Lande? Er hatte einen Kombi, das war das lange Auto. Und er hatte Regina besucht? Warum vergaßen sie Robbie immer? Weil er behindert war. Robbie war ein kleines Phantom. Er konnte sich unsichtbar machen, und weil ihn kaum einer ernst nahm, war er wahrscheinlich am meisten im Gut unterwegs und am heimlichsten.

Andrea lächelte ihn an. »Robbie, hast du den öfter gesehen?«

»Weiß nicht.«

»Einmal aber schon? Das wäre super, wenn du mir das sagen könntest«, sagte Andrea.

»Bei Arthur. Viele Bumms.«

»Wann war das, Robbie?«, fragte Andrea.

»Dunkel. Arthur war da.«

Robbie hatte Tommy in der Mordnacht gesehen, da war sich Irmi ziemlich sicher. Verdammt!

»Robbie, hatte der Mann denn so ein Bumm in der Hand?« Andrea lächelte wieder.

Robbie schüttelte den Kopf.

»Und was hast du gemacht?«

»Robbie war weg. Der Mann zu laut. Schreit. Regina auch. Mag Robbie nicht. Robbie ist ein Genie.« Er war aufgesprungen und nach draußen gelaufen.

»Er hat diesen Mann in der Mordnacht gesehen. O mein Gott!« Helga war ganz blass geworden.

»Das glaube ich auch. Wir holen uns diesen Tommy, Frau Bartholomä, Herr Bartholomä, danke für den Kuchen. Wir melden uns!«

Irmi war aufgesprungen, Andrea folgte ihr, nicht ohne noch schnell den Rest des Kuchens zu essen. Irmi war sich dessen bewusst, dass Robbie als Zeuge natürlich von einem Anwalt als Erster attackiert werden würde, aber momentan brauchte sie einen Haftbefehl. Gegen den tollen Tommy. Biathlonass, Wilderer, Bummbesitzer ...

»Andrea, das war großartig, wie du das gemacht hast. Großartig!«

Andrea lächelte bescheiden. »Ich habe eine behinderte Cousine. Mein Onkel ist ausgezogen, meine Tante macht das jetzt allein. Meine Cousine hat Glück. Sie kann wie Robbie in einer Werkstätte arbeiten. In diesem Land musst du auch als Behinderter produktiv sein, es geht immer um Geld.«

Irmi starrte sie ungläubig an: Andrea hatte kein einziges Mal »also« oder »ähm« gesagt. »Ich wollte entweder mit behinderten Kindern arbeiten oder zur Polizei gehen«, schob Andrea nach. »Ich weiß gar nicht, ob es gut war, zur Polizei zu gehen.«

»Bestimmt. Tausendprozentig!« Und das meinte Irmi wirklich ernst. Und hoffte, dass das System Andrea nicht verschleißen würde, denn in ihrer Zunft überwogen korrupte, menschenverachtende Profilneurotiker. Sie hätte viel sagen können und lächelte Andrea doch nur voller Wärme an.

Die Staatsanwaltschaft war kooperativ, der Haftbefehl gegen Thomas Wallner lag bereits am Abend vor, nur leider war der tolle Tommy offenbar abgehauen. Er war weder in seiner Wohnung noch auf der Anlage. Eine Nachbarin hatte ihn wegfahren sehen, mit »Sporttascherl« im Gepäck. Gut, das führte er ja wohl fast immer mit sich. Die Fahndung war raus, auch in Österreich, und Irmi war nahe dran, sich in den

Allerwertesten zu beißen. Das war wieder kein Ruhmesblatt gewesen. Sie hätte ihn sofort festnehmen müssen. Sie war eine schlechte Polizistin. Zu weich, zu lasch, zu emotional, zu alt?

Irmi saß in der Küche. Bernhard war bei der Feuerwehr, Lissi war mit den Landfrauen unterwegs. Es war grabesstill, und als der Kühlschrank zu summen begann, kam er ihr vor wie ein Düsenjet. Irmi nahm sich ein Bier mit in den Stall und hörte den Kühen beim Fressen zu.

Eine ganze Weile – bis ihr Handy läutete. *Er* war dran und spürte sofort ihre gedrückte Stimmung.

»Du klingst ein bisschen ...«

»Ich klinge ein bisschen alt, du hörst die Stimme einer Frau, die allmählich in Rente gehen sollte.«

Er lachte. »Das hättest du wohl gern. In diesem Lande werden wir arbeiten, bis wir tot über unseren Maschinen und Schreibtischen zusammenfallen und weder Kranken- noch Rentenkasse belasten. Meine liebe Liebste, du bist meilenweit und Jahrzehnte von deiner Rente entfernt!«

Sie musste lächeln, eine Kuh muhte.

»Wo bist du denn?«

»Im Stall.«

»Ist ein Tier krank?«, fragte er besorgt.

Für solche Sätze liebte sie ihn. Das war jenes Vermögen, Zwischentöne zu erspüren und achtsam zu sein. Ihre Antwort war weniger sensibel.

»Das einzig kranke Viech hier bin ich!«

»Glaub ich nicht.«

»Doch.«

Es war sekundenlang still, bis Irmi eben doch zu erzählen begann, vor allem darüber, dass sie einen Verdächtigen hätte festnehmen müssen, der nun auf der Flucht war. »Ich handle die letzten Tage viel zu emotional, ich bräuchte mehr klares Kalkül.«

»Du hast kein Alleinrecht auf Ärger im Job«, sagte er sanft. »Und wärst du fehlerfrei, fände ich dich uninteressant. Außerdem würde mir das Angst machen, weil ich selbst so fehlerbehaftet bin.«

»Glaub ich nicht.«

»Was? Dass du kein Alleinrecht hast? Dass ich Fehler habe? Glaub mir, ich bin auch kein weiser alter Eulerich!«

Irmi lachte, ein bisschen verschnieft, weil sich ein paar Tränchen ihren Weg gebahnt hatten. »Einen Eulerich, der später zur Eule wurde, hab ich auch getroffen.« Und sie erzählte von Theo.

»Siehst du, die Natur ist wunderlich. Irmi, du erlebst so viel, dein Leben ist reich. Und du bist reich, weil du über Einfühlungsvermögen verfügst. Klares Kalkül, das ist doch was für Buchhalter! Die brauchen ja auch keine Emotionen.«

Irmi schniefte immer noch. »Ach, weißt du? Ich wäre gerne etwas buchhalterischer. Sag mal, woher kommt eigentlich die Redewendung ›Eulen nach Athen tragen‹? So was weiß der Eulerich doch sicher.«

»Die attischen Silbermünzen zierte das Bildnis einer Eule. Drum nannte man die Münzen im Volksmund auch Glaukes, also Eulen. Nun war Athen eine extrem reiche Stadt, und es wäre Irrsinn gewesen, noch mehr Geld, also Eulen, nach Athen zu tragen.«

»Sonst noch was Lehrreiches von deiner Seite, was meinen Abend im Kuhstall etwas kultureller machen würde?« Irmi konnte wieder lachen.

»Die Eule war der Symbolvogel der Minerva, sie gilt generell als Tier der Weisheit und Philosophie. Außerdem sieht das Tier ja auch selbst so nachdenklich aus: mit gedrungenem Körper, dem großen Kopf mit den Ohrbüscheln, dem kurzhakigen Schnabel und den auffallend großen Augen, die nach vorn gerichtet sind.«

»So siehst du nicht aus«, meinte Irmi. »Auch nicht kurzhakig, also, ich meine ...«

»Ich lass das mal besser unkommentiert. Was ich dir aber eigentlich sagen wollte: Ich bin auf dem Weg nach Schwaz im Inntal und anschließend nach Rovereto am Gardasee. Würdest du mit mir zu Abend essen? Ich hab ein Stopover-Hotel am Achensee in Pertisau. Magst du da hinkommen?«

Sie vereinbarten ein Treffen, und Irmi freute sich, auch wenn sie jedes Mal wieder mit *ihm* warmwerden musste. Er kannte das. Sie hatte immer einen Fall. Sie hatte nie Urlaub oder gerade dann natürlich nicht. Es war so schön, sich auszumalen, wie es wäre mit *ihm*. Sie hatte das auch schon mehrfach erlebt. Die Vorfreude war groß gewesen, und je näher der Tag dann gerückt war, desto mulmiger war ihr geworden. Sie waren jedes Mal gefahren, und der erste Tag war Irmi immer schwergefallen. Von null auf hundert – das fiel ihr nicht leicht. Sie war Single mit gelegentlichem Männerkontakt. Sie lebte in einer Schwester-Bruder-WG. Sie schlief höchstens mit den Katern in einem Bett und fand es gewöhnungsbedürftig, einen Mann so nah an sich heranzulassen. Wahrscheinlich war sie längst eine schwer vermittelbare Alte geworden!

Und doch kam sie heiterer aus dem Stall. Aus dem Nichts schlichen die Kater heran und folgten ihr bis ins Bett.

8

Dezember 1936

Ich schreibe in der Eisenbahn, deshalb ist meine Schrift so wackelig. Am Nikolaustag war es nicht mehr zu verbergen. Der Herr Vater wusste es. Weil sie es ihm schon gesagt hatten, drunten im Tal. Getuschelt hatten sie, sich umgedreht, als ich kam, schnell schlossen sie die Haustüren. Als der Herr Vater es wusste, schlug er mich ins Gesicht, doch als er mir in den Bauch treten wollte, fuhr der Jakob dazwischen. Ich weiß bis heute nicht, von woher der Jakob gekommen war, aber ich weiß, dass das der Moment war, in dem der Jakob kein Bub mehr war. Zum zweiten Mal hatte er ein Leben gerettet.

Die Mutter weinte leise in ihre Stopfarbeit hinein, der Vater war wie festgefroren. Als wäre er zu einer Eissäule erstarrt wie die Säulen an den Felsen, wo im Sommer noch Wasser herausgesprudelt war. Die ganze Welt stand still, und in Jakobs Augen lag ein Glitzern, das ich noch nie gesehen hatte. Er blickte in eine neue Welt, und auch ich blickte durch eine Tür in ein gleißendes Licht. Dass ich schon wieder zu plärren begann, war dumm. Der Herr Vater hatte sich gefasst und brüllte: »Verschwind aus meinem Haus, du Plährkachl, du!« Dem Jakob drohte er mit der Faust, der Herr Vater hatte riesige Pratzn, und der Jakob sprang so leichtfüßig hinaus. Der Herr Vater nahm seinen Hut und sagte in meine Richtung: »Wenn ich wiederkomm, bist fort, du Schwabenhur.«

Es gab wenig zupacken, ich hatte neue Schuh und eine feine Lodenjacke, ich trug das Beutelchen von der Herrin am

Herzen. Bevor ich ging, gab ich der Mutter ein wenig Geld, damit sie zum Bader ginge und sich die Zähne anschauen ließe. Sie blickte mich die ganze Zeit an, als sähe sie mich zum ersten Mal.

Ich war Abschiede immer gewöhnt gewesen, dieses Mal würde ich nicht wiederkommen, aber ich fühlte auf einmal gar nichts mehr. Keine Wut, keine Trauer. Die Tränen hatte ich alle schon vergossen. Hinter der Holzleg wartete der Jakob. »Komm«, sagte er nur. Er hatte mich am Arm gepackt und hatte so viel Kraft. Dabei war er doch wenig größer als ich und auch nur fünfzehn Jahre alt. Wir eilten talwärts, und in Stanzach hielt der Jakob eine Kutsche an. Sie fuhr nach Reutte. Ob das passe? Natürlich, ich wusste nicht, wohin ich wollte. »Fahr«, sagte der Jakob. Aber ich wollte doch den Jakob nicht verlassen, den einzigen Freund, den ich hatte. »I find di scho«, sagte der Jakob, und so kam ich nach Reutte.

Ach, was waren die Häuser groß! Und was für schöne Bemalungen es gab! Wie viel Geld mussten diese Menschen wohl haben, dass sie auf ihre Häuser Bilder malen ließen. Ich stand schließlich vor dem Schulhaus, aus dem auch viele Mädchen kamen, die so adrett gekleidet waren und eifrig plaudernd davoneilten. Eine sah mich lange an, und dann warf sie mir ein paar Münzen vor die Füße. Was wollte ich hier? Ich, die Anna aus Hinterhornbach, die arme Anna, die Anna, die ein Kind unter dem Herzen trug.

Es war ungewöhnlich warm, und ich lief ziellos über den Markt. Ein Fenster stellte Fotos aus von Menschen, die sehr schön aussahen. Speere warfen sie, und sie rannten, die Olympischen Spiele in Berlin waren das. Sie hatten überall Fahnen und Flaggen und Fähnchen in langen Reihen. Es war ein Kreuz darauf, natürlich erinnerte ich mich, was der Herr und der Herr Student über Hitler gesagt hatten. Der Herr ... Plötzlich wurde mir ganz kalt, mein Magen krampfte sich zusammen. Ach, wie groß war die Welt, wie wenig wusste ich von ihr.

Vor dem Gasthof Schwarzer Adler hielt ich inne, es roch so gut, und zögernd trat ich ein. Ich war noch nie in einem Gasthofgewesen, ich setzte mich ganz hinten auf eine Bank. Ein Serviermädel in meinem Alter kam und fragte sehr freundlich, was ich wolle. Ich konnte gar nichts sagen! Sie lächelte nur und stellte wenig später einen Becher Milch und eine dicke Kartoffelsuppe mit Speck darin vor mir ab. Wie köstlich diese war!

Das Serviermädchen spähte zur Küche und setzte sich dann zu mir. Blickte auf meinen Bauch. »Wo willst du hin?«, fragte sie. Ich konnte nur in meinen Teller sehen. »In Reutte kannst du nichts werden, du musst nach Innsbruck. Da ist alles groß, da findet ein Mädchen wie du eine Anstellung.« Ich hob den Kopf, sah in ihre Augen, die ganz grün waren. »Solche wie du aus dem Lechtal müssen weg, weit weg, glaub mir. Kannst du dir ein Billett kaufen?«, fragte sie. Ich nickte wieder und kam mir so dumm vor. »Gut«, sagte sie. »Das Essen habe ich dir spendiert, der Vater, der auch der Koch ist, hat nichts davon gesehen. Geh, der Zug fährt in einer halben Stunde.« Und ich ging, ich konnte nur ein »Danke« stammeln und davonstolpern.

Ich kaufte ein Billett, zitterte dabei, fand ein leeres Abteil und sah hinaus. Da waren die Burgruinen, die das Tal abriegelten, mir war, als würden sie auf den Zug hinunterstürzen. Allmählich begann ich die Fahrt zu genießen, was gab es doch alles zu sehen, und wie lustig war es, wenn der Kondukteur, dem seine Mütze viel zu groß war, die Kelle hob. Ich sah Bichlbach mit seiner großen Kirche und Ehrwald und dann sogar Garmisch-Partenkirchen. Ich musste umsteigen in einen anderen Zug, der nach Mittenwald fuhr. Ich hatte immer solche Angst, irgendetwas falsch zu machen. Die Menschen um mich herum wirkten alle so sicher. Ich war ein einfältiges Bergkind, ein Schwabenkind. Schwabenkind, Schwabenkind, die Gleise ratterten Worte herunter.

Eng waren hier die Berge, besonders in Scharnitz, und dann wollte ich es gar nicht glauben, dass sich der Zug hinunterstürzen würde ins Tal. Es gab Wendungen und Tunnels, mir sausten die Ohren, und auf einmal waren die Berge hoch oben und die Eisenbahn weit unten. Ein Mann mit einem Wägelchen fragte mich, ob das junge Fräulein eine Limonade wolle. Ich glaube, ich habe ihm zu viel bezahlt, aber diese Limonade war so köstlich und süß. Bald fuhren wir in Innsbruck ein.

Die Suche nach dem tollen Tommy lief auf Hochtouren. Irmi hatte auf Druck von oben Kathi anrufen lassen. Weder Chef noch Staatsanwalt waren der Meinung, dass noch ein Konflikt bestünde. Der Verdächtige war ein Sporttrainer von Kathis Tochter, aber darin läge ja wohl kaum ein Gewissenskonflikt, war die einhellige Meinung. Kathi war gekommen, hatte kühl gegrüßt und sich dann in die Akten und Protokolle vertieft, die in ihrer Abwesenheit entstanden waren.

Am Nachmittag hatten sie ihn. Er war bei einem Freund in Grän untergekrochen, wahrscheinlich einer von der Wildererconnection. Der gute Freund hatte ihn verpfiffen, so war das mit den lieben alten Weggefährten. Wenn es um den eigenen Allerwertesten ging, griffen sie heimlich zum Handy und informierten die Polizei. Der Freund hatte vorgegeben, im Keller Bier zu holen, und stattdessen die Gendarmerie angerufen. Nun warteten Irmi und Kathi auf ihn.

Kathi verhielt sich zurückhaltend-korrekt, agierte fast wie eine Marionette. Das Zerwürfnis lag in der Luft, keine von den beiden Kommissarinnen sprach das Thema an. Irmi fühlte sich unwohl, zerrissen, das Unausgesprochene nagte an ihr.

Kaum dass Tommy die Polizeiinspektion betreten hatte, ging er auch gleich auf Konfrontationskurs. »Darf man nicht mal einen Freund besuchen?«

»Komisch nur, dass dieser Freund die Polizei angerufen hat. Warum eigentlich? Er hat den Kollegen in Tirol gegenüber ausgesagt, dass Sie ihm sehr komisch vorgekommen seien. Dass Sie gesagt hätten, Sie hätten einen Fetzenärger am Arsch. Und ja, Sie haben tatsächlich einen Fetzenärger, und der wird gleich mehr!« Irmi sah keine Veranlassung zum Schmusekurs. Sie war wütend auf diesen tollen Trainertypen und wütend auf sich selbst.

Kathi sah Irmi fragend an, diese nickte.

»Ich lass mal weg, was ich davon halte, dass so einer wie du Kinder trainieren darf, die deren Eltern dir anvertrauen. Du Arsch!« Irmi griff nicht ein. Kathi hatte ja recht. »Du hast meiner Kollegin gegenüber gesagt, du kennst Regina von Braun nicht.«

Tommy schwieg.

»Sonst reißt du doch auch immer das Maul auf. Also?«

»Warum soll ich die kennen?«

»Weil du wilderst! Weil du in ihrem Wald gewildert hast!«

»Das könnt ihr nicht beweisen. Gibt es heute denn überhaupt noch Wilderer?«, fragte er frech.

»Ja, Sie oberschlauer Schussprofi!« Irmi war nun wirklich sauer. Sie warf ihm das Foto des kopflosen Rentiers auf den Tisch. »Die gibt es. Feige Schlächter sind das! Solche wie Sie!«

»So was mach ich nicht!«

»Was denn dann? Erzählen Sie mir nun auch was vom Wildererethos? Ich hab da ganz andere Geschichten gehört von Ihnen und den netten Jungs aus dem Tannheimer Tal.«

»Geschichten, genau! Nichts als Geschichten. Märchen. Seit wann glaubt die Polizei den Märchenerzählern?«

Er war ganz schön unverschämt, eigentlich sollte ihm der kleine nordische Arsch auf Grundeis gehen, dachte Irmi. »Die Polizei glaubt weder ans Christkind noch an den Nikolaus. An den Osterhasi schon gar nicht. Aber die Polizei hat einen Zeugen, und der hat den Herrn Thomas Wallner auf dem Waldgut gesehen. Und was er auch gesehen hat, waren sehr viele Gewehre im Auto des Herrn Trainers.«

Tommy schwieg.

»Und im Moment wertet ein Team aus Spezialisten Reifenspuren aus. Und wenn diese zu den Reifen deines verorgelten Kombis passen, dann haben wir dich so was von am Arsch!«, rief Kathi.

»Du hast vielleicht eine Ausdrucksweise«, kam es von Tommy, aber das klang nun gar nicht mehr so kühn.

»Scheiß auf meine Ausdrucksweise!«

Irmi musste in sich hineingrinsen, versuchte aber Tommy

streng anzusehen. »Wir wollen jetzt nicht über den Verfall unserer schönen gemeinsamen Sprache sprechen. Wir wollen endlich wissen, was Sie bei Regina von Braun gemacht haben. Auf geht's!«

»Nix. Ich war da nicht!«

»Da sagt unser Zeuge aber was anderes.«

»Dann hat er sich eben verschaut.«

»Verschaut«, äffte Kathi ihn nach.

»Und wieso sind Sie dann abgehauen?«, fragte Irmi.

»Als Sie da waren, als Sie gesagt haben, dass aus einer meiner Waffen geschossen wurde, hab ich Schiss bekommen. Und wie Sie dann auch noch von dieser Regina gesprochen haben, die tot ist ...«

»Ja, was?«

»Na, da hab ich gedacht, Sie reimen sich was zusammen.«

»Ja, so sind wir. Richtige kleine Poeten. Ständig reimen wir uns was zusammen!« Irmis Ton ließ keinen Zweifel daran, dass sie die Nase langsam voll hatte.

»Ich sag jetzt gar nichts mehr. Ein Kumpel von mir ist Anwalt, der sagt, man muss sich nicht alles gefallen lassen von der Staatsmacht«, sagte Tommy.

»Einer deiner Wildererspezln ist auch noch Anwalt? Den tät ich nicht anrufen!«, sagte Kathi eisig. »Außerdem hat der in Deutschland keine Zulassung.«

Irmi atmete tief durch. »Herr Wallner, selbstverständlich warten wir auf Ihren Anwalt. Haben Sie einen, oder sollten wir einen Pflichtverteidiger kommen lassen?«

»Ich hab einen angerufen, der müsste längst hier sein. Einen Piefke. Sie haben mich genötigt, was zu sagen. Ohne ihn.«

»Aber, Herr Wallner. Genötigt! Wir zwei schwachen Frauen.« Irmi lächelte süffisant.

Wenig später traf der junge Anwalt ein, beriet sich mit seinem Mandanten und schien selbst etwas verzweifelt, weil er beim tollen Tommy nicht recht durchdrang. Der Trainer hatte wohl noch nicht so ganz begriffen, dass er unter Mordanklage stand. Mord!

Nun, so eine Haftnacht machte viele Tatverdächtige nachdenklich, das kannte Irmi schon. Daher vertagten sie alle weiteren Gespräche auf morgen. Außerdem würden morgen die Abgleiche aller Schuhe und Reifenspuren vorliegen, die Hasis Team genommen hatte. Mittlerweile hatten sie Tommys Wohnung durchkämmt und dabei natürlich jede Menge Munition sichergestellt, aber das war in seinem Metier nicht ungewöhnlich. Sie hatten all seine Stiefel geholt, und es war zu hoffen, dass etwas dabei herauskam. Endlich!

Dann würde sich das Soferl einen anderen Trainer suchen müssen. Kathi hatte sich kühl verabschiedet, und bevor Irmi noch etwas sagen konnte, war sie weg. Es arbeitete immer noch in ihr. Es nagte. Irmi hasste Unausgesprochenes.

Andrea kam herein. »Ich weiß jetzt gar nicht, ähm, ob das noch von Bedeutung ist, aber ich hätt jetzt dieses altdeutsche Tagebuch in neuer Schrift.«

Irmi reagierte etwas unwirsch. »Momentan hab ich wirklich anderes im Kopf.« Weil aber Andrea so unglücklich aussah, so betreten, setzte sie hinzu: »Hast du es denn gelesen? Was steht denn drin?«

»Es sind die Erinnerungen eines Mädchens. Ähm, hast du schon mal was von den Schwabenkindern gehört?«

»Was für Kinder?«

»Kinder aus dem Alpenraum. Die wurden wie Sklaven gehandelt auf richtigen Kindermärkten!«

Irmi wiegte den Kopf hin und her. »Ich glaube, ich hab darüber mal was gelesen. Die Kinder sind nach Ravensburg auf einen Markt gegangen, war das nicht so?«

Einmal war sie in Galtür gewesen, mit *ihm*, und da hatte es am Zeinisjoch eine Kapelle gegeben. Im Volksmund das »Rearkappali«, die Kapelle der Tränen, weil sich dort die Kinder von ihren Eltern verabschiedet hatten. Ein bitteres Kapitel der Geschichte Tirols, Vorarlbergs und der Ostschweiz.

»Also, das Tagebuch ist von einem Mädchen, das ging wohl ohne Markt direkt auf ein Gut zum Arbeiten. Ich hab geheult, als ich es gelesen hab. Sie wurde vom Gutsherrn missbraucht, sie war schwanger, wurde verstoßen und ist in Innsbruck gelandet. Leider fehlen einige Blätter aus den Kriegsjahren. Also ich nehme mal an, dass die verloren gegangen sind. Es endet 1955.«

In diesem Moment läutete das Telefon. Es war der Pressesprecher. »Sekunde ...« Irmi hielt die Muschel zu. »Andrea, lass das ruhig mal hier. Ich schau mir das später an. Der tolle Tommy hält uns gerade etwas auf Trab.«

»Hat er gestanden?«, wollte Andrea wissen.

»Nein, aber Kathi denkt, das ist eine Frage der Zeit.«

»Na ja, Kathi ...«, sagte Andrea gedehnt.

»Ich denk das auch«, meinte Irmi entschlossen und wusste doch, dass sie gar nicht so überzeugt war.

Andrea legte einen rosafarbenen Pappordner auf ihren Schreibtisch. »Ich lass dir das mal da.«

Irmi nickte und wandte sich wieder ihrem Telefonat zu,

das am Ende Folgendes zum Ergebnis hatte: Sie würden morgen eine Pressekonferenz geben und auch die Bevölkerung um Mithilfe bitten. Vielleicht hatte jemand etwas gesehen. In Bayerns Wäldern strotzte es doch nur so von Nordic Walkern, Radlern, Gassigehern, Reitern oder schlichten Menschen, die den Spitzfindigkeiten der Freizeitindustrie trotzten und einfach nur spazieren gingen. Schade, dass noch keine Schwammerlsaison war, Schwammerlsucher fanden ja so manches: Eine Leiche hatten die Fans von Steinpilz und Co. in Irmis Karriere nämlich schon zutage gefördert. Am Hausberg war das gewesen.

Irmi seufzte und öffnete den rosa Ordner. Begann eher unaufmerksam das erste Kapitel zu lesen und war mehr und mehr gefesselt. In seiner lakonischen Weise, in seiner Schlichtheit berührte sie das Geschriebene mehr als das, was Regina verfasst hatte.

Sie beschloss, daheim weiterzulesen, und verließ ihr Büro. Ihr fiel ein, dass sie noch nichts eingekauft hatte, und ihre Lust, sich nun an einer Supermarktkasse anzustellen, hielt sich in Grenzen. Supermarktkassen waren ja weit mehr als nur eine Station auf dem langen Weg zum Abendessen.

Dort erfuhr man etwas von der Vielfalt unserer Welt. Die junge Frau hatte eingeschweißten Käse und Schinken von der weißen Billigmarke aufs Band gelegt, dazu eine Großpackung Kekse und Fakecola – vermutlich eine Hartzlerin, die ihre Kinder schlecht ernährte. Der Mann da drüben hatte ein paar Zweihundertgrammschalen mit Kartoffel- und Fleischsalat und dazu Toast in den Einkaufskorb gelegt – Single, klar, wahrscheinlich Handwerker. Der Mann mit der Kochhose und weißem T-Shirt hatte Unmengen Schweineschnitzel aus der Plastikpackung im Wagen, Schnitzel, die preisreduziert waren, weil sie kurz vor dem Ablaufdatum standen. Hoffentlich hatte sie in dem Restaurant noch nie gegessen, dachte Irmi.

Weil sie sich lieber gar nicht so genau ausmalen wollte, was die Leute wohl über sie und ihren Einkauf dachten, beschloss sie, aufs Shopping zu verzichten. Irgendwas würde sich zu Hause im Kühlschrank schon noch finden. Sie warf ihren Rucksack, in den sie den Ordner gerollt hatte, auf den Beifahrersitz. Gerade als sie starten wollte, klingelte ihr Handy. *Er* war dran.

»Ich wäre jetzt in Pertisau. Wenn du gleich losfährst, passt es genau zum Abendessen. Ich hab hier einen sehr schönen steirischen Sauvignon blanc auf der Karte gesehen.«

Irmi fühlte sich etwas überrollt. »Ich kann doch jetzt nicht so einfach, ich …«

»Warum nicht? Es ist halb sieben. Es hat keinen Schneesturm, zumindest hier nicht. Die Straßen sind eisfrei. Du kannst morgen früh von mir aus in nachtschwarzer Dunkelheit aufbrechen. Oder noch heute Abend.«

Ja, auch das kannte er. Ihre rasanten Aufbrüche, ohne Frühstück, meist noch im Dunkeln. Einsame Flure, Hotels, die man nur durch die Tiefgarage oder den Skikeller verlassen konnte, weil sonst noch alles zugesperrt war. Abschiede zwischen Tür und Angel, wo sie dann immer dieses schale Gefühl hatte und auch Trauer verspürte – aber auch eine gewisse Erleichterung.

»Also gut, ich komm, aber ich muss wirklich sehr früh weg. Ich habe morgen eine wichtige Befragung. Morgen gesteht mein Mörder. Morgen …«

»Morgen darfst du die Welt retten, Irmi. Morgen. Aber heute isst du mit mir zu Abend. Heute.«

Irmi lachte. »Ja, carpe diem. Ich hab eh Hunger.« Sie legte auf und fand sich sofort ziemlich unsensibel. Sie hätte doch wenigstens sagen müssen: »Ich freu mich« oder etwas Ähnliches. Außerdem: Wie sah sie eigentlich aus? Sie trug Jeans, ein Shirt, eine Weste. Gut, sie hatte ihr Notfallsakko im Auto, das würde zum Shirt sogar passen.

Jetzt oder nie – Irmi wusste: Wenn sie erst zu Hause wäre, würde sie bestimmt kneifen. So aber rief sie bei Bernhard an, der natürlich im Stall war. Und so erzählte sie dem Anrufbeantworter: »Hallo, Bruderherz, du musst heute nicht auf mich warten. Magst du bitte den Katern was zu essen geben? Servus!« Das war doch neutral formuliert, außerdem: Wann hätte Bernhard je auf sie gewartet?

Irmi fuhr nach Wallgau und bog in die Mautstraße ein. Keine Menschenseele war unterwegs, das Häuschen war auch nicht besetzt. In der Vorderriss kam ihr ein Jeep entgegen. Jäger? Wilderer? Ihr Denken war völlig unterwandert von diesem Thema. Am Sylvensteinspeicher stand ein holländischer Pkw, und jemand knipste in die Dunkelheit. Na, das würden sicher tolle Bilder werden. Ein angeblitzter schwarzer See. Aber gut, die Nacht war relativ mondhell.

Plötzlich fühlte Irmi sich großartig. Es war gut, dem Leben Zäsuren abzuringen. Sie selber tat das viel zu selten. So ein sanfter Zwang von außen wirkte Wunder. Schon bald war sie am Achensee, der mehr an einen Fjord erinnerte. Pertisau lag am Gegenufer und war richtig schön kitschig mit seinem Lichtermeer. Irmi stoppte am Bahnhof der Achenseebahn. Sie machte die Innenbeleuchtung an, verdrehte den Rückspiegel. Trug etwas Puder auf und einen roséfarbenen Labello. Schüttelte die Haare zurecht und klemmte sie mit einer Spange am Hinterkopf fest, zupfte ein paar Strähnen über die Schläfe.

Als sie am Wiesenhof vorfuhr, war ihr flau im Magen. Sie parkte und stieg aus, tauschte Weste gegen Blazer, packte den Rucksack und ging auf den Eingang zu. Wo er stand.

Er lächelte. Es gab ein Küsschen auf jede Wange, er drückte sie kurz an sich, sehr kurz. Irmi spürte seine Wärme, seine Präsenz. Er war groß und kräftig, hatte gottlob ein bisschen Bauch und Hüftspeck, was er immer als »meinen Schwimmschwan« bezeichnete. Einen perfekten Mann hätte Irmi nicht ertragen können, solche Männer erinnerten sie viel zu stark an ihre eigenen Unzulänglichkeiten. Bei perfekten Männern musste man beim Sex den Bauch einziehen, nach getaner Tat sofort ein Handtuch um die Hüften winden. Bei ihm nicht, bei ihm fiel sie tief und sanft.

Er lächelte, und Irmi fand ihn wieder mal ungeheuer attraktiv. Er war einfach ein Mann, kein Wicht.

»Hunger?«, fragte er.

»Unbedingt!«

Es war hübsch hier. Ein Haus der gehobenen Kategorie, und doch fühlte man sich nicht von Eleganz erschlagen. Der Sauvignon kam, und Irmi lehnte sich nach dem ersten Schluck zurück. »Herrlich, danke für die Einladung.«

»Danke, dass du gekommen bist.«

So lief es jedes Mal, es begann immer ein wenig hölzern. Zwischen ihren Treffen lag immer so viel Leben, das sie ohne den jeweils anderen verbrachten. Sie umschifften jedes Gespräch über seine Frau, und auch seine Töchter nahmen wenig Raum ein. Denn er spürte mit seinen feinen Antennen, dass sie seine Kindergeschichten immer ein wenig schmerzten. Sie, die kinderlose Mittfünfzigerin, war zufrieden mit ihrem Leben, sie hatte sich gut darin eingerichtet, sie mochte ihren Job, auch wenn er sie forderte. Und über die Rente dachte sie noch lange nicht ernsthaft nach, warum auch? Sie war gesund und – gemessen an vielen anderen – bei relativ klarem Verstand. Aber Gespräche über gut geratene Kinder oder auch missratene schlossen sie aus. Sie redeten auch nicht allzu viel über Irmis Fälle – und das war genau das Geheimnis ihrer Beziehung. Sie klinkten sich beide ein wenig aus ihrer jeweiligen Realität aus.

Aus Irmis Rucksack lugte der Ordner heraus.

»Hast du dir Arbeit mitgebracht?«, fragte er.

»Nein, das nicht.« Irmi zögerte.

»Geheim? Hat es mit deinem Fall zu tun?«

»Irgendwie schon. Die Tote hatte das auf ihrem PC. Es ist ein eingescanntes handgeschriebenes Tagebuch. Es war in altdeutscher Schrift verfasst. Wir haben es in moderne Schrift übertragen lassen.« Irmi stockte. »Ich bin noch nicht besonders weit gekommen. Nur den ersten Eintrag habe ich gelesen.«

»Aber der hat dich berührt, oder?« Er schenkte ihr Wein nach.

»Ja, sehr. Erinnerst du dich an Galtür? Die Wanderung zum Zeinisjoch?«

Er lachte. »Natürlich. Du hattest ein blau kariertes Hemd an, und wir mussten die Sohle deines Bergschuhs am Abend kleben, weil die Frau Kommissarin sich weigerte, neue Schuhe zu kaufen. Weil der alte doch so gut passt. Hast du den immer noch?«

»Ich hab neue Schuhe!«

»Aber die alten aufgehoben?«

»Klar!«

»Die gehören ja auch ins Museum.«

»Zeinisjoch war das Stichwort!«

»Natürlich erinnere ich mich. Wir waren an dieser Kapelle, wo die armen Würmchen auf eine lange, ungewisse Reise gingen.«

Die Vorspeise kam, eine köstlich cremige Knoblauchsuppe – na, da würde der tolle Tommy vielleicht schon deshalb gestehen, weil er ihren Geruch nicht mehr ertragen würde. Das war eine gute Taktik, warum hatte sie die nicht schon öfter angewendet?

Irmi lächelte ihn an. Allmählich war sie wieder angekommen. »Ja, diese Schwabenkinder. Die Kapelle hieß im Volksmund ›Rearkappali‹, und um so ein Schwabenkind geht es in dem Tagebuch.«

»Du willst sagen, du hast das Tagebuch eines Schwabenkindes gefunden? Das wäre ein hochinteressantes und wertvolles Zeitdokument.« Er betrachtete sie aufmerksam, ja gespannt.

Irmi sah ihn überrascht an. Er war ganz aufgeregt. Gut, er war promovierter Historiker, wenn er auch längst für eine Computerfirma weltweit tätig war und viel mit touristischen Projekten betraut war, was ihn eben immer auch mal in den Alpenraum führte. Eine typische geisteswissenschaftliche Akademikerkarriere hatte er gemacht: vom Historiker zum Taxifahrer und über ein Gammeljahr in Australien hin zum realistischen Broterwerb. Aber Geschichte war sein Steckenpferd, drum war er ja auch so ein wandelndes Lexikon.

»Aber solche Tagebücher wird es doch mehrere geben«, sagte Irmi.

»Sei dir da nicht zu sicher. Das Bildungsniveau dieser Kinder war katastrophal. Ab 1836 gab es in Württemberg die allgemeine Schulpflicht, die aber nur für die eigenen Kinder galt. Die konnten nicht mehr arbeiten, also brauchte man ausländische Kinder, für die diese Schulpflicht eben nicht galt. Das war perfide: Die eigenen Kinder lernten was, die Schwabenkinder schufteten sich halb zu Tode. Die politisch immer wieder geforderte Ausdehnung der Schulpflicht auf die ausländischen Kinder wurde bis 1921 von einer oberschwäbischen Bauernlobby verhindert.« Er nickte wie zur Beteuerung und schenkte Wein nach. »Stell dir vor, diese Gebirgskinder waren ganze Sommer lang weg, und im Winter wurde auch nicht viel gelernt, oft schafften sie es gar nicht bis in die Schule wegen des Schnees. Der Unterricht war immer eng mit der Religion verbunden, sodass es vorkam, dass Schüler trotz guter Leistungen wegen ungenügender Kenntnis der Religion nicht in die nächste Klasse aufsteigen durften. Der Katechismus war das Wichtigste, in eine Mittelschule aufzusteigen war schier unmöglich. Während des Ersten Weltkriegs war der Lehrermangel gewaltig, die Klassen hoffnungslos überfüllt, keine Spur von geordnetem Unterricht. Und nach der Machtübernahme begann eine Säuberungswelle im Schuldienst. Man wollte Lehrer, die überzeugte Nationalsozialisten waren. Die Leidtragenden waren immer die Kinder, die nie frei von Dogmen lernen durften.«

»Aber es gab doch auch in den bäuerlichen Gegenden Schulen«, warf Irmi ein.

»Ja, sicher. In Österreich führte Maria Theresia zwar schon 1774 eine Unterrichtspflicht ein, aber die ließ sich leicht umgehen. Auch diese Schulpflicht für ausländische Kinder ab 1921 wurde häufig nicht eingehalten. Oder es kamen ältere Kinder, die die Pflichtschulzeit schon hinter sich hatten.«

»Meine Geschichte beginnt 1936.«

»Was? Und da ging die Schreiberin immer noch nach Schwaben?« Er starrte sie an.

»Ich hab, wie gesagt, noch nicht alles gelesen, aber sie war wohl schon sechzehn.«

»Also wenn das dein Fall zulässt, würde ich das sehr gerne lesen. Das ist eine echte Entdeckung!«

Irmi überlegte kurz. Warum nicht? Warum sollte ein Historiker in ihrem Bekanntenkreis das nicht zu lesen bekommen? Quasi als Fachmann? Als sie in sein aufmerksam gespanntes Gesicht blickte, in diese forschende Neugier, verstand sie zum ersten Mal etwas von dem, was Regina von Braun angetrieben hatte. Die hatte das auch gehabt, diese Leidenschaft für das Stöbern in menschlichen Geschichten. Es gab solche Menschen, und das war gut, denn sie konnten Zeitzeugnisse bewahren. Auf einmal verstand Irmi auch, warum diese Regina quasi zwei Bücher gleichzeitig hatte schreiben wollen. Das hatte Irmi anfangs irritiert, aber nun konnte sie es nachempfinden: Reginas Neugierde war so stark. Sie selbst deckte ja auch auf, arbeitet sich hinein in ein Gespinst aus Lügen und Halbwahrheiten. Aber sie tat es, weil sie den Opfern Ruhe verschaffen wollte. Weil es eben ihr Beruf war. Regina tat es auch um der Geschichte selbst wegen.

Irmis Gedanken wurden durch das Hauptgericht unterbrochen, ein Steak vom Ochsen mit Speckbohnen. Sie plauderten eine ganze Weile darüber, wie groß der Unterschied in der Qualität von Fleisch war, bis Irmi schließlich sagte: »Du darfst das gerne lesen. Vielleicht entdeckst du etwas. Auf mich wirkt diese ganze Schwabengeherei sowieso ungeheuerlich. Wie kam es überhaupt dazu?«

»Weißt du denn, woher das Mädchen stammte?«

»Vom Lechtal.«

»Oh! Dann ist das sogar noch ein Sonderfall. Die Situation war nicht in allen Alpentälern gleich schlecht. Entlang der Handelsstraße, der Salzstraße, gab es einige Verdienstmöglichkeiten. Aber 1824 öffnete die Arlbergstraße, später kam die Eisenbahn, und viele Gebiete gerieten ins Abseits. Im Außerfern herrschte besondere Armut: Nennen wir das mal hausgemachten Wahnsinn gepaart mit der Kargheit des Bodens, verschlimmert durch Missernten. Hausgemacht daran ist, dass die gängige Erbteilung die Höfe komplett zersplitterte. Die Bauern waren größtenteils Landarbeiter auf gepachtetem Boden, auch in guten Jahren reichte der karge Ertrag höchstens ein Vierteljahr. 1780 kam zwar die Kartoffel im Außerfern an, aber das verbesserte die Ernährungslage auch nicht besonders. Und dann brach im heutigen Indonesien 1815 ein Vulkan aus …« Er unterbrach sich. »Jetzt hab ich vergessen, wie der hieß.«

»Du weißt mal was nicht?« Eigentlich sollte das zärtlich klingen, aber so was misslang Irmi immer.

»Ich muss das nachher unbedingt googeln«, sagte er und fuhr fort: »Jedenfalls kostete das nicht nur rund zehntausend Menschen in Indonesien das Leben, sondern der Vulkan schleuderte auch unendlich viel vulkanisches Material in die Luft. Der Himmel verfinsterte sich weltweit und führte in Europa zum grausigen ›Jahr ohne Sommer‹, es folgten die noch grausigeren Hungersnöte 1816 und 1817. Ich weiß, dass man sogar Kartoffelwächter anstellte, um die Felder zu bewachen.«

»Und da war man froh, wenn man die Kinder loshatte?« Irmi aß ein Stück Steak, das wirklich perfekt ›medium‹ war. Sie saßen hier und aßen Fleisch, ohne weiter darüber nachzudenken. Bestellten einfach. Wie anders war es vor noch gar nicht so langer Zeit gewesen. Auch in ihrer Heimat.

»Sicher. Jedes Maul, und war es auch noch so klein, wollte gestopft werden. Zu Hause wären die Kinder verhungert, also schickte man sie auf diese Wanderung. Mit dem Lohn der Kinder konnte man wieder ein paar Schulden und Steuern begleichen, bezahlt wurden die Kinder für einen Sommer. Es gab meist nur ein paar Gulden und neue Kleidung. Aber was glaubst du, wie unendlich viel das für die armen Bauern war!«

»Und gab es diese Sklavenmärkte wirklich?«

»Ja, tatsächlich. Die Kinder wurden wie auf Viehmärkten gehandelt. In Wangen, Ravensburg, Bad Waldsee, Tettnang und Friedrichshafen in Württemberg, aber auch in Überlingen und in Kempten. Ravensburg war aber der größte Markt, wo man Kinder für die Feldarbeit, zum Heumachen, zum Viehhüten oder auch Mädchen für die Küche kaufen konnte. Das fand damals niemand seltsam.«

»Das Mädchen im Tagebuch schien aber eine feste Stelle zu haben.«

»Ja, das gab es auch. Vor allem Ende des 19. und Anfang

des 20. Jahrhunderts hatten die Kinder jedes Jahr dieselben Arbeitgeber, die späten Schwabenkinder durften vielleicht sogar mit der Eisenbahn fahren und wurden mit Kutschen abgeholt. In Oberschwaben waren durch ein ganz anderes Erbrecht große Betriebe, ja riesige Güter entstanden, und es gab einen erhöhten Bedarf an billigen Arbeitskräften. Nicht zu vergessen der Käse!«

Irmis Blick fiel aufs Dessertbüfett, wo eine appetitliche Käseplatte stand. Den Käse würde sie bestimmt nicht vergessen. Sie lachte. »Der da drüben?«

Wie schade, dass er nicht Lehrer oder Dozent geworden war. Er konnte so mitreißend erzählen. Mit ihm als Lehrer wäre Geschichte sicher kein so dröges Fach geworden.

»Nein, ich spreche vom Allgäu, wo ab etwa 1827 Schweizer Käse produziert wurde. Du kennst das heute mit den Allgäuer Einzelhöfen? Was so hübsch aussieht, ist der Vereinödungsprozess, im Zuge dessen man die geschlossenen Dörfer und die Dreifelderwirtschaft aufgab. Man versprach sich von einem Hof, der mitten im Grünen lag, Zeitersparnis beim Austreiben der Kühe. Aber man brauchte eben mehr Hütekinder und Melker. Die Kinder aus Tirol, Vorarlberg und Graubünden waren jung, verschreckt, ungebildet. Die muckten nicht auf. Und sie waren katholisch. Es gab nämlich durchaus Saisonarbeiter aus dem schwäbischen Unterland, aber die wären teurer gewesen, und außerdem waren das böse Andersgläubige, das waren die Evangelischen!«

»Aber wir reden von den Dreißigerjahren des 20. Jahrhunderts und nicht vom 18. oder 19. Jahrhundert. Waren da die Protestanten noch solch ein Schreckgespenst?«

»Irmi, du lebst in einer Region, da sind sie das bis heute! Du lebst in einer Region, wo bis heute schöngeredet und totgeschwiegen wird. Damals war keine Rede von den Kindern, die auf der Wanderung starben im frühen Wintereinbruch. Keine Rede von den Schlägen und der Entmündigung, keine Rede von den sexuellen Übergriffen, und da sind wir uns doch einig: In dieser großartigen Tradition steht die katholische Kirche bis heute.«

Irmi dachte an Ettal und schwieg.

»Anfang des 20. Jahrhunderts wollte das bischöfliche Ordinariat in Brixen einmal Rückmeldung haben von seinen Seelsorgern und wissen, wie es denn um das Wohl der Kinder stehe. Aber es ging denen nicht um deren Wohl im Sinne von körperlichen oder seelischen Beschwerden. Nein, es ging nur darum, inwieweit sie in ihrem Katholizismus gefährdet waren. Vor der Abreise und bei der Ankunft musste jedes Kind zuerst zur Beichte. Stell dir mal vor, es hätte ungebührlich Kontakt zu Protestanten oder Sozialisten oder beidem gehabt. Die Kinder sind mit dem Spruch groß geworden: Bete, nimm ein Weihwasser, und geh ins Bett. Das war das Rezept gegen Magenknurren.«

Irmi nippte wieder am Wein, dann am Wasser. »Und keiner hat je hingesehen?«

[xxxxx][p221]»Die Kirche sicher nicht. Die reichen Lechtaler Handelsleute lieber auch nicht. Sie spendeten lieber großzügig an die Kirchen. Um ein paar arme Bauernkinder ging es im Lauf der Welt doch nicht.

»Puh!«, machte Irmi, mehr fiel ihr dazu momentan nicht ein. Sie hatte diese Schilderung des Mädchens vor Augen, wie es fast in der Schneewächte umgekommen wäre.

»Nun, ich will nicht ungerecht sein, es gab in der Tat ein paar niedrige, oft junge Geistliche, die die Tragik dieser Kinderwanderung verstanden haben. 1890 wurde ein Hütekinderverein gegründet, der diese Kinder betreute. Aber 1890 war der Höhepunkt dieser Wanderung ja längst überschritten. In der US-amerikanischen Presse gab es 1908 eine Kampagne, die den Kindermarkt in Friedrichshafen einem Sklavenmarkt gleichsetzte – insofern etwas pikant, als man ja die in dieser Hinsicht nicht gerade ruhmreiche Geschichte der USA kennt. Man diskutierte sogar in Berlin darüber, den Kindern vor Ort half das alles nichts.« Er nahm einen Schluck Wein und meinte dann: »Wenn du wirklich ein Tagebuch eines Schwabenkinds aus den Dreißigerjahren hast, ist das sensationell!«

»Ich habe nur die Scans.«

»Schade, das Original wäre mir lieber.«

»Und ich esse jetzt Käse und werde noch fetter«, sagte Irmi und fand sich schon wieder so unhöflich. Hatte sie ihn etwa abgewürgt?

»Du bist nicht fett. Madame, darf ich Sie zum Büfett geleiten?«

»Ich bitte darum.«

Es war halb elf, als sie aufstanden. Sie hatten noch mit dem Besitzer geplaudert und mit seiner Frau, die Irmi sehr gut gefiel. Eine zupackende Frau, ein bisschen krachert vielleicht, aber wohltuend für so ein Vier-Sterne-Haus. Und wieder mal hatte Irmi den Eindruck, dass Frauen mit etwas mehr Substanz im Umgang einfach weniger zickig waren. Irmi fühlte sich auch nicht als seine ›Geliebte‹, niemand schien sich über ihre Anwesenheit zu wundern. *Er* war hier so eine Art ›Freund des Hauses‹ und als solcher noch in den Weinkeller eingeladen, wo der Chef ein paar Raritäten kredenzte.

Sein Zimmer war groß. Irmi trat ans Fenster. Noch immer erhellte der Mond die Berge und den See. Er war hinter sie getreten und tat erst mal nichts. Irgendwann schob er ganz vorsichtig eine Haarsträhne zur Seite und küsste sie auf den Hals. Ihr war klar, was nun kommen würde, und für einen Moment wäre es Irmi lieber gewesen, einfach nur zu knutschen, zusammen auf der Couch zu sitzen und fernzusehen. Sie war einfach nicht mehr ganz richtig im Kopf. Sie traf sich mit ihrem Lover – und wollte bloß knutschen. Sie kannte genug Frauen, die etwas drum gegeben hätten, eine Nacht mit ihm zu verbringen. Die sich aufgestylt hätten, eingedieselt und rote transparente Unterwäsche getragen hätten. Sie hingegen trug einen Sport-BH und eine Unterhose, die nicht mal dazu passte.

Aber als sie auf sein Bett sanken und sie begann, mit dem Finger auf seiner Brust Linien zu malen, war es gut so. Sie spielte in seinem weißen Brusthaar, das er nicht mochte. Er begann ihre Brustwarzen zu umkreisen, immer noch wie zufällig, gar nicht zielgerichtet. Irmi legte ein Bein über seine Hüfte, auch das war gut so ...

Sie hatten nie wilde Turnübungen veranstaltet, mit Gummispielzeug oder Fesseln nachgeholfen. So etwas brauchten sie nicht, denn die Natur hatte es durchaus gut mit ihm gemeint, ziemlich gut sogar ... Seine Finger spielten Etüden auf ihrer Brust, bis sich ein starkes Gefühl in ihr ausbreitete, alles überflutete, bis sie zurücksank und lächelte.

Hinterher lagen sie still da. Was dachte der Mond da

draußen? Wieso hatte er so weiche Haut am Oberschenkel und so schöne Muskeln? Durfte man vor Glück weinen? Was könnte man nur tun, um den Zauber des Augenblicks länger zu konservieren? Wie spät war es? Ob Bernhard die Kater gefüttert hatte? Sie kam zurück – in die Realität ihres Lebens.

»Irgendwie ist mir ganz flau.« Irmi hatte sich aufgerichtet.

»Verständlich, nach so einem langweiligen Geschichtsvortrag.« Er lachte.

»Es war weniger der Vortrag.« Irmi lächelte ihn an. »Aber ich bin so was nicht mehr gewohnt.«

»So was?«

»Depp!« Sie warf ein Kissen nach ihm.

Er hatte Mineralwasser eingeschenkt und von irgendwoher ein paar Erdnüsse gezaubert. »Bringt verbrauchte Energie zurück.«

Um kurz vor zwei meldete sich aus einer Ecke von Irmis Gehirn die Pflicht. Ihre Ratio sagte ihr, dass sie bald fahren müsse, um noch einige wenige Stunden Schlaf zu bekommen. Weil sie morgen präsent sein musste.

Offenbar waren ihr ihre Gedanken anzusehen, denn er sagte: »Du willst noch fahren, oder?«

»Ach verdammt! Ich würde …«

»Du würdest lieber jetzt, wo du noch wach bist, losfahren und ein paar Stündchen im eigenen Bett schlafen. Ich weiß.«

Irmi konnte nicht einschätzen, ob ihm das wehtat, ob er sich über die Jahre in genau diese Abläufe gefügt hatte. Ob er sauer war?

Er begleitete sie bis zum Auto. Küsste sie auf die Stirn. »Ich ruf dich von Rovereto aus an. Vielleicht treffen wir uns ja noch mal auf meinem Rückweg?«

»Ja, das wäre schön«, sagte Irmi.

Dann fuhr sie in die Nacht hinaus. Schon in Maurach fühlte sie sich hundeelend. Warum war sie nicht geblieben? Weil sie wusste, dass der Genuss von Zweisamkeit sie schwach und labil machte.

Sie erinnerte sich an *Schloß Gripsholm* von Tucholsky, das er ihr im Englischen Garten in München vorgelesen hatte. Damals hatte er sie gewarnt. Hatte gesagt, dass er als Partner eine Katastrophe sei. Dass sie Glück habe, nur seine Sonnenseite zu kennen. Sonnenseite, Schokoladenansicht, Urlaubsmann?

Irmi war darauf eingestiegen, hatte behauptet, sie könne nicht kochen, werde nie wieder den Fehler einer Heirat begehen, wolle keine Kinder, sei unordentlich und fordere von einem Mann, dass er sie so nehme, wie sie sei: grenzenlos unabhängig! Es stimmte, sie hatte genug Geld, brauchte keinen Versorger und keinen strahlenden Olymp, an dessen Seite sie mitstrahlen konnte. Sie musste keinen Mann antreiben, Karriere zu machen, weil sie selber beruflich erfolgreich war. Und doch spürte sie, wie gut es ihr tat, Zeit mit *ihm* zu verbringen. Sich fallen zu lassen, alles andere für einen kurzen Moment zu vergessen, bevor sie die Realität wieder einholte.

Als Irmi um vier Uhr morgens endlich zu Hause im Bett lag – nicht ohne vorher zwei tief gekränkte Kater gefüttert zu haben, die Bernhard natürlich vergessen hatte, er hatte ja nicht mal den Anrufbeantworter abgehört –, dachte sie, dass alles eigentlich ganz gut so war, wie es war.

9

Januar 1937

Es ist so viel geschehen. Ich will damit beginnen, wie ich in Innsbruck aus der Eisenbahn gestiegen bin. Mir war Reutte schon sehr groß erschienen, aber hier waren die Häuser viel größer, und ein ganzes Gewirr aus Gassen lag vor mir. Ich fürchtete mich. Der Wind wisperte um die Hausecken, die Menschen liefen so schnell umher.

Ziellos ging ich durch die Stadt. Längst war es dunkel geworden. Mir war sehr blümerant, und ich war so müde. Ich hatte lange in der Hofkirche gesessen. Dort befand sich das Grab von Maximilian, und ein Mann erklärte mir, es sei umstanden von den ›Schwarzen Mandern‹. Es waren auch schwarze Weiber darunter, große Figuren, die mir Angst machten. Ich bin auf einer der Bänke eingenickt und habe – ich weiß nicht, wie lang – geschlafen. Bis mich ein Mesner vertrieb und ich davonstolperte. Die Nacht verbrachte ich in einem Schuppen in einem Hinterhof. Dort gab es ein paar alte Säcke, die ein wenig wärmten. Mein Herz klopfte so laut, dass ich dachte, die Menschen droben hinter den hell erleuchteten Fenstern würden es hören, mein verräterisches Herz.

In einer Bäckerei kaufte ich mir am Morgen ein Wecklein. Immer noch war es ein so beängstigendes Gefühl, jemandem Geld zu geben und dafür eine Ware zu erhalten. Ich dachte, alle würden mich anstarren, doch niemand achtete auf mich. Ich lief wieder ziellos durch diese große Stadt, bis ich an einem runden Bau ankam. Der Mann an der Kassa lud mich ein, mir das Gemälde dort drinnen anzusehen. Obwohl er eigentlich gar nicht geöffnet hatte. Er war sehr freundlich zu mir und erklärte mir, dass Zeno Diemer aus Oberammergau stamme und dass er 1894 sechs Monate für dieses Riesengemälde von tausend Quadratmetern gebraucht hätte. So etwas habe ich noch nie gesehen. Rundum tobte eine Schlacht, überall lagen tote Menschen. Ich war beeindruckt und angewidert zugleich. Da stand, dass der Maler die Schlacht am Bergisel vom 13. August 1809 darstellt hatte, in der Andreas Hofer die Tiroler zum Sieg über die Truppen Napoleons und Bayerns führte. Mir wurde klar, dass ich so gar nichts von der Welt da draußen wusste. Ich dankte dem Mann noch recht schön und lief davon.

Es wurde Abend, und am Ende kam ich immer wieder zur selben Stelle, zum Goldenen Dachl. Wie schön es war! Es funkelte in purem Gold. Und mir war so kalt. Auf einmal wusste ich: Hier unter dem Gold würde ich sterben und mit mir das Kindelein. So war es besser. Ich Schwabenkind hatte in dieser Welt nichts verloren. Ich hätte mein Lechtal nie verlassen dürfen. Was wollte eine Hur wie ich in Innsbruck? Ein paar Menschen mit hochgeschlagenen Krägen eilten vorbei, sie hatten keine Augen für ein Bündel wie mich, das da hockte.

Da war wieder dieses Gefühl, das schöne. Die Müdigkeit, die Wärme, die sich über mich ergoss. Und wieder zerrte es an meinen Schultern, ich hörte Stimmen und dann nichts mehr.

Ich erwachte in einem großen Bett. Neben mir saß ein Weib, noch nie habe ich solche Schönheit erblickt. Ihre Haare waren so golden wie das Goldene Dachl. Und diese Frau trug Hosen, man stelle sich das vor. Bald erfuhr ich, dass sie Angelika von Gaden hieß und Dichterin und Malerin zugleich war. Sie sagte, dass sie eine Hausmagd brauche, aber ich war doch so fett wie ein böhmischer Knödel. Ich sagte ihr, dass ich Geld besäße. »Ich weiß, mein liebes Kind, dieses Geld habe ich dir in Goldmünzen umtauschen lassen, es wird Krieg geben, ich glaube nicht an deine Reichsmark. Sie sind sicher verwahrt im Tresor. Bekomme du dein Kind, dann sehen wir weiter.«

Sie nötigte mich, sie Angelika zu nennen. Jeder nannte sie so. Dabei war sie doch eine ›von‹. In ihren Salon kamen andere Dichter und Maler und Menschen aus der Politik. Wir feierten Weihnachten, es gab einen Lichterbaum und so viel zu essen. Noch nie hatte ich so viel zu essen gesehen. Elvira, die Köchin, und ihr Mann, der Sepp, lachten mich aus. Ich bekam Geschenke, man stelle sich vor: Fremde Menschen schenkten mir Kleidung für das Kindelein.

Nach viereinhalb Stunden wachte Irmi auf und machte sich erst mal einen Kaffee. Da kam Bernhard hereingeschlurft. »Spät dran heut«, murmelte er. »Dein schwarzer Kater hat mir übrigens auf die Hausschuhe gekotzt. Und auf den Fleckerlteppich.«

»Katzen sitzen gerne weich, wenn ihnen unwohl ist.« Irmi lachte. »Sie kotzen nie auf Fliesen oder Parkett.«

Bernhard tippte sich ans Hirn und ging, und Irmi wusste, dass sie den Mageninhalt des Katers würde wegwischen müssen. Bernhard war ein Bär, aber bei Erbrochenem, Spinnen und Schlangen wurde er zum Häschen in der Grube. Sie war wieder daheim mit allem, was dazugehörte. Um neun kam von *ihm* eine SMS.

»Er wird gestehen. Wer könnte dir widerstehen? Du hast den Ausdruck vergessen.«

Sie simste zurück: »Besser, du befragst ihn. Du bist doch der Unwiderstehliche. Lies das Tagebuch ruhig, ich kann mir noch einen Ausdruck besorgen. Liebe dich.«

»Lda«, kam retour.

Das Leben war schön.

Für zehn Uhr war die Befragung anberaumt. Irmi war zwanzig Minuten vorher da und ignorierte Kathis Blicke, denn normalerweise saß Irmi um diese Zeit schon seit zwei Stunden im Büro.

»Na, dann schauen wir mal, was der tolle Tommy heute sozusagen hat«, schmetterte Irmi.

»Bist du in einen Gute-Laune-Topfgefallen? Oder solltest du einfach öfter lange schlafen?«, bemerkte Kathi.

Allmählich kam die alte Kathi wieder durch, und die war Irmi weitaus lieber als die schweigend Kühle.

»So ähnlich. Was gibt's Neues?«

»Der Hase hat eine der Reifenspuren eindeutig dem Kombi von Tommy zugeordnet. Er war dort, das ist schon mal sicher!«

»Gut, das hilft uns auf jeden Fall weiter.«

Inzwischen war der Anwalt eingetroffen. Tommy, der aus der U-Haft gebracht wurde, sah nicht ganz taufrisch aus, und das trotz seiner unverschämten Wintersportlerbräune.

»Mein Mandant möchte eine Aussage machen!«, erklärte der junge Anwalt. Es mochte eine Frage ihres Alters sein, aber so einen konnte Irmi nicht richtig ernst nehmen, genauso wenig wie die Bankangestellten, die so aussahen, als hätten sie vorgestern noch in den Windeln gelegen. In handwerklichen Berufen war das anders: Jungen Automechanikern traute Irmi durchaus etwas zu.

»Schön«, sagte Irmi und wartete.

Tommy wandte sich an Kathi. »Also, was ich sagen wollte, ich hab die Mädchen immer gut gecoacht, da fehlte sich fei nix.«

»Schön«, meinte Kathi.

Sie waren wieder im Spiel. Irmi lächelte Kathi zu.

Der Anwalt stöhnte. »Thomas, würdest du bitte!«

»Also, das war so.« Er wand sich. Er zögerte. »Ich wollte mit ihr reden.«

»Mit Regina von Braun?«

»Ja.«

»Ach was? Worüber denn?«

»Über das Buch.«

»Über welches Buch?«

»Das mit diesen Jagdgeschichten.«

»Wie ist sie eigentlich auf dich gekommen, Tommy?«, fragte Kathi.

»Sie hat mal einen von meinen Spezln getroffen. Den besoffen gemacht. Kann doch keiner ahnen, dass so ein dünnes Frauenzimmer so viel Schnaps verträgt. Der hat ihr dann vom Gamswildern erzählt.«

»Also doch!«

»Aber ich war wirklich bloß ein paarmal dabei. So zum Spaß.«

»So zum Spaß. So so. Zum Spaß knallt ihr Tiere an, schneidet ihnen die Köpfe runter. Verkauft spaßeshalber die Trophäe. Lasst Tiere mit Lungenschüssen verenden. Was für ein Spaß!«, rief Irmi wütend.

Tommy zuckte zusammen. »Das mit der Garns war Pech. Wir wollten einen Fangschuss setzen, aber dann kam so einer …«

»So einer? Der Hias kam!« So weit stimmte alles überein, und als der Name Hias fiel, fiel wohl auch bei Tommy endlich der Groschen. Man sah ihm an, dass er die prekäre Situation begriff und dass er aus dieser Nummer nicht mehr rauskommen würde.

Irmi sah den Anwalt an, der etwas grünlich im Gesicht war. »Also, lieber Herr Anwalt, würden Sie Herrn Wallner bitten, noch mal von vorn anzufangen? Er ist abgehauen, hat sich versteckt, aber warum? Und diesmal bitte einfach mal die Wahrheit.« Einfach mal, dachte Irmi. Die Wahrheit. Sie war so oft grausam, so oft schwer erträglich und so oft schwer verdaulich. Weil sie wie ein Stein im Magen lag, taten Menschen alles, um an ihr vorbeizukommen. Alles war besser als die Wahrheit, und sie richteten doch so viel mehr Schaden an – an sich selbst, an all den Opfern der Lügen und Halbwahrheiten. Am Ende wäre der Magenklops das kleinere Übel gewesen, aber das begriff kaum eine dieser armseligen Kreaturen namens Mensch. Tommy atmete tief durch. »Ich war bei dieser Regina. Ich hab sie gebeten, meinen Namen rauszulassen. Ich krieg doch sonst nie mehr einen Job als Trainer. Und ich kann ja nix anderes. Ich hab damals, als ich ins Nationalteam kam, meine Lehre als Schreiner abgebrochen.«

»Und du hattest das Auto voller Waffen?«, hakte Kathi nach.

»Ja.« Er zögerte. »Wenn wir spät vom Training in Seefeld kommen oder von einem Wettkampf und am nächsten Tag gleich weitermüssen, also dann …«

»Dann bist du zu faul, die Waffen aus dem Auto zu holen, ordentlich im Schrank zu versperren und am nächsten Tag wieder einzuladen?« Kathi klang ungläubig.

Na ja, einer, der den Schrank offen stehen lässt, dem sind Waffen im Auto auch egal, dachte Irmi.

»Ich hab das Auto aber immer zugesperrt«, verteidigte sich Tommy. »Und als ich zur Regina gegangen bin, da hab ich es auch abgesperrt.«

»Und wo haben Sie Regina getroffen?«

»Bei diesem dämlichen Elch. Ich hatte sie mehrfach angerufen, aber sie hat mich abserviert. Dann hab ich den Abend abgewartet und gesehen, wie sie zu dem Gehege ging.«

»Und weiter?«

»Ich bin hinterher. Sie hat mich ausgelacht. Sie hat gesagt, dass sie das Buch natürlich veröffentlichen werde und dass solche wie wir eben nur mit mehr Öffentlichkeit an den Pranger gestellt werden können. Diese dumme Kuh. Diese arrogante Schnepfe.«

»Und dann hast du elegant eines deiner Gewehre gezogen, hast sie abgeknallt und bist gegangen. Puff! Problem erledigt?«, meinte Kathi ungläubig.

»Nein! Ich erschieß doch niemand.«

»Nur Viecher? Keine Menschen?«, fragte Irmi leise.

»Ich hab nicht geschossen! Ich bin gegangen.«

»Einfach so gegangen? Du bist ja ein Märchenerzähler!«, rief Kathi.

»Wir haben gestritten, klar. Ich hab ihr gesagt, dass wir sie dann verklagen. Und dann bin ich gegangen.«

Irmi fixierte den tollen Tommy. »Das Problem an diesem Märchen ist nur, dass aus einer Ihrer Waffen geschossen wurde.

Und das ist ein seltsamer Zufall, finden Sie nicht? Sie gehen, und noch am selben Abend ist die Frau tot.«

»Und was heißt eigentlich wir? Wer wollte die Regina verklagen?«, setzte Kathi nach. »Sprichst du im Pluralis Majestatis von dir? Wir, Tommy Wallner zu Biathlons Gnaden, oder?«

Tommy schwieg. Sein Anwalt sah ihn durchdringend an. »Los, Thomas, weiter.«

»Also, da waren ja mehrere Leute betroffen. Wir haben uns da mal zammg'redet.«

»Zammg'redet?«

»Na ja, eben mal beratschlagt, ob wir zusammen gegen das Buch vorgehen. Der Hias hat gesagt, ihm sei das egal. Klar, der findet das toll, wenn er in einem Buch vorkommt. Aber ...«

»Aber was?«, fragte Kathi drohend.

»Der Marc von Brennerstein war ziemlich sauer.«

»Du kennst den?«

»Mei, kennen, der hat mit mir Kontakt aufgenommen und ...« Tommy straffte die schmalen Schultern. »Er hat mich gebeten, mit der Regina zu reden.«

»Reden?«

»Ihr etwas Angst einzujagen, drum bin ich ja in der Nacht da aufgetaucht. Hab gesagt, dass ihre blöden Viecher das zu büßen hätten, wenn sie das Buch veröffentlicht. So was halt. Aber ich hab sie nicht erschossen. Das müsst ihr mir glauben! Ich hatte auch kein Gewehr dabei. Ich hatte mein Auto abgeschlossen. Aber als ich zurück kam, war es offen.«

»Das wird ja immer toller! Du hast es abgesperrt, und plötzlich war es offen? Ja, dann wirst du wohl vergessen haben, es abzusperren, oder?«, sagte Kathi spöttisch.

»Nein, ich hab das Knacken ja gehört, als ich den Türöffner betätigt habe. Es war zugesperrt, und dann war's offen.«

Irmi warf Kathi einen Blick zu. Sie dachten dasselbe. Wahrscheinlich wollte er sich damit ein Schlupfloch schaffen. Jemand hatte eine Waffe rausgenommen und wieder reingelegt. Tommy war ja ein Meister im Fabulieren.

Irmi ließ das erst einmal unkommentiert und sagte: »Und wie viel Geld hat Ihnen die Drohaktion eingebracht?«

Er zögerte wieder. »Tausend Euro«, meinte er dann. »Ich verdien doch fast nix als Trainer.«

»Tausend Euro.« Kathi pfiff durch die Zähne. »Nicht übel, oder?«

»Und mein Mandant sollte noch mal tausend Euro erhalten, wenn er es schafft, das Buch zu verhindern«, sagte der Anwalt. »Er gibt zu, dort gewesen zu sein, hat aber nicht geschossen.«

»Schöne Geschichte. Und hinterher hast du ein Rentier getötet, um es wie Wilderei aussehen zu lassen!«, knurrte Kathi.

»Ich war das alles nicht! Ehrlich!«

Irmi nickte Kathi zu, und sie gingen kurz hinaus. »Glaubst du ihm das alles?«

»Nein! Am dämlichsten ist doch seine Aussage, er hätte das Auto abgeschlossen. Wäre es unabgeschlossen gewesen, hätt man ja noch annehmen können, Brennerstein wär ihm gefolgt und hätt geschossen, oder? Er war es!«

»Robbie hat gemeint, er hätte kein Gewehr in der Hand gehabt«, sagte Irmi zögerlich.

»Du weißt doch gar nicht, wie lange Robbie da war. Und Robbie ist nicht grad ein Traumzeuge. Tommy hätte doch gehen und wiederkommen können. Aus dem Hinterhalt quasi. So wie Wilderer das eben tun. Was machen wir jetzt?«

»Von Brennerstein vorladen, der alles leugnen wird?«

»Anstiftung zu Mord, das wird der nie zugeben. An den feinen Herrn kommen wir nicht ran, fürchte ich, oder.«

Auch Irmi wäre es weit lieber gewesen, wenn Tommy gesagt hätte, sein Auto habe offen gestanden. Dann hätte der smarte und alerte Herr Gutsbesitzer doch leicht hinterherschleichen können, die Waffe nehmen und sie dann zurücklegen. Plötzlich kam ihr ein Gedanke.

»Komm mit!«, sagte Irmi und lief ins Verhörzimmer zurück. »Herr Wallner, sagen Sie mal, haben Sie eigentlich den Schuss gehört?«

Tommy schwieg. »Ich wollte zurück zu meinem Auto, da hat es geknallt«, sagte er schließlich. »Ich bin in die Richtung des Schusses gelaufen. Da war sie aber schon tot.«

Der Anwalt schnappte nach Luft.

»Und das erzählen Sie mir jetzt?« Irmi war nun doch etwas verblüfft, dass ihre Falle so gut funktioniert hatte.

»Dann muss sich jemand Zugang zum Auto meines Mandanten verschafft haben«, erklärte der Anwalt.

»Ach, kommen Sie!«, rotzte Kathi raus und wandte sich an Tommy. »Hat jemand Zugang zu deinen Autoschlüsseln? Wo ist der Ersatzschlüssel? Und ich frag das nur rein theoretisch, weil ich den ganzen Schmarrn eh nicht glaube. Los, Tommy, gesteh endlich. Sag uns, dass von Brennerstein dich unter Druck gesetzt hat, dich bedroht, was auch immer. Das wirkt sich mildernd aus. Aber red halt endlich.«

Tommy sagte zittrig: »Ich hab nur einen Autoschlüssel,

und den hab ich immer im Hosensack. Ich hab nicht geschossen.«

Irmi hatte sich erneut erhoben. »Herr Anwalt, bitte bringen Sie Ihren Mandanten zur Vernunft. Wie meine Kollegin schon gesagt hat, wenn Herr von Brennerstein ihn bedrängt hat, bedroht, erpresst, was auch immer, dann ist das Anstiftung zum Mord.«

Doch die beiden Männer schwiegen. Irmi zuckte mit den Schultern und ging mit Kathi im Schlepptau aus dem Raum.

»Kapiert der wirklich nicht, dass ihm das Wasser weit über den Kragen steht?«, fragte Kathi draußen auf dem Flur.

»Ich lass den Hasen das Auto noch mal untersuchen, ob da Spuren eines Einbruchs sind«, meinte Irmi. »Und was wir in jedem Fall machen können, ist, von Brennerstein vorzuladen.«

»Das bringt doch nichts.«

»Wer weiß! Kriegst du das hin, dass er morgen hier aufläuft? Natürlich mit ebenso adligem Rechtsbeistand?«

»Sicher.« Kathi knurrte und stampfte in dem unnachahmlich trampeligen Schritt davon.

Es ging auf Mittag zu, und Irmi beschloss, der kleinen Salatbar mit der grandiosen Auswahl gleich hinterm Marienplatz einen Besuch abzustatten. Sie war umso erstaunter, als sie Elli dort antraf.

»Ich war beim Physiotherapeuten«, erklärte Elli. »Wir haben zwar in Tirol auch welche, aber ich hab hier einen, der wirklich was kann. Nach zwei Bandscheibenvorfällen wird man da wählerisch.«

»Ach, Elli, du musst dich doch nicht rechtfertigen ...«

»Nein? Ich dachte. Ich dachte, ich müsse mein Leben und jeden meiner Schritte rechtfertigen. Bin ich nicht mehr verdächtig? Bin ich keine Mörderin mehr?«

Ein paar Leute sahen herüber.

Irmi litt. »Elli, essen wir zusammen?«

»Von mir aus.«

Schweigend luden sie Salat auf, ließen ihn wiegen, setzten sich. Tranken Mineralwasser.

»Was hat Kathi erzählt?«, fragte Irmi schließlich.

»Dass ihr den Trainer vom Soferl festgenommen habt. Oder hätte sie mir das gar nicht erzählen dürfen?« Elli klang immer so zynisch.

»Doch. Elli, es tut mir leid. Aber was hätte ich denn tun sollen? Ich hab schon öfter gedacht, ich lass mich irgendwohin versetzen, wo ich komplett außenstehend bin. Wo ich meinen Blick auch von außen auf das Geschehen lenken kann. Wo ich niemanden kenne, wo mich niemand kennt. Es ist nicht schön, dass ich bei Ermittlungen über liebe Menschen stolpere.« Sie war ja sogar mal über den eigenen Bruder gestolpert.

Elli sah sie aufmerksam an. »Aber ohne Berge, Kühe und dein Moor gehst du ein wie eine Primel ohne Wasser.«

»Die Wahl zwischen Pest und Cholera? Pest: immer als menschliche Pest im Leben von Freunden herumstochern zu müssen. Cholera: ein Umzug nach München oder Augsburg.«

»München? Augsburg? Na, du denkst dir aber auch die schlimmsten Szenarien aus!« Sie lachte. »Schickis oder Schwaben.«

»Ich hätte auch Stuttgart sagen können oder Frankfurt.«

»Da nehmen die bestimmt keine Bayern. Außerdem kriegst du Depressionen wegen des Dialekts, und Äppelwoi verträgst du auch nicht.«

Irmi musste lachen. Nein, es war schon gut, hier zu sein, wo im Gegensatz zur landläufigen Meinung im Rest der Republik nicht alle Dirndl trugen und schuhplattelnd und Bierkrüge stemmend den Tag verbrachten.

»Ich war es wirklich nicht, Irmi«, sagte Elli plötzlich eindringlich. »Ich habe die letzten Tage viel nachgedacht, auch warum ich so stark reagiert habe. Es fielen schwarze Vorhänge, es umschlossen mich Ketten, ich war gefangen. Dabei hätte ich nur einen Schritt zur Seite machen müssen.« Sie schwieg eine kleine Weile. »Weißt du, diese Regina schien mir gefangen zu sein, in irgendwas. Es war ihr so wichtig, ihre Geschichte zu rekonstruieren. Anders, als so klassische Ahnenforscher das tun würden. Verstehst du, was ich meine? Sie war besessen. Sie war irgendwie panisch. Ach, ich kann das nicht erklären.«

»Doch, ich verstehe dich. Aber genau das könnte eben auch der Schlüssel sein. Sie war wie besessen davon, in diesem Buch üble Jagdpraktiken aufzudecken. Und das wollte Soferls Trainer verhindern, weil er eine unrühmliche Rolle in dem Buch spielt. Sie schien ihr ganzes Leben unter Strom zu verbringen. Nichts an ihr war durchschnittlich, nichts zurückgenommen. Sie hat Schwerter der Gerechtigkeit geschwungen.« Worte sind Waffen, hatte Veit Bartholomä gesagt.

»Aber der Tommy! Ich kann mir das nicht vorstellen, dass der einen Menschen erschießt. Eine Frau zudem! Irmi, das glaub ich einfach nicht!«

»Ja, aber es spricht alles gegen Herrn Wallner.«

Elli ruckte hoch. »Gegen wen?«

Irmi blickte Elli Reindl irritiert an. »Wieso gegen wen? Der Trainer heißt mit vollem Namen Thomas Wallner.«

Elli Reindls Gesicht durchzuckte etwas. »Ich wusste nicht, dass To-Tommy Wallner mit Nachnamen heißt. Ich kenn ihn nur unter To-Tommy.«

»Auch tolle Tommys haben Nachnamen, Elli.«

»Ja, aber Wallner Thomas. Wallner.«

»Was ist am Namen Wallner so besonders?«

»Wallner hieß doch auch der Frauenarzt«, sagte Elli sehr leise.

Richtig, Thomas Wallner hatte denselben Nachnamen. Das war ihr doch neulich schon aufgefallen, aber dann in den turbulenten Ereignissen untergegangen. War das ein Zufall? Andererseits war Wallner ein ziemlich häufiger Name in der Gegend.

Irmi sah in Ellis Gesicht und legte ihr eine Hand auf den Arm. »Es ist Zeit, wieder einen Schritt zur Seite zu machen.«

Elli lächelte und erhob sich. »Ich muss los, das Soferl abholen. Omas sind vor allem Taxiunternehmer.«

Irmi nickte und sah ihr nach. Dann machte sie sich auf den Weg in ihr Büro.

Mittlerweile war es halb drei, und Kathi hatte die Information, dass von Brennerstein morgen kommen werde. Aber auch nur, weil die Staatsanwaltschaft ihn irgendwie überzeugt hatte. »Alles Typen aus dieser verdammten Jägerconnection. Wenn du nicht in Ettal warst oder Hogau oder gar Salem, dann musst du in den besseren Kreisen zumindest jagen!«

Ansonsten war Tommy weiter bei seinem sturen »Ich war es nicht« geblieben, und so blieb er auch in U-Haft.

Auf der Pressekonferenz hielten sie sich bedeckt und erzählten nur, dass sie einen Mann in Untersuchungshaft hätten. Der Pressesprecher umschiffte alle Nachfragen geschickt, und es gelang ihm, die Journalisten zu briefen, dass ihre Mithilfe gefragt sei. Irmi kam mit dem Satz davon, dass sie sich kurz vor der Aufklärung befänden.

Nach der Pressekonferenz verabschiedete sich Kathi und fuhr heim. Warum hatte sie ihr nicht erzählt, dass sie mit ihrer Mutter gesprochen hatte? Warum versuchte sie die Missstimmung, die zwar leiser geworden war, aber doch noch über ihnen schwebte, nicht ganz zum Schweigen zu bringen?

Irmi saß allein im Büro und starrte auf ihren PC. Sie hätte auch gut nach Hause gehen können, aber irgendetwas hielt sie zurück. Sie googelte eine Weile herum, stöberte in der Familie Wallner – und siehe da: Es gab zwei Brüder Wallner, den Frauenarzt Josef Wallner und seinen Bruder Karl, der Professor für Chirurgie war, hoch dekoriert mit Ruhm und Ehre an der Uni Innsbruck. Der Frauenarzt war inzwischen verstorben, der Bruder aber war noch in der Ärztekammer aktiv, obwohl er längst im Ruhestand sein musste. Im Archiv der *Tiroler Tageszeitung* war er immer wieder erwähnt. Mal neben dem Landeshauptmann, einmal auch als Ausrichter eines Jagdausflugs nach Südafrika. Diese verdammten Jäger ließen Irmi nicht los.

In Reutte sollte nun eine Straße nach Dr. Karl Wallner benannt und sogar eine Büste enthüllt werden. Laut Zeitung war das ganze Spektakel für nächsten Monat anberaumt, die Trachtenkapelle übte schon, und ein Stadtrat wurde zitiert: »Des g'freit uns narrisch, dass so ein großer Sohn der Stadt bei uns nun entsprechend gewürdigt wird.« Na, die Tiroler gingen mit ihren ehrenwerten Bürgern wirklich anders um als die Garmischer. Während man dort bloß einen verlotterten Weg und ein Taferl bekam, gab es in Reutte eine ganze Büste!

Irmi griff zum Telefon, und wenig später hatte sie in Erfahrung gebracht, dass Tommy Wallner der Sohn des Herrn Professor war, der in zweiter Ehe ein junges, schönes Model geehelicht hatte. Er war in erster Ehe kinderlos geblieben, dann im zweiten Anlauf ein spät berufener Vater geworden. Thomas Patrick Leonhard Wallner, der Kronprinz, war wohl weniger im Sinne des Herrn Professor gediehen. Keine Matura geschafft, die Lehre abgebrochen, und auch im Biathlon-Nationalkader ordentlich, aber nie herausragend in seinen Platzierungen gewesen. Offenbar gab es keinen Kontakt mehr zwischen Vater und Sohn. Die Exgattin lebte auf Mallorca als Boutiquenbesitzerin. Wahrscheinlich mit dem Geld des Chirurgieprofessors.

Irmi überlegte. Reutte ehrte also den großen Sohn der Stadt, und wenig später würde ein Buch in den Buchhandlungen stehen, wo es unter anderem um den Sohn des großen Professors ging. Wäre das so schlimm, dass man deswegen mordete? Zumal das Buch die Klarnamen doch aussparte. Und wer würde deshalb morden? Der Herr Professor? Tommy war das Ansehen seines Vaters wahrscheinlich schnurzegal. Und missratene Kinder hatten doch viele! Wenn die alle morden würden!

Sie erinnerte sich an Ellis Worte: »Diese Regina schien mir gefangen zu sein.« Aber doch weniger in ihrem Jagdbuch als in ihrer eigenen Geschichte. Reginas Recherchen über ihre Familie, ihre Anklagen gegen einen weiteren Spross der Familie Wallner – wenn daraus wirklich ein Buch würde, könnte das bedeutend mehr Staub aufwirbeln. Man stelle sich vor: Der Herr Professor bekommt seine Straße und eine Büste gleich dazu, und im Buch ist zu lesen, dass sein Bruder sich nicht nur frauenverachtend verhalten, sondern sich auch wegen unterlassener Hilfeleistung strafbar gemacht hat. Es hatte sogar eine Frau sterben müssen. Das würde für Aufsehen sorgen, auch heute noch.

Irmi suchte die Akte heraus, die Andrea zusammengestellt hatte. Dabei stieß sie auf die Korrespondenz mit der Lektorin, mit der sie ja bereits gesprochen hatte, und wählte die Nummer, aber Anita Schmidt war nicht mehr da.

Dann druckte sie sich das Tagebuch noch einmal aus. Nachdem *er* es ja für historisch und sozial so interessant erachtet hatte, würde sie zu Hause weiter darin lesen.

10

Februar 1937

Das Leben hier war immer noch so verwirrend für mich. Ich fragte mich, wie es wohl der Mutter ging. Ob sie wohl zum Bader gegangen war? Was wohl Jakob gerade machte? Es ging ja bald schon aufs Frühjahr, und ins Schwabenland würde auch Jakob nicht mehr gehen. Ich traute mich nicht, meine Retterin zu fragen, ob ich eine Depesche schicken könne. Und doch erschienen sie mir so oft im Traume. Die Mutter. Der Jakob. Und Johanna. Und der Herr. Oft erwachte ich schreiend. Angelika saß dann bei mir, gab mir Likör zu trinken und strich über meine Stirn. Manchmal wiegte sie mich wie ein kleines Kind. So etwas hatte noch nie jemand getan.

Ich saß oft dabei, wenn in Angelikas Salon all diese Menschen sich trafen und über das sprachen, was ich schon im Schwabenland gehört hatte. Dass der Herr Hitler Deutschösterreich zurück zum großen deutschen Mutterlande holen wolle. Angelika sprach immer davon, dass ein Buch mit dem Titel ›Mein Kampf‹ verbrannt gehöre. Ich hörte mit Staunen und auch mit Furcht davon, dass die Deutschen am Tode des Bundeskanzlers Engelbert Dollfuß beteiligt waren.

Wir fuhren mit einem Zug ganz steil hinauf in die Seegrube und das Hafelekar. Und wir trafen einen Herrn namens Franz Baumann, der diese Bahnstationen gebaut hatte. Sie sahen merkwürdig aus. Als er mich fragte, was ich von Kunst dächte, konnte ich nur stammeln, dass ich Zeno Diemers Bild gesehen hätte. »Monumentaler Schwulst, liebes Kind«, meinte Angelika lachend. »Franz reißt die Architektur aus der Folklore.« Ich war verwirrt, auch beschämt und gleichzeitig berauscht vom Licht und von der Luft.

Unten im Tal gingen wir ins Café Central. Welch eine Pracht, diese Kronleuchter, die Kaffeehausober! Ich trank die erste Wiener Melange, und Angelika lachte mich aus, weil mir das Café besser gefiel als die Bauten ihres Freundes Baumann.

Um sieben Uhr am nächsten Morgen saß Irmi wieder im Büro und sortierte Andreas Akte. Der Schlafmangel machte sich langsam bemerkbar. Andrea hatte wirklich alles und jedes ausgedruckt, bestimmt würde das bald einmal einer merken und als Rationalisierungsvorschlag diese exzessive Papierverschwendung unterbinden.

Irmi suchte sich wieder die Telefonnummer heraus, bei der sie es gestern schon vergeblich probiert hatte. Dabei stieß sie auf die Mailadresse der Lektorin Anita Schmidt, a.schmidt@corecta-verlag.at. Beim Herumwühlen rutschten ein paar ausgedruckte E-Mails vom Schreibtisch, und als Irmi sie wieder aufhob, blieb ihr Auge an der Adressatenzeile hängen. Diese Mail war an a.schmied@corectaverlag.at gegangen. Normalerweise kamen E-Mails zurück, wenn die Adresse nicht stimmte. Das hatte Irmi wegen ihrer eigenen Schussligkeit schon öfter erleben dürfen. Aber wie dem Ausdruck ganz klar zu entnehmen war, waren da einige E-Mails hin und her gegangen:

Liebe Frau von Braun,
wir haben uns nun doch für den Titel ›Männerwelt(en)‹ entschieden. Ich hoffe, er gefällt Ihnen so gut wie uns.
Mit herzlichen Grüßen
Anette Schmied

Liebe Frau Schmied,
doch ja, ich glaube, das trifft den Inhalt ziemlich gut.
Mit freundlichen Grüßen
RvB

Liebe Frau von Braun,
Sie kommen ja nach Ostern ins Verlagshaus. Wir besprechen dann das weitere Vorgehen. Der Vertrieb und die PR-Abteilung werden auch da sein. Wir freuen uns.
Herzlich
Anette Schmied

Liebe Frau Schmied,
wunderbar. Ich hoffe, bei meinem Besuch auch schon den ersten Teil des Manuskripts fertig zu haben. Ich hatte eine Idee bezüglich des Tagebuchs.
Mit freundlichen Grüßen
RvB

Irmis Herz klopfte. Sie fuhr ihren Computer hoch und suchte nach der Homepage des Corecta Verlags. Unter dem Stichpunkt ›Das Team‹ gab es eine Vorstellung der Mitarbeiter: Anita Schmidt, Lektorin für Natur/Garten/Wald/Jagd, Anette Schmied, Lektorin Belletristik. Regina von Braun hatte mit zwei Damen konferiert! Und es war um ein zweites Buch gegangen!

Irmi saß wie auf Kohlen, bis Anita Schmidt kurz nach acht ans Telefon ging.

»Frau Schmidt, ist es richtig, dass Frau von Braun ein zweites Buch in Ihrem Verlag publizieren wollte?«

»Ähm, na ja …«

»Ja, was nun? Ja oder nein?«

»Im Prinzip ja, aber …«

»Wir sind hier nicht bei Radio Eriwan. Was ist denn so schwierig an dieser Frage?«

Frau Schmidt schnaufte wie ein Walross. »Darf ich Sie dazu mit der Verlagsleitung, mit Herrn Dr. Eberhardter, verbinden?«

»Bitte!« Tu felix Austria. Jeder, der eine Uni von innen gesehen hatte, schien da ein Doktor zu sein. Oder waren das die Italiener, die sofort Dottore oder Dottoressa wurden?

Es dauerte ziemlich lange, bis sich ein Herr Eberhardter meldete. Ohne Doktor wohlgemerkt. Bis dahin war Irmis Ohr von einem Schnaderhüpferl mit Jagdhornbläsern traktiert worden.

Der Herr Eberhardter sprach ein dezentes Tirolerisch, das durchblicken ließ, dass der Zillertaler mittlerweile zivilisiert war. Der Mann war ausgesucht freundlich, er sprach ruhig und bedächtig, dass man den Eindruck hatte, er wiege jedes Wort sorgsam ab. Natürlich war er sehr betroffen von Reginas Tod. Dann kam Irmi auf das Buchprojekt zu sprechen.

Wieder zögerte er kurz und sagt dann mit seiner angenehmen Stimme: »Sehen Sie, wir saßen wegen des Jagdbuchs zusammen und nahmen im Penz auf der Dachterrasse unsern Lunch ein. Wir waren beim Thema Wildern, natürlich. Da hat Regina von Braun gemeint, dass Frauen nie wildern würden. Wir unterhielten uns über die üblichen Mann-Frau-Klischees, und Regina von Braun begann mir ein bisschen aus ihrer Familiengeschichte zu erzählen. Der Fokus lag darauf, dass sich Frauen zwar vordergründig emanzipiert hätten, in Wahrheit aber immer noch Opfer einer Männerwelt seien. Sie ist, äh, war eine sehr charismatische Frau, und sie erzählte mir das alles in so plastischen Bildern, dass in mir die Idee reifte, daraus könnte ein Buch werden.«

»Aber es wäre dann in einer anderen Sparte erschienen, oder?«

»Richtig, wir haben eine belletristische Abteilung, ein Imprint namens Helena, wo wir vor allem Frauenliteratur verlegen. Krimis, historische Frauenromane. Sehen Sie, ich sollte das vielleicht nicht sagen, aber ich bin diese Krimis, die mit allzu vielen Klischees spielen, allmählich leid und glaube, dass gut gemachte Familiengeschichten künftig gute Chancen haben werden.«

»Und Regina von Brauns Geschichte hatte das Potenzial?«

»Unbedingt!«

»Ist es nicht ungewöhnlich, dass jemand parallel zwei Bücher schreibt?«

»Ach, es gibt viele Autoren, die parallel an mehreren Projekten arbeiten. Regina von Braun war es ein echtes Anliegen, sich auszudrücken. Sie hatte keine Scheu davor, sich zu exponieren. Auch mal zu provozieren.«

»Ja, bis in den Tod!«, sagte Irmi zynisch.

»Sie wollen nun aber nicht sagen, ihr Tod hätte etwas mit ihrem schriftstellerischen Schaffen zu tun?«

»Ich will gar nichts sagen. Ich muss nur das Mordopfer bis in den letzten Winkel ausleuchten.« In den dunklen Ecken versteckt sich gerne der Unrat eines Lebens, dachte Irmi und sagte: »Ihr Verlag scheint aber auch gerne zu provozieren? Gleich zwei Bücher einer Autorin mit wirklich brisanten Stoffen.«

»Sehen Sie, wir alle sind Opfer einer Welt, in der weniger gelesen wird. In der anders gelesen wird. In der die dezente Andeutung längst nicht mehr reicht. Auch wir müssen ...«

»... die Verkaufszahlen im Auge haben?«, unterbrach Irmi ihn.

»Wenn Sie so wollen, ja. Das ist nur legitim.«

Legitim, ja, das war es. Eventuell hatte es Regina das Leben gekostet. Aber dafür konnte sie den zivilisierten Zillertaler nicht verantwortlich machen. Regina wäre mit Sicherheit zu einem anderen Verlag gegangen.

»Lassen wir die Jagdgeschichten mal außen vor, Herr Eberharter. Wir haben Zugang zu Regina von Brauns Aufzeichnungen, in denen ein bekannter Frauenarzt namens Josef Wallner eine unschöne Rolle spielt. Sie leben und arbeiten in Innsbruck. Da kennen Sie doch mit Sicherheit Professor Dr. Karl Wallner, den Bruder des Gynäkologen. Sie werden wissen, dass er mit großem Pomp sogar eine Straße im schönen Reutte bekommen soll. Und dann werfen Sie so ein Buch auf den Markt? Ist das deshalb alles so geheim? Ihre Lektorin war ganz von der Rolle.«

»Also, geheim ist hier gar nichts! Anita Schmidt ist natürlich auch schockiert über den Tod der Autorin.« Er stockte kurz. »Mord – so etwas haben wir ja nicht so oft. Sie will nur nichts falsch machen und hat Sie deshalb zu mir durchgestellt. Das Projekt ist in einem frühen Stadium. Wir wollten erst nach Ostern den Vertrag festklopfen und die gesamte Konzeption genauer besprechen.«

»Es ging auch um ein Tagebuch«, warf Irmi ihm einen Ball zu. »Von wem stammt es?«

»Bedaure, so genau bin ich in dem Projekt nicht drin. Das hat Anette Schmied betreut, die ist aber momentan im Urlaub.«

»Und die Familie Wallner? Haben Sie nicht mit einer Reaktion gerechnet? Sie haben doch eine so gute Rechtsabteilung?« Irmi konnte auch provokant sein.

»Wir sind ein seriöser Verlag, keine Kamikazeflieger. Wir hätten da schon einen Weg gefunden.«

Er war smart, der Herr Verleger. Und wenn der Verlag wirklich in Geldnöten steckte, war der Skandal sicher mit einkalkuliert. Auch das war legitim und Usus. Skandale waren eine großartige und kostenfreie Werbung.

»Was passiert denn nun mit den beiden Büchern?«, fragte Irmi möglichst neutral.

»Das Einverständnis der Familie vorausgesetzt, wird das Jagdbuch erscheinen. Das ist ja quasi fertig.«

Die Familie? Sie bestand rein rechtlich nur noch aus Robbie, Regina hatte die Vormundschaft für ihn gehabt. Aber eigentlich war es nicht Irmis Problem, wie es mit den Projekten weitergehen würde. Ihr Problem war, dass sie einen Mörder finden musste. Oder besser gesagt, dem Hauptverdächtigen den Mord nachweisen.

»Und das andere Buch?«

»Das ist leider mit der Autorin gestorben. Wir haben ja noch kein fertiges Manuskript, nur ein Konzept. Das ist wirklich schade, ich hätte dem Buch gute Chancen eingeräumt, auf eine Bestsellerliste zu kommen. Wir hätten auch rein werblich einiges dafür getan.« Er seufzte.

Wer mochte von Reginas zweitem Buchprojekt gewusst haben? Marc von Brennerstein bestimmt, der aalglatte Schnüffler, der hatte ja lange genug ins Reginas Leben umhergespukt und sogar Tommy Wallner aufgehetzt! Und dann hätte Tommy ein noch besseres Mordmotiv, nämlich nicht die Jagdgeschichten, sondern die Story über seinen Onkel, Gott hab ihn selig, den honorigen Bürger. Und was das zweite Buchprojekt betraf, hatte der Mord sein Ziel ja auch erreicht. *Männerwelt(en)* würde nicht erscheinen. Über Irmis Rücken lief ein Schauer. Dr. Wallner würde weiter ruhen. In Frieden? In gewisser Weise hätte Irmi sich dieses Buch gewünscht, weil sie nun mal diesen Gerechtigkeitstick hatte. Andererseits war der Mann eben tot, und sicher war das Nichterscheinen des Buches für Elli Reindls Seelenruhe gut. Diese Teile der Vergangenheit würden auch zukünftig vergraben bleiben.

Der Herr Verleger versicherte Irmi, jederzeit zur Verfügung zu stehen. Er gab ihr sogar seine Handynummer. Sie legte auf und saß nachdenklich in ihrem Büro, bis Kathi hereinpolterte.

»Meditierst du?«

»Nein. Setz dich kurz, bitte.« Irmi brachte Kathi auf den aktuellen Stand der Dinge. Es war nicht zu übersehen, dass Kathi das alles sehr theoretisch vorkam. Sie setzte auf etwas weit Konkreteres. Die Kollegen in Tölz hatten nämlich ein bisschen herumgefragt, und siehe da: Der schöne Herr von Brennerstein, der mit seinem Schweißhund angeblich zu

Hause Waffen geputzt hatte, war eben doch noch weggefahren. Der Nachbar unten am Weg hatte nämlich Laufenten, und da Brennerstein vor einiger Zeit eines der Tiere überfahren hatte, schoss der Nachbar jedes Mal zur Straße hinunter, wenn er von Brennerstein kommen hörte, um ihn zu belehren, dass auf der Straße dreißig Stundenkilometer vorgeschrieben seien. Warum der Entenhalter abends noch um seine Viecher fürchtete, war Irmi etwas unklar, denn um diese Uhrzeit hätten die possierlichen Tierchen ja längst im Stall sein müssen. Füchse waren im Zweifelsfall die gefährlicheren Feinde als von Brennersteins Reifen!

»Der hat uns angelogen, der Schnösel! Bin gespannt, wie er sich da rausredet«, meinte Kathi.

»Ich auch.«

Von Brennerstein kam fünfzehn Minuten zu spät, fühlte sich aber offenbar nicht bemüßigt, sich zu entschuldigen. Er sah, das musste man zugeben, wieder sehr gut aus. Der Mann trug Joop-Jeans, Hemd und Pullover von Paco Rabanne, und die Schuhe sahen so aus, als habe ein Schuster sie handgefertigt. Aufs adelige Füßchen zugeschnitten. Der Herr Anwalt kam im Anzug, auch dieser aus erlesenem Zwirn. Beide trugen Herrendüfte, die sie dezent umschmeichelten. Irmi sah dem Anwalt auf die Hände. Gepflegt, fast frei von Falten. Ehering mit Einkaräter, eine Breitling, die sicher nicht vom Polenmarkt stammte. Irmi kam sich in ihren No-Name-Jeans und Fleecejacke extrem underdressed vor. Schmutzränder unter den Fingernägeln hatte sie auch.

»Guten Morgen, die Damen«, sagte von Brennerstein, und Kathi sah aus, als hätte sie den Typen am liebsten sofort erwürgt.

»Herr von Brennerstein, es wundert mich, dass Sie in Ihrem Alter schon an Demenz leiden«, sagte Kathi stattdessen.

Er zog die Augenbrauen hoch.

»Ist Ihnen wirklich entfallen, dass Sie an besagtem Abend doch noch weggefahren sind?«

Er zögerte nur ganz kurz. »Richtig, jetzt fällt es mir wieder ein. Ich bin noch kurz zu Ferdinand gefahren.« Er nickte seinem Anwalt zu.

Na, das war ja ein starkes Stück! Sein Anwalt war sein Alibi.

»Was Sie ja sicher bestätigen können?«, sagte Irmi süffisant und wandte sich an den Anwalt.

»Marc ist gegen acht bei mir eingetroffen. Ich kann Ihnen leider nicht genau sagen, wann er gegangen ist. Wir planen ein Charity-Ereignis mit Albert, und da hatten wir einiges vorzubereiten.«

»Albert?«

»Albert von Monaco«, erklärte von Brennerstein.

»Aha. Und das ist Ihnen bei unserem ersten Besuch entfallen? Da saßen Sie noch mit Ihrem Schweißhund zu Hause, säuberten Waffen und schmauchten ein Pfeifchen?«

»Ich rauche nicht Pfeife. Nur Havannas. Und mein Hund hat einen Zwinger. Ein Hund gehört nicht ins Herrenhaus.« Er lächelte gewinnend. »Wissen Sie, meine Damen, wir haben so viele Termine und Anlässe zu organisieren, da kann ich mich nicht an jeden erinnern. Da vergisst man schon mal den einen oder anderen.«

Klar, Anlässe, der bei Albert war ja nur einer von vielen.

An den bei William und Kate hätte er sich vielleicht eher erinnert, der Arroganzling, dachte Irmi.

»Erinnern Sie sich denn, dass Sie Thomas Wallner zu Regina von Braun geschickt haben, um die ein wenig zu erschrecken?«, fragte Kathi.

»Moment!«, rief der Anwalt. »Wer sagt das?«

»Herr Wallner.«

»Wir verwehren uns ...«, setzte der Anwalt an.

Doch von Brennerstein hob die Hand. »Lass doch, Ferdl, ich rede gerne mit den Damen.« Er suchte Irmis Blick. »Als ich von Reginas Buchprojekt erfahren hatte und sie so gar keine Einsicht zeigte, dass sie sich damit schwer in die Nesseln setzen würde und mit Prozessen rechnen müsse, da habe ich einige andere Betroffene aufgesucht. Zum Beispiel den Karwendel-Hias, aber er ist leider nicht intelligent genug, um zu verstehen, was auf dem Spiel stand. Er war sogar geschmeichelt, der arme Tropf. Thomas Wallner hingegen war durchaus klar, was dieses Buch für seine Karriere als Trainer bedeutete. Schließlich wollte er zurück ins Kader.«

»Sie haben ihm zweitausend Euro geboten, wenn er das Erscheinen des Buchs verhindert.«

Von Brennerstein lehnte sich zurück und schlug seine Beine übereinander. »Hat das dieser Thomas Wallner gesagt? Unsinn.«

Da stand Aussage gegen Aussage, so einfach war das.

»Glauben Sie mir, es macht mich sehr betroffen, wenn Herr Wallner mich da womöglich missverstanden hat. Da erschießt er die Frau, die ich einst geliebt habe!«

»Bisschen viel Theatralik, Herr von Brennerstein, oder?«

»Wissen Sie, wie es in mir aussieht?«, konterte er.

Das hier war eine Posse. Sie und Kathi sahen kein Land. Sie hatten nichts, aber auch rein gar nichts, was sie ihm nachweisen konnten.

»Und was war mit dem zweiten Buch von Regina?«, fragte Irmi.

»Wie meinen?«

»Na, diese Familiengeschichte. Aus Reginas Aufzeichnungen geht hervor, dass sie mit Ihnen über ihre Familie gesprochen hat.« Das war erstunken und erlogen, aber würde das Vögelchen hoffentlich zum Singen bringen. Kathi bewahrte gottlob die Contenance.

»Ja, gut, sie hat mit der Behinderung ihres Bruders und dem frühen Tod ihrer Mutter gehadert. Beides hätte ihrer Meinung nach verhindert werden können.«

»Waren Sie da anderer Meinung?«

»Wie will ich eine ferne Vergangenheit bewerten? Über Menschen urteilen? Ich war nicht dabei.«

»Aber die Vergangenheit reicht in die Gegenwart, schließlich richtet sich Reginas Hauptanklage gegen einen Gynäkologen, dessen Bruder ausgerechnet der Vater von Thomas Wallner ist.«

Dem Anwalt war anzusehen, dass ihm die Situation entglitt. Bisher hatten sie alles so gut eingeübt.

»Haben Sie mit Thomas Wallner über das zweite Buchprojekt gesprochen?«, fuhr Irmi fort.

Von Brennerstein überlegte ein bisschen zu lange.

Wieder pokerte Irmi hoch. »Sie haben nicht mit Thomas Wallner, sondern mit seinem Vater darüber gesprochen, nicht wahr?«

»Ja, ja, Sie haben recht. Karl Wallner ist ein Jagdfreund, sein Anwesen grenzt an unsere Ländereien an. Ich habe mit mir gerungen, bei Gott.«

»Warum?«

»Ich wusste lange nicht, dass Tommy der Sohn von Karl ist. Karl hält sich, was seinen Sohn betrifft, sehr bedeckt. So viel Kontakt haben wir auch gar nicht, als dass ich Einblick in seine persönlichen Verhältnisse hätte. Er ist ein feiner Waidmann, dafür schätzt man sich. Der Junge hat ihn wohl ziemlich enttäuscht. Aber als ich die Zusammenhänge begriff, sah ich es als meine Pflicht an, Karl Bescheid zu geben.«

»Das Pflichtgefühl mal wieder! Und wie hat er reagiert?«, wollte Irmi wissen.

»Er war natürlich schockiert.«

»Vor allem weil Reutte ihm nun ein Sträßchen widmet!«

»Nun, ich habe mit mir gerungen, wie gesagt. Aber dann fand ich es durchaus legitim, dass ein Mann von Ehre erfährt, dass sein Bruder verunglimpft wird. Da wird eine Straße nach ihm benannt, und später erscheint ein Buch mit diesem verunglimpfenden Inhalt über seinen Bruder. Da machen sich doch alle unmöglich. Ich sah es als meine Pflicht an, auch ich bin ein Ehrenmann.«

Dass von Brennerstein vergleichsweise viel sprach, war sicher ein Zeichen von Unsicherheit, dachte Irmi.

»Nun gut, Sie bestätigen also das Alibi von Herrn von Brennerstein?«, fragte Irmi den Anwalt.

»Selbstredend, ich gebe das auch gerne schriftlich zu Protokoll. Ich hoffe, wir konnten Ihnen weiterhelfen?«

Am meisten würde es mir helfen, wenn ich dir mit dem

nackten Arsch ins Gesicht spränge, dachte Irmi, lächelte aber stattdessen und sagte: »Sicher.«

Kaum waren die beiden draußen, brach es aus Kathi hervor: »So eine Scheiße!«

»Allerdings.«

»Was machen wir denn jetzt?«, fragte Kathi.

Von Brennerstein hatte sie wieder ausgetrickst und manipuliert: Denn nun hatte er die Schuld erst recht auf Tommy abgewälzt oder auch auf dessen Vater, der sicher so ehrpusselig war, dass er keine Schmähschrift über seinen Bruder lesen wollte.

»Wir reden jetzt noch mal mit Tommy!«, beschloss Irmi.

Der sah inzwischen wirklich schlecht aus. Gefängnisaufenthalte waren für Bewegungsmenschen einfach nicht geeignet. Tommy gab nun auch zu, mit seinem Vater gesprochen zu haben. Der Vater hatte ihn nach dem Anruf des Herrn von Brennerstein tatsächlich aufgesucht, nach drei Jahren zum ersten Mal. Dabei hatte Vater Wallner vermutlich auch einen Einblick in die sagenhafte »Ordnung« bekommen, die sein Sohn bezüglich seiner Waffen einhielt.

»Was wollte dein Vater?«

»Hallo sagen …«, kam es gedehnt von Tommy.

»Tommy, es reicht! Einfach mal Hallo sagen! Nachdem er dich verstoßen hatte, weil du ein dämlicher Loser bist, der sein ganzes Leben lang nix auf die Reihe kriegt.« Kathis Stimme war schrill.

Er schluckte schwer am Klops des »dämlichen Losers«. Das Gefühl hatte ihn sicher durch sein Leben begleitet, sein Vater würde ihm das oft genug gesagt haben. Ihn spüren lassen, dass er eines Herrn Professor Wallner nicht würdig war.

Solche Verletzungen sitzen tief, sind Brandmale, die lediglich ein wenig verblassen. Hatte Tommy seinem Vater beweisen wollen, dass er eben doch zu etwas nutze war? Hatte er deshalb Regina erschossen? »Über Marc von Brennerstein wusste Ihr Vater von Reginas Buch, nicht wahr?«, fragte Irmi nach.

»Ja. Er hat gesagt, dass er es nicht tolerieren werde, dass ich ihn schon wieder lächerlich mache. Und dass ich diese Regina stoppen soll.« Er schaute erschrocken hoch.

»Tommy«, sagte Irmi vorsichtig. »Wovon sprach er? Nur von dem Jagdbuch?«

Tommy war wirklich völlig durch den Wind. »Ja, sicher. Wovon denn sonst?«

»Wussten Sie, dass eine Straße nach Ihrem Vater benannt werden soll?«

»Selbst ein so dämlicher Loser wie ich liest Zeitung. Darum ist mein Alter ja auch gekommen. Weil er nicht noch mehr Schande ertragen kann, die sein dummer Sohn über ihn bringt.«

Tommy hatte tiefe seelische Verletzungen davongetragen, da war sich Irmi sicher. Obwohl er deutlich jünger war als sie, stammte ihr Vater aus jener Generation von Eltern, aus deren Sicht das Kind in jedem Fall unrecht hatte. Ohne es zu hinterfragen, hatten unfaire und quälerische Lehrer recht bekommen. Ohne es zu hinterfragen, hatte man sich beim Nachbarsbuben entschuldigen müssen, dem man eine Zaunlatte auf den Kopf geschlagen hatte. Dass der wiederum ständig das Meerschweinchen gequält hatte, das hatte der Vater nicht wissen wollen. Ohne es zu hinterfragen, war man beschimpft worden, weil man wieder nur einen Dreier geschrieben hatte. Dabei war der Schnitt der Klassenarbeit vielleicht so schlecht gewesen, dass die Drei die beste Note gewesen war. Irmi konnte sich an dieses ohnmächtige Gefühl bis heute erinnern. An die Verzweiflung, unfair behandelt worden zu sein.

Heute lief das ganz anders. Die Kinder, insbesondere die Einzelkinder von sehr spät Gebärenden, hatten immer recht. Sie durften sich danebenbenehmen, man verklagte stattdessen die Lehrer. Mit ausreichend Druck und Geld und Juristerei konnte man den Hinauswurf einer Erzieherin bewerkstelligen. Man trichterte dem Nachwuchs ein, wie grandios er sei. Schon mit der Muttermilch tropfte grenzenloses Selbstbewusstsein ins Ich. O ja, da rollte eine Welle neurotischer Egomanen auf die Welt zu!

Tommy tat ihr leid. Und das Gefühl, als Kind missachtet worden zu sein, erschien ihr ein weit besseres Motiv zu sein als die in Aussicht gestellten zweitausend Euro.

»Ja, und dann? Was geschah nach dem Besuch Ihres Vaters?«

»Das hab ich euch doch schon hundert Mal gesagt. Ich war bei Regina, aber sie hat abgewiegelt. Hat gesagt, dass sie immer noch selber entscheiden werde, was sie schreiben will. Sie und der Verlag. Und sie hat gesagt, dass jeder Mensch ein Recht habe, zu wissen, wo er herkommt, um entscheiden zu können, wo er in Zukunft hingeht. Dass jede Familiengeschichte etwas mit der eigenen Identität zu tun habe. Und dass man sich stellen müsse. Dass das alle müssten.«

Irmi sah ihn genau an. Tommy Wallner wirkte verwirrt und konzentriert zugleich. »Kam Ihnen das seltsam vor?«

»Sie war komisch, wie gesagt. Aufgewühlt irgendwie. Ich hab gar nicht verstanden, was sie eigentlich gemeint hat. Dann hab ich noch mal gesagt, dass sie einen Fetzenärger von uns allen kriegt, und bin gegangen. Ich hab sie nicht erschossen.«

Und das glaubte Irmi ihm sogar. Dennoch verschwand Tommy wieder in seinem Zuhause auf Zeit, denn die Staatsanwaltschaft war dafür, ihn weiter mürbe zu kochen, bis er gestehen würde.

»Sein Vater hat ihm sicher jedes Selbstbewusstsein geraubt«, meinte Kathi. »Manchmal bin ich froh, dass ich meinen Vater nicht mehr groß erleben musste. So eine Scheißwelt!«

Irmi lächelte müde. »Was muss Tommys Vater manipulativ sein! Da weiß er von dem zweiten Buch und spricht doch nur von den Jagdgeschichten. Lenkt seinen Sohn geschickt. Lässt ihn an den Fäden wie eine Marionette tanzen!«

»Du willst also sagen: Mord durch Manipulation. Von Brennerstein wäre damit raus. Den fiesen Schnösel und seinen noch schnösligeren Anwalt kriegen wir nie dran, oder?«

»Ich weiß es nicht. Ich weiß gar nichts mehr.«

Es war Donnerstagnachmittag. Die Staatsanwaltschaft hoffte darauf, dass Wallner morgen gestehen würde. Falls nicht, würde ihn ein weiteres Wochenende endgültig brechen.

»Wir könnten Wallner senior in Innsbruck besuchen, das wäre ein netter Ausflug!«, sagte Kathi plötzlich.

»Kathi, wir sind da nicht zuständig. Wie müssen offizielle Wege einhalten.«

»Ich hab da ein paar Ideen! Lass mich machen. Wir treffen uns morgen um acht im Büro.«

»Kathi, das ...«

»Fahr heim. Schmeiß dich in die Badewanne. Trink ein Bier! Bis morgen.« Kathi rauschte hinaus.

Badewanne klang eigentlich gut. Leider wurde daraus nichts, weil das Wasser auf dem Hof kalt blieb. Himmel, wenn jetzt auch noch die Heizung kaputtging – gar nicht vorzustellen!

Ihr Handy ging, als sie schon im Bett lag. *Er* war dran und beschwerte sich, dass er nun in Rovereto ganz allein in einem seltsamen Designhotel liege, das Nerocubo heiße und quasi fast auf der Autobahn stehe. Dass er gleich das Tagebuch lesen werde, wobei er sich durchaus Besseres für die Nacht vorstellen könne. Sie alberten eine Weile hin und her, Irmi ließ jede Vorsicht fallen und erzählte von ihrem Verdächtigen. Dass er darauf bestand, nicht geschossen zu haben – obwohl er nachweislich vor Ort gewesen war, die Waffe im Kofferraum gehabt hatte und felsenfest behauptete, sein Auto abgesperrt zu haben.

»Das glaubt ihm natürlich keiner!«, schloss Irmi.

Er hörte die Zwischentöne sehr wohl. »Du glaubst ihm? Die anderen glauben ihm nicht, oder?«

»Ja«, sagte Irmi genervt. »Weil ich eine Idiotin bin.«

»Find ich nicht. Ich meine, wenn du etwas weiter ins Wesen der Autoknacker eindringen möchtest: Die haben längst Peilsender, mit denen sie den Schließvorgang eines Autos unterbrechen. Dann können sie den Wagen in aller Seelenruhe klauen. Jemand hätte deinen Verdächtigen beobachten und das Schließen verhindern können. Dann kann er geschossen und die Waffe zurückgelegt haben. Ich weiß ja nicht, in welchem zeitlichen Umfang du dich bewegst, aber so was geht relativ einfach.«

Irmi war wie elektrisiert. »Das haut mich jetzt etwas um.«

»So bin ich! Umhauend und immer zu Diensten!« Er lachte. »Bella, ich muss jetzt mit so einem Doppeldottore essen gehen. Ich lese später dein Buch. Buona notte, carissima.«

Als er aufgelegt hatte, war Irmi immer noch platt. Da hätte eine Person Tommys Auto geöffnet, die Waffe genommen, geschossen, die Waffe wieder hineingelegt und wäre verschwunden. Eigentlich unglaublich und doch ... Wem traute sie das zu? Von Brennerstein, klar! Oder Wallner senior? Würde der seinem eigenen Sohn einen Mord anhängen? So manipulativ, wie dieser Mann war: ja!

Kathi war am nächsten Morgen pünktlich und hatte Neuigkeiten dabei. Ein Onkel von ihr lebte in Innsbruck und war Militärhistoriker. Auch so ein honoriger Mann, und in einem kleinen Land wie Österreich, in einem kleinen Bundesland wie Tirol und erst recht in Innsbruck kannte man sich. Kathis Onkel war recht schnörkellos und hatte Karl Wallner als »a g'scheits Arschloch« bezeichnet, erzählte sie auf der Autofahrt nach Innsbruck. Das war für einen bekannten Wissenschaftler nicht unbedingt ein angemessener Sprachduktus, der Spruch war aber von Herzen gekommen. Wallner war wohl einer, der immer was zu stänkern hatte. Auf höchstem Niveau natürlich.

»Der Onkel hat gesagt, der Wallner habe an vorderster Front gestanden, als Rudi Wach seine Statue dann doch aufstellen durfte.«

Weil Irmi einerseits gerade um die Kehre am Zirler Berg kurbelte und zudem wohl etwas sparsam schaute, erklärte Kathi: »Auf der Innbrücke steht seit Oktober 2007 eine Christusstatue, die der lokale Künstler Rudi Wach schon in den Achtzigerjahren für genau diesen Platz konzipiert hatte. Aber Jesus hatte keinen Lendenschurz um, und das fanden auch 2007 einige skandalös. Darunter auch Wallner, und der hat seinen Bekanntheitsgrad genutzt, und fast wäre der INRI abgehängt worden. Der Onkel meinte, dass sich Wallner immer hervortut, wenn es um die Erhaltung der Tradition und der Werte ginge. Der hat es wohl sogar geschafft, in den Bars in den Viaduktbögen eine Halloweenfete zu verhindern, weil Halloween so böse amerikanisch sei und nichts mit dem ach so schönen Brauchtum in Tirol zu tun habe.«

Das klang interessant. Ein Brauchtumsbewahrer mit Einfluss – so ein Mann würde alles tun, um das Ansehen seines Bruders zu schützen. Alles?

Kathi hatte zudem den österreichischen Kollegen Helmut Stöckl aktiviert. Vielleicht machte die Tiroler Uniform Eindruck auf den Herrn Professor. Das war natürlich alles irgendwie inoffiziell und informell und hatte auch damit zu tun, dass Helmi Stöckl einst mit Kathi liiert gewesen war. Kurz nur, aber Kathi war immer nur sehr kurz liiert. Ein Zufall war ihnen zupass gekommen, denn der große Professor Dr. Wallner hatte eine großzügige Donation an eine polizeinahe Stiftung gemacht, und so hatte Helmi zumindest in dieser Sache die hochoffizielle Aufgabe, einen Blumentopf und Whiskey zu übergeben. Zufällig waren dann halt zwei deutsche Kolleginnen dabei ... Irmi hatte den ganzen Plan für völlig absurd erklärt, aber auf die Schnelle fiel ihr auch nichts Besseres ein. Man würde sehen.

Was sie sahen, war erst einmal eine Bergfahrt jenseits des Inns, hinauf Richtung Hungerburg, und so wie Helmi Kathi anstrahlte, schien er immer noch interessiert zu sein. Aber für Kathi war er sicher viel zu normal. Dabei sah er gut aus, war charmant, sicher kein hirnloser Depp. Er hatte außer Skifahren keine abstrusen Hobbys und trank wegen einer Alkoholallergie fast nichts. Er spielte keine Ballerspiele, baute keine Flugzeugmodelle oder Fantasykrieger. Er hatte sich einen alten Bauernhof renoviert und bewohnte eine Hälfte davon. Er war definitiv nicht schwul, für einen Enddreißiger eigentlich makellos. Dass er anscheinend selten Freundinnen hatte, lag wohl am Job und vielleicht daran, dass er immer noch auf Kathi stand. Armer Kerl, dachte Irmi.

Der Herr Professor residierte am Hang mit Blick über die Alpenstadt. Seine pompöse weiße Villa mit Erkern und viel Schmiedeeisen war das, was Immobilienmakler als ›The Art of Living‹ bezeichnet hätten. Irmi fand es auf den ersten Blick scheußlich. Die Zufahrt war gekiest, mit Sicherheit harkte hier jemand täglich. Die Tür wurde von einem Hausmädchen mit slawischem Zungenschlag geöffnet. In der Eingangshalle drohte man zu erblinden. Alles war weiß, so was von weiß! Marmor am Boden, helle Marmorsäulen, Lüster in transparentem Kristall, gleißendes Licht, ja, man konnte hier nur schneeblind werden. Sie wurden nach links in einen Salon geführt, der auch in Weiß gehalten war. Weiße Lederfauteuils, dazu Tische in Stahl. Das war sicher sündhaft teures Industrial Design und wirkte unglaublich kalt.

Der Herr Professor kam wie bei einem Bühnenauftritt aus

der Bücherwand, dieser Effekt war schon beeindruckend. Eine Wand, die sich wie in Bond-Filmen einfach öffnete. Herr Professor Wallner war ein großer, schwerer Mann mit grauweißem Haar, das definitiv zu lang war für einen Mann seiner Altersklasse. Es hatte sich vorn zwar gelichtet, aber den Rest trug er nach hinten gekämmt wie eine Löwenmähne. Er war unverschämt braun für die Jahreszeit und grün gewandet. Es war offensichtlich, dass er sich bereits zum Jagen angezogen hatte, allein die Lodenpantoletten mit Hirschemblem würden wohl noch gegen einen passenderen Stiefel ausgetauscht werden.

Wallner war anzusehen, dass dieser Besuch zeitlich gar nicht passte, er gab sich dennoch jovial, hieb Helmi mehrfach vertrauensbildend die Hand auf die Schulter. Die Anwesenheit von Irmi und Kathi hatte er mit einem »Grüß Sie Gott« wahrgenommen, ansonsten waren sie einfach Fußvolk. Der Herr Professor war Ovationen gewohnt, solche Pflichttermine erledigte er sicher häufiger. Wer wollte sich denn da alles Fußvolk merken? Er bot ihnen auch keinerlei Getränk an, klar, besonders opulent war ja der Blumentopf nicht und der Bowmore sicher kein Schmankerl vom Format des Herrn Professor.

Irmi ließ den Blick schweifen. Unter dem gedrehten Gehörn einer Antilope hing ein Bild einer Männergruppe mit Tafelberg im Hintergrund.

»Ach, der Herr von Brennerstein in Südafrika«, bemerkte Irmi.

»Wie belieben?«

»Sie waren mit Marc von Brennerstein in Südafrika?«

»Ein leidenschaftlicher Jagdkollege, der gute Marc. Kennen Sie ihn?« Irmi schien in seinem Interesse zu steigen.

»Ja, aber leider hatte ich nicht das Vergnügen, seine Partnerin Regina von Braun kennenzulernen. Die wurde nämlich ermordet, vielleicht weil sie mit ebenso großer Leidenschaft ihre Buchprojekte verfolgt hatte.« In dem Moment fand sich Irmi selber richtig gut. Diese Ungerührtheit, mit der sie das vortrug!

Der Herr Professor war natürlich kein Depp, aber er war auch einer von der Sorte, die Hindernisse elegant übersprangen oder mit entsprechenden Beziehungen wegräumen ließen. Er nahm Irmi einfach nicht ernst.

»Ach, daher weht der Wind, meine lieben Damen. Marc hat mir von diesem lächerlichen Buch erzählt, in dem ich keine Rolle spiele. Schade eigentlich.« Er lachte polternd.

»Nun, ich meine auch nicht das Jägerbuch – nein, ich meine das Buch über Ihren Bruder. Das kommt so ganz und gar unpassend zum Sträßchen in Reutte, nicht wahr, Herr Professor Wallner?«

»Meine lieben Damen, sollten Sie mich befragen wollen, dann halten Sie doch bitte den Dienstweg ein, ja? Und Sie, Stöckl, das wird ein Nachspiel haben, dass Sie ...« Er sprach nicht zu Ende, aber sein Blick sprach Bände.

Das war nicht anders zu erwarten gewesen. Wallner klingelte das Hausmädchen herbei, und sie wurden hinauskomplimentiert.

»Ich hoffe, du kriegst keinen Ärger«, sagte Irmi, als sie wieder im Kies standen.

Helmi lachte. »Naa, der Chef hat aa Humor. I kann doch nix dafür, was ihr so dumm daherreds. Des passt scho. Mir werden dann eh zammarbeiten müssen, oder.«

Ach, er konnte das »oder« auch so schön betonen! Er würde so gut zu Kathi passen, dachte Irmi.

»Ja, ich möchte in jedem Fall eine offizielle Befragung. Ich will wissen, ob er ein Alibi für die Mordnacht hat.« Irmi erzählte dann noch von den Peilsendern. Kathi schaute verblüfft, aber Helmi kannte so was. »Jo sicher. So was gibt's. Mir in Österreich kennen das schon lange. Ich mein, das Verbrechen wandert westwärts. Und mir hatten ja immer schon, ich mein historisch bedingt, den Balkan vor der Türe.«

Irmi lachte. »Und nun?«

»Wenn ihr grad da seids. Geh mer was essen?«

»Gute Idee!«

»Schick oder traditionell?«

Sie sahen sich alle drei an und sagten unisono: »Traditionell.«

»Geh mer!«, meinte Helmi, und sie fuhren ins Gasthaus Koreth und aßen Graukas, Schlutzer und Gröstl – herrlich ungesund und herrlich lecker!

Irmi setzte Kathi am Büro ab. Als sie gegen vier Uhr daheim war, bot sich ihr das gewohnte Bild. Bernhard war im Stall, und die Kater glänzten durch Abwesenheit. Irmi gönnte sich ausnahmsweise etwas, was ihr hinterher peinlich war: Sie legte sich hin und verschlief zwei Stunden.

Sozusagen als Buße deckte sie für Bernhard den Tisch mit einer Brotzeit, wobei der vernachlässigte Kühlschrank leider nicht mehr viel hergab. Irmi beschloss für Montag den ungeliebten Großeinkauf, plauderte mit dem Bruder über dies und das und winkte ihm nach, als er zum Wirt aufbrach.

Zum Glück hatte Bernhard die Heizung wieder zum Laufen gebracht.

Heute empfand sie die abendliche Stille als sehr wohltuend. Konnte sie schon wieder ins Bett gehen? Klar, warum nicht? Sie nahm das Tagebuch mit und begann noch einmal ganz von vorn zu lesen.

11

Juni 1937

Ein Wunder ist es, einfach ein Wunder. Vor drei Monaten wurde mir das Kindelein geboren. Angelika hat geweint, alle die Dichter und Maler brachten Geschenke, ich war so beschämt. Aber das schönste Geschenk war, dass eines Tages im April der Jakob plötzlich in der Küche stand. Vor lauter Freude kippte ich alle Kartoffeln aus, die daraufhin über den Boden sprangen und Jakob hinterher.

Angelika hatte ihn holen lassen, sie hatte ihm bei einem Freunde eine Anstellung in einer Werkstatt verschafft, die Flugzeuge instand setzt. Man stelle sich vor, es gibt Vögel aus Stahl, die Menschen tragen, auch vor den Toren Innsbrucks ist so ein Flugplatz. Jakob war so geschickt und anstellig, dass sie ihn lehren wollen, so ein Teufelswerk zu fliegen. Jakob paukt nun jeden Abend. Ich hätte dem Jakob so etwas gar nicht zugetraut. Und jetzt wird er nicht bloß Zugführer, sondern auch noch Flugzeugführer. Für mich ist das immer noch Hexenwerk. Angelika lachte mich aus, als ich ihr erzählte, wie ich seinerzeit gedacht habe, Jakob würde wie alle Lechtaler immer im Lechtal bleiben mit seinen paar Stück Vieh. Weil das für unsereins einfach vorgezeichnet ist. »Jeder Mensch hat Flügel, er muss sie nur nutzen. Und der Jakob ist einer, der Schwingen wie ein Adler besitzt. Der Jakob wird aber nicht wie Ikarus verbrennen, dazu halten ihn seine Lechtaler Wurzeln fest.« Das hat Angelika gesagt.

Sie schreibt wieder an einem Buch, sie demonstriert gegen diesen Herrn Hitler. Sie ist so mutig. Der Jakob hat auch Kunde von daheim mitgebracht. Die Johanna hat einen Mann in Reutte gefunden. Einen Kaufmann mit einem gut gehenden Geschäft. Der war zwar zehn Jahre älter, aber rührend besorgt um die Johanna, und so hatte ich nun eine Adresse und konnte mit meinem Gschwisterikind in Kontakt treten. Die Mutter war beim Bader gewesen, sie hatte vom Doktor auch ein Pulver für ihr Herz erhalten. Der Jakob meinte, es ginge ihr gut, aber meine Frage, ob sie sich nach mir oder dem Kind erkundigt hatte, verneinte der Jakob.

Irmi war aufgewühlt, wie das junge Mädchen diesen steten Missbrauch beschrieben hatte. Was war das für eine Welt damals gewesen? Sie hatte so oft mit den niedersten Instinkten der Menschen zu tun, warum traf sie das Geschreibsel eines unbekannten Mädchens so ins Mark? Vielleicht, weil es ihr in geschriebener Form aus einem Tagebuch entgegentrat? Nicht umsonst war das Tagebuch der Anne Frank eines der berühmtesten Bücher der Welt geworden.

Irmi träumte von Lawinen und von Kindern in Lumpen und von einem riesigen Kamin. Am nächsten Morgen erwachte sie wie gerädert. Sie hielt die Augen geschlossen, um sich zu erinnern, was sie eigentlich geträumt hatte. Da war auch ein Bild von einem Elch gewesen, ein Ölbild. Da waren dunkle Wälder gewesen. Und auch jetzt, in diesen wenigen Minuten zwischen Schlaf und endgültigem Erwachen, vermengte sich alles zu einem undurchdringlichen Gespinst.

Bernhard, das Phantom, war schon wieder weg. Wenn sie nicht ganz sicher gewusst hätte, dass sie einen Bruder besaß, hätte sie manchmal an seiner Existenz gezweifelt. Sie kannte keinen Menschen außer ihm, der das so gut beherrschte: Gerade noch da, dann spurlos verschwunden. Kaffee gab es auch keinen. Irmi kochte sich einen, beschloss zum millionsten Mal, endlich einen schicken Vollautomaten zu kaufen, und wusste doch, dass sie das nicht tun würde. Der Keramikfilter auf der alten Kanne tat es auch!

Zwei Tassen später war die Zwischenwelt verflogen, wie Nebel hatte sie sich verflüchtigt. Die Realität stand klar vor ihr: Am Montag würden sie die Befragung mit Tommy weiterführen, und insgeheim wünschte sie sich, er würde gestehen. Für sie alle.

Sollte sie das Tagebuch zu Ende lesen? Irgendetwas hielt sie zurück, irgendetwas trieb sie hinaus aus ihrer Küche. Wer warst du, Anna aus Hinterhornbach?, dachte Irmi und lenkte ihr Auto hinaus nach Garmisch und Grainau, vorbei an Lähn, hinunter nach Reutte. In Weißenbach hielt sie an. Betrat den Friedhof. Gleich das erste Grab links zierte ein weißer Jüngling mit Schleife. Das erste Grab rechts war unauffällig, und weiter hinten an der linken Mauer entdeckte sie ein Grab, das völlig überwuchert war. Lag hier irgendwo Kathis tot geborene Schwester? Hier hieß man Wechselberger, Falger oder Knittl – es war so wenig, was von einem Leben übrig blieb. Von einem ungeborenen fast nichts. Wie bei der Tierkörperverwertung hatte der Kindsvater es entsorgen wollen. Ellis Worte hallten nach.

Der Lech führte momentan viel Wasser, die Zeit der Schneeschmelze machte einen gefährlichen Fluss aus ihm. Im Sommer offenbarte er endlose Kiesbänke, einer Steinwüste glich, durchzogen von einem lächerlichen

Rinnsal. In Stanzach dann: Hosp Schuhe, Sport Fredy, das alles hatte es zu Zeiten der Anna sicher nicht gegeben. In Vorderhornbach stoppte Irmi erneut und las die Inschrift an einem Haus:

Dies Haus ist mein und ist nicht mein
Es wird auch nicht des zwyten seyn
Und sollt es auch der dritte sehen
So wird es ihm wie mir ergehen
Der vierte muss auch ziehen aus
Nun sag mir wessen ist dies Haus?

Fortgetrieben hatte das Lechtal seine Kinder! In diesem kleinen Vers lagen so viele tragische Leben. Irmi fuhr weiter, die Straße stieg an. Was für ein sagenhaft schönes Tal, was für ein schmucker Ort mit einer großen Kirche! In welchem Haus hast du gelebt, Anna?

Irmi hielt am Gasthof Adler an. Die Sonne setzte dem Schnee zu, die meisten Flanken in Ortshöhe waren schneefrei. Sie stieg eine Weile bergan Richtung Joch. Setzte sich bei ein paar Almhütten in die Sonne. Drüben auf der andern Talseite entdeckte sie ein paar Tourengeher. Hier hießen die Häuschen nicht Almhütten, sondern Alpen.

Sie war nicht weit gegangen, nicht hoch hinausgekommen, aber oft reichten schon hundert Höhenmeter für einen neuen Blickwinkel.

Irmi ging talwärts, bestellte im Gasthof in der urigen Stube einen Bauernwurstsalat und ein Bier. Während sie wartete, las sie auf einem Zettel die *Kleine Chronik von Hinterhornbach*. 1891 Erhebung zur eignen Pfarrei. 1912–1914 Bau der Straße von Vorderhornbach nach Hinterhornbach. 1913 erste Fahrräder im Dorf, Anna hatte sicher keins gehabt. 1924 erstes Auto von Graf Beroldinger. 1932 Beginn des Schulhausbaus, lange hatte Anna da also nicht die Schulbank gedrückt. Sie war zwölf gewesen, als die Schule gebaut wurde. 1949 Einführung des elektrischen Lichts. 1959 erstes Telefon beim Adlerwirt. 1959 – das stelle man sich vor! Zehn Jahre später war man zum Mond geflogen!

Irmi aß den überaus köstlichen und üppigen Wurstsalat und blickte nebenbei in die Blätter. Kaute und las weiter. Ihr Magen rebellierte auf einmal. Eine Erregung überflutet sie. Wie hatte sie so blind sein können? Der Dialekt war ihr aufgefallen. Dieser Dialekt, der irgendwie allgäuerisch klang, aber auch leicht tirolerisch, wie man es in Innsbruck sprach. Warum hatten da nicht gestern Abend schon die Alarmglocken geläutet? Aber was nutzte ihr dieses Wissen nun?

Sie ließ die Hälfte stehen und beteuerte noch, dass es nicht an der Qualität des Salats gelegen habe.

Dann fuhr sie durchs Lechtal und wieder durch Reutte. Alle schienen beim Shopping zu sein. Kurz vor Lähn überlegte sie noch, ob sie bei Kathi vorbeifahren sollte. Stattdessen rief sie an und hinterließ ihr eine Nachricht auf der Mailbox: »Kathi, rufst du mich bitte an? Ich bin da auf was Interessantes gestoßen.«

Sie zögerte kurz und wählte dann seine Nummer. Auch er hatte die Mailbox an. Wahrscheinlich verbrachte er den Tag mit dem Doppeldottore. Geschäftsabschlüsse in Italien hatten häufig mit viel mangiare und parlare zu tun. Und wenn das eine Doppeldottoressa war? Du wirst jetzt auf deine alten Tage nicht auch noch eifersüchtig, sagt sie sich und lächelte in sich hinein, während sie auch ihm eine Botschaft hinterließ: »Hallo, ich hoffe, dein italienisches Programm ist bene. Ich hab das Tagebuch fast fertig gelesen. Und ich glaub, ich weiß, wer diese Anna aus Hinterhornbach war. Meld dich mal.«

Irmi bog zum Gut hin ab, die Straße schien jedes Mal schlechter zu werden. Der Winter hatte die Schlaglöcher geschaffen, die Regentage und die Schneeschmelze hatten sie noch tiefer ausgewaschen. Es war halb vier, und es roch ein klein wenig nach Frühling. Irmi parkte vor dem Seminarhaus und rief laut »Hallo«. Wahrscheinlich war Veit Bartholomä irgendwo bei den Tiergehegen. Robbie war auch nirgends zu sehen, aber der war ja immer in der Lage, wie aus dem Nichts aufzutauchen. Ein bisschen wie ihr Bruder Bernhard. Robbie mit dem Klapp, Robbie das Genie. Vielleicht beobachtete er sie sogar von irgendwo und hatte seine Freude an diesem Spiel.

Irmi lenkte ihre Schritte zum Haupthaus. Es gab keine Glocke, auch keinen Türklopfer. Sie drückte die Klinke hinunter und fand sich in der Halle wieder. Der riesige Elch in Öl starrte sie an, und sie wurde das Gefühl nicht los, dass er heute besonders grimmig aussah. Irmi rief wieder »Hallo«, bekam aber keine Antwort.

Sie ging in die Küche. Jemand hatte Kartoffeln geschält, auf dem Herd stand auch schon ein Topf mit Wasser. Helga Bartholomä musste irgendwo in der Nähe sein. »Hallo, Frau Barthomomä!« Wieder keine Antwort.

Irmi trat etwas unschlüssig von einem Fuß auf den anderen und beschloss, draußen weiterzusuchen. Die Küche hatte eine Art Lieferanteneingang, einen Dienstbotenzugang nach hinten, eine kleine Tür, die durch einen schmalen Raum mit einem Alibertschrank führte. Noch so ein Trum wie schon in der Speis der Seminarhausküche. Die von Brauns waren definitiv die Retter des Aliberts.

Unwillkürlich blickte Irmi in den Spiegel des kleinen Schranks. Es war seltsam, aber Spiegel zwangen sie zum Hineinsehen. Spiegel waren Gaukler, denn auch sie konnten die Realität verzerren. Es gab freundliche, die eine schlankere Silhouette zauberten. Solche liebte Irmi. Es gab auch die gnadenlosen, bevorzugt in den Umkleidekabinen der Kaufhäuser und Geschäfte. Irmi fragte sich immer, warum diese Läden nicht stattdessen Schlankspiegel installierten. Den Umsatz hätte das garantiert angekurbelt.

Der Alibertspiegel war auch nicht gerade freundlich zu ihr. Ihr Mondgesicht kam hier besonders gut zur Geltung. Noch während sie sich über die Unbarmherzigkeit des Spiegels ärgerte, sah sie plötzlich, wie aus dem rechten Flügel des Schränkchens die Ecke eines Fotos herausspitzte. Es war ein Foto mit gezacktem Rand, und Irmi konnte nicht widerstehen und öffnete die Tür.

Das Bild segelte zu Boden, es war ein altes, vergilbtes Foto. Vor dem Gemälde des Elchs auf dem Eisbärfell standen drei Jugendliche. Sie sahen aus, als stünde ihnen eine Erschießung bevor, so erschreckt blickten sie. Den Elch kannte Irmi, die drei jungen Leute nicht, aber sie ahnte schon, wer das war: Anna, Jakob und Johanna aus Hinterhornbach. Das Bild hing in einem Salon, nicht hier in der Halle.

Im Alibert lag ein zerfleddertes Buch. Es musste Annas Tagebuch sein, und zwar das Original. Fast ehrfürchtig blätterte Irmi um. Im Original war die Schrift viel gestochener als auf den Scans – sie konnte die Einträge sogar auf Altdeutsch lesen. Es war offensichtlich, dass einige Seiten verloren gegangen waren, denn das Bändchen, das die Seiten zusammengehalten hatte, war gerissen. Das Tagebuch ging erst 1952 weiter.

April 1952

Helga macht mir so viel Freude. Helga steht für Glück und Gesundheit. Ich bete zu Gott, dass das Kind immer glücklich sein wird. Der Jakob war wieder da. Er ist bei den Franzosen ein gefragter Mann. Er fliegt sogar Offiziere. Mein kleiner Jakob spricht nun auch Französisch. Wir haben hier oft Franzosen der Besatzungsmacht zu Gast. Auch ein neues junges Mädchen. Sie ist schwanger von einem Franzosen und wurde von ihren Eltern enterbt und schwer geschlagen. Ihr zugeschwollenes Auge heilt nun langsam. Sie ist so alt, wie ich damals war.

»Nichts lernt diese Welt. Nichts! Der Mensch ist eine erbärmliche Kreatur. Die Geschichte wird sich so lange wiederholen, bis der Mensch bricht. Ich werde das nicht erleben, aber es ist mein inniglichster Wunsch.« So beginnt Angelikas neuer Roman, der ›Gewitter über der Nordkette‹ heißt.

Ich muss nun viel liegen. Angelikas Ärzte haben wenig Hoffnung, aber mich schmerzt es gar nicht so sehr. Ich hatte doch alles Glück des Lebens. Wir haben diese irrsinnigen Kriegsjahre überstanden, wir leben alle. Nur von den Eltern habe ich keine Kunde, aber ihr Bild ist auch verblasst. Helga lebt, sie ist so ein liebes und kluges Mädchen. Jakob lebt, und wie! Johanna, die zwei Kinder hat, lebt. Ihr Mann, der überdies ganz reizend ist und sich von Johanna auf dem Kopf herumtanzen lässt, lebt. Wir drei letzten Schwabenkinder haben überlebt. Alle Stürme haben wir ausgestanden. Erst die Lawinen und den Hunger, dann die Schmach, nun den Krieg. Angelika lebt. Einige ihrer Freunde sind im Krieg geblieben, andere in die Staaten gegangen.

Irmi traten Tränen in die Augen. Wieder schien etwas zu fehlen. Aber ein Kapitel war noch übrig. Als Irmi den Kopf hob, sah sie ein Gesicht im Spiegel. Ein weiteres Gesicht.

»Herr Bartholomä!« Irmi fuhr herum. Sein Gesicht war wie eine Maske. Der Maskenbildner hatte Zorn hineingemeißelt und Entschlossenheit.

»Sie sind zu neugierig. Sie fragen zu viel! Das habe ich Ihnen schon einmal gesagt. Legen Sie das Buch zurück.«

»Annas Tagebuch? Das Buch von Ihrer Schwiegermutter, die Sie nie kennengelernt haben?«

Er sagte nichts, und Irmi schossen so viele Gedanken in den Kopf. Wie Pfeile kamen sie, Gesichter tauchten auf. Regina, das tote Schneewittchen. Robbie. Der tolle Tommy. Wallner in dieser Villa aus Eis. Die Terrasse des Gasthofs in Hinterhornbach. Das Goldene Dachl. Arthur, ein Elch aus Fleisch und Blut. Der Elch in Öl. Helga, Elli, ein kleines Grab in Weißenbach.

»Sprachlos, Frau Mangold? Ihr Frauen redet doch sonst eigentlich immer zu viel.«

Irmis Sprachhemmung hatte auch damit zu tun, dass Veit Bartholomä die ganze Zeit ein Gewehr auf sie gerichtet hielt. Wie oft hatte sie sich über die dummen Fernsehkommissare lustig gemacht, die allein in die Falle rennen. Doch wie viel dümmer war sie!

»Waffe! Autoschlüssel!«

»Herr Bartholomä, ich habe keine Waffe dabei. Was soll das denn? Was versprechen Sie sich davon, mich hier zu bedrohen? Reden Sie mit mir.«

»Reden! Ich rede nicht! Weiber reden. Männer handeln.«

Der Lauf der Waffe kam gefährlich nahe und begann in ihren Taschen zu wühlen. Er hob ihre Jacke an, er rüsselte an ihrem Körper entlang. Noch nie hatte sich Irmi so nackt und schutzlos gefühlt.

»Autoschlüssel! Werfen!«

Irmi warf Bartholomä den Schlüssel zu, der ihn mit der anderen Hand auffing.

»Herr Bartholomä, das bringt doch nichts, wenn Sie hier mit dem Gewehr herumfuchteln. Legen Sie das Gewehr weg! Was ist denn passiert?« Irmi Kopf war nahe dran zu explodieren. Hatte Bartholomä Regina erschossen? Die eigene Ziehtochter? Warum? Wo war Helga? Wo war Robbie? Sollte sie schreien? Nein, das war sicher kein guter Rat. Er zielte mit einem geladenen Gewehr auf sie, er würde schießen.

Bartholomä wedelte mit dem Lauf und forderte Irmi auf loszugehen. Sie stolperte vor ihm her, hinaus auf die Rückseite des Hauses, vorbei an der Voliere von Theo. Sie sah kurz in die rätselhaften Augen des Tieres, doch da stieß ihr Bartholomä schon den Lauf zwischen die Rippen. Sie taumelte in einen Stadl hinein und eine schier endlose Treppe hinunter. Es wurde dunkel und kalt. Eine Tür fiel hinter ihr zu.

Es dauerte eine Weile, bis Irmis Augen sich an die Dunkelheit gewöhnt hatten. Es war wirklich zappenduster. Sie spürte eine Panikattacke heranfluten und flüsterte: »Ruhig, ganz ruhig. Nachdenken. Atme. Atme ganz langsam.«

Die Selbstsuggestion half ein wenig. Sie fingerte ihr Handy heraus, doch es hatte natürlich kein Netz. Das Display erhellte nur kurz den Raum. Immerhin war es ein Outdoorhandy mit eingebauter Taschenlampe. Vorsichtig begann sie den Raum auszuleuchten und blickte in Augen. In starre Augen. In tote Augen. Ein Schrei entfuhr ihr. Reiß dich zusammen!, ermahnte sie sich. Du bist Polizistin, nicht Drogerieverkäuferin.

Sie leuchtete erneut. Auf einem Tisch befand sich der Schädel eines Rentiers und starrte sie an. Unter dem Tisch lagen noch zwei Köpfe. Der einer Garns und der eines Rehbocks. Beide gut erhalten, denn es war kalt hier unten.

Irmi zwang sich, weiter in den Raum hineinzuleuchten, die Lampe irrlichterte die Wände entlang. Es gab noch einen Tisch, auf dem martialische Messer lagen. Und eine Petroleumlampe. Mit zittrigen Fingern zündete sie die Lampe an. Augenblicklich war alles besser. Mit der Helligkeit kam ihr Denken wieder. Sie sah sich den Raum genauer an. Betonwände, eine Stahltür. Das musste ein Bunker sein, vermutlich befand sie sich einige Meter unter der Erde. Hören würde sie niemand, wenn sie sinnlos um ihr Leben brüllte. Ihr Versuch, durch den Raum zu gehen und das Handy hochzuhalten, war lächerlich. »Und was machen wir jetzt hier? Verrotten?«, sagte sie zum Rentierschädel. Es ging schon los. Sie wurde irrsinnig.

Wie lange würde sie hier unten überleben? Wie lange kam man ohne Wasser aus? Würde Bartholomä wiederkommen? Schaufelte er gerade ein Loch, ein kühles Grab?

Jemand würde sie doch suchen? Aber wer und wo? Sie hatte Kathi eine Nachricht hinterlassen, die im Prinzip nichts aussagte. Ihre dumme Geheimniskrämerei nur um einer triumphierenden Pointe willen würde sie nun das Leben kosten. Warum sollte Kathi sie ausgerechnet auf dem Waldgut suchen? Aber *er* würde bestimmt zurückrufen. Genau, und nur ihre Mailbox erreichen. Sie telefonierten oft zwei, drei Wochen nicht, bis dahin würde das Frühjahr da sein und sie im Stadium der Verwesung. Eine neue Panikattacke kroch von den Knien in den Magen. Sie schrie nun doch. Schrie und schrie, bis sie schwer atmend zu weinen begann. Das Rentier sah sie verständnislos an.

Kathi hatte den ganzen Sonntag ihr Handy in der Küche liegen lassen. Als sie es am Montagmorgen anmachte, war da Irmis Nachricht. Sie rief zurück. Mailbox. Sie würde Irmi ohnehin gleich im Büro treffen, so what? Es war ein schöner Morgen, ein Niesmorgen, wie lange hatten diese Baumpollen denn noch vor, sie zu malträtieren?

Als sie kurz nach acht im Büro ankam, war Irmi nicht da. Als um zehn der Staatsanwalt auf der Matte stand und nach Fortschritten im Fall Thomas Wallner fragte, war er mehr als ungehalten, Irmi nicht vorzufinden. Kathi versuchte es erneut auf Irmis Handy. Wieder nur die Mobilbox. Sie faselte etwas von einem externen Termin und dass Frau Mangold sicher bald käme.

»Du hast Nerven, Mangold! Ausgerechnet heute zu verschlafen, oder!«, fluchte sie. Dann brüllte sie nach Andrea. »Weißt du, wo Irmi steckt?«

»Nein, keine Ahnung.«

»Hat sie dir nix gesagt? So quasi von Bauern ... äh, so von Chefin zu aufstrebendem Nachwuchs?«

»Nein, aber warum bist du zu mir immer so ätzend?«, brach es plötzlich aus Andrea heraus.

Bevor Kathi etwas Fieses antworten konnte, stand Sailer im Raum. »Weil die Kathi koa Morgenmensch is! Weil s' gern zwider is. So, Madels, und oans sag i eich: Wenn die Frau Irmengard ned do ist, dann stimmt do was ned.« Er schaute so düster, wie einer schauen musste, der gerade eine dunkle Prophezeiung ausgesprochen hatte.

»Was soll da nicht stimmen?«, fragte Kathi. »Sie wird verschlafen haben.«

»Aber nia ned bis nach zehn. Des machen Bauerntrampel ned.« Er zwinkerte Andrea zu.

Als die beiden draußen waren, suchte Kathi nach Irmis Festnetznummer. Bernhard war tatsächlich erreichbar. Was er allerdings sagte, war merkwürdig. Er hatte Irmi am Samstag gegen zehn Uhr wegfahren sehen. Da hatte er gerade oben im Heu gelegen und durch eine Luke nach draußen gesehen. Er machte da gerne mal ein Nickerchen und hatte eine gewisse Freude daran, dass Irmi ihn dort nicht vermutete. Seitdem hatte er sie nicht mehr kommen hören, und ihr Auto war auch jetzt nicht da. Weil Kathi so komisch klang, ging er in Irmis Zimmer. Ihr Bett war unberührt, und nun verstand er auch den Unmut der maunzenden Kater. Die hatte seit Samstagfrüh keiner mehr gefüttert.

»Sie ist anscheinend seit Samstagvormittag weg«, sagte Bernhard gedehnt.

»Ja, und weißt du, wo sie ist?«

»Mir san doch kein Ehepaar, das sich Rechenschaft ablegen muss«, brummte Bernhard. »Ich dachte, sie ist halt direkt ins Büro.«

»Seit zwei Tagen ist sie weg! Und dann direkt ins Büro. Ja, und wo war sie über Nacht?«

»Kathi, du bist doch die Kriminalerin. Mei große Schwester is erwachsen.«

»Kann sie bei dem Typen sein?«

»Bei dem Preißnfutzi?« Bernhard hatte nie einen Hehl daraus gemacht, dass er Irmis Fernbeziehung nicht guthieß. Ein verheirateter Mann, ein Preiß dazu. Diese Stippvisiten, diese kurzen Treffen. Bernhard war nicht der Mensch, der das lange und wortreich kommentierte. Er wandte sich ab, er hatte den Mann höchstens zweimal getroffen. Man grüßte sich, er war ja auch gar nicht mal unsympathisch, aber ein Depp musste er dennoch sein. Sonst hätte er sich doch einmal zu seiner Schwester bekannt. Solche Typen waren doch feige Hunde. Tanzten auf zwei Hochzeiten.

»Ja. Dieser Mister Wonderful. Der Mister Geheim. Der Part Time Lover!«, schrie Kathi ins Telefon.

»Jetzt plärr doch nicht so. Es könnt sein, dass der in der Gegend ist. Irmi ist kürzlich erst in der Früh wieder aufgetaucht. Hat wenig geschlafen. War trotzdem so komisch aufgeräumt.«

Natürlich, der Morgen, als Irmi so penetrant fröhlich gewesen war. »Hast du eine Nummer von dem?«

»Naa.«

»Name?«

»Naa.«

»Du weißt nicht, wie der heißt! Bernhard, jetzt denk mal nach!«

»Jens. Wie der weiter heißt, keine Ahnung.« Bernhard überlegte kurz. »Ich weiß aber, wie seine Firma heißt. Der ist so ein Computerdingsda. Wart!« Dann buchstabierte er langsam den englischen Namen der Computerfirma.

»Danke, Bernhard.«

»Ja, und was is jetzt?«

»Ja, was wird sein? Ich versuch sie zu finden. Und wehe, wenn die unter ihrem Lover liegt und uns hier hängen lässt.«

»Kathi!«

»Stimmt doch, oder? Wenn sie bei dir auftaucht, mach ihr Beine!«

»Klar«, grummelte Bernhard.

Die Firma mit Sitz in Hannover hatte eine Homepage. Viersprachig: deutsch-englisch-spanisch-russisch. Das Team wurde vorgestellt. Da war der Jens. Mit Doktortitel. Sah eigentlich gar nicht schlecht aus, hätte sie Irmi gar nicht zugetraut. Die Handynummer bekam sie postwendend, weil sie vorgab, einen eiligen Auftrag zu haben.

Hoffentlich ging dieser Jensefleisch, Gänsefleisch hin, dachte Kathi. Wartete. Er nahm ab.

»Hallo, mein Name ist Kathi Reindl, Kripo. Sie wundern sich vielleicht ...«

Er unterbrach sie. »Sie sind Irmis Kollegin, ich hab schon viel von Ihnen gehört.«

»Na, merci, das wird nix Gutes gewesen sein.«

»Das würde ich so nicht sagen.« Er hatte eine angenehme Stimme. »Wie kann ich helfen?«

»Wissen Sie, wo Irmi ist?«

»Wie?«

»Irmi, Irmgard Mangold. Sie wissen schon, mit der Sie ab und zu …«

»Ich weiß, wer Irmi ist. Aber wieso sollte ich wissen, wo sie ist? Warum suchen Sie Irmi?« Er klang besorgt.

»Sie ist weg. Verschwunden seit Samstag in der Früh.«

Es war kurz still. »Sie hat mir am Samstag auf die Mailbox gesprochen. Moment, ich fahr mal rechts ran.«

Kathi wartete, und Jens referierte ihr den Inhalt von Irmis Nachricht.

»Tagebuch?« Kathi schaltete nicht schnell genug.

»Irgendwie muss in ihrem aktuellen Fall ein Tagebuch vorkommen. Wir haben darüber gesprochen. Ich meine, ich weiß nichts von dem Fall, nur eben, dass die Tote unter anderem dieses Tagesbuch auf dem PC hatte.« Er atmete durch, es war offensichtlich, dass er um Fassung rang. »Ich bin Historiker und kenne mich bei dem Thema ein wenig aus. Im Tagebuch geht es um das Trauerspiel der sogenannten Schwabenkinder, das Buch stammt von einem Mädchen, das davon noch betroffen war. Ein besonders später Fall in der Geschichte des Schwabengehens.«

Kathi verstand nur Bahnhof. Sie sortierte ihre Gedanken. »Wir haben eine Tote, die anscheinend zwei Bücher geplant hatte. Beide Bücher waren so, dass sie einigen Leuten das Kraut ausgeschüttet hätten. Wir haben einen Verdächtigen, aus dessen Waffe geschossen wurde. Der vor Ort gewesen ist. Der Gründe hatte, beide Bücher nicht zu mögen. Aber dieses Tagesbuch, ich habe keinen Schimmer, was das damit zu tun hat. Ich war da nicht so … involviert.«

Einen Scheißdreck interessiert hatte sie das Ganze, wenn

sie ehrlich war. Sie hatte gedacht, das Tagebuch sei eben eine Recherchegrundlage für das Buch gewesen. Außer Irmi hatte sich nur Andrea damit befasst.

»Frau Reindl? Sind Sie noch dran?«

»Ja, Verzeihung. Irmi hat also das Buch gelesen, und ihr ist etwas aufgefallen. Sie hat mir auch auf die Mailbox gesprochen, dass sie auf irgendwas Interessantes gestoßen sei. Haben Sie das Buch denn gelesen? Was ist so brisant daran?«

»Das weiß ich auch nicht. Das Buch ist von einer Anna geschrieben und deckt die Zeit von 1936 bis 1955 ab. Diese Anna stirbt am Ende. Da ist ihre Tochter Helga, die bei einer Vergewaltigung durch ihren früheren Arbeitgeber entstand, schon achtzehn und wird Buchhalterin. Und zwar, soweit ich das verstanden habe, auf dem Gut, das dem Sohn ihres Vergewaltigers gehört. Hilft Ihnen das?«

»Wie hieß das Gut?«

»Das hat sie nie gesagt. Es muss irgendwo im Allgäuer Unterland gewesen sein. Aber der junge Herr trug den Namen Hieronymus.«

Helga und Hieronymus. Zwei Menschen, die Regina so nahe gestanden hatten. Kathi begriff das alles dennoch nicht. »Ich glaube, ich weiß, wo Irmi ist«, sagte sie zögerlich.

»Ja wo? Ich bin am Brenner. Ich will wissen, wo sie ist! Ist ihr was passiert?«

»Ich nehme an, sie ist im Walderlebniszentrum hinter Grainau. Wahrscheinlich hat sie kein Netz. Keine Panik. Ich muss weg. Danke.«

Sie war alarmiert. Wenn alle Annahmen stimmten, warum war Irmi dann auf dem Gut verschollen? Seit Samstag womöglich. So waldig es da auch war, ein Netz hatte es immer gegeben. Kathi wählte die Nummer des Guts. Am anderen Ende erklang Reginas Stimme auf dem Anrufbeantworter: »Wir sind draußen bei den Tieren. Wenn Sie einen Termin vereinbaren wollen, nennen Sie Ihren Namen und Telefonnummer. Wir rufen dann so bald als möglich zurück.« Wieso ließen die Menschen die Stimmen von Toten auf den Anrufbeantwortern zurück? Damit die Toten aus der Unterwelt zu ihnen sprachen?

Kathi rief Andrea und war deutlich freundlicher. Zumindest bemühte sie sich. »Was weißt du über dieses komische Tagebuch?«

»Es war in altdeutscher Handschrift geschrieben, deshalb habe ich es übertragen lassen, also, ähm ... Ich hab es Irmi gegeben, ich weiß aber nicht, ob sie es gelesen hat. Da kam ja dann die Sache mit diesem Tommy dazwischen, ähm ...«

»Ja, gut. Alles klar. Ich nehm Sailer mal mit.« Kathi rief in den Gang: »Sailer!« Dann wandte sie sich an Andrea. »Du hältst hier die Stellung, und wenn du was hörst, melde dich. Eine Irmi Mangold geht ja nicht einfach so verloren.«

»Ja.« Andrea sah furchtbar unglücklich aus.

»Sailer, wir fahren mal ins Waldgut. Ich nehme an, Irmi ist dort.«

»Und warum kimmt s' ned retour?«, fragte Sailer.

»Genau das werden wir herausfinden. Der Elch wird sie schon nicht gefressen haben. Das sind meines Wissens Vegetarier.«

»Sollen wir ned Verstärkung anfordern? Die Frau Irmengard verzupft sich doch ned oafach so.«

»Sailer, dafür gibt es sicher eine ganz banale Erklärung. Los jetzt.«

Sailer war beleidigt, und dass er nun beharrlich schwieg, war Kathi nur recht. Sie war froh, nicht reden zu müssen, denn dann hätte Sailer ihre Unsicherheit bemerkt.

Auf der Holperstraße entfuhr Sailer dann doch ein »Jessas Maria«, und Kathi fuhr etwas langsamer, damit Sailer nicht am Ende durchs Dach krachen würde.

Das Gut wirkte verlassen. Kathi sah sich um. Nirgendwo war Irmis Auto zu sehen. Der alte jägergrüne Jimney von Veit Bartholomä stand auf seinem gewohnten Platz, das zweite Auto, ein Allrad-Panda, war ebenfalls außer Sichtweite. Kathi ging ins Seminarhaus, dessen Eingangstür offen stand, aber auch hier war niemand zu sehen. Sailer schlappte hinter ihr her. Aus den Vitrinen blickten die ausgestopften Viecher.

»Glotzt nicht so blöd!«, schrie Kathi, und Sailer zeigte ihr einen Vogel.

Kathi fiel ein, dass es auf dem Gut eine Telefonanlage gab, deren Läuten man auch draußen und im Seminarhaus hören konnte. Sie rief noch mal die Festnetznummer an, und das Klingeln war deutlich vernehmbar, so lange, bis der Anrufbeantworter mit einem Klicken ansprang. Doch keiner kam. Robbie war sicher in seiner Werkstatt, und Helga Bartholomä war vielleicht mit dem Auto beim Einkaufen, das war ja nichts Ungewöhnliches an einem Montag.

»Sailer, Sie bleiben mal hier, falls jemand kommt. Ich geh zu den Elchen runter, bestimmt lungert dieser Bartholomä da rum.«

»Geben S' aber Obacht, Fräulein Kathi«, sagte Sailer mit versöhnlicher Stimme.

»Wie gesagt: Vegetarier.« Diesmal verzieh sie ihm das Fräulein.

Den Pfad hinunter zu den Elchen kannte Kathi allmählich. Sie hatte mal wieder die falschen Schuhe an, nämlich Leinenturnschuhe, von denen sie Paare in allen Farben des Regenbogens besaß.

Es war immer noch glitschig hier, und gerade, als sie mit ihren Stoffschuhen wegzurutschen drohte, nahm sie dieses charakteristische Pfeifen wahr. Einen Luftzug. Es machte klack. Plötzlich begriff sie. Da schoss jemand auf sie. Mit einem Schalldämpfer. Kathi blieb in gebückter Haltung und rannte zwischen die Bäume. Klack! Sie duckte sich weg und begann einen Zickzackkurs zu laufen. Strauchelte, rappelte sich hoch. Rannte. Während des Laufens versuchte sie das Handy zu erwischen. Sie drückte auf irgendwelchen Tasten herum und landete im Büro. Andrea meldete sich, und Kathi zischte ins Telefon: »Sie schießen. Sailer steht am Eingang. Schnell, Hilfe!« Das Handy entglitt ihr.

12

1955

Die Besatzungszeit ist um. Und aus der kleinen Helga, aus dem Backfisch ist eine junge Frau geworden, die die Handelsschule mit Bravour beendet hat. »Frauen müssen unbedingt etwas lernen«, sagt Angelika immer. Und Helga kann so gut mit Zahlen umgehen.

Angelika wird bald fünfzig, und wir werden den Tag gebührend begehen. Jakob will kommen, er ist inzwischen Pilot und hat eine Frau, die Carmen heißt und aus Mexiko stammt. Aus Mexiko! Mir wird immer noch ganz schwindelig. Wie schnell dreht sich der Globus nun!

Und Angelika wird nach Australien gehen. »Auf meine alten Tage muss ich ein Land kennenlernen, das Weite ist – im Land, in den Köpfen und in den Herzen.« Angelika und alt! Angelika wird nie alt sein. Ich werde nicht mehr mitkommen können, und mein Helgalein hat gesagt, dass sie auch nicht so weit weg wolle. Ich habe ihr gesagt, dass ich sterben werde. Mein Helgalein meinte, dass sie bei mir bleiben werde, dass sie Onkel Jakob habe und dass sie arbeiten werde.

Eines Tages kam ein Automobil. Ich schaffte es fast nicht mehr zum Fenster. Aber ich erkannte ihn sofort. Es war der junge Herr, auch er war älter geworden, aber immer noch so schmal wie damals. Ich blickte in diese Augen, die immer noch Feuer sprühten. Auch er erkannte mich sofort. Wir haben lange miteinander geredet. Er hat Helga sofort ins Herz geschlossen. Nun, sie ist ja seine Halbschwester, und die beiden verstehen sich prächtig. Das ist die Stimme des Blutes. Aber Helga darf das nie erfahren. Wozu auch? Es ist gut so. Helga wird gebraucht. Der junge Herr braucht eine Buchhalterin, und er ist sich sicher, dass unter Helgas Ägide sein Gut aufblühen wird. Er ist einfach ein Waldmensch, er liebt Bäume, von ihnen spricht er voller Liebe. Aber er ist gar kein Buchhalter, keiner, der wirtschaftlich denkt.

Es ist seltsam, wie sich der Kreis schließt. Und der junge Herr Hieronymus hat mir versprochen, dass Helga nie erfahren wird, wer ihr Vater ist. Er wird ihr auch nicht sagen, dass auch ich ein Bankert bin, wie sie auf einem Lotterbett gezeugt. Dass ich also auch eine halbe von Braun bin, sozusagen eine Tante von dem jungen Herrn Hieronymus. Das weiß auch ich erst, seit mir der junge Herr das erzählt hat. Ich möchte lieber nicht darüber nachsinnen, dass damit ja der Herr seine … O mein lieber Gott, wie verworren sind diese Bande! Aber es spielt alles keine Rolle mehr. Auch diese Blutschande wird vergessen werden, wie so viele Fälle bei uns daheim, wo sich manche Väter an den Töchtern vergangen haben. Und häufig Cousin und Cousine geheiratet haben. So ist das eben, das hat Johanna immer gesagt. Ihr werde ich morgen mein Tagebuch senden.

So schade, dass ich den Hochvogel nicht noch einmal habe sehen können. Und die Höllhörner, wo ganz bestimmt der Teufel nicht mehr wohnt. Aber ich dank dir doch, lieber Herrgott, denn von mir bleibt mein Helgalein, und auch sie hat Flügel wie ein Adler.

Kathi rannte. Klack! Es war nur den Bäumen zu verdanken, dass die Kugeln sie nicht trafen. Wie oft hatte er geschossen? Oder sie? Oder mehrere? Viele Jäger sind des Hasen Tod.

Kathi bekam kaum mehr Luft, sie trieb wenig Sport, schon gar nicht in der Disziplin des geduckten Waldsprints. Sie rannte immer schneller, einen Hang hinunter. Klack, das Brennen kam plötzlich. Es raubte ihr den Atem. Aber nur kurz, dann wandte sie sich weit nach links. Hasen schlugen Haken. Vor ihr dichter Wald. Die Bäume zerrten an ihr, sie zerkratzten ihr Gesicht. Heißes Blut lief von irgendwoher auf ihre Lippen. Die Bäume wurden wieder höher, und dann war da auf einmal eine Lichtung. Sie war schutzlos. Rechts neben ihr befand sich ein Hochstand. Das war ihre einzige Chance.

Kathi kletterte hinauf. Das Fenster war mit einem Tarnnetz zugehängt, sie konnte aber hindurchspähen. Sie fasste an ihren linken Oberarm, wo der Schmerz pochte und Messer in sie trieb. Es war ein Streifschuss, wie tief, konnte Kathi nicht sagen. Es blutete nicht allzu sehr, doch sie wagte es nicht, ihr Sweatshirt auszuziehen. Sie konnte endlich nach ihrer Waffe greifen. Sie entsicherte sie. Nun war ihr Finger am Auslöser. Es ging um nichts Geringeres als ihr Leben.

Sie begann zu zittern, Tränen liefen ihr über die Wangen und vermischten sich mit dem Blut. Sie hatte eine Tochter, die musste sie doch wiedersehen. Und ihre Mutter, zu der sie nie nett genug gewesen war. So oft hatte sie in die müden Augen ihrer Mutter gesehen und doch immer gleich wieder weggeschaut. Würde sie das hier überleben, würde sie hinsehen. Und sie musste doch Irmi wiedersehen, verdammt! Ja, sie mochte diese große Frau, diese Bauerntrampeline. Sie war eine Art zweite Mutter für sie oder eine große Schwester, auch wenn sie lästig war mit ihrer Rechthaberei, ihren unberechenbaren Emotionen und ihren Eingebungen. In was hatte sie ihre letzte Eingebung nur hineingerissen, bei Gott!

Gab es diesen Gott? Lieber Gott, mach, dass Irmi nichts passiert, flüsterte Kathi. Was, wenn es längst zu spät war? Vielleicht hatte der Jäger bei Irmi besser getroffen? Sie hielt ihre Waffe fest umklammert. Sie würde es dem Jäger nicht leicht machen.

Irmi hatte immer wieder versucht, ob das Handy nicht doch funktionierte, doch es blieb so stumm wie das Rentier. Sie hatte solchen Durst und so pochende Kopfschmerzen, dass sie sich ablenken musste. Auf der Suche nach einem Bonbon war sie in ihrer Jackentasche auf einen Müsliriegel gestoßen, den sie in zwei Portionen zerlegt und endlos lange gekaut hatte. Sie hatte sogar einen Wasserhahn entdeckt, der jedoch abgestellt war. Sie hatte immer wieder in den Taschen gewühlt, den Raum durchsucht. Man tut so viel Sinnloses in der Verzweiflung. Doch sie hatte nur ein zerknülltes Papiertaschentuch gefunden und in der Innentasche ihrer Softshelljacke die gefalteten Blätter ertastet. Das letzte Kapitel.

Im fahlen Schein der Petroleumlampe las sie in dem Tagebuch. Helga Bartholomä war die Halbschwester von Reginas Vater. Reginas Opa hatte Anna missbraucht, immer wieder, sein Sohn hatte etwas gutzumachen gesucht, indem er sie als Buchhalterin angestellt hatte. Aber warum hatte Regina das Tagebuch gescannt? Und wann? Und seit wann wusste Helga Bartholomä davon? Wenn das Tagebuch wirklich bei dieser Johanna gewesen war, wenn doch alle Schweigen gelobt hatten, wie war es zu Helga gelangt?

Dann schlief Irmi ein wenig. Sie hatte zwei Decken gefunden, die schrecklich modrig stanken, aber besser als zu erfrieren waren sie allemal. Einmal hatte sie ein Geräusch gehört. Kam Bartholomä wieder? Würde er nun sein Werk vollenden? Aber das Geräusch war wieder abgeebbt.

Mittlerweile war Sonntag. Man würde sie doch suchen? Bernhard würde sie nur bedingt vermissen. *Er* auch nicht, weil es bei ihnen zu Gewohnheit geworden war, nur selten miteinander zu telefonieren. Er hatte Glück. Sie fragte nie: »Wann kommst du wieder?« Es gab keinen Mann auf dieser Welt, der diese Frage ertrug – egal in welchem Zusammenhang. Warum eigentlich? Sie war doch so klein und harmlos, diese Frage.

Andrea hielt den Hörer noch in der Hand und lauschte Kathis Worten nach, die fast in ihrem Keuchen untergegangen wären. Und dann sprang sie auf. Brüllte die ganze PI zusammen, bis Sepp sie beruhigen konnte. Sepp rief bei Sailer durch, der zwar ein Handy besaß, jedoch gern mal die Anrufer wegdrückte. Diesmal gottlob nicht.

»Sailer, wo bist?«, fragte Sepp.

»Vor der Tür. I wart.«

»Sailer, oaner schiaßt auf die Kathi. Mir kommen, rühr di do ned weg und zieh dei Schießeisen. Es wird brenzlig.«

Dann wandte er sich an Andrea. »Ja, kimm, auf geht's, Madl. Nimm dei Waffe, mir holen die Kathi da raus. Und die Irmi.«

Die Tiere des Waldes würden wohl flüchten oder die großen Lauscherchen auf Durchzug stellen müssen, denn nun donnerte eine Meute aus zwei Polizeiwagen und einem Krankenwagen, gefolgt von einem Notarzt durch den Tann. Sepp hatte auch Hundeführer vom THW angefordert, zwei von ihnen würden gleich kommen. Und Weilheim hatte sich eingeschaltet und in München das SEK angefordert. Sie hatten strikte Weisung, nichts Unvernünftiges zu tun. Sie vermissten seit über achtundvierzig Stunden eine Beamtin, und auf eine zweite war geschossen worden. Der oder die Täter hatten hohes Gewaltpotenzial, ohne Spezialkräfte wäre das ein weiteres Himmelfahrtskommando gewesen. Nun standen sie also vor dem Gut, das so einsam und unschuldig im Licht dieses frühen Nachmittags lag.

Der Fahrer des Kleinbusses der Behindertenwerkstätte war wohl noch nie mit gezogenen Pistolen begrüßt worden. Robbie stieg aus, entzückt von den blinkenden Lichtern. Und er erkannte Andrea.

»Hallo, Schoko«, meinte er und lachte Andrea an.

»Hallo, Robbie. Schön, dich zu sehen. Robbie, du kennst doch die andere Frau Schoko, oder?«

Robbie nickte.

»Ist sie da?«

Robbie schwieg. Auch die anderen starrten Andrea wortlos an. Ihr selbst kam es vor, als liefe die Welt in Zeitlupe ab. Sie sah niemanden sonst, sie sah nur Robbie.

»Robbie, wo ist denn die liebe Helga, die so schönen Schokokuchen machen kann?«

»Robbie weiß nicht. Kein Auto.« Er zeigte auf den Vorplatz.

»Und der Veit? Wo ist der? Der Bartl?«

Robbies Gesicht wurde angstverzerrt.

»Robbie, die andere Frau Schoko ist groß und stark. Sie hilft dir. Aber wir müssen sie finden. Du weißt doch alles. Du bist ein Genie.«

»Genie. Genie. Robbie ist ein Genie.«

»Genau. Wo ist die große Frau?«

»Unter dem Brumm, kleines Brumm.«

Andrea wandte sich an Sailer. »Er hat eigene Worte für die Dinge. Klapp für einen Laptop. Bumms für Gewehre.«

»Robbie, wo ist das kleine Brumm?«

Robbie machte eine vage Bewegung in Richtung des Haupthauses. In diesem Moment durchschnitt ein Geräusch den Wald. Der Heli des SEK! Sie rannten zur Seite und zogen die Köpfe ein. Staub wirbelte auf. Der Heli stand, und das Geräusch der Rotorblätter erstarb. Als Andrea aufsah, war Robbie weg.

Der Einsatzleiter war ein besonnener Mann, ließ sich die Lage schildern, was Sailer in bemühtem Hochdeutsch tat. Und Andrea nahm all ihren Mut zusammen.

»Der behinderte Bruder der toten Regina weiß wahrscheinlich, wo Irmi ist. Er ist weggelaufen, aber wir müssen ein Brumm suchen.«

Der Einsatzleiter blieb völlig gelassen.

»Irmi ist die Kollegin Mangold?«

»Ja.«

»Und ein Brumm ist etwas, das brummt.«

Sie alle schwiegen. Dann kam es leise von Sepp: »Brumm, brumm – so sagt mein kleiner Bub zu Lkw und Bulldogs.«

Der Einsatzleiter nickte, und eine seltsame Karawane zog über den Hof, spähte in Räume, mit Waffen im Anschlag, sah hier und dort hinein und gelangte schließlich zum Gehege von Theo. Dahinter glänzte es rot aus einem Stadl heraus.

»Ein Hoftrac«, flüsterte Andrea.

»Ein kleines Brumm«, staunte Sepp.

Sie waren aus dem Fall raus. Das SEK übernahm, probierte, das Brumm kurzzuschließen, und fuhr schließlich weg. Eine Klapptür im Boden erschien, die die Kollegen vom SEK einschlugen. Andrea hielt den Atem an. Es kam ihr ewig vor, bis Silhouetten auftauchten. Sie blinzelte gegen das Sonnenlicht.

Auf den Einsatzleiter gestützt, kam Irmi angewankt. Sie sah furchtbar aus, und doch gelang es ihr, ein »Danke« auszustoßen. Dann verschwand sie im Krankenwagen, mit ihr der Notarzt und der Einsatzleiter. Wieder dauerte es eine halbe Ewigkeit, bis der Einsatzleiter herauskam.

»Frau Mangold ist unterkühlt und dehydriert, ansonsten aber unversehrt. Eine sture Dame, sie will nämlich nicht ins Krankenhaus, sondern hier im Wagen weiter versorgt werden. So schlecht kann es ihr nicht gehen, wie die den Notarzt anpflaumt.« Er lächelte. »Die Situation stellt sich so dar, dass Veit Bartholomä Amok zu laufen scheint. Frau Mangold geht davon aus, dass er momentan die Kollegin Reindl verfolgt. Wir müssen ihn stoppen. Wir werden die Kollegin finden. Bitte keinen Aktionismus von Ihrer Seite! Sie sperren hier ab, bleiben am Funk und melden sofort, wenn sich auf dem Gut etwas rührt.«

Die Hundeführer waren eingetroffen, alles verlief völlig ruhig, und auf einmal standen Andrea, Sailer und Sepp allein im Hofraum. Nebelschwaden zogen herein, die Sonne wurde fahler, und es wurde schlagartig kälter. Andrea hätte so gerne nach Irmi gesehen, aber die Sanitäter blockten ab. Unten an der Hauptstraße stand ein Einsatzwagen der Polizei, und es wurde über Funk durchgegeben, dass eine ältere Frau eigentlich in Richtung Gut hatte abbiegen wollen, dann jedoch mit quietschenden Reifen gewendet hatte, als sie den Einsatzwagen gesehen habe. Die Kollegen gaben das Autokennzeichen durch, das Andrea sofort überprüfte. Es war der Wagen von Helga Bartholomä. Andrea gab die Nachricht an das SEK weiter. Der Einsatzleiter fluchte.

»Das fehlt uns gerade noch, dass Helga Bartholomä von irgendwoher in den Wald will. Gibt es eine weitere Zufahrt zu dem Gut?«

»Ich weiß nicht! Keine offizielle zumindest.« Andrea war schon wieder kurz vor dem Heulen.

»Shit!«

Kathi fror. Sie hatte Schüttelfrost. Ihre Zähne klapperten. Dabei sollten sie doch nicht klappern, das war so verräterisch. Ihr Arm schmerzte, und das Blut, das ihren Pullover durchdrungen hatte, war dunkelrot. Sie unterdrückte den Impuls, einfach loszurennen. Weg von hier. Sie wusste, dass sie dann verloren war. Der Jäger konnte überall sein.

Es begann zu dämmern, draußen auf der Lichtung waberten Nebelschwaden über den Boden. Ein Rehbock trat aus dem Wald. Kathi kniff die Augen zu, lange würde sie nichts mehr sehen können. Was, wenn der Jäger ein Nachtsichtgerät hatte? Der Kopf des Rehbocks ruckte auf einmal hoch. Dann sprang das Tier leichtfüßig davon.

Kathi vernahm Hundegebell, erst weiter weg, dann kam

es näher. Konnte sie es riskieren zu rufen? Sie tat es, und es war eine Befreiung. »Hier bin ich. Hilfe!« Dann ging auf einmal alles sehr schnell. Eine Kugel pfiff in den Hochstand und verfehlte Kathi um Haaresbreite. Sie hörte Schreie. Und dann spähte sie auf die Lichtung: Da stand Bartholomä und zielte auf sie. »Ich erschieße das Mädchen, wenn Sie näher rücken!«, rief er. Seine Stimme hallte durch den Wald. Sekunden vergingen. Dann war die Stimme des Einsatzleiters durch ein Megafon zu hören.

»Hier spricht die Polizei. Wir haben Scharfschützen postiert. Legen Sie die Waffe nieder, Herr Bartholomä.«

Kathi spähte in das immer fahler werdende Licht hinaus. Die Spezialisten würden schießen, und sie spürte nicht einmal Erleichterung. Plötzlich löste sich eine Gestalt aus dem Schatten und ging auf Bartholomä zu. »Stopp!« Die Gestalt hatte ein Gewehr in der Hand. Die Gestalt war klein und schmal. Die Gestalt war Helga Bartholomä.

»Leg das Gewehr weg, Bartl! Das hier muss ein Ende nehmen. Jetzt!«

»Es ist zu Ende, wenn ich das sage. Verschwinde, Helga!«, brüllte Bartholomä.

Ein Schuss durchschnitt die Stille, Veit Bartholomä schrie auf, fasste sich an die Schulter. Taumelte, ließ das Gewehr fallen. Die kleine Gestalt, die Helga Bartholomä war, ließ ihr Gewehr sinken. Ging auf ihren Mann zu und kniete sich zu ihm.

Schwarze Männer kamen aus dem Wald gespurtet. Jemand kletterte die Leiter des Hochstands hinauf und stützte Kathi beim Abstieg, ein anderer setzte von unten ihre Füße auf die Sprossen. Unten wartete eine Trage mit weißen Männern.

Die Lichtung war plötzlich hell erleuchtet. Kathi hatte auf der Trage den Kopf immer noch zu Helga Bartholomä gedreht, die die ganze Zeit schweigend dagestanden hatte. Irgendwann meinte sie: »Am Ende hat das Leben eben doch kein Einsehen mit uns Schwabenkindern.«

EPILOG

Helga Bartholomä hatte auf ihren eigenen Mann geschossen. Spät, fast zu spät, hatte sie begriffen, dass er Regina getötet hatte. Sie sagte aus, dass sie sich für den Amoklauf ihres Mannes verantwortlich fühle. Dabei hatte er sie nur schützen wollen. Nachdem sie das Tagebuch ihrer Mutter Anna erhalten hatte, war sie zusammengebrochen. Die Tochter einer gewissen Johanna Hosp aus Reutte, die längst verstorben war, hatte es in einer alten Kiste gefunden, die richtigen Zusammenhänge hergestellt und es Helga zukommen lassen.

Helgas Welt war eingestürzt. So viele Worte von Hieronymus, so viele Gesten von Margarethe konnte sie nun deuten. Hieronymus' seltsame Zurückhaltung, obgleich sie doch immer so gut zusammengearbeitet hatten, bekam plötzlich einen Sinn. Sie hatte sich immer gesagt, dass sie nicht seines Standes gewesen war, aber genau das war sie gewesen. Zumindest zur Hälfte. So viel hätten sie sich alle durch die Wahrheit ersparen können.

Eine Wahrheit, die Regina nun ins Licht hatte zerren wollen, aus rein egoistischen Gründen. Sie war den Weg der Konfrontation gegangen, und der war laut und exponierte sie alle. Aber das war nur ihr Weg, nicht zwangsläufig der der andern. Sie hatte kein Einsehen gehabt, und dann hatte Veit einen grausamen Plan ausgeheckt.

Irmi und Kathi, die inzwischen einen eleganten Schulterverband trug, Andrea, Sailer und Sepp saßen da und tranken Kaffee. Man hätte fast den Eindruck eines netten Kaffeekränzchens haben können.

»Bartholomä hat wirklich alles so inszeniert, dass es nach Wilderei aussah?«, meinte Kathi. »Und hat sogar so ein armes Rentier geopfert? Nur um uns weiter auf dieser Wildererschiene zu halten?«

Irmi nickte. »Er hat das ganz perfide vorbereitet. Erst ein Reh, dann eine Garns, schließlich das Rentier. Er hat einen ständig näher rückenden, immer frecher werdenden Wilderer simuliert. Er hat uns die ganze Zeit gefoppt. Er hat falsche Fährten gelegt. Gewitzt. Kühl. Rational. Er war der Kühle, nicht von Brennerstein. Er hat uns immer ganz subtil Verdächtige angeboten.«

»Und Tommy?«

»War sein Bauernopfer. Er hätte das alles zu gerne von Brennerstein angehängt, aber ihm war klar, dass er an den nicht rankommt. Aber an Tommy kam er heran. Der war mehrfach da und hat Regina angegriffen. Bartholomä hat das beobachtet und es sich ebenfalls zunutze gemacht. Er war immer einen Schritt voraus.«

Sie schwiegen wieder und hingen ihren Gedanken nach.

»Ich versteh das trotzdem alles nicht so genau«, meinte Andrea schließlich. »Die Abläufe, ich mein, ähm ...«

Irmi lächelte. »Ich weiß, was du meinst. Ich hatte ja genug Zeit, mir Gedanken zu machen.« Sie stockte kurz, denn da flackerten kurz die glühenden Augen des Rentierschädels auf. Sie hatte viele Gespräche mit dem Schädel gehalten, der hatte nur nie geantwortet. »Bartholomä hat Regina erschossen, sein Plan war es, das Ganze wie Wilderei aussehen zu lassen. Er tat natürlich alles, damit Helga an dieser Lesart hätte festhalten können. Wahrscheinlich hätte das auch funktioniert, hätten wir nicht das Klapp gefunden. Bartholomä hatte sich natürlich Zugang zu Reginas Bürocomputer verschafft, aber darauf war ja nur das Jagdbuch zu finden. Offenbar hat er vergeblich nach dem Laptop gesucht. Als wir Robbies Klapp entdeckt hatten, war Bartholomä wahrscheinlich klar, was da drauf war. Sie hatte es so gut versteckt, da musste etwas sehr Geheimes und Persönliches drauf gewesen sein. Er musste Bewegung in die Sache bringen, sprich: noch mehr manipulieren, noch stärker an den Fäden ziehen.«

»Das ist Wahnsinn, wirklich!«, rief Kathi.

»Er wäre fast damit durchgekommen. Und Tommy wäre in einem Indizienbeweis verurteilt worden. Schrecklich!«, rief Andrea. »Er muss das alles geplant haben. Eiskalt. Woher hatte er eigentlich den Störsender?«

»Das wissen wir noch nicht, aber er wurde gefunden. Veit Bartholomä hat auf dem Gut kleine handwerkliche Arbeiten übernommen und unter anderem die Elektrik betreut. Er war darin sehr gut«, sagte Irmi.

»Aber wie konnte er allen Ernstes denken, dass er zwei Polizistinnen eliminieren kann?«, fragte Kathi. »Das Ganze ist ihm doch am Ende echt entglitten.«

Irmi wiegte den Kopf hin und her. »Nicht unbedingt. Er wäre sich treu geblieben. Er hat seinen Plan gestanden, mein Auto später in einen Waldweg bei von Brennerstein zu stellen. Um weitere Verwirrung zu stiften. Und er hätte meine und Kathis Leiche auf den Ländereien verstreut. Wieder wären zwei Damen in der Ausübung ihrer Pflicht von einem Wilderer erschossen worden.«

»Aber das wäre doch völlig sinnfrei gewesen! Tommy saß ja noch in U-Haft, der konnte es dann nicht gewesen sein«, sagte Kathi.

»Nein, aber Bartholomä hätte, wie gesagt, Marc von Brennerstein wieder in den Fokus gebracht. Er hätte Zeit gewonnen, zumal die beiden ermittelnden Beamtinnen ja tot gewesen wären. Es hätten sich neue Leute einarbeiten müssen. Bartholomä hat sich in eine Spirale des Verbrechens hineingestrudelt, es gab für ihn kein Entkommen mehr.«

»Aber Andrea wusste auch von dem Tagebuch. Und dein Lover. Die hätten doch auch kombinieren können«, ereiferte sich Kathi.

»Hätte denn jemand dann noch auf das Tagebuch geachtet? Ich glaube kaum. Und mein Lover kannte ja nur die Historie, konnte aber nicht ahnen, wie machtvoll sie ihre Äste in die Gegenwart geschoben hatte.«

»Sieht gar nicht so schlecht aus, dein Lover. Ich hätt gar nicht gedacht, dass es den gibt«, meinte Kathi nach einer Weile.

»Ach, du hast gedacht, ich erfinde einen Lover?«

»Na ja ...«

»Weil Bauerntrampel keine Lover haben, die sogar einen Doktortitel führen?«

Andrea gluckste, Sailer haute Irmi auf die Schulter: »War gar ned bled, der Lofer. Bloß er redt halt so preißisch.«

Kaum war das SEK mit den Hunden im Wald verschwunden, da hatte sie wieder ein Funkspruch erreicht. Ein Mann, der behaupte, zur Familie zu gehören, müsse ganz dringend zum Gut, erzählte der Kollege vom Einsatzwagen unten an der Hauptstraße. Andrea hatte schließlich angeordnet, ihn durchzulassen. Er hatte den Krankenwagen quasi gestürmt, doch sein Auftauchen schien Irmis Genesung zu beflügeln, denn etwas später kam sie, in eine Wärmedecke gehüllt, aus dem Wagen. Mit *ihm*, der plötzlich für alle einen Namen hatte: Jens.

Ihm war es auch geglückt, Robbies Vertrauen zu gewinnen. Die ganze Zeit über, als rundum das Chaos tobte, hatte Jens ihm Geschichten erzählt, Tiergeschichten. Er hatte es sogar geschafft, Robbie in sein Zimmer zu bringen. Sie hatten die Polizeipsychologin geholt, die zusammen mit Jens die ganze Nacht geblieben war, bis Robbie von seiner Werkstätte abgeholt worden war, wo er nun für eine Weile im Wohnheim leben würde. Irmi hatte die Nacht letztlich doch im Krankenhaus verbracht – genau wie Kathi, die allerdings dank ihrer Schusswunde weitere zwei Tage bleiben durfte.

Noch auf dem Weg in die Klinik war Irmi nicht müde geworden, immer wieder darauf hinzuweisen, dass sich jemand um die Tiere kümmern müsse, und am Ende hatte Bernhard ein Einsehen. Er und Lissis Mann Alfred, zwei Kuhbauern, fütterten nun Elche und Rentiere. Die Eule würde zu einem Falkner kommen, und der kleine Dackel Lohengrin war nach Schwaigen gezogen. Vorerst einmal, das hatte Irmi Bernhard versprechen müssen. Lohengrin hatte nur kurz die Lefzen so nach hinten gezogen, dass man meinen konnte, er wäre der Hund von Baskerville. Dann hatte er abgedreht und begonnen, den Napf der Kater leer zu fressen. Die Kater waren noch in der Grübelphase, wie sie wohl damit umgehen sollten. Momentan zischten sie nur kurz, der Kleine pfiff dazu, dann zogen sie

Bauch an Bauch ab. Die Kater schienen zu hoffen, dass der Gast nur auf Zeit bleiben würde. Irmi wusste nicht, ob sie das auch hoffte, man würde abwarten müssen, wie es mit Helga weiterginge.

Irmi hatte ihr gedankt, dass sie ihren Mann aufgehalten hatte. Helga Bartholomä war gealtert in den letzten Tagen, doch so seltsam es auch klingen mochte: Sie wirkte nicht nur unendlich müde, sondern zugleich beherrscht und auch erlöst. Sie hatte nach dem Erhalt des Tagebuchs natürlich als Erstes ihren Mann angesprochen, und der hatte, so gut es ging, versucht, sie zu stützen.

Irmi war klar, wie furchtbar die Lektüre dieses Tagebuchs für Helga Bartholomä gewesen sein musste. Was musste es ausgelöst haben in ihr! Sie, die in diesem Künstlerhaushalt in Innsbruck aufgewachsen war, die ihre Mutter hatte sterben sehen. Die eine Stelle angetreten hatte, die höchst ungewöhnlich gewesen war – für die Zeit und für eine so junge Frau. Sicher war sie Hieronymus und Margarethe immer treu ergeben gewesen.

Und dann hatte sie plötzlich erfahren, dass ihr Arbeitgeber ihr Bruder war. Dass alle das gewusst hatten, nur sie nicht – das wog sicher am schwersten. Die Wahrheit, so grausam sie sein mochte, konnte wie ein Paukenschlag kommen. Konnte ein Leben erschüttern. Aber sie war doch um so vieles besser als der Betrug und das Versteckspiel. Die Wahrheit, erst einmal geschluckt, ließ einem Handlungsspielraum, die Lüge nicht.

Es war die Generation ihrer aller Eltern, die hinter den Fassaden ihre Leichen gestapelt hatten – wegen der Leute, wegen der Normen. Doch wer hatte die Normen aufgestellt?

So viele Verzweiflungstaten, so viele Suizide hatten das Verstecken und das Weglügen gekostet. Ob ihre eigene Generation es besser machen würde?, fragte sich Irmi.

Helga und Bartl schienen in jedem Fall beschlossen zu haben, das Wissen in sich zu versperren, an der Lüge festzuhalten. Sie hatten Regina schonen wollen, zumindest war das ihre ursprüngliche Intention gewesen.

Doch dann hatte Regina bei Helga durch einen Zufall das Elchbild mit den drei Jugendlichen entdeckt. Hatte weitergewühlt und das Buch gefunden. Sie hatte es eingescannt, gelesen und begonnen, in der Familiengeschichte zu wühlen. Dann hatte sie Helga damit konfrontiert, dass sie ein Buch schreiben werde. Die Haushälterin hatte immer wieder versucht, Regina zu erklären, dass sie das nicht wolle. Dass die Vergangenheit ruhen müsse. Auch Bartl hatte mit Regina geredet.

Aber Regina war nicht mehr aufzuhalten gewesen. Sicherlich war auch sie bis ins Mark erschüttert gewesen: Ihr Großvater war ein Vergewaltiger gewesen, der die junge Dienstmagd aus dem Außerfern systematisch missbraucht hatte. Regina war hineingesprungen in den Sumpf ihrer Familie und hatte doch nicht darin ertrinken wollen. Sie wollte aufarbeiten, sich aufbäumen. Aber genau das wollten Helga und Bartl nicht. Irmi erinnerte sich an Veit Bartholomäs Aussage, dass er es gar nicht schätze, wenn man Menschen wehtue, die er liebe. Sosehr er Regina wohl gemocht hatte – seine Frau hatte er mehr geliebt. Was in jener Nacht tatsächlich passiert war, würden sie vermutlich nie erfahren. Hatte Regina noch etwas gesagt? Und was? Wie hatte er ihr in den Kopf schießen können wie einem Stück Wild?

Veit Bartholomä hatte gestanden und alle Fragen beantwortet, soweit sie die Fakten betrafen. Über seine Gefühle hatte er kein Wort verloren. Er hatte seinen Plan geradlinig durchgezogen – bis zum bitteren Ende.

Auch vor seiner Frau hatte Bartl an seiner großartigen Inszenierung festgehalten. Sie hatte um die Tiere getrauert und um Regina, hatte die Wilderer verflucht und um Robbie gefürchtet. Das alles hatte Veit Bartholomä in Kauf genommen, weil es ihm als das kleinere Übel erschienen war.

Helga hatte ihm das Ganze zweifellos abgenommen, aber dann hatte sie am Samstag Irmis Wagen gesehen, nicht aber die Kommissarin selbst. Plötzlich war Bartl mit einem Gewehr in der Hand davongehastet und hatte das Auto der Kommissarin gestartet. Helga hatte nichts davon verstanden, aber anstatt zu fragen, hatte sie versucht, sich den Gedankenstürmen entgegenzustemmen. Sie hatte in ihrem Allibert nachgesehen: Das Tagebuch war weg gewesen. Bartl hatte es lange schon vernichten wollen, aber das hatte sie nichts übers Herz gebracht. Es war das Einzige, was sie von ihrer Mutter hatte. Und von ihrer Identität. Die schlagartig eine so ganz andere gewesen war.

»Frau Mangold, es tut mir so leid«, hatte Helga Bartholomä später gesagt. »Ich hätte gleich am Samstag die Polizei rufen sollen, aber ich konnte mir das alles nicht erklären. Ich war wie gelähmt.«

Irmi hatte das verstanden, Kopf und Seele mussten sich schützen. Es gab Dinge, die man nicht sofort durchdringen konnte, denn das hätte einen umgebracht.

Helga war dann am Montag weggefahren, um die Polizei zu informieren. »So am Telefon, Frau Mangold, hätte ich das nicht fertiggebracht. Ich ...«

Auch das verstand Irmi.

Auf dem Weg nach Garmisch war Helga Bartholomä eine ganze Karawane aus Krankenwagen, Notarzt und Einsatzfahrzeugen entgegengekommen. Sie hatte gewendet, sich wieder nicht getraut. Dann aber war sie einem vagen Gefühl gefolgt, hatte den Hohlweg an der Grundstücksgrenze des Waldguts genommen und war vorgefahren bis zu einem Holzplatz, wo man nur noch zu Fuß weiterkam. Dort war sie schließlich auf die Lichtung getreten und hatte ihren Mann im entscheidenden Moment in die Schulter getroffen. Auch Helga konnte exzellent schießen.

»Die Andrea war aa sehr gut, wie sie des mit dem Robbie g'macht hat«, meinte Sepp. »Dass der über das Brumm g'redt hat!«

»Ja, klasse gemacht«, sagte Sailer.

Andrea wurde rot, und Irmi lächelte.

Die Tage waren hell. Die Träume kamen erst in der Nacht.

»Hätten Sie mich wirklich getötet und auch die Kollegin erschossen?«, hatte Irmi Veit Bartholomä am Ende der ersten Befragung gefragt.

»Sicher!«, hatte er ganz ruhig geantwortet.

Auch davon würde Irmi träumen – noch lange.

NACHWORT

»Es ist falsch, dass Schreiben Therapie ist. Schreiben heilt nicht alle Wunden. Aber es setzt ein gewisser Verdünnungseffekt ein. Schmerzliches, das man kaum zu überleben glaubt, verdünnt sich zu einem chronischen Schmerz, den man aushalten kann« – so zitiert Regina von Braun ihre Mutter.

Worte sind Waffen, und oft genügen Worte, um Gründe für einen Mord zu liefern. Viele Menschen streben danach, die Vergangenheit unbedingt unter Verschluss zu halten. Wer an diesen Pforten rüttelt, wer sie gar öffnet, spielt mit dem Tod.

»Sich den bösen Erinnerungen zu stellen war nicht immer der beste Weg, manches war so schmerzhaft, dass es in den Tresorraum musste. Aber Gnade, wenn jemand einen Schlüssel fand, diesen Raum zu öffnen!« Auch das weiß Irmi nur zu gut.

Ich kam vor vielen Jahren erstmals mit der Tragik der Schwabenkinder in Galtür in Berührung – ein dunkles Kapitel der Geschichte, das mich im Frühjahr 2012 im Bregenzerwald wieder eingeholt hat, als quer durch viele Wäldergemeinden Ausstellungen zu diesem Thema liefen. Manchmal ist es ein klitzekleiner Augenblick, der entscheidet. Etwas packt einen und wird viel später zu einem Buch.

Davor steht allerdings viel Recherche. Das Außerfern war das Armenhaus Tirols. So viele haben von der Kindersklaverei profitiert. Schon vor fünfhundert Jahren zogen Erwachsene aus dem Außerfern als Schnitzer, Stuckateure und Freskenmaler in die Welt. Das waren erste Vorläufer der späteren grausamen Kinderwanderungen. Dass viele Kinder aus armen Familien regelmäßig über gefährliche Routen nach Schwaben wanderten, kam vor zweihundert Jahren niemandem seltsam vor. Es gibt eine Schrift aus dem Jahr 1796 von einem gewissen Josef Rohrer mit dem Titel *Uiber die Tiroler*. Uns erscheint es heute wie der blanke Hohn, wenn der Verfasser von den »kleinen Wilden« schreibt und wie er die Tiroler Hütejungen, »mit Strohmänteln behangen, die weitläufigen Wiesen, um ihres Viehes Zucht und Ordnung willen, barfuß durchlaufen« sieht. Romantisch verklärt beschreibt er, wie sie zu Martini, also um den 11. November, »munter und fröhlich wie junge Schwalben ihrem heimatlichen Nest zuflattern«. Keine Rede von psychischem und physischem Missbrauch! Der Mensch konnte immer schon gut das Elend anderer ausblenden und sich die Dinge schönreden.

Ich danke all denen im Bregenzerwald, die mir endlos viele Fragen beantwortet haben. Danke auch an den Gasthof Adler in Hinterhornbach, wo man so schön sitzen und Geschichten spinnen kann. Danke vielmals dem Team des Bayerischen Jagdverbands in München-Feldkirchen und einigen anderen Jagersleuten, die mehrdimensional denken können ... Ein besonders dickes Dankeschön natürlich an die legendäre Lisl von der *Lisl-Bar*! Außerdem danke ich Elisabeth Hewson aus Wien, Tanja Brinkmann aus Garmisch und Christa von Rodenkirchen aus Kinsegg.

Und danke an alle, die etwas vom Wald verstehen, denn: »Wer immer draußen war, hat andere Lungen. Solche Lungen brauchen Waldluft. Wer immer draußen war, hat auch eine andere Seele, und solche Seelen brauchen Flügel.«

GLOSSAR

(in der Reihenfolge des Erscheinens im Buch)

a gschnablige Fechl freches Mädchen
Marend Brotzeit
Muggafugg Kaffeeersatz, meist Feigenkaffee
aui hinauf
Kitzabolla Hagelkörner
außi hinaus
Fritzle Deutsche
dussa draußen
Knatterle lächerliches Männchen
oui hinunter
Gawinda Schneewehe
Schnearfar Rucksack
Schnallsuppa Suppe mit Schmalz drauf
Jetzt hocksch zerscht auf dei Fiedla, und dann stehsch auf. Jetzt setzt du dich zuerst auf deinen Hintern, und dann stehst du auf.
drimslig schwindling
Gnagg Nacken
Gschwisterikind Cousin/Cousine
Grischpala schmaler Bursche
hintrafihr verquer, entgegengesetzt
Föhl Mädchen
Fozzahobel Mundharmonika
Tuttagrätta Büstenhalter

Gada elterliches Schlafzimmer
Bissgura Bissgurke
Grundbira Kartoffel
hetzig toll, prima
malad krank
wäch bisch gut siehst du aus, schön bist du angezogen
Plährkachl Heulsuse
Pratzn große Hände